日本うたことば表現辞典

本歌　本説取編

大岡信　監修

遊子館

日本うたことば表現辞典―本歌 本説取編

監修のことば

わたくしが『日本うたことば表現辞典』の最初の巻に監修のことばをよせたのは一九九七年のことであった。そして今回、第二期のシリーズの最初の巻である「枕詞編」に監修の筆をとったのが、十一年後の二〇〇七年である。この間、書肆の遊子館の辞典編集部は、とどまることなく、第二期の編纂作業を着実に積み上げてきたのである。おそらく、日本の詩歌文学において、このような一つのテーマで、持続的に、しかも古代から現代の領域に及んで体系的に纏めた出版企画は少ないと思う。

第一期は「植物編」「動物編」「叙景編」「恋愛編」「生活編」のテーマ別の構成であり、別巻として「狂歌・川柳編」を加えた。この第一期において、わたくしたちは古今の秀歌の「うたことば」を通して、四季折々の自然と、動植物に対する日本人の豊かな感性を知り、生活のさまざまな機微、人々の多様な愛情表現を知ることができた。また、別巻の「狂歌・川柳編」によって「〈雅〉に対する〈俗〉の中にも、人間性の全面的な開花があり、雅俗相俟ってわたくしたちの文学は全円的なものになる」ことを実感することができた。

今回の第二期は、「うたことば」の修辞編であり、代表的な「枕詞」「歌枕」「掛詞」「本歌・本説取」で構成されている。日本のうたことばの修辞は、枕詞以来、古人によって磨き上げられてきた「ことばの表現」の結晶といえるものである。今日、和歌の修辞は、過去の古語表現として位置づけられているが、そこには日本語の、とくにうたことば表現の核心といえるものがある。

明治以降、日本語は文語体から口語体への革新を経て今日に至ったが、口語体の歴史は、まだほんのわずかな期間である。現代の詩歌文学にとって、万葉よりの長い文語体によって磨かれてきた修辞を理解することなくして、口語体を駆使した新しい詩歌表現の可能性は図られないのではないかと考える。

その意味で、「うたことば」の表現分野と表現手法を作品を通して把握できる点で、この『日本うたことば表現辞典』の第一期と第二期の刊行は、まさに必然の組み合わせといえよう。

ここに『日本うたことば表現辞典』第二期がスタートし、「枕詞編」(上・下巻)、「歌枕編」(上・下巻)に続いて「本歌・本説取編」が上梓された。

本歌取とは古歌の歌語の一部や詩情を自作に取り入れて、表現の重層化をはかり、自らのうたことばとして表現する手法であり、本説取とは、漢詩文や物語・故事・成句などをテーマとして詠む作歌法である。

これらの表現手法は、芸術に共通するものである。絵画におきかえて見るならば、ピカソの描いた「宮廷の官女たち」は、ベラスケスの同題の名画の見事な本歌取的手法による傑作である。ピカソは同郷の巨匠であるベラスケスの作品に感動し、その古典を自らの絵画に変身させ、ピカソ自身の新しい創作を実現すると共に、古典解釈という視点において、ベラスケスの絵画を革新させている。本説取についても、キリストの磔刑や受胎告知など、宗教の故事が繰り返し描かれていることは、絵画における本説取といっても良いだろう。

和歌における本歌取・本説取という修辞技巧は『万葉集』にその萌芽が見られ、『古今和歌集』にはこの技巧による明確な作品が見られる。しかし、この修辞技巧を意識的かつ積極的に奨励したのは藤原俊成であり、その定義をしたのは、俊成の子定家であった。定家が編纂に加わった『新古今和歌集』には、本歌取・本説取の秀歌が少なからず収録されている。俊成と定家の生きた時代は、貴族社会から鎌倉幕府という武家社会への移行期であり、この二つの修辞技巧を奨励して、王朝文化の象徴である古典和歌の尊重をはかり、ひいては貴族文化の復権をめざしたという意図も感じられる。

『新古今和歌集』(一・春上)に定家の次の和歌が収められている。

梅《むめ》の花にほひをうつす袖のうへに軒《のき》もる月のかげぞあらそふ

この歌は、『古今和歌集』(十五・恋五)に収められた在原業平の次の歌が本歌とされている。

月やあらぬ春や昔の春《はる》ならぬわが身ひとつはもとの身にして

定家の歌には、本歌取とされる明確な歌語はないが、本歌(恋歌)に詠まれた旧地を訪れての、強い懐旧の念を踏まえ、「春」を「梅」に、「月」を同じ叙景として配し、袖の上の月の影に「露・涙」を暗示させ、恋歌を春歌に変えて詠みながら、本歌と巧みに共鳴させている。これは、本歌の歌語というより、詩情に力点をおいて取り入れたもの見てよい。

また、次のような本歌取とされる歌もある。

鶯はいたくなわびそ梅花ことしのみ散るならひならねば　(源実朝・金槐和歌集上・春)

この歌の本歌は、

しるしなき音《ね》をもなく哉うぐひすの今年《ことし》のみちる花ならなくに（凡河内躬恒・古今和歌集二・春下）

とされ、分かりやすい例歌である。

このように、本説取はその内容が明確であるのに比して、本歌取という修辞の範囲は、模倣歌、類歌と思えるものから、それとは判断しにくい巧みなものまでさまざまにあり、定家の定めた本歌取の定義があるにもかかわらず、作者と読者の主観・鑑賞力に左右される面が多く、その境界領域は現在においても不分明であるといってよい。

このような状況を踏まえ、本辞典では、「本歌取」に重点を置いて編集した。一般的に本歌取とされている作品を主とし、定家の本歌取の定義に準拠しながら、従来境界領域とされる例歌も積極的に収録した。読者・研究者諸兄におかれては疑義を持たれる面もあるかと思うが、本歌取の裾野の広さを示す意と、多くの例歌情報の提供を優先したことをご理解いただきたい。

また、付録に狂歌の本歌取・本説取を収録した。この二つの修辞技巧が、狂歌において巧みに生かされていることを収録歌によってご理解いただけると思う。

今般の「本歌・本説取編」は、とくに本歌取において、本歌および本歌取とされる膨大な例歌を、古代から近世の主要な歌集・散文資料より広く採録し、その修辞の関係性を重層的に集成した点で、日本の詩歌文学に的確な基礎情報を提供できたものと思う。

二〇〇九年五月

監修者　大岡　信

目　次

監修のことば　大岡信……(3)
編集例言……(8)
構成・本歌取編凡例……(9)
本説取編凡例……(11)
江戸期以前の古典歌集……(12)
古典散文資料……(14)
依拠・参考文献／協力者……(15)

本歌取編（本歌とされる歌を収録する歌集・散文別分類）

古事記歌謡……3
日本書紀歌謡……3
神楽歌……4
祝　詞……5
催馬楽……5
風俗歌……7
万葉集……8
古今和歌集……53
土佐日記……167
大和物語……167
伊勢物語……168
後撰和歌集……181
古今和歌六帖……201
好忠集……204
拾遺和歌集……205
源氏物語……229
和漢朗詠集……242
和泉式部集……243
後拾遺和歌集……244
狭衣物語……262
金葉和歌集……264
堀川百首……270
散木奇歌集……272
詞花和歌集……273
千載和歌集……278
山家集……285
六百番歌合……287
千五百番歌合……288
新古今和歌集……289
金槐和歌集……321
拾遺愚草……322

新勅選和歌集……323
続後撰和歌集……325
続古今和歌集……326
続拾遺和歌集……327
新後撰和歌集……327
夫木和歌抄……329
玉葉和歌集……330
続千載和歌集……332
続後拾遺和歌集……334
捨玉集……334
風雅和歌集……335
新千載和歌集……336
新拾遺和歌集……336
新後拾遺和歌集……337
新続古今和歌集……338

本説取編（本説を収録する分野別分類）
古今和歌集・漢詩……341
随筆・日記・物語……346
史書……349
伝承・伝説……352
故事・成句・諺……353

付録　狂歌〈本歌・本説取編〉

本歌取編（本歌とされる歌を収録する歌集・散文別分類）
万葉集……362
古今和歌集……363
後撰和歌集……374
伊勢物語……375
拾遺和歌集……378
後拾遺和歌集……379
詞花和歌集……380
千載和歌集……381
新古今和歌集……383

本説取編（本説を収録する分野別分類）
古今和歌集・漢詩……390
随筆・物語……392
故事・成句・諺……394

索　引
本編 本歌初句索引……〈6〉
本編 例歌初句索引……〈19〉
狂歌 本歌初句索引……〈38〉
狂歌 例歌初句索引……〈39〉

編集例言

『日本うたことば表現辞典—本歌・本説取編』は、この辞典シリーズの枕詞編、歌枕編、掛詞編に比べると、特異な分野といえる。

「本説取」は、物語や漢詩文、故事・成句・諺などを本説（題材）として詠み込んだ教養歌ともいうべきものであり、特異なものではない。しかし「本歌取」は、古歌の一部を自作に取り入れて共鳴させ、あるいは隠喩的に内包させて、歌の重層的な表現効果をねらう修辞技巧であり、その技巧は、自作に奥行きを与え、深い余情美をめざすものであるが、それは古歌の模倣〈盗古歌〉、類想歌に堕する危険をともなった技巧でもあった。

文学史的には、本歌取・本説取の技巧は『万葉集』に萌芽が見られ、『古今和歌集』に意図的な例歌が登場する。そして、本歌取・本説取を和歌の修辞技巧として意識的に広めたのは、平安末期の藤原俊成とその子の藤原定家であった。

平安末期は、貴族社会から武家社会への移行期であり、人々が戦乱の予兆に脅えていた時代であった。俊成、定家の二人が、本歌取・本説取を積極的に和歌の技巧として奨励をした背景には、衰退していく貴族社会の復権と、和歌や漢詩に代表される貴族文化の伝統の維持という、貴族階級の願望にも似た動向があった。

俊成、定家は、本歌取・本説取によって古典の再評価と和歌の再生をはかったのである。そのねらいは見事に当たり、本歌取・本説取は流行したが、本歌取においては一方で、安易な模倣と類想の作品が量産された。そのため、定家は父俊成の説をまとめて『詠歌之大概』などに本歌取の詠歌方法をつぎのように定めている。

（一）本歌から取る句の量は、①二句と三〜四字までを限度とする。②枕詞・序詞を含む二句は本歌のまま使用してよい。（二）本歌の主題を変えて詠む。（三）本歌は、三代集（『古今和歌集』『後撰和歌集』『拾遺和歌集』）、『伊勢物語』『三十六人集』の秀歌を取り、七、八十年以来の歌は取るべきではない。

このことからも、本歌取という修辞技巧が安易に流行していたであろうことがわかる。後の歌学集では、定家の定義を範としながらも、大勢は本歌取の秀歌の個別の手法が継承されていった。

そのため本辞典では、本説取作品は主要なものにとどめ、本歌取に重点を置いて、①『神楽歌』『万葉集』の時代から江戸期までを収録対象とし、本歌取・本説取という修辞技巧の流れを作品を通して明らかにすること。②歌学研究の基礎資料となる作品辞典とすること。この二点を実現するという観点で編纂をした。

本歌取に関しては、境界領域とされてきた作品も積極的に取り上げた。本歌取は、藤原定家が定めた準則があるとはいえ、作者が本歌を明記して本歌取として詠んだもの以外は、詠み手の主観や想像力に委ねられる「揺れ」のある修辞である。それゆえ、本辞典では、その「揺れ」を包括する辞典をめざした。

また本辞典では、付録として「狂歌」の本歌取・本説取のおもな作品を収録した。勅撰集を主とした「雅」の詩歌に対して、笑いと機知、諧謔と風刺を主題とする狂歌には、この修辞技巧が「水を得た魚」のように取り入れられていることが理解できよう。

構　成

本辞典の構成

本書『日本うたことば表現辞典―本歌・本説取編』(第十五巻)は、「本歌取編」「本説取編」、付録「狂歌〈本歌・本説取編〉」、「本歌初句索引・例歌初句索引」よりなる。

本歌取編　凡例

一、分類・見出し

1、本歌を収録する歌集・散文資料別に分類して、その成立年代順に構成し、大見出しとして立項した。

2、本歌および例歌は「本歌」「本歌取とされる例歌」の見出しを立項した。

二、本歌・例歌

1、本歌は、歌集・散文資料の成立年代順に、同一資料の場合は、収録順に配列し、それぞれの「本歌」について、「本歌取とされる例歌」(以下、「例歌」と略す)を収録した。

2、例歌は、歌集・散文資料の成立年代順に配列し、同一資料の場合は、収録順に配列した。

3、本歌および例歌は「作品」「作者」「出典」の順に表記した。

4、本歌および例歌の識別を容易にするため、①本歌は太明朝体、例歌は細明朝体とした。②長歌や歌謡は、原則として初句・二句と、該当の句の前後を掲載して、他の部分は……(中略・後略)とした。散文も該当の本文・歌の前後を抜粋して収録した。

5、本辞典における「例歌」の採録について。

本辞典では、本歌取という修辞技巧の源流を作品を通して明らかにし、歌学研究の基礎資料とするため、藤原定家が「本歌取」を定義した鎌倉初期以前の『神楽歌』『万葉集』の時代から江戸期までを、本歌ならびに例歌の収録対象とした。そのため、藤原定家の「本歌取」の準則を考慮に入れながらも、従来「本歌取」の境界領域とされてきた作品も「本歌取とされる例歌」として取り上げた。

三、短解説

1、本歌および例歌には、適宜［注解］見出しを付し、本歌の本歌、例歌の複数ある本歌、類似の参考歌などを収録して、重層的理解のための便をはかった。

四、出　典

1、『万葉集』は収録歌数が多いため、巻数と『国歌大観』による歌番号を付した。

(例) 大伴家持・万葉集十八 (4085)

2、勅撰集・私家集からの例歌には、作者名・歌集名・部立などを記載した。

（例）相模・後拾遺和歌集（夏）

（例）西行・山家集

3、物語、日記などからの例歌には作者名・作品名と巻数などを記載した。

（例）紫式部・源氏物語（夕顔）

五、表　記

1、見出し語の表記については前出（一）参照。

2、解説文の漢字表記は、常用漢字、正字体を使用し、現代仮名遣いとした。

3、例歌の漢字表記は、原則として常用漢字、正字体を使用し、異字体はほぼ現行の字体とした。ただし、作品性を考慮して字体を残す必要があるものは、常用漢字があるものでも正字体を使用した。

4、例歌の仮名遣い表記は、出典に準拠したが、出典が歴史的仮名遣い表記と異なる場合は（ ）付ルビで示した。また、難読文字に〈 〉付きルビで読みを適宜付した。

5、例歌は出典どおりを原則として収録した。ただし、異本などとの関係で仮名・漢字の表記は同一ではない。

6、例歌の題詞・詞書の振り仮名は省略した。

7、例歌の反復記号は、おおむね出典に準拠した。

六、付　録

1、付録の「狂歌〈本歌取編〉」も前出一～五の凡例に準拠した。

〈本歌取の組例〉

（1）大見出し（分類）

「古今和歌集」の収録歌が本歌とされる例歌

（2）見出し（本歌・本歌取とされる例歌・注解）および表記例

【本歌】

夜を寒《さむ》み衣かりがね鳴《な》くなへに萩《はぎ》の下葉《したば》もうつろひにけり

よみ人しらず・古今和歌集四（秋上）

［注解］「天雲に雁そ鳴くなる高円の萩の下葉はもみち敢へむかも」（中臣清麿・万葉集二十・4296）が本歌とされる。

【本歌取とされる例歌】

風さむみ伊勢《いせ》のはまおぎ《（を）》わけゆけば衣かりがね浪になくなり

大江匡房・新古今和歌集十（羇旅）

［注解］参考歌「いもせ山峰の嵐や寒からん衣かりがね空に鳴くなり」（藤原公実・金葉和歌集三・秋）

本説取編　凡例

一、分類・見出し

1、本説を「古今和歌集・漢詩」「随筆・日記・物語」「史書」「伝承・伝説」「故事・成句・諺」に分類し、大見出しとして立項した。

2、本説および例歌は「本説」「本説取例歌」の見出しを立項した。

二、本説・例歌

1、本説は、分類にしたがって、おおむね資料の成立年代順に配列し、それぞれの「本説」について、「本説取例歌」を収録した。

2、例歌は、おおむね成立年代順に配列し、同一資料の場合は、収録順に配列した。

3、本説および例歌には「作品」「作者」「出典」の情報を付した。

4、付録の「狂歌（本説取編）」の内、「諺」の項の本説見出しは、諺の五十音順とした。

三、短解説

1、本説および例歌には、適宜［注解］見出しを付し、本歌や参考歌などを収録して、重層的理解のための短解説を施した。

四、出典・表記

1、本説の出典は、本説の短解説中に表記した。

2、例歌の識別を容易にするため、本説は太明朝体、例歌は細明朝体とした。

3、その他の出典・表記は「本歌取編」に準じた。

五、付録

1、付録の「狂歌〈本説取編〉」も前出一～四の凡例に準拠した。

〈本説取の組例〉

（1）大見出し（分類）

古今和歌集・漢詩

（2）見出し（本説・本説取例歌）および表記例

【本説】

「夢《ゆめ》断《た》えては燕姫《えんき》が暁《あかつき》の枕《まくら》に薫《くん》ず」　**橘直幹・和漢朗詠集（蘭）**

【本説取例歌】

風かよふねざめの袖の花の香《か》にかほ（を）る枕《まくら》の春の夜《よ》の夢

藤原俊成女・新古今和歌集二（春下）

［注解］参考歌「をりしもあれはなたち花のかをる哉むかしを見つるゆめの枕に」

（藤原公衡・千載和歌集三・夏）

江戸期以前の古典歌集

古典歌集を五十音順に配列した。＊は勅撰和歌集

『あがた居の歌集』(あがたいのうたしゅう)
『飛鳥山十二景詩歌』(あすかやまじゅうにけいしいか)
『安法法師集』(あんぽうほうししゅう)
『家隆卿百番自歌合』(いえたかきょうひゃくばんうたあわせ)
『遺珠集』(いしゅしゅう)
『和泉式部集』(いずみしきぶしゅう)
『一条摂政御集』(いちじょうせっしょうぎょしゅう)
『うけらが花』(うけらがはな)
『浦のしほ貝』(うらのしほがい)
『雲錦翁家集』(うんきんおうかしゅう)
『永享九年正徹詠草』(えいきょうくねんしょうてつえいそう)
『永享五年正徹詠草』(えいきょうごねんしょうてつえいそう)
『永福門院百番御自歌合』(えいふくもんいんひゃくばんおんじかあわせ)
『遠島御百首』(えんとうおんひゃくしゅ)
『霞関集』(かかんしゅう)
『神楽歌』(かぐらうた)
『楫取魚彦詠藻』(かとりなひこえいそう)
『亀山殿七百首』(かめやまどのしちひゃくしゅ)
『賀茂翁家集』(かもおうかしゅう)
『賀茂翁家集拾遺』(かもおうかしゅうしゅうい)
『寛正百首』(かんしょうひゃくしゅ)
『閑田詠草』(かんでんえいそう)
『君来艸』(きみきぐさ)
『行尊大僧正集』(ぎょうそんだいそうじょうしゅう)
『玉葉和歌集』(ぎょくようわかしゅう)＊
『挙白集』(きょはくしゅう)
『金槐和歌集』(きんかいわかしゅう)
『金玉歌合』(きんぎょくうたあわせ)
『公任集』(きんとうしゅう)
『金葉和歌集』(きんようわかしゅう)＊
『慶運百首』(けいうんひゃくしゅ)
『桂園一枝』(けいえんいっし)
『桂園一枝拾遺』(けいえんいっししゅうい)
『兼好法師集』(けんこうほうししゅう)
『玄旨百首』(げんしひゃくしゅ)
『建礼門院右京太夫集』(けんれいもんいんうきょうのだいぶしゅう)
『古今和歌集』(こきんわかしゅう)＊
『古今和歌六帖』(こきんわかろくじょう)
『後拾遺和歌集』(ごしゅういわかしゅう)＊
『後撰和歌集』(ごせんわかしゅう)＊
『御着到百首』(ごちゃくとうひゃくしゅ)
『後鳥羽院四百年忌御会』(ごとばのいんしひゃくねんきごかい)
『後普光園院殿御百首』(ごふこうおんいんどのおんひゃくしゅ)
『再昌草』(さいしょうそう)
『催馬楽』(さいばら)

『実方集』（さねかたしゅう）
『山家集』（さんかしゅう）
『山家心中集』（さんかしんちゅうしゅう）
『散木奇歌集』（さんぼくきかしゅう）
『詞花和歌集』（しかわかしゅう）＊
『四条宮下野集』（しじょうのみやのしもつけしゅう）
『志野乃葉草』（しののはぐさ）
『拾遺愚草』（しゅういぐそう）
『拾遺和歌集』（しゅういわかしゅう）＊
『集外歌仙』（しゅうがいかせん）
『拾玉集』（しゅうぎょくしゅう）
『衆妙集』（しゅうみょうしゅう）
『俊成卿女家集』（しゅんぜいきょうのむすめのかしゅう）
『正徹物語』（しょうてつものがたり）
『正風体抄』（しょうふうていしょう）
『樵夫問答』（しょうふもんどう）
『続古今和歌集』（しょくこきんわかしゅう）＊
『続後拾遺和歌集』（しょくごしゅういわかしゅう）＊
『続後撰和歌集』（しょくごせんわかしゅう）＊
『式子内親王集』（しょくしないしんのうしゅう）
『続拾遺和歌集』（しょくしゅういわかしゅう）＊
『続千載和歌集』（しょくせんざいわかしゅう）＊
『新古今和歌集』（しんこきんわかしゅう）＊
『新後拾遺和歌集』（しんごしゅういわかしゅう）＊
『新後撰和歌集』（しんごせんわかしゅう）＊
『新拾遺和歌集』（しんしゅういわかしゅう）＊
『新続古今和歌集』（しんしょくこきんわかしゅう）＊
『新千載和歌集』（しんせんざいわかしゅう）＊
『新勅撰和歌集』（しんちょくせんわかしゅう）＊
『諏訪浄光寺八景詩歌』（すわじょうこうじはっけいしいか）
『千五百番歌合』（せんごひゃくばんうたあわせ）
『千載和歌集』（せんざいわかしゅう）＊
『千里集』（せんりしゅう）
『草径集』（そうけいしゅう）
『大納言経信集』（だいなごんつねのぶしゅう）
『内裏着到百首』（だいりちゃくとうひゃくしゅ）
『田村家深川別業和歌』（たむらけふかがわべつぎょうわか）
『為相百首』（ためすけひゃくしゅ）
『千々廼舎集』（ちぢのやしゅう）
『中院詠草』（ちゅういんえいそう）
『長秋詠藻』（ちょうしゅうえいそう）
『藤簍冊子』（つづらぶみ）
『定家卿百番自歌合』（ていかきょうひゃくばんじかあわせ）
『頓阿法師詠』（とんあほうしえい）
『南海漁父北山樵客百番歌合』（なんかいぎょふほくざんしょうかくひゃくばんうたあわせ）
『南部家桜田邸詩歌会』（なんぶけさくらだていしいかかい）
『能因集』（のういんしゅう）
『はちすの露』（はちすのつゆ）
『晩花集』（ばんかしゅう）
『日野資枝百首』（ひのすけきひゃくしゅ）
『風雅和歌集』（ふうがわかしゅう）＊

『夫木和歌抄』（ふぼくわかしょう）
『布留散東』（ふるさと）
『文応三百首』（ぶんおうさんびゃくしゅ）
『文亀三年三十六番歌合』（ぶんきさんねんさんじゅうろくばんうたあわせ）
『芳雲和歌集』（ほううんわかしゅう）
『宝徳二年十一月仙洞歌合』（ほうとくにねんじゅういちがつせんとううたあわせ）
『堀河百首』（ほりかわひゃくしゅ）
『万治御点』（まんじおてん）
『万葉集』（まんようしゅう）
『水戸徳川家九月十三夜会』（みととくがわけながつきじゅうさんやかい）
『御裳濯河歌合』（みもすそがわうたあわせ）
『宮河歌合』（みやがわうたあわせ）
『明恵上人歌集』（みょうえしょうにんかしゅう）
『襁褓艸』（むつきぐさ）
『元真集』（もとざねしゅう）
『悠然院様御詠草』（ゆうぜんいんさまおんえいそう）
『好忠集』（よしただしゅう）
『六帖詠草』（ろくじょうえいそう）
『六百番歌合』（ろっぴゃくばんうたあわせ）
『良寛自筆歌抄』（りょうかんじひつかしょう）
『林葉塁塵集』（りんようるいじんしゅう）
『林葉和歌集』（りんようわかしゅう）
『類題亮々遺稿』（るいだいさやさやいこう）
『倭謌五十人一首』（わかじゅうにんいっしゅ）
『若むらさき』（わかむらさき）
『和漢朗詠集』（わかんろうえいしゅう）

古典散文資料

古典散文資料を五十音順に配列した。

『十六夜日記』（いざよいにっき）
『伊勢物語』（いせものがたり）
『宇津保物語』（うつほものがたり）
『大崎のつつじ』（おおさきのつつじ）
『岡部日記』（おかべのにっき）
『海道記』（かいどうき）
『かげろふ日記』（かげろうにっき）
『源氏物語』（げんじものがたり）
『古事記』（こじき）
『今昔物語』（こんじゃくものがたり）
『狭衣物語』（さごろもものがたり）
『菅笠日記』（すがさのにっき）
『宗祇終焉記』（そうぎしゅうえんき）
『高倉院厳島御幸記』（たかくらいんいつくしまごこうき）
『高倉院升遐記』（たかくらいんしょうかき）
『竹むきが記』（たけむきがき）
『筑紫道記』（つくしみちのき）
『遊角筈別荘記』（つのはずのべっそうにあそぶのき）
『土佐日記』（とさにっき）

『中務内侍日記』（なかつかさのないしにっき）
『藤河の記』（ふじかわのき）
『北国紀行』（ほっこくきこう）
『都のつと』（みやこのつと）
『大和物語』（やまとものがたり）

狂歌資料

狂歌資料を五十音順に配列した。

『狂歌才蔵集』（きょうかさいぞうしゅう）
『狂歌若菜集』（きょうかわかなしゅう）
『狂言鶯蛙集』（きょうげんおうあしゅう）
『古今夷曲集』（こきんいきょくしゅう）
『蜀山百首』（しょくさんひゃくしゅ）
『新撰狂歌集』（しんせんきょうかしゅう）
『徳和歌後万載集』（とくわかごまんざいしゅう）
『万載狂歌集』（まんざいきょうかしゅう）
『万代狂歌集』（まんだいきょうかしゅう）

依拠・参考文献

『新編国歌大観』角川書店、一九八三～九八〔（　）内は巻数〕
「勅撰集編（一）」「私撰集編（二）」「歌合・歌学書・物語・日記等収録歌編（五）」
『日本古典文学大系』岩波書店、一九五七～六八〔（　）内は巻数〕
「古事記・祝詞（一）」「古代歌謡集（三）」「万葉集（四～七）」「竹取物語・伊勢物語・大和物語（九）」「源氏物語（十四～十八）」「今昔物語集（二二～二六）」「山家集・金槐和歌集（二九）」「和漢朗詠集・梁塵秘抄（七三）」「平安鎌倉私家集（八〇）」「近世和歌集（九三）」
『新日本古典文学大系』岩波書店、一九八九～二〇〇五〔（　）内は巻数〕
「万葉集（一～四）」「古今和歌集（五）」「後撰和歌集（六）」「拾遺和歌集（七）」「後拾遺和歌集（八）」「金葉和歌集・詞花和歌集（九）」「千載和歌集（十）」「新古今和歌集（十一）」「平安私家集（二八）」「中世和歌集　鎌倉篇（四六）」「中世和歌集　室町篇（四七）」「中世日記紀行集（五一）」「近世歌文集上（六七）」「近世歌文集下（六八）」
『新編日本古典文学全集』小学館、二〇〇〇〔（　）内は巻数〕
「中世和歌集（四九）」「近世和歌集（七三）」
宇野哲人『論語新釈』講談社学術文庫、一九八〇
『世界大百科事典』平凡社、一九八八
尾上兼英監修『成語林』旺文社、一九九二
大岡信監修『日本うたことば表現辞典―枕詞編』遊子館、二〇〇七

大岡信監修『日本うたことば表現辞典―歌枕編』遊子館、二〇〇八
新村出編『広辞苑　第六版』岩波書店、二〇〇八

協力者

文献資料の調査、著作権情報の協力など、本辞典の編輯にあたり、次の機関・個人の方々にご協力をいただいた。記して御礼申し上げます。

国立国会図書館、港区立赤坂図書館、世田谷区立代田図書館、麻生九美、中村豪志

本歌取編

「古事記歌謡」の収録歌が本歌とされる例歌

【本歌】

かれ、阿治志貴高日子根《あぢしきたかひこね》の神《かみ》は、忿《おもほで》りて飛び去りたまふ時に、その同母妹《いろも》高比売《たかひめ》の命《みこと》、その御名を顕《あらは》さむと思ひて、歌ひしく、

天《あめ》なるや　弟棚機《おとたなばた》の
項《うな》がせる　玉《たま》の御統《みすまる》
御統《みすまる》に　穴玉《あなだま》はや
み谷《たに》　二渡《ふたわた》らす
阿治志貴《あぢしき》　高日子根《たかひこね》の神《かみ》そ

高比売命・古事記歌謡

【本歌取とされる例歌】

滝

あめなるやおとたなばたのおるはたの手玉《ただま》みだるゝ山の滝つ瀬

賀茂真淵・賀茂翁家集拾遺

【本歌】

尾津《をつ》の前《さき》の一つ松の許《もと》に到《いた》り坐《ま》ししに、先《さき》に御食《みをし》せし時、そこに忘らしたりし御刀《みはかし》、失《う》せずてなほ有りき。かれ御歌よみしたまひしく、

尾張《をはり》に　直《ただ》に向《む》かへる
尾津《をつ》の埼《さき》なる　一つ松《まつ》　あせを
一《ひと》つ松《まつ》　人《ひと》にありせば
太刀《たち》佩《は》けましを　衣着《きぬき》せましを
一《ひと》つ松《まつ》　あせを

倭建命・古事記歌謡

【本歌取とされる例歌】

くかみの　おほとのゝまへの　ひとつまつ　いくよへぬらむ
ちはやぶる　かみさびたてり　あしたには　いゆきもとふり
ゆふべには　そこにいでたち　たちてゐて　みれどもあかぬ
ひとつまつはや

良寛・布留散東

「日本書紀歌謡」の収録歌が本歌とされる例歌

【本歌】

八年春二月、藤原に幸《い》でまして、密《みそ》かに衣通《そとほり》の郎姫《いらつめ》の消息《あるかたち》を察《み》たまひき。この夕《ゆうべ》、衣通の郎姫、天皇を恋《しの》ひまつりて独り居りき。それ天皇の臨《い》でまししを知らずして、歌よみして曰ひしく、

我《わ》が夫子《せこ》が　来《く》べき宵《よひ》なり
ささがねの　蜘蛛《くも》の行《おこな》ひ　今宵著《こよひしる》しも

衣通郎姫・日本書紀歌謡

【本歌取とされる例歌】

右大将通房みまかりて後、古く住み侍りける帳の内に、蜘蛛のいかきけるを見てよみ侍ける

別《わか》れにし人は来《く》べくもあらなくにいかにふるまふさゝがにぞこは

土御門右大臣女・後拾遺和歌集十（哀傷）

【本歌】

稲筵《いなむしろ》　川副楊《かはそひやなぎ》
水行《みづゆ》けば　靡《なび》き起《お》き立《た》ち　その根《ね》は失《う》せず

日本書紀歌謡（顕宗天皇即位前紀）

【本歌取とされる例歌】

百首歌の中に

あらしふく岸《きし》の柳《やなぎ》のいなむしろおりしく浪《なみ》にまかせてぞ見《み》る

崇徳院・新古今和歌集一（春上）

「神楽歌」の収録歌が本歌とされる例歌

＊ここでとりあげた神楽歌は、宮中で神をまつるために奏させる神事歌謡をさす。

【本歌】

霜八度《しもやたび》　置《お》けど枯《か》れせぬ　榊葉《さかきば》の　立《た》ち栄《さか》ゆべき　神《かみ》の巫女《きね》かも

神楽歌（榊）

【本歌取とされる例歌】

延長四年八月廿四日、民部卿清貫が六十賀、中納言恒佐妻し侍ける時の屏風に、神楽する所の歌

あしひきの山のさか木葉《ば》ときはなる影《かげ》にさかゆる神のきねかな

紀貫之・拾遺和歌集十（神楽）

【本歌】

逢坂《あふさか》を　今朝《けさ》こえくれば　山人の　我《われ》にくれたる　山杖《やまづゑ》ぞこれ
山杖ぞこれ

神楽歌（杖）

【本歌取とされる例歌】

杖

山人《やまびと》の山をさかしみつく杖のつくる時あらむ豊《とよ》の遊《あそ》びかは

楫取魚彦・楫取魚彦詠藻

［注解］「あしひきの　山を険しみ　木綿付くる　榊の枝を　杖に切りつる」（神楽歌・杖）も本歌とされる。

【本歌】

あしひきの　山《やま》を険《さか》しみ　木綿《ゆふ》付《つ》くる　榊《さかき》の枝《えだ》を　杖《つゑ》に切《き》りつる

神楽歌（杖）

【本歌取とされる例歌】

杖

山人《やまびと》の山をさかしみつく杖のつくる時あらむ豊《とよ》の遊《あそ》びかは

楫取魚彦・楫取魚彦詠藻

［注解］「逢坂を　今朝こえくれば　山人の　我にくれたる　山杖ぞこれ」（神楽歌・杖）も本歌とされる。

【本歌】

賤家《しづや》の小菅《こすげ》　鎌《かま》もて刈《か》らば　生《お》ひむや小菅《こすげ》　生《お》ひむや　生《お》ひむ
や小菅《こすげ》

神楽歌（賤家の小菅）

【本歌取とされる例歌】

崇徳院に百首歌たてまつりける時よめる

さみだれの日かずへぬれば刈《か》りつみししづ屋《や》の小菅《こすげ》くちやしぬらん

藤原顕輔・千載和歌集三（夏）

鶉《うづら》鳴《な》く賤屋《しづや》にを《（お）》ふる玉小菅《たまこすげ》かりにのみ来《き》て帰《かへ》る君《きみ》かな

藤原道経・千載和歌集十四（恋四）

「祝詞」の収録文が本歌とされる例歌

＊祝詞（のりと）とは、祭の儀式の際に唱える祝福のことばをさす。

【本歌】

「集侍《うごな》はれる親王《みこたち》……　かく出でば、天つ宮事もちて、大中臣《おほなかとみ》、天つ金木《かなぎ》を本《もと》うち切り末うち断《た》ちて、千座《ちくら》の置座《おきくら》に置き足《たら》はして、……

祝詞（六月の晦の大祓）

【本歌取とされる例歌】

幣

皇神《すめがみ》にまつる千座《ちくら》の置きくらに置きたらはせる神のみてぐら

楫取魚彦・楫取魚彦詠藻

「催馬楽」の収録歌が本歌とされる例歌

＊催馬楽（さいばら）とは、雅楽を伴奏にして数人で斉唱する地方民謡をさす。

【本歌】

東屋《あづまや》の　真屋《まや》のあまりの　その　雨《あま》そそぎ　我《われ》立《た》ち濡《ぬ》れぬ　殿戸《とのど》開《ひら》かせ

鎹《かすがひ》も　錠《とざし》もあらばこそ　その殿戸《とのど》　我《われ》鎖《さ》さめ　おし開《ひら》いて来《き》ませ　我《われ》や人妻《ひとづま》

催馬楽（東屋）

【本歌取とされる例歌】

立《た》ちぬるゝ人しもあらじあづまやにうたてもかゝる雨《あま》そゝぎかな

と、うち嘆《なげ》くを、われ一人《ひとり》しも、聞《き》きおふまじけれど、「うとましや、何《なに》事を、かくまでは」と、おぼゆ。

人づまはあなわづらはしあづまやのまやのあまりも馴《な》れじとぞ思ふ

とて、うち過なまほしけれど、……

紫式部・源氏物語（紅葉賀）

梅花夜薫といへる心をよめる

梅《むめ》が香《ゝ》はを《（お）》のが垣根《ゝきね》をあくがれてまやのあまりにひまもとむなり

源俊頼・千載和歌集一（春上）

述懐百首の歌の中に、五月雨

五月雨《さみだれ》は真屋《まや》の軒《ゝき》ばの雨《あま》そゝきあまりなるまでぬるゝ袖かな

藤原俊成・新古今和歌集十六（雑上）

春雨

東《あづまや》屋の真屋《まや》のあまりに霞めるや降るも音せぬ春雨の空

御水尾院・御着到百首

【本歌】

飛鳥井《あすかゐ》に　宿《やど》りはすべし　や　おけ　蔭《かげ》もよし　御甕《みもひ》も寒《さむ》し
御秣《みまくさ》もよし

催馬楽（飛鳥井）

【本歌取とされる例歌】

たえぐ〳〵に影をば見せてあすか井のみまくさ隠《がく》れ飛《と》ぶ蛍《ほたる》哉

宗尊親王・文応三百首

蚊遣火

飛鳥井《あすかゐ》のやどりか爰《ここ》も陰茂《しげ》きよるの軒ばに立てるかやり火

武者小路実陰・芳雲和歌集

【本歌】

伊勢《いせ》の海《うみ》の　清《きよ》き渚《なぎさ》に　しほがひに　なのりそや摘《つ》まむ　貝《かひ》や
拾《ひろ》はむや　玉や拾《ひろ》はむや

催馬楽（伊勢の海）

【本歌取とされる例歌】

伊勢《いせ》の海《うみ》の清き渚《なぎさ》はさもあらばあれわれは濁《にご》れる水に宿《やど》らん

これは善光寺阿弥陀如来御歌となん

伝善光寺阿弥陀如来・玉葉和歌集十九（釈教）

【本歌】

近江路《あふみぢ》の　篠《しの》の小蕗《をふぶき》　はや曳《ひ》かず　子持《こもち》　待《ま》ち痩《や》せぬらむ　篠《しの》の小蕗《をふぶき》や　さきむだちや

催馬楽（近江路）

【本歌取とされる例歌】

寄催馬楽恋といへる心をよめる

分《わ》け来《き》つる小笹《をざゝ》が露のしげけ《ゝ》れば近江路《あふみぢ》にさへ濡《ぬ》るゝ袖《そで》かな

藤原伊経・千載和歌集十三（恋三）

【本歌】

更衣《ころもがへ》せむや　さきむだちや　我《わ》が衣《きぬ》は　野原篠原《のはらしのはら》　萩《はぎ》の花摺《はなずり》や
さきむだちや

催馬楽（更衣）

【本歌取とされる例歌】

草花先秋といへる心をよめる

夏ごろもすそのの《ゝ》原《はら》をわけゆけばをりたがえ《(へ)》たる萩《はぎ》が花《はな》ずり

顕昭・千載和歌集三（夏）

【本歌】

山城《やましろ》の　狛《こま》のわたりの　瓜《うり》つくり　な　なよや　らいしなや
さいしなや　瓜《うり》つくり　瓜《うり》つくり　はれ
瓜《うり》つくり　我《われ》を欲《ほ》しといふ　いかにせむ　な　なよや　らいし
なや　さいしなや　いかにせむ　いかにせむ　はれ
いかにせむ　なりやしなまし　瓜《うり》たつまでに　や　らいしなや
さいしなや　瓜《うり》たつま　瓜《うり》たつまでに

催馬楽（山城）

【本歌取とされる例歌】

三位国章小さき瓜を扇に置きて、藤原かねのりに
持たせて、大納言朝光が兵衛佐に侍ける時遣はし
たりければ

音に聞《き》くこまの渡の瓜作《うりつく》りとなりかくなりなる心哉

藤原朝光・拾遺和歌集九（雑下）

返し

定《さだ》めなくなるなる瓜《うり》のつら見ても立《た》ちや寄《よ》りこむこまのすき者《もの》

藤原国章・拾遺和歌集九（雑下）

山城《やましろ》のこまにはあらでこまほしきなるこわたりの瓜《うり》つくるころ

津村正恭・遊角筈別荘記

【本歌】

席田《むしろだ》の　席田《むしろだ》の　伊津貫川《いつぬきがは》に　や　住《す》む鶴《つる》の　住《す》む鶴《つる》の　や　住《す》む鶴《つる》の　千歳《ちとせ》を予《か》ねてぞ　遊《あそ》びあへる　千歳《ちとせ》を予《か》ねてぞ　遊《あそ》びあへる

催馬楽（席田）

【本歌取とされる例歌】

席田《〈むしろだ〉》を織物《〈おる〉》ならば頻《しき》浪や伊都貫《いつぬき》川のたてとならまし

一条兼良・藤河の記

幾《いく》千年限《とせかぎ》らぬ御代は席田の鶴《つる》の齢もしかじとぞ思ふ

一条兼良・藤河の記

【本歌】

石川《いしかは》の　高麗人《こまうど》に　帯《おび》を取《と》られて　からき悔《くい》する　いかなる　いかなる帯《おび》ぞ　縹《はなだ》の帯《おび》の　中《なか》はたいれるか　かやるか　あやるか　中《なか》はいれたるか

催馬楽（石川）

【本歌取とされる例歌】

花下遊

石川のこまのたはれ男《（を）》花に遊びぬしある人の帯なとらしそ

上田秋成・藤簍冊子

「風俗歌」の収録歌が本歌とされる例歌

＊風俗歌とは、平安時代およびそれ以前の地方民謡のうちできわめて名高いために、貴族たちのあいだで愛唱されるにいたった数十曲をさす。

【本歌】

筑波山《つくばやま》　葉山繁山《はやましげやま》　繁《しげ》きをぞ　や　誰《た》が子《こ》も通《かよ》ふな　下《した》に通《かよ》へ　我《わ》が夫《つま》は下《した》に

風俗歌（筑波山）

【本歌取とされる例歌】

筑波《つくば》山は山しげ山しげゝれど思《おも》ひ入《い》るにはさはらざりけり

源重之・新古今和歌集十一（恋一）

又通ふ人ありける女のもとにつかはしける

われならぬ人に心を筑波《つくば》山したにかよはん道《みち》だにやなき

大中臣能宣・新古今和歌集十一（恋一）

【本歌】

荒田《あらた》に生《お》ふる　富草《とみくさ》の花《はな》　手《て》に摘《つみ》入《れ》て　宮《みや》へ参《まゐ》らむ　なかつたえ

風俗歌（荒田）

【本歌取とされる例歌】

後冷泉院御時、大嘗会主基方御屏風に、備中国高倉山にあまたの人花摘みたるかたかけるところに

よめる
うちむれて高倉山《たかくらやま》につむ花《はな》はあらたなき代《よ》の富草《とみくさ》のはな
藤原家経・詞花和歌集十（雑下）

「万葉集」の収録歌が本歌とされる例歌

【本歌】

天皇の御製歌

籠《こ》もよ　み籠《こ》持ち　掘串《ふくし》もよ　み掘串《ぶくし》持ち　この岳《をか》に　菜摘《なつ》ます兒《こ》　家聞かな　告《の》らさね　そらみつ　大和《やまと》の国は　おしなべて　われこそ居《を》れ　しきなべて　われこそ座《ま》せ　われにこそは　告《の》らめ　家をも名をも

雄略天皇・万葉集一（1）

【本歌取とされる例歌】

立春
梓弓大和《あづさゆみやまと》の国はおしなべて治まる道に春や来ぬらむ
御水尾院・御着到百首

【本歌】

天皇、香具山に登りて望国したまふ時の御製歌

大和《やまと》には　群山《むらやま》あれど　とりよろふ　天《あま》の香具山　登り立ち　国見をすれば　国原《くにはら》は　煙《けぶり》立ち立つ　海原《うなはら》は　鷗《かまめ》立ち立つ　うまし国そ　蜻蛉島《あきづしま》　大和の国は

舒明天皇・万葉集一（2）

【本歌取とされる例歌】

山の端《は》も見えぬに、耳成山《ミヽナシ》のみぞ、西北《ニシキタ》といはんには、北《キタ》に寄《よ》りて、

物うち置《お》きたらんやうに、たゞひとつ、これは、畝傍《うねび》山よりも今少《すこ》し近《ちか》く見えたるなど、すべて〳〵四方《よも》山の眺《なが》めまで、

とりよろふ天《あめ》の香《かぐ》山万代に見とも飽《あ》かめや天《あめ》の香《かぐ》山

といふを聞て、「なぞ今日《けふ》の歌の古《ふる》めかしきは」と、人の咎《とが》めけるに、

本居宣長・菅笠日記

[注解]「万代に見とも飽かめやみ吉野の激つ河内の大宮所」（笠金村・万葉集六・921）も本歌とされる。

【本歌】

中皇命、紀の温泉に往し時の御歌

君が代もわが代も知るや磐代《いはしろ》の岡《をか》の草根《くさね》をいざ結びてな

中皇命・万葉集一（10）

【本歌取とされる例歌】

百首歌たてまつりしに

ゆく末《すゑ》はいまいく夜《よ》とかいはしろの岡《をか》のかや根《ね》にまくらむすばん

式子内親王・新古今和歌集十（羇旅）

【本歌】

中大兄の三山の歌

香具山《かぐやま》は　畝火雄々《うねびをを》しと　耳梨《みみなし》と　相《あひ》あらそひき　神代より
斯《か》くにあるらし　古昔《いにしへ》も　然《しか》にあれこそ　うつせみも　嬬《つま》を
あらそふらしき

天智天皇・万葉集一（13）

【本歌取とされる例歌】

春日望山てふ題を牧野家の尼君の需めらるゝに、
人ゝと共に詠める

見渡《わた》せば天《〈あめ〉》の香《か》具山畝《うね》火山競《あらそ》ひ立《た》てる春霞かな

賀茂真淵・あがた居の歌集

[注解]「ひさかたの天の香久山このゆふべ霞たなびく春立つらしも」（作者不詳・万葉集十・1812）も本歌とされる。

【本歌】

わたつみの豊旗雲《とよはたくも》に入日《いりひ》見し今夜《こよひ》の月夜《つくよ》さやに照りこそ

天智天皇・万葉集一（15）

【本歌取とされる例歌】

さきつ年のけふかへさに、佃島に舟さしよせて月見き。こともまたしかものせむとて深川を出る程に、ふじのねの見えければ

深川を漕出《こぎいで》て見れば入日さし富士の高根のさやけく見ゆかも

田安宗武・悠然院様御詠草

[注解]「田児の浦ゆうち出でて見れば真白にそ不尽の高嶺に雪は降りける」（山部赤人・万葉集三・318）も本歌とされる。

【本歌】

三輪山をしかも隠すか雲だにも情《こころ》あらなも隠さふべしや

額田王・万葉集一（18）

【本歌取とされる例歌】

春の歌とて、よめる

三輪《みわ》山をしかも隠《かく》すか春霞人に知《し》られぬはなやさくらむ

紀貫之・古今和歌集二（春下）

五月雨

五月雨は心あらなむ雲間より出《〈いで〉》くる月をまてばくるしき

源実朝・金槐和歌集

【本歌】

十市皇女、伊勢の神宮に参赴りし時、波多の横山の巌を見て吹芡刀自の作る歌

河上《かはのへ》のゆつ岩群《いはむら》に草生《む》さず常《つね》にもがもな常処女《とこをとめ》にて

吹芡刀自・万葉集一（22）

【本歌取とされる例歌】

川上のゆつはのむらのうすもみぢ下草《した》かけぬ露や染〈そむ〉らん

藤原家隆・家隆卿百番自歌合

【本歌】

或る本の歌

み芳野《よしの》の　耳我の山に　時じくそ　雪は降るとふ　間《ま》なくそ　雨は降るとふ　その雪の　時じきが如《ごと》　その雨の　間《ま》なきが如《ごと》　隈《くま》もおちず　思ひつつぞ来し　その山道を

天武天皇・万葉集一（26）

【本歌取とされる例歌】

又立あがりて、

みよしのの、吉野の山はや、時なくぞ、雪は降と云〈いふ〉、時なくぞ雨はふると云〈いふ〉、其〈その〉雨の、時なきが如〈ごと〉、我〈わが〉涙の雨はふりける、よしの山、雪ふみ分て、いづちしらず、いきし君はも、

いとかなしげにうたふを聞〈きく〉人、みな身にしみて、鼻からくおぼゆ。

上田秋成・藤簍冊子

【本歌】

天皇、吉野の宮に幸しし時の御製歌

よき人のよしとよく見てよしと言ひし芳野よく見よよき人よく見《み》

天武天皇・万葉集一（27）

【本歌取とされる例歌】

よき人をよしとよく見し夕よりよしのゝ花の面《おも》かげにたつ

香川景樹・桂園一枝

【本歌】

天皇の御製歌

春過ぎて夏来《きた》るらし白栲《しろたへ》の衣《ころも》乾《ほ》したり天《あま》の香具山《かぐやま》

持統天皇・万葉集一（28）

【本歌取とされる例歌】

山五月雨

五月雨は雲のおりはへ夏衣ほさで幾日〈いくか〉のあまのかぐ山

藤原為家・中院詠草

【本歌】

近江の荒れたる都を過ぐる時、柿本朝臣人麿の作る歌

玉襷《たまたすき》　畝火《うねび》の山の　橿原《かしはら》の　日知《ひじり》の御代《みよ》ゆ　生《あ》れましし　神のことごと　樛《つが》の木の　いやつぎつぎに　天《あめ》の下《した》　知らしめししを　天《そら》にみつ　大和《やまと》を置きて　あをによし　奈良山を越え　いかさまに　思ほしめせか　天離《あまざか》る　夷《ひな》にはあれど　石走《いはばし》る　淡海《あふみ》の国の　楽浪《ささなみ》の　大津《おほつ》の宮に　天《あめ》の下　知らしめしけむ　天皇《すめろき》の　神の尊《みこと》の　大宮は　此処《ここ》と聞けども　大殿《おほとの》は　此処と　言へども　春草の　繁《しげ》く生ひたる　霞立ち　春日の霧《き》れる　ももしきの　大宮処《おほみやどころ》　見れば悲しも

反歌

ささなみの志賀の辛崎《からさき》幸《さき》くあれど大宮人《おほみやひと》の船《ふね》待ちかねつ

ささなみの志賀の大わだ淀《よど》むとも昔の人にまたも逢はめやも

柿本人麻呂・万葉集一（29～31）

【本歌取とされる例歌】

故郷花といへる心をよみ侍ける
さゞ浪や志賀《しが》のみやこはあれにしをむかしながらの山ざくらかな
よみ人しらず・千載和歌集一（春上）
橿原宮《カシバラノミヤ》は、この辺《わた》りにぞ有《リ》つらんと思ひて、
畝《うね》火山《びやま》見れば畏《かしこ》し橿原《かしばら》の日知《ひじ》りの御《ミ》世の大宮どころ
本居宣長・菅笠日記

【本歌】
ささなみの国つ御神《みかみ》の心《うら》さびて荒れたる京《みやこ》見れば悲しも
高市黒人・万葉集一（33）

【本歌取とされる例歌】
月歌あまたよませ侍ける時よみ侍ける
さゞなみや国《くに》つ御神《みかみ》のうらさへ《(え)》て古《ふる》き都《みやこ》に月ひとりすむ
藤原忠通・千載和歌集十六（雑上）

【本歌】
紀伊国に幸しし時の川島皇子の御作歌
白波《しらなみ》の浜松が枝《え》の手向草《たむけぐさ》幾代《いくよ》までにか年の経《へ》ぬらむ
川島皇子・万葉集一（34）

【本歌取とされる例歌】
百首歌の中に、松をよめる
玉藻《たまも》刈《か》る伊良胡《いらこ》が崎《さき》の岩根《いはね》松いくよまでにか年《とし》のへぬらむ
藤原顕季・千載和歌集十六（雑上）
百首歌に
逢《あ》ふことをけふ松《まつ》が枝《え》の手向《たむけ》草いく世《よ》しほるゝ袖《そで》とかはしる
式子内親王・新古今和歌集十三（恋三）

【本歌】
見れど飽かぬ吉野の河の常滑《とこなめ》の絶ゆることなくまた還《かへ》り見む
柿本人麻呂・万葉集一（37）

【本歌取とされる例歌】
寄滝恋
いはゞしる滝《たぎ》つ山川《やまがは》とこなめにたゆることなくあふよしもがな
賀茂真淵・賀茂翁家集拾遺

【本歌】
東《ひむかし》の野に炎《かぎろひ》の立つ見えてかへり見すれば月傾《かたぶ》きぬ
柿本人麻呂・万葉集一（48）

【本歌取とされる例歌】
名所月といふ事を人のよむを
ぬば玉の夜は更けぬらししもとゆふかづらき山に月かたぶきぬ
賀茂真淵・賀茂翁家集拾遺

【本歌】
明日香宮より藤原宮に遷居りし後、志貴皇子の御作歌
采女《うねめ》の袖吹きかへす明日香風《あすかかぜ》都を遠みいたづらに吹く
志貴皇子・万葉集一（51）

【本歌取とされる例歌】
ふるさとや冬はあすかの川風《かぜ》にいたづらならずうつ衣《ころも》かな
藤原家隆・家隆卿百番自歌合
飛鳥河《〈あすかがは〉》遠き梅が枝にほふ夜《よ》はいたづらにやは春風の吹
藤原定家・定家卿百番自歌合
あすか風川音更《ふ》けてたをやめの袖に霞《かす》める春の夜《よ》の月
宗尊親王・文応三百首
荒《あ》れ果《は》つるあすかの里《さと》の郭公宮《〈みや〉》こを遠《とを》み音《ね》をや鳴《な》くらん
宗尊親王・文応三百首

［注解］参考歌「ふりにけるあすかのさとのほととぎすなくねばかりやかはらざるらん」（藤原兼経・続古今和歌集三・夏）

立秋

いたづらに吹《ふ》くとおもひし明日香風《あすかゝぜ》秋《あき》くるけふのしるしなりけり

慶運・慶運百首

わが庵《いほ》は都《みやこ》をとを《(ほ)》み人もこでいたづらに吹《ふ》く軒《のき》の松風

頓阿・頓阿法師詠

雪

雪はなを《(ほ)》つもりもやらず明日香風《あすかゝぜ》いたづらにのみさえくらしつゝ

頓阿・頓阿法師詠

【本歌】

あさもよし紀人羨《きひととも》しも亦打山《まつちやま》行き来《く》と見らむ紀人羨しも

調淡海・万葉集一（55）

【本歌取とされる例歌】

鹿

あさもよし木人《きびと》ともしきま土山夕越行《こえゆけ》ばさをしか啼《なく》も

田安宗武・悠然院様御詠草

【本歌】

山上臣憶良大唐にある時、本郷を憶ひて作る歌

いざ子ども早く大和《やまと》へ大伴《おほとも》の御津《みつ》の浜松待ち恋ひぬらむ

山上憶良・万葉集一（63）

【本歌取とされる例歌】

大伴《おほとも》の御津《みつ》の浜風吹はらへ松とも見えじうづむ白雪

藤原定家・定家卿百番自歌合

大伴《おほとも》の御津《みつ》の浜《はま》松霞《かす》むなりはや日の本《もと》に春や来《き》ぬらん

宗尊親王・文応三百首

浦松

待《ま》ちこふる人ありとてもなにならん世はあだ浪《なみ》の御津《みつ》の浜《はま》松

心敬・寛正百首

若菜

いざこどもわかなつみてむ霞《かすみ》ゐる春日《かすが》の野辺の若菜つみてむ

田安宗武・悠然院様御詠草

【本歌】

慶運三年丙午、難波の宮に幸し時

志貴皇子の御作歌

葦辺《あしべ》行く鴨《かも》の羽《は》がひに霜降りて寒き夕べは大和《やまと》し思ほゆ

志貴皇子・万葉集一（64）

【本歌取とされる例歌】

蘆べ行《(ゆく)》かもの羽《は》がひの夕霜をよそにはなかぬさ夜千鳥《どり》哉

藤原家隆・家隆卿百番自歌合

水鳥を

蘆辺《あしべ》ゆく鴨《かも》の羽交《はがひ》になみこえてはらはぬ霜《しも》も《ゝ》置きやかぬらん

兼好・兼好法師集

［注解］参考歌「埼玉の小埼の沼に鴨そ翼きる己が尾に降り置ける霜を掃ふとにあらし」（作者不詳・万葉集九・1744）

関白家三百番歌合に、寄鳥恋といふ事をよみてつかはしける

嘆きつつ独《ひと》りやさねんあしべ行《ゆ》くかもの羽《は》がひも霜さゆる夜《よ》に

耕雲・新葉和歌集十一（恋一）

［注解］「君こずはひとりやねなんさゝの葉のみ山もそよにさやぐ霜夜を」（藤原清輔・新古今和歌集六・冬）も本歌とされる。

【本歌】

太上天皇、吉野の宮に幸しし時、高市連黒人の作る歌

大和《やまと》には鳴きてか来《く》らむ呼子鳥《よぶこどり》象《きさ》の中山呼びそ越ゆなる

高市黒人・万葉集一（70）

【本歌取とされる例歌】

名所時鳥

鈴鹿《か》山鳴て越《こ》ゆなるほとゝぎす伊《い》勢まで誰《たれ》を夜半《よは》に問覧《〈とふらん〉》

賀茂真淵・あがた居の歌集

【本歌】

和銅三年庚戌の春二月、藤原宮より寧楽宮に遷りまし時に、御輿を長屋の原に停めて迴かに古郷を望みて作る歌

飛鳥《とぶとり》の明日香の里を置きて去《い》なば君があたりは見えずかもあらむ

作者不詳・万葉集一（78）

【本歌取とされる例歌】

冬はたゞ飛鳥《あすか》の里《さと》の旅枕おきてやいなむ秋の白露

藤原定家・定家卿百番自歌合

【本歌】

大津皇子、石川郎女に贈る御歌一首

あしひきの山のしづくに妹《いも》待つとわれ立ち濡れぬ山のしづくに

大津皇子・万葉集二（107）

【本歌取とされる例歌】

旅宿恋といへる事をよめる

恋《こひ》しさを妹《いも》知《し》るらめや旅寝《たびね》して山《やま》のしづくに袖ぬらすとは

藤原顕季・金葉和歌集八（恋下）

賀茂にまうでて侍りけるに、人の、ほとゝぎす鳴かなんと申けるあけぼの、片岡の梢お《（を）》かしく見え侍ければ

ほとゝぎす声まつほどは片岡《かたをか》のもりのしづくに立《た》ちやぬれまし

紫式部・新古今和歌集三（夏）

百首歌たてまつりし時

立《た》ちぬるゝ山の雫《しづく》もを《（お）》とたえて真木《ま》の下《した》葉にたるひしにけり

守覚法親王・新古今和歌集六（冬）

【本歌】

柿本朝臣人麿、石見国より妻に別れて上り来る時の歌

石見《いはみ》の海　角《つの》の浦廻《うらみ》を……　朝羽振《あさはふ》る　風こそ寄せめ　夕羽振《ゆふはふ》る　浪こそ来寄せ　浪の共《むた》　か寄りかく寄る　玉藻なす　寄り寝し妹《いも》を……

柿本人麻呂・万葉集二（131）

【本歌取とされる例歌】

玉藻なすかよりかくよりたゞよひて清《すむ》べきまではなのりそやゆめ

田安宗武・悠然院様御詠草

おきつものかなりかくなりかくしつゝきのふもくらしけふもくらしつ

良寛・はちすの露

【本歌】

石見のや高角山《たかつのやま》の木の際《ま》よりわが振る袖を妹見つらむか

柿本人麻呂・万葉集二（132）

【本歌取とされる例歌】

堀川院御時百首歌たてまつりける時、恋の心をよめる

木《こ》の間《ま》よりひれ振《ふ》る袖《そで》をよそに見《み》ていかゞはすべき松浦佐用姫《まつらさよひめ》

藤原基俊・千載和歌集十四（恋四）

［注解］「海原の沖行く舟を帰れとか領巾振らしけむ松浦佐用比売」（作者不詳・万葉集五・874）も本歌とされる。

【本歌】

小竹《ささ》の葉はみ山もさやに乱《みだ》るともわれは妹思ふ別れ来ぬれば

柿本人麻呂・万葉集二（133）

【本歌取とされる例歌】

百首歌たてまつりし時

さゝの葉はみ山もさやにうちそよぎこほれる霜を吹《〈ふく〉》嵐かな

藤原良経・新古今和歌集六（冬）

崇徳院御時、百首歌たてまつりけるに

君こずはひとりやねなんさゝの葉のみ山もそよにさやぐ霜夜《よ》を

藤原清輔・新古今和歌集六（冬）

［注解］「さかしらに夏は人まね笹の葉のさやぐ霜夜をわがひとり寝る」（よみ人しらず・古今和歌集十九・雑体）も本歌とされる。

【本歌】

有間皇子、自ら傷みて松が枝を結ぶ歌

磐代《いはしろ》の浜松が枝を引き結び真幸《まさき》くあらばまた還り見む

有間皇子・万葉集二（141）

【本歌取とされる例歌】

永承四年内裏歌合に、松をよめる

岩代《いはしろ》の尾上《をのへ》の風《かぜ》に年《とし》ふれど松《まつ》のみどりはかはらざりけり

藤原資仲・後拾遺和歌集十八（雑四）

松風増恋

磐代《いはしろ》の松風《かぜ》聞《き》けば物おもふ人も心ぞむすぼゝれける

西行・山家集

結《むす》び置きし契《ちぎり》よいかに岩代《いはしろ》のまつにむなしき世《よ》を重《かさ》ぬらん

宗尊親王・文応三百首

【本歌】

磐代の野中《のなか》に立てる結び松情《こころ》も解けず古《いにしへ》思ほゆ

長意吉麿・万葉集二（144）

【本歌取とされる例歌】

なぞ〳〵物語しける所に

我《わ》が事はえもいはしろの結松《〈むすびまつ〉》千とせをふとも誰《たれ》か解《と》くべき

曾禰好忠・拾遺和歌集九（雑下）

岩代《いはしろ》の結《むす》べる松《まつ》にふる雪《ゆき》は春《はる》もとけずやあらんとすらむ

中納言女王・金葉和歌集四（冬）

三首歌よませられしに、おなじ心を

岩代《いはしろ》の松吹《ふ》く風に鳴鹿《しか》は心もとけぬつまや恋《こ》ふらん

頓阿・頓阿法師詠

【本歌】

柿本朝臣人麿、泊瀬部皇女忍坂部皇子に献る歌一首

飛鳥《とぶとり》の　明日香《あすか》の河の　上《かみ》つ瀬に……　玉垂《たまだれ》の　越智《をち》の大野《おほの》の
朝露に　玉裳《たまも》はひづち　夕霧に　衣は沾《ぬ》れて……

柿本人麻呂・万葉集二（194）

【本歌取とされる例歌】

百首歌奉りし時、野月

ふけにけりおきそふ露も玉だれのこすの大野《おほの》の夜半《よは》の月かげ

堯孝・新続古今和歌集四（秋上）

【本歌】

和銅四年歳次辛亥、河辺宮人、姫島の松原に嬢子の屍を見て悲しび歎きて作る歌

妹《いも》が名は千代に流れむ姫島の子松《こまつ》が末《うれ》に蘿《こけ》むすまでに

河辺宮人・万葉集二（228）

【本歌取とされる例歌】

見渡《みわた》せば潮風荒《しほかぜあら》し姫《ひめ》島の小松がうれにかゝる白《しら》浪

宗尊親王・文応三百首

【本歌】

高円《たかまと》の野辺《のべ》の秋萩《あきはぎ》いたづらに咲きか散るらむ見る人無しに

笠金村・万葉集二（231）

【本歌取とされる例歌】

古郷萩

古郷のもとあらの小萩いたづらに見る人なしみさきか散るらむ

源実朝・金槐和歌集

［注解］「ふるさとのもとあらの小萩さきしより夜な〳〵庭の月ぞうつろふ」（藤原良経・新古今和歌集四・秋上）も本歌とされる。

【本歌】

天皇、志斐の嫗に賜ふ御歌一首

不聴《いな》と言へど強《し》ふる志斐《しひ》のが強語《しひがたり》このころ聞かずて朕《われ》恋ひにけり

持統天皇・万葉集三（236）

【本歌取とされる例歌】

およしさによみておくる

かしましとおもてぶせにはいひしかどこのごろ見ねばこひしかりける

良寛・良寛自筆歌抄

【本歌】

留火《ともしび》の明石大門《あかしおほと》に入る日にか漕《こ》ぎ別れなむ家のあたり見ず

柿本人麻呂・万葉集三（254）

【本歌取とされる例歌】

ともしびのあかしの門《と》より見渡せばやまとしま辺《べ》は霞かをれり

田安宗武・悠然院様御詠草

【本歌】

天離《あまざか》る夷《ひな》の長道《ながぢ》ゆ恋ひ来れば明石の門《と》より大和島見ゆ

柿本人麻呂・万葉集三（255）

【本歌取とされる例歌】

旅

天離《あまさか》る鄙《ひな》の長路《ながぢ》に日数経《ひかずへ》て落《お》ちぶれぬべき身をいかにせん

藤原俊成・長秋詠藻

【本歌】

飼飯《けひ》の海の庭《には》好くあらし刈薦《かりこも》の乱れ出づ見ゆ海人《あま》の釣船

柿本人麻呂・万葉集三（256）

【本歌取とされる例歌】

釣舟

大魚《おほな》つるさがみの海の夕なぎにみだれていづる海士小舟《あまをぶね》かも

賀茂真淵・賀茂翁家集拾遺

【本歌】

柿本朝臣人麿、近江国より上り来る時、宇治河の辺に至りて作る歌一首

もののふの八十《やそ》氏河《うぢがは》の網代木《あじろき》にいさよふ波の行く方《へ》知らずも

柿本人麻呂・万葉集三（264）

【本歌取とされる例歌】

あじろ木にいざよふ浪のを《（お）》とふけてひとりや寝《ね》ぬる宇治《うぢ》の橋姫《はしひめ》

慈円・新古今和歌集六（冬）

網代《あじろ》木に桜《さくら》こきまぜ行春《（ゆく）》のいさよふ浪をえやはとゞむる

藤原定家・定家卿百番自歌合

【本歌】

長忌寸奥麿の歌一首

苦しくも降り来る雨か神《みわ》の崎狭野《さの》の渡《わた》りに家もあらなくに

長意吉麿・万葉集三（265）

【本歌取とされる例歌】

百首歌たてまつりし時

駒《こま》とめて袖うちはらふかげもなしさのゝわたりの雪の夕暮《ゆふぐれ》

藤原定家・新古今和歌集六（冬）

［注解］参考歌「さゝのくまひのくま河に駒とめてしばし水飼へかげをだにみむ」（よみ人しらず・古今和歌集二十・神遊びの歌）、「うちはらふ袖も露けきとこなつにあらし吹きそふ秋も来にけり」（紫式部・源氏物語・帚木）。

渡雁

秋寒し佐野の《さのゝ》渡《わた》りの小《さ》夜時雨旅《たび》なる雁は家もあらなくに

三条西実隆・再昌草

【本歌】

淡海《あふみ》の海《うみ》夕波千鳥汝《な》が鳴けば情《こころ》もしのに古《いにしへ》思ほゆ

柿本人麻呂・万葉集三（266）

【本歌取とされる例歌】

けふの日も夕なみちどり音《ね》に鳴《なき》てたちもかへらぬ昔をぞおもふ

小沢蘆庵・六帖詠草

【本歌】

桜田へ鶴《たづ》鳴き渡る年魚市潟《あゆちがた》潮干《しほひ》にけらし鶴《たづ》鳴き渡る

高市黒人・万葉集三（271）

【本歌取とされる例歌】

雁の歌を人も詠むに

見渡《わた》せば穂の上《へ》霧あふ桜田へ雁鳴《な》きわたる秋の夕暮

賀茂真淵・あがた居の歌集

【本歌】

何処《いづく》にかわれは宿らむ高島の勝野《かちの》の原にこの日暮れなば

高市黒人・万葉集三（275）

【本歌取とされる例歌】

高島《たかしま》やかちのゝ原に宿とへばけふやはゆかむをちの白雲

藤原家隆・家隆卿百番自歌合

いづくにか宿をも借《か》らん有間山猪名野の《いなのゝ》原《はら》の夕立《ゆふだち》の空《そら》

宗尊親王・文応三百首

［注解］「しなが鳥猪名野を来れば有間山夕霧立ちぬ宿は無くて」（作者不詳・万葉集七・一一四〇）も本歌とされる。

【本歌】

弁基の歌一首

亦打山《まつちやま》夕越え行きて廬前《いほさき》の角太河原《すみだがはら》に独りかも宿《ね》む

春日老・万葉集三（298）

【本歌取とされる例歌】

わがおもふ人にみせばやもろともに隅田川原《すみだがはら》の夕暮《ゆふぐれ》の空《そら》

藤原俊成・長秋詠藻

【本歌】

昔見し象《きさ》の小河《をがは》を今見ればいよよ清《さや》けくなりにけるかも

大伴旅人・万葉集三（316）

【本歌取とされる例歌】

河

いよゝ清く成《なり》にしといひしきさ川は今いかならむ見まほしきかも

田安宗武・悠然院様御詠草

【本歌】

田児《たご》の浦ゆうち出《い》でて見れば真白《ましろ》にぞ不尽の高嶺に雪は降りける

山部赤人・万葉集三（318）

【本歌取とされる例歌】

建武二年内裏千首に、春天象

朝《あさ》ぼらけ霞《かすみ》へだてゝ田子《たご》の浦にうちいでゝみれば山のはもなし

頓阿・頓阿法師詠

さきつ年のけふかへさに、佃島に舟さしよせて月見き。ことしもまたしかものせむとて深川を出る程に、ふじのねの見えければ

深川を漕出《こぎいで》て見れば入日さし富士の高根のさやけく見ゆかも

田安宗武・悠然院様御詠草

［注解］「わたつみの豊旗雲に入日見し今夜の月夜さやに照りこそ」（天智天皇・万葉集一・15）も本歌とされる。

【本歌】

不尽《ふじ》の嶺《ね》に降り置く雪は六月《みなづき》の十五日《もち》に消ぬればその夜《よ》降りけり

高橋虫麿・万葉集三（320）

【本歌取とされる例歌】

消《〈きえ〉》てふる雪がちりけむみな月のふじのすそのゝ夕立の雨

上田秋成・藤簍冊子

六月十四日は、こぞ暉昌が身まかりし日なれば、としごろのむつびわすれがたきに、たよりにつけていひつかはしける

天の原ふじの高嶺《たかね》の白雪のきえぬる時と聞《きく》ぞかなしき

賀茂真淵・賀茂翁家集拾遺

【本歌】

沙弥満誓の歌一首

世間《よのなか》を何に譬《たと》へむ朝びらき漕ぎ去《い》にし船の跡なきがごと

満誓・万葉集三（351）

【本歌取とされる例歌】

父のおもひにてありけるころ

浪の上をこぎ行《ゆく》舟の跡もなき人を見ぬめのうらぞ悲しき

賀茂真淵・賀茂翁家集拾遺

【本歌】

武庫《むこ》の浦を漕ぎ廻《み》る小舟《をぶね》粟島《あはしま》を背向《そがひ》に見つつ羨《とも》しき小舟

山部赤人・万葉集三（358）

【本歌取とされる例歌】

波《なみ》かくる武庫《むこ》の浦《うら》風音さえて粟島白《あはしましろ》く雪ぞつもれる

宗尊親王・文応三百首

【本歌】

阿倍《あべ》の島鵜《う》の住む礒《いそ》に寄する波間《ま》なくこのころ大和し思《おも》ほゆ

山部赤人・万葉集三（359）

【本歌取とされる例歌】

岩の上《うへ》に浪越《なみこ》すあべの島つ鳥うき名にぬれて恋つゝぞふる

藤原家隆・家隆卿百番自歌合

【本歌】

湯原王、芳野にて作る歌一首

吉野なる夏実《なつみ》の河の川淀《かはよど》に鴨《かも》そ鳴くなる山陰《かげ》にして

湯原王・万葉集三（375）

【本歌取とされる例歌】

十首歌よませられしに、河冬月

さゆる夜《よ》の月のやどかるなつみ川《がは》こほりもはてず山陰《かげ》にして

頓阿・頓阿法師詠

水辺納涼

立《たち》よれば山陰《やまかげ》すゞし夏み川夏てふことやなみのぬれぎぬ

賀茂真淵・賀茂翁家集拾遺

［注解］「山高み白木綿花に落ち激つ夏身の川門見れど飽かぬかも」（大倭・万葉集九・1736）も本歌とされる。

【本歌】

大網公人主、宴に吟ふ歌一首

須磨の海人《あま》の塩焼衣《しほやきぎぬ》の藤衣《ふぢごろも》間遠《まとほ》にしあればいまだ着《き》なれず

大網公人主・万葉集三（413）

【本歌取とされる例歌】

須磨《すま》のあまの塩《しほ》やき衣おさ《（を）》をあらみまどを《（ほ）》にあれやきみが来《き》まさぬ

よみ人しらず・古今和歌集十五（恋五）

おなじ所に宮仕へし侍て常に見ならしける女につかはしける

伊勢の海に塩焼《や》く海人《あま》の藤衣なるとはすれど逢《あ》はぬ君哉《〈かな〉》

凡河内躬恒・後撰和歌集十一（恋三）

【本歌】

或る本の反歌

隠口《こもりく》の泊瀬《はつせ》少女《をとめ》が手に纏《ま》ける玉は乱れてありといはずやも

山前王・万葉集三（424）

【本歌取とされる例歌】

たれゆへ《（ゑ）》に思ふとかしる初瀬女の手にまく玉のを《（お）》のれみだれて

藤原為家・中院詠草

【本歌】

和銅四年辛亥、河辺宮人、姫島の松原に美人の屍を見て、哀慟びて作る歌

風速《かざはや》の美保《みほ》の浦廻《うらみ》の白《しら》つつじ見れどもさぶし亡《な》き人思へば

河辺宮人・万葉集三（434）

【本歌取とされる例歌】

萩《はぎ》が花見れば悲しな去《い》にし人帰《かへ》らぬ野べに匂《にほ》ふと思へば

賀茂真淵・あがた居の歌集

【本歌】

月移りて後、秋風を悲しび嘆きて家持の作る歌一首

うつせみの世は常なしと知るものを秋風寒み偲《しの》ひつるかも

大伴家持・万葉集三（465）

【本歌取とされる例歌】

空蟬《うつせみ》の世は常なれよみ吉野のよしのの桜あく迄《まで》もみむ
千種有功・千々廼舎集

【本歌】
田部忌寸櫟子、大宰に任けらえし時の歌
朝《あさ》日影にほへる山に照る月の飽かざる君を山越《ごし》に置きて
田部櫟子・万葉集四（495）

【本歌取とされる例歌】
朝《あさ》日かげにほへる山の桜《さくら》花つれなくきえぬ雪かとぞ見る
藤原有家・新古今和歌集一（春上）
［注解］参考歌「み吉野の山べにさけるさくら花雪かとのみぞあやまたれける」（紀友則・古今和歌集一・春上）

【本歌】
柿本朝臣人麿の歌
み熊野の浦の浜木綿《はまゆふ》百重《ももへ》なす心は思《も》へど直《ただ》に逢はぬかも
柿本人麻呂・万葉集四（496）

【本歌取とされる例歌】
若王子の花は今盛りにて、日よく晴れたる空の、白雲たち出でたるやうに見えて、すこしうち散りたるに、滝の淀みまさる心地して、静かなる山嵐に霞のたゞよひたるなど、言の葉もを《（お）》よばずぞ見えし
三熊野《みくまの》の山ざくらともしら雲の波をかさぬる浦《うら》の浜木綿《はまゆふ》
正徹・永享九年正徹詠草
浜千鳥
はまゆふの浪にくだけて啼《な》く千鳥百重《ももへ》に思ふ妻やつれなき
武者小路実陰・芳雲和歌集

【本歌】
碁檀越の伊勢国に往きし時、留れる妻の作る歌一首
神風《かむかぜ》の伊勢の浜荻《はまをぎ》折り伏せて旅宿《ね》やすらむ荒き浜辺に
碁檀越妻・万葉集四（500）

【本歌取とされる例歌】
潮風《しほかぜ》に伊勢《いせ》の浜荻《はまをぎ》ふせばまづ穂《ほ》ずゑを浪のあらたむる哉
西行・山家心中集
月前旅宿といへる心をよめる
あたら夜を伊《い》勢の浜荻折《はまをぎを》りしきて妹恋《いもこひ》しらに見《み》つる月かな
藤原基俊・千載和歌集八（羇旅）
人心あらいそなみにをりかねてよそにや寝《ね》なむ伊勢《いせ》の浜荻
藤原家隆・家隆卿百番自歌合

【本歌】
柿本朝臣人麿の歌
未通女等《をとめら》が袖布留《ふる》山の瑞垣《みづかき》の久しき時ゆ思ひきわれは
柿本人麻呂・万葉集四（501）

【本歌取とされる例歌】
堀川院の御時の百首の歌のうちに、霞の歌とてよめる
わぎもこが袖振《そでふる》山も春きてぞかすみのころもたちわたりける
大江匡房・千載和歌集一（春上）
花の色をそれかとぞ思ふ乙女子《（をとめご）》が袖振山《ふるやま》の春の曙
藤原定家・定家卿百番自歌合

【本歌】

夏野ゆく牡鹿《をしか》の角《つの》の束《つか》の間《ま》も妹が心を忘れて思《おも》へや

柿本人麻呂・万葉集四（502）

【本歌取とされる例歌】

水無瀬の恋十五首歌合に、夏恋を

草ふかき夏《なつ》野わけゆくさを鹿《しか》のねをこそたてね露《つゆ》ぞこぼるゝ

藤原良経・新古今和歌集十二（恋二）

【本歌】

来《こ》むといふも来《こ》ぬ時あるを来《こ》じといふを来《こ》むとは待たじ来《こ》じといふものを

大伴坂上郎女・万葉集四（527）

【本歌取とされる例歌】

かれがれになれるとふ恋のこころを

来《こ》むとふも来ぬ空言《そらごと》になれなれて今はた来じとおもひなりぬる

楫取魚彦・楫取魚彦詠藻

【本歌】

海上王の和へ奉る歌一首

梓弓《あづさゆみ》爪引《つまひ》く夜音《よと》の遠音《とほと》にも君が御幸《みゆき》を聞《き》かくし好《よ》しも

海上王・万葉集四（531）

【本歌取とされる例歌】

弓

梓弓《あづさゆみ》夜音《よと》の遠音《とほと》も守りとはなるとふものぞよとの遠音も

楫取魚彦・楫取魚彦詠藻

【本歌】

草香江《くさかえ》の入江に求食《あさ》る葦鶴《あしたづ》のあなたづたづし友無しにして

大伴旅人・万葉集四（575）

【本歌取とされる例歌】

冬江

霜寒《さむ》き夜なく〳〵聞《き》けば草香《か》江の枯《〈かれ〉》なでたづのたゞひとり鳴

三条西実隆・再昌草

ものまうでし侍し時、磯のほとりに松一本ありしを見てよめる

梓弓磯《いそ》べに立《た》てるひとつ松あなつれ〴〵げ友《とも》なしにして

源実朝・金槐和歌集

【本歌】

白鳥《しらとり》の飛羽《とば》山松の待ちつつそわが恋ひわたるこの月ごろを

笠女郎・万葉集四（588）

【本歌取とされる例歌】

雲

やすらひに出《い》でける方《かた》も白鳥《しらとり》の飛羽《とば》山松のねにのみぞなく

藤原定家・定家卿百番自歌合

白鳥のとば山松になびく雲ひと羽ばかりもするゐにおくれて

大隈言道・草径集

【本歌】

笠女郎、大伴宿禰家持に贈る歌

わが屋戸《やど》の夕影草《ゆふかげくさ》の白露の消《け》ぬがにもとな思ほゆるかも

笠女郎・万葉集四（594）

【本歌取とされる例歌】

法性寺入道前関白太政大臣家歌合に

庭におふるゆふかげ草のした露《つゆ》や暮《くれ》を待《ま》つまの涙なるらん

藤原道経・新古今和歌集十三（恋三）

【本歌】

八百日《やほか》行く浜の沙《まなご》もわが恋にあに益《まさ》らじか沖つ島守《しまもり》

作者不詳・万葉集四（596）

【本歌取とされる例歌】

賀茂社の後番歌合とて、神主重保がよませ侍ける
時よめる

八百日行く浜《はま》のまさごをしきかへて玉《たま》になしつる秋《あき》の夜の月

藤原長方・千載和歌集四（秋上）

【本歌】

皆人を寝よとの鐘は打つなれど君をし思《も》へば寝《い》ねかてぬかも

笠女郎・万葉集四（607）

【本歌取とされる例歌】

月真院にて月あかき夜かねをきゝて

月にこそひるのあつさも忘るゝを誰にねよとのかねひゞくらん

小沢蘆庵・六帖詠草

【本歌】

相思《あひおも》はぬ人を思ふは大寺の餓鬼《がき》の後《しりへ》に額《ぬか》づくがごと

笠女郎・万葉集四（608）

【本歌取とされる例歌】

思はぬを思《おも》ひしほどに比《くら》ぶれば思《おも》ふを思ふ人ぞ少《すく》なき

賀茂真淵・あがた居の歌集

【本歌】

湯原王の歌一首

月読《つくよみ》の光に来ませあしひきの山来隔《きへな》りて遠からなくに

湯原王・万葉集四（670）

【本歌取とされる例歌】

つきゆみのひかりをまちてかへりませやまぢはくりのいがのしげきに

良寛・はちすの露

【本歌】

中臣女郎、大伴宿禰家持に贈る歌

をみなへし咲く沢に生ふる花かつみかつても知らぬ恋もするかも

中臣女郎・万葉集四（675）

【本歌取とされる例歌】

ほとゝぎす鳴《な》くやさ月のあやめ草あやめも知《し》らぬ恋《こひ》もする哉《かな》

よみ人しらず・古今和歌集十一（恋一）

［注解］「珠洲の海人の　沖つ御神に……　心慰に　霍公鳥　来鳴く五月の　菖蒲草……」（大伴家持・万葉集十八・4101）も本歌とされる。

【本歌】

大伴宿禰家持、娘子に贈る歌

千鳥鳴く佐保の河門《かはと》の清き瀬を馬うち渡し何時か通はむ

大伴家持・万葉集四（715）

【本歌取とされる例歌】

冬

うちわたす衣手《ころもで》さむし友千鳥つまよぶ夜半のさほの河かぜ

藤原為家・中院詠草

【本歌】

大伴坂上大嬢、大伴宿禰家持に贈る歌

わが名はも千名《ちな》の五百名《いほな》に立ちぬとも君が名立たば惜しみこそ泣け

大伴坂上大嬢・万葉集四（731）

【本歌取とされる例歌】

玉垂《たまだれ》の小簾《をす》のたれ簾の誰《たれ》により千名《ちな》の五百名《いほな》にたてる我が名ぞ

楫取魚彦・楫取魚彦詠藻

［注解］「玉垂の小簀の垂簾を行きかてに寝は寝さずとも君は通はせ」（作者不詳・万葉集十一・2556）も本歌とされる。

【本歌】

大伴坂上郎女、竹田庄より女子の大嬢に贈る歌

うち渡す竹田の原に鳴く鶴《たづ》の間無く時無しわが恋ふらくは

大伴坂上郎女・万葉集四（760）

［注解］参考歌「恋衣着奈良の山に鳴く鳥の間無く時無しわが恋ふらくは」（作者不詳・万葉集十二・3088）、「衣手の真若の浦の真砂子地間無く時無しわが恋ふらくは」（作者不詳・万葉集十二・3168）。

【本歌取とされる例歌】

相聞

浪《なみ》の音《おと》のあらき磯《いそ》わの白真砂《しらまなご》まなく時なし我がこふらくは

楫取魚彦・楫取魚彦詠藻

うぐひすを

打渡《〈うちわた〉》す竹田が原の雪のうちにうぐひす鳴《〈なき〉》ぬ春の初声《はつこゑ》

賀茂真淵・あがた居の歌集

【本歌】

梅の花散り乱《まが》ひたる岡傍《び》には鶯鳴くも春方設《かたま》けて

榎氏鉢麿・万葉集五（838）

【本歌取とされる例歌】

むめがえにはなふみちらすうぐひすのなくこゑきけばはるかたまけぬ

良寛・良寛自筆歌抄

【本歌】

雪の色を奪ひて咲ける梅の花今盛りなり見む人もがも

作者不詳・万葉集五（850）

【本歌取とされる例歌】

鳥羽殿にて人〳〵歌つかうまつりけるに、卯花の

こゝろをよめる

ゆきの色《いろ》をうばひてさける卯《う》の花に小野の《をのゝ》里《さと》人ふゆごもりすな

藤原公実・金葉和歌集二（夏）

【本歌】

梅の花夢《いめ》に語らく風流《みや》びたる花と我思《あれも》ふ酒に浮《うか》べこそ

作者不詳・万葉集五（852）

【本歌取とされる例歌】

我岡の林の梅を宮人《〈みやびと〉》の酒にうかべて我にたまはす

上田秋成・藤簍冊子

【本歌】

答ふる詩に曰はく

玉島のこの川上《かはかみ》に家はあれど君を恥《やさ》しみ顕《あらは》さずありき

作者不詳・万葉集五（854）

【本歌取とされる例歌】

月もよし氷ふみわけ玉島《しま》のこの川上に宿《やど》はたづねん

藤原家隆・家隆卿百番自歌合

家居《ゐ》してたが住《す》むならし玉島のこの河上に衣《ころも》うつ声《こゑ》

宗尊親王・文応三百首

河辺霞

玉島《しま》やいく瀬《せ》の淀《よど》に霞《かす》むらむかはかみ遠《とを》し春《はる》のあけぼの

頓阿・頓阿法師詠

［注解］「松浦川七瀬の淀はよどむともわれはよどまず君をし待たむ」（作者不詳・万葉集五・860）も本歌とされる。

【本歌】

娘らの更報ふる歌

若鮎釣る松浦の川の川波の並《なみ》にし思《も》はばわれ恋ひめやも

作者不詳・万葉集五（858）

【本歌取とされる例歌】

み吉野《よしの》の大河《おほかは》のへの藤《ふぢ》なみのなみに思《おも》はば我恋《こ》ひめやは

よみ人しらず・古今和歌集十四（恋四）

【本歌】

松浦川七瀬《ななせ》の淀はよどむともわれはよどまず君をし待たむ

作者不詳・万葉集五（860）

河辺霞

玉島《しま》やいく瀬《せ》の淀《よど》に霞《かす》むかはかみ遠し春《はる》のあけぼの

頓阿・頓阿法師詠

［注解］「玉島のこの川上に家はあれど君を恥しみ顕さずありき」（作者不詳・万葉集五・854）も本歌とする。

【本歌】

最最後の人の追ひて和ふる

海原の沖行く船を帰れとか領巾振らしけむ松浦佐用比売

作者不詳・万葉集五（874）

【本歌取とされる例歌】

堀川院御時百首歌たてまつりける時、恋の心をよめる

木の間《こま》よりひれ振《ふ》る袖《そで》をよそに見《み》ていかゞはすべき松浦佐用姫《まつらさよひめ》

藤原基俊・千載和歌集十四（恋四）

［注解］「石見のや高角山の木の際よりわが振る袖を妹見つらむか」（柿本人麻呂・万葉集二・132）も本歌とされる。

【本歌】

貧窮問答の歌一首

風雑《まじ》へ　雨降る夜《よ》の　雨雑《まじ》へ　雪降る夜《よ》は　術《すべ》もなく　寒くしあれば　堅塩《かたしほ》を　取《と》りつづしろひ……

山上憶良・万葉集五（892）

【本歌取とされる例歌】

かぜまぜに　ゆきはふりきぬ　ゆきまぜに　かぜはふきゝぬ

あづさゆみ　はるにはあれど……

良寛・良寛自筆歌抄

【本歌】

若の浦に潮満ち来れば潟《かた》を無み葦辺《あしべ》をさして鶴《たづ》鳴き渡る

山部赤人・万葉集六（919）

【本歌取とされる例歌】

なには潟潮《がたしほ》みちくらしあま衣たみのの島にたづなきわたる

よみ人しらず・古今和歌集十七（雑上）

和歌所歌合に、海辺月といふことを

和歌《わか》の浦《うら》に月の出《い》で潮《しほ》のさすまゝに夜《よる》なく鶴《つる》の声ぞかなしき

慈円・新古今和歌集十六（雑上）

【本歌】

万代《よろづよ》に見とも飽かめやみ吉野の激《たぎ》つ河内《かふち》の大宮所《おほみやどころ》

笠金村・万葉集六（921）

【本歌取とされる例歌】

山の端《は》も見えぬに、耳成山《ミヽナシ》のみぞ、西北《ニシキタ》といはんには、北《キタ》に寄《よ》りて、物うち置《お》きたらんやうに、たゞひとつ、これは、畝傍《うねび》山よりも今少《すこ》し近《ちか》く見えたるなど、すべて〳〵四方《よも》山の眺《なが》めまで、

とりよろふ天《あめ》の香《かぐ》山万代に見とも飽《あ》かめや天《あめ》の香《かぐ》山

といふを聞て、「なぞ今日《けふ》の歌の古《ふる》めかしきは」と、人の咎《とが》めけるに、

本居宣長・菅笠日記

[注解]「大和には　群山あれど　とりよろふ　天の香具山　登り立ち　国見をすれば　国原は　煙立ち立つ　海原は　鷗立ち立つ　うまし国そ　蜻蛉島　大和の国は」（舒明天皇・万葉集一・2）も本歌とされる。

【本歌】

ぬばたまの夜《よ》の更《ふ》けゆけば久木生《ひさきお》ふる清き川原に千鳥しば鳴く

山部赤人・万葉集六（925）

【本歌取とされる例歌】

烏羽玉《〈うばたま〉》の夜ふくるまゝに月影《かげ》の清《きよ》き河原に秋風《かぜ》ぞ吹《ふ》く

二条良基・後普光園院殿御百首

千鳥

霜《しも》さえて千鳥《ちどり》鳴《〈なく〉》なりみ吉野《よしのゝ》のきよきかはらのあけがたの空《そら》

頓阿・頓阿法師詠

【本歌】

三年丙寅秋九月十五日、播磨国印南郡に幸しし時に、笠朝臣金村の作る歌一首

名寸隅《なきずみ》の　船瀬《ふなせ》ゆ見ゆる　淡路島　松帆《まつほ》の浦に　朝凪に　玉藻刈りつつ　夕凪に　藻塩《もしほ》焼きつつ……

笠金村・万葉集六（935）

【本歌取とされる例歌】

こぬ人をまつほの浦の夕なぎに焼《や》くやもしほの身もこがれつゝ

藤原定家・定家卿百番自歌合

【本歌】

印南野の浅茅《あさじ》押しなべさ寝《ぬ》る夜《よ》の日長《け》くあれば家し偲《しの》はゆ

山部赤人・万葉集六（940）

【本歌取とされる例歌】

印南野《いなみのゝ》のあさぢが露《つゆ》をふみしだきさぬる夜もなく鹿《しか》ぞ鳴なる

頓阿・頓阿法師詠

【本歌】

同じ鹿人の、泊瀬川の辺に至りて作る歌一首

石走《いはばし》り激《たぎ》ち流るる泊瀬川絶ゆることなくまたも来て見む

紀鹿人・万葉集六（991）

【本歌取とされる例歌】

入道前関白、百首歌よませ侍ける時、年の暮の心をよみてつかはしける

いしばしるはつせの河《かは》の浪枕《なみまくら》はやくも年《とし》の暮《く》れにけるかな

藤原実定・新古今和歌集六（冬）

【本歌】

六年甲戌、海犬養宿禰岡麿の、詔に応ふる歌一首

御民《みたみ》われ生《い》ける験《しるし》あり天地の栄ゆる時に遇《あ》へらく思へば

海犬養岡麿・万葉集六（996）

【本歌取とされる例歌】

やんごとなき御まへにまうす

みたみわれいけるかひありて刺竹の君がみことをけふきけるかも

賀茂真淵・賀茂翁家集拾遺

二月廿六日

宰相君、御猟の御ついでおのが草廬に、ゆくりなく入らせ給へる。ありがたしともいふはさらなり。たゞ夢のやうなるこゝちして、涙のみうちこぼれけるを、うれしさのあまりせめて

賤夫《しづのを》も生《いけ》るしるしの有《あり》て今日君来ましけり伏屋の中に

橘曙覧・君来艸

【本歌】

冬十一月、左大弁葛城王等に姓橘氏を賜ひし時の、御製歌一首

橘は実《み》さへ花さへその葉さへ枝《え》に霜降れどいや常葉《とこは》の樹

聖武天皇・万葉集六（1009）

【本歌取とされる例歌】

にほひさへ花さへ実さへ若葉さへ冬木の程も梅はことなる

田安宗武・悠然院様御詠草

【本歌】

冬十二月十二日に、歌儛所の諸王臣子等の、葛井連広成の家に集ひて宴する歌

比来古儛盛に興りて、古歳漸く晩れぬ。理共に古情を尽して、同に古歌を唱ふべし。故に此の趣に擬へて、輙ち古曲二節を献る。風流意気の士、儻し此の集の中に在らば、争ひて念を発し、心心に古体に和せよ。

わが屋戸《やど》の梅咲きたりと告げやらば来《こ》ちふに似たり散りぬともよし

作者不詳・万葉集六（1011）

【本歌取とされる例歌】

月夜《よ》よし夜よしと人に告《つ》げやらば来《こ》てふににたり待たずしもあらず

よみ人しらず・古今和歌集十四（恋四）

さそひきてこてふににたりちりぬともよしや木《こ》ずゑは風の梅がか

後西天皇・万治御点

【本歌】

九年丁丑春正月に、橘少卿と諸大夫等との、弾正尹門部王の家に集ひて宴する歌

あらかじめ君来《き》まさむと知らませば門《かど》に屋戸《やど》にも珠《たま》敷かましを

門部王・万葉集六（1013）

【本歌取とされる例歌】

明和六年七月七日

此《この》ゆふべさやけきほしはたなばたの君来ますぞとしける玉かも

田安宗武・悠然院様御詠草

【本歌】

十年戊寅、元興寺の僧の、みづから嘆く歌

白珠《しらたま》は人に知らえず知らずともよし知らずともわれし知れらば知らずともよし

作者不詳・万葉集六（1018）

【本歌取とされる例歌】

君こそは君をしらざれ天地《〈あめつち〉》の神ししれらばしらずともよし

上田秋成・藤簍冊子

【本歌】

橘の本《もと》に道履《ふ》む八衢《やちまた》にものをそ思ふ人に知らえず

作者不詳・万葉集六（1027）

【本歌取とされる例歌】

五月のころ菅原信幸が家に宴しける日よめる

橘《たちばな》のもとに道ふみゆきかへりもとつひとにもあひにけるかも

賀茂真淵・賀茂翁家集

【本歌】

寧楽の故りにし郷を悲しびて作る歌一首

やすみしし　わご大君《おほきみ》の……　萩《はぎ》の枝《え》を　しがらみ散らし　さ男鹿は　妻呼び響《とよ》む　山見れば　山も見が欲《ほ》し　里見れば　里も住みよし　もののふの　八十伴《やそとも》の男《を》の　うち延《は》へて……

田辺福麿・万葉集六（1047）

【本歌取とされる例歌】

あしひきの　くかみのやまに　いゐゐして　いゆきかへらひ
やま見れば　やまもみがほし　さと見れば　さともゆたけし
はるべには　ゝなさきをゝり　あきされば　もみぢをたをり
ひさかたの　つきにかざして　あらたまの　としのとゝせは
すぎにけらしも

良寛・布留散東

［注解］「はるべには　ゝなさきをゝり」の部分は「現つ神　わご大君の……　春されば岡辺もしじに　巌には　花咲きををり……」（田辺福麿・万葉集六・1050）を本歌とする説がある。

【本歌】

立ちかはり古き都となりぬれば道の芝草長く生《お》ひにけり

田辺福麿・万葉集六（1048）

【本歌取とされる例歌】

花ぞ見る道《みち》の芝草《しばくさ》ふみわけて吉野《よしの》ゝ宮の春のあけぼの

藤原季能・新古今和歌集一（春上）

［注解］参考歌「みよしのの山の白雪ふみわけて入にし人のを《(お)》とづれもせぬ」（壬生忠岑・古今和歌集六・冬）

【本歌】

久邇の新しき京を讃むる歌

現《あき》つ神　わご大君《おほきみ》の……　山もとどろに　さ男鹿は　妻呼び響《とよ》め　春されば　岡辺《をかべ》もしじに　巌《いはほ》には　花咲きををり　あなおもしろ　布当の原……

田辺福麿・万葉集六（1050）

【本歌取とされる例歌】

あしひきの　くかみのやまに　いゐいして　いゆきかへらひ
やま見れば　やまもみがほし　さと見れば　さともゆたけし
はるべには　ゝなさきをゝり　あきされば　もみぢをたをり
ひさかたの　つきにかざして　あらたまの　としのとゝせは
すぎにけらしも

良寛・布留散東

［注解］「やま見れば　やまもみがほし　さと見れば　さともゆたけし」の部分は「やすみしし　わご大君の……　山見れば　山も見が欲し　里見れば　里も住みよし……」（田辺福麿・万葉集六・1047）を本歌とする説がある。

【本歌】

狛山《こまやま》に鳴く霍公鳥《ほととぎす》泉川渡《わたり》を遠み此処《ここ》に通はず

田辺福麿・万葉集六（1058）

【本歌取とされる例歌】

狛《こま》山の嵐《あらし》や寒《さむ》き泉《いづみ》川渡《わた》りを遠《とを》み千鳥《ちどり》鳴《な》くなり

宗尊親王・文応三百首

【本歌】

山の末《は》にいさよふ月を出でむかと待ちつつ居《を》るに夜ぞ降《くた》ちける

作者不詳・万葉集七（1071）

【本歌取とされる例歌】

月歌あまたよみ侍ける時、いさよひの月の心をよめる

はかなくもわが世《よ》のふけを知《し》らずしていさよふ月を待《ま》ちわたるかな

源仲正・千載和歌集十六（雑上）

【本歌】

山を詠む

鳴る神の音のみ聞きし巻向《まきむく》の檜原《ひはら》の山を今日見つるかも

作者不詳・万葉集七（1092）

【本歌取とされる例歌】

きりかをり月影くらきまきむくの檜原《ひばら》の山に呼子鳥啼《なく》

田安宗武・悠然院様御詠草

【本歌】

大君《おほきみ》の三笠の山の帯にせる細谷川《ほそたにがは》の音《おと》の清《さや》けさ

作者不詳・万葉集七（1102）

【本歌取とされる例歌】

真金《まがね》ふく吉備《きび》の中山おびにせるほそたに河のを（お）とのさやけさ

よみ人しらず・古今和歌集二十（神遊びの歌）

【本歌】

葉を詠む

いにしへにありけむ人もわが如《ごと》か三輪の檜原《ひはら》に挿頭《かざし》折りけむ

作者不詳・万葉集七（1118）

【本歌取とされる例歌】

いく世《よ》へぬかざし折けんいにしへに三輪の檜原の苔の通路〈かよひぢ〉

藤原定家・定家卿百番自歌合

【本歌】

蘿を詠む

み吉野の青根が峰《たけ》の蘿蓆《こけむしろ》誰か織りけむ経緯《たてぬき》無しに

作者不詳・万葉集七（1120）

【本歌取とされる例歌】

苔

あをね山苔《やまこけ》の蓆《むしろ》の上に敷《し》く雪はしらねの心地《こゝち》こそすれ

西行・山家集

みよし野のあをねが峰の苔筵《こけむしろ》八重しけるごとむしにけらしも

田安宗武・悠然院様御詠草

青根が峰、こゝよりさしむかひてのぞまるゝ。

宇婆塞〈うばそく〉が旅ねの床〈とこ〉ぞあはれなる、青根が峰の苔のさむしろ、

上田秋成・藤簍冊子

【本歌】

吉野川石《いは》と柏《かしは》と常磐《ときは》なすわれは通はむ万代《よろづよ》までに

作者不詳・万葉集七（1134）

【本歌取とされる例歌】

よし野川いはと柏《かしは》のを（お）のれのみつれなき色も浪《なみ》はかけつゝ

藤原家隆・家隆卿百番自歌合

［注解］「風をいたみ岩うつ波のを（お）のれのみくだけてものをおもふころかな」（源重之・詞花和歌集七・恋上）も本歌とされる。

【本歌】
山背にして作る
宇治川は淀瀬無からし網代人《あじろひと》舟呼《よ》ばふ声をちこち聞ゆ
作者不詳・万葉集七（1135）

【本歌取とされる例歌】
河霧をよめる
宇治川《うぢがは》のかはせも見えぬ夕霧《ゆふぎり》に槙《まき》の島《しま》人ふねよばふなり
藤原基光・金葉和歌集三（秋）

【本歌】
摂津にして作る
しなが鳥猪名野《ゐなの》を来《く》れば有間山《ありまやま》夕霧《ゆふぎり》立ちぬ宿《やどり》は無くて
作者不詳・万葉集七（1140）

【本歌取とされる例歌】
いづくにか宿をも借《か》らん有間山猪名野の原の夕立《ゆふだち》の空《そら》
宗尊親王・文応三百首
［注解］「何処にかわれは宿らむ高島の勝野の原にこの日暮れなば」（高市黒人・万葉集三・275）も本歌とされる。
とまるべき宿《やど》はなくして暮《く》れぬとも猪名野《ゐなの》の《ゝ》月になを《(ほ)》や行《ゆ》かまし
二条良基・後普光園院殿御百首

【本歌】
住吉の遠里小野《とほさとをの》の真榛《まはり》もち摺《す》れる衣《ころも》の盛り過ぎ行く
作者不詳・万葉集七（1156）

【本歌取とされる例歌】
ま萩散《ち》る遠里をのの《ゝ》秋風《かぜ》に花《はな》ずり衣《ころも》いまやうつらん
宗尊親王・文応三百首

【本歌】
円方《まとかた》の湊《みなと》の渚鳥《すどり》波立てや妻呼び立てて辺《へ》に近づくも
作者不詳・万葉集七（1162）

【本歌取とされる例歌】
梓弓《あづさゆみ》いるさの月にまとかたのみなとのすどりたちさわぐみゆ
小沢蘆庵・六帖詠草

【本歌】
山越えて遠津《とほつ》の浜の石《いは》つつじわが来るまでに含《ふふ》みてあり待て
作者不詳・万葉集七（1188）

【本歌取とされる例歌】
ふるさとはとをつ《(ほ)》の浜《はま》の磯まくら山越《こ》えてこそ浪になれぬれ
宗尊親王・文応三百首

【本歌】
玉津島よく見ていませあをによし平城《なら》なる人の待ち問はばいかに
作者不詳・万葉集七（1215）

【本歌取とされる例歌】
建長二年詩歌をあはせられ侍りける時、江上春望
人とはば見ずとやいはむ玉津島《たまつしま》かすむ入江の春のあけぼの
藤原為氏・正風体抄

【本歌】
妹がため玉を拾《ひり》ふと紀の国の由良《ゆら》のみ崎にこの日暮しつ
作者不詳・万葉集七（1220）

【本歌取とされる例歌】
紀《き》の国《くに》や由良《ゆら》のみなとに拾《ひろ》ふてふたまさかにだに逢《あ》ひ見《み》てしかな
藤原長方・新古今和歌集十一（恋一）

【本歌】

夢《いめ》のみに継《つ》ぎて見えつつ小竹島《しのしま》の磯越す波のしくしく思ほゆ

作者不詳・万葉集七（1236）

【本歌取とされる例歌】

浮《う》き枕まだ臥《ふ》しなれぬさゝしまの磯こす浪の音のはげしさ

宗尊親王・文応三百首

【本歌】

少女《をとめ》らが放《はなり》の髪を木綿《ゆふ》の山雲なたなびき家《いへ》のあたり見む

作者不詳・万葉集七（1244）

【本歌取とされる例歌】

木綿山

をとめらがはなりの髪をゆふ山のひたひに白くふれるゆきかな

賀茂真淵・賀茂翁家集拾遺

【本歌】

暁《あかとき》と夜烏《よがらす》鳴けどこの山上《をか》の木末《こぬれ》の上はいまだ静けし

作者不詳・万葉集七（1263）

【本歌取とされる例歌】

雑歌の中に

夜《よ》がらすはたかき梢《こずゑ》に鳴き落ちて月しづかなる暁《あかつき》の山

光厳院・風雅和歌集十六（雑中）

【本歌】

霰降《ふ》り遠江《とほつあふみ》の吾跡《あと》川《かは》楊《やなぎ》刈りつともまたも生《お》ふとふ吾跡川楊

作者不詳・万葉集七（1293）

【本歌取とされる例歌】

春雨は降《ふ》りにけらしなとを《（ほ）》つらのあと川柳《やなぎ》深緑《ふかみどり》なり

宗尊親王・文応三百首

【本歌】

糸に寄す

河内女《かふちめ》の手染《てぞめ》の糸を絡《く》り反《かへ》し片糸にあれど絶えむと思へや

作者不詳・万葉集七（1316）

【本歌取とされる例歌】

伊駒山あらしも秋の色に吹《（ふく）》手染《（ぞめ）》の糸《いと》のよるぞかなしき

藤原定家・定家卿百番自歌合

あだに見《み》ん言《こと》の葉ならず河内女《（かはち）め》の手《て》にくりもてるいともかしこし

三条西実隆・再昌草

【本歌】

南淵《みなぶち》の細川山に立つ檀弓《まゆみ》束《ゆづか》纏《ま》くまで人に知らえじ

作者不詳・万葉集七（1330）

【本歌取とされる例歌】

南淵《みなぶち》の細《ほそ》川山ぞしぐるめるまゆみの紅葉《もみぢ》今盛かも

宗尊親王・文応三百首

【本歌】

真珠《またま》つく越《をち》の菅原《すがはら》われ刈らず人の刈らまく惜しき菅原

作者不詳・万葉集七（1341）

【本歌取とされる例歌】

しらざりき越《こし》の菅《すが》原あれはててかりにもあはぬおもひありとも

藤原家隆・家隆卿百番自歌合

【本歌】

川に寄す

絶えずゆく明日香の川の淀めらば故しもあるごと人の見まくに

作者不詳・万葉集七（1379）

【本歌取とされる例歌】

たえず行飛鳥《（ゆく）あすか》の河《かは》のよどみなば心あるとや人のおもはむ

よみ人しらず・古今和歌集十四（恋四）

【本歌】

広瀬川袖つくばかり浅きをや心深めてわが思《も》へるらむ

作者不詳・万葉集七（1381）

【本歌取とされる例歌】

広瀬川《ひろせがは》浅《あさ》きも人の契《ちぎり》にて袖《そで》つく浪は干《ほ》すひまもなし

宗尊親王・文応三百首

涼しさは底《そこ》ひも知らぬ広瀬川《ひろせがは》袖《そで》つくばかりなに思ひけん

冷泉為広・文亀三年三十六番歌合

【本歌】

藻に寄す

潮満《しほみ》てば入りぬる磯の草なれや見らく少く恋ふらくの多き

作者不詳・万葉集七（1394）

【本歌取とされる例歌】

恋歌とてよめる

みるめこそ入《い》りぬる磯《いそ》の草ならめ袖さへ浪《なみ》の下《した》にくちぬる

讃岐・新古今和歌集十二（恋二）

【本歌】

庭つ鳥鶏《かけ》の垂尾《たりを》の乱尾《みだれを》の長き心も思ほえぬかも

作者不詳・万葉集七（1413）

【本歌取とされる例歌】

庭《には》つ鳥かけの垂《た》れ尾の打はへて長《なが》き夜すがら乱《みだ》れてぞ思ふ

宗尊親王・文応三百首

【本歌】

志貴皇子の懽の御歌一首

石《いは》ばしる垂水《たるみ》の上のさ蕨《わらび》の萌《も》え出づる春になりにけるかも

志貴皇子・万葉集八（1418）

【本歌取とされる例歌】

鶯《うぐひす》はまだ声せねど岩そゝぐ垂水《たるみ》の音に春ぞ聞ゆる

式子内親王・式子内親王集

【本歌】

鏡王女の歌一首

神名火《かむなび》の伊波瀬《いはせ》の社《もり》の呼子鳥《よぶこどり》いたくな鳴きそわが恋まさる

鏡王女・万葉集八（1419）

【本歌取とされる例歌】

喚子鳥

あをによし奈良《なら》の山なる喚子《よぶこ》鳥いたくな鳴《な》きそ君も来《こ》なくに

源実朝・金槐和歌集

［注解］「わがやどの花にな鳴きそ喚子鳥よぶかひ有て君も来なくに」（春道列樹・後撰和歌集二・春中）も本歌とされる。

【本歌】

中納言阿倍広庭卿の歌一首

去年《こぞ》の春い掘《こ》じて植ゑしわが屋外《やど》の若樹の梅は花咲きにけり

阿倍広庭・万葉集八（1423）

【本歌取とされる例歌】

鳥羽院位を《（お）》りさせ給うてのころ、庭花年久といへる心をこれかれつかうまつりけるによみ侍ける

掘《ほ》り植《う》ゑし若《わか》木の梅《むめ》に咲《さ》く花《はな》は年《とし》も限《かぎ》らぬにほひなりけり

藤原忠教・千載和歌集十（賀）

【本歌】

山部宿禰赤人の歌

春の野《の》にすみれ採《つ》みにと来《こ》しわれそ野をなつかしみ一夜《ひとよ》寝にける

山部赤人・万葉集八（1424）

【本歌取とされる例歌】

紫《むらさき》の根《ね》はふよこ野《のゝ》のつぼすみれま袖《そで》につまむ色もむつまし

藤原俊成・長秋詠藻

露ながら菫《すみれ》摘《つ》みにとなけれども野をなつかしみ濡《ぬ》るゝ袖《そで》かな

藤原俊成女・俊成卿女家集

梅の花香をなつかしみ春の野《ゝ》にすみれも摘《つ》まぬ旅寝《ね》してけり

宗尊親王・文応三百首

いひこふとわがこしかどもはるのゝにすみれつみつゝときをへにけり

良寛・良寛自筆歌抄

【本歌】

わが背子《せこ》に見せむと思ひし梅の花それとも見えず雪の降れれば

山部赤人・万葉集八（1426）

【本歌取とされる例歌】

春はまづ若菜つまむと占《し》めおきし野辺とも見えず雪のふれれば

源実朝・金槐和歌集

［注解］「あすからは若菜つまむとしめし野に昨日もけふも雪はふりつゝ」（山部赤人・新古今和歌集一・春）も本歌とされる。

【本歌】

山部宿禰赤人の歌一首

百済野《くだらの》の萩の古枝《ふるえ》に春待つと居《を》りし鶯《うぐひす》鳴きにけむかも

山部赤人・万葉集八（1431）

【本歌取とされる例歌】

くだら野の萩の花ちる夕風に花づまこへる鹿の音《ね》聞ゆ

田安宗武・悠然院様御詠草

【本歌】

うちのぼる佐保の川原の青柳は今も春べとなりにけるかも

大伴坂上郎女・万葉集八（1433）

【本歌取とされる例歌】

柳風に随ふ

みわたせば佐保《さほ》の河原《かはら》にくりかけて風《かぜ》に縒《よ》らるゝ青柳《あをやぎ》のいと

西行・山家心中集

【本歌】

厚見王の歌一首

蝦《かはづ》鳴く神名火《かむなび》川に影見えて今か咲くらむ山吹《やまぶき》の花

厚見王・万葉集八（1435）

【本歌取とされる例歌】

春ふかみ神無備川に影《かげ》みえてうつろひにけり山吹《やまぶき》の花

藤原長実・金葉和歌集一（春）

［注解］「春深み井手の河浪立ち返り見てこそ行かめ山吹の花」（源順・拾遺和歌集一・春）も本歌とされる。

【本歌】

中臣朝臣武良自の歌一首

時は今は春になりぬとみ雪降る遠き山辺に霞棚引く

中臣武良自・万葉集八（1439）

【本歌取とされる例歌】

時は今《いま》は冬になりぬとしぐるめり遠《とを》き山辺《べ》に雲《くも》のかゝれる

宗尊親王・文応三百首

【本歌】

大伴宿禰家持の鶯の歌一首

うち霧《き》らし雪は降りつつしかすがに吾家《わぎへ》の園に鶯鳴くも

大伴家持・万葉集八（1441）

【本歌取とされる例歌】

うちきらしみ雪降《ふる》なりよしの山入《いり》にし人やいかにすむらん

賀茂真淵・賀茂翁家集拾遺

［注解］「みよしのの山の白雪ふみわけて入にし人のを《お》とづれもせぬ」（壬生忠岑・古今和歌集六・冬）、「吉野山やがて出でじと思ふ身を花散りなばと人やまつらん」（西行・山家集）も本歌とされる。

【本歌】

大伴宿禰家持の春雉の歌一首

春の野にあさる雉《きぎし》の妻恋《つまごひ》に己《おの》があたりを人に知れつつ

大伴家持・万葉集八（1446）

【本歌取とされる例歌】

己《おの》がつま恋《こ》ひわびにけり春の野《の》にあさる雉子《きゞす》の朝な〳〵鳴《な》く

源実朝・金槐和歌集

【本歌】

大伴の田村家の大嬢の妹坂上大嬢に与ふる歌一首

茅花《つばな》抜《ぬ》く浅茅《あさぢ》が原のつぼすみれいま盛りなりわが恋ふらくは

大伴田村大嬢・万葉集八（1449）

【本歌取とされる例歌】

茅花《つばな》抜《ぬ》く北野《きたの》の茅原《ちはら》褪《あ》せゆけば心すみれぞ生《〈おひ〉》かはりける

西行・山家集

【本歌】

大伴家持の橘の歌一首

わが屋前《やど》の花橘の何時《いつ》しかも珠に貫《ぬ》くべくその実《み》なりなむ

大伴家持・万葉集八（1478）

【本歌取とされる例歌】

盧橘

玉にぬきてはな橘を佩《はく》人を見ればむかしのおもほゆるかも

田安宗武・悠然院様御詠草

【本歌】

あしひきの木《こ》の間《ま》立ち潜《く》く霍公鳥斯《か》く聞きそめて後恋ひむかも

大伴家持・万葉集八（1495）

【本歌取とされる例歌】

あをやまのこぬれたちぐきほとゝぎすなくこゑきけばはるはすぎけり

良寛・布留散東

【本歌】

大伴坂上郎女の歌一首

夏の野の繁みに咲ける姫百合《ひめゆり》の知らえぬ恋は苦しきものそ

大伴坂上郎女・万葉集八（1500）

【本歌取とされる例歌】

うちなびくしげみが下のさゆり葉《ば》のしられぬほどにかよふ秋風《かぜ》

藤原定家・定家卿百番自歌合

【本歌】

岡本天皇の御製歌一首

夕されば小倉《をぐら》の山に鳴く鹿は今夜《こよひ》は鳴かずい寝《ね》にけらしも

舒明天皇・万葉集八（1511）

【本歌取とされる例歌】

夜鹿
ふくるまで鹿《しか》ぞ鳴なる小倉《をぐら》山こよひもつまやつれなかるらん
頓阿・頓阿法師詠

田家鹿
守《も》る小田の稲葉を鹿の草臥《〈くさぶし〉》に寝《ぬ》る夜もあれや声たゆる也
後柏原天皇・内裏着到百首

【本歌】
牽牛《ひこほし》の嬬《つま》迎へ船《ぶね》漕《こ》ぎ出《づ》らし天《あま》の河原《かはら》に霧の立てるは
山上憶良・万葉集八（1527）

【本歌取とされる例歌】
七夕
天の川霧《きり》たちわたるひこ星のつまむかへ舟はやもこがなむ
源実朝・金槐和歌集

［注解］「天の河霧立ち渡る今日今日とわが待つ君し船出すらしも」（作者不詳・万葉集九・1765）も本歌とされる。

七夕船
いまはしもあまつ川瀬にひこぼしのつまむかへ船漕《こぎ》て行《ゆく》らむ
田安宗武・悠然院様御詠草

【本歌】
三原王の歌一首
秋の露は移《うつし》にありけり水鳥の青葉の山の色づく見れば
三原王・万葉集八（1543）

【本歌取とされる例歌】
霜氷春立《〈たつ〉》からに水鳥の音《おと》羽の山も色はわくらん
三条西実隆・内裏着到百首

【本歌】
衛門大尉大伴宿禰稲公の歌一首
時雨の雨間《ま》無くし降れば三笠山木末《こぬれ》あまねく色づきにけり
大伴稲公・万葉集八（1553）

【本歌取とされる例歌】
しぐれのあめまなくしふればわがやどはもりのこのはにうつろひぬらむ
良寛・良寛自筆歌抄

【本歌】
安貴王の歌一首
秋立ちて幾日《いくか》もあらねばこの寝《ね》ぬる朝明《あさけ》の風は手本《たもと》寒しも
安貴王・万葉集八（1555）

【本歌取とされる例歌】
片敷《かたしき》の苔の衣の薄《うす》ければ朝けの風《かぜ》も袖にたまらず
後鳥羽院・遠島御百首

早春霞
このねぬるあさけのかすみまだうすし春はいくかもたたぬころもに
下河辺長流・晩花集

稲妻
秋立《〈たち〉》ていく日《〈か〉》もあらぬに風をいたむ窓よりもるゝよひの稲妻
上田秋成・藤簍冊子

【本歌】
鶉《うづら》鳴く古《ふ》りにし郷《さと》の秋萩を思ふ人どち相見つるかも
作者不詳・万葉集八（1558）

【本歌取とされる例歌】

故郷の心を

うづら鳴ふりにし里《さと》の浅茅生《あさぢふ》に幾世《いくよ》の秋の露か置《お》きけむ

源実朝・金槐和歌集

[注解] 参考歌「君なくて荒れたる宿の浅茅生にうづら鳴くなり秋の夕暮」(源時綱・後拾遺和歌集四・秋上)

【本歌】

春日野に時雨《しぐれ》ふる見ゆ明日《あす》よりは黄葉《もみち》挿頭《かざ》さむ高円《たかまと》の山

藤原八束・万葉集八(1571)

【本歌取とされる例歌】

長月

故郷《ふるさと》の高まど山にゆきてしが紅葉かざゝむ時はきにけり

賀茂真淵・賀茂翁家集拾遺

【本歌】

或る人の尼に贈る歌

衣《ころも》手《で》に水渋《みしぶ》つくまで植ゑし田を引板《ひきた》わが延《は》へ守れる苦し

作者不詳・万葉集八(1634)

【本歌取とされる例歌】

崇徳院に百首歌たてまつりける時

みしぶつきうへ(ゑ)し山田にひたはへて又袖ぬらす秋はきにけり

藤原俊成・新古今和歌集四(秋上)

【本歌】

太上天皇の御製歌一首

はだすすき尾花逆葺《さかふ》き黒木もち造れる室《いへ》は万代《よろづよ》までに

元正天皇・万葉集八(1637)

【本歌取とされる例歌】

大嘗会の年のうたに

黒木《くろき》もて君がつくれる宿なれば万世《よろづよ》経《ふ》とも古《ふ》りずも有なむ

源実朝・金槐和歌集

【本歌】

大宰帥大伴卿の冬の日に雪を見て京を憶ふ歌一首

沫雪《あわゆき》のほどろほどろに降り敷けば平城《なら》の京《みやこ》し思ほゆるかも

大伴旅人・万葉集八(1639)

【本歌取とされる例歌】

水鳥

あわゆきの降《ふり》しければをしかもの心ゆるびて岸にすだけり

田安宗武・悠然院様御詠草

【本歌】

忌部首黒麿の雪の歌一首

梅の花枝にか散ると見るまでに風に乱れて雪そ降りくる

忌部黒麿・万葉集八(1647)

【本歌取とされる例歌】

屏風の絵に梅花に雪のふりかゝるを

梅花色はそれともわかぬまで風にみだれて雪はふりつゝ

源実朝・金槐和歌集

[注解]「梅花それとも見えず久方の天霧る雪のなべてふれゝば」(よみ人しらず・古今和歌集六・冬)も本歌とされる。

【本歌】

大伴宿禰家持の雪の梅の歌一首

今日降りし雪に競《きほ》ひてわが屋前《やど》の冬木の梅は花咲きにけり

大伴家持・万葉集八(1649)

【本歌取とされる例歌】
まだ咲《さ》かぬ冬木の梅の花の枝にかつ色見えてつもる白《しら》雪
宗尊親王・文応三百首

【本歌】
三国真人人足の歌一首
高山の菅《すが》の葉凌《しの》ぎ降る雪の消《け》ぬと言ふべくも恋の繁けく
三国人足・万葉集八（1655）

【本歌取とされる例歌】
奥《おく》山の菅《すが》の根《ね》しのぎふる雪《ゆき》のけぬとかいはむ恋《こひ》のしげきに
よみ人しらず・古今和歌集十一（恋一）

【本歌】
彦星《ひこほし》の挿頭《かざし》の玉は嬬恋《つまごひ》に乱れにけらしこの川の瀬に
作者不詳・万葉集九（1686）

【本歌取とされる例歌】
十六日、亦月夜よし。人々とともに海辺に遊ぶ
海神《わたつみ》の挿頭《かざし》の玉やみだるらむ八重折る浪《なみ》に月の照りたる
楫取魚彦・楫取魚彦詠藻

【本歌】
鷺坂にして作る歌一首
細領巾《たくひれ》の鷺坂山の白躑躅《しらつつじ》われににほはね妹に示さむ
作者不詳・万葉集九（1694）

【本歌取とされる例歌】
たくひれの鷺坂岡のつゝじ原色照《はらいろて》るまでに花咲《さ》きにけり
曾禰好忠・好忠集

【本歌】
弓削皇子に献る歌
さ夜中と夜は深《ふ》けぬらし雁が音《ね》の聞ゆる空に月渡る見ゆ
作者不詳・万葉集九（1701）

【本歌取とされる例歌】
むば玉の夜はふけぬらし雁金《かりがね》のきこゆる空に月かたぶきぬ
源実朝・金槐和歌集

［注解］「ぬばたまの夜は更けぬらし玉匣二上山に月傾きぬ」（土師道良・万葉集十七・3955）も本歌とされる。

宝暦十四年の秋、浜町といふ所へ家を移して、庭を野辺又畑に作りて、所もいさゝか片方なれば、名を県居と言ふて住初めける、九月十三夜に月めでんとて、親しき人ゝ集ひて歌詠みけるついでに詠める
秋の夜のほがら〳〵と天《あま》の原照《て》る月影《かげ》に雁鳴《な》きわたる
賀茂真淵・あがた居の歌集

［注解］参考歌「天の原ふりさけみればます鏡きよき月夜に雁なきわたる」（源実朝・金槐和歌集）

冬月
さよなかと夜はふけぬらし我が屋外《やど》の庭に霜おきてさゆる月影
賀茂真淵・賀茂翁家集

【本歌】
春日の歌一首
三川《みつかは》の淵瀬もおちず小網《さで》さすに衣手濡れぬ干《ほ》す児は無しに
春日蔵首老・万葉集九（1717）

【本歌取とされる例歌】

越智河を過《〈す〉》ぐとて、
愛知《ゑち》川の叉手《さで》挿《さ》す瀬々に行《〈ゆく〉》水の哀《あは》れも知《し》らぬ袖も濡《ぬ》れけり
一条兼良・藤河の記

【本歌】
絹の歌一首
河蝦《かはづ》鳴く六田《むつた》の川の川楊《かはやぎ》のねもころ見れど飽かぬ川かも
絹・万葉集九（1723）

【本歌取とされる例歌】
むつ田のわたりに来て見わたせば、
柳ちる六田のよどの岸陰に、秋を時とて鳴《〈なく〉》かはづかな、
上田秋成・藤簍冊子

【本歌】
式部大倭の吉野にして作る歌一首
山高み白木綿花《しらゆふはな》に落ち激《たぎ》つ夏身《なつみ》の川門《かはと》見れど飽かぬかも
大倭・万葉集九（1736）

【本歌取とされる例歌】
水辺納涼
立《たち》よれば山陰《やまかげ》すゞし夏み川夏てふことやなみのぬれぎぬ
賀茂真淵・賀茂翁家集拾遺
［注解］「吉野なる夏実の河の川淀に鴨そ鳴くなる山陰にして」（湯原王・万葉集三・375）も本歌とされる。

【本歌】
春三月、諸卿大夫等の難波に下りし時の歌
白雲の　龍田《たつた》の山の　滝《たぎ》の上《へ》の　小桉《をぐら》の嶺《みね》に　咲きををる　桜の花は……
高橋虫麿・万葉集九（1747）

【本歌取とされる例歌】
百首歌たてまつりし時
白雲《しらくも》の春はかさねて立田《たつた》山をぐらの峰《みね》に花にほふらし
藤原定家・新古今和歌集一（春上）

【本歌】
わが行きは七日《なぬか》は過ぎじ龍田彦ゆめ此の花を風にな散らし
作者不詳・万葉集九（1748）

【本歌取とされる例歌】
おもひやる高嶺《たかね》の雲《くも》の花《はな》ならばちらぬ七日《なぬか》ははれじとぞ思ふ
西行・山家集

【本歌】
天《あま》の河《がは》霧立ち渡る今日今日とわが待つ君し船出《ふなで》すらしも
作者不詳・万葉集九（1765）

【本歌取とされる例歌】
七夕
天の川霧《きり》たちわたるひこ星のつまむかへ舟はやもこがなむ
源実朝・金槐和歌集
［注解］「牽牛の嬬迎へ船漕ぎ出らし天の河原に霧の立てるは」（山上憶良・万葉集八・1527）も本歌とされる。

【本歌】
後《おく》れ居てわれはや恋ひむ春霞たなびく山を君が越えいなば
作者不詳・万葉集九（1771）

【本歌取とされる例歌】
を《(お)》くれゐてわが恋《こ》ひをれば白雲《しらくも》のたなびく山を今日《けふ》や越《こ》ゆらん

よみ人しらず・金葉和歌集六（別）

［注解］参考歌「白雲のたなびきわたるあしびきの山のかけはしけふやこえなん」（紀貫之・新古今和歌集十・羇旅）

【本歌】

ひさかたの天《あま》の香具山《かぐやま》このゆふべ霞《かすみ》たなびく春立つらしも

作者不詳・万葉集十（1812）

【本歌取とされる例歌】

春のはじめの歌

ほのぐ〱と春《はる》こそ空《ゝら》にきにけらし天《あま》の香具《かぐ》山かすみたなびく

後鳥羽院・新古今和歌集一（春上）

春日望山てふ題を牧野家の尼君の需めらるゝに、

人ゝと共に詠める

見渡《わた》せば天《〈あめ〉》の香《か》具山畝《うね》火山競《あらそ》ひ立《た》てる春霞かな

賀茂真淵・あがた居の歌集

［注解］「香具山は　畝火雄々しと　耳梨と　相あらそひき……」（天智天皇・万葉集一・13）も本歌とされる。

立春

久かたのはてなき空に朝霞たなびきわたり春たつらしも

上田秋成・藤簍冊子

【本歌】

うちなびく春さり来れば小竹《しの》の末《うれ》に尾羽《をは》うち触《ふ》れて鶯鳴くも

作者不詳・万葉集十（1830）

【本歌取とされる例歌】

うちなびき春さりくればひさぎ生《お》ふるかた山かげに鶯ぞなく

源実朝・金槐和歌集

［注解］「ひさぎ生ふるかた山かげにしのびつゝふきけるものを秋の夕風」（俊恵・新古今和歌集三・夏）も本歌とされる。

【本歌】

君がため山田の沢に恵《ゑ》具《ぐ》採《つ》むと雪消《ゆきげ》の水に裳《も》の裾《すそ》濡れぬ

作者不詳・万葉集十（1839）

【本歌取とされる例歌】

雪《ゆき》消《き》えばゑぐの若菜《わかな》も摘《つ》むべきに春《はる》さへはれぬみ山《やま》べの里《さと》

曾禰好忠・好忠集

根芹《ねぜり》摘《つ》む春《はる》の沢田《さはだ》に下《お》り立《た》ちて衣《ころも》の裾《すそ》の濡《ぬ》れぬまぞなき

曾禰好忠・好忠集

【本歌】

梅が枝《え》に鳴きて移ろふ鶯の翼白栲《はねしろたへ》に沫雪《あわゆき》そ降る

作者不詳・万葉集十（1840）

【本歌取とされる例歌】

八幡山《〈やはたやま〉》木《〈こ〉》たかき松にゐる鶴《たづ》のはね白妙《しろたへ》にみ雪ふるらし

源実朝・金槐和歌集

【本歌】

霞を詠む

昨日こそ年は極《は》てしか春霞春日《かすが》の山にはや立ちにけり

作者不詳・万葉集十（1843）

【本歌取とされる例歌】

睦月の初め東にて詠める

三冬《〈みふゆ〉》つぎ春立《〈たち〉》ぬらし久方《かた》の日高見《み》の国に霞棚引《たなび》く

賀茂真淵・あがた居の歌集

年の初めに
武蔵《むさし》野の霞初《そ》めたる今朝《けさ》見れば昨日は去年《こぞ》の限《かぎ》り也《〈なり〉》けり
賀茂真淵・あがた居の歌集

【本歌】
ももしきの大宮人は暇《いとま》あれや梅を挿頭《かざ》してここに集《つど》へる
作者不詳・万葉集十（1883）

【本歌取とされる例歌】
延長のころを《（ほ）》ひ五位蔵人に侍けるを、離れ侍て、
朱雀院承平八年又かへりなりて、あくる年睦月に
御遊び侍ける日、梅の花をお《（を）》りてよみ侍ける
もゝしきに変《かは》らぬものは梅の花お《（を）》りてかざせるにほひなりけり
源公忠・新古今和歌集十六（雑上）

都歳暮
もゝしきのおほみやびともいとまなき年のをはりに成《なり》にける哉《かな》
香川景樹・桂園一枝

【本歌】
出でて見る向ひの岡に本繁《もとしげ》く咲きたる花の成らずは止《や》まじ
作者不詳・万葉集十（1893）

【本歌取とされる例歌】
出《い》でて《ゝ》見るむかひの岡の鏡草《かゞみ》露に磨《みが》ける月の影《かげ》かな
宗尊親王・文応三百首

【本歌】
鳥に寄す
春されば百舌鳥《もず》の草潜《くさぐ》き見えずともわれは見やらむ君が辺《あたり》をば
作者不詳・万葉集十（1897）

【本歌取とされる例歌】
一院の法住寺殿の五月の御供花のときの会、契後
隠恋といふ事を
たのめこし野辺の道芝《みちしば》夏ふかしいづくなるらむもずの草《くさ》ぐき
藤原俊成・長秋詠藻

【本歌】
今夜《こよひ》のおぼつかなきに霍公鳥《ほととぎす》鳴くなる声の音の遥《はる》けさ
作者不詳・万葉集十（1952）

【本歌取とされる例歌】
深夜郭公
五月《〈さつき〉》やみおぼつかなきにほとゝぎす深《ふか》き嶺より鳴《〈なき〉》ていづなり
源実朝・金槐和歌集
［注解］参考歌「郭公ふかき峰よりいでにけり外山のすそに声のおちくる」（西行・新古今和歌集三・夏）

【本歌】
われこそは憎《にく》くもあらめわが屋前《やど》の花橘を見には来《こ》じとや
作者不詳・万葉集十（1990）

【本歌取とされる例歌】
我こそはにくゝもあらめ我《わ》が宿《やど》の花見にだにも君が来《き》まさぬ
伊勢・拾遺和歌集十九（雑恋）

【本歌】
日に寄す
六月《みなづき》の地《つち》さへ割《さ》けて照る日にもわが袖乾《ひ》めや君に逢はずして
作者不詳・万葉集十（1995）

【本歌取とされる例歌】
此わたりのをとこをうなおのがどちつどひてい

かゞせましなどいふを聞ばむねつぶる

つちさけて照日《てるひ》にぬれし民の袖かはくばかりの雨もふらなん

小沢蘆庵・六帖詠草

【本歌】

わが隠せる楫棹《かぢさを》無くて渡守舟貸さめやも須臾《しまし》はあり待て

作者不詳・万葉集十（2088）

【本歌取とされる例歌】

ひさかたのあまのかはらのわたしもりきみわたりなば楫《かぢ》かくしてよ

よみ人しらず・古今和歌集四（秋上）

【本歌】

わが衣《ころも》摺《す》れるにはあらず高松の野辺行きしかば萩の摺れるぞ

作者不詳・万葉集十（2101）

【本歌取とされる例歌】

かり衣われとはすらじ露《つゆ》ふかき野はらの萩《はぎ》の花にまかせて

源頼政・新古今和歌集四（秋上）

【本歌】

秋風に山飛び越ゆる雁がねの声遠さかる雲隠《くもがく》るらし

作者不詳・万葉集十（2136）

［注解］参考歌「秋風に倭へ越ゆる雁がねはいや遠さかる雲隠りつつ」（作者不詳・万葉集十・2128）

【本歌取とされる例歌】

朝聞雁

よこ雲の風にわかるゝしのゝめに山《やま》とび越《こ》ゆる初雁《はつかり》のこゑ

西行・山家集

【本歌】

鹿鳴を詠む

この頃の秋の朝明《あさけ》に霧隠《きりがく》り妻呼ぶ雄鹿《しか》の声のさやけさ

作者不詳・万葉集十（2141）

【本歌取とされる例歌】

霧の中の鹿

はれやらぬ深山《みやま》の霧《きり》のたえぐ＼にほのかに鹿《しか》のこえ《（ゑ）》きこゆなり

西行・山家心中集

【本歌】

鳥を詠む

妹が手を取石《とろし》の池の波の間ゆ鳥が音異《ねけ》に鳴く秋過ぎぬらし

作者不詳・万葉集十（2166）

【本歌取とされる例歌】

妹《いも》が手をとろしの池のこほれゝば水をこひてや鴨し啼《なく》らし

田安宗武・悠然院様御詠草

【本歌】

黄葉を詠む

妻ごもる矢野の神山露霜《つゆしも》ににほひそめたり散らまく惜しも

作者不詳・万葉集十（2178）

【本歌取とされる例歌】

雁鳴きてさむき朝《あさ》けの霜露に矢野《やの》の神山《かみやま》色づきにけり

源実朝・金槐和歌集

［注解］「雁が音の寒き朝明の露ならし春日の山を黄葉たすものは」（作者不詳・万葉集十・2181）も本歌とされる。

つまかくす矢野の《ゝ》神山立《〈たち〉》まよひ夕《〈ゆふべ〉》の霧に鹿やなくらむ

露霜《つゆ》の夜寒《よさむ》かさねて妻隠《つまかく》す矢野の《やのゝ》神山鹿《しか》ぞ鳴《な》くなる

藤原家隆・家隆卿百番自歌合

二条良基・後普光園院殿御百首

紅葉

秋ふかき矢野の《やのゝ》神《かみ》山露霜《つゆじも》の色ともみえず紅葉《もみぢ》してけり

頓阿・頓阿法師詠

【本歌】

雁《かり》が音《ね》の寒き朝明《あさけ》の露ならし春日の山を黄葉《もみ》たすものは

作者不詳・万葉集十（2181）

【本歌取とされる例歌】

雁鳴てさむき朝《あさ》けの露霜に矢野《やの》の神山《かみやま》色づきにけり

源実朝・金槐和歌集

［注解］「妻ごもる矢野の神山露霜ににほひそめたり散らまく惜しも」（作者不詳・万葉集十・2178）も本歌とされる。

【本歌】

秋されば置く白露にわが門《かど》の浅茅《あさぢ》が末葉《うらは》色づきにけり

作者不詳・万葉集十（2186）

【本歌取とされる例歌】

世中常なく侍りける頃よめる

ものをのみ思《おも》ひしほどにはかなくて浅茅《あさぢ》が末《すゑ》に世《よ》はなりにけり

和泉式部・後拾遺和歌集十七（雑三）

【本歌】

雁がねの来鳴きしなへに韓衣《からころも》龍田《たつた》の山はもみち始《そ》めたり

作者不詳・万葉集十（2194）

【本歌取とされる例歌】

雁のなくを聞て

今朝《けさ》来鳴《きな》く雁金《〈かりがね〉》さむみ唐《から》衣立田《〈たつた〉》の山はもみぢしにけり

源実朝・金槐和歌集

【本歌】

時雨《しぐれ》の雨間無くし降れば真木《まき》の葉もあらそひかねて色づきにけり

作者不詳・万葉集十（2196）

【本歌取とされる例歌】

十月ばかり、常磐の杜をすぐとて

時雨《しぐれ》の雨そめかねてけり山城《しろ》のときはのもりの真木《まき》の下葉《〈したば〉》は

能因・新古今和歌集六（冬）

冬の歌の中に

深《ふか》みどり争《あらそ》ひかねていかならんまなく時雨のふるの神杉《すぎ》

後鳥羽院・新古今和歌集六（冬）

と山なるまきの葉《は》そよぐ夕暮に初雁鳴《な》きて秋風ぞ吹く

宗尊親王・文応三百首

【本歌】

雁がねの寒く鳴きしゆ水茎《みづくき》の岡の葛葉《くずは》は色づきにけり

作者不詳・万葉集十（2208）

【本歌取とされる例歌】

みづくきの岡《をか》の葛《くず》葉もいろづきてけさうらがなし秋のはつ風

顕昭・新古今和歌集四（秋上）

［注解］参考歌「浅茅原玉まく葛の裏風のうらがなしかる秋は来にけり」（恵慶・後拾遺和歌集四・秋上）

【本歌】

さ男鹿《をしか》の妻呼ぶ山の岳辺《をかべ》なる早田《わさだ》は刈らじ霜は降るとも

作者不詳・万葉集十（2220）

【本歌取とされる例歌】

あさなあさな霜おく山のをかべなるかり田のおもにかるるいなくき

二条為忠・新葉和歌集六（冬）

旅人の宿近く鹿の鳴く形

小《さ》牡鹿《をしか》の妻問《ど》ふ宵《よひ》の岡の辺《へ》に真萩片敷《かたし》き独《ひと》りかも寝《ね》ん

賀茂真淵・あがた居の歌集

【本歌】

蟋蟀に寄す

蟋蟀の待ち歓《よろこ》ぶる秋の夜を寝《ぬ》るしるしなし枕とわれは

作者不詳・万葉集十（2264）

【本歌取とされる例歌】

蟋蟀《こほろぎ》の待《ま》ち喜《よろこ》べる長月の今夜《こよひ》の月は更《〈ふけ〉》ずもあらなん

賀茂真淵・あがた居の歌集

【本歌】

鹿に寄す

さ男鹿《をしか》の朝伏す小野の草若み隠《かく》ろひかねて人に知らゆな

作者不詳・万葉集十（2267）

【本歌取とされる例歌】

郁芳門院の前栽合によみ侍りける

ひとり寝《ね》やいとゞさびしきさを鹿《しか》の朝《あさ》ふす小野《をの》ゝくずのうら風

藤原顕綱・新古今和歌集五（秋下）

【本歌】

草に寄す

道の辺の尾花がしたの思ひ草今さらになど物か思はむ

作者不詳・万葉集十（2270）

【本歌取とされる例歌】

野べみれば尾花が本の思ひ草かれゆく冬になりぞしにける

和泉式部・和泉式部集

問《と》へかしなお《〈を〉》花がもとの思《おも》ひ草《ぐさ》しほるゝ野辺の露《つゆ》はいかにと

源通具・新古今和歌集十五（恋五）

初言出恋

いまさらに色にぞいづる思《おも》ひ草のべの尾花のもとの心《こゝろ》を

頓阿・頓阿法師詠

【本歌】

花に寄す

草深み蟋蟀《こほろぎ》多《さは》に鳴く屋前《やど》の萩見に君は何時《いつ》か来まさむ

作者不詳・万葉集十（2271）

【本歌取とされる例歌】

蟋蟀《こほろぎ》の鳴《〈なく〉》や県《あがた》の我《わ》が宿に月影《かげ》清《きよ》し訪《と》ふ人もがな

賀茂真淵・あがた居の歌集

【本歌】

さ男鹿の入野《いりの》の薄《すすき》初尾花いつしか妹が手を枕《まくら》かむ

作者不詳・万葉集十（2277）

【本歌取とされる例歌】

月前薄

名残《なごり》今朝入野《いるの》ゝ薄露けしな夜のまの月の手枕にして

三条西実隆・再昌草

【本歌】

夕されば衣《ころも》手《で》寒し高松の山の木ごとに雪そ降りたる

作者不詳・万葉集十（2319）

【本歌取とされる例歌】

夕されば衣手涼し高円《たかまど》の尾《を》の上《へ》の宮《みや》の秋のはつ風

源実朝・金槐和歌集

【本歌】

黄葉を詠む

八田《やた》の野の浅茅《あさぢ》色づく有乳山《あらちやま》峰の沫雪《あわゆき》寒く降るらし

作者不詳・万葉集十（2331）

【本歌取とされる例歌】

あらち山《やま》矢田野の《ゝ》浅茅色付〈づき〉ぬ人の心のみねの淡雪

藤原家隆・家隆卿百番自歌合

冬天象

霜さえし矢田野《やたの》の《ゝ》浅茅《あさぢ》うづもれてふかくも雪のつもるころかな

兼好・兼好法師集

【本歌】

恋ひ死なば恋ひも死ねとか玉桙《たまほこ》の路《みち》行く人の言《こと》も告げなく

作者不詳・万葉集十（2370）

【本歌取とされる例歌】

五月雨の心を

たまぼこの道行《みちゆ》き人のことつても絶《た》えてほどふる五月雨《さみだれ》の空《そら》

藤原定家・新古今和歌集三（夏）

【本歌】

石上布留《いそのかみふる》の神杉神《かむすぎかむ》さびし恋をもわれは更にするかも

作者不詳・万葉集十一（2417）

【本歌取とされる例歌】

儀〈いそ〉の神ふりにし恋《こひ》の神《かみ》さびてたゝるに我は寝《い》ぞねかねつる

よみ人しらず・古今和歌集十九（雑体）

和歌所歌合に、久忍恋といふことを

いその神ふるの神杉《すぎ》ふりぬれど色《いろ》にはいでず露《つゆ》も時雨も

藤原良経・新古今和歌集十一（恋一）

【本歌】

水の上に数書《か》く如きわが命妹に逢はむと祈誓《うけ》ひつるかも

作者不詳・万葉集十一（2433）

【本歌取とされる例歌】

行〈ゆく〉水に数《かず》かくよりもはかなきは思《おも》はぬ人をおもふなりけり

よみ人しらず・古今和歌集十一（恋一）

みづのうへにかずかくよりもはかなきはみのりをはかるひとにぞありける

良寛・はちすの露

【本歌】

天雲《あまくも》に翼《はね》うちつけて飛ぶ鶴《たづ》のたづたづしかも君坐《いま》さねば

作者不詳・万葉集十一（2490）

【本歌取とされる例歌】

うゑ（へ）の男ども百首歌たてまつりける時、祝ゐ（ひ）の心をよませ給うける

白《しら》雲に羽《はね》うちつけてとぶ鶴《たづ》のはるかに千代の思《おも》ほゆるかな

二条院・千載和歌集十（賀）

［注解］参考歌「白雲に羽うちかはしとぶ雁のかずさへ見ゆる秋のよの月」（よみ人しらず・古今和歌集四・秋上）

【本歌】

敷栲《しきたへ》の枕動きて夜も寝《ね》ず思ふ人には後も逢はむかも

作者不詳・万葉集十一（2515）

【本歌取とされる例歌】
夢にだにみばやとすれば敷妙の枕もうきていこそねられね
和泉式部・和泉式部集

【本歌】
玉垂《たまたれ》の小簀《をす》の垂簾《たれす》を行きかてに寝《い》は寝《な》さずとも君は通はせ
作者不詳・万葉集十一（2556）

【本歌取とされる例歌】
玉垂《たまだれ》の小簾《をす》のたれ簾の誰《たれ》により千《ち》名《な》の五百《いほ》名《な》にたてる我が名ぞ
楫取魚彦・楫取魚彦詠藻

［注解］「わが名はも千名の五百名に立ちぬとも君が名立たば惜しみこそ泣け」（大伴坂上大嬢・万葉集四・731）も本歌とされる。

【本歌】
夕卜《ゆふけ》にも占《うら》にも告《の》れる今夜《こよひ》だに来まさぬ君を何時《いつ》とか待たむ
作者不詳・万葉集十一（2613）

【本歌取とされる例歌】
尋ぬる
橘の陰履《かげふ》み迷《まよ》ひ問《と》ふ占《〈うら〉》を先《さき》なるかたになしてはかなき
賀茂真淵・あがた居の歌集

【本歌】
あしひきの山桜戸を開《あ》け置きてわが待つ君を誰か留《とど》むる
作者不詳・万葉集十一（2617）

【本歌取とされる例歌】
あけを《（お）》きし山さくら戸《ど》もとぢてけりを《（お）》のれ雲なる春のさかりは
藤原家隆・家隆卿百番自歌合

【本歌】
朝影にわが身は成りぬ韓衣《からころも》裾の合はずて久しくなれば
作者不詳・万葉集十一（2619）

【本歌取とされる例歌】
衣によす
から衣裾のあはずてねたる夜は身に秋風の寒くこそふけ
小沢蘆庵・六帖詠草

【本歌】
かにかくに物は思はじ飛騨人《ひだひと》の打つ墨縄のただ一道《ひとみち》に
作者不詳・万葉集十一（2648）

【本歌取とされる例歌】
飛騨人
墨《すみ》縄の直《すぐ》なる筋を伝へなばあらぬ巧《たく》みをせそや飛騨《ひだ》人
賀茂真淵・あがた居の歌集

【本歌】
難波人《なにはひと》葦《あし》火《ひ》焚《た》く屋の煤《す》してあれど己《おの》が妻こそ常《つね》めづらしき
作者不詳・万葉集十一（2651）

【本歌取とされる例歌】
廿一日、内裏月次懐紙、名所擣衣
月のもとに心はあれや難波人蘆《あし》火たきすて衣うつなり
三条西実隆・再昌草

【本歌】
天雲《あまくも》の八重雲隠《がく》れ鳴る神の音のみにやも聞き渡りなむ
作者不詳・万葉集十一（2658）

【本歌取とされる例歌】
逢《あ》ふことは雲居《くもゐ》はるかになる神のを《（お）》とにきゝつゝ恋《こ》ひわたる哉
紀貫之・古今和歌集十一（恋一）

黒

うば玉のやみのくらきにあま雲の八重《やへ》雲がくれ雁ぞ鳴なり

源実朝・金槐和歌集

【本歌】

高山の石本激《いはもとたぎ》ちゆく水の音には立てじ恋ひて死ぬとも

作者不詳・万葉集十一（2718）

【本歌取とされる例歌】

吉野河岩《いは》きりとお《（ほ）》し行《〈ゆく〉》水のを《（お）》とにはたてじこひは死《し》ぬとも

よみ人しらず・古今和歌集十一（恋一）

【本歌】

玉藻刈る井堤《ゐで》のしがらみ薄《うす》みかも恋の淀めるわが心かも

作者不詳・万葉集十一（2721）

【本歌取とされる例歌】

もらさばや思《おも》ふ心をさてのみはえぞ山城《しろ》の井手《で》のしがらみ

殷富門院大輔・新古今和歌集十二（恋二）

款冬をよめる

玉もかる井でのしがらみ春かけて咲《〈さく〉》や川瀬《せ》のやまぶきの花

源実朝・金槐和歌集

【本歌】

大船のたゆたふ海に碇下《いかりおろ》し如何《いか》にせばかもわが恋止《や》まむ

作者不詳・万葉集十一（2738）

【本歌取とされる例歌】

旅泊夢

興津舟《〈おきつふね〉》おろす碇《いかり》のいかにねてたゆたふ浪《なみ》にかへる夢路ぞ

正徹・永享五年正徹詠草

【本歌】

湊入《みなといり》の葦別小舟《あしわけをぶね》障《さはり》多みわが思ふ君に逢はぬ頃かも

作者不詳・万葉集十一（2745）

【本歌取とされる例歌】

おなじ江の芦分小舟《〈あしわけをぶね〉》を《（お）》しかへしさのみはいかゞうきにこがれん

藤原為家・中院詠草

【本歌】

波の間ゆ見ゆる小島の浜久木《はまひさぎ》久しくなりぬ君に逢はずして

作者不詳・万葉集十一（2753）

【本歌取とされる例歌】

夕《ゆふ》なぎに門《と》わたる千鳥《ちどり》なみまより見ゆる小《こ》島の雲にきえぬる

藤原実定・新古今和歌集六（冬）

【本歌】

朝柏閏《あさかしはうる》八川辺《はかはべ》の小竹《しの》の芽《め》の偲《しの》ひて寝《ぬ》れば夢《いめ》に見えけり

作者不詳・万葉集十一（2754）

【本歌取とされる例歌】

おきて行《〈ゆく〉》袖のみぬれてあさかしは寝《ぬ》るや川辺の夢をだにみず

藤原家隆・家隆卿百番自歌合

【本歌】

葦鶴《あしたづ》のさわく入江の白菅《しらすげ》の知らせむためと言痛《こちた》かるかも

作者不詳・万葉集十一（2768）

【本歌取とされる例歌】

葦鴨《あしがも》のさは《（わ）》ぐ入江の白浪の知《し》らずや人をかく恋《こ》ひむとは

よみ人しらず・古今和歌集十一（恋一）

【本歌】

伊勢の白水郎《あま》の朝《あさ》な夕《ゆふ》なに潜《かづ》くとふ鰒《あはび》の貝の片思《かたもひ》にして

作者不詳・万葉集十一（2798）

【本歌取とされる例歌】
伊勢のあまの朝《あさ》な夕《ゆふ》なに潜《かづ》くてふ見るめに人を飽《あ》くよしも哉〈がな〉
よみ人しらず・古今和歌集十四（恋四）

【本歌】
浅葉野《あさはの》に立ち神《かむ》さぶる菅《すが》の根のねもころ誰《たれ》ゆゑわが恋ひなくに
作者不詳・万葉集十二（2863）

【本歌取とされる例歌】
霜がるゝ人の心のあさは野に立《た》つ身《み》は小菅根《こすげね》さへ朽《く》ちめや
藤原家隆・家隆卿百番自歌合

【本歌】
あしひきの山より出《い》づる月待つと人には言ひて妹《いも》待つわれを
作者不詳・万葉集十二（3002）

【本歌取とされる例歌】
しのぶれど恋《こひ》しき時はあしひきの山より月のいでてこそ来《く》れ
紀貫之・古今和歌集十三（恋三）
久方《ひさかた》の月ぞかはらで待《ま》たれける人には言《い》ひし山の端〈は〉の空
藤原定家・定家卿百番自歌合

【本歌】
真菅《ますが》よし宗我《そが》の河原に鳴く千鳥間《ま》無しわが背子《せこ》わが恋ふらくは
作者不詳・万葉集十二（3087）

【本歌取とされる例歌】
こよひたれますげかたしきあかすらむそがの河原に千鳥鳴〈なく〉なり
藤原良経・南海漁父北山樵客百番歌合

【本歌】
左檜《さひ》の隈《くま》檜の隈川に馬駐《とど》め馬に水飲《か》へわれ外《よそ》に見む
作者不詳・万葉集十二（3097）

【本歌取とされる例歌】
日霊女の歌
さゝのくまひのくま河に駒《こま》とめてしばし水飼《か》へかげをだにみむ
よみ人しらず・古今和歌集二十（神遊びの歌）

【本歌】
豊国《とよくに》の企救《きく》の浜松根もころに何しか妹に相言《あひい》ひ始《そ》めけむ
作者不詳・万葉集十二（3130）

【本歌取とされる例歌】
を〈お〉とにのみ菊の浜《はま》松下《した》葉さへうつろふころの人はたのまじ
藤原家隆・家隆卿百番自歌合

【本歌】
月易《か》へて君をば見むと思へかも日も易へずして恋の繁けく
作者不詳・万葉集十二（3131）

【本歌取とされる例歌】
やむごとなき事によりて遠き所にまかりて、「立たむ月許になんまかり帰るべき」と言ひてまかり下りて、道よりつかはしける
月かへて君をば見むと言《い》ひしかど日だに隔《へだ》てず恋《こひ》しきものを
紀貫之・後撰和歌集十一（恋三）

【本歌】
里離《はな》れ遠くあらなくに草枕旅とし思へばなほ恋ひにけり
作者不詳・万葉集十二（3134）

【本歌取とされる例歌】
旅の心を
玉鉾〈たまぼこ〉のみちは遠くもあらなくに旅とし思へばわびしかりけり
源実朝・金槐和歌集

【本歌】
霍公鳥飛幡《ほととぎすとばた》の浦にしく波のしばしば君を見むよしもがも
作者不詳・万葉集十二（3165）

【本歌取とされる例歌】
しほたるゝ音《ね》をや鳴《な》くらむほとゝぎす飛幡《とばた》の浦の五月雨の比《〈ころ〉》
宗尊親王・文応三百首

採早苗
きのふけふ時来にけりと時鳥とばたのおもに早苗とるなり
賀茂真淵・賀茂翁家集拾遺

【本歌】
ももきね　美濃《みの》の国の　高北《たかきた》の　八十一《くくり》隣の宮に　日向尒　行
靡闕矣　ありと聞きて　わが行く道の　奥十山《おきそやま》　美濃の山　靡
けと　人は踏《ふ》めども　斯《か》く寄れと　人は衝《つ》けども　心無き山の
奥十山　美濃の山
作者不詳・万葉集十三（3242）

【本歌取とされる例歌】
宝暦十三年の秋、践祚の御慶びの御使ひに、横瀬
駿河の守殿木曾路より参らるゝを送る歌
美濃《ぬ》の山　お木《き》曾の山は　靡《なび》かへと　告《〈つげ〉》ど靡《なび》かず　かく寄《よ》れと
踏《ふ》めども　寄《よ》らず　よしゑやし　靡《なび》かずあらめ　よしゑやし
寄《よ》らずありとも　あたら世を　言寿《ことほ》ぎ参《まゐ》る　御言《みこと》をし　持《も》ちて
往《ゆ》く君　引ゐます　八十伴《〈やそとも〉》の緒《を》の　馬《〈こま〉》の爪《つめ》　岩根《いはね》踏《ふ》み割《さ》くみ
鐸《ぬて》が音《おと》は　山行《ゆ》き通《とほ》し　平《たひ》らけく　安《やす》けく越《こ》えむ　三野《〈みぬ〉》の山
お木曾の山
賀茂真淵・あたが居の歌集

【本歌】

懸けまくも　あやに恐《かしこ》し……　九月《ながづき》の　時雨《しぐれ》の秋は　大殿の
砌《みぎり》しみみに　露負《お》ひて　靡《なび》ける萩《はぎ》を　玉襷《たますすき》　懸けて偲《しの》はし……
作者不詳・万葉集十三（3324）

【本歌取とされる例歌】
はぎのはなみぎりしみゝにさきにけりこじくもしるくあへるけ
ふかも
良寛・良寛自筆歌抄

【本歌】
筑波嶺《つくはね》の新桑繭《にひぐはまよ》の衣《きぬ》はあれど君が御衣《みけし》しあやに着欲《きほ》しも
作者不詳・万葉集十四（3350）

【本歌取とされる例歌】
おなじこゝろを
筑波嶺《つくばね》の新桑《くは》まゆの糸なれや心ひくよりみだれそむらん
頓阿・頓阿法師詠

【本歌】
信濃《しなの》なる須賀《すが》の荒野《あらの》にほととぎす鳴く声聞けば時すぎにけり
作者不詳・万葉集十四（3352）

【本歌取とされる例歌】
長き根《ね》のすがのあら野にかる草のゆふてもたゆくとけぬ君かな
藤原家隆・家隆卿百番自歌合
［注解］「おもふとも恋ふとも逢はむ物なれや結ふ手もたゆく解くる下紐」（よみ人しらず・古今和歌集十一・恋一）も本歌とされる。

信濃路は野をあまた也杜鵑《〈ほととぎす〉》菅のあら野を名乗《〈なのり〉》てぞ鳴《〈なく〉》
上田秋成・藤簍冊子

嵐

しなのなるすがのあら野をとぶわしのつばさもたわにふくあらし哉《かな》

賀茂真淵・賀茂翁家集拾遺

【本歌】

或る本の歌の末句に曰はく、蔓ふ葛の引かば寄り
来ね心なほなほに

鎌倉の見越《みごし》の崎の石崩《いはくえ》の君が悔《く》ゆべき心は持たじ

作者不詳・万葉集十四（3365）

【本歌取とされる例歌】

今日は胡地の妾ならぬを、せめての心やりにてありわびよとなん。見奉りては、涙いよゝとゞめがたくてぞある。其〈その〉紙のはしつかたに、墨つぎ、見わかつまじく、はかなげに書て、そこに棄置〈すておき〉たるを、又とりつたへて、御前に奉るを、とりて見たまへば、

鎌倉のみこしが崎によする波、岩だにくやす心くだけて

上田秋成・藤簍冊子

【本歌】

多摩川に曝《さら》す手作《てづくり》さらさらに何《なに》そこの児《こ》のここだ愛《かな》しき

作者不詳・万葉集十四（3373）

【本歌取とされる例歌】

布

玉川《たまがは》に玉ちるばかりたつ浪《なみ》を妹《いも》が手づくりさらすかとみる

楫取魚彦・楫取魚彦詠藻

【本歌】

鳰鳥《にほどり》の葛飾早稲《わせ》を饗《にへ》すともその愛《かな》しきを外《と》に立てめやも

作者不詳・万葉集十四（3386）

【本歌取とされる例歌】

にほどりのかつしかわせのにひしぼりのみつつをれば月かたぶきぬ

賀茂真淵・賀茂翁家集

【本歌】

足《あ》の音《おと》せず行かむ駒もが葛飾の真間の継橋《つぎはし》やまず通はむ

作者不詳・万葉集十四（3387）

【本歌取とされる例歌】

忘《わす》られぬ真間《まゝ》の継橋《つぎはし》おもひ寝《ね》に通し〈かよひ〉方《かた》は夢に見《み》えつゝ

藤原定家・定家卿百番自歌合

【本歌】

さ衣《ごろも》の小筑波嶺《をづくはね》ろの山の崎《さき》忘ら来《こ》ばこそ汝《な》を懸《か》けなはめ

作者不詳・万葉集十四（3394）

【本歌取とされる例歌】

二月余寒を在満が家にて

なかばたつ春にかさぬるさ衣《ごろも》のをつくば山に雪はふりつゝ

賀茂真淵・賀茂翁家集拾遺

【本歌】

上毛野佐野の茎立《くくたち》折りはやし吾《あれ》は待たむゑ今年来《こ》ずとも

作者不詳・万葉集十四（3406）

【本歌取とされる例歌】

古人のよみたる詞をよみ入侍る恋のうた

かみつけのさのゝくゝたち月たちてまつらん妹をいつ行《ゆき》てみん

小沢蘆庵・六帖詠草

【本歌】

恋しけば来ませわが背子《せこ》垣《かき》つ柳末《やぎうれ》摘みからしわれ立ち待たむ

作者不詳・万葉集十四（3455）

【本歌取とされる例歌】

こひしくばたづねてきませわがやどはこしのやまもとたどりくに

良寛・良寛自筆歌抄

[注解]「わが庵は三輪の山もと恋しくは訪ひきませ杉たてるかど」（よみ人しらず・古今和歌集十八・雑下）も本歌とされる。

【本歌】

山鳥の尾《を》ろの初麻《はつを》に鏡懸《か》け唱《とな》ふべみこそ汝《な》に寄《よ》そりけめ

作者不詳・万葉集十四（3468）

【本歌取とされる例歌】

山鳥《どり》のをだえの橋にかゞみかけ長《なが》き夜《よ》わたる秋の月影《かげ》

宗尊親王・文応三百首

山鳥《どり》のをろのはつかに見《み》し人の影をとどむる鏡《かゞみ》なりせば

宗尊親王・文応三百首

【本歌】

坂越えて安倍《あべ》の田の面《も》に居《ゐ》る鶴《たづ》のともしき君は明日《あす》さへもがも

作者不詳・万葉集十四（3523）

【本歌取とされる例歌】

早苗《さなへ》取《と》る阿倍《あべ》の田面《〈たのも〉》のむらさめに坂越《こ》えて鳴《な》くほとゝぎす哉《〈かな〉》

宗尊親王・文応三百首

【本歌】

さを鹿の伏《ふ》すや草群《くさむら》見えずとも児《こ》ろが金門《かなと》よ行かくし良《え》しも

作者不詳・万葉集十四（3530）

【本歌取とされる例歌】

さを鹿《しか》のふすや草村うらがれて下もあらはに秋風ぞ吹《〈ふく〉》

藤原定家・定家卿百番自歌合

【本歌】

わたつみの海に出でたる飾磨川《しかまがは》絶えむ日にこそ吾《あ》が恋止《や》まめ

作者不詳・万葉集十五（3605）

【本歌取とされる例歌】

水上《みなかみ》にたれかみそぎをしかま河海に出《い》でたる麻《あさ》の木綿四手《ゆふしで》

宗尊親王・文応三百首

【本歌】

阿胡《あご》の浦に船乗《ふなの》りすらむ娘子《をとめ》らが赤裳の裾に潮満つらむか

作者不詳・万葉集十五（3610）

【本歌取とされる例歌】

お《〈を〉》とめ子《ご》が玉裳《も》のすそに満《〈みつ〉》しほのひかりを寄《よ》する浦の月かげ

藤原家隆・家隆卿百番自歌合

【本歌】

暁《あかとき》の家恋《いへごひ》しきに浦廻《うらみ》より楫《かぢ》の音《おと》するは海人娘子《あまをとめ》かも

作者不詳・万葉集十五（3641）

【本歌取とされる例歌】

あまをとめ梶音たかくきこゆなり浦のいさりにさよやふけぬる

藤原為家・中院詠草

【本歌】

夕されば秋風寒し吾妹子《わぎもこ》が解《と》き洗ひ衣《ごろも》行きて早着《き》む

作者不詳・万葉集十五（3666）

【本歌取とされる例歌】

秋風

萩が散《ち》る秋風寒《あきかぜさむ》く成《〈なり〉》ぬるか背《せ》子が衣も縫《ぬ》ひあへなくに

賀茂真淵・あがた居の歌集

【本歌】

韓亭《からとまり》能許《のこ》の浦波立たぬ日はあれども家に恋ひぬ日は無し

作者不詳・万葉集十五（3670）

【本歌取とされる例歌】

駿河《するが》なる田子《たご》の浦《うら》浪たゝぬ日はあれども君を恋《こ》ひぬ日はなし

よみ人しらず・古今和歌集十一（恋一）

【本歌】

あしひきの山飛び越ゆる雁がねは都に行かば妹に逢ひて来《こ》ね

作者不詳・万葉集十五（3687）

【本歌取とされる例歌】

足引〈あしひき〉の山とびこゆる秋の雁いく重《へ》の霧《きり》をしのぎ来〈き〉ぬらむ

源実朝・金槐和歌集

【本歌】

思ひつつ寝《ぬ》ればかもとなぬばたまの一夜もおちず夢《いめ》にし見ゆる

中臣宅守・万葉集十五（3738）

【本歌取とされる例歌】

しらぬ人

おもひつゝぬればあやしなそれとだにしらぬ人をも夢にみてけり

賀茂真淵・賀茂翁家集拾遺

［注解］「思つゝ寝ればや人の見えつらむ夢としりせば覚めざらましを」（小野小町・古今和歌集十二・恋二）も本歌とされる。

【本歌】

安積香《あさか》山影さへ見ゆる山の井の浅き心をわが思はなくに

作者不詳・万葉集十六（3807）

【本歌取とされる例歌】

五十首歌たてまつりし時

むすぶ手《て》に影《かげ》みだれゆく山の井のあかでも月のかたぶきにける

慈円・新古今和歌集三（夏）

［注解］「むすぶ手の滴ににごる山の井のあかでも人にわかれぬる哉」（紀貫之・古今和歌集八・離別）も本歌とされる。

冬ふかき氷やいたく閉《と》ぢつらむ影《かげ》こそ見えね山の井の水《みづ》

源実朝・金槐和歌集

【本歌】

沖つ鳥鴨とふ船の還り来《こ》ば也良《やら》の崎守《さきもり》早く告げこそ

作者不詳・万葉集十六（3866）

【本歌取とされる例歌】

やしの崎月影さむし沖《おき》つ鳥かもといふ舟うき寝《ね》すらしも

源実朝・金槐和歌集

【本歌】

昨日こそ船出《ふなで》はせしか鯨魚《いさな》取り比治奇《ひぢき》の灘《なだ》を今日見つるかも

作者不詳・万葉集十七（3893）

【本歌取とされる例歌】

浦《うら》人の取《と》るや早苗《さなへ》もたゆむらんひぢきの灘《なだ》の五月雨のころ

宗尊親王・文応三百首

【本歌】

ぬばたまの夜は更《ふ》けぬらし玉匣《たまくしげ》二上《ふたがみ》山に月傾《かたぶ》きぬ

土師道良・万葉集十七（3955）

【本歌取とされる例歌】

むば玉の夜はふけぬらし雁金〈かりがね〉のきこゆる空に月かたぶきぬ

源実朝・金槐和歌集

［注解］「さ夜中と夜は深けぬらし雁が音の聞ゆる空に月渡る見ゆ」（作者不詳・

万葉集九・1701）も本歌とされる。

【本歌】

水門風《みなとかぜ》寒く吹くらし奈呉《なご》の江に夫婦《つま》呼び交《かは》し鶴《たづ》さはに鳴く

大伴家持・万葉集十七（4018）

【本歌取とされる例歌】

なごの海《うみ》につまよびかはしなくたづの声《こゑ》うらがなしさ夜《よ》や更《ふ》けぬる

宗尊親王・玉葉和歌集十五（雑二）

【本歌】

鵜を潜くる人を見て作る歌一首

婦負川《めひがは》の早き瀬ごとに篝《かがり》さし八十伴《やそとも》の男《を》は鵜川《うかは》立ちけり

大伴家持・万葉集十七（4023）

【本歌取とされる例歌】

十七日、又鏡島《かゞみしま》へ帰《かへ》る。月出〈いで〉ぬほど、江口に出《い》でて鵜飼を見る。六艘の舟《ふね》に篝《かゞり》を挿《さ》して上《のぼ》る。又一艘を設《まう》けてそれに乗《の》りて見物す。「おほよそこの川の上《ゝぼ》り下《くだ》り、闇《やみ》になれば猟舟数を知《し》らぬ」と言《い》ふを聞《き》きて、

夕闇《ゆふやみ》に八十〈やそ〉伴《とも》の男の篝《かゞりさ》挿し上《のぼ》る鵜舟は数も知《し》られず

一条兼良・藤河の記

【本歌】

河内女王の歌一首

橘の下照《したで》る庭に殿《との》建てて酒《さか》みづきいますわが大君かも

河内女王・万葉集十八（4059）

【本歌取とされる例歌】

枝《えだ》しげみもりこぬ月も橘《たちばな》の花や下《した》てる光見すらむ

冷泉為和・文亀三年三十六番歌合

【本歌】

陸奥国より金を出せる詔書を賀く歌一首

葦原《あしはら》の　瑞穂《みづほ》の国を……　海行かば　水浸《みづ》く屍《かばね》　山行かば　草生《む》す屍　大君の　辺《へ》にこそ死なめ　顧みは　せじと言立《ことだ》て　丈夫《ますらを》の　清きその名を……

大伴家持・万葉集十八（4094）

【本歌取とされる例歌】

又立あがりて、木曾の麻衣ならぬ色よき袖を、まくり手にして、扇は剣と打ふりつゝ、

山ゆかば　草むす屍〈かばね〉、海ゆかば　水《ミ》づくかばねぞ、大君の、国のみ為に　死なんと、立しみ心の、たけく直きを、誰いひさきて、世にはぶらしけん、狡兎〈かうと〉は死して　狗《イヌ》は烹《ニ》られ、高鳥尽〈つき〉て弓は嚢《フクロ》に、うたての古言〈ふるごと〉や、いたはしの我君や、

かくうたひつゝ、ぶたうあらゝかに、扇をはたく〳〵と打はららかしつるは、誰をかうつと、見る人あやしがる。

上田秋成・藤簍冊子

荒き波よる昼おもひさわがれつ水《み》漬《づ》く屍《かばね》に君やまじると

橘曙覧・君来艸

【本歌】

京の家に贈らむ為に、真珠を願ふ歌一首

珠洲《すず》の海人《あま》の　沖つ御神《みかみ》に……　心慰《なぐさ》に　霍公鳥《ほととぎす》　来鳴く五月《さつき》の　菖蒲草《あやめぐさ》　花橘に　貫《ぬ》き交《まじ》へ　縵《かづら》にせよと　包みて遣《や》らむ

大伴家持・万葉集十八（4101）

【本歌取とされる例歌】

ほとゝぎす鳴《な》くやさ月のあやめ草あやめも知《し》らぬ恋《こひ》もする哉〈かな〉

よみ人しらず・古今和歌集十一（恋一）

[注解]「をみなへし咲く沢に生ふる花かつみかつても知らぬ恋もするかも」（中臣女郎・万葉集四・675）も本歌とされる。

【本歌】

針袋これは賜《たば》りぬすり袋今は得てしか翁《おきな》さびせむ

作者不詳・万葉集十八（4133）

【本歌取とされる例歌】

伊久米の君のもとにて十月更衣を

かふれどもいとゞあやなき衣手にもみぢだにちれおきなさびせん

賀茂真淵・賀茂翁家集拾遺

【本歌】

矢形尾《やかたを》の真白《ましろ》の鷹を屋戸《やど》に据《す》ゑかき撫で見つつ飼はくし好《よ》しも

大伴家持・万葉集十九（4155）

【本歌取とされる例歌】

堀河院御時、百首歌たてまつりける時、鷹狩の心をよめる

やかた尾《を》のましろの鷹《たか》をひきすえ《(ゑ)》て宇陀《うだ》の鳥立《とだ》ちを狩《か》りくらしつる

藤原仲実・千載和歌集六（冬）

[注解]「やかたをのましろのたかをひきすゐて君がみゆきにあはせつるかな」（よみ人しらず・古今和歌六帖・二）も本歌とされる。

【本歌】

京の人に贈る歌

妹に似る草と見しよりわが標《し》めし野辺の山吹《やまぶき》誰《たれ》か手折りし

大伴家持・万葉集十九（4197）

【本歌取とされる例歌】

山吹の咲きたるに人の見る形を

故郷《ふるさと》は春の暮《く》れこそ哀《あは》れなれ妹に似るてふ山吹の花

賀茂真淵・あがた居の歌集

【本歌】

わが屋戸のいささ群竹《むらたけ》吹く風の音のかそけきこの夕《ゆふべ》かも

大伴家持・万葉集十九（4291）

【本歌取とされる例歌】

もゝなかのいさゝむらたけいさゝめのゐさゝかのこすみづくきのあと

良寛・良寛自筆歌抄

【本歌】

二十五日、作る歌一首

うらうらに照れる春日《はるひ》に雲雀《ひばり》あがり情悲《こころかな》しも独りしおもへば

大伴家持・万葉集十九（4292）

【本歌取とされる例歌】

雲雀を

霞立《た》つ春野のひばり何しかも思《おも》ひ上《あ》がりて音《ね》をしなく覧《(らん)》

賀茂真淵・あがた居の歌集

【本歌】

宮人の袖付衣《そでつけごろも》秋萩ににほひよろしき高円《たかまと》の宮

大伴家持・万葉集二十（4315）

【本歌取とされる例歌】

守覚法親王、五十首歌よませ侍りけるに

萩《はぎ》が花真《ま》袖にかけて高円《たかまと》のお《(を)》のへの宮にひれふるやたれ

顕昭・新古今和歌集四（秋上）

【本歌】

真木柱《まけはしら》讃《ほ》めて造れる殿の如《ごと》いませ母刀自《ははとじ》面変《おめかは》りせず

坂田部首麿・万葉集二十（4342）

【本歌取とされる例歌】

出居をいにしへざまにつくりけるころ人々つどひ
て歌よみけるにおのれもよめる

飛驒《ひだ》たくみほめてつくれる真木柱《まきばしら》たてしこころはうごかましやも

賀茂真淵・賀茂翁家集

【本歌】

小竹《ささ》が葉のさやぐ霜夜に七重《ななへ》かる衣《ころも》に益《ま》せる子ろが膚はも

作者不詳・万葉集二十（4431）

【本歌取とされる例歌】

さかしらに夏は人《ひと》まね笹《さゝ》の葉《は》のさやぐ霜夜《しもよ》をわがひとり寝《ぬ》る

よみ人しらず・古今和歌集十九（雑体）

【本歌】

堀江より水脈《みを》さかのぼる楫の音《と》の間《ま》なくそ奈良は恋しかりける

大伴家持・万葉集二十（4461）

【本歌取とされる例歌】

恋の歌とてよめる

逢《あ》ふことは船《ふな》人よは（わ）み漕《こ》ぐ船《ふね》のみをさかのぼる心地こそすれ

藤原公実・金葉和歌集八（恋下）

【本歌】

船競《ふなぎほ》ふ堀江の川の水際《みなぎは》に来居《きゐ》つつ鳴くは都鳥かも

大伴家持・万葉集二十（4462）

【本歌取とされる例歌】

旬に十首歌よませられしに、都鳥

あれはてしこれや難波《なには》の都鳥今も堀江《ほりえ》の河に鳴《な》くなり

頓阿・頓阿法師詠

【本歌】

二年春正月三日、侍従竪子王臣等を召して、内裏の東屋の垣下に侍はしめ、即ち玉箒を賜ひて肆宴きこしめしき。時に内相藤原朝臣勅を奉りて、宣はく、諸王卿等、堪ふるまにま、意に任せて、歌を作り幷せて詩を賦せよとのりたまへり。仍りて詔旨に応え、各々心緒を陳べて歌を作り詩を賦しき

始春《はつはる》の初子《はつね》の今日の玉箒《たまばはき》手に執《と》るからにゆらく玉の緒

大伴家持・万葉集二十（4493）

【本歌取とされる例歌】

春郷がいとこなる女の許へ箒を贈るとて

玉帚《はゝ》木取《と》る手ばかりの契《ちぎり》にて空に浮《う》き名の塵と立《た》つらん

賀茂真淵・あがた居の歌集

［注解］「知るといへば枕だにせで寝しものを塵ならぬ名のそらにたつ覧」（伊勢・古今和歌集十三・恋三）も本歌とされる。

「古今和歌集」の収録歌が本歌とされる例歌

【本歌】

……四《よ》つには、たとへ歌《うた》。

わが恋《こひ》はよむとも尽《つ》きじ有磯海《ありそうみ》の浜の真砂《まさご》はよみつくすとも

と、言《い》へるなるべし。……

古今和歌集（仮名序）

【本歌取とされる例歌】

わが恋《こひ》は荒磯《ありそ》の海《うみ》の風《かぜ》をいたみしきりに寄《よ》する浪《なみ》のまもなし

伊勢・新古今和歌集十一（恋二）

【本歌】

そもく、歌《うた》の様《さま》、六《む》つなり。唐《から》の詩《うた》にも、かくぞ有《あ》るべき。その六種《むくさ》の一《ひと》つには、そへ歌《うた》。大鷦鷯《おほさゝき》の帝《みかど》を、そへ奉《たてまつ》れる歌《うた》。

難波津《なにはづ》に咲《さ》くやこの花冬籠《はなふゆごも》り今《いま》は春《はる》べと咲《さ》くやこの花

と言《い》へるなるべし。

古今和歌集（仮名序）

【本歌取とされる例歌】

難波津にさくやむかしの梅の花いまも春なるうら風ぞ吹《ふく》

藤原良経・南海漁父北山樵客百番歌合

春日野《の》にさくや梅が枝雪まより今は春べと若菜《わかな》つみつゝ

藤原定家・定家卿百番自歌合

[注解] 参考歌「かすが野のわかなつみにや白たへの袖ふりはへて人の行らん」（紀貫之・古今和歌集一・春上）

江上春望

難波江や冬ごもりせし梅が香《ゝ》の四方《よも》にみちくる春のしほかぜ

藤原為家・中院詠草

【本歌】

春立ちける日、よめる

袖ひちてむすびし水のこほれるを春立《たつ》けふの風やとくらむ

紀貫之・古今和歌集一（春上）

【本歌取とされる例歌】

氷室をよめる

夏《なつ》の日《ひ》になるまで消《き》えぬ冬氷《ふゆごほり》春立《た》つ風やよきて吹《ふ》きけん

源頼実・後拾遺和歌集三（夏）

花山院御時、七夕の歌つかうまつりけるに

袖ひちてわが手《て》にむすぶ水の面《おも》にあまつ星《ほし》あひの空《そら》をみるかな

藤原長能・新古今和歌集四（秋上）

墨染の袖の氷《こほり》に春立《たち》てありしにもあらぬながめをぞする

後鳥羽院・遠島御百首

【本歌】

春霞たてるやいづこみ吉野《よしの》の《ゝ》よしのの《ゝ》山に雪はふりつゝ

よみ人しらず・古今和歌集一（春上）

【本歌取とされる例歌】

けふも猶《なほ》雪はふりつゝ春霞《がすみ》たてるやいづこ若菜《わかな》つみてむ

藤原家隆・家隆卿百番自歌合

[注解]「梓弓をし《お》て春雨けふ降りぬあすさへ降らば若菜つみてん」（よみ人しらず・

古今和歌集一・春上）も本歌とされる。

和歌所三首に、早春雪

み吉野《よしの》の《ゝ》山したかぜは猶《〈なほ〉》さえて霞《かすみ》がくれに淡《あは》雪ぞふる

頓阿・頓阿法師詠

【本歌】

二条后の、春の初めの御歌

雪の内に春はきにけり鶯のこほれるなみだいまやとく覧《〈らむ〉》

藤原高子・古今和歌集一（春上）

【本歌取とされる例歌】

百首歌たてまつりし時

鶯の涙《なみだ》のつらゝうちとけて古巣《ふるす》ながらや春をしるらん

惟明親王・新古今和歌集一（春上）

鶯

鶯《うぐひす》のを《(お)》のが羽風も吹《ふ》きとぢていかにこほれる涙なるらむ

慶運・慶運百首

【本歌】

梅が枝《え》にきゐるうぐひす春かけて鳴《な》けどもいまだ雪はふりつゝ

よみ人しらず・古今和歌集一（春上）

【本歌取とされる例歌】

和歌所にて、関路鶯といふことを

鶯のなけどもいまだふる雪《ゆき》に杉《すぎ》の葉しろき逢坂《あふさか》の山

後鳥羽院・新古今和歌集一（春上）

［注解］参考歌「ふる雪に杉の青葉もうづもれてしるしも見えず三輪の山もと」（皇后宮摂津・金葉和歌集四・冬）

【本歌】

雪の木に降り掛れるを、よめる

春たてば花とや見らむ白雪《しらゆき》のかゝれる枝に鶯のなく

素性・古今和歌集一（春上）

【本歌取とされる例歌】

堀河院に百首歌たてまつりける時、残りの雪の心をよみ侍ける

春きては花とも見よと片岡《かたをか》の松のうは葉にあは雪ぞふる

藤原仲実・新古今和歌集一（春上）

【本歌】

心ざしふかく染《そ》めてしおり《(を)》ければ消《き》えあへぬ雪の花とみゆらん

よみ人しらず・古今和歌集一（春上）

【本歌取とされる例歌】

歎《なげ》きひまなく重《かさ》なりて、

心ざし深《ふか》く染《そ》めてし墨染《すみぞめ》の衣《ころも》の色《いろ》ぞなを《(ほ)》まさりける

源通親・高倉院弁遐記

［注解］参考歌「心ざしふかく染めてし藤衣着つる日数のあさくもある哉」（源雅通・千載和歌集九・哀傷）

【本歌】

雪の降りけるを、よめる

霞たち木《こ》の芽《め》も春の雪ふれば花なき里《さと》も花ぞちりける

紀貫之・古今和歌集一（春上）

【本歌取とされる例歌】

屏風の絵に春日山に雪ふれる所

松の葉のしろきを見れば春日山木《〈こ〉》の芽《め》も春の雪ぞふりける

源実朝・金槐和歌集

[注解] 参考歌「見わたせば松の葉白き吉野山幾世積もれる雪にかある覧」(平兼盛・拾遺和歌集四・冬)

【本歌】

春の初めに、よめる

春やとき花やを《お》そきと聞《きゝ》き分《わ》かむ鶯だにも鳴《な》かずもあるかな

藤原言直・古今和歌集一(春上)

【本歌取とされる例歌】

四月十七日ばかりにや宮より花をたまひて御ことのはをさへたびけるかしこまりに、「神代には有もやしけん」といひしふることはかゝるにやとおもひあはすることも侍らざりしが、そもなべての春のおくれたるとしにこそありけめ。ことしは二月のなかばより咲初たれば、春のおくれたるにはあらでのどけき御代にあえけるにぞあらんと、いと〱めづらしきあまりかしこさもわすれておもへるまゝを例のたゞごとにとひこたへなどして、ながき日の御わらひをすゝめ奉らむとて

夏やとき春やおくれしうの花に咲《さき》あはせたる遅桜かな

小沢蘆庵・六帖詠草

【本歌】

春の初めの歌

はるきぬと人はいへどもうぐひすのなかぬかぎりはあらじとぞ思《おもふ》

壬生忠岑・古今和歌集一(春上)

【本歌取とされる例歌】

冬来《ふゆき》ぬと人はいへども朝氷《あさごほり》むすばぬほどはあらじとぞ思《おもふ》

曾禰好忠・好忠集

【本歌】

寛平御時后宮歌合の歌

谷風にとくる氷のひまごとに打《うち》いづる波や春のはつ花《はな》

源当純・古今和歌集一(春上)

【本歌取とされる例歌】

百首たてまつりし時

谷河《たにがは》のうちいづる浪《なみ》もこゑたてつ鶯さそへ春《はる》の山風《かぜ》

藤原家隆・新古今和歌集一(春上)

[注解]「花の香を風のたよりにたぐへてぞ鶯さそふしるべにはやる」(紀友則・古今和歌集一・春上)も本歌とされる。

入道大納言どのにて九月十三夜、水うみの月氷に似たりといふことを

にほの海《うみ》の氷《こほり》のひまはなけれどもうちいづるなみや秋のよの月

兼好・兼好法師集

河落葉

打《う》ち出《い》づる浪もえならぬ色なれや木の葉《は》しぐれし跡の山河

後花園天皇・宝徳二年十一月仙洞歌合

【本歌】

花の香《か》を風のたよりにたぐへてぞ鶯さそふしるべにはやる

紀友則・古今和歌集一(春上)

【本歌取とされる例歌】

百首たてまつりし時

谷河《たにがは》のうちいづる浪《なみ》もこゑたてつ鶯さそへ春《はる》の山風《かぜ》

藤原家隆・新古今和歌集一（春上）

［注解］「谷風にとくる氷のひまごとに打いづる波や春のはつ花」（源当純・古今和歌集一・春上）も本歌とされる。

たづぬらんたがしるべとはなけれども梅が香誘《さそ》ふ庭の春風《かぜ》

宗尊親王・文応三百首

【本歌】

うぐひすの谷よりいづる声《こゑ》なくははるくることを誰《たれ》かしらまし

大江千里・古今和歌集一（春上）

【本歌取とされる例歌】

天暦十年三月廿九日内裏歌合に

鶯の声なかりせば雪消《き》えぬ山里《ざと》いかで春《はる》を知《し》らまし

藤原朝忠・拾遺和歌集一（春）

暮春

暮《く》れぬとも谷には春《はる》を知《し》らせけり古巣《ふるす》に帰《かへ》る鶯《うぐひす》の声

藤原俊成女・俊成卿女家集

廿八日、前左相府勧進清法楽、谷鶯

鶯の出《〈いで〉》てよりこそ世は春を谷にはまだき誰かつげけん

三条西実隆・再昌草

【本歌】

春たてど花もにほはぬ山ざとはもの憂《う》かる音《ね》に鶯ぞなく

在原棟梁・古今和歌集一（春上）

【本歌取とされる例歌】

如月まで梅の花さき侍らざりける年、よみ侍ける

しるらめや霞《かすみ》の空《そら》をながめつゝ花もにほはぬ春をなげくと

中務・新古今和歌集一（春上）

【本歌】

野辺ちかく家居《いへゐ》しせればうぐひすのなくなるこゑは朝《あさ》な〳〵きく

よみ人しらず・古今和歌集一（春上）

［注解］「梅の花咲ける岡辺に家居ればともしくもあらず鶯の声」（作者不詳・万葉集十・1820）が本歌とされる。

【本歌取とされる例歌】

山家郭公

山ちかく家ゐしをれば時鳥なく初ごゑをわれのみぞきく

源実朝・金槐和歌集

朝鶯

朝《あさ》な〳〵たちいでて聞《き》けば春の野の霞《かす》める方《かた》に鶯ぞなく

頓阿・頓阿法師詠

鶯

たかむらに家居やせまし鶯の啼《なく》なる声を聞《きき》もあかむがに

田安宗武・悠然院様御詠草

【本歌】

深《み》山には松の雪だにきえなくに宮こは野《の》べのわかなつみけり

よみ人しらず・古今和歌集一（春上）

【本歌取とされる例歌】

消《〈きえ〉》なくに又やみ山をうづむらん若菜《わかな》つむ野《の》も淡雪ぞ降《〈ふる〉》

藤原定家・定家卿百番自歌合

【本歌】

春日野の飛《とぶ》火《ひ》の野守《もり》いでて見よ今幾日《いくか》ありてわかなつみてん

よみ人しらず・古今和歌集一（春上）

【本歌取とされる例歌】

白雪《しらゆき》のまだふるさとの春日野《かすがの》にいざうちはらひ若菜《わかな》つみてん
大中臣能宣・後拾遺和歌集一（春上）

若菜
春日野《かすがの》は年《とし》のうちには雪《ゆき》つみて春《はる》は若菜《わかな》の生《お》ふるなりけり
西行・山家集

降《ふ》る雪に野守が庵《〈いほ〉》も荒《あ》れはてて若菜《わかな》つまむと誰に問《と》はまし
後鳥羽院・遠島御百首

若菜
出《いで》て見《み》る野守《のもり》もつむやとぶ火野《ひの》の《〈ゝ〉》雪《ゆき》まの若《わか》なけふもすくなき
近衛信尋・後鳥羽院四百年忌御会

紅葉盛
足引の山田もるをぢにことゝはん今いく日《か》ありてもみぢしてまし
賀茂真淵・賀茂翁家集拾遺

【本歌】
梓弓《〈あづさゆみ〉》を《〈お〉》して春雨《さめ》けふ降りぬあすさへ降《ふ》らば若菜つみてん
よみ人しらず・古今和歌集一（春上）

【本歌取とされる例歌】
けふも猶《〈なほ〉》雪はふりつゝ春霞《がすみ》たてるやいづこ若菜《わかな》つみてむ
藤原家隆・家隆卿百番自歌合

［注解］「春霞たてるやいづこみ吉野のよしのの山に雪はふりつゝ」（よみ人しらず・古今和歌集一・春上）も本歌とされる。

【本歌】
仁和帝、親王におましく〳〵ける時に、人に若菜賜ひける御歌
きみがため春の野にいでてわかなつむわが衣手《〈ころもで〉》に雪は降《ふ》りつゝ
光孝天皇・古今和歌集一（春上）

【本歌取とされる例歌】
朝氷たがため分て此川《〈この〉》のむかへの野べに若菜《な》つむらん
藤原家隆・家隆卿百番自歌合

若菜《わかな》つむ我《〈わが〉》衣手も白妙に飛火《〈とぶひ〉》の野べはあは雪《ゆき》ぞふる
藤原為家・中院詠草

弾正親王家五十首に、若菜
若菜《わかな》つむわが衣手《〈ころもで〉》に風さえて空《そら》も雪まのみえぬ野《の》べかな
頓阿・頓阿法師詠

【本歌】
歌たてまつれ、と仰せられし時、よみて、奉れる
かすが野《の》のわかなつみにや白《しろ》たへの袖ふりはへて人の行《〈ゆく〉》らん
紀貫之・古今和歌集一（春上）

【本歌取とされる例歌】
袖しげし今朝の雪間に春日野《かすが》の浅茅《あさぢ》が本の若菜摘《つ》みみん
式子内親王・式子内親王集

崇徳院に百首歌たてまつりける時、春の歌
若菜《わかな》つむ袖《そで》とぞ見ゆる春日野《かすがの》のとぶひの野べの雪のむらぎえ
藤原教長・新古今和歌集一（春上）

［注解］参考歌「春日野の飛火の野守いでて見よ今幾日ありてわかなつみてん」（よみ人しらず・古今和歌集一・春上）

若菜
浅緑《あさみどり》野《の》べの霞をしろたへの袖にかさねて若菜《わかな》つむなり
慶運・慶運百首

【本歌】

春のきる霞の衣ぬきを薄《うす》み山風にこそみだるべらなれ

在原行平・古今和歌集一（春上）

【本歌取とされる例歌】

橋姫《ひめ》のかすみの衣ぬきをうすみまださ莚《〈むしろ〉》の宇治《うぢ》の山風《かぜ》

藤原家隆・家隆卿百番自歌合

［注解］「さむしろに衣かたしき今宵もや我を松覧宇治の橋姫」（よみ人しらず・古今和歌集十四・恋四）も本歌とされる。

春の着《き》る花《はな》の衣《ころも》や山風にかほ《〈を〉》る桜《さくら》の八重の白雲

藤原俊成女・俊成卿女家集

【本歌】

西大寺のほとりの柳を、よめる

浅緑糸よりかけて白露を珠《〈たま〉》にもぬける春の柳か

遍昭・古今和歌集一（春上）

【本歌取とされる例歌】

青柳《あをやぎ》の糸《いと》に玉《たま》ぬく白露《つゆ》のしらずいくよの春かへぬらん

藤原有家・新古今和歌集一（春上）

［注解］「青柳の緑の糸をくり返しいくら許の春をへぬらん」（清原元輔・拾遺和歌集五・賀）も本歌とされる。

あさみどりそめてかけたる青柳《〈あをやぎ〉》の糸に玉ぬく春雨ぞふる

源実朝・金槐和歌集

柳

風《かぜ》のまのみだれぬ糸《いと》にぬきとめて青柳《あをやぎ》おもき露《つゆ》のしら玉《たま》

白川雅陳・後鳥羽院四百年忌御会

【本歌】

百千鳥《もゝちどり》さへづる春は物ごとにあらたまれども我ぞふりゆく

よみ人しらず・古今和歌集一（春上）

［注解］「冬過ぎて春し来れば年月は新なれども人は旧りゆく」（作者不詳・万葉集十・1884）が本歌とされる。

【本歌取とされる例歌】

百千鳥さえ《〈へ〉》づる空は変《かは》らねど我《わ》が身《み》の春は改《あらた》まりつゝ

後鳥羽院・遠島御百首

春夕の心を

百《もも》千《ち》鳥《どり》声《こゑ》のどかにて遠近《をちこち》の山は霞《かす》める春のひぐらし

藤原為子・玉葉和歌集一（春上）

【本歌】

遠近《をちこち》のたづきもしらぬ山中におぼつかなくも喚子鳥《〈よぶこどり〉》哉《〈かな〉》

よみ人しらず・古今和歌集一（春上）

【本歌取とされる例歌】

山中といふ所を過ぎて、

時鳥《〈ほととぎす〉》をの《〈お〉》が五月《さ》の山中におぼつかなくも音《〈ね〉》を忍《しの》ぶ哉《〈かな〉》

一条兼良・藤河の記

【本歌】

雁の声を聞きて、越へまかりける人を思て、よめる

春くればかりかへるなり白雲の道行《〈みちゆき〉》ぶりに事やつてまし

凡河内躬恒・古今和歌集一（春上）

【本歌取とされる例歌】

春

かりがねの羽打《〈うち〉》かはす白雲の道行《〈みちゆき〉》ぶりは桜なりけり

藤原為家・中院詠草

［注解］「白雲に羽うちかはしとぶ雁のかずさへ見ゆる秋のよの月」（よみ人しらず・古今和歌集四・秋上）も本歌とされる。

【本歌】

帰雁を、よめる

はるがすみたつを見すてゝゆくかりは花なき里《さと》に住《す》みやならへる

伊勢・古今和歌集一（春上）

【本歌取とされる例歌】

帰《かへ》りてはまたや都《みやこ》をしのぶらむ花なき里《さと》の春のかりがね

二条良基・後普光園院殿御百首

［注解］参考歌「をりしもあれいかに契りてかりがねの花の盛りに帰りそめけん」（弁乳母・後拾遺和歌集一・春上）

【本歌】

折《〈をり〉》つれば袖こそにほへ梅花《〈むめのはな〉》ありとやこゝにうぐひすのなく

よみ人しらず・古今和歌集一（春上）

【本歌取とされる例歌】

土御門内大臣の家に、梅香留袖といふ事をよみ侍けるに

散《ち》りぬればにほひばかりを梅《むめ》の花ありとや袖に春風のふく

藤原有家・新古今和歌集一（春上）

【本歌】

色よりも香《か》こそあはれと思《おも》ほゆれ誰《た》が袖ふれし宿《やど》の梅ぞも

よみ人しらず・古今和歌集一（春上）

【本歌取とされる例歌】

誰《た》が里の梅のあたりにふれつらん移香《うつりが》著《しる》き人の袖かな

式子内親王・式子内親王集

千五百番の歌合に

梅《むめ》の花たが袖ふれしにほひぞと春や昔《むかし》の月にとはゞや

源通具・新古今和歌集一（春上）

梅の花たが行《〈ゆき〉》ずりのうつり香を袖より袖に我はとめけん

冷泉政為・内裏着到百首

梅香留袖

誰《た》が袖《そで》に匂《にほ》ひをふれてちり残る色香《いろか》すくなき庭の梅《うめ》が枝《え》

猪苗代兼与・集外歌仙

［注解］「散りぬとも香をだにのこせ梅の花こひしき時の思いでにせん」（よみ人しらず・古今和歌集一・春上）も本歌とされる。

【本歌】

やどちかく梅の花うへ《〈ゑ〉》じあぢきなく松人の香《か》にあやまたれけり

よみ人しらず・古今和歌集一（春上）

【本歌取とされる例歌】

ある所の歌合に梅をよめる

梅《むめ》の花にほふあたりの夕暮《ゆふぐれ》はあやなく人にあやまたれつゝ

大中臣能宣・後拾遺和歌集一（春上）

［注解］「春の夜の闇はあやなし梅花色こそ見えね香やはかくるゝ」（凡河内躬恒・古今和歌集一・春上）も本歌とされる。

世をそむかせ給てのち、花たちばなを御覧じてよませ給ける

宿《やど》ちかく花《はな》たちばなはほりうへ《〈ゑ〉》じむかしをしのぶつまとなりけり

【本歌】

梅の花を折りて、よめる　花山院・詞花和歌集二（夏）

鶯の笠に縫《ぬ》ふてふ梅花折《をり》てかざさむ老《おい》かくるやと

源常・古今和歌集一（春上）

【本歌取とされる例歌】

花下忘帰

あはれいかで年にまれなる花のもとに老を隠《かく》して我は帰《かへ》らじ

三条西実隆・再昌草

［注解］「あだなりと名にこそたてれ桜花年にまれなる人もまちけり」（よみ人しらず・古今和歌集一・春上）も本歌とされる。

笠

きしかたに年やはかへるまれにても老かくるてふ笠はありとも

三条西実隆・再昌草

【本歌】

よそにのみあはれとぞ見し梅花あかぬ色香は折《をり》てなりけり

素性・古今和歌集一（春上）

【本歌取とされる例歌】

梅《むめ》の花あかぬ色香も昔《むかし》にておなじかたみの春の夜《よ》の月

藤原俊成女・新古今和歌集一（春上）

【本歌】

梅花を折りて、人に贈りける

きみならで誰にか見せむ梅花色をも香《か》をもしる人ぞしる

紀友則・古今和歌集一（春上）

【本歌取とされる例歌】

中納言定頼、かれぐ〵になり侍りけるに、菊の花にさしてつかはしける

つらからんかたこそあらめ君ならで誰《たれ》にか見《み》せん白菊《しらぎく》の花《はな》

大弐三位・後拾遺和歌集五（秋下）

ひとりのみながめて散《ち》りぬ梅《むめ》の花しるばかりなる人はとひこず

高倉・新古今和歌集一（春上）

春

知人《しるひと》もあらしにまよふ梅《むめ》の花《はな》色をも香《か》をも散《ち》るにまかせて

藤原俊成女・俊成卿女家集

［注解］「見る人もあらしに迷ふ山里にむかし思ゆる花の香ぞする」紫式部・源氏物語・早蕨）も本歌とされる。

【本歌】

暗部山にて、よめる

梅花にほふ春べはくらふ山やみに越《こ》ゆれど著《しる》くぞありける

紀貫之・古今和歌集一（春上）

【本歌取とされる例歌】

春風はふけど吹《ふ》かねど梅花さけるあたりはしるくぞありける

源実朝・金槐和歌集

［注解］「山風はふけどふかねど白浪のよする岩根はひさしかりけり」（伊勢・新古今和歌集七・賀）も本歌とされる。

【本歌】

月夜に、梅花を折りてと、人の言ひければ、折るとて、よめる

月夜にはそれとも見えず梅花香《か》をたづねてぞしるべかりける

【本歌取とされる例歌】

にほひもて分《わ》かばぞ分《わ》かむ梅のはなそれとも見えず春《はる》の夜の月

大江匡房・千載和歌集一（春上）

【本歌】

春の夜、梅の花を、よめる

春の夜の闇《やみ》はあやなし梅花色こそ見えね香《か》やはかくるゝ

凡河内躬恒・古今和歌集一（春上）

【本歌取とされる例歌】

梅が香におどろかれつゝ春の夜のやみこそ人はあくがらしけれ

和泉式部・和泉式部集

ある所の歌合に梅をよめる

梅《むめ》の花にほふあたりの夕暮《ゆふぐれ》はあやなく人にあやまたれつゝ

大中臣能宣・後拾遺和歌集一（春上）

［注解］「やどちかく梅の花うへ《（ゑ）》じあぢきなく松人の香にあやまたれけり」（よみ人しらず・古今和歌集一・春上）も本歌とされる。

春の夜の闇はあやなし、といふことをよみ侍りける

春《はる》の夜《よ》の闇《やみ》にしあればにほひくる梅《むめ》よりほかの花なかりけり

藤原公任・後拾遺和歌集一（春上）

夏のよもやみはあやなし橘《たちばな》をながめぬ空に風かほ《（を）》る也

藤原良経・南海漁父北山樵客百番歌合

【本歌】

初瀬に詣づるごとに宿りける人の家に、久しく宿らで、程経て後に至れりければ、かの家の主、かく定かになむ宿りはあると、言ひ出だして侍りければ、そこに立てりける梅の花を折りて、よめる

ひとはいさ心もしらずふるさとは花ぞ昔の香《か》ににほひける

紀貫之・古今和歌集一（春上）

【本歌取とされる例歌】

かき絶えて言問はずなりたり人の、花見に山里へ詣できたりと聞きて

年《とし》を経《へ》てを《（お）》なじ木《〈こ〉》ずゑにほへども花《はな》こそ人にあかれざりけれ

西行・山家心中集

花はいさそこはかとなく見渡せば霞ぞかほ《（を）》る春の明ぼの

式子内親王・式子内親王集

故郷梅花

年ふれば宿は荒《あ》れにけり梅花《〈むめのはな〉》花はむかしの香ににほへども

源実朝・金槐和歌集

故郷花

尋《〈たづね〉》ても誰にか問《と》はむ故郷《〈ふるさと〉》の花もむかしのあるじならねば

源実朝・金槐和歌集

［注解］「たれをかも知る人にせむ高砂の松も昔の友ならなくに」（藤原興風・古今和歌集十七・雑上）も本歌とされる。

散りぬればとふ人もなし故郷《〈ふるさと〉》は花をむかしのあるじなりけり

源実朝・金槐和歌集

［注解］「春来てぞ人も訪ひける山里は花こそ宿の主なりけれ」（藤原公任・拾遺和歌集十六・雑春）も本歌とされる。

【本歌】

水のほとりに梅の花咲けりけるを、よめる

春ごとにながるゝ河を花とみておられ《を》ぬ水に袖やぬれなむ

伊勢・古今和歌集一（春上）

【本歌取とされる例歌】

このほどはおられ《を》ぬ雲ぞかゝるらん尋ねもゆかじ山のさくら木

藤原家隆・家隆卿百番自歌合

花の色のおられ《を》ぬ水にさすさほ《を》の雫《しづく》もにほふ宇治《うぢ》の河長《かはをさ》

藤原定家・定家卿百番自歌合

吉野川岩間《いはま》吹き越《こ》す春風に折られぬ浪の花も散《ち》りけり

宗尊親王・文応三百首

［注解］「吉野河いはなみ高く行水のはやくぞ人を思そめてし」（紀貫之・古今和歌集十一・恋一）も本歌とされる。

【本歌】

寛平御時后宮歌合の歌

梅《むめ》が香を袖にうつしてとゞめてば春は過《す》ぐとも形見《かたみ》ならまし

よみ人しらず・古今和歌集一（春上）

【本歌取とされる例歌】

にほひをば衣にとめつ梅花《むめのはな》ゆくゐ《へ》も知《し》らぬ春風のいろ

式子内親王・式子内親王集

【本歌】

ちると見《み》てあるべき物を梅花うたてにほひの袖《そで》にとまれる

素性・古今和歌集一（春上）

【本歌取とされる例歌】

梅花《むめのはな》恋しきことの色ぞそふうたて匂《にほひ》の消《き》えぬ衣《ころも》に

式子内親王・式子内親王集

【本歌】

散《ち》りぬとも香《か》をだにのこせ梅《むめ》の花こひしき時の思《おもひ》いでにせん

よみ人しらず・古今和歌集一（春上）

【本歌取とされる例歌】

梅花をよめる

限《かぎ》りありて散《ち》りははつとも梅の花香《か》をば木末《こずゑ》にのこせとぞおもふ

源忠季・金葉和歌集一（春）

我袖《わがそで》に香をだにのこせ梅花あかでちりぬる忘《わす》れがたみに

源実朝・金槐和歌集

誰《た》が袖《そで》に匂《にほ》ひをふれてちり残る色香《いろか》すくなき庭の梅《うめ》が枝《え》

猪苗代兼与・集外歌仙

［注解］「色よりも香こそあはれと思ほゆれ誰が袖ふれし宿の梅ぞも」（よみ人しらず・古今和歌集一・春上）も本歌とされる。

【本歌】

人の家に植《ゑ》へたりける桜の花、咲き初めたりけるを見て、よめる

今年《ことし》より春しりそむる桜花ちるといふ事はならはざらなん

紀貫之・古今和歌集一（春上）

【本歌取とされる例歌】

内裏《だいり》のことどもはてて、夜《よ》も明方《あけがた》になりしほどに、人〳〵返まいりて、何《なに》となく火の影《かげ》もかすかに、人めまれなるさまになりて、涙《なみだ》とゞまらぬ心地するに、院号仰《がうおほ》せられて、殿上始《はじ》め何《なに》くれ定《さだ》めらる。鶏人の声《こゑ》もとゞまり、滝口《たきぐち》の問藉《もんじやく》も絶《た》えて、門近《もんちか》く車《くるま》の降り乗《の》りせしも、ひが事のやうにぞおぼえける。その頃《ころ》、閑院《かんゐん》の池《いけ》のほとりの桜初《さくらはじ》めて咲《さ》きたるを見《み》て、

九重《こゝのへ》のにほひなりせばさくらばな春知《し》りそむるかひやあらまし

源通親・高倉院厳島御幸記

ことしより花さきそむるたちばなのいかで昔《むかし》の香ににほふらん
藤原家隆・新古今和歌集三（夏）

【本歌】
山高《たか》み人もすさめぬさくら花《ばな》いたくなわびそ我見《み》はやさむ
よみ人しらず・古今和歌集一（春上）

【本歌取とされる例歌】
人のもとによみてつかはしける
春くれど人もすさめぬ山桜風のたよりに我のみぞとふ
源実朝・金槐和歌集

【本歌】
染殿后の御前に、花瓶に、桜の花を挿させ給へる
を見て、よめる
年ふればよはひは老《お》いぬしかはあれど花をし見れば物思《〈おもひ〉》もなし
藤原良房・古今和歌集一（春上）

【本歌取とされる例歌】
うつしうふ《〈う〉》るよはひは老《〈おい〉》ぬやへざくらしらぬ命《いのち》の春ぞまれなる
藤原家隆・家隆卿百番自歌合

花慰老
とし〲は花は盛《〈さかり〉》のならはしにいく度《〈たび〉》老《〈おい〉》の身を忘るらん
後柏原天皇・内裏着到百首

【本歌】
渚院にて桜を見て、よめる
世中《〈よのなか〉》にたえてさくらのなかりせば春の心はのどけからまし
在原業平・古今和歌集一（春上）

【本歌取とされる例歌】
花のとき心静ならず、といふことを
のどかなるおり《〈を〉》こそなけれ花を思ふ心のうちは風はふかねど
和泉式部・和泉式部集

【本歌】
山の桜を見て、よめる
見てのみや人に語《かた》らむさくら花手《て》ごとにおり《〈を〉》て家《いへ》づとにせん
素性・古今和歌集一（春上）

【本歌取とされる例歌】
おなじ家の歌合に、折花
ことの葉も及《〈およぶ〉》ばかりの色ならで折らでや花を人にかたらむ
頓阿・頓阿法師詠

名所月
花《はな》ならば手毎《てごと》におり《〈を〉》て家《いへ》づとにすまの浦半《うらわ》の秋《あき》の夜《よ》の月《つき》
神田祐世・倭謌五十人一首

【本歌】
花盛りに、京を見遣りて、よめる
見《み》わたせば柳さくらをこきまぜて宮こぞ春の錦なりける
素性・古今和歌集一（春上）

【本歌取とされる例歌】
こきまずる柳桜《さくら》もなかりけり錦《にしき》の浦《うら》の春のあけぼの
宗尊親王・文応三百首

む月はじめ牧野駿河守のあるじにて、あたご山に
て歌よみけるに、春望といふことを
見わたせば霞むばかりの色ながら都の春にしくものぞなき
賀茂真淵・賀茂翁家集拾遺

【本歌】

桜の花の下にて、年の老いぬる事を嘆きて、よめる

色も香《か》もおなじ昔にさくらめど年ふる人ぞあらたまりける

紀友則・古今和歌集一（春上）

【本歌取とされる例歌】

梅宮

色《いろ》も香《か》もを《（お）》なじ昔《むかし》の梅《うめ》の宮《みや》かはらぬ春《はる》や神慮《かみおもふ》なる

証道・霞関集

【本歌】

歌奉れと、仰せられし時に、よみて、奉れる

桜花さきにけらしもあしひきの山の峡《かひ》よりみゆる白雲《しらくも》

紀貫之・古今和歌集一（春上）

【本歌取とされる例歌】

和歌所にて歌つかうまつりしに、春の歌とてよめる

葛城《かづらき》や高間《たかま》の桜さきにけり立田《たつた》のおくにかゝる白雲

寂蓮・新古今和歌集一（春上）

［注解］「よそにのみ見てややみなむ葛城のたかまの山の峰の白雲」（よみ人しらず・和漢朗詠集・雲）も本歌とされる。

【本歌】

弥生に閏月ありける年、よみける

さくら花春くはゝれる年だにも人のこゝろに飽《あ》かれやはせぬ

伊勢・古今和歌集一（春上）

【本歌取とされる例歌】

蓮花寿院にて、慈鎮和尚の御影など見奉て、庭の花ことに盛りなるを、静かにながめて

さくら花咲《さ》きてはちらぬ世なりともたれか心《こゝろ》にあかれやはせむ

正徹・永享五年正徹詠草

【本歌】

桜の花の盛りに、久しく訪はざりける人の来たりける時に、よみける

あだなりと名にこそたてれ桜花年にまれなる人もまちけり

よみ人しらず・古今和歌集一（春上）

【本歌取とされる例歌】

忘れ侍にける人の家の、花を乞ふとて

年をへて花のたよりに事とはばいとゞあだなる名をや立《〈たち〉》なん

兼覧王・後撰和歌集二（春中）

嵐吹《あらしふ》く花《はな》の梢はあだなりと名にこそたてれ花の白雲

二条良基・後普光園院殿御百首

つれもなくにけふまで人のとはぬかな年《とし》にまれなる花のさかりを

頓阿・頓阿法師詠

花下忘帰

あはれいかで年にまれなる花のもとに老《〈おい〉》を隠《かく》して我は帰《かへ》らじ

三条西実隆・再昌草

［注解］「鶯の笠に縫ふてふ梅花折てかざさむ老かくるやと」（源常・古今和歌集一・春上）も本歌とされる。

【本歌】

けふ来《こ》ずはあすは雪とぞふりなまし消《〈きえ〉》ずは有《〈あり〉》とも花とみましや

在原業平・古今和歌集一（春上）

【本歌取とされる例歌】

千五百番歌合に

さくら色の庭の春《はる》風あともなし訪《と》はば《ゝ》ぞ人の雪とだにみん

藤原定家・新古今和歌集二（春下）

ひととせ忍びて大内の花見にまかりて侍しに、庭にちりて侍し花を硯のふたにいれて、摂政のもとにつかはし侍し

今日《けふ》だにも庭をさかりとうつる花きえずはありとも雪かともみよ

後鳥羽院・新古今和歌集二（春下）

［注解］「けさ見ればよはの嵐に散りはてて庭こそ花のさかりなりけれ」（藤原実能・金葉和歌集一・春）も本歌とされる。

さそはれぬ人のためとや残《のこ》りけん明日《あす》よりさきの花の白雪

藤原良経・新古今和歌集二（春下）

【本歌】

さくら色《いろ》に衣は深《ふか》くそめてきむ花のちりなむのちの形見《かたみ》に

紀有朋・古今和歌集一（春上）

【本歌取とされる例歌】

四月のついたちの日よめる

桜色にそめし袂をぬぎかへて山ほとゝぎす今朝よりぞまつ

和泉式部・和泉式部集

桜《さくら》色に雲の衣もうつろひて霞の袖は花《はな》の香《か》ぞする

宗尊親王・文応三百首

［注解］「霞立春の山辺はとを《（ほ）》けれど吹くる風は花の香ぞする」（在原元方・古今和歌集二・春下）も本歌とされる。

散《ち》りぬればほどなくかふる花ぞめの袖をかたみとなに思けむ

頓阿・頓阿法師詠

寛永十七年二月廿八日、見樹院立詮のもとにて深山花

みよしのの山わけ衣桜色にこころのおくもふかくそめてき

木下長嘯子・林葉塁塵集

【本歌】

春霞たなびく山の桜花うつろはむとや色かはり行《〈ゆく〉》

よみ人しらず・古今和歌集二（春下）

【本歌取とされる例歌】

初瀬《せ》山うつろはんとやさくら花《〈ばな〉》色かはり行《〈ゆく〉》峰の白《しら》雲

藤原家隆・家隆卿百番自歌合

【本歌】

待《ま》てといふに散《ち》らでし止《と》まる物ならばなにを桜に思まさまし

よみ人しらず・古今和歌集二（春下）

【本歌取とされる例歌】

承暦二年内裏後番歌合によめる

山《やま》ざくらおし《（を）》むにとまるものならば花《はな》は春《はる》ともかぎらざらまし

藤原公実・詞花和歌集一（春）

【本歌】

この里に旅寝《たびね》しぬべし桜花ちりのまがひに家路《いへぢ》わすれて

よみ人しらず・古今和歌集二（春下）

【本歌取とされる例歌】

夕花

いへぢこそ忘《わす》れもはてめ山桜《ざくら》暮《く》るゝもしらぬ花のかげかな

頓阿・頓阿法師詠

【本歌】

うつせみの世にも似《に》たるか花ざくらさくと見しまにかつちりにけり

よみ人しらず・古今和歌集二（春下）

【本歌取とされる例歌】

さくら花さくと見《み》しまに散にけり夢かうつゝか春の山風

源実朝・金槐和歌集

［注解］「さくら花夢かうつゝか白雲のたえてつねなき峰の春風」（藤原家隆・新古今和歌集二・春下）も本歌とされる。

四季百首に

咲《さ》きぬればやがてかつ散《ち》る山桜《ざくら》いつをか花のさかりとも見《み》む

頓阿・頓阿法師詠

【本歌】

僧正遍昭に、よみて、贈りける

桜花ちらばちらなむちらずとて古里《ふるさと》人の来《き》ても見なくに

惟喬親王・古今和歌集二（春下）

【本歌取とされる例歌】

心あらむ人のためとぞ花も思ふ我は岩木を散ばちらなん

三条西実隆・内裏着到百首

【本歌】

桜の花の散り侍けるを見て、よみける

花ちらす風の宿《やど》りは誰《たれ》かしる我にをしへよ行《〈ゆき〉》てうらみむ

素性・古今和歌集二（春下）

【本歌取とされる例歌】

松間花

恨《〈うらみ〉》あれや花をへだつる松が枝《え》は風の宿《やど》りと思ふのみかは

三条西実隆・再昌草

【本歌】

雲林院にて、桜の花を、よめる

いざゝくら我もちりなん一盛《ひとさかり》有《〈あり〉》なば人に憂《う》きめみえなん

承均・古今和歌集二（春下）

【本歌取とされる例歌】

もろともにわれをも具《ぐ》してちりね花《はな》うき世をいとふこゝろある身《み》ぞ

西行・山家心中集

残花少

ひとさかりありてのの《(こ)》ちの世中《よのなか》に残るは花もすくなかりけり

香川景樹・桂園一枝

【本歌】

東宮雅院にて、桜の花の、御溝水に散りて流れけるを見て、よめる

枝よりもあだにちりにし花なればおちても水の泡《あわ》とこそなれ

菅野高世・古今和歌集二（春下）

【本歌取とされる例歌】

雨中夕花

山ざくらあだに散にし花の枝《え》にゆふべの雨の露ぞ残れる

源実朝・金槐和歌集

み吉野《よしの》の《ゝ》滝《〈たぎ〉》つ河内に散《ち》る花《はな》や落《お》ちても消《き》えぬ水泡《みなは》なるらん

二条良基・後普光園院殿御百首

岸柳

柳《やなぎ》よりあだに散《〈ちり〉》てや白露の水行岸《〈ゆく〉きし》の淡《〈あは〉》となるらん

細川幽斎・玄旨百首

【本歌】

桜の花の散るを、よめる

久方のひかりのどけき春の日にしづ心なく花のちるらむ

紀友則・古今和歌集二（春下）

【本歌取とされる例歌】

夢のうちも移《うつ》ろふ花に風吹《（ふき）》てしづ心《こゝろ》なき春のうたゝね

式子内親王・式子内親王集

無風散花といふことをよめる

桜花すぎゆく春のともとてや風のを《（お）》とせぬ世《よ》にも散《ち》るらん

藤原忠教・新古今和歌集十六（雑上）

けふいくかちらぬさかりも久《ひさ》かたの光のどけき花の此《この》ごろ

冷泉為村・樵夫問答

【本歌】

春宮帯刀陣にて、桜の花の散るを、よめる

春風は花のあたりをよきてふけ心づからやうつろふとみむ

藤原好風・古今和歌集二（春下）

【本歌取とされる例歌】

風をだに待《ま》ちてぞ花の散《ち》りなまし心づからにうつろふがうさ

紀貫之・後撰和歌集三（春下）

【本歌】

春さめのふるは涙か桜花ちるをお《（を）》しまぬ人しなければ

大伴黒主・古今和歌集二（春下）

【本歌取とされる例歌】

春雨《はるさめ》のそほふる空《そら》のをやみせず落《お》つる涙に花ぞちりける

源重之・新古今和歌集二（春下）

【本歌】

寛平御時后宮歌合の歌

はなの木も今は掘《ほ》り植《う》へ《（ゑ）》じ春たてばうつろふ色に人ならひけり

素性・古今和歌集二（春下）

【本歌取とされる例歌】

花の木は籬近《まがきちか》くは植《う》へ《（ゑ）》て見じ移《うつ》ろふ色に人ならひけり

よみ人しらず・拾遺和歌集十八（雑賀）

ときは木に交《まじ》りて咲《さ》ける山桜うつろふ色《いろ》をいつならひけん

宗尊親王・文応三百首

【本歌】

春の色のいたりいたらぬ里はあらじさけるさかざる花の見《み》ゆらん

よみ人しらず・古今和歌集二（春下）

【本歌取とされる例歌】

秋風のいたりいたらぬ袖はあらじたゞわれからの露《つゆ》の夕暮《ゆふぐれ》

鴨長明・新古今和歌集四（秋上）

ほととぎすいたりいたらぬ里もなしおのがさ月はこゑもをしまで

後西天皇・万治御点

【本歌】

春の歌とて、よめる

三輪《みわ》山をしかも隠《かく》すか春霞人に知《し》られぬはなやさくらむ

紀貫之・古今和歌集二（春下）

【本歌取とされる例歌】

吉野山絶《た》えず霞のたなびくは人に知《し》られぬ花や咲《さ》くらん

中務・拾遺和歌集一（春）

【本歌】

雲林院親王のもとに、花見に、北山のほとりにまかりける時に、よめる

いざけふは春の山辺にまじりなむ暮《く》れなばなげの花の影かは

素性・古今和歌集二（春下）

【本歌取とされる例歌】

夕落花

よしやふけ暮《くれ》なばなげの桜花ちるをだにみん春の夕風

小沢蘆庵・六帖詠草

【本歌】

待《ま》つ人も来《こ》ぬものゆへ《ゑ》にうぐひすの鳴《な》きつる花を折《をり》てける哉《かな》

よみ人しらず・古今和歌集二（春下）

【本歌取とされる例歌】

ともにこそ花をも見めと待《ま》つ人の来《こ》ぬ物ゆへ《ゑ》に惜《お》しき春《はる》かな

藤原雅正・後撰和歌集三（春下）

【本歌】

寛平御時后宮歌合の歌

さく花は千種《ちぐさ》ながらにあだなれど誰かは春を怨《うらみ》はてたる

藤原興風・古今和歌集二（春下）

【本歌取とされる例歌】

寒草

冬枯れの草葉にも見よ色といへば千種《ちくさ》ながらにあだの世の中

後水尾院・御着到百首

【本歌】

春霞色のちぐさに見えつるはたなびく山の花のかげかも

藤原興風・古今和歌集二（春下）

【本歌取とされる例歌】

花咲《さき》しおのへ《を》はしらず春霞《がすみ》千草の色の消《き》ゆるころかな

式子内親王・式子内親王集

【本歌】

霞立《たつ》春の山辺はとを《ほ》けれど吹くる風は花の香《か》ぞする

在原元方・古今和歌集二（春下）

【本歌取とされる例歌】

桜《さくら》色に雲の衣もうつろひて霞の袖は花《はな》の香《か》ぞする

宗尊親王・文応三百首

［注解］「さくら色に衣は深くそめてきむ花のちりなむのちの形見に」（紀有朋・古今和歌集一・春上）も本歌とされる。

【本歌】

散《ち》る花のなくにし止《と》まる物ならば我鶯におとらましやは

洽子・古今和歌集二（春下）

【本歌取とされる例歌】

鳴きとめぬ花を恨むる鶯《うぐひす》の涙《なみだ》なるらし枝にかゝれる

式子内親王・式子内親王集

【本歌】

鶯の鳴くを、よめる

木伝《こづた》へばをの《お》が羽風《はかぜ》にちる花をたれに負《お》ほせてこゝらなくらん

素性・古今和歌集二（春下）

【本歌取とされる例歌】

すぎてゆく羽風《はかぜ》なつかしうぐひすよなづさひけりな梅《むめ》の立枝《たちえ》に

西行・山家心中集

【本歌】

鶯の、花の木にて鳴くを、よめる

しるしなき音《ね》をもなく哉《かな》うぐひすの今年《ことし》のみちる花ならなくに

凡河内躬恒・古今和歌集二（春下）

【本歌取とされる例歌】

鶯はいたくなわびそ梅花ことしのみ散るならひならねば

源実朝・金槐和歌集

三輪山なん立出《たちいで》も走出《はしりで》もよろしと見る。昔まうで侍りし時、よぶこ鳥のしば鳴し事おぼしいづ。

しるしなき音《ね》をも鳴かな三わ山の、杉の木《こ》むらに誰《たれ》呼子鳥、

上田秋成・藤簍冊子

【本歌】

駒並《こまな》めていざ見にゆかむ古里《ふるさと》は雪とのみこそ花はちるらめ

よみ人しらず・古今和歌集二（春下）

【本歌取とされる例歌】

二条院御時、こいたじきといふ五字を句の上にを《お》きて、旅の心をよめる

駒並《こまな》めていさ見《み》にゆかむ立田川白波寄《たつたがはしらなみよ》する岸《きし》のあたりを

源雅重・千載和歌集十八（雑下）

【本歌】

花の色はうつりにけりないたづらにわが身世にふるながめせしまに

小野小町・古今和歌集二（春下）

【本歌取とされる例歌】

太神宮に百首歌たてまつり侍し中に

いかにせん世《よ》にふるながめ柴《しば》の戸《と》にうつろふ花の春の暮《く》れがた

後鳥羽院・新古今和歌集二（春下）

被忘恋の心を

袖の露《つゆ》もあらぬ色にぞ消《き》えかへるうつれば変《かは》るなげきせしまに

後鳥羽院・新古今和歌集十四（恋四）

［注解］参考歌「目にちかくうつればかはる世中をゆく末とほく頼みけるかな」（紫式部・源氏物語・若菜）

桜花うつりにけりなと計《ばかり》をなげきもあへずつもる春かな

藤原定家・定家卿百番自歌合

桜色の袖もひとへにかはるまでうつりにけりな過《すぐ》る月日は

藤原定家・定家卿百番自歌合

暮《く》れはつる空《そら》さへ悲《かな》し心《こゝろ》から厭《いと》ひし春のながめせしまに

藤原俊成女・俊成卿女家集

いたづらに軒端《のきば》の桜《さくら》うつろひぬ独《ひとり》さびしきながめせしまに

宗尊親王・文応三百首

［注解］参考歌「八重にほふ軒端の桜うつろひぬ風よりさきに訪ふ人もがな」（式子内親王・新古今和歌集二・春下）

【本歌】

春の歌の中に

八十《やそぢ》まで我《わ》が身世《よ》に経《ふ》る恨みさへつもりにけりな花の白雪《しらゆき》

浄弁・新続古今和歌集二（春下）

【本歌】

寛平御時后宮歌合の歌

吹《ふく》風と谷の水としなかりせば深《み》山がくれの花を見ましや

紀貫之・古今和歌集二（春下）

【本歌取とされる例歌】

春の暮つかた、実方朝臣のもとにつかはしける

散《ち》りのこる花もやあるとうちむれてみ山隠《がく》れをたづねてしかな

藤原道信・新古今和歌集二（春下）

【本歌】

いまもかもさきにほふらむたちばなの小島《こじま》の崎《さき》の山吹の花

よみ人しらず・古今和歌集二（春下）

【本歌取とされる例歌】

聖護院五十首に

咲《さ》きにけり八十《〈やそ〉》氏《うぢ》川のなみまよりみゆる小島《こじま》の山吹の花《はな》

頓阿・頓阿法師詠

【本歌】

春雨ににほへる色もあかなくに香《か》さへなつかし山ぶきの花

よみ人しらず・古今和歌集二（春下）

【本歌取とされる例歌】

雨のふれる日款冬をよめる

春雨の露のやどりを吹風《〈ふく〉》にこぼれてにほふやまぶきの花

源実朝・金槐和歌集

［注解］「浅緑野辺の霞は包めどもこぼれてにほふ花桜哉」（よみ人しらず・拾遺和歌集一・春）も本歌とされる。

【本歌】

吉野河のほとりに、山吹の咲けりけるを、よめる

吉野河岸《がはきし》の山吹ふく風に底《そこ》の影さへうつろひにけり

紀貫之・古今和歌集二（春下）

【本歌取とされる例歌】

吉野《よしの》河岸《がはきし》の山ぶきさきにけり峰《みね》の桜《さくら》は散《ち》りはてぬらん

藤原家隆・新古今和歌集二（春下）

［注解］参考歌「吉野川岸のやまぶき咲きぬればそこにぞふかきいろはみえける」（藤原範綱・千載和歌集二・春下）

山吹

吉野《よしの》川岩《いは》こすなみにかげ見れば散《ち》るにつきせぬやまぶきの花《はな》

兼好・兼好法師集

【本歌】

蛙《かはづ》なく井手《ゐで》の山ぶきちりにけり花のさかりに逢《あ》はましものを

よみ人しらず・古今和歌集二（春下）

【本歌取とされる例歌】

伏見にて山吹を

岸近《きしちか》みかはづぞすだく山吹《やまぶき》のかげさへちると見るやわびしき

源経信・大納言経信集

【本歌】

春の歌とて、よめる

おもふどち春の山辺に打《〈うち〉》群《む》れてそこともいはぬ旅寝《たびね》してしか

素性・古今和歌集二（春下）

【本歌取とされる例歌】

み山べのそことも知《し》らぬ旅枕現《うつゝ》も夢もかほ《〈を〉》る春かな

式子内親王・式子内親王集

摂政太政大臣家百首歌合に、野遊の心を

思《おも》ふどちそことも知《し》らずゆきくれぬ花の宿《やど》かせ野べの鶯

藤原家隆・新古今和歌集一（春上）

【本歌】

春の疾く過ぐるを、よめる

梓弓《〈あづさゆみ〉》春たちしより年月の射《い》るがごとくも思《おも》ほゆるかな

凡河内躬恒・古今和歌集二（春下）

【本歌取とされる例歌】

せめてなを心《(ほ)》ぼそきは年月のいるがごとくに有明《あり》の空《そら》

式子内親王・式子内親王集

【本歌】

寛平御時后宮歌合の歌

声《こゑ》たえず鳴《な》けやうぐひす一年《ひとゝせ》にふたゝびとだに来《く》べき春《はる》かは

藤原興風・古今和歌集二（春下）

【本歌取とされる例歌】

屏風の絵に、三月花宴する所に、客人来たる所をよめる

ひとゝせにふたゝびも来《こ》ぬ春《はる》なればいとなく今日《けふ》は花をこそ見《み》れ

平兼盛・後拾遺和歌集一（春上）

【本歌】

弥生の晦日の日、雨の降りけるに、藤の花を折りて人に遣はしける

ぬれつゝぞ強《し》ゐ《(ひ)》てお《(を)》りつる年の内に春は幾日《いくか》もあらじと思へば

在原業平・古今和歌集二（春下）

【本歌取とされる例歌】

千五百番歌合に

つゆ時雨もる山陰《かげ》のしたもみぢぬるともお《(を)》らん秋のかたみに

藤原家隆・新古今和歌集五（秋下）

[注解]「しらつゆも時雨もいたくもる山は下ばのこらず色づきにけり」（紀貫之・古今和歌集五・秋下）も本歌とされる。

昨日かもぬれつゝ折し花の色に今日《けふ》さへしゐ《(ひ)》てむら雨ぞふる

藤原家隆・家隆卿百番自歌合

【本歌】

亭子院歌合に、春の果の歌

今日《けふ》のみと春をおもはぬ時だにも立ことやすき花のかげかは

凡河内躬恒・古今和歌集二（春下）

【本歌取とされる例歌】

更衣をよみ侍ける、

散《ち》りはてゝ花のかげなき木《こ》のもとにたつことやすき夏衣《なつごろも》かな

慈円・新古今和歌集三（夏）

【本歌】

わが宿《やど》の池の藤波さきにけり山郭公《〈ほとゝぎす〉》いつか来《き》なかむ

よみ人しらず・古今和歌集三（夏）

【本歌取とされる例歌】

我宿の八重の紅梅《〈こうばい〉》咲《〈さき〉》にけり知《し》るもしらぬもなべて訪《と》はなむ

源実朝・金槐和歌集

梅花さける所

我宿の梅のはつ花咲《〈さき〉》にけり待《ま》つ鶯はなどか来《き》なかぬ

源実朝・金槐和歌集

ほとゝぎす待《〈まつ〉》とせしまにわが宿《やど》の池の藤《ふぢ》なみうつろひにけり

藤原家隆・家隆卿百番自歌合

【本歌】

卯月に咲ける桜を見て、よめる

あはれてふことをあまたに遣《や》らじとや春にを《(お)》くれてひとりさく覧《〈らむ〉》

紀利貞・古今和歌集三（夏）

【本歌取とされる例歌】

とゞまらぬ事をあまたに慕《した》へとや春の別《わかれ》に帰《かへ》るかりがね

宗尊親王・文応三百首

里卯花

卯《う》の花も春にを《(お)》くれし色と見《み》て又こそとはめ里の垣根《かきね》を

後柏原天皇・内裏着到百首

【本歌】

さつきまつ花たちばなの香《か》をかげば昔の人の袖の香《か》ぞする

よみ人しらず・古今和歌集三（夏）

【本歌取とされる例歌】

夏の夜に恋《こひ》しき人の香《か》をとめば花橘ぞしるべなりける

よみ人しらず・後撰和歌集四（夏）

香《か》をかげば昔《むかし》の人の恋《こひ》しさに花橘《たちばな》に手《て》をぞ染《そ》めつる

曾禰好忠・好忠集

弾正尹為尊のみこかくれ侍て後、太宰帥敦道親王
たち花をつかはして、「いかゞみる」といひて侍
しかば、つかはしたりし

かほ《(を)》る香《か》によそふるよりは時鳥きかばや同じ声やしたると

和泉式部・和泉式部集

昔《むかし》をば花橘《たちばな》のなかりせば何《なに》に《ゝ》つけてか思《おも》ひいでまし

藤原高遠・後拾遺和歌集三（夏）

人の許に、また人の、橘につけて昔を忘れぬよし
などありける、かへり事をせさせきこえける

いとゞしく忘《わす》られぬかなにほひくる花《はな》たちばなの風《かぜ》のたよりに

源経信・大納言経信集

軒《のき》ちかき花《はな》たちばなに袖しめてむかしを忍《しの》ぶなみだつゝまん

西行・山家集

世《よ》の憂《う》さを昔《むかし》がたりになしはてて花《はな》たちばなに思《おも》ひいでめや

西行・山家集

昔《むかし》思《おも》ふはなたち花にを《(お)》とづれて物わすれせぬ時鳥かな

式子内親王・式子内親王集

古《いにしへ》を花橘にまかすれば軒の忍ぶに風かよふなり

式子内親王・式子内親王集

たれかまたはなたちばなに思《おも》ひ出《い》でんわれも昔《むかし》の人となりなば

藤原俊成・新古今和歌集三（夏）

五十首歌たてまつりし時

五《さ》月闇《やみ》みじかきよはのうたゝねにはなたち花の袖にすゞしき

慈円・新古今和歌集三（夏）

［注解］参考歌「さつきやみ花橘のありかをば風のつてにぞ空にしりける」（藤原
俊忠・金葉和歌集二・夏）

郭公《ほとゝぎす》はなたちばなの香《か》をとめてなくは昔《むかし》の人やこひしき

よみ人しらず・新古今和歌集三（夏）

被出了

郭公《ほとゝぎす》はなたち花の香《か》ばかりになくや昔《むかし》のなごりなるらん

増基・新古今和歌集三（夏）

たちばなのにほふあたりのうたゝねは夢も昔《むかし》の袖の香《か》ぞする

藤原俊成女・新古今和歌集三（夏）

子の身まかりにける次の年の夏、かの家にまかり
たりけるに、花橘のかほ《(を)》りければよめる

あらざらんのちしのべとや袖の香《か》を花橘《はなたちばな》にとゞめを《(お)》きけん

祝部成仲・新古今和歌集八（哀傷）

梅檀香風、悦可衆心

ふく風にはなたち花やにほふらん昔《むかし》おぼゆるけふの庭哉《(かな)》

寂然・新古今和歌集二十（釈教）

たちばなをみよとて人のつかはしたりしかへしに、

心ありてみつとはなしに橘《たちばな》のにほひをあやな袖にしめつる

建礼門院右京大夫・建礼門院右京大夫集

ことゝはむ五月《さつき》ならでもたち花に昔《むかし》の袖の香《か》はのこるやと

建礼門院右京大夫・建礼門院右京大夫集

袖の香《か》の昔《むかし》とだにも忘《わす》れにし花橘《たちばな》の猶にほふらむ

藤原俊成女・俊成卿女家集

同家三十首に、盧橘

思《おもひ》いづる昔《むかし》も遠し橘《たちばな》の花散《ち》る風のゆふぐれの空《そら》

頓阿・頓阿法師詠

[注解] 参考歌「橘の花散る里の霍公鳥片恋しつつ鳴く日しそ多き」（大伴旅人・万葉集八・1473）

故郷橘

住み捨てし昔も遠く故郷《ふるさと》の主《ぬし》知らぬ香に匂《にほ》ふたちばな

後水尾院・御着到百首

【本歌】

いつのまにさ月来《き》ぬ覧《らむ》あしひきの山郭公今ぞなくなる

よみ人しらず・古今和歌集三（夏）

【本歌取とされる例歌】

早苗採る形

急《いそ》ぎつゝ早《さ》苗は植《うゑ》ん足《あし》日木《びき》の山ほとゝぎす鳴《なき》にしものを

賀茂真淵・あがた居の歌集

【本歌】

けさ来《き》鳴《な》きいまだ旅《び》なる郭公花たちばなに宿《やど》はから南《なむ》

よみ人しらず・古今和歌集三（夏）

【本歌取とされる例歌】

時鳥いまだ旅なる雲路《ぢ》より宿かれとてぞうへ《ゑ》し卯花《うのはな》

式子内親王・式子内親王集

初郭公

み山いでゝ花たちばなにほとゝぎす宿《やど》とふ程や初音《はつね》なるらん

兼好・兼好法師集

宿《やど》かれと花橘《はなたちばな》はにほへどもこゝろもとめぬ郭公哉《ほとゝぎすかな》

慶運・慶運百首

卯月郭公

ほとゝぎすとへかし宿《やど》のつま見えば花橘《たちばな》に五月《さつき》こずとも

正徹・永享五年正徹詠草

[注解] 参考歌「人目なく荒れたる宿はたち花の花こそ軒のつまとなりけれ」（紫式部・源氏物語・花散里）

【本歌】

郭公ながなくさとのあまたあれば猶うとまれぬ思ものから

よみ人しらず・古今和歌集三（夏）

【本歌取とされる例歌】

千五百番歌合に

郭公《ほとゝぎす》なを《ほ》うとまれぬ心かなながなく里《さと》のよその夕暮《ゆふぐれ》

藤原公経・新古今和歌集三（夏）

【本歌】

声《こゑ》はしてなみだは見えぬ郭公《ほととぎす》わが衣手《ころもで》の漬《ひ》つをから南

よみ人しらず・古今和歌集三（夏）

【本歌取とされる例歌】

百首歌たてまつりしに

声《こゑ》はして雲路《くもぢ》にむせぶほとゝぎす涙やそゝくよゐ《ひ》の村雨《むらさめ》

式子内親王・新古今和歌集三（夏）

【本歌】

寛平御時后宮歌合の歌

五月雨に物思《おもひ》をれば郭公夜ふかくなきていづち行《ゆ》くらむ

紀友則・古今和歌集三（夏）

【本歌取とされる例歌】

鳴わびぬいづちかゆかん郭公《ほととぎす》猶《なほ》卯花の影は離《な》れじ

よみ人しらず・後撰和歌集四（夏）

［注解］「ほとゝぎす我とはなしに卯花の憂き世中になきわたる覧」（凡河内躬恒・古今和歌集三・夏）も本歌とされる。

入道前関白、右大臣に侍ける時、百首歌よませ侍ける郭公の歌

昔《むかし》おもふ草《くさ》のいほりの夜《よる》の雨になみだなそへそ山郭公

藤原俊成・新古今和歌集三（夏）

［注解］参考歌「さみだれに思ひこそやれいにしへの草の庵の夜半のさびしさ」（輔仁親王・千載和歌集三・夏）

【本歌】

やどりせし花橘《たちばな》もかれなくになどほとゝぎすこゑたえぬ覧

大江千里・古今和歌集三（夏）

【本歌取とされる例歌】

ほとゝぎす

さ月きて花《はな》たちばなの散《ち》るなへに山ほとゝぎすなかぬ日はなし

兼好・兼好法師集

【本歌】

夏の夜のふすかとすればほとゝぎすなくひとこゑに明《あ》くるしのゝめ

紀貫之・古今和歌集三（夏）

【本歌取とされる例歌】

なつのよの窓はくひなにまかせてんたゝくとすればあくるしのゝめ

慈円・南海漁父北山樵客百番歌合

みじか夜のまだふしなれぬ蘆の屋《や》やつもあらはに明《あく》るしのゝめ

藤原家隆・家隆卿百番自歌合

寝覚郭公

ほとゝぎす鳴《なく》一声も明やらず猶《なほ》夜を残す老のねざめは

藤原為家・中院詠草

【本歌】

郭公の鳴きけるを聞きて、よめる

ほとゝぎす我とはなしに卯花《うのはな》の憂《う》き世中《よのなか》になきわたる覧

凡河内躬恒・古今和歌集三（夏）

【本歌取とされる例歌】

鳴わびぬいづちかゆかん郭公《ほととぎす》猶《なほ》卯花の影は離《な》れじ

よみ人しらず・後撰和歌集四（夏）

［注解］「五月雨に物思をれば郭公夜ふかくなきていづち行くらむ」（紀友則・古今和歌集三・夏）も本歌とされる。

【本歌】

月の面白かりける夜、あか月方に、よめる

夏の夜はまだよゐ《（ひ）》ながらあけぬるを雲のいづこに月やどる覧

清原深養父・古今和歌集三（夏）

【本歌取とされる例歌】

更《ふ》くるまもありける物をよひながらあけぬと聞き《きゝ》し夏の月かげ

兼好・兼好法師集

暁郭公

時鳥《ほととぎす》くものいづこのひとこゑにまだ宵《よひ》ながら明《あけ》ぼのの《（ゝ）》空《そら》

永濃・若むらさき

【本歌】

隣より、常夏の花を乞ひに遣せたりければ、惜しみて、この歌を、よみて、遣はしける

塵《ちり》をだに据《す》へ《（ゑ）》じとぞ思咲《さ》きしより妹《いも》とわが寝《ぬ》るとこ夏の花

凡河内躬恒・古今和歌集三（夏）

【本歌取とされる例歌】

歳暮

塵をだにすゑじとや思ふ行年《（ゆくとし）》の跡なき庭をはらふ松風

源実朝・金槐和歌集

【本歌】

水無月の晦日の日、よめる

夏と秋と行かふ空《そら》のかよひ路《ぢ》は片方《かたへ》すゞしき風やふくらむ

凡河内躬恒・古今和歌集三（夏）

【本歌取とされる例歌】

百首歌たてまつりし時

夏衣《ごろも》かたへすゞしくなりぬなり夜《よ》やふけぬらん行《ゆ》きあひの空《そら》

慈円・新古今和歌集三（夏）

とぶ蛍《ほたる》まだつげこさぬ雲居《くもゐ》よりゆきかふ秋と風や吹《ふ》くらむ

兼好・兼好法師集

［注解］「ゆく蛍雲の上までいぬべくは秋風吹くと雁に告げこせ」（在原業平・後撰和歌集五・秋上）も本歌とされる。

【本歌】

秋立日、よめる

秋き《あきゝ》ぬと目《め》にはさやかに見えねども風のを《（お）》とにぞおどろかれぬる

藤原敏行・古今和歌集四（秋上）

【本歌取とされる例歌】

浅茅生《あさぢふ》の露けくもあるか秋きぬと目《め》にはさやかに見えけるものを

守覚・千載和歌集四（秋上）

秋はきぬ年《とし》もなかばにすぎぬとや荻《をぎ》ふく風のおどろかすらむ

寂然・千載和歌集四（秋上）

山居初秋

秋立《た》つと人は告《つ》げねど知《し》られけりみ山のすその風の気色《けしき》に

西行・山家集

鳥羽にて竹風夜涼といへることを、人々つかうまつりし時

窓《まど》ちかきいさゝむら竹《たけ》風ふけば秋におどろく夏の夜《よ》の夢

藤原公継・新古今和歌集三（夏）

吹く風の竹に鳴る夜《よ》は秋来《き》ぬと驚くばかり袖《そで》に涼しき

六条有房・玉葉和歌集三（夏）

【本歌】

わがせこが衣のすそを吹返《（ふき）》しうらめづらしき秋のはつかぜ

よみ人しらず・古今和歌集四（秋上）

【本歌取とされる例歌】

たなばたの衣のつまは心してふきなかへしそ秋のはつ風

小弁・新古今和歌集四（秋上）

さらでだに恨《うら》みんと思《おも》ふわぎもこが衣のすそに秋風ぞ吹《ふ》く

藤原有家・新古今和歌集十四（恋四）

【本歌】

昨日こそ早苗《さなへ》とりしかいつのまに稲葉《いなば》そよぎて秋風のふく

よみ人しらず・古今和歌集四（秋上）

【本歌取とされる例歌】

早苗《さなへ》取《と》る麓の小田にいそぐ也そよぐ因幡《いなば》の峰《みね》の秋風《かぜ》

一条兼良・藤河の記

［注解］「わすれなむまつとなつげそ中〳〵にいなばの山の峰の秋風」（藤原定家・新古今和歌集十・羇旅）も本歌とされる。

【本歌】

秋風の吹《ふき》にし日より久方の天《あま》の河原《かはら》にたゝぬ日はなし

よみ人しらず・古今和歌集四（秋上）

久かたの天の河原をうちながめいつかと待《まち》し秋も来にけり

源実朝・金槐和歌集

［注解］「ながむれば衣手すゞしひさかたのあまの河原の秋の夕暮」（式子内親王・新古今和歌集四・秋上）も本歌とされる。

【本歌】

天河《あまのがは》もみぢを橋《はし》にわたせばやたなばたつ女《め》の秋をしもまつ

よみ人しらず・古今和歌集四（秋上）

【本歌取とされる例歌】

七夕の心を

星《ほし》あひのゆふべすゞしきあまの河《がは》もみぢの橋《はし》をわたる秋風

藤原公経・新古今和歌集四（秋上）

七夕

天《あま》の川《がは》いく秋《あき》かけて契《ちぎ》るらむもみぢのはしの絶《たえ》ぬあふ瀬《せ》は

奥山立庵・若むらさき

【本歌】

寛平御時、七日の夜、殿上に侍ふ男ども、歌奉れ、と仰せられける時に、人に代りて、よめる

あまの河浅瀬《あさせ》しら浪たどりつゝわたりはてねばあけぞしにける

紀友則・古今和歌集四（秋上）

【本歌取とされる例歌】

ふけ行《ゆけ》ば月さへ入《い》りぬ天河浅瀬白波《しらなみ》さぞたどるらん

宗尊親王・文応三百首

【本歌】

八日の日、よめる

けふよりは今来《こ》む年の昨日をぞいつしかとのみ待《ま》ちわたるべき

壬生忠岑・古今和歌集四（秋上）

【本歌取とされる例歌】

今夜《こよひ》まで今宵《こよひ》を待て今夜明《こよひあ》けば又の今宵を待《ま》たんとす覧《らん》

賀茂真淵・あがた居の歌集

【本歌】

木《こ》の間《ま》よりもりくる月の影《かげ》みれば心づくしの秋はきにけり

よみ人しらず・古今和歌集四（秋上）

【本歌取とされる例歌】

月かげの初《はつ》秋風とふけゆけば心づくしにものをこそ思《おも》へ

円融院・新古今和歌集四（秋上）

月前風
月はなを《（ほ）》もらぬ木《こ》のまも住吉《すみよし》の松をつくして秋風ぞふく
寂蓮・新古今和歌集四（秋上）
もみぢ葉をなにお《（を）》しみけん木のまよりもりくる月は今宵《こよひ》こそみれ
具平親王・新古今和歌集六（冬）
冬枯《がれ》のもりの朽《くち》葉の霜のうへにおちたる月のかげのさむけさ
藤原清輔・新古今和歌集六（冬）

おなじ家歌合に、山月の心をよめる
山のはを出《い》でても松の木《こ》のまより心づくしのありあけの月
藤原業清・新古今和歌集十六（雑上）

秋
葎はふ宿《やど》とはわかず秋《あき》は来て心づくしに月《つき》ぞ洩《も》りくる
藤原俊成女・俊成卿女家集
吹き分くる風ならねども木《こ》の間《ま》よりもりくる月の影の涼しさ
近衛政家・文亀三年三十六番歌合

霞間春月
かすむよも心づくしのひかり哉かならず月は木間《このま》ならねど
香川景樹・桂園一枝拾遺

［注解］「山のはを出でても松の木のまより心づくしのありあけの月」（藤原業清・新古今和歌集十六・雑上）も本歌とされる。

【本歌】
おほかたの秋くるからにわが身こそかなしき物と思ひ知《し》りぬれ
よみ人しらず・古今和歌集四（秋上）

【本歌取とされる例歌】
草も木も露ぞこぼるゝ大かたの秋のあはれや涙《なみだ》なるらん
宗尊親王・文応三百首
大方《おほかた》に秋は悲《かな》しき風の音も夕ぞ分《わ》きて袖はぬれける
宗尊親王・文応三百首

【本歌】
わがためにくる秋にしもあらなくに虫の音《ね》きけばまづぞかなしき
よみ人しらず・古今和歌集四（秋上）

【本歌取とされる例歌】
蛬《きりぐす》なくなる野辺《のべ》はよそなるを思《おも》はぬ袖《そで》に露のこぼるゝ
西行・山家集

【本歌】
是貞親王家歌合の歌
いつはとは時はわかねど秋の夜ぞ物思〈おもふ〉ことのかぎりなりける
よみ人しらず・古今和歌集四（秋上）

【本歌取とされる例歌】
さらでだにもの思《おも》ふことの限《かぎ》りなる夕《ゆふべ》を時《とき》と秋風ぞ吹《ふ》く
二条良基・後普光園院殿御百首

【本歌】
雷壺に、人々集まりて、秋の夜惜しむ歌よみける
ついでに、よめる
かく許〈ばかり〉お〈を〉しと思夜〈おもふ〉をいたづらに寝《ね》であかすらむ人さへぞうき
凡河内躬恒・古今和歌集四（秋上）

［注解］参考歌「けだしくもあな情無と思ふらむ秋の長夜を寝ね臥さくのみ」（作者不詳・万葉集十・2302）

【本歌取とされる例歌】

春夜、女のもとにまかりて、朝につかはしける
かくばかり寝《ね》であかしつる春の夜《よ》にいかに見えつる夢にかあるらん
大中臣能宣・新古今和歌集十五（恋五）

月の明かりける夜、あひ語らひける人の、このごろの月は見るやといへりければ
いたづらに寝《ね》てはあかせともろともに君がこぬ夜《よ》の月は見ざりき
源道済・新古今和歌集十六（雑上）

【本歌】
白雲に羽《はね》うちかはしとぶ雁《かり》のかずさへ見ゆる秋のよの月
よみ人しらず・古今和歌集四（秋上）

【本歌取とされる例歌】
雁声遠近
しら雲を翅《つばさ》にかけてゆく雁の門《かど》田の面《おも》の友慕《ともした》ふなり
西行・山家集

白浪にはねうちかはし浜千鳥《はまちどり》かなしき声はよるの一声《ひとこゑ》
源重之・新古今和歌集六（冬）

春
かりがねの羽打《うち》かはす白雲の道行《みちゆき》ぶりは桜なりけり
藤原為家・中院詠草

［注解］「春くればかりかへるなり白雲の道行ぶりに事やつてまし」（凡河内躬恒・古今和歌集一・春上）も本歌とされる。

これもおなじ家の歌合に、晴天帰雁　雨中懐旧
帰かりはねうちかはす雲《くも》もなくなぎたる空《そら》にかずはみえつゝ
兼好・兼好法師集

【本歌】
是貞親王家歌合に、よめる
月見れば千《ち》ゞにものこそかなしけれわが身ひとつの秋にはあらねど
大江千里・古今和歌集四（秋上）

【本歌取とされる例歌】
夕霧も心の底《そこ》にむせびつゝ我が身ひとつの秋ぞ更《ふけ》ゆく
式子内親王・式子内親王集

ながむればちゞにものおもふ月に又わが身ひとつの峰の松風
鴨長明・新古今和歌集四（秋上）

月見ても千々《ちゞ》にくだくる心《こゝろ》かなわが身ひとつの昔ならねど
藤原俊成女・俊成卿女家集

［注解］「月やあらぬ春や昔の春ならぬわが身ひとつはもとの身にして」（在原業平・古今和歌集十五・恋五）も本歌とされる。

八月十日ばかり民部少輔暉昌《みんぶのせうてるまさ》の家に歌詠《よ》まんとするに、東にてわがあらぬほどに、月前遠情といふことを人々詠《よ》めりと言ひ遣《おこ》せつれば、すなはちその題を人々とともに
いく千里《ちさと》月に向《むか》ひて思《おも》ひやる心の果《は》てや白川の関
賀茂真淵・岡部日記

【本歌】
久方の月の桂も秋は猶もみぢすればや照《て》りまさるらむ
壬生忠岑・古今和歌集四（秋上）

［注解］参考歌「黄葉する時になるらし月人の楓の枝の色づく見れば」（作者不詳・万葉集十・2202）

【本歌取とされる例歌】
ことは《〈わ〉》りの秋にはあへぬなみだかな月の桂《かつら》もかはる光《ひかり》に
藤原俊成女・新古今和歌集四（秋上）

五十首歌たてまつりし時
秋の色をはらひはてゝやひさかたの月の桂《かつら》にこがらしの風
藤原雅経・新古今和歌集六（冬）

春の夜は月の桂《かつら》もにほふ覧《〈らん〉》光に梅の色はまがひぬ
藤原定家・定家卿百番自歌合

久方の月の桂の下紅葉宿《やど》かる袖ぞ色にいでゆく
藤原定家・定家卿百番自歌合

【本歌】
月を、よめる
秋の夜の月のひかりし明《あ》かければくらふの山もこえぬべら也《〈なり〉》
在原元方・古今和歌集四（秋上）

【本歌取とされる例歌】
入後慕月
くらぶ山そなたに月の猶しあらば闇に越《こえ》ても問《とは》むとぞ思ふ
賀茂真淵・賀茂翁家集拾遺

【本歌】
是貞親王家歌合の歌
秋のよの明《あ》くるもしらずなく虫《むし》はわがごとものやかなしかる覧《〈らむ〉》
藤原敏行・古今和歌集四（秋上）

【本歌取とされる例歌】
今《いま》こむとたのめてとはぬ秋の夜の明《あ》くるもしらぬ松虫のこゑ
藤原家隆・家隆卿百番自歌合

［注解］「今こむと言ひし許に長月のありあけの月を待ちいでつる哉」（素性・古今和歌集十四・恋四）も本歌とされる。

【本歌】
秋のよは露《つゆ》こそことに寒《さむ》からしくさむらごとにむしのわぶれば
よみ人しらず・古今和歌集四（秋上）

【本歌取とされる例歌】
夕虫
秋の野の露さへさむき草村に猶《〈なほ〉》ゆふ霜をまつ虫のこゑ
細川幽斎・玄旨百首

【本歌】
君しのぶ草にやつるゝふるさとは松虫の音《ね》ぞかなしかりける
よみ人しらず・古今和歌集四（秋上）

【本歌取とされる例歌】
五十首歌たてまつりし時
かげ宿《やど》す露《つゆ》のみしげくなりはてゝ草にやつるゝふるさとの月
藤原雅経・新古今和歌集十七（雑中）

しのびあまり小野《をの》ゝ篠《しの》原を《〈お〉》く露にあまりて誰を松虫のこゑ
藤原家隆・家隆卿百番自歌合

［注解］「あさぢふの小野の篠原忍れどあまりてなどか人の恋しき」（源等・後撰和歌集九・恋一）も本歌とされる。

【本歌】
もみぢ葉《ば》の散《ち》りてつもれるわが宿《やど》に誰《たれ》を松虫こゝら鳴《な》くらむ
よみ人しらず・古今和歌集四（秋上）

【本歌取とされる例歌】
秋の野に来宿《きやど》る人も思《おも》ほえず誰《たれ》を松虫こゝら鳴《な》くらん

紀貫之・後撰和歌集五（秋上）

夕虫

宿りとる誰を松虫草深きまがきを山とゆふ暮《ぐれ》の声

後水尾院・御着到百首

［注解］「ゆふぐれの籬は山と見えななむ夜は越えじと宿りとるべく」（遍昭・古今和歌集八・離別）も本歌とされる。

【本歌】

ひぐらしのなきつるなへに日はくれぬと思ふは山の陰《かげ》にぞありける

よみ人しらず・古今和歌集四（秋上）

【本歌取とされる例歌】

あしびきの山かげなればと思ふ間《ま》に梢《こずゑ》に告《つ》ぐるひぐらしの声《こゑ》

西行・御裳濯河歌合

法輪寺に住み侍けるに、人の詣で来て、暮れぬとて急ぎ侍ければ

いつとなき小倉《をぐら》の山のかげを見《み》て暮《く》れぬと人のいそぐなる哉《かな》

道命・新古今和歌集十七（雑中）

水こゆるたのもの早苗色《さなへいろ》そへてうつるは山のかげにぞありける

兼好・兼好法師集

【本歌】

ひぐらしのなく山ざとの夕暮《ゆふぐれ》は風よりほかに訪《と》ふ人もなし

よみ人しらず・古今和歌集四（秋上）

【本歌取とされる例歌】

松風《まつかぜ》のを《（お）》とあはれなるやまざとにさびしさそふる日ぐらしのこゑ

西行・山家心中集

［注解］「山ざとはさびしかりけりこがらしのふく夕ぐれのひぐらしの声」（藤原仲実・千載和歌集五・秋下）も本歌とされる。

春来ても風《かぜ》よりほかに訪《と》ふ人《ひと》のなき山里《ざと》に散《〈ちる〉》桜《さくら》かな

藤原俊成女・俊成卿女家集

秋

人はこで風のみ秋の山里《ざと》にさぞ日ぐらしのねはなかれける

藤原為家・中院詠草

［注解］参考歌「人はこで風のけしきも更けぬるにあはれに雁のを《（お）》とづれてゆく」（西行・新古今和歌集十三・恋三）

【本歌】

是貞親王家歌合の歌

秋風にはつかりが音《ね》ぞきこゆなる誰《た》が玉章《たまづさ》をかけて来《き》つらむ

紀友則・古今和歌集四（秋上）

【本歌取とされる例歌】

玉づさの跡だになしとながめつるゆふべの空にかり鳴わたる

慈円・南海漁父北山樵客百番歌合

都の外に住み侍けるころ、久しうを《（お）》とづれざりける人につかはしける

雲井とぶ雁のね近《ちか》きすまゐ《（ひ）》にもなを《（ほ）》玉章《たまづさ》はかけずやありけん

徽子女王・新古今和歌集十八（雑下）

雁がねの聞ゆるたびに見やれども玉章《たまづさ》かけて来たれるはなし

橘曙覧・襁褓艸

【本歌】

いとはやもなきぬるかりか白露《しらつゆ》のいろどる木々ももみぢあへなくに

よみ人しらず・古今和歌集四（秋上）

【本歌取とされる例歌】

池辺藤花

いとはやも暮ぬる春か我《〈わが〉》宿の池の藤なみうつろはぬまに

源実朝・金塊和歌集

屛風の絵に、もみぢに雁鳴きわたるところ

いとはやももみぢしてけり雲居路《くもゐぢ》を鳴《な》きてすぐなる雁《かり》のなみだに

兼好・兼好法師集

［注解］「なきわたる雁の涙やおちつらむ物思宿のはぎのうへのつゆ」（よみ人しらず・古今和歌集四・秋上）も本歌とされる。

【本歌】

夜を寒《さむ》み衣かりがね鳴《な》くなへに萩《はぎ》の下葉《したば》もうつろひにけり

よみ人しらず・古今和歌集四（秋上）

［注解］「天雲に雁そ鳴くなる高円の萩の下葉はもみち敢へむかも」（中臣清麿・万葉集二十・4296）が本歌とされる。

【本歌取とされる例歌】

風さむみ伊勢《いせ》のはまお《（を）》ぎわけゆけば衣かりがね浪になくなり

大江匡房・新古今和歌集十（羇旅）

［注解］参考歌「いもせ山峰の嵐や寒からん衣かりがね空に鳴くなり」（藤原公実・金葉和歌集三・秋）

【本歌】

寛平御時后宮歌合の歌

秋風に声《こゑ》をほにあげてくる舟は天《あま》の門《と》わたるかりにぞありける

藤原菅根・古今和歌集四（秋上）

【本歌取とされる例歌】

寛永十七年二月廿八日、見樹院立詮のもとにて題をさぐりて帰雁遥といふことを

今はとてあまの戸わたる雁《かり》のふねかすみやいくへ跡のしら波

木下長嘯子・林葉塁塵集

【本歌】

雁の鳴きけるを聞きて、よめる

憂《う》きことを思つらねてかりがねのなきこそわたれ秋の夜《よ》なく

凡河内躬恒・古今和歌集四（秋上）

【本歌取とされる例歌】

秋風に草葉色づく片岡《かた》のむかへの嶺に雁は来《き》にけり

宗尊親王・文応三百首

初雁に

払ふらんそがひにわたる初雁のなみだつらなる峰《みね》の松風

正徹・正徹物語

【本歌】

是貞親王家歌合の歌

山里は秋こそことにわびしけれしかのなく音《ね》に目《め》をさましつゝ

壬生忠岑・古今和歌集四（秋上）

［注解］参考歌「山近く家や居るべきさ男鹿の声を聞きつつ寝ねかてぬかも」（作者不詳・万葉集十・2146）

【本歌取とされる例歌】

千五百番歌合に

なく鹿《しか》の声《こゑ》にめざめてしのぶかな見はてぬ夢の秋の思を

山里は冬こそことにわびしけれ雪ふみわけてとふ人もなし
慈円・新古今和歌集五（秋下）
源実朝・金塊和歌集

【本歌】
奥山に紅葉ふみわけ鳴《なく》鹿のこゑきく時ぞ秋はかなしき
よみ人しらず・古今和歌集四（秋上）

【本歌取とされる例歌】
秋もはやすゑの原野《はらの》に鳴鹿《なく》の声きくときぞ旅はかなしき
源実朝・金槐和歌集

霜枯《がれ》れは尾花踏《ふ》み分《わけ》行《ゆ》く鹿の声こそ聞《き》かね跡は見《み》えけり
後鳥羽院・遠島御百首

鳴《な》く鹿の声聞《き》く時の山里《ざと》をもみぢ踏《ふ》み分《わ》けとふ人もがな
宗尊親王・文応三百首

【本歌】
あきはぎをしがらみふせてなく鹿《しか》の目《め》には見えずてを《お》とのさやけさ
よみ人しらず・古今和歌集四（秋上）

【本歌取とされる例歌】
さ牡鹿《をしか》のしがらみふする秋萩は下葉《したば》や上《うへ》になりかへるらん
凡河内躬恒・拾遺和歌集九（雑下）

土御門右大臣家歌合によみ侍りける
秋萩《あきはぎ》をしがらみふする鹿《しか》の音《ね》をねたきものからまづぞ聞《き》ゝつる
源為善・後拾遺和歌集四（秋上）

郭公
足引《あしひき》の山時鳥木隠《こがく》れて目《め》にこそ見《み》えねおとのさやけき
源実朝・金槐和歌集

【本歌】
是貞親王家歌合に、よめる
秋はぎの花さきにけり高砂のお《を》のへのしかは今やなく覧《らむ》
藤原敏行・古今和歌集四（秋上）

【本歌取とされる例歌】
萩《はぎ》が花うつろひて行ば高砂の尾《を》の上《へ》の鹿のなかぬ日ぞなき
源実朝・金槐和歌集

【本歌】
昔あひ知りて侍ける人の、秋の野に遭ひて物語しけるついでに、よめる
秋はぎの古枝《ふるえ》にさける花見れば本の心はわすれざりけり
凡河内躬恒・古今和歌集四（秋上）

【本歌取とされる例歌】
萩
今はよにもとの心《こゝろ》の友もなし老《お》いて古枝《ふるえ》の秋萩《あきはぎ》の花
頓阿・頓阿法師詠

【本歌】
あきはぎの下葉《したば》いろづく今よりやひとりある人の寝《い》ねがてにする
よみ人しらず・古今和歌集四（秋上）

【本歌取とされる例歌】
萩
秋萩のかつちる花の下葉よりたがいねがてと色かはる覧《らむ》
藤原為家・中院詠草

後福光園摂政家歌合に、寄萩戸恋といふ事を
物《もの》ぞ思ふ下葉《したば》色づく萩《はぎ》の戸のあくる幾夜《いくよ》も寝《い》ねがてにして
頓阿・新続古今和歌集十五（恋五）

【本歌】

なきわたる雁《かり》の涙やおちつらむ物思《〈おもふ〉》宿《やど》のはぎのうへのつゆ

よみ人しらず・古今和歌集四（秋上）

【本歌取とされる例歌】

いまはとて山飛《〈とび〉》こゆるかりがねの涙露けき花のうへ哉《〈かな〉》

藤原良経・南海漁父北山樵客百番歌合

萩の上《うへ》に雁の涙の置《お》く露は凍《こほ》りにけりな月にむすびて

式子内親王・式子内親王集

刑部卿頼輔、歌合し侍けるに、よみてつかはしける

きく人ぞ涙《なみだ》はおつる帰《かへ》る雁《かり》なきてゆくなるあけぼのの《ゝ》空《そら》

藤原俊成・新古今和歌集一（春上）

なきわたる雁《かり》の涙をこきまぜてもとあらの萩に秋風《かぜ》ぞふく

藤原家隆・家隆卿百番自歌合

泣《な》きまさる我《わ》が涙にや色変《かは》る物《もの》思ふ宿の庭のむら萩《はぎ》

後鳥羽院・遠島御百首

野辺染《そ》むる雁の涙《なみだ》は色もなし物思ふ露のおきの里には

後鳥羽院・遠島御百首

［注解］「秋の夜の露をばつゆとをき《(お)》ながら雁のなみだや野べを染むらむ」（壬生忠岑・古今和歌集五・秋下）も本歌とされる。

不逢恋

初雁《はつかり》の涙《なみだ》の露も色に出《い》で《ゝ》て尾花まじりに咲《さ》ける秋萩

藤原俊成女・俊成卿女家集

［注解］「秋の野のお《(を)》花にまじりさく花の色にや恋ひむ逢ふよしをなみ」（よみ人しらず・古今和歌集十一・恋二）も本歌とされる。

屏風の絵に、もみぢに雁鳴きわたるところ

いとはやもも《ゝ》みぢしてけり雲居路《くもゐぢ》を鳴《な》きてすぐなる雁《かり》のなみだに

兼好・兼好法師集

［注解］「いとはやもなきぬるかりか白露のいろどる木々ももみぢあへなくに」（よみ人しらず・古今和歌集四・秋上）も本歌とされる。

【本歌】

はぎのつゆ珠《たま》にぬかむと取《ゝ》れば消《け》ぬよし見む人は枝ながらみよ

よみ人しらず・古今和歌集四（秋上）

【本歌取とされる例歌】

萩露

枝ながらみよといひしを忘れては折《〈をる〉》袖に消《け》ぬ露の村萩

細川幽斎・玄旨百首

【本歌】

お《(を)》りて見ば落《お》ちぞしぬべき秋はぎの枝もたわゝにを《(お)》ける白露

よみ人しらず・古今和歌集四（秋上）

【本歌取とされる例歌】

家の花を人のこひ侍りければよめる

置《お》く露《つゆ》にたわむ枝《えだ》だ《ゝ》にある物を如何《〈いか〉》でか折《を》らん宿《やど》の秋萩《はぎ》

橘則長・後拾遺和歌集四（秋上）

【本歌】

名にめでて《ゝ》お《(を)》れる許《〈ばかり〉》ぞをみなへし我おちにきと人にかたるな

遍昭・古今和歌集四（秋上）

【本歌取とされる例歌】

野花を見て道に留まるといひける心をよめる

を《(お)》ちにきと語《かた》らば語《かた》れ女郎花《をみなへし》こよひは花《はな》の蔭《かげ》に宿《やど》らむ

名にめでて折る人もなし女郎花《をみなへし》とはれぬ庭の秋の夕暮《ゆふぐれ》
範玄・千載和歌集十八（雑下）
宗尊親王・文応三百首

【本歌】
秋の野に宿《やど》りはすべしをみなへし名をむつましみ旅《たび》ならなくに
是貞親王家歌合の歌
藤原敏行・古今和歌集四（秋上）

【本歌取とされる例歌】
木《こ》のもとにやどりはすべし桜花ちらまくをしみ旅《たび》ならなくに
源実朝・金槐和歌集

女郎花
余所《よそ》にみて折《を》らでは過じ女郎花《をみなへし》なをむつましみ露にぬるとも
源実朝・金槐和歌集

［注解］「秋萩をおら《を》ではすぎじつき草の花ずり衣露にぬるとも」（永縁・新古今和歌集四・秋上）も本歌とされる。

【本歌】
をみなへし多《おほ》かる野《の》べにやどりせばあやなくあだの名《な》をやたち南《なむ》
小野美材・古今和歌集四（秋上）

【本歌取とされる例歌】
女郎花をよめる
をみなへし咲《さ》ける野辺にぞ宿《やど》りぬる花《はな》の名立《なだて》になりやしぬらん
隆源・金葉和歌集三（秋）

［注解］参考歌「秋の野の花の名立てに女郎花かりにのみ来む人に折らるな」（よみ人しらず・拾遺和歌集三・秋）

【本歌】
つまこふる鹿《しか》ぞ鳴《な》くなる女郎花を《お》のが住《す》む野《の》の花としらずや
凡河内躬恒・古今和歌集四（秋上）

【本歌取とされる例歌】
鹿をよめる
つま恋《こ》ふる鹿《しか》ぞ鳴《な》くなるひとり寝《ね》のとこの山風《やまかぜ》身にやしむらん
三宮大進・金葉和歌集三（秋）

［注解］「妻こふと鳥籠の山なるさを鹿の独ねを鳴く声ぞかなしき」（源国信・堀河百首・鹿）も本歌とされる。

さを鹿のおのが住野《すむ》の女郎花《をみなへし》はなにあかずと音をや鳴らむ
源実朝・金槐和歌集

【本歌】
主《ぬし》しらぬ香《か》こそにほへれ秋の野に誰《た》がぬぎかけしふぢばかまぞも
藤袴を、よめる
素性・古今和歌集四（秋上）

【本歌取とされる例歌】
蘭をよめる
ふぢばかまぬしはたれともしら露《つゆ》のこぼれてにほふ野辺の秋風
公猷・新古今和歌集四（秋上）

蘭
藤ばかまきてぬぎかけし主《ぬし》やたれ問《と》へどこたへず野辺の秋風
源実朝・金槐和歌集

故郷のみかきが原の藤袴たがぬぎかけしにほひなるらむ
宗尊親王・文応三百首

［注解］参考歌「ふるさとは春めきにけりみ吉野の御垣が原をかすみこめたり」（平

兼盛・詞花和歌集一・春）

蘭

ふぢばかま野原《のはら》の露をわけかねてたがぬぎすてしにほひなるらん

兼好・兼好法師集

【本歌】

今よりは植《う》へ《ゑ》てだに見じ花すゝきほにいづる秋はわびしかりけり

平貞文・古今和歌集四（秋上）

【本歌取とされる例歌】

百首歌に

花すゝき又露《つゆ》ふかしほに出《い》でてながめじとおもふ秋のさかりを

式子内親王・新古今和歌集四（秋上）

［注解］「しのぶれば苦しかりけり篠薄秋の盛りになりやしなまし」（勝観・拾遺和歌集十二・恋二）も本歌とされる。

われのみや分《わか》じとは思ふ花薄《はなすすき》ほに出《いづ》る宿のあきの夕ぐれ

源実朝・金槐和歌集

【本歌】

寛平御時后宮歌合の歌

秋の野の草のたもとか花すゝきほにいでてまねく袖と見ゆ覧

在原棟梁・古今和歌集四（秋上）

【本歌取とされる例歌】

花《はな》すゝき草のたもとも朽はてぬ馴てわかれし秋をこふとて

藤原定家・定家卿百番自歌合

【本歌】

百草《もゝくさ》の花のひもとく秋の野に思《おもひ》たはれむ人なとがめそ

よみ人しらず・古今和歌集四（秋上）

【本歌取とされる例歌】

尾花ぞしげくまねきあひたる、をり知がほにてなん。さるとりいばらの赤玉かゝやかしけれど、とらばおよびやそこなはん。是かれ摘はやして、手づかにあまりぬ。あかずおもしろきに、立ぬるゝうさもわすれて、

雨そゝぎ風吹立《ふきたち》て秋の野の、花のひもとく時は来にけり、

上田秋成・藤簍冊子

【本歌】

月草に衣は摺《す》らん朝《あさ》つゆにぬれてのちはうつろひぬとも

よみ人しらず・古今和歌集四（秋上）

【本歌取とされる例歌】

秋萩《はぎ》をお《を》らではすぎじつき草の花ずり衣露《つゆ》にぬるとも

永縁・新古今和歌集四（秋上）

散《ち》らば散《ち》れ露分《わけ》ゆかん萩原やぬれての後《のち》の花の形見に

藤原定家・定家卿百番自歌合

袖の浦《うら》かりにやどりし月草のぬれてのちを猶《なほ》やたのまん

藤原定家・定家卿百番自歌合

【本歌】

仁和帝、親王におはしましける時、布留の滝御覧ぜむとておはしましける道に、遍昭が母の家に宿り給へりける時に、庭を秋の野に作りて、御物語のついでに、よみて、奉りける

里《さと》はあれて人はふりにし宿《やど》なれや庭も籬《まがき》も秋の野良《ら》なる

遍昭・古今和歌集四（秋上）

【本歌取とされる例歌】

萩満野亭

分け《わ》て入《い》る庭《には》しもやがて野辺《のべ》なれば萩の盛《さかり》をわがものに見《み》る

西行・山家集

月

里《さと》は荒《あ》れて庭も籬《まがき》も秋の露宿《つゆやど》りなれたる月のかげかな

藤原俊成女・俊成卿女家集

秋里といふことを

荒れわたる庭は千草《ちくさ》に虫の声《こゑ》かきほは蔦《つた》の故郷《ふるさと》の秋

藤原為子・玉葉和歌集五（秋下）

故郷萩露を

里《さと》は荒れてとはれし袖《そで》の色もなし秋の野《の》らなる萩《はぎ》の夕露《ゆふつゆ》

明魏・新続古今和歌集四（秋上）

［注解］「わくらばにとはれし人も昔にてそれより庭の跡は絶えにき」（藤原定家・新古今和歌集十七・雑中）も本歌とされる。

【本歌】

草も木も色かはれどもわたつ海《うみ》の浪の花にぞ秋なかりける

文屋康秀・古今和歌集五（秋下）

【本歌取とされる例歌】

和歌所歌合に、湖辺月といふことを

にほのうみや月の光のうつろへば浪《なみ》の花にも秋はみえけり

藤原家隆・新古今和歌集四（秋上）

時わかぬ浪《なみ》さへ色にいづみ河《がは》はゝそのもりに嵐ふくらし

藤原定家・新古今和歌集五（秋下）

【本歌】

神無《な》月時雨もいまだふらなくにかねてうつろふ神なびの森《もり》

よみ人しらず・古今和歌集五（秋下）

【本歌取とされる例歌】

秋の歌とてよめる

神南備《なび》のみむろの梢《こずゑ》いかならんなべての山もしぐれする比《〈ころ〉》

高倉・新古今和歌集五（秋下）

【本歌】

ちはやぶる神なび山のもみぢばに思《おも》ひはかけじうつろふ物を

よみ人しらず・古今和歌集五（秋下）

【本歌取とされる例歌】

千早振《〈ちはやぶる〉》神なび山の村時雨《〈むらしぐれ〉》紅葉をぬさとそめぬ日はなし

藤原為家・中院詠草

【本歌】

貞観御時、綾綺殿の前に、梅の木ありけり。西の方に差せりける枝のもみぢ始めたりけるを、殿上に侍ふ男どものよみけるついでに、よめる

おなじ枝《え》を分《わ》きて木《こ》の葉《は》のうつろふは西こそ秋のはじめなりけれ

藤原勝臣・古今和歌集五（秋下）

【本歌取とされる例歌】

をぐら山西こそ秋とたづぬれば夕日にまがふみねのもみぢば

藤原家隆・家隆卿百番自歌合

【本歌】

石山に詣でける時、音羽山のもみぢを見て、よめる

秋風の吹にし日よりを《（お）》とは山みねの梢《こずゑ》も色づきにけり

紀貫之・古今和歌集五（秋下）

【本歌取とされる例歌】

秋風のよそにふきくるを《（お）》とは山なにの草木かのどけかるべき

曾禰好忠・新古今和歌集四（秋上）

【本歌】

秋の夜の露《つゆ》をばつゆとを《（お）》きながら雁《かり》のなみだや野《の》べを染《そ》むらむ

壬生忠岑・古今和歌集五（秋下）

【本歌取とされる例歌】

袖にを《（お）》く露をば露《つゆ》としのべどもなれゆく月や色《いろ》を知《し》るらん

源通具・新古今和歌集十八（雑下）

野辺染《そ》むる雁の涙《なみだ》は色もなし物思ふ露のおきの里には

後鳥羽院・遠島御百首

［注解］「なきわたる雁の涙やおちつらむ物思宿のはぎのうへのつゆ」（よみ人しらず・古今和歌集四・秋上）も本歌とされる。

深山月

夜《よ》もすがら露《つゆ》をば露《つゆ》とおく山《やま》の月にも袖をぬらしつるかな

頓阿・頓阿法師詠

【本歌】

守山のほとりにて、よめる

しらつゆも時雨もいたくもる山は下《した》ばのこらず色《いろ》づきにけり

紀貫之・古今和歌集五（秋下）

【本歌取とされる例歌】

千五百番歌合に

つゆ時雨もる山陰《かげ》のしたもみぢぬるともお《（を）》らん秋のかたみに

藤原家隆・新古今和歌集五（秋下）

［注解］「ぬれつゝぞ強ゐ《（ひ）》てお《（を）》りつる年の内に春は幾日もあらじと思へば」（在原業平・古今和歌集二・春下）も本歌とされる。

左大将に侍ける時、家に百首歌合し侍けるに、忍恋の心を

もらすなよ雲ゐの峰《みね》の初《はつ》時雨木《こ》の葉は下《した》に色《いろ》かはるとも

藤原良経・新古今和歌集十二（恋二）

露時雨下草《（したくさ）》かけてもる山の色《いろ》かずならぬ袖を見《み》せばや

藤原定家・定家卿百番自歌合

木《（こ）》のまより下葉《したば》のこらずやどるなり露もる山の秋の夜《よ》の月

兼好・兼好法師集

弾正親王家三首に、山紅葉

山《やま》の名《な》のもる程もなし村時雨下《むらしぐれした》葉の色は露《つゆ》や染《そ》むらむ

頓阿・頓阿法師集

【本歌】

神社のあたりをまかりける時に、斎垣の内のもみぢを見て、よめる

ちはやぶる神のいがきに這《は》ふ葛《くず》も秋にはあへずうつろひにけり

紀貫之・古今和歌集五（秋下）

【本歌取とされる例歌】

聖護院五十首に、祈念

つらきかな神の斎垣《いがき》にはふ葛《くず》のうらみむとては祈《いの》りやはせし

頓阿・頓阿法師詠

［注解］参考歌「憂かりける人を初瀬の山をろ《（お）》しよはげしかれとは祈らぬものを」（源俊頼・千載和歌集十二・恋二）

二条入道大納言家、続千載集奏覧ののち、住吉の社にまうでて五首歌講ぜられしに、秋神祇

この秋ぞ神のいがきにはふ葛《くず》のむかしにかへる道《みち》はみえける

頓阿・頓阿法師詠

【本歌】

是貞親王家歌合に、よめる

あめふればかさとり山のもみぢ葉《ばゝ》は行かふ人の袖《そで》さへぞ照《て》る

壬生忠岑・古今和歌集五（秋下）

【本歌取とされる例歌】

守覚法親王、五十首歌よませ侍ける時

このほどは知《し》るも知《し》らぬも玉《たま》ぼこのゆきかふ袖は花の香《か》ぞする

藤原家隆・新古今和歌集二（春下）

［注解］「これやこの行くも帰も別つゝ知るも知らぬもあふさかの関」（蟬丸・後撰和歌集十五・雑一）も本歌とされる。

【本歌】

寛平御時后宮歌合の歌

散《ち》らねどもかねてぞおし《を》きもみぢ葉《ばゝ》は今は限《かぎり》の色《いろ》と見つれば

よみ人しらず・古今和歌集五（秋下）

【本歌取とされる例歌】

咲しよりかねてぞをしき梅花散《ち》りの別《わか》れは我身とおもへば

源実朝・金槐和歌集

移《うつろ》ふと見し秋よりも庭の面にちるぞ木の葉《は》の限り也ける

頓阿・頓阿法師詠

紅葉ばやこきもうすきも秋は今限《かぎり》の色の身をしぼるらん

三条西実隆・内裏着到百首

【本歌】

同じ御時、せられける菊合に、洲浜を作りて、菊の花植《ゑ》へたりけるに加へたりける歌。吹上の浜の形に、菊植《ゑ》へたりけるを、よめる

秋風のふきあげに立《た》てるしらぎくは花かあらぬか浪のよするか

菅原道真・古今和歌集五（秋下）

【本歌取とされる例歌】

時しあれば桜《さくら》とぞ思ふ春風の吹上の浜《はま》にたてる白雲

藤原家隆・家隆卿百番自歌合

菊

うつろはで散《ちる》かとぞみる浜《はま》風の吹あげにたてる白菊の花《はな》

慶運・慶運百首

十《と》かへりの花かあらぬか住吉の浦は《わ》の松にかゝる白浪

今出川教季・宝徳二年十一月仙洞歌合

［注解］参考歌「すみよしの浜松が枝に風ふけば浪のしらゆふかけぬまぞなき」（藤原道経・新古今和歌集十九・神祇）

浦《うら》風の吹上の秋の面影《おもかげ》も波に立《た》ち添《そ》ふ池の白《しら》菊

宗祇・筑紫道記

吹上《ふきあげ》の浜辺はしらず白菊を風のふければ浪来《き》よるかと

田安宗武・悠然院様御詠草

【本歌】

仙宮に、菊を分けて人の至れる形を、よめる

ぬれて干《ほ》す山路《ぢ》のきくのつゆのまに早晩《いつか》ちとせを我は経《へ》にけむ

素性・古今和歌集五（秋下）

【本歌取とされる例歌】

文治六年女御入内屏風に

山人のおる《を》袖にほふ菊《きく》の露《つゆ》うちはらふにも千代《ちょ》はへぬべし

藤原俊成・新古今和歌集七（賀）

仙家卯花

露ふかき山路《ぢ》の菊《きく》をともとして卯《う》の花《はな》さへや千代《ちよ》も咲《さ》くべき

建礼門院右京大夫・建礼門院右京大夫集

ぬれて干《ほ》す山路の菊もある物を苔の袂はかは《（わ）》くまぞなき

後鳥羽院・遠島御百首

［注解］「みな人は花の衣になりぬなり苔のたもとよかは《（わ）》きだにせよ」（遍昭・古今和歌集十六・哀傷）も本歌とされる。

うつろはぬ籬《まがき》のきくを手折《たをる》まに我《われ》も山路《やまぢ》に千《ち》とせをやへし

北角茂棟・遊角筈別荘記

【本歌】

白菊の花を、よめる

心あてにおら《（を）》ばやおら《（を）》む初霜《はつしも》のおき《（お）》まどはせる白菊の花

凡河内躬恒・古今和歌集五（秋下）

【本歌取とされる例歌】

こゝろあてにわくともわかじ梅の花散《（ちり）》かふ里《さと》の春の淡雪

藤原定家・定家卿百番自歌合

聞郭公

郭公霜《ほととぎすしも》のいろそふ花《はな》の名《な》におきまどはせる夜《よ》はの忍《しの》び音《ね》

堀田一輝・若むらさき

【本歌】

是貞親王家歌合の歌

色《いろ》かはる秋のきくをば一年《ひとゝせ》にふたゝびにほふ花とこそ見れ

よみ人しらず・古今和歌集五（秋下）

【本歌取とされる例歌】

梅が枝《え》に降《ふ》りつむ雪は一年《ひとゝせ》に二度《ふたゝび》咲《さ》ける花かとぞ見る

【本歌】

藤原公任・拾遺和歌集四（冬）

仁和寺に、菊の花召しける時に、歌添へて奉れ、
と仰せられければ、よみて、奉りける

秋をおきて時こそ有けれ菊の花うつろふからに色のまされば

平貞文・古今和歌集五（秋下）

【本歌取とされる例歌】

くらべてもみばやきのふの秋のきくうつろふからの霜の籬《まがき》に

日野弘資・万治御点

【本歌】

宮仕へ久しう仕う奉らで、山里に籠り侍けるに、
よめる

奥山の岩垣《いはがき》もみぢちりぬべし照《て》る日のひかりみる時なくて

藤原関雄・古今和歌集五（秋下）

【本歌取とされる例歌】

高雄山

奥山の岩垣紅葉此《（この）》ごろはあした霜おき夕べ散かふ

上田秋成・藤簍冊子

【本歌】

竜田河紅葉乱《（みだれ）》て流《（ながる）》めり渡らば錦中やたえなむ

よみ人しらず・古今和歌集五（秋下）

【本歌取とされる例歌】

おも影にもみぢの秋のたつ田川ながるゝ花もにしき也けり

藤原良経・南海漁父北山樵客百番歌合

百首歌たてまつりし時

立田《たつた》山あらしや峰によは《（わ）》るらんわたらぬ水も錦《にしき》たえけり

宮内卿・新古今和歌集五（秋下）

［注解］「あらし吹くみ室の山の紅葉ばは竜田の川の錦なりけり」（能因・後拾遺和歌集五・秋下）も本歌とされる。

竜田川《たつたがは》もみぢばとづるうす氷わたらばそれも中やたえ南《〈なん〉》

藤原家隆・家隆卿百番自歌合

もみぢばにうづもれてこそ立田川ふるきみゆきの跡は見えけれ

藤原家隆・家隆卿百番自歌合

散《ち》りしける錦はこれも絶ぬべし紅葉《もみぢ》ふみ分帰《〈わけ〉かへ》る山人

後鳥羽院・遠島御百首

龍田河水にも秋《あき》や暮《く》れぬらむもみぢ乱《みだ》れてかげぞ流《なが》るゝ

藤原俊成女・俊成卿女家集

［注解］「もみぢ葉のながれざりせばたつた河水の秋をばたれか知らまし」（坂上是則・古今和歌集五・秋下）も本歌とされる。

水鳥

見し秋の錦絶えたる川浪に重ねて浮かぶをしの毛衣

後水尾院・御着到百首

【本歌】

たつた河もみぢ葉《ば》ながる神なびの三室《みむろ》の山に時雨ふるらし

よみ人しらず・古今和歌集五（秋下）

【本歌取とされる例歌】

永承四年内裏歌合によめる

あらし吹《ふ》くみ室《むろ》の山の紅葉《もみぢ》ばは《ゝ》竜田《たつた》の川《かは》の錦《にしき》なりけり

能因・後拾遺和歌集五（秋下）

【本歌】

あきはきぬ紅葉は宿《やど》にふりしきぬ道ふみわけて訪《と》ふ人はなし

よみ人しらず・古今和歌集五（秋下）

【本歌取とされる例歌】

霜さゆる庭《には》の木《こ》の葉をふみ分けて月は見るやととふ人もがな

西行・御裳濯河歌合

【本歌】

秋の月山辺さやかに照《て》らせるは落《お》つるもみぢの数《かず》を見よとか

よみ人しらず・古今和歌集五（秋下）

【本歌取とされる例歌】

延喜御時、秋歌召しありければ、奉りける

秋の月光《ひかり》さやけみもみぢ葉《ば》の落《お》つる影さへ見えわたる哉《〈かな〉》

紀貫之・後撰和歌集七（秋下）

【本歌】

吹《〈ふく〉》風の色のちぐさに見えつるは秋の木《こ》の葉《は》のちればなりけり

よみ人しらず・古今和歌集五（秋下）

【本歌取とされる例歌】

山川や木の葉吹《〈ふき〉》しく風ながら色の千《ち》ぐさに浪もたちけり

正親町公澄・宝徳二年十一月仙洞歌合

【本歌】

霜のたて露《つゆ》のぬきこそよは《〈わ〉》からし山の錦のを《〈お〉》ればかつ散《ち》る

藤原関雄・古今和歌集五（秋下）

【本歌取とされる例歌】

弘長元年、院百首

露をぬき嵐をたてと山姫のを《〈お〉》れる錦の秋の紅葉葉《ゝ》

藤原為家・中院詠草

［注解］「わたつみの神にたむくる山姫の幣をぞ人は紅葉といひける」（よみ人し

らず・後撰和歌集七・秋下）も本歌とされる。

【本歌】

雲林院の木の陰に佇みて、よみける

わび人の分《わ》きてたちよる木《こ》のもとはたのむかげなくもみぢちりけり

遍昭・古今和歌集五（秋下）

【本歌取とされる例歌】

もみぢする雲の林もしぐるなり我ぞ侘人《〈わびびと〉》たのむ陰なし

藤原家隆・家隆卿百番自歌合

【本歌】

ちはやぶる神世も聞《き》かずたつた河から紅に水くゝるとは

在原業平・古今和歌集五（秋下）

【本歌取とされる例歌】

水上落葉

立田姫《たつたひめ》染めし木末《こずゑ》のちるを《〈お〉》りはくれなゐあらふ山川《やまがは》の水

西行・山家集

神無月三室《みむろ》の山の山颪《〈おろし〉》に紅《くれなゐ》くゝる龍田川かな

式子内親王・式子内親王集

解《と》けにけり紅葉を閉《と》ぢし山川の又水くゞる春の紅《くれなゐ》

後鳥羽院・遠島御百首

招月にて、人〳〵来たりしに、三十首歌よみし中に、河辺柳

あをやぎの神世もきかず唐《〈から〉》藍《あゐ》の竜田《たつた》の河に影みだるとは

正徹・永亨九年正徹詠草

【本歌】

北山に、もみぢ折らむとてまかれりける時に、よめる

見《み》る人もなくてちりぬる奥山のもみぢは夜《よる》の錦なりけり

紀貫之・古今和歌集五（秋下）

【本歌取とされる例歌】

みる人もなくて散にき時雨《〈しぐれ〉》のみふりにし里の秋萩の花

源実朝・金槐和歌集

【本歌】

秋の歌

たつた姫《ひめ》たむくる神のあればこそ秋の木《こ》の葉《は》の幣《ぬさ》とちるらめ

兼覧王・古今和歌集五（秋下）

【本歌取とされる例歌】

歌合し侍りける時、紅葉の歌とてよめる

山姫《ひめ》に千重《ちへ》のにしきをたむけてもちるもみぢ葉をいかでとゞめん

藤原顕輔・千載和歌集五（秋下）

秋はは《ゝ》や過《す》ぎにしあとの手向《たむけ》山いまだに幣《ぬさ》と散《ち》る木《こ》の葉《は》かな

兼好・兼好法師集

［注解］「道しらばたづねもゆかむもみぢばを幣とたむけて秋は去にけり」（凡河内躬恒・古今和歌集五・秋下）も本歌とされる。

【本歌】

寛平御時、后宮歌合の歌

白浪に秋の木《こ》のはのうかべるを海人《あま》のながせる舟かとぞ見る

藤原興風・古今和歌集五（秋下）

【本歌取とされる例歌】

水上落葉

くれて行秋《〈ゆく〉》の湊《みなと》に浮《う》かぶ木《こ》の葉《は》あまの釣《つり》する舟かとも見《み》ゆ

源実朝・金槐和歌集

【本歌】

竜田河のほとりにて、よめる

もみぢ葉《ば》のながれざりせばたつた河水の秋をばたれか知《し》らまし

坂上是則・古今和歌集五（秋下）

【本歌取とされる例歌】

萩映水

萩が花影《かげ》見《み》るよりの水の秋をいつの木の葉の色にしるらん

後柏原天皇・内裏着到百首

【本歌】

滋賀の山越にて、よめる

山河に風のかけたるしがらみはながれもあへぬもみぢなりけり

春道列樹・古今和歌集五（秋下）

【本歌取とされる例歌】

ちりかゝる紅葉《もみぢ》ながれぬ大井河《がは》いづれ井堰《せき》の水のしがらみ

源経信・新古今和歌集六（冬）

山川に風の懸《〈かけ〉》たるしがらみの色にいでてもぬるゝ袖哉《〈かな〉》

藤原家隆・家隆卿百番自歌合

［注解］参考歌「しのぶれど色に出でにけり我が恋は物や思と人の問ふまで」（平兼盛・拾遺和歌集十一・恋二）

山風やしがらみとめぬ早瀬川つもりもあへず行木《〈ゆく〉》の葉哉《〈かな〉》

今出川教季・宝徳二年十一月仙洞歌合

【本歌】

亭子院の御屏風の絵に、河渡らむとする人の、もみぢの散る木の下に、馬を控へて立てるを、よませ給ひければ、仕う奉りける

立とまり見てをわたらむもみぢ葉《ば》は雨と降《ふ》るとも水はまさらじ

凡河内躬恒・古今和歌集五（秋下）

【本歌取とされる例歌】

聖護院五十首に、河落葉

紅葉ばの雨とふるにもまさりけりせかれてよどむ山川の水

頓阿・頓阿法師詠

【本歌】

是貞親王家歌合の歌

山田もる秋の仮庵《かりいほ》にを《〈お〉》く露《つゆ》はいなおほせ鳥《どり》の涙なりけり

壬生忠岑・古今和歌集五（秋下）

【本歌取とされる例歌】

秋の田のいなおほせ鳥《どり》もなれにけるかりほの庵《いほ》を守《も》るとせし間《ま》に

よみ人しらず・新続古今和歌集十八（雑中）

［注解］「秋の田のかりほのいほの苫を荒みわが衣手は露に濡れつゝ」（天智天皇・後撰和歌集六・秋中）も本歌とされる。

【本歌】

ほにもいでぬ山田をもると藤《ふぢ》衣いなばのつゆにぬれぬ日はなし

よみ人しらず・古今和歌集五（秋下）

【本歌取とされる例歌】

から衣稲葉《いなば》の露に袖ぬれて物思へともなれるわが身は

源実朝・金槐和歌集

【本歌】

秋の果つる心を、竜田河に思遣りて、よめる

年ごとにもみぢ葉《ば》ながすたつた河みなとや秋のとまりなる覧

紀貫之・古今和歌集五（秋下）

【本歌取とされる例歌】

秋かへるみちはいづくぞたつ田山もみぢ散行《ちりゆく》梢なりけり

慈円・南海漁父北山樵客百番歌合

五十首歌たてまつりし時

くれてゆく春のみなとはしらねども霞《かすみ》におつる宇治《うぢ》の柴舟《しばぶね》

寂蓮・新古今和歌集二（春下）

［注解］「花は根に鳥はふるすに返なり春のとまりを知る人ぞなき」（崇徳院・千載和歌集二・春下）も本歌とされる。

【本歌】

長月の晦日の日、大井にて、よめる

夕《ゆふ》づくよをぐらの山になく鹿《しか》の声《こゑ》のうちにや秋は暮《く》るらむ

紀貫之・古今和歌集五（秋下）

【本歌取とされる例歌】

鹿

小倉山秋はならひと鳴《なく》鹿をいつともわかぬ涙にぞきく

藤原為家・中院詠草

【本歌】

同じ晦日の日、よめる

道《みち》しらばたづねもゆかむもみぢばを幣《ぬさ》とたむけて秋は去《い》にけり

凡河内躬恒・古今和歌集五（秋下）

【本歌取とされる例歌】

秋、旅まかりける人に、幣を紅葉の枝につけてつかはしける

秋深《ふか》く旅《たび》ゆく人のたむけには紅葉《もみぢ》にまさる幣《ぬさ》なかりけり

よみ人しらず・後撰和歌集十九（離別・羇旅）

［注解］「このたびは幣もとりあへずたむけ山紅葉の錦神のまに〳〵」（菅原道真・古今和歌集九・羇旅）も本歌とされる。

西四条の斎宮の九月晦日下り給ける、供なる人に

幣つかはすとて

もみぢ葉《ば》を幣《ぬさ》とたむけて散《ち》らしつゝ秋とと《ゝ》もにやゆかむとすらん

大輔・後撰和歌集十九（離別・羇旅）

秋はは《ゝ》や過《す》ぎにしあとの手向《たむけ》山いまだに幣《ぬさ》と散《ち》る木《こ》の葉《は》かな

兼好・兼好法師集

［注解］「たつた姫たむくる神のあればこそ秋の木の葉の幣とちるらめ」（兼覧王・古今和歌集五・秋下）も本歌とされる。

【本歌】

竜田河錦を《お》りかく神無《な》月しぐれの雨をたてぬきにして

よみ人しらず・古今和歌集六（冬）

【本歌取とされる例歌】

みむろ山紅葉《もみぢ》散らし神無月《かみなづき》立田《たつた》の川ににしき織《お》りかく

源実朝・金槐和歌集

［注解］「あらし吹くみ室の山の紅葉ばは竜田の川の錦なりけり」（能因・後拾遺和歌集五・秋下）も本歌とされる。

【本歌】

冬の歌とて、よめる

山里《ざと》は冬ぞさびしさまさりける人目《め》も草もかれぬとおもへば

源宇于・古今和歌集六（冬）

【本歌取とされる例歌】

冬の歌あまたよみ侍とて
花《はな》も枯《か》れもみぢも散《ち》りぬ山里《やまざと》はさびしさをまた問人《〈とふ〉》もがな
西行・山家心中集

さびしさにたへたる人の又もあれな庵《いほり》ならべん冬の山里《ざと》
西行・新古今和歌集六（冬）

山ざとは夏のはじめぞたゞならぬ花の人めもすぎぬと思へば
賀茂真淵・賀茂翁家集拾遺

【本歌】

大空《おほぞら》の月のひかりし清《きよ》ければ影見し水ぞまづこほりける
よみ人しらず・古今和歌集六（冬）

【本歌取とされる例歌】

八月十五夜の心を
久堅《〈ひさかた〉》の月のひかりし清《きよ》ければ秋のなかばを空に知《し》るかな
源実朝・金槐和歌集

［注解］「数へねど今宵の月のけしきにて秋のなかばを空にしるかな」（西行・山家集）も本歌とされる。

おもひ河かげ見し水のうす氷かさなる夜半《よ〈は〉》の月もうらめし
藤原家隆・家隆卿百番自歌合

【本歌】

夕《ゆふ》されば衣手《〈ころもで〉》さむしみ吉野《よしの》のよしのゝ山にみ雪《ゆき》ふるらし
よみ人しらず・古今和歌集六（冬）

［注解］「夕されば衣手寒し高松の山の木ごとに雪ぞ降りたる」（作者不詳・万葉集十・2319）が本歌とされる。

【本歌取とされる例歌】

夕さればすゞ吹《〈ふく〉》嵐身にしみて吉野《よしの》の岳《たけ》にみ雪ふるらし
源実朝・金槐和歌集

［注解］「こよひたれすゞふく風を身にしめて吉野の岳の月をみるらん」（源頼政・新古今和歌集四・秋上）も本歌とされる。

【本歌】

ふるさとはよしのゝ山しちかければ一日《ひと》もみゆきふらぬ日はなし
よみ人しらず・古今和歌集六（冬）

【本歌取とされる例歌】

みよし野《の》ゝ槙の下葉の枯《か》れしより端《は》山もみ雪《ゆき》ふらぬ日はなし
藤原家隆・家隆卿百番自歌合

ふるさとの吉野《よしの》ゝ山は雪消《き》えてひとひも霞立《た》ゝぬ日はなし
宗尊親王・文応三百首

【本歌】

わが宿《やど》は雪ふりしきて道もなしふみわけて訪《と》ふ人しなければ
よみ人しらず・古今和歌集六（冬）

【本歌取とされる例歌】

山里に冬深し、といふ事を
訪《と》ふ人も初雪《はつゆき》をこそ分《わ》けこしか道閉《みちと》ぢてけりみ山《やま》べの里《さと》
西行・山家心中集

【本歌】

滋賀の山越にて、よめる
しらゆきのところも分《わ》かずふりしけば巌《いはほ》にもさく花とこそ見れ
紀秋岑・古今和歌集六（冬）

【本歌取とされる例歌】

故郷雪
あれにける志賀の故郷冬くれば所もわかぬ雪の花園
藤原為家・中院詠草
［注解］「さゞ浪や志賀のみやこはあれにしをむかしながらの山ざくらかな」（よみ人しらず・千載和歌集一・春上）も本歌とされる。

【本歌】
奈良の京にまかれりける時に、宿れりける所にて、よめる
みよしのの《ゝ》山の白雪つもるらし古里《ふるさと》さむく成《な》りまさるなり
坂上是則・古今和歌集六（冬）

【本歌取とされる例歌】
吉野《よしの》山花やさかりにに《ゝ》ほふらんふる里《さと》さえぬ峰の白雪
藤原家衡・新古今和歌集一（春上）
［注解］参考歌「み吉野の山べにさけるさくら花雪かとのみぞあやまたれける」（紀友則・古今和歌集一・春上）

擣衣の心を
み吉野《よしの》の《ゝ》山の秋風さよふけてふるさと寒《さむ》く衣うつなり
藤原雅経・新古今和歌集五（秋下）

【本歌】
みよしのの《ゝ》山の白雪ふみわけて入《〈いり〉》にし人のを《〈お〉》とづれもせぬ
壬生忠岑・古今和歌集六（冬）

【本歌取とされる例歌】
藤原基任がもとにて、これかれ歌よみしに
ふる雪にみちこそなけれ吉野《よしの》山たれふみわけておもひいりけむ
兼好・兼好法師集

うちきらしみ雪降《ふる》なりよしの山入《いり》にし人やいかにすむらん
賀茂真淵・賀茂翁家集拾遺
［注解］「うち霧らし雪は降りつつしかすがに吾家の園に鶯鳴くも」（大伴家持・万葉集八・1441）、「吉野山やがて出でじと思ふ身を花散りなばと人やまつらん」（西行・山家集）も本歌とされる。

【本歌】
雪の降りけるを、よみける
冬ながら空《そら》より花の散《ち》りくるは雲《くも》のあなたは春《ゝる》にやあるらん
清原深養父・古今和歌集六（冬）

【本歌取とされる例歌】
冬ながら花ちる空のかすめるは雲のこなたに春やきつらむ
藤原家隆・家隆卿百番自歌合

蝶のとび花のちるにもまがひけり雪の心は春にや有《ある》らむ
香川景樹・桂園一枝

【本歌】
雪の、木に降り懸れりけるを、よめる
冬ごもり思かけぬを木の間《こま》より花と見るまで雪ぞふりける
紀貫之・古今和歌集六（冬）

【本歌取とされる例歌】
山ふかみ尋てきつる木《〈こ〉》の下《〈もと〉》に雪とみるまで花ぞ散ける
源実朝・金槐和歌集

閑居の雪
冬籠《ごも》る庵《〈いほ〉》の扉を稀に開《あ》けて竹にかゝれる雪を見《み》るかな
賀茂真淵・あがた居の歌集

【本歌】

消《け》ぬがうへに又もふりしけ春霞《はるがすみ》たちなばみゆきまれにこそみめ

よみ人しらず・古今和歌集六（冬）

【本歌取とされる例歌】

消《け》ぬがうへにふりしけみ雪《ゆき》白川の関のこなたに春もこそ立《た》て

藤原家隆・家隆卿百番自歌合

［注解］参考歌「東路も年も末にや成ぬらん雪降りにけり白河の関」（印性・千載和歌集八・羇旅）

奥《おく》山のこぞの白雪消《け》ぬが上《うへ》に菅《すが》の根《ね》しのぎ鶯ぞ鳴《な》く

宗尊親王・文応三百首

［注解］「奥山の菅の根しのぎふる雪のけぬとかいはむ恋のしげきに」（よみ人しらず・古今和歌集十一・恋二）も本歌とされる。

春立つ心を詠める

足引《あしひき》の山の白雪消《け》ぬが上に春てふ今日《けふ》は霞《かすみ》たなびく

京極為兼・風雅和歌集一（春上）

【本歌】

梅花〈むめのはな〉それとも見えず久方の天霧《あまぎ》る雪のなべてふれゝば

よみ人しらず・古今和歌集六（冬）

【本歌取とされる例歌】

屏風の絵に梅花に雪のふりかゝるを

梅花色はそれともわかぬまで風にみだれて雪はふりつゝ

源実朝・金槐和歌集

［注解］「梅の花枝にか散ると見るまでに風に乱れて雪そ降りくる」（忌部黒麿・万葉集八・1647）も本歌とされる。

正月十二日、春たつ日、民部卿家の庚申に、早春雪

年《とし》こえしるしもみえず降《ふ》る雪のあまぎる空《そら》は今日《けふ》ぞかすめる

兼好・兼好法師集

下京なる所にて、山霞を

香久山《かぐやま》やあまぎる雪の朝がすみそれとも見えずほす衣《ころも》かな

正徹・永享九年正徹詠草

［注解］参考歌「春すぎて夏きにけらししろたへの衣ほすてふ天の香具山」（持統天皇・新古今和歌集三・夏）

【本歌】

雪の内の梅の花を、よめる

梅の香《か》のふりを(お)ける雪にまがひせば誰《たれ》かことゞ分《わ》きてお(を)らまし

紀貫之・古今和歌集六（冬）

【本歌取とされる例歌】

紛《まが》ふ色《いろ》は梅《むめ》とのみ見《み》て過《す》ぎゆくに雪の花《はな》には香《か》ぞなかりける

西行・山家集

【本歌】

雪の降りけるを見て、よめる

雪ふれば木ごとに花ぞさきにけるいづれを梅とわきてお(を)らまし

紀友則・古今和歌集六（冬）

【本歌取とされる例歌】

百首歌めしける時、梅のうたとてよませたまひける

春の夜は吹《ふ》きまふ風のうつり香《か》を木《き》ごとに梅《むめ》と思ひけるかな

崇徳院・千載和歌集一（春上）

八重桜をお《を》りて、人のつかはして侍ければ

白雲の立田《たつた》の山の八重《やへ》桜いづれを花とわきてお《を》りけん

道命・新古今和歌集一（春上）

［注解］参考歌「吉野山八重たつ峰の白雲にかさねて見ゆる花桜かな」（藤原清家・後拾遺和歌集一・春上）

内大臣に侍ける時、望山花といへる心をよみ侍ける

白雲のたなびく山の山《やま》桜いづれを花とゆきてお《を》らまし

藤原師実・新古今和歌集二（春下）

【本歌】

ものへまかりける人を待ちて、師走の晦日に、よめる

わが待《ま》たぬ年《とし》はきぬれど冬草のかれにし人はを《お》とづれもせず

凡河内躬恒・古今和歌集六（冬）

【本歌取とされる例歌】

冬草《くさ》のかれにし人のいまさらに雪ふみわけて見えん物かは

曾禰好忠・新古今和歌集六（冬）

［注解］参考歌「わすれては夢かとぞ思おもひきや雪ふみわけて君を見むとは」（在原業平・古今和歌集十八・雑下）

【本歌】

年の果に、よめる

あらたまの年の終《をは》りになるごとに雪もわが身もふりまさりつゝ

在原元方・古今和歌集六（冬）

【本歌取とされる例歌】

思ふかた山はふじのね年をへてわが身の雪《ゆき》ぞふりまさりゆく

藤原家隆・家隆卿百番自歌合

［注解］「時知らぬ山は富士の嶺いつとてか鹿の子まだらに雪のふるらん」伊勢物語・九）も本歌とされる。

あら玉《たま》の年のはじめにあひくれどなどふりまさる我《わ》が身《み》なるらん

花山院・玉葉和歌集十四（雑一）

【本歌】

寛平御時后宮歌合の歌

雪ふりて年《とし》の暮《く》れぬる時にこそつゐ《ひ》にもみぢぬ松も見えけれ

よみ人しらず・古今和歌集六（冬）

【本歌取とされる例歌】

雪のうちにつゐ《ひ》にもみぢぬ松の葉のつれなき山も暮《く》るゝ年かな

藤原家隆・家隆卿百番自歌合

【本歌】

年の果に、よめる

昨日といひ今日《けふ》とくらしてあすか河《がは》流てはやき月日なりけり

春道列樹・古今和歌集六（冬）

【本歌取とされる例歌】

今日もうし昨日もつらし飛鳥《あすか》川身のいたづらに月もかぞへて

藤原家隆・家隆卿百番自歌合

いたづらにあすかの川の瀬を早《はや》み過る月日のしがらみもがな

宗尊親王・文応三百首

【本歌】

わが君《きみ》は千世に八千世《やちよ》にさゞれ石《いし》の巌《いはほ》となりて苔《こけ》のむすまで

よみ人しらず・古今和歌集七（賀）

【本歌取とされる例歌】

清慎公五十の賀し侍ける時の屏風に

君が世を何《なに》に《ゝ》たとへんさゞれ石《いし》の巌《いはほ》とならんほども飽《あ》かねば

清原元輔・拾遺和歌集五（賀）

百首歌中に祝の心をよめる

君《きみ》が代は松《まつ》の上葉《うはゞ》にを《（お）》く露《つゆ》のつもりてよもの海《うみ》となるまで

源俊頼・金葉和歌集五（賀）

君がよはひみくまの川のさゞれ石の苔むす岩になりつくすかな

式子内親王・式子内親王集

千とせ山これや昔《むかし》のさゞれ石いはほに深《ふか》き苔の色かな

宗尊親王・文応三百首

君が代は千世ともなにかさゞれ石のなれる岩根《ね》の松に契《〈ちぎり〉》りて

行秀・宝徳二年十一月仙洞歌合

［注解］参考歌「君が代は千代ともさゝじ天の戸やいづる月日のかぎりなければ」（藤原俊成・新古今和歌集七・賀）

巌頭苔

さゞれ石の巌《〈いはほ〉》の苔のゆく末はを《（お）》のが緑《みどり》や松にゆくらん

後柏原天皇・内裏着到百首

［注解］参考歌「春日山岩ねの松は君がため千年のみかは万代ぞへむ」（能因・後拾遺和歌集七・賀）

無常

さゞれ石の巌となるもとゞまらで移行《うつりゆく》よの姿ならずや

小沢蘆庵・六帖詠草

【本歌】

わたつ海《うみ》の浜《はま》の真砂《まさご》をかぞへつゝ君が千年《ちとせ》のあり数《かず》にせむ

よみ人しらず・古今和歌集七（賀）

【本歌取とされる例歌】

和歌《わか》の浦《うら》の真砂《まさご》や千代《ちよ》のありかずによむともつきぬためしなるらん

兼好・兼好法師集

松樹千年の御歌によりてあにとて思出候

ことしより君がよはひをよみてみむ松のちとせをありかずにして

良寛・良寛自筆歌抄

【本歌】

しほの山さしでの磯《いそ》にすむ千鳥君《きみ》が御世《みよ》をば八千世《やちよ》とぞなく

よみ人しらず・古今和歌集七（賀）

【本歌取とされる例歌】

ふけぬるか寒《さむ》き霜夜《しもよ》の月かげもさしでの磯《いそ》に千鳥《ちどり》なくなり

頓阿・頓阿法師詠

有明の月はさし出の磯《いそ》がくれ声《こゑ》のみさえて鳴《な》く千鳥哉《〈かな〉》

冷泉永親・宝徳二年十一月仙洞歌合

【本歌】

仁和御時、僧正遍昭に、七十賀賜ひける時の御歌

かくしつゝとにもかくにも永《なが》らへて君が八千世《やちよ》に会《あ》ふよしも哉《〈がな〉》

光孝天皇・古今和歌集七（賀）

【本歌取とされる例歌】

百首歌たてまつりし時

ながらへて猶《〈なほ〉》君《きみ》が代《よ》を松山の待《ま》つとせしまに年《とし》ぞへにける

讃岐・新古今和歌集十七（雑中）

【本歌】

仁和帝の、親王におはしましける時に、御をばの八十賀に、銀を杖に作れりけるを見て、かの御をばに代りて、よみける

ちはやぶる神や伐《き》りけむ突《つ》くからに千年《ちとせ》の坂《さか》もこえぬべらなり

遍昭・古今和歌集七（賀）

【本歌取とされる例歌】

藐《は》姑《こ》射《や》山千年《とせ》の坂《さか》を松もいま君とゝもにや越《こ》えんとすらん

正親町公澄・宝徳二年十一月仙洞歌合

【本歌】

堀川大臣の四十賀、九条の家にてしける時に、よめる

さくら花ちりかひ曇《くも》れ老《おい》らくの来《こ》むといふなる道《みち》まがふがに

在原業平・古今和歌集七（賀）

【本歌取とされる例歌】

落葉を

逃《のが》れえぬ老《おい》曾《そ》の杜《もり》の紅葉《もみぢ》ばは散りかひ曇るかひなかりけり

兼好・新続古今和歌集十七（雑上）

【本歌】

貞辰親王の、をばの四十賀を、大井にてしける日、よめる

亀《かめ》のお《（を）》の山の岩根《いはね》を尋《と》めて落《お》つる滝の白玉千世の数《かず》かも

紀惟岳・古今和歌集七（賀）

【本歌取とされる例歌】

亀のお《（を）》の岩《いは》ねが上《うへ》にゐるたづも心してける水の色かな

式子内親王・式子内親王集

【本歌】

貞保親王の、后宮の五十賀奉りける御屏風に、桜の花の散る下に、人の花見たる形書けるを、よめる

いたづらに過《す》ぐる月日は思《おも》ほえで花みて暮《く》らす春ぞすくなき

藤原興風・古今和歌集七（賀）

【本歌取とされる例歌】

梅花さけるさかりをめのまへにすぐせる宿は春ぞすくなき

源実朝・金槐和歌集

【本歌】

伏《ふ》しておもひ起《お》きてかぞふる万世《よろづ》は神ぞしる覧《〈らむ〉》わが君《きみ》のため

素性・古今和歌集七（賀）

【本歌取とされる例歌】

ふして思ひを《（お）》きてぞ祈る長閑《〈のどか〉》なれ万代《〈よろづよ〉》てらせ雲のうへの月

藤原定家・定家卿百番自歌合

［注解］参考歌「ふして思ひおきてながむる春雨に花の下ひもいかにとくらん」（よみ人しらず・新古今和歌集一・春上）

【本歌】

秋

住の江《え》の松を秋風吹《〈ふく〉》からにこゑうちそふる沖《おき》つしらなみ

よみ人しらず・古今和歌集七（賀）

【本歌取とされる例歌】

沖《おき》つ風《かぜ》吹《ふ》きにけらしな住吉《すみよし》の松のしづ枝《え》をあらふ白波《しらなみ》

源経信・後拾遺和歌集十八（雑四）

こゑうちそふるおきつしら浪といふ事を人々あまたつかうまつりし次に

住吉《すみのえ》のきしの松吹《ふく》秋風をたのめて浪のよるを待ける
源実朝・金槐和歌集

【本歌】
秋くれど色もかはらぬときは山よそのもみぢを風ぞかしける
よみ人しらず・古今和歌集七（賀）

【本歌取とされる例歌】
秋くれば常磐《ときは》の山に年をふる松しも深《ふか》く変《かは》る色かな
式子内親王・式子内親王集

守覚法親王五十首歌によみ侍ける
もみぢ葉《ば》の色《いろ》にまかせてときは木も風にうつろふ秋の山かな
藤原公継・新古今和歌集五（秋下）

寛喜元年女御入内屏風に、紅葉
たつた山よその紅葉の色にこそしぐれぬ松のほども見えけれ
藤原為家・正風体抄

冬

【本歌】
白雪のふりしく時はみ吉野《よしの》の山した風に花ぞちりける
よみ人しらず・古今和歌集七（賀）

【本歌取とされる例歌】
花の歌とてよめる
み吉野《よしの》の山した風やはらふらむこずえ《（ゑ）》にかへる花のしら雪
俊恵・千載和歌集二（春下）

名所落花
桜花うつろふ時はみ吉野《よしの》の山下風《やましたかぜ》に雪ぞふりける
源実朝・金槐和歌集

【本歌】
立わかれいなばの山の峰に生《お》ふる松としきかば今かへりこむ
在原行平・古今和歌集八（離別）

【本歌取とされる例歌】
摂政太政大臣の家の歌合に、秋旅といふ事を
わすれなむまつとなつげそ中〳〵にいなばの山の峰《みね》の秋風《あきかぜ》
藤原定家・新古今和歌集十（羇旅）

五月のころみちの国へまかれりし人のもとに扇などつかはし侍し中に、時鳥のかきたる扇にかきつけ侍し
たち別《わかれ》いなばの山の時鳥まつと告《つ》げこせかへりくるがに
源実朝・金槐和歌集

帰《かへ》り来《こ》ん月日隔《へだ》つなたち別いなばの山の峰《みね》の白《しら》雲
宗尊親王・文応三百首

ほどもなく時雨《しぐ》るゝ雲の立《た》ち別《わか》れ因幡《いなば》の山《やま》は松風《まつかぜ》ぞ吹《ふ》く
二条良基・後普光園院殿御百首

十六日、竹の内の僧正の芥見《あくたみ》の庄を一見すべきよし示《しめ》す。よて、江口より舟に乗《の》りて二里ばかり川伝《づた》ひに溯《さかのぼ》る。因幡山の麓《ふもと》を過《す》ぐる路なり。此山は奥州より金《こがね》の化来《けらい》せる由《よし》、因幡社の縁起に有とかや。
峰に生《おふ》る松とは知《し》るや因幡《いなば》山黄金《こがね》花咲《さく》御代の栄を
一条兼良・藤河の記

【本歌】
すがる鳴《な》く秋のはぎはら朝《あさ》たちて旅《たび》行《ゆく》人をいつとか待《ま》たむ
よみ人しらず・古今和歌集八（離別）

【本歌取とされる例歌】
露寒《さむ》みわくれば風にたぐひつゝすがる鳴《な》くなり小野の萩原
式子内親王・式子内親王集

【本歌】

小野千古が陸奥介にまかりける時に、母の、よめる

たらちねの親《おや》のまもりとあひ添《そ》ふる心許《〈ばかり〉》はせきなとゞめそ

小野千古母・古今和歌集八（離別）

【本歌取とされる例歌】

忍親昵恋

そふといへば親《おや》のまもるにはつる哉《〈かな〉》我人しれぬ逢坂《あふさか》の関《せき》

慶運・慶運百首

【本歌】

あひ知れりける人の、越国にまかりて、年経て京にまうできて、又帰りける時に、よめる

かへる山何《なに》ぞはありてあるかひは来《き》てもとまらぬ名《な》にこそありけれ

凡河内躬恒・古今和歌集八（離別）

【本歌取とされる例歌】

百首歌奉りし時、暮春

弥生山《やよひやま》春の名残《なごり》もほのかなりなにぞはありて有明《ありあけ》の月

飛鳥井雅世・新続古今和歌集二（春下）

【本歌】

源実が、筑紫へ湯浴みむとてまかりける時に、山崎にて別れ惜しみける所にて、よめる

命《いのち》だに心にかなふものならば何《なに》かわかれのかなしからまし

白女・古今和歌集八（離別）

【本歌取とされる例歌】

めぐり逢《あ》はむわがかねごとの命だに心《こゝろ》にかなふ春の暮《く》れかな

藤原俊成女・俊成卿女家集

古歌の詞にて歌詠みける時、なにか別れの、といふ事を

旅衣《たびごろも》都《みやこ》の月のおくらずはなにか別れのかたみならまし

頓阿・新続古今和歌集九（離別）

【本歌】

山崎より神奈備の森まで送りに、人〳〵まかりて、帰りがてにして別れ惜しみけるに、よめる

人遣《や》りの道ならなくに大方《おほかた》は行《い》き憂《う》しといひていざかへりなむ

源実・古今和歌集八（離別）

【本歌取とされる例歌】

都をば住《す》み憂《う》しとてや人やりの道ならなくに雁《かり》の行らん

宗尊親王・文応三百首

【本歌】

藤原惟岳が、武蔵介にまかりける時に、送りに、逢坂を越ゆとて、よみける

かつ越《こ》えてわかれも行かあふさかは人だのめなる名にこそありけれ

紀貫之・古今和歌集八（離別）

【本歌取とされる例歌】

相坂

あふさかはゆくもかへるも別路《〈わかれぢ〉》の人だのめなる名のみふりつゝ

藤原為家・中院詠草

［注解］「これやこの行くも帰も別つゝ知るも知らぬもあふさかの関」（蟬丸・後撰和歌集十五・雑一）も本歌とされる。

【本歌】

人の花山にまうできて、夕さりつ方、帰りなむと
しける時に、よめる

ゆふぐれの籬《まがき》は山と見えなな《ゝ》む夜《よる》は越《こ》えじと宿《やど》りとるべく

遍昭・古今和歌集八（離別）

【本歌取とされる例歌】

菊《きく》の咲《さ》くまがきや山と見《み》えつらん暮《く》れにし秋の色《いろ》の宿《やど》れる

宗尊親王・文応三百首

夕旅行

ことと《ゝ》はむ越《こ》ゆべき山と行《〈ゆく〉》するゑに見《み》ゆるや宿《ゝど》のまがきなるらん

兼好・兼好法師集

夕虫

宿りとる誰を松虫草深きまがきを山とゆふ暮《ぐれ》の声

後水尾院・御着到百首

［注解］「もみぢ葉の散りてつもれるわが宿に誰を松虫こゝら鳴くらむ」（よみ人しらず・古今和歌集四・秋上）も本歌とされる。

やどりとる袖とやみまし夕ぐれのまがきをさらぬ風のをばなは

日野弘資・万治御点

【本歌】

雲林院親王の、舎利会に山に登りて、帰りけるに、
桜の花の下にて、よめる

山かぜにさくら吹《ふ》きまきみだれ南《〈なむ〉》花のまぎれに立とまるべく

遍昭・古今和歌集八（離別）

【本歌取とされる例歌】

湖辺落花

山風のさくらふきまきちる花のみだれて見《み》ゆる志賀《しが》の浦《うら》波

源実朝・金槐和歌集

［注解］参考歌「さくら咲く比良の山風ふくまゝに花になりゆく志賀のうら浪」（藤原良経・千載和歌集二・春下）

【本歌】

飽《あ》かずしてわかるゝ袖のしらたまをきみが形見《ゝたみ》と包《つゝ》みてぞ行《〈ゆく〉》

よみ人しらず・古今和歌集八（離別）

【本歌取とされる例歌】

形見《かたみ》とやうつし置くらん飽《あ》かずして別《わか》るゝ秋の袖《そで》の白露《しらつゆ》

二条良基・後普光園殿御百首

［注解］「暮れてゆく秋の形見に置く物は我が元結の霜にぞ有ける」（平兼盛・拾遺和歌集三・秋）も本歌とされる。

【本歌】

滋賀の山越にて、石井のもとにて、物言ひける人
の別ける折に、よめる

むすぶ手の滴《しづく》にに《ゝ》ごる山の井のあかでも人にわかれぬる哉

紀貫之・古今和歌集八（離別）

【本歌取とされる例歌】

五十首たてまつりし時

むすぶ手に影《かげ》みだれゆく山の井のあかでも月のかたぶきにける

慈円・新古今和歌集三（夏）

［注解］「安積香山影さへ見ゆる山の井の浅き心をわが思はなくに」（作者不詳・万葉集十六・3807）も本歌とされる。

こゝも夜深《ぶか》き霧の迷《まよ》ひにたどり出《い》でつ。醒《さめ》が井といふ水、夏ならば
打過ましやと思《おも》ふに、徒歩《かち》人は猶立寄《よ》りて汲《く》むめり。
結《むす》ぶ手に濁《にご》る心をすゝぎなば憂《う》き世の夢や醒《さめ》が井の水
とぞ覚《おぼ》ゆる。

阿仏・十六夜日記

【本歌】

道に遭へりける人の車に、物を言ひ付きて別れける所にて、よめる

下《した》の帯《おび》の道はかた〴〵わかるとも行《ゆ》きめぐりても逢《あ》はむとぞ思《おも》ふ

紀友則・古今和歌集八（離別）

【本歌取とされる例歌】

君が代に拾はん数は玉《たま》ほこの道はかたがた和歌の浦人《うらびと》

尭胤法親王・文亀三年三十六番歌合

【本歌】

唐土にて月を見て、よみける

あまの原ふりさけ見れば春日《かすが》なる三笠《みかさ》の山にいでし月かも

安倍仲麿・古今和歌集九（羇旅）

【本歌取とされる例歌】

春日にまい《〈ゐ〉》りて侍しに、月明くあはれにて、三笠の山をみやりてよみはべりし

ふりさけし人の心ぞ知《し》られぬるこよひ三笠《みかさ》の月をながめて

西行・山家心中集

もろこしの空もひとつに雲消てたれかみかさの山の端《は》の月

藤原家隆・家隆卿百番自歌合

わがよはひふりさけ見れば三笠《みかさ》山松もいく代のかげぞ木だかき

浄空・宝徳二年十一月仙洞歌合

もろこしの青海《あをうな》ばらやてらすらむ今も三笠《みかさ》の山のはの月

伴蒿蹊・閑田詠草

【本歌】

隠岐国に流されける時に、舟に乗りて出で立つとて、京なる人のもとに遣はしける

わたの原八十島《やそしま》かけてこぎいでぬと人にはつげよ海人《あま》のつり舟

小野篁・古今和歌集九（羇旅）

【本歌取とされる例歌】

わたの原八十島白《しろ》くふる雪のあまぎる浪《なみ》にまがふ釣舟

藤原家隆・家隆卿百番自歌合

かくて船出し侍るに、風荒《あら》くなりて、いかにと侘合《〈わび〉あ》へるに、蜑《〈あま〉》の釣舟の波慣《な》れたるを見るもあはれなり。篁《〈たかむら〉》朝臣の、「人には告よ」と言《い》ひしなど思ひ出て、
心行《〈ゆく〉》道だに憂《う》きを漕出《い》でて八十島《〈やそしま〉》かけし人をしぞ思ふ

宗祇・筑紫道記

こぎ出《〈いで〉》ぬと見《み》しやそらめの朝霧にやがてまぎるゝ海士《〈あま〉》の釣舟

三条西実隆・内裏着到百首

【本歌】

宮こ出《い》でて今日《けふ》みかのはらいづみ河かはかぜさむし衣かせ山

よみ人しらず・古今和歌集九（羇旅）

【本歌取とされる例歌】

長月の十日余《〈あまり〉》のみかの原《はら》川なみ清くすめる月かげ

藤原家隆・家隆卿百番自歌合

さるほどに、二日の明《あ》け方《がた》に奈良《なら》の京を立て、般若寺《〈はんにやじ〉》坂《ざか》を越え、梅谷《〈うめだに〉》などいひて、人離《ばな》れ心《こゝろ》すごき所々を経《へ》て、加茂《かも》の渡《わた》りを過《す》ぎ、三日の原といふ所に輿を止《とゞ》めて思ひつゞけ侍り。

数《かぞ》ふれば明日《あす》は五月《〈さつき〉》の三日《みか》の原今日《けふ》まづ奈良《なら》の都出《〈いで〉》つゝ
一条兼良・藤河の記

泉川を舟にて渡りて、
渡《わた》し舟棹さすみちに泉川今日より旅の衣かせ山
一条兼良・藤河の記

【本歌】
ほの〴〵とあかしの浦《うら》の朝《あさ》ぎりに島《しま》がくれ行《〈ゆく〉》舟をしぞ思《〈おもふ〉》
よみ人しらず・古今和歌集九（羇旅）

【本歌取とされる例歌】
眺望
海人《あま》小舟島隠《しまがく》れゆく朝《あさ》霧に遠《とを》き昔《むかし》の跡《あと》の白浪
藤原俊成女・俊成卿女家集

ふなでする明石《あかし》の門波霧晴《となみきりは》れて島隠《がく》れなき月を見る哉
宗尊親王・文応三百首

［注解］「粟島に漕ぎ渡らむと思へども明石の門波いまだ騒けり」（作者不詳・万葉集・1207）も本歌とされる。

霧隔舟
赤石潟《〈あかし〉がた》行《〈ゆく〉》らん舟の跡もなしむかしの秋を朝霧の空
後柏原天皇・内裏着到百首

播州御陣の時、所々見物の次でに、明石の浦にて夜の更くるまで月を見て
明石潟《あかしがた》かたぶく月も行《ゆ》く舟もあかぬながめに島《しま》がくれつつ
細川幽斎・衆妙集

【本歌】
武蔵国と下総国との中にある隅田河のほとりに至りて、宮このいと恋しう覚えければ、しばし河のほとりに下り居て、思遣れば、限りなく遠くも来にける哉と思侘びて、眺め居るに、渡守、はや舟に乗れ、日暮れぬと言ひければ、舟に乗りて渡らむとするに、皆人もの侘しくて、京に思ふ人なくしもあらず、さる折に、白き鳥の、嘴と脚と赤き、河のほとりに遊びけり。京には見えぬ鳥なりければ、皆人見知らず、渡守に、これは何鳥ぞと問ひければ、これなむ宮こ鳥と言ひけるを聞きて、よめる
名にし負《お》はばいざ言《こと》とはむ宮こどりわが思ふ人は有やなしやと
在原業平・古今和歌集九（羇旅）

【本歌取とされる例歌】
和泉へくだり侍けるに、都鳥のほのかになきければ
こととはばありのまに〳〵都鳥みやこのことをわれにきかせよ
和泉式部・和泉式部集

名にし負《お》はばいざ尋《〈たづね〉》みむあふ坂の関路に匂ふ花はありやと
源実朝・金槐和歌集

［注解］参考歌「名にしおはば相坂山のさねかづら人に知られでくるよしも哉」（藤原実方・後撰和歌集十一・恋三）

三十四になりし十五夜の御歌の中に、故殿へながめごとおはしますと聞えしに
いにしへの秋《あき》の空《そら》まで角田河《〈すみだがは〉》月に言問《こと》ふ袖の露《つゆ》かな
藤原俊成女・俊成卿女家集

【本歌】

但馬国の湯へまかりける時に、二見浦と言ふ所に泊りて、夕さりの餉賜べけるに、供にありける人ぐ、歌よみけるついでに、よめる

夕《ゆふ》づく夜おぼつかなきを玉匣《たまくしげ》ふたみの浦はあけてこそ見め

藤原兼輔・古今和歌集九（羇旅）

【本歌取とされる例歌】

あけがたきふたみの浦《うら》による浪《なみ》の袖《そで》のみぬれておきつ島《しま》人

藤原実方・新古今和歌集十三（恋三）

擣衣

其《その》里とあけてこそみめ夕月夜おぼつかなくも衣うつこゑ

細川幽斎・玄旨百首

【本歌】

惟喬親王の供に、狩にまかりける時に、天の河と言ふ所の河のほとりに下り居て、酒など飲みけるついでに、親王の言ひけらく、狩して、天の河原に至ると言ふ心をよみて、さか月は注せと言ひければ、よめる

狩《か》りくらしたなばたつ女《め》に宿《やど》からむ天《あま》のかはらに我は来《き》にけり

在原業平・古今和歌集九（羇旅）

【本歌取とされる例歌】

狩りくれしあまのかはらと聞くからに昔の浪《なみ》の袖《そで》にかかれる

西行・御裳濯河歌合

宿借《か》らん交野《かたの》ゝ御野《みの》ゝ狩　衣《かりごろも》日も夕暮《ぐれ》の花《はな》の下陰《したかげ》

後鳥羽院・遠島御百首

[注解] 参考歌「いづくにかこよひは宿をかり衣ひもゆふぐれの峰のあらしに」（藤原定家・新古今和歌集十・羇旅）

【本歌】

朱雀院の、奈良におはしましたりける時に、手向山にて、よみける

このたびは幣《ぬさ》もとりあへずたむけ山紅葉の錦神のまに〱

菅原道真・古今和歌集九（羇旅）

【本歌取とされる例歌】

わたつみの神にたむくる山姫の幣《ぬさ》をぞ人は紅葉《もみぢ》といひける

よみ人しらず・後撰和歌集七（秋下）

秋、旅まかりける人に、幣を紅葉の枝につけてつかはしける

秋深《ふか》く旅《たび》ゆく人のたむけには紅葉《もみぢ》にまさる幣《ぬさ》なかりけり

よみ人しらず・後撰和歌集十九（離別・羇旅）

[注解]「道しらばたづねもゆかむもみぢばを幣とたむけて秋は去にけり」（凡河内躬恒・古今和歌集五・秋下）も本歌とされる。

手向《たむけ》山もみぢの錦ぬさはあれど猶《なほ》月かげのかくるしらゆふ

藤原家隆・家隆卿百番自歌合

伊増塔下《いますたふげ》と言《い》ふは美濃《みの》ゝ境《さかひ》にて、堅城と見えたり。一夫《いつぷ》関《くわん》に当《あ》たれば万夫《ばんぷ》過《す》ぎがたき所といふべし。

此《この》山に神やはいますと手向《たむけ》せむ紅葉《もみぢ》の幣《ぬさ》は取《と》りあへずとも

一条兼良・藤河の記

建長二年九月詩歌をあはせられ侍りし時、山中秋興

染めもあへずしぐるるままに手向山紅葉《たむけやまもみぢ》をぬさと秋風ぞ吹く

藤原為家・正風体抄

神垣《かみがき》に夕《ゆふ》かげふかきもみぢばのにしきをぬさとけふは手向《たむけ》む

長谷川安卿・遊角筈別荘記

露霜《つゆじも》のふるきためしをとりあへずぬさとたむくる木々《きぎ》のもみぢば

滝内如明・遊角筈別荘記

【本歌】

たむけにはつゞりの袖もきるべきにもみぢに飽《あ》ける神《かみ》や返《かへ》さむ

素性・古今和歌集九（羇旅）

【本歌取とされる例歌】

ふしをがむつゞりの袖《そで》も色《いろ》ぞそふもみぢにあける神《かみ》のひろまへ

成島和鼎・遊角筈別荘記

【本歌】

鶯

心から花のしづくにそほちつゝ憂《う》く干《ひ》ずとのみ鳥のなく覧《〈らん〉》

藤原敏行・古今和歌集十（物名）

【本歌取とされる例歌】

思ふこと侍りける比、鶯の鳴くを聞きて

物《もの》思へば心の春も知らぬ身になにうぐひすの告《つ》げに来《き》つらん

建礼門院右京大夫・玉葉和歌集十四（雑一）

【本歌】

空蟬

浪のうつ瀬《せ》見れば珠《たま》ぞみだれける拾《ひろ》はゞ袖にはかなからむや

在原滋春・古今和歌集十（物名）

【本歌取とされる例歌】

百首歌奉りし時、同じ心を（寄玉恋）を

知られじと拾はば袖《そで》にはかなくも落つる涙の玉《たま》や乱れん

飛鳥井雅世・新続古今和歌集十一（恋一）

【本歌】

李の花

今幾日春《いくかはる》しなければうぐひすも物はながめて思べらなり

紀貫之・古今和歌集十（物名）

【本歌取とされる例歌】

款冬ををりてよめる

いま幾日春《いくかはる》しなければ春雨にぬるとも折《を》らむやまぶきの花

源実朝・金槐和歌集

【本歌】

さがりごけ

花の色はたゞ一《ひと》さかり濃《こ》けれども返《〈かへす〉》〴〵ぞ露《つゆ》は染《そ》めける

高向利春・古今和歌集十（物名）

【本歌取とされる例歌】

法成寺入道前太政大臣、女郎花をお《〈を〉》りて、歌よむべきよし侍ければ

女郎花《をみなへし》さかりの色を見《み》るからに露《つゆ》のわきける身こそ知《し》られる

紫式部・新古今和歌集十六（雑上）

百首うたよみ侍ける、苔を

山水《やまみづ》のかゝる岩根《いはね》のさがり苔《ごけ》つたふ雫《しづく》もあゐよりぞこき

京極高門・霞関集

【本歌】

桂宮

秋くれど月の桂《かつら》の実《み》やはなるひかりを花とちらす許《〈ばかり〉》を

源忠・古今和歌集十（物名）

【本歌取とされる例歌】

茂りあふ青葉《あをば》もつらし木《こ》の間《ま》より光を花の夏の夜《よ》の月
勧修寺政顕・文亀三年三十六番歌合

【本歌】
ほとゝぎす鳴《な》くやさ月のあやめ草あやめも知《し》らぬ恋《こひ》もする哉《〈かな〉》
よみ人しらず・古今和歌集十一（恋一）

［注解］「をみなへし咲く沢に生ふる花かつみかつても知らぬ恋もするかも」（中臣女郎・万葉集四・675）、「珠洲の海人の　沖つ御神に……　心慰に　霍公鳥来鳴く五月の　菖蒲草……」（大伴家持・万葉集十八・4101）が本歌とされる。

【本歌取とされる例歌】
五首歌人〳〵によませ侍ける時、夏歌とてよみ侍ける
うちしめりあやめぞかほ《〈を〉》る郭公《ほとゝぎす》なくや五月《さ》の雨の夕暮《ゆふぐれ》
藤原良経・新古今和歌集三（夏）

五月五日、馬内侍につかはしける
郭公《ほとゝぎす》いつかと待《ま》ちしあやめ草《ぐさ》けふはいかなるねにか鳴《な》くべき
藤原公任・新古今和歌集十一（恋一）

【本歌】
を《〈お〉》とにのみきくのしら露夜《つゆよる》はおきて昼《ひる》は思ひにあへずけぬべし
素性・古今和歌集十一（恋一）

【本歌取とされる例歌】
思《おも》ひいでて《ゝ》いまは消《け》ぬべし夜《よ》もすがらおきうかりつる菊《きく》の上《うへ》の露
藤原伊尹・新古今和歌集十三（恋三）

とく御法《みのり》きくの白露夜《しらつゆよる》はを《〈お〉》きてつとめてきえんことをしぞ思《おも》ふ
慈円・新古今和歌集二十（釈教）

［注解］参考歌「露の身のきえてほとけになることはつとめてのちぞ知るべかりける」（よみ人しらず・詞花和歌集十・雑下）

【本歌】
吉野《よしの》河いはなみ高《たか》く行《〈ゆく〉》水のはやくぞ人を思ひそめてし
紀貫之・古今和歌集十一（恋一）

【本歌取とされる例歌】
憂《う》しとだに岩浪高《たか》き吉野河よしや世中《〈よのなか〉》思ひ捨《す》て《ゝ》き
後鳥羽院・遠島御百首

［注解］「流ては妹背の山のなかに落つる吉野の河のよしや世中」（よみ人しらず・古今和歌集十五・恋五）も本歌とされる。

吉野川岩間《いはま》吹き越《こ》す春風に折《お》られぬ浪の花も散《ち》りけり
宗尊親王・文応三百首

［注解］「春ごとにながるゝ河を花とみてお《〈を〉》られぬ水に袖やぬれなむ」（伊勢・古今和歌集一・春上）も本歌とされる。

【本歌】
白浪の跡《あと》なき方に行《〈ゆく〉》舟も風のたよりのしるべなりける
藤原勝臣・古今和歌集十一（恋一）

【本歌取とされる例歌】
しるべせよ跡《あと》なき浪《なみ》にこぐ舟のゆくゑ《〈へ〉》もしらぬ八重《やへ》の潮《しほ》風
式子内親王・新古今和歌集十一（恋一）

花誘《さそ》ふ風をたよりのしるべにて跡《あと》なき方《かた》に春ぞくれ行《〈ゆく〉》
宗尊親王・文応三百首

二条入道大納言家十首に、霞
わたの原《はら》かぎりもいとゞしらなみのあとなき方《かた》に立つ霞《かすみ》かな
宗尊親王・文応三百首

わたの原《はら》風ぞたよりとおもひしを夜舟《〈よぶね〉》は月《つき》のさそふなりけり
頓阿・頓阿法師詠
慶運・慶運百首

【本歌】
を《(お)》とは山を《(お)》とに聞《き》き《ゝ》つゝ相坂《〈あふさか〉》の関のこなたに年をふる哉
在原元方・古今和歌集十一（恋一）

【本歌取とされる例歌】
音羽山花咲《さ》きぬらし相坂《〈あふさか〉》の関のこなたにほふ春風《はるかぜ》
宗尊親王・文応三百首

【本歌】
世中《〈よのなか〉》はかくこそありけれ吹風《〈ふく〉》の目《め》に見ぬ人もこひしかりけり
紀貫之・古今和歌集十一（恋一）

【本歌取とされる例歌】
床は荒《あ》れぬいたくな吹そ秋風の目《め》に見ぬ人を夢にだにみむ
藤原家隆・家隆卿百番自歌合

古き詩の句を題にて歌詠みけるに、花発風雨多といふ事を
世の中はかくこそありけれ花ざかり山風《やまかぜ》吹きて春雨《はるさめ》ぞ降る
頓阿・新続古今和歌集十七（雑上）

【本歌】
右近の馬場の引折の日、向ひに立てたりける車の下簾より、女の顔の、ほのかに見えければ、よむで、遣はしける
見ずもあらず見もせぬ人の恋《こひ》しくはあやなく今日《けふ》やながめ暮《くら》さむ
在原業平・古今和歌集十一（恋一）

【本歌取とされる例歌】
茂りあふ木の間の月は見ずもあらず見もせで明くる夏の夜の空
花山院政長・文亀三年三十六番歌合

【本歌】
知《し》る知《し》らぬ何《なに》かあやなく分《わ》きて言《い》はむ思《おも》ひのみこそしるべなりけれ
よみ人しらず・古今和歌集十一（恋一）

【本歌取とされる例歌】
蛍
飛《と》ぶ蛍思《ほたるおも》ひのみこそしるべとや暗《くら》き闇《やみ》にもも《ゝ》えて行らん
頓阿・頓阿法師詠
今日も又《また》思ひのみこそしるべともたのまぬ中にながめくらして
中院通茂・万治御点

【本歌】
春日祭にまかれりける時に、もの見に出でたりける女のもとに、家を尋ねて遣はせりける
春日野《かすがの》の《ゝ》雪間《ま》をわけて生《お》ひいでくる草のはつかに見えしきみはも
壬生忠岑・古今和歌集十一（恋一）

【本歌取とされる例歌】
二月ばかりに、女の返事せぬに、男のよませし
あとをだに草のはつかにみてしがな結《むす》ぶばかりの程《ほど》ならずとも
和泉式部・和泉式部集
下《した》ぎゆる雪まの草のめづらしくわが思ふ人にあひみてしがな
和泉式部・和泉式部集
都にて雪間《ゆきま》はつかに萌《も》え出《い》でし草引《〈ひき〉》むすぶさやの中山
式子内親王・式子内親王集
片岡《かたをか》の雪まにねざす若草《わか》のほのかに見てし人ぞこひしき

しらなみの入江《いりえ》にまがふ初草のはつかに見えし人ぞ恋しき
曾禰好忠・新古今和歌集十一（恋一）

藤原家隆・家隆卿百番自歌合

［注解］「潮満てば入ぬる磯の草なれや見らく少なく恋ふらくの多き」（大伴坂上郎女・拾遺和歌集十五・恋五）も本歌とされる。

武蔵野《むさしの》の《ゝ》草のはつかに見《み》てしより果《は》てなきものは思《おも》ひなりけり
二条良基・後普光園院殿御百首

寒草
春日野の《ゝ》雪間にだにもえいでし草葉ぞ霜にあへずかれぬる
慶運・慶運百首

百首歌奉りし時
はつかなる野辺《のべ》の緑に見えてけり春の日数《ひかず》をつまぬ若菜は
飛鳥井雅世・新続古今和歌集一（春上）

興福寺住侶の歌とて、卅首歌合点事、広橋大納言中侍しかば、墨を付けて返し遣はすとて奥に書付侍し
春日野の《ゝ》露の言《こと》の葉光あれや雪まの草のはつかなれども
三条西実隆・再昌草

みやびとはあをうまひけりをとめらは雪間の若菜今やつむらん
田安宗武・悠然院様御詠草

【本歌】
人の花摘みしける所にまかりて、そこなりける人のもとに、後に、よみて、遣はしける
山ざくら霞の間《ま》よりほのかにも見てし人こそ恋《こひ》しかりけれ
紀貫之・古今和歌集十一（恋一）

【本歌取とされる例歌】
ほのかにも見《み》てを恋ばや篠薄《しのすゝき》相坂山の名《な》は知《し》らずとも
宗尊親王・文応三百首

［注解］「我妹子に相坂山のしのすゝきほには出でずもこひわたる哉」（よみ人しらず・古今和歌集・墨滅）も本歌とされる。

人のもとにて歌よみし中に、春恋といふことを
身にぞしむ霞《かすみ》にもるゝ面影のさだかに見《み》えし花のした風《かぜ》
正徹・永享九年正徹詠草

纔見恋
たが春にあくまでか見《み》し山桜霞の間よりそふ思ひかな
後柏原天皇・内裏着到百首

【本歌】
たよりにもあらぬ思《おも》ひのあやしきは心を人につくるなりけり
在原元方・古今和歌集十一（恋一）

【本歌取とされる例歌】
恋のうたとてよみ侍ける
あやしくもわがみやま木《ぎ》のもゆるかな思《おも》ひは人につけてしものを
藤原忠通・詞花和歌集七（恋上）

初雁のとわたる風のたよりにもあらぬ思《おも》ひを誰につたへん
藤原定家・定家卿百番自歌合

【本歌】
逢《あ》ふことは雲居《くもゐ》はるかになる神のを《（お）》とにきゝつゝ恋《こ》ひわたる哉
紀貫之・古今和歌集十一（恋一）

［注解］「天雲の八重雲隠れ鳴る神の音のみにやも聞き渡りなむ」（作者不詳・万葉集十一・2658）が本歌とされる。

【本歌取とされる例歌】

恋の心を人にかはりて

石《いし》ばしる滝《たき》の水上《みなかみ》はやくより音《をと》に聞《き》きつゝ恋《こ》ひわたるかな

前中宮上総・金葉和歌集七（恋上）

【本歌】

片糸《かたいと》をこなたかなたによりかけてあはずは何《なに》を玉《たま》の緒《を》にせむ

よみ人しらず・古今和歌集十一（恋一）

【本歌取とされる例歌】

君が代《よ》にあはずはなにを玉の緒《を》の長《なが》くとまではおし《（を）》まれじ身を

藤原定家・新古今和歌集十八（雑下）

［注解］参考歌「君がためをしからざりしいのちさへ長くもがなと思ひぬるかな」（藤原義孝・後拾遺和歌集十二・恋二）

片糸《かたいと》をよる〳〵峰にともす火にあはずは鹿の身をもかへじを

藤原定家・定家卿百番自歌合

年内立春

年のををこぞとことしによりかけて一すぢならぬ春はきにけり

木下長嘯子・林葉塁塵集

【本歌】

ゆふぐれは雲のはたてに物ぞ思《〈おもふ〉》あまつ空《そら》なる人を恋《こ》ふとて

よみ人しらず・古今和歌集十一（恋一）

【本歌取とされる例歌】

都《みやこ》をば天《あま》つ空《そら》ともきかざりきなにながむらん雲のはたてを

丹後・新古今和歌集十（羇旅）

千五百番歌合に

ながめわびそれとはなしに物ぞ思《おも》ふ雲のはたての夕暮《ぐれ》の空

源通光・新古今和歌集十二（恋二）

摂政太政大臣家百首歌合に、尋恋

心こそゆくゑ《（へ）》も知《し》らねみわの山すぎの木ずゑ《（こ）》の夕暮《ぐれ》の空

慈円・新古今和歌集十四（恋四）

［注解］「わが恋はゆくゑ《（へ）》もしらずはてもなし逢ふを限と思許ぞ」（凡河内躬恒・古今和歌集十二・恋二）、「わが庵は三輪の山もと恋しくは訪ひきませ杉たてるかど」（よみ人しらず・古今和歌集十八・雑下）も本歌とされる。

九月尽

とまらじな雲のはたてにしたふとも天つ空なる秋の別は

藤原為家・中院詠草

夕幽思

何《なに》となく物《もの》をぞおもふ身《み》ひとつのながめにもあらぬ雲《くも》のはたてに

林直秀・若むらさき

【本歌】

ちはやぶる賀茂《かも》の社《やしろ》の木綿《ゆふ》だすき一日《ひと》も君をかけぬ日はなし

よみ人しらず・古今和歌集十一（恋一）

【本歌取とされる例歌】

恋

しられじな神の御室《み》のゆふだすき今日かけ初《〈そむ〉》る心ありとは

藤原為家・中院詠草

【本歌】

わが恋《こひ》はむなしき空《そら》に満《み》ちぬらし思やれども行かたもなし

よみ人しらず・古今和歌集十一（恋一）

【本歌取とされる例歌】

寄霧恋

ながめてもむなしき空の秋霧にいとゞ思ひのゆくかたもなし
頓阿・頓阿法師詠草

【本歌】
駿河《するが》なる田子《たご》の浦《うら》浪たゝぬ日はあれども君を恋《こ》ひぬ日はなし
よみ人しらず・古今和歌集十一（恋一）

[注解]「韓亭能許の浦波立たぬ日はあれども家に恋ひぬ日は無し」作者不詳・万葉集十五・3670）が本歌とされる。

【本歌取とされる例歌】
駿河《するが》なる富士《ふじ》の白雪消《き》ゆる日はあれども煙立《けぶりた》ゝぬ日はなし
宗尊親王・文応三百首

恋
つらかりし物から人のおもかげは田子の浦浪たゝぬ日もなし
藤原為家・中院詠草

田子《たご》の浦や夏ともいはず秋の風さそふ波より立たぬ日ぞなき
徳大寺実淳・文亀三年三十六番歌合

するがの国《くに》たごのうらにて
はるぐ\とたごのうらなみ詠《ながめ》ても打出《うちいで》ていはん言《こと》の葉《は》もなし
柘植知清・霞関集

[注解] 参考歌「田子の浦にうちいでて見れば白たへの富士の高嶺に雪はふりつゝ」（山部赤人・新古今和歌集六・冬）

【本歌】
ゆふづく夜さすや岡辺《をかべ》の松の葉《は》のいつともわかぬ恋《こひ》もするかな
よみ人しらず・古今和歌集十一（恋一）

【本歌取とされる例歌】
おもひかねながむれば又夕日さす軒ばの山のまつもうらめし
藤原家隆・家隆卿百番自歌合

影やどす岡《をか》べの松よいつとかは分きて木の間も夏の夜の月
足利義澄・文亀三年三十六番歌合

岡時雨
くもまよりさすや夕日のをかのへの松のはみえてふるしぐれ哉《かな》
香川景樹・桂園一枝拾遺

【本歌】
あしひきの山した水の木隠《こがく》れてたぎつ心をせきぞかねつる
よみ人しらず・古今和歌集十一（恋一）

[注解] 参考歌「言に出で言はばゆゆしみ山川の激つ心を塞きあへてあり」（作者不詳・万葉集十一・2432）

【本歌取とされる例歌】
泉辺納涼といへる心をよめる
せきとむる山した水《みづ》にみがくれてすみけるものを秋のけしきは
実快・千載和歌集三（夏）

はじめて女につかはしける
人しれず思《おも》ふ心はあしびきの山した水のわきやかへらん
大江匡衡・新古今和歌集十一（恋一）

【本歌】
思いづるときはの山の岩《いは》つゝじ言《い》はねばこそあれ恋《こひ》しき物を
よみ人しらず・古今和歌集十一（恋一）

【本歌取とされる例歌】
おなじ山につゝじの咲《さ》けるを見《み》て、
君こふる時はの山の岩《いは》つゝじいはぬ袂《たもと》にかけぬまぞなき

逢《あ》ふことは遠《とほ》つの浜の岩躑躅《つゝじ》いはでや朽《く》ちん染《そ》むる心を
源通親・高倉院弁遐記

式子内親王・式子内親王集

【本歌】
秋の野のお花《ゝ（を）ばな》にまじりさく花の色にや恋《こ》ひむ逢《あ》ふよしをなみ
よみ人しらず・古今和歌集十一（恋一）

【本歌取とされる例歌】
不逢恋
初雁《はつかり》の涙《なみだ》の露も色に出《い》でゝ尾花まじりに咲《さ》ける秋萩
藤原俊成女・俊成卿女家集

［注解］「なきわたる雁の涙やおちつらむ物思宿のはぎのうへのつゆ」（よみ人しらず・古今和歌集四・秋上）も本歌とされる。

【本歌】
夏なれば宿《やど》にふすぶる蚊遣《かやり》火のいつまでわが身したもえをせむ
よみ人しらず・古今和歌集十一（恋一）

【本歌取とされる例歌】
蚊遣火《かやり〈び〉》のさ夜《よ》ふけがたの下《した》こがれくるしやわが身人しれずのみ
曾禰好忠・新古今和歌集十一（恋一）

下燃《したも》えの海人《あま》のたく藻《も》の夕煙《ゆふけぶり》するゑこそ知《し》らね心弱《よは》さを
宗尊親王・文応三百首

［注解］「浦風になびきにけりな里の海人のたく藻のけぶり心よはさは《〈わ〉》」（藤原実方・後拾遺和歌集十二・恋二）も本歌とされる。

【本歌】
恋せじと御手洗《みたらし》河にせしみそぎ神は受《う》けずぞなりにけらしも
よみ人しらず・古今和歌集十一（恋一）

【本歌取とされる例歌】
増恋
神よいかに聞きたがへたる恋せじとはらへしままに増《まさ》る悲しさ
後水尾院・御着到百首

水無月十日まり五日に森民部少輔暉昌のはかなかると聞て、繁子の許への文に
頼《たの》む人みな尽《つ》き果《は》つる今年《ことし》かな神は身禊《〈みそぎ〉》を受《う》けずや有けん
賀茂真淵・あがた居の歌集

【本歌】
わが恋を人知《し》るらめやしきたへの枕のみこそ知《し》らばしるらめ
よみ人しらず・古今和歌集十一（恋一）

【本歌取とされる例歌】
結《むす》びそふる露ももらすなかはしつる枕計《〈ばかり〉》はよしや知《し》るとも
三条実量・宝徳二年十一月仙洞歌合

【本歌】
浅茅生《あさぢふ》の小野《をのゝ》の篠原《しのはら》しのぶとも人しるらめや言《い》ふ人なしに
よみ人しらず・古今和歌集十一（恋一）

【本歌取とされる例歌】
人につかはしける
あさぢふの小野《をのゝ》の篠原《しの》忍《〈しのぶ〉》れどあまりてなどか人の恋《こひ》しき
源等・後撰和歌集九（恋一）

浅茅生の小野《をのゝ》の篠《しの》原うちなびき遠方人《〈をちかたびと〉》に秋風ぞ吹《ふ》く
藤原定家・定家卿百番自歌合

【本歌】
おもふとも恋《こ》ふとも逢《あ》はむ物なれや結《ゆ》ふ手《て》もたゆく解《と》くる下紐《したひも》

【本歌取とされる例歌】
長き根《ね》のすがのあら野にかる草のゆふてもたゆくとけぬ君かな
藤原家隆・家隆卿百番自歌合
［注解］「信濃なる須賀の荒野にほととぎす鳴く声聞けば時すぎにけり」（作者不詳・万葉集十四・3352）も本歌とされる。

【本歌】
いで我《われ》を人なとがめそ大《おほ》舟のゆたのたゆたに物思ころぞ
よみ人しらず・古今和歌集十一（恋一）

【本歌取とされる例歌】
日にそへてうらみはいとゞ大海《おほうみ》のゆたかなりけるわがなみだかな
西行・山家心中集

【本歌】
涙河なに水上《みなかみ》をたづねけむ物思《〈おもふ〉》時のわが身なりけり
よみ人しらず・古今和歌集十一（恋一）

【本歌取とされる例歌】
なみだ河《がは》その水上《みなかみ》をたづぬれば世《よ》をうきめよりいづるなりけり
賢智・詞花和歌集十（雑下）

【本歌】
朝《あさ》な〳〵立河霧《かはぎり》の空《そら》にのみうきて思《おも》ひのある世《よ》なりけり
よみ人しらず・古今和歌集十一（恋一）

【本歌取とされる例歌】
十一月廿日、統秋朝臣追善、朝《あ》霞
秋霧のうきて思ひは朝な〳〵霞の空に消《き》えんともせず
三条西実隆・再昌草

【本歌】
唐衣日もゆふぐれになる時は返す〴〵ぞ人はこひしき
よみ人しらず・古今和歌集十一（恋一）

【本歌取とされる例歌】
みそぎする河の瀬《せ》みればからころも日もゆふぐれに浪ぞたちける
紀貫之・新古今和歌集三（夏）
［注解］参考歌「河風のすゞしくもあるかうち寄する浪とともにや秋はたつらむ」（紀貫之・古今和歌集四・秋上）

旅
旅衣日も夕暮《ゆふぐれ》になるときはふる里のみのことをしぞ思ふ
田安宗武・悠然院様御詠草

【本歌】
夜《〈よひ〉》ゐ〳〵に枕さだめむ方もなしいかに寝《ね》し夜《よ》かゆめに見えけむ
よみ人しらず・古今和歌集十一（恋一）

【本歌取とされる例歌】
旅泊
いかに寝《ね》て見えしなるらんうたゝねの夢より後《〈のち〉》は物をこそ思《おも》へ
赤染衛門・新古今和歌集十五（恋五）

旅泊
故郷《〈ふるさと〉》の夢やはみえんかぢ枕《まくら》いかにぬるよも浦《うら》風ぞ吹《ふ》く
頓阿・頓阿法師詠

旅宿春月
春の夜はみじかき夢も知《し》らぬ野《の》ゝ枕を月にさだめかねつゝ
三条西実隆・再昌草

【本歌】

人の身も習《なら》はしものを逢《あ》はずしていざ心見むこひや死《し》ぬると

よみ人しらず・古今和歌集十一（恋一）

【本歌取とされる例歌】

まだ逢《あ》はぬつらさも悲《かな》し人の身をならはし物とたれかいひけん

宗尊親王・文応三百首

【本歌】

しのぶればくるしき物を人しれず思てふこと誰《たれ》にかたらむ

よみ人しらず・古今和歌集十一（恋一）

【本歌取とされる例歌】

忍恋の心を

人しれずくるしき物は信夫《しのぶ》山したはふ葛《くず》のうらみなりけり

藤原清輔・新古今和歌集十二（恋二）

【本歌】

行《（ゆく）》水に数《かず》かくよりもはかなきは思《おも》はぬ人をおもふなりけり

よみ人しらず・古今和歌集十一（恋一）

［注解］「水の上に数書く如きわが命妹に逢はむと祈誓ひつるかも」（作者不詳・万葉集十一・2433）が本歌とされる。

【本歌取とされる例歌】

五十首歌たてまつりし時

はかなしやさてもいく夜《よ》かゆく水に数《かず》かきわぶる鴛鴦《をし》のひとり寝《ね》

藤原雅経・新古今和歌集六（冬）

斎宮女御まい《（ゐ）》り侍りけるに、いかなる事かありけん

水の上《うへ》のはかなき数《かず》も思《おも》ほえずふかき心しそこにとまれば

村上天皇・新古今和歌集十五（恋五）

［注解］参考歌「伊勢の海の釣の浮けなるさまなれど深き心は底に沈めり」（凡河内躬恒・後撰和歌集十五・雑一）

述懐

書《か》きとめむ数《かず》ならずとも行《ゆ》く水の玉なすほどの歌かたもがな

正徹・永享九年正徹詠草

【本歌】

なみだ河枕ながるゝうき寝《ね》には夢もさだかに見えずぞありける

よみ人しらず・古今和歌集十一（恋一）

【本歌取とされる例歌】

花《はな》の香《か》のかすめる月にあくがれて夢もさだかに見《み》えぬ比《（ころ）》かな

藤原定家・定家卿百番自歌合

池水鳥

をし鳥《どり》の床《とこ》もさだめぬ浮《う》き寝《ね》して枕ながるゝ冬の池水《いけみづ》

頓阿・頓阿法師詠

【本歌】

こひすればわが身は影《かげ》となりにけりさりとて人に添《そ》はぬものゆへ《（ゑ）》

よみ人しらず・古今和歌集十一（恋一）

【本歌取とされる例歌】

わが涙《なみだ》もとめて袖にやどれ月さりとて人のかげは見ねども

藤原良経・新古今和歌集十四（恋四）

【本歌】

とぶ鳥《とり》の声《こゑ》もきこえぬ奥《おく》山のふかき心を人は知《し》らなむ

よみ人しらず・古今和歌集十一（恋一）

【本歌取とされる例歌】
夕鷹狩
狩《かり》衣山《やま》やかさなる飛鳥《とぶとり》の声もきこえぬ道に暮ぬる
後柏原天皇・内裏着到百首

【本歌】
相坂《あふさか》の木綿《ゆふ》つけ鳥《どり》もわがごとく人やこひしき音《ね》のみなく覧《らむ》
よみ人しらず・古今和歌集十一（恋一）

【本歌取とされる例歌】
暁は憂《う》き時なれば逢坂《あふさか》の木綿《ゆふ》付鳥《つけどり》も音《ね》をやなくらん
宗尊親王・文応三百首

【本歌】
うち侘《わ》びて呼《よ》ばゝむこゑに山びこのこたへぬ山はあらじとぞ思《おもふ》
よみ人しらず・古今和歌集十一（恋一）

【本歌取とされる例歌】
寄杣木恋
宮木ひく声《こゑ》にこたふる山彦もわがうちわびて泣《な》くは知《し》らずや
三条西実隆・再昌草
［注解］「杣人は宮木ひくらしあしひきの山の山びこ呼びとよむなり」（紀貫之・古今和歌集・墨滅）も本歌とされる。

【本歌】
いつとても恋《こひ》しからずはあらねども秋の夕《ゆふ》べはあやしかりけり
よみ人しらず・古今和歌集十一（恋一）

【本歌取とされる例歌】
村上御時、八月許、上ひさしくわたらせ給はで、忍びてわたらせ給けるを、知らず顔にてことにひき侍ける
さらでだにあやしきほどの夕暮《ゆふぐれ》に荻《をぎ》吹《ふ》く風の音《おと》ぞ聞《き》こゆる
斎宮女御・後拾遺和歌集四（秋上）

【本歌】
奥《おく》山の菅《すが》の根《ね》しのぎふる雪《ゆき》のけぬとかいはむ恋《こひ》のしげきに
よみ人しらず・古今和歌集十一（恋一）
［注解］「高山の菅の葉凌ぎ降る雪の消ぬと言ふべくも恋の繁けく」（三国真人人足・万葉集八・1655）が本歌とされる。

【本歌取とされる例歌】
奥《おく》山のこぞの白雪消《け》ぬが上《うへ》に菅《すが》の根《ね》しのぎ鶯ぞ鳴《な》く
宗尊親王・文応三百首
［注解］「消ぬがうへに又もふりしけ春霞たちなばみゆきまれにこそみめ」（よみ人しらず・古今和歌集六・冬）も本歌とされる。

【本歌】
思つゝ寝《ぬ》ればや人の見えつらむ夢としりせば覚《さ》めざらましを
小野小町・古今和歌集十二（恋二）

【本歌取とされる例歌】
思《おも》ひつゝ夢《ゆめ》にぞ見《み》つる桜《さくら》花春《はる》のねざめのなからましかば
藤原元真・後拾遺和歌集一（春上）
［注解］参考歌「宿りして春の山辺にねたる夜は夢の内にも花ぞちりける」（紀貫之・古今和歌集二・春下）も本歌とされる。

郭公
思《おも》ひつゝ寝《ぬ》る夜語《かた》らふ郭公《ほとゝぎす》覚めざらましの夢かうつゝか

藤原俊成女・俊成卿女家集

［注解］「君や来し我や行きけむ思ほえず夢かうつゝか寝てかさめてか」（よみ人しらず・古今和歌集十三・恋三）も本歌とされる。

おもひつつぬるよもあふとみえぬかな夢まで人やなき世なるらむ

木下長嘯子・挙白集

しらぬ人

おもひつゝぬればあやしなそれとだにしらぬ人をも夢にみてけり

賀茂真淵・賀茂翁家集拾遺

［注解］「思ひつつ寝ればかもとなぬばたまの一夜もおちず夢にし見ゆる」（中臣宅守・万葉集十五・3738）も本歌とされる。

【本歌】

うたゝねに恋《こひ》しき人を見てしより夢《ゆめ》てふ物は頼《たの》みそめてき

小野小町・古今和歌集十二（恋二）

【本歌取とされる例歌】

たのまれぬ夢《ゆめ》てふもののうき世には恋しき人のえやは見《み》えける

藤原定家・定家卿百番自歌合

いとゞまた夢てふものを頼《たの》めとや思《おも》ひ寝《ね》になくほとゝぎす哉《（かな）》

宗尊親王・文応三百首

［注解］「君をのみ思ひ寝にねし夢なればわが心から見つるなりけり」（凡河内躬恒・古今和歌集十二・恋二）も本歌とされる。

うたゝ寝《ね》に頼《たの》むばかりの夢もがな恋てふ事の慰《なぐさ》めにせん

宗尊親王・文応三百首

【本歌】

いとせめて恋《こひ》しき時はむばたまの夜の衣を返《かへ》してぞ着《き》る

小野小町・古今和歌集十二（恋二）

【本歌取とされる例歌】

あひ知りて侍ける女の、人の国にまかりけるに、

つかはしける

いとせめて恋《こひ》しきたびの唐衣ほどなくかへす人もあらなん

源公忠・後撰和歌集十九（離別・羇旅）

恋しさを慰《なぐさ》めがてらこゝろみに返《かへ》してみばやせなが袖《そで》のをも

曾禰好忠・好忠集

いとせめて恋しき時は播磨《はりま》なるしかまにそむるかちよりぞ来《く》る

よみ人しらず・金葉和歌集（補遺歌）

［注解］「はりまなるしかまにそむるあながちに人をつらしとおもふころかな」（曾禰好忠・好忠集）も本歌とされる。

うばたまの夜《よる》の衣をたちながらかへる物とはいまぞ知《し》りぬる

藤原実頼・新古今和歌集十三（恋三）

いとせめてこひしきころとふるさとに霞《かすみ》の衣かへるかりがね

兼好・兼好法師集

返《かへ》してもかひこそなけれ夢路にも夜《よる》の衣の関《せき》やもるらむ

二条良基・後普光園院殿御百首

寄夢恋

我もまた夜の衣をかへしつつゆめにも人にあはむとぞ思ふ

田安宗武・悠然院様御詠草

［注解］参考歌「駿河なる宇津の山辺のうつゝにも夢にも人にあはぬなりけり」（在原業平・新古今和歌集十・羇旅）

【本歌】

下出雲寺に人の業しける日、真静法師の、導師にて言へりける言葉を、歌によみて、小野小町がもとに遣はせりける

つゝめども袖にたまらぬ白玉は人を見ぬめの涙なりけり

安倍清行・古今和歌集十二（恋二）

【本歌取とされる例歌】

包《つゝ》めども袖より外《ほか》に零《こぼ》れ出《い》でて後《うしろ》めたきは涙成《〈なり〉》けり

西行・山家集

よそにだに見ぬめの浦にすむあまは袖にたまらぬ玉やひろはん

藤原家隆・家隆卿百番自歌合

梅の花

見ても猶《〈なほ〉》あかぬにほひはつゝめども袖にたまらぬ梅《むめ》のした風《かぜ》

兼好・兼好法師集

【本歌】

を《(お)》ろかなる涙ぞ袖《そで》に玉はなす我は塞《せ》きあへずたぎつ瀬《せ》なれば

小野小町・古今和歌集十二（恋二）

【本歌取とされる例歌】

露《つゆ》ばかりを《(お)》くらん袖はたのまれず涙《なみだ》の河のたきつ瀬《せ》なれば

よみ人しらず・新古今和歌集十五（恋五）

［注解］参考歌「浅みこそ袖は漬つらめ涙河身さへながると聞かばたのまむ」（在原業平・古今和歌集十三・恋三）

【本歌】

わが恋《こひ》は深《み》山がくれの草なれやしげさまされど知《し》る人のなき

小野良樹・古今和歌集十二（恋二）

【本歌取とされる例歌】

いかにせむみ山がくれの秋の草しげさまされど露ぞを《(お)》きそふ

藤原家隆・家隆卿百番自歌合

【本歌】

わが宿《やど》の菊のかきねにを《(お)》く霜《しも》のきえかへりてぞ恋《こひ》しかりける

紀友則・古今和歌集十二（恋二）

【本歌取とされる例歌】

菊の籬

秋深《ふか》き菊《きく》の垣《かき》根の月かげに霜かと露《つゆ》ぞ消《き》えかへりける

藤原俊成女・俊成卿女家集

【本歌】

河の瀬《せ》になびく玉藻《たまも》のみがくれて人に知《し》られぬ恋《こひ》もする哉

紀友則・古今和歌集十二（恋二）

【本歌取とされる例歌】

さみだれは浪打《う》つ岸《きし》の松が枝もなびく玉藻に身隠《がく》れぞ行《〈ゆく〉》

藤原俊成女・俊成卿女家集

［注解］「風ふけば浪打岸の松なれやねにあらはれて泣きぬべら也」（よみ人しらず・古今和歌集十三・恋三）も本歌とされる。

【本歌】

はかなくて夢にも人を見つる夜《よ》はあしたの床《とこ》ぞ起《お》き憂《う》かりける

素性・古今和歌集十二（恋二）

【本歌取とされる例歌】

瞿麦

いつしかと起《お》きうからでもみゆるかな咲《さ》くやあしたの床夏《〈とこなつ〉》の花《はな》

慶運・慶運百首

［注解］参考歌「塵をだに据へ《(ゑ)》じとぞ思咲きしより妹とわが寝るとこ夏の花」（凡河内躬恒・古今和歌集三・夏）

【本歌】

人を思心《おもふ》は雁《かり》にあらねども雲居《くもゐ》にのみもなきわたる哉

清原深養父・古今和歌集十二（恋二）

【本歌取とされる例歌】

我恋はあまの原とぶあしたづの雲ゐにのみや啼《な》きわたりなむ

源実朝・金槐和歌集

【本歌】

まこも刈《か》る淀《よど》の沢《さは》水あめふれば常《つね》よりことにまさるわが恋《こひ》

紀貫之・古今和歌集十二（恋二）

【本歌取とされる例歌】

まこも刈《か》る淀《よど》の沢《さは》水ふかけれどそこまで月のかげはすみけり

大江匡房・新古今和歌集三（夏）

【本歌】

わが恋《こひ》にくらふの山のさくら花まなくちるとも数《かず》はまさらじ

坂上是則・古今和歌集十二（恋二）

【本歌取とされる例歌】

人の世にくらぶの山のさくら花はなは中々かぜもまちけり

木下長嘯子・挙白集

【本歌】

冬河のうへはこほれる我なれやしたに流て恋《こ》ひわたるらむ

宗岳大頼・古今和歌集十二（恋二）

【本歌取とされる例歌】

山寺にこもりて日ごろ侍て、女のもとへいひつかはしける

こほりしてを《(お)》とはせねども山川《やまかは》の下《した》はながるゝものと知《し》らずや

藤原範永・詞花和歌集七（恋上）

【本歌】

たぎつ瀬《せ》に根《ね》ざしとゞめぬ浮草《うき》のうきたる恋《こひ》も我はする哉

壬生忠岑・古今和歌集十二（恋二）

【本歌取とされる例歌】

寄草馴恋

いつかさて水馴《みな》れぞ馴《な》るゝ浮《う》き草の根《ね》ざしとゞめん思ふみぎはに

三条西実隆・再昌草

【本歌】

あづま路《ぢ》の小夜《さや》の中《なか》山なか〱に何《なに》しか人を思そめけむ

紀友則・古今和歌集十二（恋二）

【本歌取とされる例歌】

からうじて逢ひ知りて侍ける人に、つゝむことありて、逢ひがたく侍ければ

あづま地の小夜《さや》の中山中〱に逢《あ》ひ見て後《のち》ぞわびしかりける

源宗于・後撰和歌集九（恋一）

さえくらすさやの中山なか〱にこれより冬のおくもまさらじ

藤原家隆・家隆卿百番自歌合

【本歌】

しきたへの枕のしたに海はあれど人をみるめは生《お》ひずぞありける

紀友則・古今和歌集十二（恋二）

【本歌取とされる例歌】

しきたへの枕の上《うへ》にすぎぬなり露《つゆ》をたづぬる秋のはつ風

源具親・新古今和歌集四（秋上）

【本歌】

風ふけば峰にわかるゝ白雲の絶《た》えてつれなき君が心か

壬生忠岑・古今和歌集十二（恋二）

【本歌取とされる例歌】

守覚法親王、五十首歌よませ侍けるに

春の夜《よ》の夢のうき橋《はし》とだえして峰《みね》にわかるゝ横《よこ》雲の空《そら》

藤原定家・新古今和歌集一（春上）

五十首歌たてまつりし時

さくら花夢かうつゝか白雲のたえてつねなき峰《みね》の春風

藤原家隆・新古今和歌集二（春下）

［注解］「世の中は夢かうつゝかうつゝとも夢とも知らずありてなければ」（よみ人しらず・古今和歌集十八・雑下）も本歌とされる。

風ふかば峰《みね》にわかれん雲をだにありし名残《なごり》のかたみとも見《み》よ

藤原家隆・新古今和歌集十四（恋四）

合会有別離

あひみても峰《みね》にわかるゝ白雲のかゝるこの世《よ》のいとはしき哉《〈かな〉》

源季広・新古今和歌集二十（釈教）

【本歌】

月影《かげ》にわが身を変《か》ふる物ならばつれなき人もあはれとや見《み》ん

壬生忠岑・古今和歌集十二（恋二）

【本歌取とされる例歌】

あはれとも見人《〈みる〉》あらばおもはなん月のを《〈お〉》もてにやどす心を

西行・山家心中集

【本歌】

津の国《くに》のなにはの葦《あし》のめもはるにしげきわが恋《こひ》人しるらめや

紀貫之・古今和歌集十二（恋二）

【本歌取とされる例歌】

寒蘆をよめる

つのくにの難波のあしのかれぬればこと浦よりもさびしかりけり

賀茂真淵・賀茂翁家集拾遺

【本歌】

手《て》もふれで月日へにける白檀弓《しらまゆみ》おきふしよるは寝《い》こそねられね

紀貫之・古今和歌集十二（恋二）

【本歌取とされる例歌】

あづまのかたに久しく侍りて、ひたすら武士の道にのみたづさはりつつ、征東将軍の宣旨など下されしもおもひのほかなるやうにおぼえてよみ侍りし

かくしつゝいつをかぎりと白真弓《しらまゆみ》おきふしすぐす月日なるらん

兼好・兼好法師集

思ひきや手もふれざりし梓弓おきふし我《わ》が身《み》なれんものとは

宗良親王・新葉和歌集十八（雑下）

【本歌】

人知《ひとし》れぬ思《おも》ひのみこそわびしけれわがなげきをば我のみぞ知《し》る

紀貫之・古今和歌集十二（恋二）

【本歌取とされる例歌】

忘《わす》れてはうち歎《なげ》かるゝゆふべかなわれのみ知《し》りてすぐる月日を

式子内親王・新古今和歌集十一（恋一）

【本歌】

事にいでて《ゝ》言《い》はぬ許《〈ばかり〉》ぞ水無瀬《みなせ》河したに通《かよ》ひてこひしき物を

紀友則・古今和歌集十二（恋二）

【本歌取とされる例歌】
ことにいでてのちもいく年水無瀬川《みなせがは》むすばぬ水にそでぬらすらむ
日野弘資・万治御点

【本歌】
君をのみ思《おも》ひ寝《ね》にねし夢《ゆめ》なればわが心から見つるなりけり
凡河内躬恒・古今和歌集十二（恋二）

【本歌取とされる例歌】
いとゞまた夢てふものを頼《たの》めとや思《おも》ひ寝《ね》になくほとゝぎす哉《〈かな〉》
宗尊親王・文応三百首

［注解］「うたゝねに恋しき人を見てしより夢てふ物は頼みそめてき」（小野小町・古今和歌集十二・恋二）も本歌とされる。

【本歌】
わが恋《こひ》はゆくゑ《（へ）》もしらずはてもなし逢《あ》ふを限《〈かぎり〉》と思許《〈おもふばかり〉》ぞ
凡河内躬恒・古今和歌集十二（恋二）

【本歌取とされる例歌】
わが恋《こひ》は逢《あ》ふをかぎりの頼《たの》みだにゆくゑ《（へ）》も知《し》らぬ空《そら》のうき雲
源通具・新古今和歌集十二（恋二）

摂政太政大臣家百首歌合に、尋恋
心こそゆくゑ《（へ）》も知《し》らねみわの山すぎの木《（こ）》ずゑの夕暮《ぐれ》の空
慈円・新古今和歌集十四（恋四）

［注解］「ゆふぐれは雲のはたてに物ぞ思ふあまつ空なる人を恋ふとて」（よみ人しらず・古今和歌集十一・恋一）、「わが庵は三輪の山もと恋しくは訪ひきませ杉たてるかど」（よみ人しらず・古今和歌集十八・雑下）も本歌とされる。

三首歌よませられしに
つれもなき心のはてをみつるかな逢《あ》ふをかぎりと思ふ恋路《ぢ》に
頓阿・頓阿法師詠

【本歌】
今はは《ゝ》や恋《こ》ひ死《し》なましをあひ見むと頼《たの》めし事ぞいのちなりける
清原深養父・古今和歌集十二（恋二）

【本歌取とされる例歌】
たのめおきし後瀬《のちせ》の山の一《〈ひと〉》ことや恋を祈《いの》りの命なりける
藤原定家・定家卿百番自歌合

【本歌】
命《いのち》やは何《なに》ぞは露《つゆ》のあだものを逢《あ》ふにし換《か》へばお《（を）》しからなくに
紀友則・古今和歌集十二（恋二）

【本歌取とされる例歌】
恋《こ》ひ死《し》なんおなじうき名をいかにして逢《あ》ふにかへつと人にいはれん
藤原長方・新古今和歌集十二（恋二）

人の許にまかりそめて、朝につかはしける
昨日まで逢《あ》ふにしかへばと思しをけふは命《いのち》のお《（を）》しくもあるかな
藤原頼忠・新古今和歌集十三（恋三）

久しくなりにける人のもとへ
ながき世《よ》のつきぬ歎《なげ》きの絶《た》えざらばなにに《ゝ》命《いのち》をかへて忘《わす》れん
藤原伊尹・新古今和歌集十五（恋五）

はかなしや厭《いと》はるゝ身の命《いのち》もてあふにかへむとたのむばかりは
兼好・兼好法師集

暮秋
お《（を）》しからぬ露の命《いのち》を残しを《（お）》きてまづあだものと秋ぞ暮行《〈くれゆく〉》
慶運・慶運百首

切恋

消《きえ》ぬべき露のいのちよまてしばし逢《あふ》にかへんとおもひこしみぞ

小沢蘆庵・六帖詠草

【本歌】

秋の野《ゝ》に笹《さゝ》わけし朝《あさ》の袖よりも逢《あ》はで来《こ》し夜《よ》ぞひちまさりける

在原業平・古今和歌集十三（恋三）

【本歌取とされる例歌】

露霜とうつろふ袖もくちぬべし笹《さゝ》わくる野《の》の《ゝ》冬のかよひぢ

藤原家隆・家隆卿百番自歌合

笹《さゝ》わくる露ともみえしわが袖《そで》を秋よりのちはなにに《ゝ》まがへむ

兼好・兼好法師集

【本歌】

みるめなきわが身をうらと知《し》らねばや離《か》れなで海人《あま》の足《あし》たゆくくる

小野小町・古今和歌集十三（恋三）

【本歌取とされる例歌】

上のをのこども題を探りて歌つかうまつりし時、

浦夏月を

ぬれてほすあまの衣《ころも》の浦波《うらなみ》にみるめ少なき短夜の月

飛鳥井雅世・新続古今和歌集十七（雑上）

［注解］「大方はわが名も水門こぎいでなむ世をうみべたに見るめ少なし」（よみ人しらず・古今和歌集十三・恋三）も本歌とされる。

【本歌】

晨明《ありあけ》のつれなく見えし別より暁許《ばかり》うき物はなし

壬生忠岑・古今和歌集十三（恋三）

【本歌取とされる例歌】

千五百番歌合に

有明《ありあけ》のつれなくみえし月はいでぬ山郭公《ほとゝぎす》まつ夜《よ》ながらに

藤原良経・新古今和歌集三（夏）

千五百番歌合に

さらにまた暮《くれ》をたのめとあけにけり月はつれなき秋の夜《よ》の空

源通光・新古今和歌集四（秋上）

摂政太政大臣家百首歌合に、暁恋

つれなさのたぐひまでやはつらからぬ月をもめでじありあけの空

藤原有家・新古今和歌集十二（恋二）

［注解］「おほかたは月をも賞でじこれぞこの積れば人の老いとなる物」（在原業平・古今和歌集十七・雑上）も本歌とされる。

有曙《ありあけ》のつれなく見えし浅茅生《あさぢふ》を《お》のれも名のみまつ虫《むし》のこゑ

藤原家隆・家隆卿百番自歌合

おほかたの月もつれなき鐘《かね》の音に猶《なほ》うらめしき有明の空

藤原定家・定家卿百番自歌合

有《あり》明のつれなき嶺に住《す》む鹿も月に別《わか》れの音《ね》をや鳴らん

宗尊親王・文応三百首

有明をなにつれなしと思《おも》ひけん夜深《ふか》き月に起き別《わか》れつゝ

宗尊親王・文応三百首

春暁月

月ぞ猶《なほ》なごり霞《かす》みて在明《ありあけ》のつれなくみえし春の夜の夢

正徹・永享九年正徹詠草

［注解］参考歌「春の夜の夢のうき橋とだえして峰にわかるゝ横雲の空」（藤原定家・新古今和歌集一・春上）

有明の月をかたみの浦千鳥《うらちどり》妻《つま》もつれなく別てや鳴《な》く

飛鳥井雅親・宝徳二年十一月仙洞歌合

おなじ心を

きぬぎぬの別れしなくはうきものといはでぞ見まし有明《ありあけ》の月

藤原為氏・正風体抄

【本歌】

東の五条わたりに、人を知りを《(お)》きてまかり通ひけり。忍びなる所なりけば、門よりしも、え入らで、垣の崩れより通ひけるを、度重なりければ、主聞きつけて、かの道に夜ごとに、人を伏せて守らすれば、行きけれど、え逢はでのみ帰りて、よみて、遣りける

人《ひと》しれぬわが通《ゝよ》ひぢの関守《せきもり》はよゐ《(ひ)》〳〵ごとにうちも寝《ね》なな《ゝ》む

在原業平・古今和歌集十三（恋三）

【本歌取とされる例歌】

遇不逢恋

うくつらきよそのせきもり道とぢてねられぬよはは《ゝ》夢も結ばず

藤原為家・中院詠草

人知《し》れぬたが通《ゝよ》ひ路《ぢ》の槙《まき》の戸をよひ〳〵たゝく水鶏《〈くひな〉》なるらむ

二条良基・後普光園院殿御百首

尋逢恋

関《せき》守のゆるさぬ道《みち》をたどりきて寝《ぬ》る夜《よ》もまよふ逢坂《あふさか》の山《やま》

慶運・慶運百首

【本歌】

恋《こ》ひ〳〵てまれにこよひぞ相坂《〈あふさか〉》の木綿《〈ゆふ〉》つけ鳥《どり》はなかずもあらなむ

よみ人しらず・古今和歌集十三（恋三）

【本歌取とされる例歌】

恋〳〵て稀《まれ》にあふ夜《よ》の天《あま》の川川瀬《かはせ》の鶴《たづ》は鳴《な》かずもあらなむ

源実朝・金槐和歌集

【本歌】

秋の夜も名のみなりけり逢《あ》ふといへば事ぞともなく明《あ》けぬるものを

小野小町・古今和歌集十三（恋三）

【本歌取とされる例歌】

百首歌たてまつりしに

逢《あ》ふと見てことぞともなく明《あ》けぬなりはかなの夢の忘がたみや

藤原家隆・新古今和歌集十五（恋五）

【本歌】

長《なが》しとも思ぞはてぬ昔より逢《あ》ふ人からの秋の夜《よ》なれば

凡河内躬恒・古今和歌集十三（恋三）

【本歌取とされる例歌】

長《なが》しとぞ思ひはてぬる逢《あ》はでのみひとり月見る秋の夜な〳〵

宗尊親王・文応三百首

【本歌】

しのゝめのほがら〳〵と明《あ》けゆけばを《(お)》のがきぬ〳〵なるぞ悲《かな》しき

よみ人しらず・古今和歌集十三（恋三）

【本歌取とされる例歌】

きぬぎぬのしののめくらき別《わか》れ路《ぢ》に添へし涙はさぞしぐれけん

阿仏・玉葉和歌集十（恋二）

【本歌】

寛平御時后宮歌合の歌

明《あ》けぬとて帰《かへ》る道にはこきたれて雨も涙もふりそほちつゝ

藤原敏行・古今和歌集十三（恋三）

【本歌取とされる例歌】

山姫のかすみの袖やしほ《（を）》るらむ花こきたれて春《はる》雨ぞ降《ふ》る

後鳥羽院・遠島御百首

【本歌】

しのゝめの別《わか》れを惜しみ我ぞまづ鳥よりさきになき始《はじ》めつる

源寵・古今和歌集十三（恋三）

【本歌取とされる例歌】

なきぬとて鳥より先《さき》に急《いそ》ぎしや忘《わす》らるゝ身の初《はじ》めなりけん

宗尊親王・文応三百首

【本歌】

人に逢ひて朝に、よみて、遣はしける

寝《ね》ぬる夜の夢《ゆめ》をはかなみまどろめばいやはかなにもなりまさる哉《〈かな〉》

在原業平・古今和歌集十三（恋三）

【本歌取とされる例歌】

暁の夢をはかなみまどろめばいやはかなゝる松風ぞ吹《ふ》く

後鳥羽院・遠島御百首

【本歌】

業平朝臣の、伊勢国にまかりたりける時、斎宮なりける人に、いとみそかに逢ひて、又の朝に、人遣るすべなくて思ひ居りける間に、女のもとより遣せたりける

君や来《こ》し我や行《ゆ》きけむ思《おも》ほえず夢《ゆめ》かうつゝか寝《ね》てかさめてか

よみ人しらず・古今和歌集十三（恋三）

【本歌取とされる例歌】

郭公

思《おも》ひつゝ寝《ぬ》る夜語《かた》らふ郭公《ほとゝぎす》覚めざらましの夢かうつゝか

藤原俊成女・俊成卿女家集

［注解］「思つゝ寝ればや人の見えつらむ夢としりせば覚めざらましを」（小野小町・古今和歌集十二・恋二）も本歌とされる。

【本歌】

かきくらす心のやみにまどひにき夢《ゆめ》うつゝとは世人《〈よひと〉》さだめよ

在原業平・古今和歌集十三（恋三）

【本歌取とされる例歌】

あはれなる心の闇《やみ》のゆかりとも見し夜《よ》の夢をたれかさだめん

藤原公経・新古今和歌集十四（恋四）

【本歌】

むばたまの闇《やみ》の現《うつゝ》はさだかなる夢《ゆめ》にいくかもまさらざりけり

よみ人しらず・古今和歌集十三（恋三）

【本歌取とされる例歌】

むば玉のやみのうつゝの鵜かひ舟月のさかりや夢もみゆべき

藤原家隆・家隆卿百番自歌合

時鳥

むばたまのやみのうつゝの郭公夢にまさらぬ夜半の一声

藤原為家・中院詠草

あかざりし闇《やみ》のうつつを限りにてまたも見ざらん夢ぞはかなき

阿仏・風雅和歌集十一（恋二）

正中二年源大納言家詩歌合に、冬夜

野も山もさだかにみえてむばたまの闇《やみ》のうつゝにふれる白雪《しらゆき》

頓阿・頓阿法師詠

切恋

夢にだにあひみぬ中をのちの世の闇《やみ》のうつゝにまたやしたはん
慶運・慶運百首

さぬる夜《よ》の夢《ゆめ》の浮橋《うきはし》わたすまややみのうつゝのと絶成《だえなる》らん
上野資善・霞関集

【本歌】

名とり河瀬《せ》ゞの埋《むも》れ木あらはればいかにせむとかあひ見《み》そめけむ
よみ人しらず・古今和歌集十三（恋三）

【本歌取とされる例歌】

摂政太政大臣家歌合によみ侍ける
ありとてもあはぬためしの名取河《なとりがは》くちだにはてねせゞの埋《むも》れ木
寂蓮・新古今和歌集十二（恋二）

［注解］参考歌「年のうちに逢はぬためしの名を立ててわれたなばたに忌まるべきかな」（藤原道信・後拾遺和歌集十三・恋三）

千五百番歌合に
歎《なげ》かずよいまはたおなじ名取河《なとりがは》せゞの埋《むも》れ木くちはてぬとも
藤原良経・新古今和歌集十二（恋二）

［注解］「わびぬれば今はた同じ難波なる身をつくしても逢はんとぞ思」（元良親王・後撰和歌集十三・恋五）も本歌とされる。

名取《とり》河春の日数は顕《あらはれ》て花にぞしづむせゞの埋木《むもれぎ》
藤原定家・定家卿百番自歌合

名取《なとり》河いかにせむともまだしらずおもへば人を恨《うらみ》つるかな
藤原定家・定家卿百番自歌合

湧《わ》きかへり下《した》にぞむせぶ名取川《なとりがは》瀬々の岩間《いはま》の水の白《しら》浪
藤原俊成女・俊成卿女家集

［注解］「石ま行水の白浪立かへりかくこそは見め飽かずもある哉」（よみ人しらず・古今和歌集十四・恋四）も本歌とされる。

流《なが》れあふ瀬々《せぜ》の紅葉ばせきとめて昔にかへる谷の埋木《むもれぎ》
冷泉持為・宝徳二年十一月仙洞歌合

朽《く》ちねたゞあらばいかなる名取川あさく成行《なりゆく》瀬《せ》ゞの埋木
三条西実隆・内裏着到百首

八月十五夜くもり侍ける夜人々さぐり題にて月の（歌）読侍りけるに、川月
影《かげ》見《み》えぬ今宵《こよひ》やあだの名《な》とり川月《がはつき》のかつらをむもれ木《ぎ》にして
茂睡・若むらさき

【本歌】

恋《こひ》しくはしたにをおもへ紫の根摺《ねずり》の衣色に出《い》づなゆめ
よみ人しらず・古今和歌集十三（恋三）

【本歌取とされる例歌】

忍びたる人の宿直ものに、むらさきの直垂をとりにやるとて
色に出《いで》て人にかたるなむらさきのねずりの衣きてねたりきと
和泉式部・和泉式部集

知《し》られじとくだくは心紫の根《ね》ずりの衣着《き》つゝ寝《ぬ》る夜も
祐雅・宝徳二年十一月仙洞歌合

【本歌】

おもへども人目《め》つゝみの高《たか》ければ河と見ながらえこそわたらね
よみ人しらず・古今和歌集十三（恋三）

【本歌取とされる例歌】

涙川人めづゝみのたが袖もこよひ逢《あ》ふ瀬《せ》の浪なもらしそ

行秀・宝徳二年十一月仙洞歌合

【本歌】

冬の池に住《す》む鳰鳥《にほどり》のつれもなくそこにかよふと人にしらすな

凡河内躬恒・古今和歌集十三（恋三）

【本歌取とされる例歌】

薄《うす》氷とけてもつらし池水の鳰〈にほ〉の通《かよ》ひ路《ぢ》ありと知《し》られて

冷泉永親・宝徳二年十一月仙洞歌合

【本歌】

大方《おほかた》はわが名《な》も水門《みなと》こぎいでなむ世をうみべたに見るめ少《すく》なし

よみ人しらず・古今和歌集十三（恋三）

【本歌取とされる例歌】

上のをのこども題を探りて歌つかうまつりし時、

浦夏月を

ぬれてほすあまの衣《ころも》の浦波《うらなみ》にみるめ少なき短夜の月

飛鳥井雅世・新続古今和歌集十七（雑上）

［注解］「みるめなきわが身をうらと知らねばや離れなで海人の足たゆくくる」（小野小町・古今和歌集十三・恋三）も本歌とされる。

【本歌】

枕より又しる人もなき恋《こひ》を涙《なみだ》せきあへず漏《も》らしつる哉

平貞文・古今和歌集十三（恋三）

【本歌取とされる例歌】

わが恋《こひ》は知《し》る人もなし堰《せ》く床《とこ》の涙もらすなつげのを枕

式子内親王・新古今和歌集十一（恋一）

うちも寝《ね》ずしのぶ心のあらはれば知《し》らぬ枕《まくら》に猶〈なほ〉やかこたん

宗尊親王・文応三百首

【本歌】

風ふけば浪打〈うつ〉岸の松なれやねにあらはれて泣《な》きぬべら也

よみ人しらず・古今和歌集十三（恋三）

【本歌取とされる例歌】

浦風やとはに浪こす浜松のねにあらはれてなくちどりかな

藤原定家・定家卿百番自歌合

さみだれは浪打《う》つ岸《きし》の松が枝もなびく玉藻に身隠《がく》れぞ行

藤原俊成女・俊成卿女家集

【本歌】

池にすむ名《な》ををしどりの水を浅《あさ》みかくるとすれどあらはれにけり

よみ人しらず・古今和歌集十三（恋三）

【本歌取とされる例歌】

池にすむをし明がたの空の月袖の氷《こほり》になく〳〵ぞみる

藤原家隆・家隆卿百番自歌合

［注解］「天の戸をおしあけがたの月見ればうき人しもぞ恋しかりける」（よみ人しらず・新古今和歌集十四・恋四）も本歌とされる。

【本歌】

知《し》るといへば枕だにせで寝《ね》しものを塵《ちり》ならぬ名《な》のそらにたつ覧

伊勢・古今和歌集十三（恋三）

【本歌取とされる例歌】

下燃《したも》えに絶《た》えぬ煙の末よりや恋すてふ名の空に立《た》つらん

宗尊親王・文応三百首

［注解］「恋すてふ我が名はまだき立にけり人知れずこそ思ひそめしか」（壬生忠見・拾遺和歌集十一・恋一）も本歌とされる。

逢《あ》ふほども涙の床《とこ》の塵《ちり》ならぬ名をば立《た》てじと忍ぶあまりに

綾小路有俊・宝徳二年十一月仙洞歌合

[注解] 参考歌「塵をだに据へ《（ゑ）》じとぞ思咲きしより妹とわが寝るとこ夏の花」（凡河内躬恒・古今和歌集四・秋上）

塵《ちり》ならぬ霞《かすみ》もけさは立《たち》そめてはるてふ名《な》こそ空《そら》にしるらめ

茂睡・若むらさき

春郷がいとこなる女の許へ箒を贈るとて

玉帚《はゝ》木取《と》る手ばかりの契《〈ちぎり〉》にて空に浮《う》き名の塵と立《た》つらん

賀茂真淵・あがた居の歌集

[注解]「始春の初子の今日の玉箒手に執るからにゆらく玉の緒」（大伴家持・万葉集二十・4493）も本歌とされる。

【本歌】

陸奥《みちのく》の安積《あさか》の沼《ぬま》の花かつみかつ見る人に恋《こ》ひやわたらむ

よみ人しらず・古今和歌集十四（恋四）

【本歌取とされる例歌】

中院入道右大臣中将に侍ける時、歌合し侍りけるに、五月雨の歌とてよめる

さみだれに浅沢沼《あさゞはぬま》の花かつみかつみるまゝにかくれゆくかな

藤原顕仲・千載和歌集三（夏）

浅ましや浅香《あさか》の沼の花がつみかつ見馴《みな》れても袖はぬれけり

式子内親王・式子内親王集

知らせばやすがたの池の花がつみかつ見るまゝに波《なみ》ぞしほ《（を）》るゝ

式子内親王・式子内親王集

最勝四天王院の障子に、安積の沼かきたる所

野《の》べはいまだ安積《あさか》の沼《ぬま》にかる草《くさ》のかつ見るまゝにしげるころかな

藤原雅経・新古今和歌集三（夏）

ふみしだく安積《あさか》の沼《ぬま》の夏草にかつみだれそふしのぶもぢずり

藤原定家・定家卿百番自歌合

[注解] 参考歌「陸奥のしのぶもぢずり誰ゆへ《（ゑ）》にみだれむと思我ならなくに」（源融・古今和歌集十四・恋四）

寄沼恋

契《〈ちぎり〉》のみあさかの沼《ぬま》に咲《さ》く花のかつみるまにもうつろひにけり

頓阿・頓阿法師集

【本歌】

きみといへば見まれ見ずまれ富士《ふじ》の嶺《ね》の珍《めづら》しげなくもゆるわがこひ

藤原忠行・古今和歌集十四（恋四）

【本歌取とされる例歌】

たちかへり見《み》てこそ行《ゆ》かめ富士《ふじ》の嶺《ね》の珍《めづら》しげなき煙《けぶり》なりとも

宗尊親王・文応三百首

[注解] 参考歌「春深み井手の河浪立ち返り見てこそ行かめ山吹の花」（源順・拾遺和歌集一・春）

【本歌】

石《いし》ま行《〈ゆく〉》水の白浪立《〈たち〉》かへりかくこそは見め飽《あ》かずもある哉《〈かな〉》

よみ人しらず・古今和歌集十四（恋四）

【本歌取とされる例歌】

湧《わ》きかへり下《した》にぞむせぶ名取川《なとりがは》瀬々の岩間《いはま》の水の白《しら》浪

藤原俊成女・俊成卿女家集

[注解]「名とり河瀬ゞの埋れ木あらはればいかにせむとかあひ見そめけむ」(よみ人しらず・古今和歌集十三・恋三)も本歌とされる。

流やらぬ花のしら浪立《たち》かへり春をとゞむる山川の水
永福門院・永福門院百番御自歌合

水辺納涼
たちかへりあすも来《き》てみぬ石間《いしま》ゆく音《をと》もすゞしき水のしらなみ
頓阿・頓阿法師詠

【本歌】
心をぞわりなき物と思ぬる見る物からや恋《こひ》しかるべき
清原深養父・古今和歌集十四(恋四)

【本歌取とされる例歌】
見花
いかなれや見るものからのわりなさも心の花の春にそひゆく
後水尾院・御着到百首

【本歌】
かれはてむ後《のち》をば知《し》らで夏草のふかくも人のおもほゆる哉
凡河内躬恒・古今和歌集十四(恋四)

【本歌取とされる例歌】
夏草のしげりのみゆく思ひかなまたるゝ秋のあはれしられて
西行・山家心中集

かれはてむ後しのべとや夏草のふかくは人のたのめおきけむ
源実朝・金槐和歌集

【本歌】
さむしろに衣かたしき今宵《こよひ》もや我を松覧《まつらむ》宇治の橋姫
よみ人しらず・古今和歌集十四(恋四)

【本歌取とされる例歌】
さむしろや待《ま》つ夜《よ》の秋の風ふけて月をかたしく宇治《うぢ》の橋姫《はしひめ》
藤原定家・新古今和歌集四(秋上)

橋上霜といへることをよみ侍ける
かたしきの袖をや霜にかさぬらん月によがるゝ宇治《うぢ》の橋姫《はしひめ》
幸清・新古今和歌集六(冬)

最勝四天王院の障子に、宇治河かきたるところ
橋姫《はしひめ》のかたしき衣さむしろにまつ夜《よ》むなしき宇治《うぢ》のあけぼの
後鳥羽院・新古今和歌集六(冬)

建長七年、入道前関白太政大臣、宇治にて人々に歌よませ侍けるに
うれしさやかたしく袖につゝむらんけふまちえたる宇治《うぢ》の橋姫《はしひめ》
藤原隆房・新古今和歌集七(賀)

[注解]参考歌「うれしきを何につゝまむ唐衣たもとゆたかに裁てといはましを」(よみ人しらず・古今和歌集十七・雑上)、「うれしさを昔は袖につゝみけりこよひは身にもあまりぬるかな」(よみ人しらず・和漢朗詠集・慶賀)。

袖氷《そでこほ》る小夜の川風《かはかぜ》さむしろに片敷《かたじ》きかぬる宇治の橋《はし》姫
藤原俊成女・俊成卿女家集

橋《はし》姫の待《ま》つ夜ながらの袖かけて紅葉吹《ふ》き入る宇治《うぢ》の川風《かぜ》
五辻政仲・宝徳二年十一月仙洞歌合

橋霞
川浪《かはなみ》に春はかすみの袖《そで》かけてかたしきなるる宇治《うぢ》の橋姫《はしひめ》
武者小路実陰・芳雲和歌集

【本歌】
きみや来《こ》む我や行《ゆ》かむのいさよひに槇《まき》の板戸《いたど》もさゝず寝《ね》にけり

よみ人しらず・古今和歌集十四（恋四）

【本歌取とされる例歌】

真木《まき》の戸《と》をさゝでぬる夜《よ》の手《た》枕に梅が香《ゝ》ながら月ぞうつれる

頓阿・頓阿法師詠

［注解］参考歌「梅の花にほひをうつす袖のうへに軒もる月のかげぞあらそふ」（藤原定家・新古今和歌集一・春上）

【本歌】

今こむと言《い》ひし許《〈ばかり〉》に長月のありあけの月を待《ま》ちいでつる哉

素性・古今和歌集十四（恋四）

【本歌取とされる例歌】

今こんとよひ〳〵ごとにながむれば月やは遅き長月の末

藤原良経・南海漁夫北山樵客百番歌合

いま来《こ》んとたのめしことを忘《わす》れずはこの夕暮《ゆふぐれ》の月や待《ま》つらん

藤原秀能・新古今和歌集十三（恋三）

いま来《こ》んと契《〈ちぎり〉》しことは夢ながら見し夜《よ》にに《ゝ》たる有あけの月

源通具・新古今和歌集十四（恋四）

忘《わす》れじといひしばかりの名残《なごり》とてその夜《よ》の月はめぐり来《き》にけり

藤原有家・新古今和歌集十四（恋四）

［注解］「忘るなよほどは雲井に成ぬとも空行月の廻あふまで」（橘忠幹・拾遺和歌集八・雑上）も本歌とされる。

百首歌たてまつりし時

いはざりきいま来《こ》んまでの空《そら》の雲月日へだてて《ゝ》物思《おも》へとは

藤原良経・新古今和歌集十四（恋四）

［注解］「忘るなよほどは雲井に成ぬとも空行月の廻あふまで」（橘忠幹・拾遺和歌集八・雑上）も本歌とされる。

ふりにけり時雨は袖に秋かけていひしばかりを待《ま》つとせしまに

藤原俊成女・新古今和歌集十四（恋四）

［注解］「秋かけていひしながらもあらなくに木の葉ふりしくえにこそありけれ」（伊勢物語・九六）も本歌とされる。

百首歌たてまつりし時

月見ばといひしばかりの人は来《こ》で真木《まき》の戸《と》たゝく庭の松風

藤原良経・新古今和歌集十六（雑上）

今《いま》こむとたのめてとはぬ秋の夜の明《あ》くるもしらぬ松虫のこゑ

藤原家隆・家隆卿百番自歌合

契らずよ有明の月をこよひ又ひとり〳〵に待いでんとは

三条西実隆・内裏着到百首

【本歌】

月夜《よ》よ《ゝ》し夜よしと人に告《つ》げやらば来《こ》てふにに《ゝ》たり待《ま》たずしもあらず

よみ人しらず・古今和歌集十四（恋四）

［注解］「わが屋戸の梅咲きたりと告げやらば来ちふに似たり散りぬともよし」（作者不詳・万葉集六・一〇一一）が本歌とされる。

【本歌取とされる例歌】

寄月恋

とへかしな忍ぶとするも月夜《つきよ》よし夜《よ》よしと告げて下《した》に待つ身を

細川幽斎・衆妙集

［注解］「来ぬ人を下に待ちつゝ久方の月をあはれと言はぬ夜ぞなき」（紀貫之・

拾遺和歌集十八・雑賀）も本歌とされる。

影《かげ》さゆる月《つき》のよよ《（ゝ）》しとなれもまたうかれがらすのねをやなくらむ

北角茂棟・遊角笘別荘記

くすこ氏の許より嵐の朝訪ひて遣したる返り事
に、夜べ吹散らしたる屋根板に書きて遣りぬ

野分《わき》して県《あがた》の宿は荒《あ》れにけり月見に来《こ》よと誰に告《（つげ）》まし

賀茂真淵・あがた居の歌集

おもふ人こてふにゝたる夕《ゆふべ》かな初雪なびくしのゝをずゝき

賀茂真淵・賀茂翁家集拾遺

【本歌】

きみこずは寝屋《ねや》へもいらじ濃《こ》紫わが元結《もとゆひ》に霜はをく《（お）》とも

よみ人しらず・古今和歌集十四（恋四）

【本歌取とされる例歌】

待つ恋といへる心を

君待《ま》つとねやへもいらぬ真木《まき》の戸《と》にいたくな更《ふ》けそ山のはの月

式子内親王・新古今和歌集十三（恋三）

【本歌】

宮城野《の》のもとあらの小萩《こはぎ》つゆをおもみ風をまつごと君をこそまて

よみ人しらず・古今和歌集十四（恋四）

【本歌取とされる例歌】

宮城野《みやぎの》に妻《つま》よぶ鹿《しか》ぞさけぶなるもとあらの萩《はぎ》に露《つゆ》や寒《さむ》けき

藤原長能・後拾遺和歌集四（秋上）

五十首歌たてまつりし時、月前草花

ふるさとのもとあらの小萩《こはぎ》さきしより夜な〳〵庭の月ぞうつろふ

藤原良経・新古今和歌集四（秋上）

白露《しら》はをき《（お）》にけらしな宮城野のもとあらの小萩末《こはぎすゑ》たわむまで

祝部充仲・新古今和歌集十六（雑上）

中にも本荒《もとあら》の里といふ所に、色なども他《ほか》には異《こと》なる萩《はぎ》のありしを、
一枝折《お》りて、

宮城野の萩の名に立本荒《（たつ）もとあら》の里《さと》はいつより荒《あ》れ始《はじ》めけむ

と思《おも》ひ続《つゞ》け侍し。

今井宗久・都のつと

二条入道大納言家十首に、庭草花

露わけて問人《（とふひと）》もなしふるさとのもとあらの小萩《こはぎ》色かはるまで

頓阿・頓阿法師詠

【本歌】

あな恋《こひ》し今も見てしか山がつの垣《かき》ほに咲《さ》ける山となでしこ

よみ人しらず・古今和歌集十四（恋四）

【本歌取とされる例歌】

天暦御時、広幡の宮す所久しく参らざりければ、
御文遣はしけるに

山がつの垣《かき》ほに生《お》ふる撫子《なでしこ》に思よそへぬ時の間《ま》ぞなき

村上天皇・拾遺和歌集十三（恋三）

宮は、吹《ふ》く風につけてだに、木《こ》の葉より、けに脆《もろ》き御涙《なみだ》は、まして、
とりあへ給《たま》はず。

いまも見《み》てなか〳〵袖をくたすかな垣《かき》ほ荒《あ》れにし大和撫子《やまとなでしこ》

紫式部・源氏物語（葵）

浅茅《あさぢ》おふる野辺《べ》やかるらん山がつの垣《かき》ほの草《くさ》は色もかはらず

よみ人しらず・新古今和歌集十四（恋四）

今も見てしが山がつといふことを

山がつのかきほに咲るなでしこの花の心をしる人のなき

源実朝・金槐和歌集

【本歌】

み吉野《よしの》の大河《おほかは》のへの藤《ふぢ》なみのなみに思《おも》はば我恋《こ》ひめやは

よみ人しらず・古今和歌集十四（恋四）

［注解］「若鮎釣る松浦の川の川波の並にし思はばわれ恋ひめやも」（作者不詳・万葉集五・858）が本歌とされる。

【本歌取とされる例歌】

み吉野《よしの》の大河《おほかは》のへの古柳《ふるやなぎ》かげこそ見えね春めきにけり

輔仁親王・新古今和歌集一（春上）

【本歌】

かく恋《こ》ひむものとは我《われ》も思にき心の占《うら》ぞまさしかりける

よみ人しらず・古今和歌集十四（恋四）

【本歌取とされる例歌】

ものへいにし人の久しく音もせぬを、物などとはするに、「このほど」といひけるも過ければ

忘れなむものぞと思ひしそのかみの心のうらぞまさしかりける

和泉式部・和泉式部集

【本歌】

夏引《び》きの手《て》びきの糸《いと》をくりかへし事しげくとも絶《た》えむとおもふな

よみ人しらず・古今和歌集十四（恋四）

【本歌取とされる例歌】

久しき恋といへることを

夏引《〈なつびき〉》の手引《てび》きの糸《いと》の年《とし》へてもたえぬ思にむすぼほれつゝ

越前・新古今和歌集十二（恋二）

【本歌】

藤原敏行朝臣の、業平朝臣の家なりける女をあひ知りて、文遣はせりける言葉に、今まうでく、雨の降りけるをなむ見煩ひ侍と言へりけるを聞きて、かの女に代りて、よめりける

かず〳〵に思《おも》ひおもはず問《と》ひがたみ身をしる雨は降《ふ》りぞまされる

在原業平・古今和歌集十四（恋四）

【本歌取とされる例歌】

百首歌の中に恋の心を

逢《あ》ふことのむなしき空《そら》のうき雲は身をしる雨のたよりなりけり

惟明親王・新古今和歌集十二（恋二）

寄雨恋

よしやふれ身をしる雨も天雲のよそになり行人《〈ゆく〉》のかたみと

細川幽斎・玄旨百首

【本歌】

須磨《すま》のあまの塩《しほ》やくけぶり風をいたみ思《おも》はぬ方にたなびきにけり

よみ人しらず・古今和歌集十四（恋四）

【本歌取とされる例歌】

浦《うら》にたく藻塩《もしほ》の煙《〈けぶり〉》なびかめやよものかたより風はふくとも

よみ人しらず・新古今和歌集十五（恋五）

須磨《すま》の浦の秋やくあまの初しほのけぶりぞ霧の色は染《そ》めゆく

藤原家隆・家隆卿百番自歌合

あまのすむ里《さと》のしるべにたつ煙ことうら風にたれなびくらん

藤原家隆・家隆卿百番自歌合

［注解］「海人のすむ里のしるべにあらなくにうら見むとのみ人のいふらん」（小野小町・古今和歌集十四・恋四）も本歌とされる。

【本歌】

後一条前関白左大臣家に詩歌を合せ侍りけるに、
江上眺望といふことを
難波潟《なにはがた》風のどかなる夕《ゆふ》なぎにけぶりなびかぬあまのもしほ火《び》
九条行家・玉葉和歌集十五（雑二）

須磨《すま》の浦やしほ風《かぜ》さえて春とだに思《おも》はぬかたに立《たつ》つ霞《かすみ》かな
二条良基・後普光園院殿御百首

【本歌】
いで人は事のみぞ良《よ》き月草のうつし心は色ことにして
よみ人しらず・古今和歌集十四（恋四）

【本歌取とされる例歌】
世中《〈よのなか〉》とことのみぞよきさしもやと見《み》ぬ面影は慕《した》はずもがな
三条西実隆・内裏着到百首

【本歌】
寛平御時后宮歌合の歌
蟬のこゑ聞《き》けばかなしな夏衣うすくや人のならむと思へば
紀友則・古今和歌集十四（恋四）

【本歌取とされる例歌】
夏《なつ》衣薄《うす》くや人のなりぬらむ空蟬《うつせみ》の音に濡《ぬ》るゝ袖《そで》かな
藤原俊成女・俊成卿女家集

［注解］「空蟬の羽におく露の木がくれてしのびく〳〵に濡るゝ袖かな」（紫式部・源氏物語・空蟬）も本歌とされる。

【本歌】
飽《あ》かでこそ思《おも》はむ仲《なか》は離《ゝな》れなめそをだに後《のち》の忘《わす》れがたみに
よみ人しらず・古今和歌集十四（恋四）

【本歌取とされる例歌】
千五百番歌合に
散《ち》る花のわすれがたみの峰《みね》の雲そをだにのこせ春の山風
藤原良平・新古今和歌集二（春下）

【本歌】
たえず行《〈ゆく〉》飛鳥《あすか》の河《かは》のよどみなば心あるとや人のおもはむ
よみ人しらず・古今和歌集十四（恋四）

［注解］「絶えずゆく明日香の川の淀めらば故しもあるごと人の見まくに」（作者不詳・万葉集七・1379）が本歌とされる。

【本歌取とされる例歌】
氷
すむ月の影《かげ》こそよどめ飛鳥《あすか》川心ありてもこほる波《なみ》かな
兼好・兼好法師集

【本歌】
紅の初《はつ》花ぞめの色ふかく思《〈おもひ〉》し心われわすれめや
よみ人しらず・古今和歌集十四（恋四）

【本歌取とされる例歌】
くれなゐの初《はつ》花染《そめ》の下《した》衣人こそ知《し》らね深《ふか》き心《こゝろ》を
宗尊親王・文応三百首

【本歌】
陸奥《みちのく》のしのぶもぢずり誰《たれ》ゆへ《〈ゑ〉》にみだれむと思《〈おもふ〉》我ならなくに
源融・古今和歌集十四（恋四）

【本歌取とされる例歌】
みちのくの信夫《しのぶ》もぢずり忍《しの》びつゝ色には出《い》でじ乱《みだ》れもぞする
寂然・千載和歌集十一（恋一）

款冬

誰《たれ》ゆゑにいはぬ色しも乱るらむ忍ぶにはあらぬ山吹《やまぶき》の露

後水尾院・御着到百首

【本歌】

海人《あま》のすむ里《さと》のしるべにあらなくにうら見むとのみ人のいふらん

小野小町・古今和歌集十四（恋四）

【本歌取とされる例歌】

あまのすむ里《さと》のしるべにたつ煙ことうら風にたれなびくらん

藤原家隆・家隆卿百番自歌合

［注解］「須磨のあまの塩やくけぶり風をいたみ思はぬ方にたなびきにけり」（よみ人しらず・古今和歌集十四・恋四）も本歌とされる。

絶恨恋

あまのすむ里の煙は絶《た》えにしをつらきしるべのなにのこるらん

頓阿・頓阿法師詠

【本歌】

人を忍びにあひ知りて、逢ひがたくありければ、その家のあたりをまかり歩きける折に、雁の鳴くを聞きて、よみて、遣はしける

思《おもひ》いでて恋《こひ》しき時は初雁《はつかり》のなきてわたると人知《し》るらめや

大伴黒主・古今和歌集十四（恋四）

【本歌取とされる例歌】

人をしのびに逢ひしりてあひがたく有りければ、その家のあたりをまかりありきけるをりに、雁の啼くを聞きてとふ事を

天飛ぶや雁が啼く音はきくらめどちかくある我をしる人ぞなき

楫取魚彦・楫取魚彦詠藻

【本歌】

右大臣、住まずなりにければ、かの昔遣せたりける文どもを取り集めて、返すとて、よみて、贈りける

頼《たの》めこし事の葉《は》今は返してむわが身ふるればを《（お）》き所なし

藤原因香・古今和歌集十四（恋四）

【本歌取とされる例歌】

頼むること侍ける女、わづらふ事侍ける、を《（お）》こたりて、久我内大臣のもとにつかはしける

たのめこし言《こと》の葉ばかりとゞめを《（お）》きて浅茅《あさぢ》が露《つゆ》と消《き》えなましかば

よみ人しらず・新古今和歌集十三（恋三）

【本歌】

待《ま》てといはゞ寝《ね》てもゆかなむ強《し》ひてゆく駒《こま》の足《あし》お《（を）》れ前《まへ》の棚橋《たなはし》

よみ人しらず・古今和歌集十四（恋四）

【本歌取とされる例歌】

泊まれと思男の出でてまかりければ

しひてゆく駒《こま》の脚《あし》折る橋《はし》をだになど我《わ》がやどに渡《わた》さざりけん

よみ人しらず・後撰和歌集十三（恋五）

【本歌】

山賤《がつ》の垣《かき》ほに這《は》へる青《あを》つゞら人はくれども事づてもなし

篁・古今和歌集十四（恋四）

【本歌取とされる例歌】

日にそへて茂《しげ》りぞ増る青つゞらくる人もなき真木の板戸に

後鳥羽院・遠島御百首

【本歌】

親の守りける人の女に、いと忍びに逢ひて、もの

ら言ひける間に、親の呼ぶと言ひければ、急ぎ帰るとて、裳をなむ脱ぎ置きて入りにける。その後、
裳を返すとて、よめる

逢《あ》ふまでのかたみとてこそ留《とゞ》めけめ涙に浮《う》かぶもくづなりけり

藤原興風・古今和歌集十四（恋四）

【本歌取とされる例歌】

そをだにもとめてやは見《み》ぬ逢《〈あふ〉》事の今は涙のもくづなるとも

三条西実隆・内裏着到百首

【本歌】

かたみこそ今はあだなれこれなくは忘《わす》るゝ時もあらまし物を

よみ人しらず・古今和歌集十五（恋五）

【本歌取とされる例歌】

形見《かたみ》こそあだの大野の《おほのゝ》萩の露《つゆ》うつろふ色はいふかひもなし

藤原定家・定家卿百番自歌合

[注解] 参考歌「真葛原なびく秋風吹くごとに阿太の大野の萩の花散る」(作者不詳・万葉集十・2096)

九月尽

形見《〈かたみ〉》こそいまはあたなれとばかりのうき夕暮《ゆふぐれ》をのこす秋かな

心敬・寛正百首

【本歌】

五条后宮西の対に住みける人に、本意にはあらでもの言ひわたりけるを、睦月の十日あまりになむ、他所へ隠れにける。在り所は聞きけれど、えものも言はで、又の年の春、梅の花盛りに、月の面白かりける夜、去年を恋ひて、かの西の対に行きて、月の傾くまで、あばらなる板敷に伏せりて、よめる

月やあらぬ春や昔の春《はる》ならぬわが身ひとつはもとの身にして

在原業平・古今和歌集十五（恋五）

【本歌取とされる例歌】

御壺《つぼ》に家の梅《むめ》をまい《(ゐ)》らせたりしを植《う》ゑられたるが、かはらず咲《さ》けるを折りて、法華堂《ほけだう》に持《も》てまい《(ゐ)》るとて、「主《あるじ》なしとて匂《にほ》ひかはるな」とうちながめられて、

春《はる》やあらぬ梅《むめ》も昔《むかし》の花《はな》ながら植《う》ゑし庭《には》のみ散《ち》るぞはかなき

源通親・高倉院弁遐記

かぜやあらぬ月日やあらぬ物思ふわが身ひとつの萩のゆふ暮

慈円・南海漁夫北山樵客百番歌合

百首歌たてまつりし時

梅《むめ》の花にほひをうつす袖のうへに軒《のき》もる月のかげぞあらそふ

藤原定家・新古今和歌集一（春上）

和歌所歌合に、月のもとに衣うつといふことを

里《さと》はあれて月やあらぬと恨《うら》みてもたれ浅茅生《あさぢふ》に衣うつらん

藤原良経・新古今和歌集五（秋下）

水無瀬恋十五首歌合に、春恋の心を

面影《おもかげ》のかすめる月ぞやどりける春やむかしの袖の涙《なみだ》に

藤原俊成女・新古今和歌集十二（恋二）

昔《むかし》見し春は昔《むかし》の春ながらわが身ひとつのあらずもあるかな

清原深養父・新古今和歌集十六（雑上）

[注解] 参考歌「鶯の鳴くなる声は昔にて我が身ひとつのあらずもある哉」(藤原顕忠母・後撰和歌集三・春下)

千五百番歌合に

身のうさを月やあらぬとながむれば昔《むかし》ながらのかげぞもりくる

讃岐・新古今和歌集十六（雑上）

眺《なが》むれば月やはありし月ならぬ我身ぞもとの春に変《かは》れる

後鳥羽院・遠島御百首

月見ても千々《〈ちゞ〉》にくだくる心《こゝろ》かなわが身ひとつの昔ならねど

藤原俊成女・俊成卿女家集

［注解］「月見れば千ゞにものこそかなしけれわが身ひとつの秋にはあらねど」（大江千里・古今和歌集四・秋上）も本歌とされる。

なにかあらぬ春も昔の袖の上に梅が香にほふふるさとの月

宗尊親王・文応三百首

朽にけり袖や昔《むかし》の袖《そで》ならぬつゝむ涙《なみだ》はもとの身にして

宗尊親王・文応三百首

［注解］「人知れぬ涙に袖は朽にけり逢ふよもあらば何に包まむ」（よみ人しらず・拾遺和歌集十一・恋二）も本歌とされる。

春月

面影は春やむかしの空ながらわが身ひとつにかすむ月かな

心敬・寛正百首

ふるさとにはなを見て

なにごともうつりのみゆくよのなかにはなはむかしのはるにかはらず

良寛・布留散東

【本歌】

みても又またも見まくの欲《ほ》しければなるゝを人は厭《いと》ふべら也《〈なり〉》

よみ人しらず・古今和歌集十五（恋五）

【本歌取とされる例歌】

見ても又またも見まくのほしかりし花のさかりは過《す》ぎやしぬらん

藤原高光・新古今和歌集十六（雑上）

【本歌】

あひにあひて物思《〈おもふ〉》ころのわが袖《そで》にやどる月さへ濡《ぬ》るゝ顔《がほ》なる

伊勢・古今和歌集十五（恋五）

【本歌取とされる例歌】

小式部内侍なくなりてのちよめる

あひにあひて物思ふ春はかひもなし花も霞もめにしたゝねば

和泉式部・和泉式部集

秋の夜《よ》の雲なき月をくもらせて更行《〈ふけゆく〉》まゝにぬるゝがほなる

式子内親王・式子内親王集

旅泊

袖の上《うへ》に濡《ぬ》るゝがほなる光《ひかり》かな月こそ旅《たび》の心《こゝろ》知りけれ

藤原俊成女・俊成卿女家集

【本歌】

秋ならでを《〈お〉》く白露《しらつゆ》は寝覚《ねざ》めするわが手枕《たまくら》のしづくなりけり

よみ人しらず・古今和歌集十五（恋五）

【本歌取とされる例歌】

心にはいつも秋《あき》なる寝覚《ねざ》めかな身にしむ風のいく夜《よ》ともなく

よみ人しらず・新古今和歌集十四（恋四）

［注解］「風の音の身にしむばかりきこゆるはわが身に秋やちかくなるらん」（よみ人しらず・後拾遺和歌集十二・恋二）も本歌とされる。

【本歌】

須磨《すま》のあまの塩《しほ》やき衣お《（を）》さをあらみまどを《（ほ）》にあれやきみが来《き》まさぬ

よみ人しらず・古今和歌集十五（恋五）

[注解]「須磨の海人の塩焼衣の藤衣間遠にしあればいまだ着なれず」（大網公人主・万葉集三・413）が本歌とされる。

【本歌取とされる例歌】

水無瀬恋十五首歌合に

山がつの麻《あさ》のさ衣お《（を）》さをあらみあはで月日や杉《すぎ》ふける庵《いほ》

藤原良経・新古今和歌集十二（恋二）

天暦御時、まどを《（ほ）》にあれやと侍りければ

なれゆくはうき世なればや須磨《すま》の海人《あま》の塩焼《しほや》き衣まどを《（ほ）》なるらん

徽子女王・新古今和歌集十三（恋三）

須磨《すま》のあまのまどを《（ほ）》の衣夜《（よ）》や寒き浦《うら》風ながら月もたまらず

藤原家隆・家隆卿百番自歌合

梶井二品法親王家三首に、海辺帰雁

またもこむ秋もまどを《（ほ）》に帰《かへ》るなり塩《しほ》やくあまの衣かりがね

頓阿・頓阿法師詠

寄衣恋

契《（ちぎり）》だにまどを《（ほ）》ならずはあま人の袖にもまがへ濡《ぬ》るゝばかりは

頓阿・頓阿法師詠

【本歌】

山城《しろ》の淀《よど》の若菰《わかごも》かりにだに来《こ》ぬ人たのむ我ぞはかなき

よみ人しらず・古今和歌集十五（恋五）

【本歌取とされる例歌】

山城《やましろ》の淀《よど》の若《わか》こもかりにきて袖ぬれぬとはかこたざらなん

源重之・新古今和歌集十三（恋三）

【本歌】

暁のしぎの羽《はね》がき百羽《もゝは》がき君がこぬ夜は我ぞかずかく

よみ人しらず・古今和歌集十五（恋五）

【本歌取とされる例歌】

心からしばしとつゝむものからに鴫《しぎ》の羽掻《はねが》きつらきけさかな

赤染衛門・新古今和歌集十三（恋三）

【本歌】

唐土《もろこし》も夢にみしかば近《ちか》かりき思《おも》はぬ仲《なか》ぞはるけかりける

兼芸・古今和歌集十五（恋五）

【本歌取とされる例歌】

もろこしもちかの浦《うら》はの夜の夢おもはぬ中に遠つ舟人

藤原家隆・家隆卿百番自歌合

【本歌】

わが宿《やど》は道もなきまで荒《あ》れにけりつれなき人を待《ま》つとせしまに

遍昭・古今和歌集十五（恋五）

【本歌取とされる例歌】

百首歌たてまつりし秋歌

桐《きり》の葉も踏《ふ》みわけがたくなりにけりかならず人を待《ま》つとなけれど

式子内親王・新古今和歌集五（秋下）

[注解]「秋の庭は掃はず藤杖に携はりて 閑かに梧桐の黄葉を踏んで行く」（白居易・和漢朗詠集・落葉）を本説とする。

千五百番歌合に

ならひこしたがいつはりもまだ知《し》らで待《ま》つとせしまの庭の蓬生《よもぎふ》

藤原俊成女・新古今和歌集十四（恋四）

都人《みやこびと》待《ま》つとせしまに山里《やまざと》の道《みち》もなきまで花ぞ降《ふ》りしく

頓阿・頓阿法師詠

【本歌】

来《こ》めやとは思物《おもふ》からひぐらしのなくゆふぐれは立《た》ち待《ま》たれつゝ

よみ人しらず・古今和歌集十五（恋五）

【本歌取とされる例歌】

ひぐらしのなく夕暮《ゆふぐれ》ぞうかりけるいつもつきせぬ思なれども

藤原長能・新古今和歌集四（秋上）

【本歌】

月夜《よ》には来《こ》ぬ人待《ま》たるかきくもり雨も降《ふ》らなむわびつゝもねむ

よみ人しらず・古今和歌集十五（恋五）

【本歌取とされる例歌】

ひとならばわびつゝや寝《ね》んほとゝぎすいとゞ待《ま》たるゝよはの村雨

宗尊親王・文応三百首

【本歌】

来《こ》ぬ人を松ゆふぐれの秋風はいかに吹《ふ》けばかわびしかるらむ

よみ人しらず・古今和歌集十五（恋五）

【本歌取とされる例歌】

家歌合に

いつも聞《き》く物とや人の思らんこぬ夕暮《ゆふぐれ》の秋風のこゑ

藤原良経・新古今和歌集十四（恋四）

【本歌】

ひさしくもなりにけるかな住《すみ》の江《え》の松はくるしき物にぞありける

よみ人しらず・古今和歌集十五（恋五）

【本歌取とされる例歌】

年へて言ひ渡侍ける女に

久《ひさ》しくも恋《こひ》わたる哉《かな》住《すみ》の江の岸に年ふる松ならなくに

源俊・後撰和歌集十（恋二）

【本歌】

仲平朝臣、あひ知りて侍けるを、離れ方になりにければ、父が、大和守に侍けるもとへまかるとて、よみて、遣はしける

三輪《みわ》の山いかに待《ま》ち見む年経《ふ》ともたづぬる人もあらじと思へば

伊勢・古今和歌集十五（恋五）

【本歌取とされる例歌】

五節に出でて侍りける人を、かならず尋ねむといふ男侍けれど、音せざりければ、女に代りてつかはしける

杉《すぎ》むらといひてしるしもなかりけり人《ひと》もたづねぬ三輪《みわ》の山もと

よみ人しらず・後拾遺和歌集十三（恋三）

[注解]「わが庵は三輪の山もと恋しくは訪ひきませ杉たてるかど」（よみ人しらず・古今和歌集十八・雑下）も本歌とされる。

【本歌】

今はとてわが身時雨にふりぬれば事の葉《は》さへに移《うつ》ろひにけり

小野小町・古今和歌集十五（恋五）

【本歌取とされる例歌】

秋果《は》てゝ時雨ふりぬる我なれば散《ち》る言《こと》の葉《は》をなにか怨《うら》みむ

よみ人しらず・後撰和歌集八（冬）

言《こと》の葉のうつろふだにもあるものをいとゞ時雨の降《ふ》りまさるらん

伊勢・新古今和歌集十四（恋四）

千五百番歌合に

言《こと》の葉のうつりし秋もすぎぬればわが身時雨とふる涙かな
源通具・新古今和歌集十四（恋四）

【本歌】
唐衣なれば身にこそまつはれめ掛《か》けてのみやは恋《こ》ひむと思し
景式王・古今和歌集十五（恋五）

【本歌取とされる例歌】
いその神布留《ふる》の社《〈やしろ〉》の木綿襷《ゆふだすき》かけてのみやは恋《こ》ひむと思し
よみ人しらず・拾遺和歌集十四（恋四）

【本歌】
あひ知れりける人の、やうやく離れ方になりける
間に、焼けたる茅の葉に文を挿して遣はせりける
時すぎてかれ行《〈ゆく〉》小野《をのゝ》のあさぢには今は思《おも》ひぞ絶《た》えずもえける
小町姉・古今和歌集十五（恋五）

【本歌取とされる例歌】
時すぎて小野《をのゝ》のあさぢにたつ煙しりぬや今はおもひありとは
藤原家隆・家隆卿百番自歌合

早蕨
いまも又萌《も》えわたるなりときすぎて枯《か》れにしをの《ゝ》の春のさわらび
兼好・兼好法師集

【本歌】
みなせ河ありて行《ゆ》く水なくはこそつゐ《(ひ)》にわが身を絶《た》えぬとおもはめ
よみ人しらず・古今和歌集十五（恋五）
［注解］参考歌「うらぶれて物は思はじ水無瀬川ありても水はゆくといふものを」
（作者不詳・万葉集十一・2817）

【本歌取とされる例歌】
社頭祝
やはらぐる光もさらに水無瀬《みなせ》川ありていく世の宮づくりせん
三条西実隆・再昌草

河
あすをさへ頼《たのま》ぬ老《おい》のみなせ川《がは》けふ人《ひと》なみにありて行《ゆく》とも
吟賀・霞関集

【本歌】
吉野河よしや人こそつらからめはやく言《い》ひてし事はわすれじ
凡河内躬恒・古今和歌集十五（恋五）

【本歌取とされる例歌】
片恋
よしや人それにつけても思ひ知らば思はむかたのよそにだにあれ
後水尾院・御着到百首

【本歌】
世中《〈よのなか〉》の人の心は花染《ぞ》めのうつろひやすき色にぞ有ける
よみ人しらず・古今和歌集十五（恋五）

【本歌取とされる例歌】
夏のはじめの歌とてよみ侍ける
お《(を)》りふしもうつればかへつ世《よ》のなかの人の心の花ぞめの袖《そで》
藤原俊成女・新古今和歌集三（夏）
［注解］「色見えてうつろふ物は世中の人の心の花にぞありける」（小野小町・古今和歌集十五・恋五）も本歌とされる。

人心うす花染《ぞ》めのかり衣さてだにあらで色やかはらん
左近・新古今和歌集十三（恋三）

花ぞめの色ともきかぬ日かずさへとはねばやすくうつるころかな

兼好・兼好法師集

たちかふる今日《けふ》の袂《たもと》や花染《ぞ》めの衣憂《ころもう》き世のならひなるらん

二条良基・後普光園院殿御百首

【本歌】

色《いろ》見えてうつろふ物は世中《よのなか》の人の心の花にぞありける

小野小町・古今和歌集十五（恋五）

【本歌取とされる例歌】

夏のはじめの歌とてよみ侍ける

お《を》りふしもうつればかへつ世《よ》のなかの人の心の花ぞめの袖《そで》

藤原俊成女・新古今和歌集三（夏）

［注解］「世中の人の心は花染めのうつろひやすき色にぞ有ける」（よみ人しらず・古今和歌集十五・恋五）も本歌とされる。

百首歌中に

さりともと待《ま》ちし月日ぞうつりゆく心の花の色にまかせて

式子内親王・新古今和歌集十四（恋四）

あだに散《ち》る花よりも猶《なほ》はかなきはうつろふ人の心《こゝろ》なりけり

宗尊親王・文応三百首

［注解］参考歌「ひさしかれあだに散るなと桜花瓶に挿せれどうつろひにけり」（紀貫之・後撰和歌集三・春下）

宰相典侍歌合に、寄花恋

うつりゆく心の花のはてはまた色みゆるまでなりにけるかな

頓阿・頓阿法師詠

梅風

にほひくるたち枝《え》の梅の香《か》ぞ色にさくや心《こゝろ》の花《はな》の下風《かぜ》

正徹・永享五年正徹詠草

春風

色にふけ草木《くさき》もはるをしらぬまの人の心の花のはつかぜ

正徹・正徹物語

【本歌】

あはれとも憂《う》しとも物を思時《おもふ》などか涙《なみだ》のいとながる覧

よみ人しらず・古今和歌集十五（恋五）

【本歌取とされる例歌】

寄枕恋

哀《あは》れともうしとも今はなれをしぞしる人にせむ小夜《さよ》の手枕《たまくら》

昌叱・集外歌仙

【本歌】

あまの刈《か》る藻《も》にすむ虫《ゝし》の我からと音《ね》をこそなかめ世をばうら見じ

藤原直子・古今和歌集十五（恋五）

【本歌取とされる例歌】

隠名恋

あまのかるみるめを波《なみ》にまがへつゝなぐさの浜《はま》を尋《たづ》ね侘《わ》びぬる

藤原俊成・長秋詠藻

隠《かく》れなく藻《も》にすむ虫は見ゆれどもわれから曇《くも》る秋の夜《よ》の月

西行・宮河歌合

われからと藻《も》に住《す》む虫《むし》の名《な》にしおへば人をばさらに恨《うらみ》やはする

西行・山家集

おもほえずいさや藻《も》にすむ虫の名も人を恨《うらみ》のねにかへりつゝ

藤原良経・南海漁夫北山樵客百番歌合

荒磯《あらいそ》の玉藻《も》の床に仮寝《かりね》して我から袖をぬらしつるかな

式子内親王・式子内親王集

あぢきなや人の心の憂《う》きにさへたゞわれからと身を恨《うら》みつゝ

宗尊親王・文応三百首

【本歌】

わたつ海《み》のわが身こす浪立《たち》かへり海人《あま》の住《す》むてふうら見つる哉

よみ人しらず・古今和歌集十五（恋五）

［注解］「きみをおきてあだし心をわが持たば末の松山浪もこえなん」（よみ人しらず・古今和歌集二十・東歌）を本歌とする説がある。

【本歌取とされる例歌】

心からわが身越《こ》す浪《なみ》うきしづみうらみてぞふる八重《やへ》のしほ風《かぜ》

藤原家隆・家隆卿百番自歌合

【本歌】

新小田《あらをだ》をあら鋤《す》きかへし〱ても人の心を見てこそやまめ

よみ人しらず・古今和歌集十五（恋五）

【本歌取とされる例歌】

しき島の歌のあらす田荒れにけりあらすきかへせ歌の荒樔田《あらすだ》

香川景樹・桂園一枝

【本歌】

しぐれつゝもみづるよりもことの葉《は》の心の秋に逢《あ》ふぞわびしき

よみ人しらず・古今和歌集十五（恋五）

【本歌取とされる例歌】

逢不逢恋

初《はつ》しぐれ心《こゝろ》の秋に降《ふ》りそめてまづ色変《かは》る人のことの葉

藤原俊成女・俊成卿女家集

【本歌】

秋風の吹《ふ》きと吹《ふ》きぬる武蔵野《むさしの》はなべて草葉《くさば》の色かはりけり

よみ人しらず・古今和歌集十五（恋五）

【本歌取とされる例歌】

枯野

筑波嶺《つくばね》の緑《みどり》ばかりは武蔵野《むさしの》の草のはつかに見ゆる冬かな

賀茂真淵・あがた居の歌集

【本歌】

あき風の吹《ふ》き裏《うら》がへす葛《くず》の葉《は》のうらみても猶うらめしき哉

平貞文・古今和歌集十五（恋五）

【本歌取とされる例歌】

人しれず忍びけることを、文などちらすと聞きける人につかはしける

いかにせん葛《くず》のうらふく秋風に下《した》葉の露《つゆ》のかくれなき身を

相模・新古今和歌集十三（恋三）

后の宮久しく里におはしけるころ、つかはしける

葛《くず》の葉にあらぬわが身も秋風のふくにつけつゝうらみつる哉《かな》

村上天皇・新古今和歌集十四（恋四）

いかにせむ葛《くず》はふ松の時のまも恨《うら》みて吹《ふ》かぬ秋風ぞなき

後鳥羽院・遠島御百首

恨

秋かぜの吹《ふき》しく野辺の葛の葉の恨み渡るを人しらじやも

田安宗武・悠然院様御詠草

我ぞ先《まづ》見てましものをあだの野のくずのうら葉の恨み聞《きく》にも

上田秋成・藤簍冊子

【本歌】

秋といへばよそにぞ聞《き》きしあだ人の我を古《ふる》せる名《な》にこそありけれ

よみ人しらず・古今和歌集十五（恋五）

【本歌取とされる例歌】

置く露も色こそかはれあだ人の我をふるせる秋《あき》の袂《たもと》に

宗尊親王・文応三百首

【本歌】

うきながらけぬる泡《あわ》ともなりなな《ゝ》むながれてとだに頼《たの》まれぬ身は

紀友則・古今和歌集十五（恋五）

【本歌取とされる例歌】

川によす

人はよし流れてとだにいはずとも山城川のやまじとぞおもふ

小沢蘆庵・六帖詠草

【本歌】

流ては妹背《いもせ》の山のなかに落《お》つる吉野の河のよしや世中《よのなか》

よみ人しらず・古今和歌集十五（恋五）

【本歌取とされる例歌】

憂《う》しとだに岩浪高《たか》き吉野河よしや世中《よのなか》思ひ捨《す》て《ゝ》き

後鳥羽院・遠島御百首

［注解］「吉野河いはなみ高く行水のはやくぞ人を思そめてし」（紀貫之・古今和歌集十一・恋一）も本歌とされる。

【本歌】

深草の野《ゝ》辺《べ》の桜《さくら》し心あらばことし許《ばかり》はすみぞめに咲《さ》け

上野岑雄・古今和歌集十六（哀傷）

【本歌取とされる例歌】

あやめのふれはふにつけても、衣の色めにたちて

なきながすたもとにかけばあやめ草ねも墨染《すみぞめ》にうつれとぞ思ふ

源俊頼・散木奇歌集

【本歌】

あひ知れりける人の、身まかりにければ、よめる

夢とこそいふべかりけれ世中《よのなか》にうつゝある物と思ける哉《かな》

紀貫之・古今和歌集十六（哀傷）

【本歌取とされる例歌】

現《うつゝ》ある物とはなにを思ひ川見《み》よや消《き》え行《ゆく》水のうたかた

三条西実隆・再昌草

［注解］「思ひ河絶えず流るゝ水の泡のうたがた人にあはで消えめや」（伊勢・後撰和歌集九・恋一）も本歌とされる。

【本歌】

深草帝の御国忌の日、よめる

草ふかき霞の谷にかげかくし照《て》る日のくれし今日《けふ》にやはあらぬ

文屋康秀・古今和歌集十六（哀傷）

【本歌取とされる例歌】

月ごとの御月忌《き》などいひて、旧院《きうゐん》へも三昧堂《まいだう》にもまい《ゐ》り集《あつま》る人残《のこ》り少《すく》なさなど思ひ続《つゞ》くるに、涙《なみだ》も留《とゞ》まらず。

いくほどか照《て》る日《ひ》の入《い》りし今日ぞとてなごりも人の偲《しの》びはつべき

源通親・高倉院弁遐記

草ふかき霞の谷にはぐゝまる鶯のみやむかし恋ふらし

源実朝・金槐和歌集

【本歌】

深草帝御時に、蔵人頭にて、夜昼、なれつかうまつりけるを、諒闇になりにければ、更に世にも交じらずして、比叡山に登りて、頭おろしてけり。

その又の年、皆人御服脱ぎて、或は冠り賜はりなど、喜びけるを聞きて、よめる

みな人は花の衣になりぬなり苔《こけ》のたもとよかは《(わ)》きだにせよ

遍昭・古今和歌集十六（哀傷）

【本歌取とされる例歌】

服にて侍りける頃、十月一日同じさまなる人、我のみなん同じ姿にと言ひおこせて侍ければよめる

君《きみ》のみや花《はな》の色《いろ》にもたちかへで袂《たもと》の露《つゆ》はおなじ秋なる

康資王母・後拾遺和歌集十（哀傷）

ぬれて干《ほ》す山路の菊もある物を苔の袂はかは《(わ)》くまぞなき

後鳥羽院・遠島御百首

［注解］「ぬれて干す山路のきくのつゆのまに早晩ちとせを我は経にけむ」（素性・古今和歌集五・秋下）も本歌とされる。

【本歌】

桜を植へ《(ゑ)》てありけるに、やうやく花咲きぬべき時に、かの植へ《(ゑ)》ける人、身まかりければ、その花を見て、よめる

花よりも人こそあだになりにけれいづれを先《さき》に恋《こ》ひんとか見《み》し

紀茂行・古今和歌集十六（哀傷）

【本歌取とされる例歌】

花の歌

あだなりと花やかへりて思ふらむ常なき色にそむる心を

小沢蘆庵・六帖詠草

【本歌】

河原左大臣の、身まかりてのち、かの家にまかりてありけるに、塩釜と言ふ所の様を作れりけるを見て、よめる

きみまさで煙《〈けぶり〉》たえにし塩釜《ゝほがま》のうらさびしくも見えわたる哉

紀貫之・古今和歌集十六（哀傷）

【本歌取とされる例歌】

家に百首歌よませ侍けるに

ふる雪にたく藻《も》の煙《けぶり》かきたえてさびしくもあるか塩釜《しほがま》の浦《うら》

藤原兼実・新古今和歌集六（冬）

【本歌】

藤原利基朝臣の、右近中将にて住み侍ける曹司の、身まかりて後、人も住まずなりにけるを、秋の夜更けて、ものよりまうで来けるついでに見入れければ、元ありし前栽も、いと繁く荒れたりけるを見て、早くそこに侍ければ、昔を思遣りて、よみける

君《きみ》がうへ《(ゑ)》し一群《ひとむら》すゝき虫《むし》のねのしげき野辺《のべ》ともなりにけるかな

御春有助・古今和歌集十六（哀傷）

【本歌取とされる例歌】

古籬苅萱

籬《まがき》荒《あ》れて薄《すゝき》ならねど苅萱《かるかや》も繁《しげ》き野辺《のべ》とも成《(なり)》にける物を

西行・山家集

茂《しげ》き野《の》をいくひとむらに分《わ》けなしてさらに昔《むかし》をしのびかへさん

西行・新古今和歌集十七（雑中）

故郷《〈ふるさと〉》の一むら薄《〈すゝき〉》いかばかりしげき野原と虫《むし》の鳴らん

後鳥羽院・遠島御百首

【本歌】

身まかりなんとて、よめる
露をなどあだなる物と思けむわが身《み》も草《くさ》にを《（お）》かぬ許《（ばかり）》を
藤原惟幹・古今和歌集十六（哀傷）
【本歌取とされる例歌】
草《くさ》の葉《は》におかぬばかりの露《つゆ》の身はいつその数《かず》にいらむとす覧《（らん）》
藤原定頼・後拾遺和歌集十七（雑三）
［注解］「常ならぬ世は憂き身こそ悲しけれその数にだに入らじと思へば」（藤原公任・拾遺和歌集二十・哀傷）も本歌とされる。
あだなりと思《おも》ひしかども君よりはもの忘《わす》れせぬ袖のうは露《つゆ》
藤原道信・新古今和歌集十五（恋五）

【本歌】
わが上《うへ》に露《つゆ》ぞを《（お）》くなる天《あま》の河門《と》わたる舟の櫂《かい》のしづくか
よみ人しらず・古今和歌集十七（雑上）
【本歌取とされる例歌】
七月七日、梶の葉に書き付け侍りける
天《あま》の川《がは》とわたる舟《ふね》のかぢの葉《は》に思《おも》ふことをも書《か》き付《つ》くるかな
上総乳母・後拾遺和歌集四（秋上）

【本歌】
思《おも》ふどち円居《まとゐ》せる夜は唐錦たゝまくお《（を）》しき物にぞありける
よみ人しらず・古今和歌集十七（雑上）
【本歌取とされる例歌】
花の、庭に散りて侍りける所にてよめる
花の陰《かげ》たゝまく惜《を》しき今宵《こよひ》かな錦《にしき》をさらす庭《には》と見《み》えつゝ
清原元輔・後拾遺和歌集二（春下）
天暦四年三月十四日、藤壺にわたらせ給ひて、花お《（を）》しませ給ひけるに
円居《まとゐ》して見れどもあかぬ藤浪《ふぢなみ》のたゝまくお《（を）》しき今日《けふ》にもあるかな
村上天皇・新古今和歌集二（春下）
からにしきたゝまくお《（を）》しみくむ酒《さけ》にかつ色《いろ》そふるもみぢばのかげ
近藤保好・遊角筈別荘記

【本歌】
うれしきを何《なに》につゝまむ唐衣たもとゆたかに裁《た》てといはましを
よみ人しらず・古今和歌集十七（雑上）
【本歌取とされる例歌】
うれしさを昔《むかし》は袖《そで》につゝみけりこよひは身《み》にもあまりぬるかな
よみ人しらず・和漢朗詠集（慶賀）
良暹法師ものいひわたる人に逢ひがたきよしを歎きわたり侍けるに、今日なんかの人に逢ひたるといひおこせて侍ければつかはしける
うれしさをけふは何《なに》にかつゝむらん朽《く》ちはてにきと見《み》えしたもとを
藤原孝嘉・後拾遺和歌集十八（雑四）
初会恋の心をよめる
恋《こ》ひ〳〵て逢《あ》ふうれしさを包《つゝ》むべき袖は涙に朽《く》ちはてにけり
藤原公衡・千載和歌集十三（恋三）

【本歌】
紫のひともとゆへ《（ゑ）》に武蔵野《むさしの》の草はみながらあはれとぞ見る
よみ人しらず・古今和歌集十七（雑上）
【本歌取とされる例歌】
妻のおとうとを、持て侍ける人に、袍を贈るとて、よみて、遣りける

むらさきの色こき時はめもはるに野なる草《くさ》木ぞわかれざりける
在原業平・古今和歌集十七（雑上）

さくなむさ
紫の色にはさくなむさしのの《ゝ》草のゆかりと人もこそ見れ
如覚・拾遺和歌集七（物名）

武蔵野の《ゝ》春の気色〈けしき〉もしられけりかきねにめぐむ草のゆかりに
慈円・南海漁夫北山樵客百番歌合

野
筑紫《つくし》にも紫おふる野辺はあれどなき名かなしぶ人ぞ聞《きこ》えぬ
菅原道真・新古今和歌集十八（雑下）

［注解］参考歌「春日野の飛火の野守見し物をなき名と言はば罪もこそ得れ」（よみ人しらず・後撰和歌集十・恋二）

【本歌】

妻のおとうとを持て侍ける人に、袍を贈るとて、よみて、遣りける

むらさきの色こき時はめもはるに野なる草《くさ》木ぞわかれざりける
在原業平・古今和歌集十七（雑上）

［注解］「紫のひともとゆへ《ゑ》に武蔵野の草はみながらあはれとぞ見る」（よみ人しらず・古今和歌集十七・雑上）が本歌とされる。

【本歌取とされる例歌】

百首歌たてまつりし時
天《あめ》の下《した》めぐむ草《くさ》木のめもはるにかぎりもしらぬ御代《みよ》のすゑ〲
式子内親王・新古今和歌集七（賀）

霞を
紫《むらさき》のめも遥《はる》〲と出《い》づる日に霞色《いろこ》濃き武蔵野《むさしのゝ》の原
賀茂真淵・あがた居の歌集

【本歌】

五節舞姫を見て、よめる

天《あま》つかぜ雲の通《かよ》ひ路《ぢ》ふきとぢよをとめの姿《すがた》しばしとゞめむ
良岑宗貞・古今和歌集十七（雑上）

【本歌取とされる例歌】

天《あま》つ風氷をわたる冬の夜の乙女の袖をみがく月影
式子内親王・式子内親王集

新院位の御時、五節の比、物見に参りて侍りけるに、変らぬ世の気色に思ひ出づること多くて
天乙女《あまをとめ》通ふ雲路《くもぢ》は変らねどわがたち馴《な》れし世《よ》のみ恋《こひ》しき
藤原為子・玉葉和歌集十四（雑一）

【本歌】

五節の朝に、簪の玉の落ちたりけるを見て、誰がならむと訪ひて、よめる

主《ぬし》やたれ問《と》へどしらたまいはなくにさらばなべてやあはれと思《おも》はむ
源融・古今和歌集十七（雑上）

【本歌取とされる例歌】

涼しさは秋もやくると行《ゆ》く水に問へど白玉《しらたま》岩そそくなり
中山宣親・文亀三年三十六番歌合

【本歌】

寛平御時に、殿上の侍に侍ける男ども、瓶を持たせて、后宮の御方に、大御酒の下しと聞こえに奉りたりけるを、蔵人ども笑ひて、瓶を御前に持て

出でて、ともかくも言はずなりにければ、使の帰りきて、さなむありつると言ひければ、蔵人の中に贈りける

玉《たま》だれのこがめやいづらこよろぎの磯《いそ》の浪わけおきに出《い》でにけり

藤原敏行・古今和歌集十七（雑上）

【本歌取とされる例歌】

こよろぎの磯といふところにて、月を見て

こよろぎの磯《いそ》より遠《とを》くひくしほに浮《う》かべる月は沖《おき》にいでにけり

兼好・兼好法師集

古郷《ふるさと》は波路《なみぢ》へだてて《（ゝ）》こゆるぎのこがめならでもおきに出《いで》にけり

水無瀬氏成・後鳥羽院四百年忌御会

【本歌】

わが心なぐさめかねつ更科《さらしな》やをばすて山にてる月を見て

よみ人しらず・古今和歌集十七（雑上）

【本歌取とされる例歌】

女のもとより帰りて、朝につかはしける

帰《かへ》りけむ空《そら》も知《し》られずをばすての山より出《い》でし月を見し間《ま》に

源重光・後撰和歌集十（恋二）

思《おも》ひいでもなくてやわが身やみなましをばすて山《やま》の月みざりせば

済慶・詞花和歌集九（雑上）

伯母が峰と申すところの見渡されて、月ことに見え侍しかば。

姨捨《をばすて》は信濃《しなの》ならねどいづくにも月すむ峰《みね》の名にこそ有けれ

西行・山家心中集

勧持品

あま雲のはるゝみ空《そら》の月かげにうらみなぐさむ姨捨《をばすて》のやま

西行・山家心中集

更級《さらしな》や姨捨《をばすて》山に月見《み》るとみやこにたれか我《われ》を知《し》るらん

藤原季通・千載和歌集八（羇旅）

家に月五十首歌よませ侍ける時

月だにもなぐさめがたき秋の夜《よ》の心もしらぬ松の風かな

藤原良経・新古今和歌集四（秋上）

更級《さらしな》やをばすて山のありあけのつきずもものを思ふ比《（ころ）》かな

伊勢・新古今和歌集十四（恋四）

更級《さらしな》の山よりほかに照《て》る月もなぐさめかねつこのごろの空

凡河内躬恒・新古今和歌集十四（恋四）

さらしなやをばすて山の高ねよりあらしを分《（わけ）》ていづる月かげ

藤原家隆・家隆卿百番自歌合

心のみ姨捨《をばすて》山とすみなれし月に宿《やど》かる更科《さらしな》の里

藤原俊成女・俊成卿女家集

月にのみなぐさむ秋はさらしなの里《さと》の心や知らで過ぎなん

藤原為相・為相百首

光音寺僧正雲雅坊にて名所歌よみ侍しに、伯母奇山秋

よしさらばなぐさめかぬる身の憂《う》さを姥捨《をばすて》山の月にかこたむ

頓阿・頓阿法師詠

身の行《ゆ》くへなぐさめかねし心にはをばすて山の月もうかりき

宗良親王・新葉和歌集五（秋下）

九月十三夜十首歌合に、名所月

秋ごとになぐさめがたき月ぞとはなれても知るやをばすての山

藤原為氏・正風体抄

秋の歌とて

秋風はたちにけらしなさらしなやをばすて山のゆふ月の空

賀茂真淵・賀茂翁家集拾遺

【本歌】

おほかたは月をも賞《め》でじこれぞこの積《つも》れば人の老《お》いとなる物

在原業平・古今和歌集十七（雑上）

【本歌取とされる例歌】

摂政太政大臣家百首歌合に、暁恋

つれなさのたぐひまでやはつらからぬ月をもめでじありあけの空

藤原有家・新古今和歌集十二（恋二）

［注解］「晨明のつれなく見えし別より暁許うき物はなし」（壬生忠岑・古今和歌集十三・恋三）も本歌とされる。

おもひかねつもればおふる月を見てつれなき人に年は経にけり

藤原家隆・家隆卿百番自歌合

よしやたゞ思も入《い》れじこれも又つもれば老の秋の夕暮《ゆふぐれ》

宗尊親王・文応三百首

かすみより霜夜《よ》に月をながめ来《き》てつもれば老と暮《く》るゝ年《とし》哉《かな》

宗尊親王・文応三百首

いまは又月をもめでじつらさのみつもれば曇《くも》る袖の涙《なみだ》に

二条良基・後普光園院殿御百首

稀恋

忘《わす》られぬ月みて老《おい》となる斗《ばかり》あはぬ夜《よ》おほくつもる中かな

正徹・永享五年正徹詠草

惜月

つもるべき老《おい》とききては時のまもをしとおもふ夜ぞ月にそひぬる

武者小路実陰・芳雲和歌集

【本歌】

池に、月の見えけるを、よめる

ふたつなき物と思《おもひ》しを水底《みなそこ》に山の端《は》ならでいづる月かげ

紀貫之・古今和歌集十七（雑上）

【本歌取とされる例歌】

水のおもにやどる月さへ入《い》りぬるは浪のそこにもやまやありける

西行・山家心中集

【本歌】

いにしへの野中の清《し》水ぬるけれど本《もと》の心をしる人ぞくむ

よみ人しらず・古今和歌集十七（雑上）

【本歌取とされる例歌】

あひ住みける人、心にもあらで別れにけるが、「年月をへても逢ひ見む」と書きて侍ける文を見出でてつかはしける

いにしへの野中の清《し》水見るからにさしぐむ物は涙なりけり

よみ人しらず・後撰和歌集十二（恋四）

識揚神飛観難成就

年をへてすますしるしもなかりけり野中の清《し》水もとの心は

頓阿・頓阿法師詠

【本歌】

世中《よのなか》にふりぬる物は津《つ》の国《くに》のながらの橋《はし》と我となりけり

よみ人しらず・古今和歌集十七（雑上）

【本歌取とされる例歌】

寄橋恋

ふりにけるためしにだにも思《おも》ひいでよ長柄《ながら》の橋《はし》のかけはなるとも

兼好・兼好法師集

長柄の渡り過ぬる程心ちわびしくて、輿のうちに睡りゐて尋ねも見ず過て後なん、かしこぞと申せしかば

橋柱《ばしら》ふりぬる跡も問《と》ふべきを過《〈すぎ〉》しながらにそれと見《み》ざりき

三条西実隆・再昌草

［注解］「葦間より見ゆる長柄の橋柱昔の跡のしるべなりけり」（藤原清正・拾遺和歌集八・雑上）も本歌とされる。

【本歌】

大荒木《おほあらき》の森《もり》の下草《したくさ》老《お》いぬれば駒《こま》もすさめず刈《か》る人もなし

よみ人しらず・古今和歌集十七（雑上）

【本歌取とされる例歌】

右大将定国四十賀に、内より屏風調じて賜ひけるに

大荒木《おほあらき》の森《もり》の下《した》草しげりあひて深くも夏のなりにけるかな

壬生忠岑・拾遺和歌集二（夏）

五月五日に、はじめたる所にまかりてよみ侍りける

香《か》をとめてとふ人あるをあやめ草《ぐさ》あやしく駒《こま》のすさめざりける

恵慶・後拾遺和歌集三（夏）

夏深《なつふか》くなりぞしにける大荒木《おほあらき》の森《もり》の下草《したくさ》なべて人刈《か》る

平兼盛・後拾遺和歌集三（夏）

老蘇《おいそ》の森《もり》にて、

我袖よ駒もすさめぬたぐひにて老蘇《おいそ》の杜の雫《しづく》をぞかる

一条兼良・藤河の記

【本歌】

老《お》いらくの来《こ》むと知《し》りせば門《かど》さしてなしと答《こた》へて逢《あ》はざらましを

よみ人しらず・古今和歌集十七（雑上）

【本歌取とされる例歌】

逢《あ》はじとて葎《むぐら》の宿《やど》をさしてしをいかでは老の身を尋ぬらん

式子内親王・式子内親王集

【本歌】

取《と》りとむる物にしあらねば年月をあはれあな憂《う》と過《す》ぐしつる哉

よみ人しらず・古今和歌集十七（雑上）

【本歌取とされる例歌】

とりとむる物とはなしに行《〈ゆく〉》雲の今年もはやく暮るゝ空哉《〈かな〉》

藤原家隆・家隆卿百番自歌合

【本歌】

留《とゞ》めあへずむべもとしとは言《い》はれけりしかもつれなく過《す》ぐる齢《よはひ》か

よみ人しらず・古今和歌集十七（雑上）

【本歌取とされる例歌】

秋述懐

今年《ことし》だに露の玉の緒かけとめて秋は限《〈かぎり〉》を見《み》るもつれなし

三条西実隆・再昌草

【本歌】

鏡山いざたちよりて見てゆかむ年へぬる身は老《お》いやしぬると

よみ人しらず・古今和歌集十七（雑上）

【本歌取とされる例歌】

鏡山を過《す》ぐるとても、墨染《すみ》の改《あらた》むるわが面影も憚《はゞか》りある心地して、「いざ立《た》ち寄《よ》りて」とも覚《おぼ》え侍らず。

立寄《よ》りて見《み》つと語《かた》るな鏡《かゞみ》山名を世に留《と》めん影も憂《う》ければ

宗久・都のつと

【本歌】

同じ御時の殿上の侍にて、男どもに、大御酒賜ひて、大御遊びありけるついでに、仕う奉れる

老《お》いぬとてなどかわが身を責《せめ》きけむ老《お》いずは今日《けふ》に逢《あ》はましものか

藤原敏行・古今和歌集十七（雑上）

【本歌取とされる例歌】

せめて身《み》の老《おい》ずはけふにとばかりはこよひの月《つき》にいはまほしけれ

山本春正・水戸徳川家九月十三夜会

【本歌】

ちはやぶる宇治の橋守汝《はしもりなれ》をしぞあはれとは思《〈おもふ〉》年のへぬれば

よみ人しらず・古今和歌集十七（雑上）

【本歌取とされる例歌】

橋

年経《としふ》とも宇治《うぢ》の橋守《はしもり》われならばあはれと思《おも》ふ人もあらまし

藤原俊成・長秋詠藻

又人にかはりて

ちはやぶる宇治《うぢ》の橋守言《はしもりこと》と《ゝ》はむいくよすむべき水のながれぞ

藤原俊成・長秋詠藻

我恋《こひ》は年《とし》ふるかひもなかりけりうらやましきは宇治《うぢ》の橋守《はしもり》

藤原顕方・千載和歌集十二（恋二）

嘉応元年、入道前関白太政大臣、宇治にて、河水久澄といふ事を人々によませ侍けるに

としへたる宇治《うぢ》の橋守《はしもり》こと《ゝ》とはん幾代《いくよ》になりぬ水のみなかみ

藤原清輔・新古今和歌集七（賀）

【本歌】

我見ても久《ひさ》しくなりぬ住《すみ》の江《え》の岸《きし》の姫《ひめ》松いく世《よ》へぬらん

よみ人しらず・古今和歌集十七（雑上）

【本歌取とされる例歌】

屏風にかきつけ侍し

住吉《の江》の岸《きし》の姫松ふりにけりいづれの世にか種《たね》はまきけむ

源実朝・金槐和歌集

［注解］参考歌「梓弓いそべの小松誰が世にか万世かねて種をまきけむ」（よみ人しらず・古今和歌集十七・雑上）

わが氏の神は岡部の賀茂なり。ある時東麻呂大人《うし》都《みやこ》に帰《かへ》るに、浜松に由《よし》ありてしばらく憩《いこ》へるまゝに、詣て詠《よみ》ける歌、

瑞《みづ》垣や其神山の影うつす岡部の松もいく世経《へ》ぬらむ

とぞありし。

賀茂真淵・岡部日記

【本歌】

住吉の岸のひめ松人ならば幾《いく》世かへしと問《ゝ》はまし物を

よみ人しらず・古今和歌集十七（雑上）

【本歌取とされる例歌】

ちはやぶる神代《よ》のことも人《ひと》ならば問《と》はまし物を白菊《しらぎく》の花

藤原実行・千載和歌集十（賀）

心あらば神代の昔《むかし》問てまし年《とし》を古《ふ》りぬる住吉の松

田向経秀・宝徳二年十一月仙洞歌合

【本歌】

かくしつゝ世《よ》をや尽《つく》さむ高砂《たかさご》のおの《(を)》へに立《た》てる松ならなくに

よみ人しらず・古今和歌集十七（雑上）

【本歌取とされる例歌】
高砂《たかさご》の尾上《〈をのへ〉》の松の夕時雨《〈ゆふしぐれ〉》かくてふり行《〈ゆく〉》身をやつくさん
藤原家隆・家隆卿百番自歌合

【本歌】
たれをかも知《し》る人にせむ高砂《たかさご》の松も昔の友ならなくに
藤原興風・古今和歌集十七（雑上）

【本歌取とされる例歌】
八月十五夜、和歌所歌合に、月多秋友といふこと
をよみ侍し
高砂《たかさご》の松もむかしになりぬべしなを《〈ほ〉》ゆくすゑは秋の夜《よ》の月
寂蓮・新古今和歌集七（賀）

故郷花
尋ても誰にか問《と》はむ故郷《〈ふるさと〉》の花もむかしのあるじならねば
源実朝・金槐和歌集
［注解］「ひとはいさ心もしらずふるさとは花ぞ昔の香ににほひける」（紀貫之・
古今和歌集一・春上）も本歌とされる。

種《たね》まきしその世ながらの友なれや苔むす岩も高砂の松
庭田政賢・宝徳二年十一月仙洞歌合

【本歌】
わたつ海の沖《おき》つ潮合《しほあひ》にうかぶ泡《あわ》のきえぬ物からよる方もなし
よみ人しらず・古今和歌集十七（雑上）

【本歌取とされる例歌】
和歌の浦《うら》や沖《おき》つ潮合《しほあひ》に浮《うか》び出《い》づるあはれわが身のよるべ知《し》らせよ
藤原家隆・新古今和歌集十八（雑下）

有明の月もおちくる潮合《しほあ》ひにうかぶ淡路《あはぢ》の千鳥鳴《〈なく〉》也
小倉実右・宝徳二年十一月仙洞歌合

【本歌】
わたつ海《うみ》のかざしにさせる白妙の浪もてゆへる淡路島《あはぢしま》山
よみ人しらず・古今和歌集十七（雑上）

【本歌取とされる例歌】
卯《う》の花のさきぬる時《とき》はしろたへの浪《なみ》もてゆへる垣根《かきね》とぞみる
藤原重家・新古今和歌集三（夏）
［注解］参考歌「卯の花の咲ける垣根は陸奥の籬の島の浪かとぞ見る」（よみ人し
らず・拾遺和歌集二・夏）

名所歌あまたよみ侍りし中に
みちのくのまがきの島は白妙《しろたへ》の浪《なみ》もてゆへる名にこそありけれ
藤原為家・正風体抄

【本歌】
貫之が、和泉国に侍ける時に、大和より越えまう
できて、よみて、遣はしける
きみを思《おも》ひおきつの浜《はま》になく鶴《たづ》のたづね来《く》ればぞありとだに聞《き》く
藤原忠房・古今和歌集十七（雑上）

【本歌取とされる例歌】
ことと《ゝ》へよ思《〈おもひ〉》おきつの浜千鳥《はまちどり》なく〳〵いでしあとの月かげ
藤原定家・新古今和歌集十（羇旅）

いのりてたづぬる恋
しるべなき興津《おきつ》の浜《はま》になく鶴《たづ》のこゑをあはれと神はきかなむ
兼好・兼好法師集

【本歌】
おきつ浪たかしの浜《はま》の浜《はま》松の名《な》にこそ君を待《ま》ちわたりつれ

紀貫之・古今和歌集十七（雑上）

【本歌取とされる例歌】

あだなみの高師《たかし》の浜のそなれ松馴《〈なれ〉》ずはかけて我恋《〈われこひ〉》めやも

藤原定家・定家卿百番自歌合

【本歌】

布引の滝にて、よめる

こき散《ち》らす滝《たき》の白玉ひろひをき《（お）》て世のうき時の涙にぞかる

在原行平・古今和歌集十七（雑上）

【本歌取とされる例歌】

寄玉恋

わが袖のうへにぞおつる拾《ひろ》ひ置てかへらんといひし滝の白玉

細川幽斎・玄旨百首

【本歌】

比叡山なる音羽の滝を見て、よめる

おちたぎつ滝《たき》の水神《みな〈かみ〉》年つもり老《お》いにけらしな黒《くろ》きすぢなし

壬生忠岑・古今和歌集十七（雑上）

【本歌取とされる例歌】

年《とし》つもる涙《なみだ》もそでに落《お》ちたぎつ我《わ》がしらかみもくろき筋《すぢ》なし

国枝直旨・若むらさき

【本歌】

田村御時に、女房の侍にて、御屏風の絵御覧じけるに、滝落ちたりける所面白し、これを題にて歌よめと、侍ふ人に仰せられければ、よめる

思《〈おもひ〉》せく心の内の滝《たき》なれや落《お》つとは見れどをと《（お）》のきこえぬ

三条町・古今和歌集十七（雑上）

【本歌取とされる例歌】

思《おも》ひ堰《せ》く心中《〈こころのうち〉》のしがらみも堪《た〈へ〉》えずなりゆく涙川かな

藤原親盛・千載和歌集十二（恋二）

【本歌】

世中はなにか常《つね》なるあすか河《ゞは》きのふの淵《ふち》ぞけふは瀬《せ》になる

よみ人しらず・古今和歌集十八（雑下）

【本歌取とされる例歌】

あすか河かはるふちせもあるものをせく方しらぬとしのくれかな

如願・新勅選和歌集六（冬）

ながれての末をも何か頼むべき飛鳥《〈あすか〉》の川のあすしらぬよに

永福門院・永福門院百番御自歌合

淵瀬《せ》にはかはるとすれど飛鳥《あすか》河淀《かはよど》さらず澄《す》める月影《かげ》

二条良基・後普光園院殿御百首

［注解］参考歌「明日香河川淀さらず立つ霧の思ひ過ぐべき恋にあらなくに」（山部赤人・万葉集三・325）

無常

飛鳥川《あすかゞは》かはる淵瀬《ふちせ》にゆく水のつねなきこともたえずぞ有ける

頓阿・頓阿法師詠

変恋

あすか川かはる淵《ふち》せを我が中のたぐひに見るもうき契り哉《かな》

後西天皇・万治御点

【本歌】

幾《いく》世しもあらじわが身をなぞもかく海人《あま》の刈《か》る藻《も》に思みだるゝ

よみ人しらず・古今和歌集十八（雑下）

【本歌取とされる例歌】

関白家に花歌よませられしに

さのみなど花にそむらんいく世《よ》しもあらじわが身《み》の老《お》いの心《こゝろ》を
頓阿・頓阿法師詠

【本歌】
雁のくる峰の朝霧《あさぎり》はれずのみ思《おも》ひ尽《つ》きせぬ世中《よのなか》の憂《う》さ
よみ人しらず・古今和歌集十八（雑下）

【本歌取とされる例歌】
秋《あき》霧の深《ふか》きみ山に立《た》つ鹿も思ひ尽《つ》きせぬ音をや鳴《な》くらん
宗尊親王・文応三百首

雁のくるあさけの霧《きり》に嶺こえて思つきせぬ旅の空《そら》かな
頓阿・頓阿法師詠

峰初雁
明《あけ》わたるみねの霧間《きりま》の絶《たえ》〲《だえ》につばさ見《み》えくる初雁《はつかり》の声《こゑ》
南部行信・南部家桜田邸詩歌会

【本歌】
しかりとて背《そむ》かれなくに事しあればまづ嘆《なげ》かれぬあな憂《う》世中《よのなか》
小野篁・古今和歌集十八（雑下）

【本歌取とされる例歌】
いかゞすべき世《よ》にあらばやは世《よ》をも捨《す》てゝあな憂《う》き世《よ》やとさらに思《おも》はん
西行・新古今和歌集十八（雑下）

秋
なげきてもそむかれなくに小倉山たゞしかばかりねこそなかるれ
藤原為家・中院詠草

偽《いつは》りのあるならひにや人ごとにそむかれぬ世を憂《う》しといふらん
頓阿・頓阿法師詠

【本歌】
文屋康秀が、三河掾になりて、県見には、え出で立たじやと、言ひ遣れりける返事に、よめる
わびぬれば身をうき草の根《ね》をたえて誘《さそ》ふ水あらば去《い》なむとぞ思《おもふ》
小野小町・古今和歌集十八（雑下）

【本歌取とされる例歌】
花さへに世をうき草になりにけり散るを惜《を》しめばさそふ山水《やまみづ》
西行・宮河歌合

恨《うら》みずやうき世《よ》を花のいとひつゝさそふ風あらばと思《おも》ひけるをば
藤原俊成女・新古今和歌集二（春下）

ひろ通が書侍るうき草といふものをかり置て侍るを、「外に見せ侍るまゝかへして」ときこへ《（え）》ければ、かへすとて
根《ね》をとめて見《み》ばやと思《おも》ふ浮草《うきくさ》を何《なに》とて水《みづ》の又《また》さそふらん
岡田忠篤・霞関集

【本歌】
世中《よのなか》の憂《う》きもつらきも告《つ》げなくにまづ知《し》る物はなみだなりけり
よみ人しらず・古今和歌集十八（雑下）

【本歌取とされる例歌】
忍びて人にもの申侍けるころ
何ごとも心にこめて忍ぶるをいかで涙のまづ知《し》りぬらん
和泉式部・和泉式部集

涙《なみだ》には秋のゆふべは告《つ》げなくにあはれ知《し》らする袖の露哉《かな》
宗尊親王・文応三百首

【本歌】
世《よ》の中《なか》は夢かうつゝかうつゝとも夢とも知《し》らずありてなければ
よみ人しらず・古今和歌集十八（雑下）

【本歌取とされる例歌】

五十首歌たてまつりし時

さくら花夢かうつゝか白雲のたえてつねなき峰《みね》の春風

藤原家隆・新古今和歌集二（春下）

［注解］「風ふけば峰にわかるゝ白雲の絶えてつれなき君が心か」（壬生忠岑・古今和歌集十二・恋二）も本歌とされる。

うつゝとも夢ともしらぬ世にしあれば有《〈あり〉》とてありと頼《〈たのむ〉》べき身か

源実朝・金槐和歌集

［注解］「ありとてもたのむべきかは世の中を知らする物は朝顔の花」（和泉式部・後拾遺和歌集四・秋上）も本歌とされる。

【本歌】

山里は物のわびしき事こそあれ世の憂《う》きよりは住《す》みよかりけり

よみ人しらず・古今和歌集十八（雑下）

【本歌取とされる例歌】

春のころ粟田にまかりてよめる

憂《う》き世をば峰《みね》のかすみや隔《へだ》つらん猶《〈なほ〉》山里《ざと》は住《す》みよかりけり

藤原公任・千載和歌集十七（雑中）

鳥羽にて歌合し侍りしに、山家嵐といふことを

山里《ざと》は世《よ》のうきよりは住《す》みわびぬことのほかなる峰の嵐に

丹後・新古今和歌集十七（雑中）

少将井の尼、大原より出でたりと聞きてつかはしける

世にそむく方《かた》はいづくにありぬべし大原《おほはら》山は住《す》みよかりきや

和泉式部・新古今和歌集十七（雑中）

うきよりは住《す》みよかりけりと計《〈ばかり〉》よ跡なき霜に杉たてる庭

藤原定家・定家卿百番自歌合

山里《ざと》に聞《き》こえくれどもいとはれず世《よ》の憂《う》さならぬ松風《かぜ》の声

二条良基・後普光園院殿御百首

林鳥

むら鳥《とり》も住《すむ》よければや世《よ》に遠《とほ》き山《やま》の林《はやし》にねぐらとふなり

敬蓮・霞関集

【本歌】

白雲の絶《た》えずたなびく峰にだに住《す》めば住《す》みぬる世にこそありけれ

惟喬親王・古今和歌集十八（雑下）

【本歌取とされる例歌】

月影もすめばすみけり白《しら》雲のたえずたなびく峰の木枯《がらし》

藤原家隆・家隆卿百番自歌合

【本歌】

いづくにか世をば厭《いと》はむ心こそ野にも山にも迷《〈まよふ〉》べらなれ

素性・古今和歌集十八（雑下）

【本歌取とされる例歌】

ながめわびぬ秋よりほかの宿《やど》もがな野にも山にも月やすむらん

式子内親王・新古今和歌集四（秋上）

【本歌】

み吉野《よしの》の山のあなたに宿《やど》も哉《〈がな〉》世のうき時のかくれがにせむ

よみ人しらず・古今和歌集十八（雑下）

【本歌取とされる例歌】

山

憂《うき》身をばわが心さへふり捨《す》てて山《やま》のあなたに宿《やど》もとむなり

藤原俊成・長秋詠藻

我《わ》が宿《やど》は山のあなたにある物《もの》をなにとうき世を知らぬ心ぞ

西行・宮河歌合

世をのがれてのち百首歌よみ侍けるに、花歌とて

今《いま》はわれ吉野《よしの》の《ゝ》山の花をこそ宿《やど》の物とも見るべかりけれ

藤原俊成・新古今和歌集十六（雑上）

足引《あしひき》の山より奥に宿もがな年退《の》くまじき隠家《かくれが》にせむ

源実朝・金槐和歌集

【本歌】

世にふれば憂《う》さこそまされみ吉野《よしの》の《ゝ》岩《いは》のかけ道《みち》ふみならしてむ

よみ人しらず・古今和歌集十八（雑下）

【本歌取とされる例歌】

思ふこと侍けるころ、初雪ふり侍ける日

ふればかく憂《う》さのみまさる世をしらで荒《あ》れたる庭につもる初雪《はつ》

紫式部・新古今和歌集六（冬）

【本歌】

いかならん巌《いはほ》の中《なか》に住《す》まばかは世の憂《う》きことの聞《き》こえこざらむ

よみ人しらず・古今和歌集十八（雑下）

【本歌取とされる例歌】

憂《う》きことは巌《いはほ》の中も聞《きこ》ゆなりいかなる道もありがたの世《よ》や

式子内親王・式子内親王集

しほ《を》りせでなを《ほ》山深《ふか》くわけ入《い》らんうきこと聞《き》かぬ所ありやと

西行・新古今和歌集十七（雑中）

弥生の初めつ方山里へまかりて

山里は巌《いはほ》の中《なか》と聞つるを花に籠《こも》れるところなりけり

賀茂真淵・あがた居の歌集

【本歌】

世中《よのなか》の憂《う》けくに飽《あ》きぬ奥山のこの葉《は》にふれる雪やけなまし

よみ人しらず・古今和歌集十八（雑下）

【本歌取とされる例歌】

千首たてまつりし時、夜月を

世の中のうけくに秋の月を見て涙くもらぬよはぞすくなき

花山院師兼・新葉和歌集五（秋下）

[注解]「身のうさの秋はわするゝ物ならばなみだくもらで月は見てまし」（藤原頼輔・千載和歌集四・秋上）、「いつまでか涙くもらで月は見し秋まちえても秋ぞこひしき（慈円・新古今和歌集四・秋上）も本歌とされる。

【本歌】

山の法師のもとへ、遣はしける

世をすてて《ゝ》山に入《いる》ひと山にても猶《なほ》うき時はいづちゆくらむ

凡河内躬恒・古今和歌集十八（雑下）

【本歌取とされる例歌】

山

いつよりの水の心《こゝろ》か山にてもなを《ほ》うきかどと《ゝ》ながれいでけん

正徹・永享九年正徹詠草

【本歌】

木にもあらず草にもあらぬ竹のよの端《はし》にわが身はなりぬべら也《なり》

よみ人しらず・古今和歌集十八（雑下）

【本歌取とされる例歌】

秋の色を木にも草にも染《そ》めはてて《ゝ》竹の葉そよぎ降《ふ》るしぐれかな

宗尊親王・文応三百首

竹雪

竹《たけ》そよぐ音《おと》だにたえて木《き》にもあらず草《くさ》とも見《み》えずうづむしら雪《ゆき》

内海宗恵・倭謌五十人一首

【本歌】

田村の御時に、事に当りて、津国の須磨と言ふ所に籠り侍けるに、宮のうちに侍ける人に、遣はしける

わくらばに問人《とふ》あらば須磨《すま》の浦にもしほたれつゝ侘《わ》ぶとこたへよ

在原行平・古今和歌集十八（雑下）

【本歌取とされる例歌】

恋の心をよめる

人しれぬ恋《こひ》をしすまの浦《うら》人は泣しほたれて過《すぐ》す也けり

源師時・金葉和歌集（補遺歌）

山里《やまざと》はあはれなりやと人問《ひとと》はば鹿《しか》の鳴く音《ね》を聞けと答《こた》へん

西行・宮河歌合

百首歌たてまつりし時

恋《こひ》をのみすまの浦《うら》人藻塩《もしほ》たれほしあへぬ袖のはてをしらばや

藤原良経・新古今和歌集十二（恋二）

須磨の蜑の氷《こほ》りし袖の浦《うら》浪に春は霞《かすみ》の藻塩垂《しほた》れつゝ

藤原俊成女・俊成卿女家集

【本歌】

ありはてぬ命待《いのちま》つまのほど許《ばかり》うき事しげく思《おも》はずも哉《がな》

平貞文・古今和歌集十八（雑下）

【本歌取とされる例歌】

恋十首よみ侍りけるに

たれもこのあはれみじかき玉《たま》の緒《を》にみだれてものをおもはずもがな

藤原定家・正風体抄

［注解］「玉の緒の絶えてみじかき命もて年月ながき恋もするかな」（紀貫之・後撰和歌集十・恋二）も本歌とされる。

【本歌】

親王宮の帯刀に侍けるを、宮仕へ仕う奉らずとて、解けて侍ける時に、よめる

筑波嶺《つくばね》の木《こ》のもとごとに立《た》ちぞよる春のみ山の陰《かげ》をこひつゝ

宮道潔興・古今和歌集十八（雑下）

［注解］「筑波嶺のこのもかのもに影はあれど君が御かげにますかげはなし」（よみ人しらず・古今和歌集二十・東歌）が本歌とされる。

【本歌取とされる例歌】

おしなべて春はきにけり筑波嶺《つくばね》の木《こ》のもとごとに霞《かすみ》たなびく

源実朝・金槐和歌集

【本歌】

時なりける人の、俄に時なくなりて嘆くを見て、自らの、嘆きもなく、喜びもなきことを思て、よめる

光《ひかり》なき谷には春もよそなれば咲《さ》きてとく散《ち》る物思《おもひ》もなし

清原深養父・古今和歌集十八（雑下）

【本歌取とされる例歌】

光なき谷の鶯《うぐひす》いかにしてよそなる春の色を知《し》るらん

宗尊親王・文応三百首

【本歌】

桂に侍ける時に、七条中宮の問はせ給へりける御返事に、奉れりける

久方のなかに生《お》ひたる里《さと》なれば光《ひかり》をのみぞ頼《たの》むべらなる

伊勢・古今和歌集十八（雑下）

【本歌取とされる例歌】

ひさかたの中なる河の鵜飼《うかひ》舟いかにちぎりて闇《やみ》を待《ま》つらん

藤原定家・新古今和歌集三（夏）

河月

忘《わす》れじなすみなれつゝも久堅《〈ひさかた〉》の中に生《〈おひ〉》たる里の河浪

細川幽斎・玄旨百首

【本歌】

紀利貞が、阿波介にまかりける時に、餞別せむとて、今日と言ひ送れりける時に、此処彼処にまかり歩きて、夜更くるまで見えざりければ、遣はしける

今ぞ知《し》るくるしき物と人またむ里《さと》をば離《か》れず訪《と》ふべかりけり

在原業平・古今和歌集十八（雑下）

【本歌取とされる例歌】

恨《うら》みても里をばかれぬくずかづらくるしき物と誰を待《ま》つらん

宗尊親王・文応三百首

【本歌】

惟喬親王のもとにまかり通ひけるを、頭おろして、小野と言ふ所に侍けるに、正月に、訪らはむとてまかりたりけるに、比叡山の麓なりければ、雪いと深かりけり。強ひてかの室にまかり至りて、拝みけるに、つれ〴〵として、いともの悲しくて、帰りまうで来て、よみて、贈りける

わすれては夢《ゆめ》かとぞ思《〈おほふ〉》おもひきや雪《ゆき》ふみわけて君《きみ》を見むとは

在原業平・古今和歌集十八（雑下）

【本歌取とされる例歌】

建礼門院、大原におはしましける比参りたるに、夢の心地のみして侍りければ、思ひ続け侍りける

今や夢《ゆめ》昔や夢とたどられていかに思へどうつつとぞなき

建礼門院右京大夫・風雅和歌集十七（雑下）

【本歌】

深草の里に住み侍て、京へまうで来とて、そこなりける人に、よみて、贈りける

年をへて住《す》みこし里《さと》をいでて《ゝ》去《い》なばいとゞ深草野《の》とやなり南《〈なむ〉》

在原業平・古今和歌集十八（雑下）

【本歌取とされる例歌】

千五百番歌合に

深草《ふかくさ》のさとの月かげさびしさもすみこしまゝの野《ゝ》べの秋風

源通具・新古今和歌集四（秋上）

［注解］参考歌「すむ人もなき山里の秋の夜は月の光もさびしかりけり」（藤原範永・後拾遺和歌集四・秋上）、「夕されば野辺の秋風身にしみてうづらなくなり深草のさと」（藤原俊成・千載和歌集四・秋上）。

深草や竹のは山の夕霧に人こそ見えねうづらなく也《〈なり〉》

藤原家隆・家隆卿百番自歌合

［注解］「野とならばうづらとなきて年は経むかりにだにやはきみは来ざらむ」（よみ人しらず・古今和歌集十八・雑下）も本歌とされる。

【本歌】

野とならばうづらとなきて年は経《へ》むかりにだにやはきみは来《こ》ざ

らむ

よみ人しらず・古今和歌集十八（雑下）

【本歌取とされる例歌】

深草や竹のは山の夕霧に人こそ見えねうづらなく也《なり》

藤原家隆・家隆卿百番自歌合

［注解］「年をへて住みこし里をいでて去なばいとゞ深草野とやなり南」（在原業平・古今和歌集十八・雑下）も本歌とされる。

【本歌】

人を訪はで久しうありける折に、あひ怨みければ、よめる

身をすてゝ行《ゆ》きやしにけむ思ふより外《ほか》なる物は心なりけり

凡河内躬恒・古今和歌集十八（雑下）

【本歌取とされる例歌】

うき身をもとはれやせまし思《おも》ふよりほかなる君が心なりせば

兼好・兼好法師集

【本歌】

越なりける人に、遣はしける

思やる越《こし》の白《しら》山しらねども一夜《ひとよ》も夢《ゆめ》にこえぬ夜《よ》ぞなき

紀貫之・古今和歌集十八（雑下）

【本歌取とされる例歌】

隆経朝臣、甲斐守にて、侍ける時、たよりにつけてつかはしける

いづかたと甲斐《かひ》の白根《しらね》はしらねども雪降《ゆきふ》るごとに思《おも》ひこそやれ

紀伊式部・後拾遺和歌集六（冬）

【本歌】

いざこゝにわが世《よ》は経《へ》なむ菅原《すがはら》や伏見《ふしみ》の里《さと》の荒《あ》れまくもおし《を》

よみ人しらず・古今和歌集十八（雑下）

【本歌取とされる例歌】

いづくにて世をばつくさむ菅原《すがはら》や伏見の里も荒ぬといふ物を

源実朝・金槐和歌集

明《あけ》ぬ也《なり》衣手さむし菅原《すがはら》や伏見の里《さと》の秋の初風《かぜ》

藤原家隆・家隆卿百番自歌合

［注解］参考歌「なにとなく物ぞかなしき菅原や伏見の里の秋の夕ぐれ」（源俊頼・千載和歌集四・秋上）

菅原《すがはら》や伏見の里《さと》のあれまくらゆふかひもなき草の霜かな

藤原家隆・家隆卿百番自歌合

老ののち西園寺にてよみ侍りける

名残《なごり》をば岩木《いはき》につけて思ふにもあらざらん世《よ》の荒れまくも惜《を》し

西園寺実氏・玉葉和歌集十六（雑三）

あれまくや伏見《ふしみ》の里の出《いで》がてにうきをしらでぞ今日にあひぬる

藤原定家・定家卿百番自歌合

百首歌奉りし時

伏見山《ふしみやま》昔の跡《あと》は名のみして荒れまく惜《を》しき代々《よよ》の故郷《ふるさと》

貞成親王・新続古今和歌集十九（雑下）

かくしても我《わ》が世はへなんふりにける人にただしき道をのこして

後柏原院・文亀三年三十六番歌合

【本歌】

わが庵《いほ》は三輪《みわ》の山もと恋《こひ》しくは訪《とぶら》ひきませ杉《すぎ》たてるかど

よみ人しらず・古今和歌集十八（雑下）

【本歌取とされる例歌】

五節に出でて侍りける人を、かならず尋ねむとい
ふ男侍けれど、音せざりければ、女に代りてつか
はしける

杉《すぎ》むらといひてしるしもなかりけり人《ひと》もたづねぬ三輪《みわ》の山もと

よみ人しらず・後拾遺和歌集十三（恋三）

［注解］「三輪の山いかに待ち見む年経ともたづぬる人もあらじと思へば」（伊勢・古今和歌集十五・恋五）も本歌とされる。

思《おも》ふこと三輪《みわ》の社《やしろ》に祈《いの》りみむ杉《すぎ》はたづぬるしるしのみかは

藤原俊成・長秋詠藻

霞の歌とてよめる

春《はる》くれば杉《すぎ》のしるしも見《み》へ《（え）》ぬ哉かすみぞたてる三輪《みわ》のやま本

藤原頼輔・千載和歌集一（春上）

尋《〈たづね〉》みよ芳野の花の山おろしの風の下なる我《わ》が庵のもと

式子内親王・式子内親王集

女の杉の実をつゝみてを《（お）》こせて侍ければ

たれぞこのみわの檜原《ひばら》もしらなくに心の杉《すぎ》のわれをたづぬる

藤原実方・新古今和歌集十一（恋一）

［注解］参考歌「杉立てる宿をぞ人は訪ねける心の松はかひなかりけり」（よみ人しらず・拾遺和歌集十四・恋四）

摂政太政大臣家百首歌合に、尋恋

心こそゆくゑ《（へ）》も知《し》らねみわの山杉の木《〈こ〉》ずゑの夕暮《ぐれ》の空

慈円・新古今和歌集十四（恋四）

［注解］「ゆふぐれは雲のはたてに物ぞ思あまつ空なる人を恋ふとて」（よみ人しらず・古今和歌集十一・恋一）、「わが恋はゆくゑ《（へ）》もしらずはてもなし逢ふを限と思許ぞ」（凡河内躬恒・古今和歌集十二・恋二）も本歌とされる。

かざしお《（を）》る三輪《みわ》の茂《しげ》山かきわけてあはれとぞ思《おも》ふ杉《すぎ》たてる門《かど》

大輔・新古今和歌集十七（雑中）

［注解］参考歌「いにしへに有けむ人も我がごとや三輪の檜原にかざし折けん」（柿本人麻呂・拾遺和歌集八・雑上）

尋《たづ》ねてもいかゞ待みんほとゝぎす初音《はつね》つれなき三輪《みわ》の山もと

宗尊親王・文応三百首

旅

我《〈わが〉》いそぐかたは有《〈あり〉》ともいかさまにいひてか過ん三輪の山本

藤原為家・中院詠草

かねてはのどかに思《おも》ひしかども、めでたき御世のひしめきて、京より使《つかひ》あれば、心《こゝろ》も心ならず、あか月は急《いそ》ぎ下向《かう》するに、宮こも急《いそ》ぎながら、又これも名残《ごりおほ》多し。この度《たび》ぞ三輪《わ》に参る。音に聞《き》ゝしよりは尊く、杉の木に輪《わ》を三付《つ》けたるも面白《おもしろ》し。

年《とし》月は行衛《〈ゆくへ〉》も知《し》らで過しかど今日《けふ》尋《たづ》ね見《み》る三輪《みわ》の山もと

藤原経子・中務内侍日記

三輪のやしろにまうでてかきつけ侍りし

みしめひく三輪《みわ》の杉むらふりにけりこれや神代《かみよ》のしるしなるらん

藤原為家・正風体抄

［注解］参考歌「三輪の山しるしの杉は有ながら教へし人はなくて幾世ぞ」（清原元輔・拾遺和歌集八・雑上）

尋恋

おぼつかな杉《すぎ》のしるしもたのまねばいづこに人《ひと》をみは《（わ）》のやまもと

田付直平・若むらさき

こひしくばたづねてきませわがやどはこしのやまもとたどり〳〵に

良寛・良寛自筆歌抄

［注解］「恋しけば来ませわが背子垣つ柳末摘みからしわれ立ち待たむ」（作者不詳・万葉集・3455）も本歌とされる。

【本歌】

わが庵《いほ》は宮この辰巳《たつみ》しかぞ住《す》む世をうぢ山と人はいふなり

喜撰・古今和歌集十八（雑下）

【本歌取とされる例歌】

阿闍梨《あざり》、この御使《つかひ》を先《さき》にたてゝ、かの宮にまゐりぬ。なのめなる際《きは》の、さるべき人の使《つかひ》だに、稀《まれ》なる山陰《かげ》に、いと、めづらしく、待《ま》ち喜《よろこ》び給ひて、所につけたるさかなゝどして、さる方《かた》に、もてはやし給ふ。御返し、

跡絶《あとた》えて心すむとはなけれども世をうぢ山に宿《やど》をこそかれ

紫式部・源氏物語（橋姫）

いゑ《へ》に歌合し侍けるに、春の祝の心をよみ侍ける

春日《かすが》山宮《みや》このみなみしかぞ思《おも》ふ北《きた》のふぢなみ春にあへとは

藤原良経・新古今和歌集七（賀）

［注解］参考歌「春日山北の藤なみさきしよりさかゆべしとはかねてしりにき」（源師頼・詞花和歌集九・雑上）

秋

秋風《かぜ》の立《たち》にし日より武士《もののふ》の八十うぢ山に鹿もなくなり

藤原為家・中院詠草

宇治山《うぢやま》の昔のいほの跡《あと》とへば都《みやこ》のたつみ名ぞふりにける

慶融・玉葉和歌集十六（雑三）

【本歌】

初瀬にまうづる道に、奈良の京に宿れりける時、よめる

人《ひと》ふるす里《さと》をいとひて来《こ》しかどもならの宮こも憂《う》き名《なゝ》りけり

二条・古今和歌集十八（雑下）

【本歌取とされる例歌】

秋

めでたゞさらでも人をふるすなるならのみやこの秋の夜《よ》の月

藤原為家・中院詠草

【本歌】

世中《よのなか》はいづれか指《さ》してわがならむ行《ゆ》きとまるをぞ宿《やど》とさだむる

よみ人しらず・古今和歌集十八（雑下）

【本歌取とされる例歌】

故郷

行《ゆき》とまる心を宿《やどゝ》とさだめても猶故郷《なほふるさと》のかたぞゆかし

細川幽斎・玄旨百首

【本歌】

風のうへにありか定《さだ》めぬ塵《ちり》の身は行《ゆ》くゑ《へ》もしらずなりぬべら也

よみ人しらず・古今和歌集十八（雑下）

【本歌取とされる例歌】

桜花思ふもつらし風の上《うへ》にありかさだめぬ散《ち》りのまがひは

藤原家隆・家隆卿百番自歌合

逢坂《あふさか》の関ふきこゆる風のうへにゆくゑ《へ》もしらずちる桜《さくら》かな

兼好・兼好法師集

【本歌】

筑紫に侍ける時に、まかり通ひつゝ、碁打ちける
人のもとに、京に帰りまうで来て、遣はしける

ふる里《さと》は見しごともあらず斧の柄のくちし所ぞ恋《こひ》しかりける

紀友則・古今和歌集十八（雑下）

【本歌取とされる例歌】

後白河院かくれさせ給てのち、百首歌に

お《（を）》の柄《ゝえ》の朽《く》ちし昔《むかし》はと《（ほ）》をけれどありしにもあらぬ世《よ》をも経《ふ》る哉《〈かな〉》

式子内親王・新古今和歌集十七（雑中）

【本歌】

女ともだちと物語して、別れて後に、遣はしける

飽《あ》かざりし袖のなかにや入《い》りにけむわが魂《たましひ》のなき心地《ち》する

陸奥・古今和歌集十八（雑下）

【本歌取とされる例歌】

よもすがら雪ふる夜、物語して、あけぼのにかへ
り侍て、つとめて、出羽弁が許より

を《（お）》くりてはかへれと思《おも》ひし魂《たましひ》のゆきさそはれてけさはなきかな

源経信・大納言経信集

夕暮《ぐれ》のわが玉しゐ《（ひ）》はおもひやる袖の中にや入《い》りなやむらん

藤原家隆・家隆卿百番自歌合

袖《そで》の中《うち》に我が玉しひはとどめおきてかへる身にそふ人のおもかげ

後西天皇・万治御点

【本歌】

寛平御時に、唐土判官に召されて侍ける時に、東
宮の侍にて、男ども、酒賜べけるついでに、よみ
侍ける

なよ竹の夜ながきうへに初霜《はつしも》のおきゐて物を思ころ哉《〈かな〉》

藤原忠房・古今和歌集十八（雑下）

【本歌取とされる例歌】

朝曇り日影も空になよ竹の夜ながき霜は結《むす》ぼほ《ゝ》れつゝ

三条西実隆・内裏着到百首

【本歌】

風ふけば沖《おき》つしら浪たつた山夜半《は》にや君がひとり越《こ》ゆらむ

よみ人しらず・古今和歌集十八（雑下）

【本歌取とされる例歌】

立田《たつた》山よはにあらしの松ふけば雲にはうとき峰《みね》の月かげ

源通光・新古今和歌集四（秋上）

［注解］「山遠くしては雲行客の跡を埋む　松寒くしては風旅人の夢を破る」（和漢朗詠集・雲）を本説とする。

夜ひとりをり

君は今は越《〈こえ〉》はてぬらん立田山ながむる峰に月は入《〈いり〉》にき

上田秋成・藤簍冊子

【本歌】

誰《た》がみそぎ木綿《ゆふ》つけ鳥《どり》か唐衣たつたの山にお《〈を〉》りはへてなく

よみ人しらず・古今和歌集十八（雑下）

【本歌取とされる例歌】

竜田山まがふ木《こ》の葉のゆかりとて夕つけ鳥に木枯《こがらし》の風

後鳥羽院・遠島御百首

民部卿家百首に

みそぎしてかへらぬさきに立田川《たつたがは》ゆふつけ鳥《どり》の声《こゑ》ぞ明《あ》けゆく

頓阿・頓阿法師詠

【本歌】

貞観御時、万葉集はいつ許作れるぞと、問はせ給
ひければ、よみて、奉りける
神無《な》月時雨ふりをけ《〈お〉》るならの葉《は》の名《な》におふ宮の古《ふ》るごとぞこれ
文屋有季・古今和歌集十八（雑下）

【本歌取とされる例歌】
時雨
軒《のき》ちかき音さへ冬にならのはの名におふ山もさぞしぐるらん
正徹・永享五年正徹詠草

【本歌】
歌召しける時に、奉るとて、よみて、奥に書き付
けて、奉りける
山河《〈やまがは〉》のを《〈お〉》とのみ聞《き》くもゝしきを身をはやながら見るよしも哉《〈がな〉》
伊勢・古今和歌集十八（雑下）

【本歌取とされる例歌】
おもひ河身をはやながら水のあわの消《き》えてもあはむ浪《なみ》の間《ま》もがな
藤原家隆・家隆卿百番自歌合
［注解］「思ひ河絶えず流るゝ水の泡のうたがた人にあはで消えめや」（伊勢・後撰和歌集九・恋一）も本歌とされる。

【本歌】
逢《あ》ふことの　稀《まれ》なる色《いろ》に　思《おも》ひそめ　わが身は常《つね》に　天雲《あまぐも》の
晴《は》るゝ時なく……
よみ人しらず・古今和歌集十九（雑体）

【本歌取とされる例歌】
あふことはしのぶの衣あはれなどまれなる色に乱《〈みだれ〉》そめけん
藤原定家・定家卿百番自歌合
あふことのまれなる色やあらはれん洩《も》り出《〈いで〉》て染《〈そむ〉》る袖の涙に
藤原定家・定家卿百番自歌合

【本歌】
古歌に加へて奉れる長歌
くれ竹の　世ゝの古言《ふるごと》　なかりせば　伊香保《いかほ》の沼《ぬま》の　いかにし
て　思《おも》ふこゝろを　述《の》ばへまし　あはれ昔《むかし》へ　ありきてふ　人
麿《まろ》こそは　うれしけれ　身は下《しも》ながら　言《こと》の葉《は》を　天《あま》つ空《そら》まで
聞《きこ》えあげ　末《すゑ》の世《よ》までの　あとゝなし　今も仰《おほ》せの　下《くだ》れるは
塵《ちり》に継《つ》げとや　塵《ちり》の身に　つもれる事を　問《と》はるらむ……
壬生忠岑・古今和歌集十九（雑体）

【本歌取とされる例歌】
後宇多院よりよめる歌ども召され侍けるに、たてまつるとて僧正道我に申つかはし侍ける
人しれずくちはてぬべき言《こと》の葉のあまつ空《そら》まで風にちるらむ
兼好・兼好法師集
家《いへ》の風《かぜ》吹き伝へ来て道々《みちみち》の塵《ちり》をつぎける御代《みよ》のかしこさ
邦高親王・文亀三年三十六番歌合

【本歌】
君《きみ》が世に相坂《〈あふさか〉》山の石清《いはし》水木隠《こがく》れたりと思ける哉《〈かな〉》
壬生忠岑・古今和歌集十九（雑体）

【本歌取とされる例歌】
春《はる》にいまあふさか山の石清《〈いは〉》水木《〈こ〉》がくれいづるうぐひすのこゑ
藤原家隆・家隆卿百番自歌合

【本歌】
七条后、亡せ給ひにける後に、よみける
沖《おき》つなみ　荒《あ》れのみまさる　宮のうちは　年《とし》へて住《す》みし　伊勢《いせ》の

の海人《あま》も　舟ながしたる　心地《ち》して　寄《よ》らん方なく　かなしき
に……

伊勢・古今和歌集十九（雑体）

【本歌取とされる例歌】

寄舟恋

こがれ行《ゆ》く舟ながしたる思ひしてよらんかたなき君ぞつれなき

宗碩・集外歌仙

【本歌】

うちわたす　遠方《をちかた》人に　もの申す　我《われ》そのそこに　白《しろ》く咲《さ》ける
は　なにの花ぞも

よみ人しらず・古今和歌集十九（雑体）

【本歌取とされる例歌】

五月許、物へまかりける道に、いと白くちなし
の花の咲けりけるを、かれはなにの花ぞと人に問
ひ侍けれど、申さざりければ

うちわたすをちかた人にこと問へど答《こた》へぬからにしるき花かな

小弁・新古今和歌集十六（雑上）

うちわたす遠方人〈をちかたびと〉はこたえ〈へ〉ねどにほひぞなのる野《の》べの梅が枝《え》

藤原定家・定家卿百番自歌合

【本歌】

初瀬《はつせ》河　ふる河《かは》の辺《へ》に　二本《ふたもと》ある杉《すぎ》　年《とし》をへて　又もあひ見《み》む
二本《ふたもと》ある杉《すぎ》

よみ人しらず・古今和歌集十九（雑体）

【本歌取とされる例歌】

はかなくて世にふる河の憂《う》き瀬《せ》には尋〈たづね〉も行《ゆ》かじ二本《もと》の杉
と、手習《てならひ》にまじりたるを、尼君《あま》、見つけて、

紫式部・源氏物語（手習）

摂政太政大臣家にて詩歌をあはせけるに、水辺冷
自秋といふことを

すゞしさは秋やかへりて初瀬河《はつせがは》ふる河《かは》のへの杉《すぎ》のしたかげ

藤原有家・新古今和歌集三（夏）

経年恋

ふたもとの過ぎし契りを頼みつつ流れても世に古川の水

橘千蔭・うけらが花

［注解］「はかなくて世にふる河の憂き瀬には尋も行かじ二本の杉」（紫式部・源
氏物語・手習）も本歌とされる。

【本歌】

枕よりあとより恋《こひ》のせめくればせむ方なみぞ床中《とこなか》にをる

よみ人しらず・古今和歌集十九（雑体）

【本歌取とされる例歌】

「あとにねばや」と申たる人に

あられねばとこ中にのみおきゐつゝ跡〈あと〉も枕もさだめやはする

和泉式部・和泉式部集

【本歌】

富士《ふじ》の嶺《ね》のならぬおもひに燃《も》えばもえ神だに消《け》たぬ空《むな》しけぶりを

紀乳母・古今和歌集十九（雑体）

【本歌取とされる例歌】

富士蒼天にひとしくして、雪みどりを隠《かく》せり。たゞそれならんと思《おも》
ふに、忙然として青空に向《むか》へり。

今朝見《み》ればはや慰《なぐさ》めつ富士《ふじ》の嶺にならぬ思ひもなき旅の空

尭恵・北国紀行

【本歌】
春の野のしげき草ばの妻恋《つまご》ひにとびたつ雉子《きじ》のほろゝとぞなく
平貞文・古今和歌集十九（雑体）

【本歌取とされる例歌】
菜花《なのはな》に蝶もたはれてねぶる覧《らん》猫間のさとの春の夕ぐれ
香川景樹・桂園一枝

【本歌】
思《おも》ふてふ人の心のくまごとに立かくれつゝ見るよしも哉《がな》
よみ人しらず・古今和歌集十九（雑体）

【本歌取とされる例歌】
あひ知りて侍ける女の、心ならぬやうに見え侍ければ、つかはしける
いづ方《かた》に立隠《かく》れつゝ見よとてか思《おも》ひくまなく人のなりゆく
藤原後蔭・後撰和歌集十一（恋三）

男「へだつることなくかたらはむ」といひちぎりて、いかゞおぼえけん、「ひとまにはかくれあそびもしつべく」などいひ侍しかば
いづくにかきても隠《かく》れむ隔《へだ》てたる心のくまのあらばこそあらめ
和泉式部・和泉式部集

【本歌】
我をのみ思《おも》ふといはばあるべきをいでや心は大幣《おほぬさ》にして
よみ人しらず・古今和歌集十九（雑体）

【本歌取とされる例歌】
藤花
神松にかゝれる藤も手はふれんいやでや引《ひく》てふ大ぬさにして
上田秋成・藤簍冊子

【本歌】
われを思人《おもふ》をおもはぬ報《むく》ひ《い》にやわがおもふ人の我をおもはぬ
よみ人しらず・古今和歌集十九（雑体）

【本歌取とされる例歌】
むかはらばわれがなげきのむくひにてたれゆへ《ゑ》君がものを思はん
西行・山家心中集

【本歌】
鶯の去年《こぞ》の宿《やど》りのふるすとや我には人のつれなかる覧《らむ》
よみ人しらず・古今和歌集十九（雑体）

【本歌取とされる例歌】
つれもなき音《ね》をだにそへて鶯《うぐひす》のこぞのやどりの春の初風《はつかぜ》
宗尊親王・文応三百首

【本歌】
さかしらに夏は人《ひと》まね笹《さゝ》の葉《は》のさやぐ霜夜《しもよ》をわがひとり寝《ぬ》る
よみ人しらず・古今和歌集十九（雑体）

[注解]「小竹が葉のさやぐ霜夜に七重かる衣に益せる子ろが膚はも」（作者不詳・万葉集二十・4431）が本歌とされる。

【本歌取とされる例歌】
崇徳院御時、百首歌たてまつりけるに
君こずはひとりやねなんさゝの葉のみ山もそよにさやぐ霜夜《よ》を
藤原清輔・新古今和歌集六（冬）

[注解]「小竹の葉はみ山もさやに乱るともわれは妹思ふ別れ来ぬれば」（柿本人麻呂・万葉集二・133）も本歌とされる。

夏祓

今日のみの夏は人まね麻の葉を瀬々に流して御祓《みそぎ》涼しも

後水尾院・御着到百首

【本歌】

まめなれど何《なに》ぞは良《よ》けく刈《か》る萱《かや》の乱《みだ》れてあれど悪《あ》しけくもなし

よみ人しらず・古今和歌集十九（雑体）

【本歌取とされる例歌】

苅萱

世《よ》をいとふ姿《すがた》ばかりをかるかやの乱《みだ》れやすきは心なりけり

頓阿・頓阿法師詠

【本歌】

よゐ《（ひ）》のまに出《い》でゝ入《（いり）》ぬるみか月のわれて物思《（おもふ）》ころにもある哉

よみ人しらず・古今和歌集十九（雑体）

【本歌取とされる例歌】

紀貫之、曲水宴し侍ける時、月入花灘暗といふことをよみ侍ける

花ながす瀬《せ》をもみるべき三日《みか》月のわれて入《い》りぬる山のをちかた

坂上是則・新古今和歌集二（春下）

【本歌】

古き大和舞の歌

しもとゆふ葛城《かづらき》山にふる雪の間《ま》なく時なくおもほゆる哉《（かな）》

よみ人しらず・古今和歌集二十（大歌所御歌）

【本歌取とされる例歌】

色かはるいまや木葉の上《うへ》にをく《（お）》霜とゆふべのかづらきの山

藤原家隆・家隆卿百番自歌合

【本歌】

水茎ぶり

水くきの岡《をか》の屋形《やかた》に妹《いも》と我《あ》れとねての朝《あさ》けの霜《しも》のふりはも

よみ人しらず・古今和歌集二十（大歌所御歌）

【本歌取とされる例歌】

水茎《みづくき》の岡辺《をかべ》の霜の置きもあへず寝《ね》ての朝《あさ》けに冬は来《き》にけり

二条良基・後普光園院殿御百首

【本歌】

霜八度《しもやたび》をけ《（お）》ど枯《か》れせぬさかきばのたちさかゆべき神の巫覡《きね》かも

よみ人しらず・古今和歌集二十（神遊びの歌）

【本歌取とされる例歌】

榊《さかき》取《と》る大宮人の袖の上に八度《たび》霜置く有明《ありあけ》の月

宗尊親王・文応三百首

【本歌】

巻向《まきもく》のあなしの山の山人と人《ひと》も見るがに山かづらせよ

よみ人しらず・古今和歌集二十（神遊びの歌）

【本歌取とされる例歌】

あられ

山かづら玉のをとけて巻向《まきむく》のあなしの檜原《ひばら》あられふるなり

下河辺長流・晩花集

【本歌】

深《み》山にはあられ降《ふ》るらし外《と》山なるまさきの葛《かづら》色づきにけり

よみ人しらず・古今和歌集二十（神遊びの歌）

【本歌取とされる例歌】

外山《とやま》なるまさきのかづら冬くれば深《ふか》くも色のなりまさるかな

和泉式部・和泉式部集

松にはふまさのはかづらちりにけり外《と》山の秋は風すさぶらん

西行・新古今和歌集五（秋下）

深山落葉といへる心を
日暮《く》るればあふ人もなしまさき散《ち》る峰の嵐《あらし》のを《(お)》とばかりして
源俊頼・新古今和歌集六（冬）
［注解］「日も暮れぬ人も帰りぬ山里は峰のあらしの音ばかりして」（源頼実・後拾遺和歌集十九・雑五）も本歌とされる。

寛平御時后の宮の歌合に
神無月しぐれふるらし佐保《さほ》山のまさきのかづら色まさりゆく
よみ人しらず・新古今和歌集六（冬）

尋郭公
郭公《ほとゝぎす》きかずは何を外山《〈とやま〉》なるまさきのかづらくるかひにせむ
慶運・慶運百首

【本歌】
わが門《ゝど》の板《いた》井の清《し》水里《さと》と《ゝ》を《(ほ)》み人し汲《く》まねば水草《みくさ》おひにけり
よみ人しらず・古今和歌集二十（神遊びの歌）

【本歌取とされる例歌】
故郷月をよめる
故郷《ふるさと》の板《いた》井の清《し》水み草《くさ》ゐて月さへ澄《す》まずなりにける哉《〈かな〉》
俊恵・千載和歌集十六（雑上）

里とを《(ほ)》き板井のみ草打はらふ程こそ秋は隣《となり》なりけり
式子内親王・式子内親王集

大原やおぼろの清《し》水里遠《とほ》み人こそ汲《く》まね月はすみけり
源実朝・金槐和歌集

【本歌】
日霊女の歌
さゝのくまひのくま河に駒《こま》とめてしばし水飼《か》へかげをだにみむ
よみ人しらず・古今和歌集二十（神遊びの歌）
［注解］「左檜の隈檜の隈川に馬駐め馬に水飲へわれ外に見む」（作者不詳・万葉集十二・3097）が本歌とされる。

【本歌取とされる例歌】
駒《こま》とめてなを《(ほ)》水かはんやまぶきの花の露《つゆ》そふ井手《で》の玉河
藤原俊成・新古今和歌集二（春下）

河霧
ゆき侘《わ》びぬ駒のわたせもそことなきひのくま川の波の秋霧
武者小路実陰・芳雲和歌集

【本歌】
真金《まがね》ふく吉備《きび》の中山おびにせるほそたに河のを《(お)》とのさやけさ
よみ人しらず・古今和歌集二十（神遊びの歌）
［注解］「大君の三笠の山の帯にせる細谷川の音の清けさ」（作者不詳・万葉集七・1102）が本歌とされる。

【本歌取とされる例歌】
さやけさはを《(お)》とにのみこそきこゆなれほそたに川の春の夜《よ》の月
兼好・兼好法師集

【本歌】
美濃《みの》の《ゝ》国関《くにせき》の藤河《ふぢがは》たえずして君につかへむよろづ世《よ》までに
よみ人しらず・古今和歌集二十（神遊びの歌）

【本歌取とされる例歌】
十八日、美濃《みのゝ》国関《せき》の藤河渡《わた》る程に、先《ま》づ思《おも》ひ続《つゞ》けける。
わが子《こ》ども君に仕《つか》へんためならで渡《わた》らましやは関《せき》の藤《ふぢ》河
阿仏・十六夜日記

思へ君同《おな》じ流《なが》れの絶《た》えずして万代契《〈よろづよ〉ちぎ》る関《せき》の藤川
一条兼良・藤河の記

【本歌】
君《きみ》が世《よ》は限《かぎ》りもあらじ長浜《ながはま》の真砂《まさご》の数《かず》はよみつくすとも
よみ人しらず・古今和歌集二十（神遊びの歌）

【本歌取とされる例歌】
君《きみ》が代は限《かぎ》りもあらじ三笠山《みかさやま》みねに朝日《あさひ》のさゝむかぎりは
大江匡房・金葉和歌集五（賀）

天喜四年皇后宮の歌合に、祝の心をよませ給ける
長浜《ながはま》のまさごの数《かず》もなにならずつきせず見《み》ゆる君《きみ》が御代《みよ》かな
後冷泉院・金葉和歌集五（賀）

【本歌】
陸奥歌
阿武隈《あぶくま》に霧《きり》たちくもり明《あ》けぬともきみをば遣《や》らじ待《ま》てばすべなし
よみ人しらず・古今和歌集二十（東歌）

【本歌取とされる例歌】
逢不逢恋
一たびはわたるをも見《み》し阿武隈《〈あぶくま〉》にたが心なる霧のはたてぞ
後柏原天皇・内裏着到百首

【本歌】
陸奥《みちのく》はいづくはあれど塩釜《しほがま》の浦こぐ舟の綱手《つなで》かなしも
よみ人しらず・古今和歌集二十（東歌）

【本歌取とされる例歌】
舟
世中《〈よのなか〉》はつねにもがもな渚《なぎさ》こぐあまのを舟の綱手《つなで》かなしも
源実朝・金槐和歌集

【本歌】
御《み》さぶらひ御笠《みかさ》と申せ宮木野《の》の木《こ》の下露《したつゆ》は雨《あめ》にまされり
よみ人しらず・古今和歌集二十（東歌）

【本歌取とされる例歌】
露にだに御笠《みかさ》といひし宮木のゝ木のした暗《くら》き五月雨《さみだれ》のころ
宗尊親王・文応三百首

宮城野《みやぎの》の露にしをるゝ秋萩は君がみかさのかげたのむなり
賀茂真淵・賀茂翁家集拾遺

【本歌】
最上《もがみ》河のぼれば下《くだ》る稲舟《いなふね》のいなにはあらずこの月ばかり
よみ人しらず・古今和歌集二十（東歌）

【本歌取とされる例歌】
河
最上川《もがみがは》瀬々《せゞ》にせかるゝ稲舟《いなふね》の暫《しば》しぞとだに思はましかば
藤原俊成・長秋詠藻

五月雨
最上《もがみ》河はやくぞまさるあまぐもののぼればくだる五月雨の比《〈ころ〉》
兼好・兼好法師集

【本歌】
きみをおきてあだし心をわが持《も》たば末《すゑ》の松山浪もこえなん
よみ人しらず・古今和歌集二十（東歌）

【本歌取とされる例歌】
かしこには、御使《つかひ》の、例《れい》より繁《しげ》きにつけても、物思《おも》ふこと、さまぐなり。たゞ、かくぞ、のたまへる。
「浪越《こ》ゆる頃《ころ》とも知《し》らず末《すゑ》の松まつらんとのみ思《おも》ひけるかな
人に、わらはせ給ふな」

心変りて侍りける女に、人に代りて

契《ちぎ》りきなかたみに袖《そで》をしぼりつゝ末《すゑ》の松《まつ》山波《なみ》こさじとは

紫式部・源氏物語（浮舟）

後一条院御時弘徽殿女御歌合に、祝の心をよめる

君《きみ》が代《よ》は末《すゑ》の松《まつ》山はるぐ〵とこす白波《しらなみ》のかずもしられず

清原元輔・後拾遺和歌集十四（恋四）

海辺の霞、といふことを、伊勢の二見と申所にて

浪越《こ》すと二見《ふたみ》の松《まつ》のみえつるはこずゑにかゝる霞《かすみ》なりけり

永成・金葉和歌集五（賀）

松風秋近といへる心をよめる

秋《あき》風は波《なみ》とゝもにやこえぬらんまだき涼《すゞ》しきすえ《（ゑ）》の松山

西行・山家心中集

たのめおきしその言《い》ひ事《ごと》や徒《あだ》なりし波越《こ》えぬべき末の松山

藤原親盛・千載和歌集三（夏）

老《お》いの浪《なみ》こえける身こそあはれなれことしも今は末《すゑ》の松山

西行・山家集

千五百番歌合に

ふるさとにたのめし人も末《すゑ》の松まつらむ袖に浪やこすらむ

寂蓮・新古今和歌集六（冬）

藤原家隆・新古今和歌集十（羇旅）

［注解］「浪越ゆる頃とも知らず末の松まつらんとのみ思ひけるかな」（紫式部・源氏物語・浮舟）も本歌とされる。

松山と契し人はつれなくて袖こす浪《なみ》にのこる月かげ

藤原定家・新古今和歌集十四（恋四）

橘為仲朝臣陸奥に侍ける時、歌あまたつかはしけるなかに

白浪のこゆらん末《すゑ》の松山は花とや見ゆる春の夜《よ》の月

加賀左衛門・新古今和歌集十六（雑上）

浪のうつる色にや秋《あき》の越《こ》えぬらむ宮《みや》木の原《はら》の末の松《まつ》山

藤原俊成女・俊成卿女家集

暮《く》れかゝる今日《けふ》はやよひの末《すゑ》の松夕波越《なみこ》えて春《はる》や行らん

宗尊親王・文応三百首

【本歌】

相模歌

こよろぎの磯《いそ》たちならし磯菜《いそな》つむめざし濡《ぬ》らすな沖《おき》にをれ浪《なみ》

よみ人しらず・古今和歌集二十（東歌）

【本歌取とされる例歌】

屏風の絵を人々詠みけるに、海の際に、幼く賤しき者のある所を

磯菜《いそな》摘《つ》む海士《あま》のさ乙女《をとめ》心せよ沖《おき》吹《〈ふく〉》風に波高《なみたか》くなる

西行・山家集

なごの海の余波《〈なごり〉》の玉藻我からん汐満来《〈みちく〉》とも沖にをれ波

上田秋成・藤簍冊子

【本歌】

常陸歌

筑波嶺《つくばね》のこのもかのもに影はあれど君が御《み》かげにますかげはなし

よみ人しらず・古今和歌集二十（東歌）

【本歌取とされる例歌】

親王宮の帯刀に侍けるを、宮仕へ仕う奉らずとて、解けて侍ける時に、よめる

筑波嶺《つくばね》の木《こ》のもとごとに立《た》ちぞよる春のみ山の陰《かげ》をこひつゝ

つくばやまこのもかのもに仰《あふぐ》なりきみが恵《めぐみ》のしげき御影《みかげ》を
宮道潔興・古今和歌集十八（雑下）
田沼意行・飛鳥山十二景詩歌

【本歌】

甲斐が嶺《ね》を嶺《ね》こし山こし吹《〈ふく〉》風を人にもがもや言《こと》づてやらむ
よみ人しらず・古今和歌集二十（東歌）

【本歌取とされる例歌】

遠夕立
夕立は降くる空の待《ま》たるやと根こし山こし風や告《〈つぐ〉》らん
後柏原天皇・内裏着到百首

【本歌】

伊勢歌
おふの浦《うら》に片枝《かたえ》さし覆《おほ》ひなるなしのなりもならずも寝《ね》て語《かたら》はむ
よみ人しらず・古今和歌集二十（東歌）

【本歌取とされる例歌】

千五百番歌合に
片枝《かたえ》さすおふの浦《うら》なし初《はつ》秋になりもならずも風ぞ身にしむ
宮内卿・新古今和歌集三（夏）

ねやのうへに片枝《かたえ》さしおほひそともなる葉びろ柏《がしは》に霰ふる也《〈なり〉》
能因・新古今和歌集六（冬）

【本歌】

ひぐらし
杣人《そま》は宮木ひくらしあしひきの山の山びこ呼《よ》びとよむなり
紀貫之・古今和歌集（墨滅）

【本歌取とされる例歌】

杣河筏
筏士《いかだし》も宮木くだして杣川《〈そまがは〉》の水のひゞきに山びこの声
後柏原天皇・内裏着到百首

寄杣木恋
宮木ひく声《こゑ》にこたふる山彦もわがうちわびて泣《な》くは知《し》らずや
三条西実隆・再昌草

［注解］「うち侘びて呼ばゝむこゑに山びこのこたへぬ山はあらじとぞ思」（よみ人しらず・古今和歌集十一・恋一）も本歌とされる。

【本歌】

我妹子《わぎもこ》に相坂《〈あふさか〉》山のしのすゝきほには出《い》でずもこひわたる哉
よみ人しらず・古今和歌集（墨滅）

【本歌取とされる例歌】

ほのかにも見《み》てを恋ばや篠薄《しのすゝき》相坂山の名《な》は知《し》らずとも
宗尊親王・文応三百首

［注解］「山ざくら霞の間よりほのかにも見てし人こそ恋しかりけれ」（紀貫之・古今和歌集十一・恋一）も本歌とされる。

【本歌】

深養父　恋しとは誰が名付けけむ言ならむ
道《みち》知《し》らば摘《つ》みにもゆかむ住《すみ》の江《え》の岸《きし》に生《お》ふてふこひわすれ草《ぐさ》
紀貫之・古今和歌集（墨滅）

【本歌取とされる例歌】

道しらばと思ひし草をすみの江に誰しるべして人はつみけむ
道晃法親王・万治御点

「土佐日記」の収録歌が本歌とされる例歌

【本歌】

廿七日《〈はつかあまりなぬか〉》。（中略）また、あるひとのよめる、

ふくかぜのたえぬかぎりしたちくればなみぢはいとゞはるけかりけり

ひひとひ、かぜやまず。つまはじきしてねぬ。

紀貫之・土佐日記

【本歌取とされる例歌】

海路

舟人もしらずはるけき浪路をばたゞ吹風《〈ふく〉》に身をやまかせむ

細川幽斎・玄旨百首

「大和物語」の収録歌が本歌とされる例歌

【本歌】

あをやぎのいとうちはへてのどかなるはる日しもこそおもひい

でけれ

となむやりたまへりければ、いとになくめでて、のちまでなむかたりける。

大和物語（三）

【本歌取とされる例歌】

春歌の中に

あさみどり柳《やなぎ》の糸のうちはへて今日《けふ》もしきしき春雨《はるさめ》ぞ降る

藤原為基・風雅和歌集二（春中）

【本歌】

おほぞらの雲《くも》のかよひぢ見てしがなとりのみゆけばあとはかもなし

となむよみたりけるを兼盛《かねもり》のおほ君きゝて、おなじこゝろを、

しほがまの浦《うら》にはあまやたえにけんなどすなどりのみゆる時なき

となむよみける。

大和物語（五八）

【本歌取とされる例歌】

屛風の絵に、塩釜の浦かきて侍けるを

いにしへの海人《あま》やけぶりとなりぬらん人目《め》も見えぬ塩釜《しほがま》の浦《うら》

一条院皇后宮・新古今和歌集十八（雑下）

【本歌】

あしからじとてこそ人のわかれけめなにか難波《なには》の浦《うら》もすみうき

大和物語（一四八）

【本歌取とされる例歌】

恥身恋

難波潟《〈なには〉がた》なにに残《のこ》れる契《〈ちぎり〉》とてあしからじとは人に見《み》えけん

後柏原天皇・内裏着到百首

恨絶恋

よしあしもかけじよかけそ忘《わす》れねよ今は難波の恨みはててき

三条西実隆・再昌草

「伊勢物語」の収録歌が本歌とされる例歌

【本歌】

ついでおもしろきことともや思けん。

みちのくの忍もぢずり誰《たれ》ゆへ《ゑ》にみだれそめにし我ならなくに

といふ歌《うた》の心ばへなり。

伊勢物語（一）

【本歌取とされる例歌】

右大将兼長春日の祭の上卿に立ち侍ける供に、藤原範綱子清綱が六位侍けるに、信夫摺りの狩衣を着せて侍ける、をかしく見え侍ければ、又の日範綱が許にさしを《お》かせて侍ける

きのふ見し信夫文字摺《しのぶもぢずり》たれならむ心《こゝろ》のほどぞ限《かぎ》り知《し》られぬ

藤原顕輔・千載和歌集十六（雑上）

女につかはしける

春日野《かすが》のわかむらさきのすり衣しのぶの乱《みだ》れかぎりしられず

在原業平・新古今和歌集十一（恋一）

【本歌】

むかし、おとこ《を》ありけり。懸想《けさう》じける女のもとに、ひじきもといふ物《もの》をやるとて、

思ひあらば葎《むぐら》の宿《やど》に寝《ね》もしなんひじきものには袖《そで》をしつゝも
二条の后《きさき》のまだ帝《みかど》にも仕《つか》うまつり給《たま》はで、たゞ人にておはしましける時のこと也。
伊勢物語（三）

【本歌取とされる例歌】
五十首歌たてまつりし時
たへてやは思《おも》ひありともいかゞせんむぐらの宿《やど》の秋の夕暮《ゆふぐれ》
藤原雅経・新古今和歌集四（秋上）

関白家にて、雑植物を
さしこむる葎《むぐら》の宿《やど》は中〳〵に思ひなくてや世をすぐすらん
頓阿・頓阿法師詠

【本歌】
うち泣《な》きて、あばらなる板敷《いたじき》に月のかたぶくまでふせりて、去年《こぞ》を思いでてよめる。
月やあらぬ春や昔の春《はる》ならぬわが身ひとつはもとの身にして
とよみて、夜ほの〴〵と明《あ》くるに、泣《な》く〳〵帰《かへ》りにけり。
伊勢物語（四）

【本歌取とされる例歌】
秋をへて昔は遠き大空に我身ひとつのもとの月影
藤原定家・定家卿百番自歌合

【本歌】

人《ひと》しげくもあらねど、たびかさなりければ、あるじきゝつけて、その通《かよ》ひ路《ぢ》に、夜ごとに人をすへ《（ゑ）》てまもらせければ、いけどもえ逢《あ》はで帰《かへ》りけり。さてよめる。

人知《ひとし》れぬわが通《かよ》ひ路《ぢ》の関守《せきもり》はよひ〳〵ごとにうちも寝《ね》ななん
とよめりければ、いといたう心やみけり。

伊勢物語（五）

【本歌取とされる例歌】
聖護院五十首に、顕恋
人しれぬわが通《かよ》ひ路《ぢ》と思ひしを関守《も》るばかりもれにけるかな
頓阿・頓阿法師詠

よひ〳〵に人の心のしるべするわが通《かよ》ひ路《ぢ》は関守もなし
正親町三条実雅・宝徳二年十一月仙洞歌合
［注解］参考歌「いはぬより心やゆきてしるべするながむる方を人の問ふまで」（藤原隆房・新古今和歌集十二・恋二）

欲顕恋
いつのまにゆるしはじめて関守のうち寝《ね》ぬ夜半《〈よは〉》を行《〈ゆき〉》てとふらん
後柏原天皇・内裏着到百首

【本歌】
やう〳〵夜も明《あ》けゆくに、見れば率《ゐ》て来《こ》し女もなし。足《あし》ずりをして泣《な》けどもかひなし。
白玉《しらたま》かなにぞと人の問《と》ひし時露《つゆ》と答《こた》へて消《き》えなましものを
伊勢物語（六）

【本歌取とされる例歌】
白玉か露《つゆ》かと問はん人もがなもの思《おも》ふ袖をさして答《こた》へん
藤原元真・新古今和歌集十二（恋二）

【本歌】
むかし、お《（を）》とこ有けり。京や住《す》み憂《う》かりけん、あづまの方に行《ゆ》きて住《す》み所もとむとて、ともとする人ひとりふたりして行《ゆ》きけり。
信濃《しなの》の国《くに》、浅間《あさま》の岳《たけ》にけぶりの立《た》つを見て、
信濃《しなの》なる浅間《あさま》の岳《たけ》にたつ煙をちこち人の見やはとがめぬ

伊勢物語（八）

【本歌取とされる例歌】

しらすべき煙も雲にうづもれぬ浅間《あさま》の岳《たけ》の夕暮の空

藤原家隆・家隆卿百番自歌合

遠近《〈をちこち〉》の霞ぞ深《ふか》き煙立《た》つ浅間《あさま》のたけの春《はる》の明ぼの

宗尊親王・文応三百首

【本歌】

「かゝる道《みち》はいかでかいまする」といふを見れば、見し人《ひと》なりけり。

京に、その人の御もとにとて、文書《ふみか》きてつく。

駿河《するが》なる宇津《うつ》の山べのうつゝにも夢《ゆめ》にも人にあはぬなりけり

伊勢物語（九）

【本歌取とされる例歌】

わすれずはみやこの夢やを《(お)》くるらむ月は雲井をうつの山ごえ

藤原良経・南海漁父北山樵客百番歌合

旅寝《ね》する夢路《ぢ》はゆるせうつの山《やま》関とはきかず守《も》る人もなし

藤原家隆・家隆卿百番自歌合

一とせ夜にいりて宇津の山をえ越えずなりにしかば、麓なるあやしの庵にたちいり侍しを、このたびはその庵の見えねば

一夜《〈ひとよ〉》ねしかやのまろ屋の跡《あと》もなし夢《ゆめ》かうつゝか宇津《うつ》の山ごえ

兼好・兼好法師集

夕旅

逢《あ》ふ人のありともわかじうつの山木下《このした》深きたそがれのみち

武者小路実陰・芳雲和歌集

【本歌】

富士《ふじ》の山を見れば、五月《さ》のつごもりに、雪いと白《しろ》う降《ふ》れり。

時知《し》らぬ山は富士《ふじ》の嶺《ね》いつとてか鹿《か》の子《こ》まだらに雪《ゆき》のふるらん

伊勢物語（九）

【本歌取とされる例歌】

思ふかた山はふじのね年をへてわが身の雪《ゆき》ぞふりまさりゆく

藤原家隆・家隆卿百番自歌合

［注解］「あらたまの年の終りになるごとに雪もわが身もふりまさりつゝ」（在原元方・古今和歌集六・冬）も本歌とされる。

【本歌】

さるお《(を)》りしも、白《しろ》き鳥《とり》の嘴《はし》と脚《あし》と赤《あか》き、鴫《しぎ》の大《おほ》きさなる、水《みづ》のうへに遊《あそ》びつゝ魚《いを》をくふ。京には見えぬ鳥《とり》なれば、皆《みな》人見知《し》らず。渡守《わたしもり》に問《と》ひければ、「これなん宮こどり」といふをきゝて、

名にし負《お》はばいざ事とはむ宮こ鳥わが思《おも》ふ人はありやなしやと

とよめりければ、舟こぞりて泣《な》きにけり。

伊勢物語（九）

【本歌取とされる例歌】

和泉に下り侍りけるに、夜、都鳥のほのかに鳴きければよみ侍ける

言《こと》問《ゝ》はば《ゝ》ありのまに〳〵都鳥《みやこどり》みやこのことを我《われ》に聞《き》かせよ

和泉式部・後拾遺和歌集九（羇旅）

百首歌中に別のこゝろをよめる

今日《けふ》はさは立《た》ち別《わか》るともたよりあらばありやなしやの情《なさけ》忘《わす》るな

源国信・金葉和歌集六（別）

伊勢より人につかはしける

人をなを《(ほ)》うらみつべしや宮こ鳥ありやとだにも問《と》ふをきかねば

徽子女王・新古今和歌集十（羇旅）

千五百番歌合に

おぼつかな都にすまぬみやこ鳥ことと《ゝ》ふ人にいかゞこたへし

丹後・新古今和歌集十（羇旅）

思《おも》ふらんさても心《こゝろ》や慰《なぐさ》むと都鳥だにあらば問《と》はまし

後鳥羽院・遠島御百首

寄都祝

こととはんしるや雲ゐの都《みやこ》鳥わがおもふ友の千代の行末

正徹・永享五年正徹詠草

こととはむ名《な》にあふ月《つき》の都鳥《みやこどり》すみだ河原《かはら》にすむやいく秋《あき》

釣月・諏訪浄光寺八景詩歌

【本歌】

住《す》む所なむ入間《いるま》の郡《こほり》、みよし野《の》の里《さと》なりける。

みよし野《の》のたのむの雁《かり》もひたぶるに君《きみ》が方《かた》にぞよると鳴《な》くなる

伊勢物語（十）

【本歌取とされる例歌】

百首歌めしし時、春歌

時しもあれたのむの雁《かり》の別《わか》れさへ花ちるころのみ吉野《よしの》の《ゝ》里《さと》

源具親・新古今和歌集二（春下）

佐保川の清《きよ》き流《なが》れの友千鳥《ともちどり》君《きみ》が心《こゝろ》によると鳴《（なく）》らし

二条良基・後普光園院殿御百首

帰雁

たが方に行《（ゆく）》ともしらずみ吉《よし》野の《ゝ》田面《（たのも）》の雁《かり》の春のわかれは

慶運・慶運百首

母の空しくなり給ふを聞く日に、七年こなた夢にのみ見慣らひつるまゝに、現としもえこそ覚えねど、知らするものは涙にぞ侍る、いかで今しばし過ば、こゝにもかしこにも行き交ひてもろともに住てんとのみ、老の頼みをかけわたりしを、かくかひなく悲しき世にも侍るかな、今はいかにせん、うち泣きて

雁金《（かりがね）》の寄《よ》り合《あ》ふ事を頼《たの》みしも空《むな》しかりけり三芳野《みよしの》の《ゝ》里

賀茂真淵・あがた居の歌集

【本歌】

むかし、おとこ《（を）》、あづまへ行《ゆ》きけるに、友だちどもに、みちよりいひをこ《（お）》せける。

忘《わす》るなよほどは雲ゐになりぬとも空《そら》ゆく月のめぐり逢《あ》ふまで

伊勢物語（十一）

【本歌取とされる例歌】

御子の宮と申ける時、大宰大弐実政、学士にて侍ける、甲斐守にて下り侍けるに、餞賜はすとて

思《（おもひ）》いでばおなじ空《そら》とは月をみよほどは雲井にめぐりあふまで

後三条院・新古今和歌集九（離別）

わするなよ宿《やど》る袂《たもと》はかはるともかたみにしぼるよはの月かげ

藤原定家・新古今和歌集九（離別）

【本歌】

むかし、みちの国《くに》にて、なでう《（ふ）》ことなき人の妻《め》に通《かよ》ひけるに、あやしうさやうにてあるべき女ともあらず見えければ、

しのぶ山忍《しの》びて通《かよ》ふ道も哉《（がな）》人の心のおくも見るべく

女、かぎりなくめでたしと思《おも》へど、さるさがなきえびす心《ごゝろ》を見ては、いかゞはせんは。

伊勢物語（十五）

【本歌取とされる例歌】

しのぶ山心の奥《おく》に立《た》つ雲の晴《は》れぬ思ひは知《し》る人《ひと》もなし

宗尊親王・文応三百首

恋

うくつらき心《こゝろ》の奥の忍山《〈しのぶやま〉》しられぬ下の道だにもなし

藤原為家・中院詠草

岩《いは》つゝじいはでや染《そむ》る忍《しの》ぶ山《やま》心のおくの色《いろ》を尋《たづね》て

藤原定家・大崎のつつじ

【本歌】

年ごろを《(お)》とづれざりける人の、桜《さくら》のさかりに見に来《き》たりければ、

あるじ、

あだなりと名《な》にこそたてれ桜花年にまれなる人も待《ま》ちけり

返し、

けふ来《こ》ずはあすは雪とぞ降《ふ》りなまし消《き》えずはありとも花と見ましや

伊勢物語（十七）

【本歌取とされる例歌】

今日こずは庭にや春のの《ゝ》こらまし梢うつろふ花の下風《かぜ》

藤原定家・定家卿百番自歌合

【本歌】

人はいさ思ひやすらん玉かづら面影《おもかげ》にのみいとゞ見えつゝ

伊勢物語（二一）

【本歌取とされる例歌】

かけて思《おも》ふ人もなけれど夕《ゆふ》されば面影《おもかげ》たえぬ玉かづらかな

紀貫之・新古今和歌集十三（恋三）

【本歌】

さりければ、かの女、大和《やまと》の方を見やりて、

君があたり見つゝを居《を》らん生駒山《いこま》雲《くも》なかくしそ雨は降《ふ》るとも

といひて見いだすに、からうじて、大和《やまと》人来《こ》むといへり。

伊勢物語（二三）

【本歌取とされる例歌】

秋篠《あきしの》や外山《とやま》の里やしぐるらん生駒《いこま》のたけに雲のかかれる

西行・宮河歌合

朝ぼらけとぶ火がくれの伊《い》駒山それとも見えず春の霞に

藤原家隆・家隆卿百番自歌合

生駒《いこま》山あらしに浮《う》きてゆく雲のへだてもあへず降《ふ》る時雨《しぐれ》哉

兼好・兼好法師集

寄山恋

わが涙そらにしぐれば生駒《いこま》山雲のかくさぬ時はありとも

心敬・寛正百首

廿四日、公宴懐紙、遠山雪

雲をさへ降《〈ふり〉》かくしけり伊駒山四方《〈よも〉》にくまなき峰の白《しら》雪

三条西実隆・再昌草

伊駒山

秋《あき》ふかくしぐるゝ頃《ころ》の伊《い》こま山《やま》染《そむ》る紅葉《もみぢ》を雲《くも》なかくしそ

熊沢秀昉・霞関集

【本歌】

「この戸《と》あけたまへ」とたゝきけれど、あけで、歌《うた》をなんよみて出《いだ》したりける。

あらたまの年の三年《とせ》を待《ま》ちわびてたゞ今宵《こよひ》こそにゐ《(ひ)》まくらすれ

といひだしたりければ、

伊勢物語（二四）

【本歌取とされる例歌】

さりともと待《〈まち〉》こし物をあら玉の年の三とせの冬の夕暮

藤原家隆・家隆卿百番自歌合

【本歌】

むかし、おとこ《〈を〉》、五条わたりなりける女をえ得《え》ずなりにけることと、
わびたりける、人の返ごとに、

思《おも》ほえず袖にみなとのさは《〈わ〉》ぐ哉《〈かな〉》もろこし舟の寄《よ》りし許《〈ばかり〉》に

伊勢物語（二六）

【本歌取とされる例歌】

しく涙ひとりや寝《ね》なん袖《そで》の浦さはるみなとはよる舟もなし

藤原家隆・家隆卿百番自歌合

なくちどり袖の湊を訪《と》ひこかし唐舟《〈もろこしぶね〉》もよるの寝《ね》ざめに

藤原定家・定家卿百番自歌合

はるかなる人の心のもろこしはさは《〈わ〉》ぐ湊《みなと》にことづてもなし

藤原定家・定家卿百番自歌合

千鳥

波かくる袖《そで》のみなとの風をあらみ騒ぐ千鳥やよる方もなき

後水尾院・御着到百首

【本歌】

むかし、物いひける女に、年ごろありて、

いにしへのしづのをだまき繰《く》りかへし昔《むかし》を今になすよしも哉《〈がな〉》

といへりけれど、何《なに》とも思《おも》はずやありけん。

伊勢物語（三二）

【本歌取とされる例歌】

あだ〳〵しくもあるまじかりける女をいと忍びていはせ侍けるを、世に知りて、わづらはしきさまにきこえければ、言ひ絶えてのち、年月へて、思ひあまりていひつかはしける

ひとかたに思《おも》ひ絶《た》えにし世《よ》の中《なか》をいかゞはすべきしづのをだまき

藤原公任・詞花和歌集七（恋上）

それながら昔《むかし》にもあらぬ月影にいとゞながめをしづのをだ巻

式子内親王・式子内親王集

百首歌たてまつりし時、夏歌

かへりこぬ昔《むかし》をいまと思ひねの夢の枕にゝほふたちばな

式子内親王・新古今和歌集三（夏）

それながら昔《むかし》にもあらぬ秋風にいとゞながめをしづのをだまき

式子内親王・新古今和歌集四（秋上）

述懐

数《かず》〳〵にしのぶともなき昔《むかし》まで心にかゝるしづのをだまき

藤原俊成女・俊成卿女家集

【本歌】

むかし、おとこ《〈を〉》、つれなかりける人のもとに、

いへばえにいはねば胸《むね》にさはが《〈わ〉》れて心ひとつに歎《なげ》くころ哉

おもなくていへるなるべし。

伊勢物語（三四）

【本歌取とされる例歌】

款冬

色にいでて露ぞこぼるゝいへばえにいはぬやつらきやまぶきの花《はな》

心敬・寛正百首

［注解］参考歌「山吹の花色衣ぬしやたれ問へど答へずくちなしにして」（素性・古今和歌集十九・雑体）

忍恋

知られじな心ひとつになげくともいはでは見ゆる思ひならねば

藤原為氏・正風体抄

【本歌】

昔、「忘《わす》れぬるなめり」と問言《とひごと》しける女のもとに、

谷せばみ峰まで延《は》へる玉かづら絶《た》えむと人にわが思《おも》はなくに

伊勢物語（三六）

【本歌取とされる例歌】

まれにだに人もこずゑの玉葛《かづら》絶《た》えぬものとはなに思ひけん

頓阿・頓阿法師詠

【本歌】

おとこ《（を）》、血《ち》の涙《なみだ》をながせども、とゞむるよしなし。率《ゐ》て出《い》でて去《い》ぬ。

おとこ《（を）》、泣《な》く〳〵よめる。

出《い》でていなば誰か別の難《かた》からんありしにまさる今日《けふ》はかなしも

伊勢物語（四十）

【本歌取とされる例歌】

かたからぬよゝも悲《かな》しき別《わか》れまでありしにまさるあか月ぞ憂《（うき）》

藤原俊成女・俊成卿女家集

【本歌】

時は水無《みな》月のつごもり、いと暑《あつ》きころをひ《（ほ）》に、夜ゐ《（ひ）》は遊《あそ》びをりて、夜ふけて、やゝ涼《すず》しき風吹《ふ》きけり。蛍《ほたる》たかく飛《と》びあがる。このおとこ《（を）》、見臥《ふ》せりて、

ゆく蛍《ほたる》雲のうへまでいぬべくは秋風ふくと雁《かり》につげこせ

暮《く》れがたき夏の日《ひ》ぐらしながむればそのこととなく物ぞ悲《かな》しき

伊勢物語（四五）

【本歌取とされる例歌】

秋風《かぜ》と雁《かり》にやつぐる夕暮《ぐれ》の雲近《ちか》きまで行蛍かな

式子内親王・式子内親王集

【本歌】

時は水無《みな》月のつごもり、いと暑《あつ》きころをひ《（ほ）》に、夜ゐ《（ひ）》は遊《あそ》びをりて、夜ふけて、やゝ涼《すず》しき風吹《ふ》きけり。蛍《ほたる》たかく飛《と》びあがる。このおとこ《（を）》、見臥《ふ》せりて、

ゆく蛍《ほたる》雲のうへまでいぬべくは秋風ふくと雁《かり》につげこせ

暮《く》れがたき夏の日《ひ》ぐらしながむればそのこととなく物ぞ悲《かな》しき

伊勢物語（四五）

【本歌取とされる例歌】

百首歌中に

花は散りその色となくながむればむなしき空《そら》に春雨ぞふる

式子内親王・新古今和歌集二（春下）

【本歌】

むかし、おとこ《（を）》、ねんごろにいかでと思女有けり。されどこのおとこ《（を）》をあだなりときゝて、つれなさのみまさりつゝいへる。

大幣《おほぬさ》の引《ひ》く手《て》あまたになりぬれば思へどえこそ頼《たの》まざりけれ

返し、おとこ《（を）》、

大幣《おほぬさ》と名にこそたてれ流てもつゐ《（ひ）》に寄《よ》る瀬《せ》はありといふ物を

伊勢物語（四七）

【本歌取とされる例歌】

寄雲恋

大幣《おほぬさ》のよるせもしらぬ契《（ちぎり）》かなとよはた雲のひくてあまたに

正徹・永享五年正徹詠草

[注解]「大幣の……」、「大幣と……」の二首がともに本歌とされる。

【本歌】

昔、お《(を)》とこ有けり。恨《うら》むる人を恨《うら》みて、

鳥の子《こ》を十《とを》づゝ十《とを》は重《かさ》ぬとも思《おも》はぬ人をおもふものかは

といへりければ、

伊勢物語（五十）

【本歌取とされる例歌】

鎌倉《かまくら》の二品、知《し》るたよりありて時々聞《きこ》え通《かよ》ふに、暦応《りやくおう》の比《(ころ)》、例《れい》の家門の沙汰《さた》あれば、彼《かれ》へも此《これ》へも聞《きこ》え侍《(はべる)》事もあるに、卯月ばかりに、雁《かり》の子の見《み》え侍を、十づゝあまたを重《かさ》ねて藤に付《つ》けて遣《つか》はすに、永福門院、敷《し》きたる薄様《うすやう》に書《か》かせ給《たま》ふ。

鳥《とり》の子を十づゝ十の数《かず》よりも思《おも》ふ思《おも》ひはまさりこそせめ

日野名子・竹むきが記

【本歌】

昔、お《(を)》とこ、人知《し》れぬ物思ひけり。つれなき人のもとに、

恋《こ》ひわびぬ海人《あま》の刈《か》る藻《も》にやどるてふ我から身をもくだきつる哉

伊勢物語（五七）

【本歌取とされる例歌】

乾《ほ》しわびぬ海人《あま》の刈《か》る藻《も》に潮垂《しほた》れて我からかゝる袖《そで》の浦《うら》浪

藤原俊成女・俊成卿女家集

【本歌】

さてのち、お《(を)》とこ見えざりければ、女、お《(を)》とこの家にいきてかいまみけるを、お《(を)》とこほのかに見て、

百年《もゝとせ》に一年《ひとゝせ》たらぬつくも髪《がみ》我を恋《こ》ふらし面影《おもかげ》に見ゆ

とて出《い》でたつ気色《けしき》を見て、む《(う)》ばらからたちにかゝりて、家に来《き》てうちふせり。お《(を)》とこ、かの女のせしやうに、忍《しの》びて立《た》てりて見れば、女なげきて寝《ぬ》とて、

さむしろに衣かたしきこよひもや恋《こひ》しき人にあはでのみ寝《ね》む

とよみけるを、お《(を)》とこあはれと思て、その夜は寝《ね》にけり。

伊勢物語（六三）

【本歌取とされる例歌】

老人を恋

つくもがみこひぬ人にも古《いにしへ》はおもかげにさへみえける物を

建礼門院右京大夫・建礼門院右京大夫集

【本歌】

さてのち、お《(を)》とこ見えざりければ、女、お《(を)》とこの家にいきてかいまみけるを、お《(を)》とこほのかに見て、

百年《もゝとせ》に一年《ひとゝせ》たらぬつくも髪《がみ》我を恋《こ》ふらし面影《おもかげ》に見ゆ

とて出《い》でたつ気色《けしき》を見て、む《(う)》ばらからたちにかゝりて、家に来《き》てうちふせり。お《(を)》とこ、かの女のせしやうに、忍《しの》びて立《た》てりて見れば、女なげきて寝《ぬ》とて、

さむしろに衣かたしきこよひもや恋《こひ》しき人にあはでのみ寝《ね》む

とよみけるを、お《(を)》とこあはれと思て、その夜は寝《ね》にけり。

伊勢物語（六三）

【本歌取とされる例歌】

百首歌たてまつりし時

きりぐ〵すなくや霜夜《しもよ》のさむしろに衣かたしき独《ひと》りかもねん

藤原良経・新古今和歌集五（秋下）

【本歌】

昔、お《(を)》とこ、みそかに語《かた》らふわざもせざりければ、いづくなりけんあやしさによめる。

吹風にわが身をなさば玉簾《すだれ》ひま求《もと》めつゝ入《い》るべきものを

伊勢物語（六四）

【本歌取とされる例歌】

簷梅

軒ちかき梅《むめ》が香ながら玉簾《〈たますだれ〉》ひまもとめいる春《はる》の夕風《かぜ》

細川幽斎・玄旨百首

［注解］参考歌「梅が香はを《お》のが垣根をあくがれてまやのあまりにひまもとむなり」

（源俊頼・千載和歌集一・春上）

【本歌】

おとこ《(を)》、女方《がた》ゆるされたりければ、女のある所に来《き》て向《むか》ひ居《を》りければ、女、「いとかたはなり。身もほろびなん。かくなせそ」といひければ、

思ふには忍《しの》ぶることぞ負《ま》けにける逢《あ》ふにしかへばさもあらばあれ

といひて、曹司《ざうし》におり給《たま》へれば、例《れい》のこの御曹司《みざうし》には、人の見るをも知《し》らでのぼりゐければ、この女、思ひわびて里《さと》へ行《ゆ》く。

伊勢物語（六五）

【本歌取とされる例歌】

ほととぎすしのぶることをまつ人にまけてやもらす今朝の一声

日野弘資・万治御点

【本歌】

つとめて、いぶかしけれど、わが人をやるべきにしあらねば、いと心もとなくて待《ま》ち居《を》れば、明《あ》けはなれてしばしあるに、女のもとより、詞《ことば》なくて、

君《きみ》やこし我や行《ゆ》きけむおもほえず夢か現《うつゝ》かねてかさめてか

おとこ《(を)》、いといたう泣《な》きてよめる。

伊勢物語（六九）

【本歌取とされる例歌】

十首歌よませられしに、限一夜恋

うつゝともわかでやみにし一夜《よ》こそ逢《あ》ふもかはるもはじめなりけれ

頓阿・頓阿法師詠

【本歌】

夜やう〱明《あ》けなむとするほどに、女がたよりいだす杯《さかづき》の皿《さら》に、歌をかきていだしたり。とりて見れば、

かち人の渡《わた》れど濡《ぬ》れぬえにしあれば

とかきて、末《すゑ》はなし。その杯《さかづき》の皿《さら》に、続松《ついまつ》の炭《すみ》して、歌《うた》の末《すゑ》をかきつぐ。

又あふ坂《さか》の関《せき》はこえなん

とて、明《あ》くればおはり《(を)》の国《くに》へ越《こ》えにけり。

伊勢物語（六九）

【本歌取とされる例歌】

江上暮春

かち人のわたる裳裾もぬれぬ江に契《〈ちぎり〉》あさくもかへる春かな

正徹・永享五年正徹詠草

氷始結

こほるらし浅瀬ながらに徒歩《かち》人のわたれどぬれぬ水の朝風

細川幽斎・玄旨百首

【本歌】

昔、おとこ《(を)》、「伊勢の国《くに》に率《ゐ》ていきてあらむ」といひければ、女、

大淀《おほよど》の浜《はま》におふてふみるからに心はなぎぬ語《かた》らはねども

といひて、ましてつれなかりければ、おとこ《(を)》、

袖ぬれて海人《あま》の刈《か》りほすわたつうみのみるをあふにてやまむとやする

伊勢物語（七五）

【本歌取とされる例歌】

最勝四天王院の障子に、大淀かきたる所
大淀《おほよど》の浦《うら》にかり干《ほ》すみるめだに霞《かすみ》にたえて帰《かへ》るかりがね
藤原定家・新古今和歌集十八（雑下）

［注解］「大淀の……」、「袖ぬれて……」の二首がともに本歌とされる。

【本歌】
むかし、氏《うぢ》のなかに親王《みこ》うまれ給へりけり。御産屋《うぶや》に、人《ひと》〴〵歌よみけり。御祖父《おほぢ》がたなりける翁《おきな》のよめる。
わが門《かど》に千尋《ちひろ》ある影をうへ（ゑ）つれば夏冬たれか隠《かく》れざるべき
伊勢物語（七九）

【本歌取とされる例歌】
宇万伎が祖父の九の十余り八の歳になれるを祝ひて酒寿ぎせらるゝ日、竹てふ題を人ゝと共に詠みける
呉《くれ》竹の世《よ》の長《なが》人の住《す》まふなる千尋《ちひろ》の陰に我は来《き》にけり
賀茂真淵・あがた居の歌集

【本歌】
親王《みこ》、歌を返々誦《ず》じたまうて、返しえし給《たま》はず。紀の有常《ありつね》御ともにつかうまつれり。それが返し、
一年《ひとゝせ》にひとたび来《き》ます君まてば宿《やど》かす人もあらじとぞ思
伊勢物語（八二）

【本歌取とされる例歌】
鷹狩をよめる
あられふる交野《かたのゝ》の御野《みのゝ》の狩《かり》ころもぬれぬ宿《やど》かす人しなければ
藤原長能・詞花和歌集四（冬）

【本歌】
このむ（う）まの頭《かみ》心もとながりて、
枕《まくら》とて草ひき結《むす》ぶこともせじ秋の夜とだにたのまれなくに
とよみける。
伊勢物語（八三）

【本歌取とされる例歌】
羇中夕といふ心を
まくらとていづれの草に契《ちぎ》るらんゆくをかぎりの野辺の夕暮
鴨長明・新古今和歌集十（羇旅）

【本歌】
そこなる人にみな滝《たき》の歌よます。かの衛府《ゑふ》の督《かみ》まづよむ。
わが世をばけふかあすかと待《ま》つかひの涙《なみだ》の滝《たき》といづれ高《たか》けん
伊勢物語（八七）

【本歌取とされる例歌】
卯月郭公と云ふ題にて
時鳥《ほとゝぎす》おのが五月《さつき》を待つかひの涙の滝もこゑぞすくなき
正徹・正徹物語

心よりたぎつ岩波音《おと》たててわがまつかひの秋風ぞふく
尭胤法親王・文亀三年三十六番歌合

【本歌】
やどりの方を見やれば、海人《あま》の漁火《いさり》多《おほ》く見ゆるに、かのあるじのお（を）とこよむ。
晴《は》るゝ夜の星《ほし》か河辺の蛍かもわが住《す》むかたの海人《あま》のたく火か
とよみて、家にかへりきぬ。
伊勢物語（八七）

【本歌取とされる例歌】
百首歌たてまつりし時

いさり火《び》の昔《むかし》のひかりほのみえて蘆屋《あしや》のさとにとぶ蛍かな
藤原良経・新古今和歌集三（夏）

蘆の屋《や》に蛍《ほたる》やまがふ海人やたく思《おも》ひも恋も夜はもえつゝ
藤原定家・定家卿百番自歌合

晴《は》るゝ夜《よ》の星《ほし》の光《ひかり》も見えぬまで蘆屋《あしや》の里《さと》は月ぞさやけき
頓阿・頓阿法師詠

【本歌】

時は秋になんありける。

秋の夜は春日《ひ》わするゝ物なれや霞《かすみ》に霧《きり》や千《ち》重《へ》まさるらん

となんよめりける。
伊勢物語（九四）

【本歌取とされる例歌】

忘恋

千重まさる霧や隔つる我がかたの春日《はるひ》積もりて遠き絶え間を
後水尾院・御着到百首

【本歌】

さればこの女、かえ《（へ）》での初紅葉《はつもみぢ》をひろはせて、歌《うた》をよみて、書《か》きつけてをこ《（お）》せたり。

秋かけていひしながらもあらなくに木《こ》の葉ふりしくえにこそありけれ

と書《か》きを《（お）》きて、「かしこより人をこ《（お）》せば、これをやれ」とていぬ。
伊勢物語（九六）

【本歌取とされる例歌】

五十首歌たてまつりしに

たのめを《（お）》きし浅茅《あさぢ》が露《つゆ》に秋かけて木《こ》の葉ふりしく宿《やど》のかよひ路《ぢ》
藤原忠良・新古今和歌集十二（恋二）

ふりにけり時雨は袖に秋かけていひしばかりを待《ま》つとせしまに
藤原俊成女・新古今和歌集十四（恋四）

［注解］「今こむと言ひし許に長月のありあけの月を待ちいでつる哉」（素性・古今和歌集十四・恋四）も本歌とされる。

冬

秋かけて染《そ》めし木末もしぐれつゝ木の葉降《ふ》りしくみ山べの里
藤原俊成女・俊成卿女家集

【本歌】

むかし、右近《（うこん）》の馬場のひをりの日、むかひに立《た》てたりける車《くるま》に、女の顔《かほ》の下簾《したすだれ》よりほのかに見えければ、中将なりけるおとこ《（を）》のよみてやりける。

見ずもあらず見もせぬ人の恋《こひ》しくはあやなく今日《けふ》やながめ暮《くら》さん
伊勢物語（九九）

【本歌取とされる例歌】

あやなくやながめくらさんことはり《（わ）》を思ひしるともしられやはする
冷泉政為・内裏着到百首

【本歌】

むかし、おとこ《（を）》、後涼殿《（こうらうでん）》のはさまを渡《わた》りければ、あるやむごとなき人の御局《つぼね》より、「忘《わす》れ草《ぐさ》を忍《しの》ぶ草《ぐさ》とやいふ」とて、いださせ給《たま》へりければ、たまはりて、

忘草生《お》ふる野《の》べとは見るらめどこは忍《しの》ぶなり後《のち》もたのまん
伊勢物語（一〇〇）

【本歌取とされる例歌】

人のむすめの七廻忌に、寄露懐旧

七年《ななとせ》のむかし忘《わす》れぬ手向種《たむけぐさ》こはしのぶ也言《なりこと》の葉《は》のつゆ
柘植知清・霞関集

【本歌】
むかし、女、人《ひと》の心をうらみて、
風吹《ふ》けばとはに浪越《こ》す岩《いは》なれやわが衣手のかは(わ)く時なき
と常《つね》の言《こと》ぐさにいひけるを、
伊勢物語（一〇八）

【本歌取とされる例歌】
月かげのうつろふ隙《ひま》もあら礒のとはに浪こす岩にくだけて
烏丸資慶・万治御点

【本歌】
返し、
下紐《したひも》のしるしとするも解《と》けなくにかたるがごとは恋《こ》ひずぞあるべき
又、返し、
恋《こひ》しとはさらにもいはじ下紐《したひも》の解《と》けむを人はそれと知《し》らなん
伊勢物語（一一一）

【本歌取とされる例歌】
枇杷殿の皇太后宮にまい(ゐ)りて侍けるに、弁の乳母袴の腰の出でたるを、御前なる硯を引き寄せて、その腰に書き付け侍りける
藤原頼通・千載和歌集十三（恋三）
うらめしやむすぼほれたる下紐《したひも》の解《と》けぬや何《なに》の心なるらむ
［注解］「下紐の……」、「恋しとは……」の二首がともに本歌とされる。

【本歌】
摺狩衣《すりかりぎぬ》のたもとに書《か》きつけける。
翁《おきな》さび人なとがめそ狩《かり》衣けふばかりとぞ鶴《たづ》も鳴《な》くなる
おほやけの御気色《けしき》あしかりけり。
伊勢物語（一一四）

【本歌取とされる例歌】
この後さきの歌もあまた侍れども、さのみやは、つたなき言の葉書きをき(お)侍らむ。十三日は宮こに帰りぬべきを、またこの関越えんことありがたかるべしなど心細きを、かやうのはかなき言の葉書きつけてなど、夜の鶴の枕のかごとも、霜にふりぬる老をさへいとはず、毛衣かはすばかりになれ侍ぬれば、関守のうち寝るなどや、人もとがめぬべきと、思ひはゞからざるにあらざれども、芹川の昔、「今日ばかりこそ」とおぼめきし人も、心のかよふことは(わ)りにて、京極中納言百首など書きつけしのち、又この草をさへ少しとゞめ侍ぞかたはらいたく覚ゆる
狩衣《かりごろも》けふばかりなるなごりをばなれし雲ゐの鶴《たづ》もわするな
正徹・永享九年正徹詠草

【本歌】

むかし、おとこ(を)、すゞろに陸奥《みち》の国《くに》までまどひいにけり。京に思《おも》ふ人にいひやる。

浪間《ま》より見ゆる小島《こじま》のはまびさし久《ひさ》しくなりぬ君《きみ》にあひ見で
「何事《なにごと》も、みなよくなりにけり」となんいひやりける。

伊勢物語（一一六）

【本歌取とされる例歌】

入道前関白家に百首歌よみ侍ける時、あはぬ恋といふ心を

いつとなく塩《しほ》やく海人《あま》の苫《とま》びさし久しくなりぬあはぬ思〈おもひ〉は

藤原基輔・新古今和歌集十二（恋二）

浜千鳥

千鳥鳴《な》くこの浦風よ浜びさし久しくなれし人は聞《き》くとも

三条西実隆・再昌草

【本歌】

むかし、おとこ（を）、ちぎれることあやまれる人に、

山城《しろ》の井手《ゐで》の玉《たま》水手《て》にむすびたのみしかひもなき世《よ》なりけり

といひやれど、いらへもせず。

伊勢物語（一二二）

【本歌取とされる例歌】

旬十首に、款冬

むすぶ手《て》ににほひぞうつる山吹《ぶき》の花のかげなる井手の玉水

頓阿・頓阿法師詠

［注解］参考歌「春雨ににほへる色もあかなくに香さへなつかし山ぶきのはな」（よみ人しらず・古今和歌集二・春下）

【本歌】

むかし、おとこ（を）ありけり。深草にすみける女を、やう〳〵あきがたにや思けん、かゝる歌《うた》をよみけり。

年をへて住《す》みこし里《さと》を出《い》でていなばいとゞ深草野とやなりなん

女、返し、

野とならば鶉《うづら》となりて鳴《な》きをらんかりにだにやは君は来《こ》ざらむ

とよめりけるにめでて、行《ゆ》かむと思ふ心なくなりにけり。

伊勢物語（一二三）

【本歌取とされる例歌】

千五百番歌合に

秋をへてあはれも露《つゆ》も深草《ふかくさ》のさと訪ふものはうづらなりけり

慈円・新古今和歌集五（秋下）

［注解］「年をへて……」、「野とならば……」の二首がともに本歌とされる。

入《いり》日さす麓《ふもと》のおばな（を）うちなびきたが秋風にうづら鳴《な》くらん

源通光・新古今和歌集五（秋下）

［注解］「年をへて……」、「野とならば……」の二首がともに本歌とされる。

夏《なつ》来《き》てはいとゞ深草《ふかくさ》しげりつゝ荒《あ》れぬる里《さと》となりまさるらむ

二条良基・後普光園院殿御百首

［注解］「年をへて……」が本歌とされる。

「後撰和歌集」の収録歌が本歌とされる例歌

【本歌】

正月一日、二条の后の宮にて、しろきおほうちきをたまはりて

降《ふ》る雪のみのしろ衣うちきつゝ春きにけりとおどろかれぬる

藤原敏行・後撰和歌集一（春上）

【本歌取とされる例歌】

春歌

今日も又みのしろ衣春立《たて》ど猶《なほ》うちきらし雪はふりつゝ

藤原為家・中院詠草

【本歌】

春立日よめる

春立と聞《き》き《ゝ》つるからに春日《かすが》山消《きえ》あへぬ雪の花と見ゆらん

凡河内躬恒・後撰和歌集一（春上）

【本歌取とされる例歌】

春たちて木末《こずゑ》にきえぬ白《しら》雪はまだきに咲《さ》ける花かとぞ見る

藤原公実・金葉和歌集一（春）

【本歌】

今日《けふ》よりは荻のやけ原かきわけて若菜つみにと誰をさそはむ

平兼盛・後撰和歌集一（春上）

【本歌取とされる例歌】

早蕨

いざけふはをぎのやけ原かき分《わけ》て手折《たをり》てを来む春のさわらび

賀茂真淵・賀茂翁家集

【本歌】

我《わ》がやどの梅の初《はつ》花昼《ひる》は雪夜《よる》は月とも見えまがふ哉《かな》

よみ人しらず・後撰和歌集一（春上）

【本歌取とされる例歌】

昼《ひる》は雪夜《よる》は月ぞといひなさば軒端《ば》の梅の花やなからん

宗尊親王・文応三百首

【本歌】

谷寒《さむ》みいまだ巣《す》だゝぬ鶯の鳴《な》く声《こゑ》わかみ人のすさめぬ

よみ人しらず・後撰和歌集一（春上）

【本歌取とされる例歌】

また森鶯を

春ふかき老《おい》そのもりの鶯は人もすさめぬ音《ね》をや鳴《なく》らん

賀茂真淵・賀茂翁家集

【本歌】

紅梅の花を見て

紅に色をば変《か》へて梅《むめのはな》花香《か》ぞこと〳〵ににほ《ゝ》はざりける

凡河内躬恒・後撰和歌集一（春上）

【本歌取とされる例歌】

村上御時、御前の紅梅を女蔵人どもによませさせたまひけるに、代りてよめる

梅《むめ》の花香《はなか》はこと〳〵に匂《ゝほ》はねどうすくこくこそ色《いろ》は咲《さ》きけれ

清原元輔・後拾遺和歌集一（春上）

【本歌】
大和の布留の山をまかるとて
いその神ふるの山べの桜花うへ《（ゑ）》けむ時を知《し》る人ぞなき
遍昭・後撰和歌集二（春中）
【本歌取とされる例歌】
千五百番歌合に
いその神布留野《ふるの》の桜《さくら》たれうへ《（ゑ）》て春はわすれぬ形見《かたみ》なるらん
源通具・新古今和歌集一（春上）
【本歌】
帰る雁を聞きて
帰《〈かへる〉》雁雲地《〈くもぢ〉》にまどふ声すなり霞吹《ふ》き解《と》けこのめはる風
よみ人しらず・後撰和歌集二（春中）
【本歌取とされる例歌】
雨中霍公鳥といへることをよめる
ほとゝぎす雲路《くもぢ》にまどふ声《こゑ》すなりをやみだにせよ五月雨《さみだれ》の空《そら》
源経信・金葉和歌集二（夏）
【本歌】
朱雀院の桜のおもしろきことと延光朝臣の語り侍ければ、見るよしもあらまし物をなど、むかしを思いでて
咲《さ》き咲《さ》かず我にな告《つ》げそ桜花《さくら》人づてにやは聞《き》かむと思し
大将御息所・後撰和歌集二（春中）
【本歌取とされる例歌】
人づてにさくとはきかじさくら花《ばな》よしのゝ山は日数こゆとも
藤原家隆・家隆卿百番自歌合
【本歌】
大空《おほぞら》におほふ許《〈ばかり〉》の袖も哉《〈がな〉》春咲《さ》く花を風にまかせじ
よみ人しらず・後撰和歌集二（春中）
【本歌取とされる例歌】
廿七日、禁中月次御会懐紙、翫秋花
おほふ袖ありとも風は花の上《うへ》に秋の嵯峨野《さがの》のうしろめたしや
三条西実隆・再昌草
【本歌】
よぶこどりを聞きて、隣の家に贈り侍ける
わがやどの花にな鳴《な》きそ喚子鳥《〈よぶこどり〉》よぶかひ有《〈あり〉》て君も来《こ》なくに
春道列樹・後撰和歌集二（春中）
【本歌取とされる例歌】
喚子鳥
あをによし奈良《なら》の山なる喚子鳥《よぶこ》いたくな鳴《な》きそ君も来《こ》なくに
源実朝・金槐和歌集
［注解］「神名火の伊波瀬の社の呼子鳥いたくな鳴きそわが恋まさる」（鏡王女・万葉集八・1419）も本歌とされる。
【本歌】
散《ち》りぬべき花の限はを《（お）》しなべていづれともなく惜《お》しき春哉《〈かな〉》
よみ人しらず・後撰和歌集三（春下）
【本歌取とされる例歌】
山家暮春
うつり行《〈ゆく〉》月日もしらぬ山里《ざと》は花をかぎりに春ぞ暮《く》れぬる
頓阿・頓阿法師詠
【本歌】
荒れたる所に住み侍ける女、つれ〴〵に思ほえ侍

ければ、庭にあるすみれの花を摘みて、言ひつかはしける

我《わ》が宿《やど》にすみれの花の多《おほ》かれば来宿《きやど》る人やあると待《ま》つかな

よみ人しらず・後撰和歌集三（春下）

【本歌取とされる例歌】

西院辺に早うあひ知れりける人を尋ね侍けるに、すみれ摘みける女、知らぬよし申ければ、よみ侍ける

いそのかみふりにし人を尋《たづ》ぬれば荒《あ》れたる宿《やど》にすみれ摘《つ》みけり

能因・新古今和歌集十七（雑中）

菫菜露

すみれ草夕露あかぬ庭の面《（おも）》は来宿《きやど》る人を待《ま》たむともなし

三条西実隆・再昌草

【本歌】

男のもとより、たのめをこせ《（お）》て侍ければ

春日《はる》さす藤のうら葉《ば》のうらとけて君し思《おも》はば我もたのまむ

よみ人しらず・後撰和歌集三（春下）

【本歌取とされる例歌】

菩提樹院の藤見にまかりて

咲《さ》きにほふ藤《ふぢ》の裏葉《うらば》のうらとけてかげものどけき春の池水

兼好・兼好法師集

【本歌】

月のおもしろかりける夜、花を見て

あたら夜の月と花とをおなじくはあはれ知《し》れ覧《（らん）》人に見せばや

源信明・後撰和歌集三（春下）

【本歌取とされる例歌】

あはれ知《し》る心ありてやあたら夜の月と花とに雁《かり》の鳴《な》くらん

宗尊親王・文応三百首

【本歌】

県の井戸といふ家より、藤原治方につかはしける

宮こ人来《き》ても折《お》らなんかはづ鳴《な》くあがたの井戸《ゐど》の山吹の花

橘公平女・後撰和歌集三（春下）

【本歌取とされる例歌】

井氷

款冬《（やまぶき）》のかげ見し水の音もなし県《あがた》の井土《（ゐど）》の冬のこほりに

正徹・永享五年正徹詠草

【本歌】

法師にならむの心ありける人、大和にまかりて、程ひさしく侍てのち、あひ知りて侍ける人のもとより「月ごろはいかにぞ、花は咲きにたりや」と言ひて侍ければ

み吉野のよしのの山の桜花白雲とのみ見えまがひつゝ

よみ人しらず・後撰和歌集三（春下）

【本歌取とされる例歌】

白雲とみゆるにしるしみ吉野《よしの》の吉野《よしの》の山《やま》の花《はな》ざかりかも

大江匡房・詞花和歌集一（春）

【本歌】

亭子院歌合の歌

山桜《ざくら》咲《さ》きぬる時は常よりも峰の白雲立《た》ちまさりけり

よみ人しらず・後撰和歌集三（春下）

【本歌取とされる例歌】

人〳〵桜の歌十首よませ侍りけるによめる

桜花《さくらばな》さきぬるときは吉野山《よしのやま》たちものぼらぬ峰《みね》の白《しら》雲

藤原顕季・金葉和歌集一（春）

【本歌】

やよひ許の花の盛りに、道まかりけるに

折つればたぶさにけがる立《た》てながら三世《みよ》の仏に花たてまつる

遍昭・後撰和歌集三（春下）

【本歌取とされる例歌】

又彼上人、ミヅカラノ前栽ニクサ〲華ヲウヱオクトテ、

ウヘヲ（ヱオ）キテ三世《ミヨ》ノ仏ニタテマツル花《ハナ》ノニヲイ（ホヒ）モミノリト思ヘバ

明恵・明恵上人歌集

【本歌】

鶯の糸に撚《よ》るてふ玉柳吹《ふ》きな乱《みだ》りそ春の山風《かぜ》

よみ人しらず・後撰和歌集三（春下）

【本歌取とされる例歌】

天徳四年内裏歌合に柳をよめる

佐保姫《さほひめ》の糸《いと》そめかくる青柳《あをやぎ》をふきなみだりそ春のやまかぜ

平兼盛・詞花和歌集一（春）

【本歌】

八重葎《やへむぐら》心の内に深《ふか》ければ花見にゆかむいでたちもせず

紀貫之・後撰和歌集三（春下）

【本歌取とされる例歌】

春雨

花見にといでたちもせず八重葎〈やへむぐら〉心にしげき春雨の空

細川幽斎・玄旨百首

【本歌】

花しあらば何かは春《ゝる》の惜《お》しからん暮《く》るとも今日《けふ》は嘆《なげ》かざらまし

よみ人しらず・後撰和歌集三（春下）

【本歌取とされる例歌】

年《とし》のあけてうき世《よ》の夢のさむべくは暮《く》るともけふは厭《いと》はざらまし

慈円・新古今和歌集六（冬）

【本歌】

卯花〈うのはな〉の咲《さ》けるかきねの月きよみ寝《いね》ず聞《き》けとや鳴《な》くほとゝぎす

よみ人しらず・後撰和歌集四（夏）

【本歌取とされる例歌】

神館にて郭公をきゝて

卯《う》の花の垣根《かきね》ならねどほとゝぎす月の桂《かつら》のかげになくなり

大江匡房・新古今和歌集三（夏）

【本歌】

卯花のかきねある家にて

時わかず降《ふ》れる雪かと見るまでにかきねもたわに咲《さ》ける卯花

よみ人しらず・後撰和歌集四（夏）

【本歌取とされる例歌】

卯花

夕されば雪かとぞみる卯《う》の花の垣ほの竹の枝もたは（わ）ゝに

細川幽斎・玄旨百首

【本歌】

にほひつゝ散《ち》りにし花ぞおもほゆる夏は緑の葉のみ繁《しげ》れば

よみ人しらず・後撰和歌集四（夏）

【本歌取とされる例歌】

卯月のついたちになりて、散りて後花を思、とい
ふ事を人々よみはべりしに

青葉《あをば》さへみれば心のとまるかな散《ち》りにし花《はな》のなごりと思《おも》へば
西行・山家心中集

【本歌】
夏の夜、しばし物語してかへりにける人のもとに、
又のあした、つかはしける
二声《ふた》と聞とはなしに郭公夜深く目《め》をもさましつる哉
伊勢・後撰和歌集四（夏）

【本歌取とされる例歌】
修理大夫顕季歌合し侍けるに、郭公をよめる
ふた声と聞《き》かでややまむほとゝぎす待《ま》つに寝《ね》ぬ夜の数《かず》はつもりて
藤原道経・千載和歌集三（夏）

［注解］「寝ぬ夜こそ数はつもりぬれほとゝぎす聞くほどもなきひと声により」（小弁・後拾遺和歌集三・夏）も本歌とされる。

待郭公
郭公《ほととぎす》必《かなら》ず待《ま》つとなけれども夜《よ》なく〳〵目《め》をもさましつるかな
源実朝・金槐和歌集

［注解］「桐の葉も踏みわけがたくなりにけりかならず人を待つとなけれど」（式子内親王・新古今和歌集五・秋下）も本歌とされる。

【本歌】
旅寝《たびね》してつまこひすらし郭公神なび山に小夜《さよ》ふけて鳴《な》く
よみ人しらず・後撰和歌集四（夏）

【本歌取とされる例歌】
さ月やみ神なび山の時鳥《ほととぎす》つまこひすらし鳴音《なくね》かなしも
源実朝・金槐和歌集

［注解］「をの《お》が妻こひつゝなくや五月やみ神南備山のやま郭公」（よみ人しらず・新古今和歌集三・夏）も本歌とされる。

【本歌】
うちはへて音《ね》をなきくらす空蟬《うつせみ》のむなしき恋《こひ》も我はする哉《かな》
よみ人しらず・後撰和歌集四（夏）

【本歌取とされる例歌】
つれもなき人の心はうつせみのむなしき恋《こひ》に身をやかへてん
高倉・新古今和歌集十二（恋二）

【本歌】
常もなき夏の草葉に置く露《つゆ》を命《いのち》とたのむ蟬《せみ》のはかなさ
よみ人しらず・後撰和歌集四（夏）

【本歌取とされる例歌】
音《ね》をや鳴《な》く木の葉《は》にすがる空蟬《うつ》の世を朝露に思《おもひ》くらべて
三条西実隆・内裏着到百首

【本歌】
桂のみこの「ほたるをとらへて」と言ひ侍ければ、
わらはのかざみの袖につゝみて
つゝめども隠《かく》れぬ物は夏虫の身よりあまれる思ひなりけり
よみ人しらず・後撰和歌集四（夏）

【本歌取とされる例歌】
思《おも》ひあれば袖に蛍《ほたる》をつゝみてもいはばや物を問《と》ふ人はなし
寂蓮・新古今和歌集十一（恋一）

［注解］「あめふればのきのたま水つぶつぶといはばやものを心ゆくまで」（よみ人しらず・千五百番歌合）も本歌とされる。

これも又いかなるえにかちぎりけむつゝむ蛍の袖にうきぬる
藤原家隆・家隆卿百番自歌合

前太政大臣家三首に
飛《〈とぶ〉》蛍《ほたる》もえてかくれぬ思《おも》ひとはしらでやさのみねを忍《しの》ぶらん
頓阿・頓阿法師詠

［注解］参考歌「音もせで思ひにもゆる蛍こそ鳴く虫よりもあはれなりけれ」（源重之・後拾遺和歌集三・夏）

さらばその影だに見えよ思ひあまり只《ただ》夏虫のこの頃《ごろ》の身を
武者小路実陰・芳雲和歌集

【本歌】
打《〈うち〉》つけに物ぞ悲き木《こ》の葉《は》散《ち》る秋の始を今日《けふ》ぞと思《おも》へば
よみ人しらず・後撰和歌集五（秋上）

【本歌取とされる例歌】
寺辺夕雪
うちつけに物ぞかなしき初瀬山尾《を》の上《へ》の鐘《かね》の雪の夕暮
源実朝・金槐和歌集

［注解］参考歌「年もへぬいのる契ははつせ山お《〈を〉》のへの鐘のよその夕暮《ぐれ》」（藤原定家・新古今和歌集十二・恋二）

早秋
うちつけに思ひのこさぬ一葉哉《〈ひとはかな〉》あきたつ今朝の木《〈こ〉》がらしの風《かぜ》
心敬・寛正百首

【本歌】
思ふこと侍けるころ
いとゞしく物思やどの荻の葉に秋と告《つ》げつる風のわびしさ
よみ人しらず・後撰和歌集五（秋上）

【本歌取とされる例歌】
あはれとて問《と》ふ人のなどなかるらんもの思《おも》ふ宿《やど》のおぎ《〈を〉》の上風《うはかぜ》
西行・新古今和歌集十四（恋四）

入道前関白太政大臣家の歌合に
わが恋《こひ》は今をかぎりと夕《ゆふ》まぐれおぎ《〈を〉》吹《ふ》く風のをと《〈お〉》づれてゆく
俊恵・新古今和歌集十四（恋四）

吹《ふ》き過《す》ぐる夕も問《と》はぬ荻の葉に待《ま》つ宵更《よひふ》けし秋風の声
藤原俊成女・俊成卿女家集

【本歌】
思事侍て
秋風の吹《ふ》けばさすがにわびしきは世のことわりと思物《〈おもふもの〉》から
よみ人しらず・後撰和歌集五（秋上）

【本歌取とされる例歌】
閑中秋夕
ことはり《〈わ〉》と思《おも》ひながらもさびしきはみやまの庵《いほ》の秋《あき》の夕暮《ぐれ》
頓阿・頓阿法師詠

【本歌】
ゆく蛍雲の上《うへ》までいぬべくは秋風吹《ふ》くと雁に告《つ》げこせ
在原業平・後撰和歌集五（秋上）

【本歌取とされる例歌】
夏
沢水に秋風《あきかぜ》近しゆく蛍《ほたる》まよふ光もかげ乱《みだ》れつゝ
藤原俊成女・俊成卿女家集

とぶ蛍《ほたる》まだつげこさぬ雲居《くもゐ》よりゆきかふ秋と風や吹《ふ》くらむ
兼好・兼好法師集

［注解］「夏と秋と行かふ空のかよひ路は片方すゞしき風やふくらむ」（凡河内躬恒・古今和歌集三・夏）も本歌とされる。

【本歌】
秋風の吹《〈ふき〉》くる宵《よひ》は蛬《〈きりぎりす〉》　草の根《ね》ごとに声乱《こゑみだ》れけり
紀貫之・後撰和歌集五（秋上）

【本歌取とされる例歌】
むし
秋風《かぜ》に穂末《ほずゑ》なみよる刈萱《かるかや》の下葉《ば》に虫のこえ《(ゑ)》乱《みだ》るなり
西行・山家心中集

【本歌】
秋の田のかりほのいほの苫《とま》を荒《あら》みわが衣手は露《つゆ》に濡《ぬ》れつゝ
天智天皇・後撰和歌集六（秋中）

【本歌取とされる例歌】
秋のうたの中に
秋の田の庵にふける苫《〈とま〉》をあらみもりくる露のいやは寝《ね》らるゝ
和泉式部・和泉式部集

崇徳院御時、百首歌めしけるに
秋《あき》の田に庵《いほ》さすしづの苫《とま》をあらみ月と《ゝ》ともにやもりあかすらん
藤原顕輔・新古今和歌集四（秋上）

秋の田のいなおほせ鳥《どり》もなれにけるかりほの庵《いほ》を守《も》るとせし間《ま》に
よみ人しらず・新続古今和歌集十八（雑中）

［注解］「山田もる秋の仮庵にを《(お)》く露はいなおほせ鳥の涙なりけり」（壬生忠岑・古今和歌集五・秋下）も本歌とされる。

【本歌】
白露に風の吹敷《〈ふきしく〉》秋の野《ゝ》はつらぬきとめぬ玉ぞ散《ち》りける
文屋朝康・後撰和歌集六（秋中）

【本歌取とされる例歌】
玉ぼこの道《みち》もやどりもしら露に風《かぜ》の吹《〈ふき〉》しく小《を》野《の》の《ゝ》篠《しの》原
藤原家隆・家隆卿百番自歌合

【本歌】
天《あま》の河しがらみかけてとゞめ南《〈なん〉》あかず流《なが》るゝ月やよどむと
よみ人しらず・後撰和歌集六（秋中）

【本歌取とされる例歌】
人のもとにまかりて物申ける程に、月の入りにければよめる
いかにして柵《しがらみ》かけん天《あま》の川流《がはなが》るゝ月やしばし淀《よど》むと
源師俊・金葉和歌集三（秋）

【本歌】
秋の夜は人を静《しづ》めてつれぐ〵とかきなす琴《こと》の音《ね》にぞ泣《な》きぬる
よみ人しらず・後撰和歌集六（秋中）

【本歌取とされる例歌】
秋声
鳴《な》く虫も人しづまりてすめる夜《よ》にかきなす琴の心をや知《し》る
三条西実隆・再昌草

【本歌】
人の「雁は来にけり」と申すを聞きて
年毎《ごと》に雲地《〈くもぢ〉》まどはぬかりがねは心づからや秋を知るらむ
凡河内躬恒・後撰和歌集七（秋下）

【本歌取とされる例歌】
桐の葉の落つるを見て

はつ風をまたでまづちる桐の葉はこころづからや秋をしらする

村田春海・琴後集

【本歌】

秋の夜に雨と聞《き》こえて降《ふ》りつるは風に乱《みだ》るゝ紅葉なりけり

よみ人しらず・後撰和歌集七（秋下）

【本歌取とされる例歌】

顕季卿の家にて、桜の歌十首人〳〵によませ侍りけるによめる

春の日ののどけき空にふる雪は風に乱《みだ》るゝ花にぞありける

藤原長実・金葉和歌集（補遺歌）

【本歌】

葦引《あしひき》の山のもみぢ葉《ば》散《ち》りにけり嵐の先《さき》に見てまし物を

よみ人しらず・後撰和歌集七（秋下）

【本歌取とされる例歌】

さゝ波や志賀《しが》の都の花盛《ざかり》風よりさきに訪《と》はましものを

源実朝・金槐和歌集

[注解]「八重にほふ軒端の桜うつろひぬ風よりさきに訪ふ人もがな」（式子内親王・新古今和歌集二・春下）も本歌とされる。

【本歌】

わたつみの神にたむくる山姫の幣《ぬさ》をぞ人は紅葉《もみぢ》といひける

よみ人しらず・後撰和歌集七（秋下）

[注解]「このたびは幣もとりあへずたむけ山紅葉の錦神のまに〳〵」（菅原道真・古今和歌集九・羇旅）が本歌とされる。

【本歌取とされる例歌】

露をぬき嵐をたてと山姫のを《お》れる錦の秋の紅葉葉、

藤原為家・中院詠草

[注解]「霜のたて露のぬきこそよは《わ》からし山の錦のを《お》ればかつ散る」（藤原関雄・古今和歌集五・秋下）も本歌とされる。

【本歌】

あひ知りて侍ける男のひさしうとはず侍ければ、

なが月ばかりにつかはしける

おほかたの秋の空《そら》だにわびしきに物思ひそふる君にもある哉

右近・後撰和歌集七（秋下）

【本歌取とされる例歌】

ながめても哀《あはれ》と思《おも》へおほかたの空《そら》だにかなし秋の夕暮《ぐれ》

鴨長明・新古今和歌集十四（恋四）

【本歌】

九月つもごりに

長月の在明《ありあけ》の月はありながらはかなく秋は過《す》ぎぬべら也

紀貫之・後撰和歌集七（秋下）

【本歌取とされる例歌】

はかなくて暮《くれ》ぬと思ふをおのづから有明の月に秋ぞのこれる

源実朝・金槐和歌集

【本歌】

神な月《づき》降《ふ》りみ降《ふ》らずみ定《さだめ》なき時雨ぞ冬の始《はじめ》なりける

よみ人しらず・後撰和歌集八（冬）

【本歌取とされる例歌】

はれ曇《くも》り時雨はさだめなき物をふりはてぬるはわが身なりけり

道因・新古今和歌集六（冬）

［注解］参考歌「今はとてわが身時雨にふりぬれば事の葉さへに移ろひにけり」（小野小町・古今和歌集十五・恋五）

冬

むらしぐれさだめなしとはふりぬれどわすれざりける神無月哉《かな》

藤原為家・中院詠草

【本歌】

涙さへ時雨にそひてふるさとは紅葉の色も濃《こ》さまさりけり

伊勢・後撰和歌集八（冬）

【本歌取とされる例歌】

去年《こぞ》よりも庭の紅葉の深《ふか》き哉《かな》 涙やいとゞ時雨《しぐれ》そふらん

後鳥羽院・遠島御百首

【本歌】

神な月しぐるゝ時ぞみ吉野《よしの》ゝ山のみ雪《ゆき》も降《ふ》り始《はじめ》ける

よみ人しらず・後撰和歌集八（冬）

【本歌取とされる例歌】

神無月しぐれし日よりさゞ浪《なみ》や比良《ひら》の高嶺《たかね》につもる白雪《しらゆき》

頓阿・頓阿法師詠

【本歌】

雪の朝、老を嘆きて

降《ふ》りそめて友待《ま》つ雪はむばたまの我《わ》が黒髪《くろかみ》の変《かは》るなりけり

紀貫之・後撰和歌集八（冬）

【本歌取とされる例歌】

閑中雪　おなじ題のうち

降《ふ》りそめて友《とも》まつ雪《ゆき》はまちつけつ宿《やど》こそいとゞ跡絶《あとた》えにけれ

藤原俊成・長秋詠藻

【本歌】

雪の少し降る日、女につかはしける

かつ消《き》えて空《そら》に乱《みだ》るゝ泡《あは》雪は物思ふ人の心なりけり

藤原蔭基・後撰和歌集八（冬）

【本歌取とされる例歌】

春雪

山風《やまかぜ》の吹きまく空にかつ消えて庭まで降らぬ春のあは雪

藤原為相・為相百首

【本歌】

真薦《まこも》刈《か》る堀《ほり》江に浮《う》きて寝《ぬ》る鴨《かも》の今夜《こよひ》の霜にいかにわぶらん

よみ人しらず・後撰和歌集八（冬）

【本歌取とされる例歌】

秋ふかみ堀江の月に寝《ぬ》る鴨のはらふに消《きえ》ぬ霜や寒けき

三条西実隆・内裏着到百首

【本歌】

降《ふ》る雪は消《き》えでもしばしとまら南《なん》花も紅葉《ゝみぢ》も枝になき頃《ころ》

よみ人しらず・後撰和歌集八（冬）

【本歌取とされる例歌】

百首歌の中に

このごろは花も紅葉も枝《えだ》になししばしなきえそ松の白雪《しらゆき》

後鳥羽院・新古今和歌集六（冬）

［注解］参考歌「松の葉にかゝれる雪のそれをこそ冬の花とはいふべかりけれ」（よみ人しらず・後撰和歌集八・冬）

【本歌】

涙河身投《な》ぐ許《ばかり》の淵《ふち》はあれど氷とけねばゆく方《かた》もなし

よみ人しらず・後撰和歌集八（冬）

【本歌取とされる例歌】

流《なが》れ出《い》でんうき名にしばしよどむかな求《もと》めぬ袖の淵《ふち》はあれども

相模・新古今和歌集十五（恋五）

【本歌】

梅《むめ》が枝《え》に降《ふ》り置《お》ける雪を春近《ちか》み目《め》のうちつけに花かとぞ見る

よみ人しらず・後撰和歌集八（冬）

【本歌取とされる例歌】

梅《むめ》が枝《え》にものうきほどにちる雪《ゆき》を花ともいはじ春の名《な》たてに

源重之・新古今和歌集一（春上）

【本歌】

御匣殿の別当に年を経て言ひわたり侍けるを、え逢はずして、その年のしはすのつごもりの日、つかはしける

物思《〈ものおもふ〉》と過《す》ぐる月日も知《し》らぬ間《ま》に今年《ことし》は今日《けふ》に果《は》てぬとか聞《き》く

藤原敦忠・後撰和歌集八（冬）

【本歌取とされる例歌】

物思《おも》ふに過《〈すぐ〉》る月日は知《し》らねども春や暮《く》れぬる岸《きし》の山吹《ぶき》

後鳥羽院・遠島御百首

【本歌】

あひ知りて侍ける人のもとに、「返事見む」とてつかはしける

来《く》や〳〵と待《ま》つ夕暮《ゆふぐれ》と今はとて帰《かへ》る朝《〈あした〉》といづれまされり

元良親王・後撰和歌集九（恋一）

【本歌取とされる例歌】

たなばたの待《ま》ちつるほどのくるしさとあかぬ別《わか》れといづれまされり

藤原顕綱・詞花和歌集三（秋）

【本歌】

大和にあひ知りて侍ける人のもとにつかはしける

うち返し君ぞ恋《こひ》しき大和《やまと》なる布留《ふる》の早稲《わさ》田の思出《い》でつゝ

よみ人しらず・後撰和歌集九（恋一）

【本歌取とされる例歌】

いその神布留《ふる》のわさ田《だ》をうちかへし恨《うら》みかねたる春の暮《くれ》かな

藤原俊成女・新古今和歌集二（春下）

【本歌】

まかる所知らせず侍ける頃、又あひ知りて侍ける男のもとより、「日頃たづねわびて、失せにたるとなむ思つる」と言へりければ

思《おも》ひ河絶《た》えず流《なが》るゝ水の泡《あは》のうたがた人にあはで消《き》えめや

伊勢・後撰和歌集九（恋一）

【本歌取とされる例歌】

おもひ河身をはやながら水のあわの消《き》えてもあはむ浪《なみ》の間《ま》もがな

藤原家隆・家隆卿百番自歌合

［注解］「山河のを《お》とにのみ聞くもゝしきを身をはやながら見るよしも哉」（伊勢・古今和歌集十八・雑下）も本歌とされる。

恋

流《なが》れての名をさへしのぶ思《おも》ひ河逢《あ》はでも消《き》えね瀬々のうたかた

藤原俊成女・俊成卿女家集

流《なが》れてのうき名もくるし　思川《〈おもひがはし〉》逢《あ》ふ瀬《せ》の水の泡《あは》と消《〈きえ〉》ばや

後花園天皇・宝徳二年十一月仙洞歌合

現《うつゝ》ある物とはなにを思ひ川見《み》よや消《き》え行《〈ゆく〉》水のうたかた

三条西実隆・再昌草

[注解]「夢とこそいふべかりけれ世中にうつゝある物と思ける哉」（紀貫之・古今和歌集十六・哀傷）も本歌とされる。

【本歌】

しのびたる人につかはしける

磐瀬《いはせ》山谷の下《した》水うちしのび人の見ぬ間《ま》は流《〈ながれ〉》てぞふる

よみ人しらず・後撰和歌集九（恋一）

【本歌取とされる例歌】

恋歌あまたよみ侍けるに

かくとだに思《おも》ふ心を岩瀬《いはせ》山下《した》ゆく水の草がくれつゝ

藤原実定・新古今和歌集十二（恋二）

【本歌】

人につかはしける

あさぢふの小野《をのゝ》の篠《しの》原忍れどあまりてなどか人の恋《こひ》しき

源等・後撰和歌集九（恋一）

[注解]「浅茅生の小野の篠原しのぶとも人しるらめや言ふ人なしに」（よみ人しらず・古今和歌集十一・恋一）が本歌とされる。

【本歌取とされる例歌】

しのびあまり小野《をのゝ》の篠《しの》原をく《(お)》露にあまりて誰を松虫のこゑ

藤原家隆・家隆卿百番自歌合

[注解]「君しのぶ草にやつるゝふるさとは松虫の音ぞかなしかりける」（よみ人しらず・古今和歌集四・秋上）も本歌とされる。

なを《(ほ)》ざりの小野《をのゝ》の浅茅に置《〈おく〉》露も草葉にあまる秋の夕暮《ぐれ》

藤原定家・定家卿百番自歌合

【本歌】

人のもとにつかはしける

東路《あづまぢ》の佐野《さのゝ》の舟《ふな》橋かけてのみ思渡《〈おもひわた〉》るを知《し》る人のなさ

源等・後撰和歌集十（恋二）

【本歌取とされる例歌】

あづま路の佐野《さのゝ》の舟橋さのみやはつらき心をかけてたのまん

藤原家隆・家隆卿百番自歌合

【本歌】

年ひさしく通はし侍ける人につかはしける

玉《たま》の緒《を》の絶《た》えてみじかき命《いのち》もて年月ながき恋《こひ》もするかな

紀貫之・後撰和歌集十（恋二）

【本歌取とされる例歌】

百首歌の中に忍恋を

玉《たま》の緒《を》よ絶《た》えなばたえねながらへばしのぶることのよは《(わ)》りもぞする

式子内親王・新古今和歌集十一（恋一）

恋十首歌よみ侍りけるに

たれもこのあはれみじかき玉《たま》の緒《を》にみだれてものをおもはずもがな

藤原定家・正風体抄

[注解]「ありはてぬ命待つまのほど許うき事しげく思はずも哉」（平貞文・古今和歌集十八・雑下）も本歌とされる。

【本歌】

女につかはしける

名にしおはば相坂《〈あふさか〉》山のさねかづら人に知《し》られでくるよしも哉《〈がな〉》

藤原定方・後撰和歌集十一（恋三）

【本歌取とされる例歌】

逢坂《あふ》の関路《せきぢ》に生《お》ふるさねかづらかれにし後はくる人もなし

宗尊親王・文応三百首

さねかづらくるしき物を人知《し》れず逢坂《あふ》越《こ》ゆる夜半の関路は

松木宗継・宝徳二年十一月仙洞歌合

【本歌】

夕《ゆふ》されば我《わ》が身のみこそかなしけれいづれの方《〈かた〉》に枕定《さだ》めむ

藤原兼茂女・後撰和歌集十一（恋三）

【本歌取とされる例歌】

千五百番歌合に

夕《ゆふ》されば玉ちる野辺《のべ》のをみなへし枕《まくら》さだめぬ秋風ぞふく

藤原良平・新古今和歌集四（秋上）

［注解］参考歌「夜ゐ《〈ひ〉》〳〵に枕さだめむ方もなしいかに寝し夜かゆめに見えけむ」（よみ人しらず・古今和歌集十一・恋一）

【本歌】

おなじ所に宮仕へし侍て常に見ならしける女につかはしける

伊勢の海に塩焼《や》く海人《あま》の藤衣なるとはすれど逢《あ》はぬ君哉《〈かな〉》

凡河内躬恒・後撰和歌集十一（恋三）

［注解］「須磨の海人の塩焼衣の藤衣間遠にしあればいまだ着なれず」（大網公人主・万葉集三・413）が本歌とされる。

【本歌取とされる例歌】

海辺恋といふことをよめる

須磨《すま》の海人《あま》の袖にふきこす潮《しほ》風のなるとはすれど手《て》にもたまらず

藤原定家・新古今和歌集十二（恋二）

馴恋

蜑衣《あまごろも》なるとはすれど伊勢《いせ》島やあはぬうつせは拾ふかひなし

後水尾院・御着到百首

【本歌】

心ざしありて言ひ交しける女のもとより、人かずならぬやうに言ひて侍ければ

潮《しほ》の間《ま》にあざりする海人《あま》もを《〈お〉》のが世ゝかひ有《〈あり〉》とこそ思《〈おもふ〉》べらなれ

紀長谷雄・後撰和歌集十一（恋三）

【本歌取とされる例歌】

潮《しほ》のまによもの浦《うら》〳〵尋《たづ》ぬれどいまはわが身のいふかひもなし

和泉式部・新古今和歌集十八（雑下）

【本歌】

津《つ》の国《くに》のなには立《たゝ》たまく惜《お》しみこそすくも焼《た》く火の下《した》に焦《こ》がるれ

紀内親王・後撰和歌集十一（恋三）

【本歌取とされる例歌】

難波女《なにはめ》のすくもたく火《ひ》の下焦《したこ》がれ上はつれなき我身なりけり

藤原清輔・千載和歌集十一（恋一）

【本歌】

人のもとにまかりて、入れざりければ、簀子に臥し明かして帰るとて言ひ入れ侍ける

夢地にも宿貸《やどか》す人のあらませば寝覚《ねざめ》に露《つゆ》は払《ゝら》はざらまし

よみ人しらず・後撰和歌集十一（恋三）

【本歌取とされる例歌】
露《つゆ》はらふ寝覚《ねざ》めは秋のむかしにて見はてぬ夢にのこるおもかげ
藤原俊成女・新古今和歌集十四（恋四）

【本歌】
泪河流《なが》す寝覚《ねざめ》もある物を払《はら》ふ許《〈ばかり〉》の露《つゆ》や何《なに》なり
よみ人しらず・後撰和歌集十一（恋三）

【本歌取とされる例歌】
泪河《なみだがは》身もうきぬべき寝覚《ねざ》めかなはかなき夢のなごりばかりに
寂蓮・新古今和歌集十五（恋五）

【本歌】
心ざしありて人に言ひ交し侍けるを、つれなかりければ、言ひわづらひて止みにけるを、思出でて言ひ送りける返事に、「心ならぬさま也」と言へりければ
葛木《〈かづらき〉》や久米《くめ》地の橋《はし》にあらばこそ思ふ心を中空《なかぞら》にせめ
よみ人しらず・後撰和歌集十一（恋三）

【本歌取とされる例歌】
女につかはしける
いかにせん久米路《くめぢ》の橋《はし》の中空《なかぞら》に渡《わた》しもはてぬ身とやなりなん
藤原実方・新古今和歌集十一（恋一）

【本歌】
釣殿の皇女につかはしける
筑波嶺《つくばね》の峰より落《お》つるみなの河恋ぞ積《つ》もりて淵となりける
陽成院・後撰和歌集十一（恋三）

【本歌取とされる例歌】
男女《みな》の川流《がはなが》れて瀬《せ》ゞにつもるこそ峰《みね》より落《お》つる木の葉なりけれ
二条良基・後普光園院殿御百首

【本歌】
我が宿《やど》とたのむ吉野に君し入《い》らば同《おな》じかざしを挿《さ》しこそはせめ
伊勢・後撰和歌集十二（恋四）

【本歌取とされる例歌】
吉野の行宮にて人々に千首歌召されし次でに、山花といふ事をよませ給うける
わが宿とたのまずながら吉野山《よしのやま》花になれぬる春もいくとせ
長慶天皇・新葉和歌集二（春下）

【本歌】
絶《た》えぬると見れば逢《あ》ひぬる白雲のいとおほよそに思《おも》はずも哉《〈がな〉》
依子内親王・後撰和歌集十二（恋四）

【本歌取とされる例歌】
しぐれしあとのよものけしき見んとて庭に出たるに、いろ〳〵のきくのつゆをおびてさとうち薫るをかへりみたるに、目もはなちがたくおもしろかりければよめる
わがやどのよもぎにまじるしら菊をいとおほよそに思ひけるかな
小沢蘆庵・六帖詠草

【本歌】
大輔がもとにつかはしける
池水のいひ出《い》づる事のかたければみごもりながら年ぞへにける
藤原敦忠・後撰和歌集十二（恋四）

【本歌取とされる例歌】
住吉社に詠みて奉りし歌の中に、水辺蛍を
池水《いけみづ》のいひいでがたき思ひとや身をのみこがす蛍《ほたる》なるらん

【本歌】

飛鳥井雅親・新続古今和歌集三（夏）

桂のみこに住みはじめける間に、かのみこあひ思はぬ気色なりければ

人知《し》れず物思《ものおもふ》頃《ころ》の我《わ》が袖は秋の草葉《ば》に劣《おと》らざりけり

貞数親王・後撰和歌集十三（恋五）

【本歌取とされる例歌】

雨の降る日忍びたる人につかはしける

人知《し》れずもの思《おも》ふころの袖《そで》みれば雨《あめ》も涙《なみだ》もわかれざりけり

藤原頼宗・千載和歌集十一（恋一）

【本歌】

心にもあらで久しくとはざりける人のもとにつかはしける

伊勢の海の海人《あま》のまでかた暇《いとま》なみ永《なが》らへにける身をぞ怨《うら》むる

源英明・後撰和歌集十三（恋五）

【本歌取とされる例歌】

伊勢《いせ》の海《うみ》のあまのまてがた待《ま》てしばしうらみに浪《なみ》のひまはなくとも

藤原家隆・家隆卿百番自歌合

不逢恋

とへかしなあまのまてかたさのみやは待《まつ》に命のながらへもせん

藤原為家・中院詠草

【本歌】

事《こと》の葉もみな霜がれに成《なり》ゆくは露《つゆ》の宿《やど》りもあらじとぞ思《おもふ》

よみ人しらず・後撰和歌集十三（恋五）

【本歌取とされる例歌】

頼めて侍ける女の、のちに返事をだにせず侍ければ、かのお《を》とこに代りて

いま来《こ》んといふことの葉もかれゆくによな〳〵露《つゆ》のなにゝを《お》くらん

和泉式部・新古今和歌集十五（恋五）

【本歌】

忍びてかよひ侍ける人、「今帰りて」など頼めを《お》きて、公の使に伊勢の国にまかりて、帰まうで来て、久しうとはず侍ければ

人はかる心の隈《くま》はきたなくて清《きよ》き渚《なぎさ》をいかで過《す》ぎけん

少将内侍・後撰和歌集十三（恋五）

【本歌取とされる例歌】

熊

うつほ木に住《す》むよりも猶《なほ》人はかる心の底のくまはおそろし

三条西実隆・再昌草

【本歌】

事出で来てのちに京極御息所につかはしける

わびぬれば今はた同《おな》じ難波《なには》なる身をつくしても逢《あ》はんとぞ思《おもふ》

元良親王・後撰和歌集十三（恋五）

【本歌取とされる例歌】

和歌所歌合に、忍恋をよめる

難波《なには》人いかなるえにか朽《く》ちはてん逢《あ》ふことなみに身をつくしつゝ

藤原良経・新古今和歌集十一（恋一）

千五百番歌合に

歎《なげ》かずよいまはたおなじ名取河《なとりがは》せゞの埋《むも》れ木くちはてぬとも

藤原良経・新古今和歌集十二（恋二）

［注解］「名とり河瀬ゞの埋れ木あらはればいかにせむとかあひ見そめけむ」（よみ人しらず・古今和歌集十三・恋三）も本歌とされる。

里の梅を

荒れはてし難波の里の春風に今はた同じ梅《うめ》が香《か》ぞする

慶運・新続古今和歌集一（春上）

【本歌】

思忘れにける人のもとにまかりて

夕闇《ゆふやみ》は道も見えねど旧里《〈ふるさと〉》は本《〈もと〉》来《こ》し駒にまかせてぞ来《く》る

よみ人しらず・後撰和歌集十三（恋五）

【本歌取とされる例歌】

帰雁

しら雪のふるさととほくゆく雁《かり》も道しる駒のあとやならへる

下河辺長流・晩花集

【本歌】

思ひつゝ経《へ》にける年をしるべにてなれぬる物は心なりけり

よみ人しらず・後撰和歌集十四（恋六）

【本歌取とされる例歌】

水無瀬にてをのこども、久恋といふことをよみ侍しに

思《〈おもひ〉》つゝ経《へ》にける年《とし》のかひやなきたゞあらましの夕暮《ゆふぐれ》の空

後鳥羽院・新古今和歌集十一（恋一）

【本歌】

菅原のおほいまうちぎみの家に侍ける女に通ひ侍ける男、仲絶えて、又とひて侍ければ

菅原や伏見の里のあれしより通《かよ》ひし人の跡も絶《た》えにき

よみ人しらず・後撰和歌集十四（恋六）

【本歌取とされる例歌】

守覚法親王五十首歌よませ侍けるに、閑居の心を

わくらばにとはれし人も昔《むかし》にてそれより庭の跡《あと》は絶《た》えにき

藤原定家・新古今和歌集十七（雑中）

【本歌】

女のもとより「いといたくな思わびそ」とたのめを《〈お〉》こせて侍ければ

慰《なぐさ》むる言《こと》の葉《は》にだにかゝらずは今も消《け》ぬべき露の命を

よみ人しらず・後撰和歌集十四（恋六）

【本歌取とされる例歌】

たのめ置く言《こと》の葉だにもなき物をなに《ゝ》かゝれる露《つゆ》の命《いのち》ぞ

皇后宮女別当・金葉和歌集七（恋上）

ことのはにかゝるとしるや年月を待《〈まつ〉》に消《け》ぬべき露の命も

三条西実隆・内裏着到百首

【本歌】

来て物言ひける人の、おほかたはむつましかりけれど、近うはえあらずして

間近《まぢか》くてつらきを見るは憂《う》けれども憂《う》きは物かは恋《こひ》しきよりは

よみ人しらず・後撰和歌集十四（恋六）

【本歌取とされる例歌】

うきうらみ恋しきあはれいづかたにまさるおもひと心をぞ見る

伏見院・金玉歌合

【本歌】

思ふ人にえ逢ひ侍らで、忘られにければ

せきもあへず涙の河の瀬《せ》を早《はや》みかゝらむ物と思《〈おもひ〉》やはせし

よみ人しらず・後撰和歌集十四（恋六）

【本歌取とされる例歌】

堰《せ》きかぬる涙《なみだ》の川《かは》の早《はや》き瀬《せ》は逢《あ》ふよりほかのしがらみぞなき

源頼政・千載和歌集十二（恋二）

［注解］「身を投げし涙の川の早き瀬をしがらみかけて誰かとゞめし」（紫式部・源氏物語・手習）も本歌とされる。

【本歌】

仁和のみかど嵯峨の御時の例にて芹河に行幸したまひける日

嵯峨の山みゆきたえにし芹《せり》河の千世《〈ちよ〉》の古道《ふるみち》あとは有《〈あり〉》けり

在原行平・後撰和歌集十五（雑一）

【本歌取とされる例歌】

後白河院栖霞寺におはしましけるに、駒引の引分けの使にてまい《〈ゐ〉》りけるに

嵯峨《さが》の山千代《ちよ》のふる道《みち》あととめてまた露《つゆ》わくる望月《もち》の駒《こま》

藤原定家・新古今和歌集十七（雑中）

芹《せり》川の千代のふるみちすなほなるむかしの跡はいまやみゆらん

雑地儀

兼好・兼好法師集

【本歌】

おなじ日、鷹飼ひにて、狩衣のたもとに鶴の形を縫ひて、書きつけたりける

翁《おきな》さび人なとがめそ狩衣《〈かりごろも〉》今日《けふ》許《〈ばかり〉》とぞたづも鳴《な》くなる

在原行平・後撰和歌集十五（雑一）

【本歌取とされる例歌】

翁《おきな》さび思ふがままのことの葉を世に似ずとしも人なとがめそ

伴蒿蹊・閑田詠草

【本歌】

まだ后になりたまはざりける時、かたはらの女御たちそねみたまふ気色なりける時、みかど御曹司にしのびて立ち寄りたまへりけるに、御対面はなくて、奉れたまひける

事しげししばしは立《た》てれ宵の間《ま》に置けらん露《つゆ》は出《い》て払《はら》はん

嵯峨后・後撰和歌集十五（雑一）

【本歌取とされる例歌】

宵のまに置くなる野辺《のべ》の露《つゆ》よりもなを《〈ほ〉》こそしげき虫《むし》の声《こゑ》かな

二条良基・後普光園院殿御百首

【本歌】

家に、行平朝臣まうで来たりけるに、月のおもしろかりけるに、酒らなどたうべて、まかりたゝむとしけるほどに

照《て》る月をまさ木の綱《つな》に撚《よ》りかけてあかず別《わか》るゝ人をつながん

源融・後撰和歌集十五（雑一）

【本歌取とされる例歌】

人心なにゝつながん色かはるまさ木のつなのよるもたまらず

藤原家隆・家隆卿百番自歌合

月にあかぬ思《〈おもひ〉》のつなや秋にしもまさきの葛夜《かづらよる》のみじかさ

三条西実隆・内裏着到百首

［注解］「限なき思ひの綱のなくはこそまさきのかづら撚りも悩まめ」（在原行平・後撰和歌集十五・雑一）も本歌とされる。

【本歌】

返し

限《かぎり》なき思《おも》ひの綱《つな》のなくはこそまさきのかづら撚《よ》りも悩《なや》まめ

在原行平・後撰和歌集十五（雑一）

【本歌取とされる例歌】

月にあかぬ思《おもひ》のつなや秋にしもまさきの葛夜《かづらよる》のみじかさ

三条西実隆・内裏着到百首

［注解］「照る月をまさ木の綱に撚りかけてあかず別るゝ人をつながん」（源融・後撰和歌集十五・雑一）も本歌とされる。

【本歌】

世中を思憂じて侍ける頃

住《す》みわびぬ今は限と山里《ざと》につま木こるべき宿求《やどもと》めてん

在原業平・後撰和歌集十五（雑一）

【本歌取とされる例歌】

山家松といふことを

いまはとてつま木こるべき宿《やど》の松千代《ちよ》をば君と猶いのる哉《かな》

藤原俊成・新古今和歌集十七（雑中）

【本歌】

相坂の関に庵室を作りて住み侍けるに、行き交ふ人を見て

これやこの行《ゆ》くも帰《かへる》も別《わかれ》つゝ知《し》るも知《し》らぬもあふさかの関

蟬丸・後撰和歌集十五（雑一）

【本歌取とされる例歌】

守覚法親王、五十首歌よませ侍ける時

このほどは知《し》るも知《し》らぬも玉《たま》ぼこのゆきかふ袖は花の香《か》ぞする

藤原家隆・新古今和歌集二（春下）

［注解］「あめふればかさとり山のもみぢ葉は行かふ人の袖さへぞ照る」（壬生忠岑・古今和歌集五・秋下）も本歌とされる。

関歳暮

相坂《あふさか》は人もとゞめぬ関なれば行《ゆく》も帰るも年やこゆらん

藤原為家・中院詠草

相坂

あふさかはゆくもかへるも別路《わかれぢ》の人だのめなる名のみふりつゝ

藤原為家・中院詠草

［注解］「かつ越えてわかれも行かあふさかは人だのめなる名にこそありけれ」（紀貫之・古今和歌集八・離別）も本歌とされる。

おなじ比、あづまにおもむき侍りけるに、逢坂の関をこゆとて思ひつづけ侍りける

帰るべきみちしなければこれやこの行《ゆ》くをかぎりのあふさかの関

北畠具行・新葉和歌集八（羇旅）

見《み》ずやいかにしるもしらぬも逢坂の関の梢の今朝の初雪

三条西実隆・内裏着到百首

【本歌】

定めたる男もなくて、物思侍ける頃

あまの住《す》む浦漕《こ》ぐ舟のかぢをなみ世を海わたる我ぞ悲き

小野小町・後撰和歌集十五（雑一）

【本歌取とされる例歌】

海渡《わた》る浦こぐ舟のいたづらに磯路《いそぢ》を過てぬれし浪かな

藤原定家・定家卿百番自歌合

【本歌】

西院の后、御髪をおろさせ給て、行なはせ給ける時、かの院の中島の松を削りて書きつけ侍ける

音に聞《き》く松が浦島《うらしま》今日《けふ》ぞ見るむべも心あるあまは住《す》みけり

素性・後撰和歌集十五（雑一）

［注解］素性の歌ではなく、遍照あるいは真静の作とする説がある。

【本歌取とされる例歌】

心ある海人《あま》の磯屋《いそや》はかすかにて霞に残《のこ》る松が浦島《うらしま》

宗尊親王・文応三百首

【本歌】

太政大臣の、左大将にて、相撲の還饗し侍ける日、中将にてまかりて、事終りて、これかれまかりあかれけるに、やむごとなき人二三人許とゞめて、客人、主、酒あまたゝびの後、酔にのりて、子どもの上など申けるついでに

人の親《おや》の心は闇《やみ》にあらねども子を思道《〈おもふ〉》にまどひぬる哉《〈かな〉》

藤原兼輔・後撰和歌集十五（雑一）

【本歌取とされる例歌】

百首歌たてまつりし時

位《くらゐ》山あとをたづねてのぼれども子《こ》を思《おも》ふ道《みち》に猶《〈なほ〉》まよひぬる

源通親・新古今和歌集十八（雑下）

子を思ふ道はいかなるみちなればしるよりやがてふみまよふらむ

香川景樹・桂園一枝

【本歌】

いたく事好むよしを、時の人言ふと聞きて

直《なほ》き木に曲《まが》れる枝もある物を毛《け》を吹《ふ》き疵《ゝず》を言《い》ふがわりなさ

高津内親王・後撰和歌集十六（雑二）

【本歌取とされる例歌】

直《なほ》き木の直《なほ》かれとのみ思《おも》ふよにまがれる枝《えだ》のまじらんはうし

よみ人しらず・霞関集

【本歌】

山の井の君につかはしける

音にのみ聞《き》き《ゝ》てはやまじ浅《あさ》くともいざ汲《く》み《ゝ》みてん山の井《ゐ》の水

よみ人しらず・後撰和歌集十六（雑二）

【本歌取とされる例歌】

音にのみききてややまむまつ島のをじまの磯《いそ》によするしら波

熊谷直好・浦のしほ貝

［注解］「松島やをじまのいそによる波の月のこほりに千鳥なくなり」（藤原俊成女・新後撰和歌集六・冬）も本歌とされる。

【本歌】

山里に侍けるに、昔あひ知れる人の「何時よりこゝには住むぞ」と問ひければ

春や来《こ》し秋やゆきけんおぼつかな影の朽木と世を過《す》ぐす身は

閑院・後撰和歌集十六（雑二）

【本歌取とされる例歌】

春《はる》や来る花やさくともしらざりき谷の底なる埋木《〈うもれぎ〉》の身は

和泉式部・和泉式部集

【本歌】

枇杷左大臣、用侍て、楢の葉を求め侍ければ、千兼があひ知りて侍ける家に取りにつかはしたりけ

れば

わが宿《やど》を何時《いつ》馴《な》らしてか楢《なら》の葉《は》を馴《な》らし顔《がほ》には折りにを《（お）》こする

俊子・後撰和歌集十六（雑二）

【本歌取とされる例歌】

しげるなり秋にはいつかならの葉のならしがほにも月はもりこず

飛鳥井雅康・文亀三年三十六番歌合

【本歌】

楢《なら》の葉の葉守《はもり》の神のましけるを知《し》らでぞ折りし祟《たゝ》りなさるな

藤原仲平・後撰和歌集十六（雑二）

【本歌取とされる例歌】

ならの葉のはもりの神はうけずとも手折《たを》りてや見む夏の夜《よ》の月

徳大寺実淳・文亀三年三十六番歌合

【本歌】

兼忠朝臣母身まかりにければ、兼忠をば故枇杷左大臣の家に、女をば后の宮にさぶらはせむと相定めて、二人ながら、まづ枇杷の家に渡し送るとて、加へて侍ける

結《〈むすび〉》置きし形《かた》見のこだになかりせば何に忍《〈しのぶ〉》の草を摘《つ》まゝし

源兼忠母乳母・後撰和歌集十六（雑二）

【本歌取とされる例歌】

妻亡くなりて後に、子も亡くなりにける人をとひに遣はしたりければ

如何《〈いかに〉》せん忍の草も摘《つ》みわびぬ形見《かたみ》と見えしこだになければ

よみ人しらず・拾遺和歌集二十（哀傷）

【本歌】

昔おなじ所に宮仕へしける人、「年ごろ、いかにぞ」などとひを《（お）》こせて侍ければ、つかはしける

身は早《や》くなき物のごと成《〈なり〉》にしを消《き》えせぬ物は心なりけり

伊勢・後撰和歌集十七（雑三）

【本歌取とされる例歌】

数《かず》ならぬ身はなき物になしはてつたがためにかは世《よ》をも恨《うら》みん

寂蓮・新古今和歌集十八（雑下）

【本歌】

初めて頭おろし侍ける時、物に書きつけ侍ける

たらちめはかゝれとてしもむばたまの我《わ》が黒髪《くろかみ》を撫《な》でずや有《〈あり〉》けん

遍昭・後撰和歌集十七（雑三）

【本歌取とされる例歌】

露霜はかゝれとてしも山風《かぜ》のさそふ木の葉を染《〈そめ〉》ずや有剣《〈ありけむ〉》

頓阿・頓阿法師詠

［注解］参考歌「初時雨しのぶの山のもみぢ葉を嵐ふけとは染めずや有けん」（大納言・新古今和歌集六・冬）

【本歌】

伏見といふ所にて、その心をこれかれよみけるに

菅原や伏見の暮《くれ》に見わたせば霞にまがふ小初瀬《をはつせ》の山

よみ人しらず・後撰和歌集十七（雑三）

【本歌取とされる例歌】

小初瀬《をはつせ》の山の木の葉や染つらん伏見の里《さと》にしぐれ降《ふ》る也

宗尊親王・文応三百首

三首歌よませられしに、山春月

小泊瀬《をはつせ》の山《やま》の端《は》ながら霞《かす》むなり伏見《ふしみ》のくれにいづる月かげ

頓阿・頓阿法師詠

月出山
鐘のおとにうち詠《なが》むれば初瀬山伏見のくれにいづる月影
武者小路実陰・芳雲和歌集

【本歌】
左大臣の家にて、かれこれ題を探りて歌よみける
に、露といふ文字を得侍て
我ならぬ草葉も物《ゝの》は思《〈おもひ〉》けり袖より外《〈ほか〉》に置ける白露《しらつゆ》
藤原忠国・後撰和歌集十八（雑四）

【本歌取とされる例歌】
秋はたゞ心よりをく《（お）》夕露《ゆふつゆ》を袖のほかとも思《おも》ひけるかな
越前・新古今和歌集四（秋上）
ほしわぶる袖のためしよ何《なに》ならん草葉《くさば》も秋ぞ露は置きける
宗尊親王・文応三百首

【本歌】
我も思ふ人も忘《わす》るなありそ海の浦吹風《〈うらふくかぜ〉》の止《や》む時もなく
均子内親王・後撰和歌集十八（雑四）

【本歌取とされる例歌】
荒磯《ありそ》海の浦と頼《たの》めしなごり浪うちよせてける忘《わす》れ貝《がひ》哉《〈かな〉》
よみ人しらず・拾遺和歌集十五（恋五）

【本歌】
土左よりまかりのぼりける舟の内にて見侍ける
に、山の端ならで、月の浪の中より出づるやうに
見えければ、昔、安倍の仲麿が、唐にて、「ふり
さけ見れば」といへることを思やりて
宮こにて山の端《は》に見し月なれど海より出《い》でて海にこそ入《い》れ
紀貫之・後撰和歌集十九（離別・羇旅）

【本歌取とされる例歌】
宇佐の使にて、筑紫へまかりける道に、海の上に
月を待つといふ心をよみ侍りける
都《みやこ》にて山の端《は》に見し月影《かげ》をこよひは波《なみ》の上《うへ》にこそ待《ま》て
橘為義・後拾遺和歌集九（羇旅）

【本歌】
法皇、宮の滝といふ所御覧じける、御供にて
水ひきの白糸延《しらいとは》へて織る機《はた》は旅の衣に裁《た》ちや重《かさ》ねん
菅原道真・後撰和歌集十九（離別・羇旅）

【本歌取とされる例歌】
おちたぎつ滝の白《しら》あわに夏消えて秋をぞむすぶ水引《みづひき》のいと
一条冬良・文亀三年三十六番歌合

【本歌】
女のもとにつかはしける
君がため松の千歳《ちとせ》も尽《つ》きぬべしこれよりまさん神の世も哉《〈がな〉》
よみ人しらず・後撰和歌集二十（慶賀・哀傷）

【本歌取とされる例歌】
住吉《すみよし》の松《まつ》によそへてちぎるらむ思《おも》ひのほどは神のよまでに
源経信・大納言経信集

「古今和歌六帖」の収録歌が本歌とされる例歌

【本歌】
ももとせを人にとどむる玉なればあだにやは見る菊の上の露
紀貫之・古今和歌六帖（一）

【本歌取とされる例歌】
鳥羽殿前栽合に、菊をよめる
千年《ちとせ》まで君《きみ》がつむべき菊《きく》なれば露《つゆ》もあだには置かじとぞ思《おも》ふ
藤原顕季・金葉和歌集三（秋）

【本歌】
ゆふづくよ
夕づくよさすやをかべの松の葉のいつともわかぬ恋もするかな
大伴家持・古今和歌六帖（一）

【本歌取とされる例歌】
六帖題にてよみける中に夕づく夜を
我《わが》恋はまつのはしごの夕月夜おぼつかなくてやみぬべき哉《かな》
小沢蘆庵・六帖詠草

【本歌】
吹きくれば身にもしみける秋風を色なき物と思ひけるかな
よみ人しらず・古今和歌六帖（一）

【本歌取とされる例歌】

身にしみてあはれしらする風《かぜ》よりも月にぞ秋の色は有《〈あり〉》ける
西行・山家心中集

涼風如秋
まだきより身にしむ風の気色《けしき》哉《〈かな〉》秋先立《さきだ》つる深山辺《みやまべ》の里《さと》
西行・山家集

風《かぜ》の音に物《もの》おもふわれか色染《そ》めて身に染《し》みわたる秋の夕暮
西行・山家集

水無瀬恋十五首歌合に
しろたへの袖のわかれに露《つゆ》おちて身にしむ色《いろ》の秋風ぞふく
藤原定家・新古今和歌集十五（恋五）

【本歌】
みな月のなごしの山のよぶこ鳥おほぬさにのみ声のきこゆる
よみ人しらず・古今和歌六帖（二）

【本歌取とされる例歌】
六月《〈みなづき〉》の夏越《なごし》の山《やま》もありてふを今日《けふ》の御禊《みそぎ》は河瀬《せ》にぞする
二条良基・後普光園院殿御百首

【本歌】
人ごころあらちの山になるときぞちぎりこしぢのみちはくやしき
よみ人しらず・古今和歌六帖（二）

【本歌取とされる例歌】
親のもとへつかはしける
うち頼《たの》む人の心《こゝろ》は有乳山《あらちやま》こしぢくやしき旅《たび》にもあるかな
よみ人しらず・金葉和歌集九（雑上）

【本歌】
そま
宮木ひくあづさのそまにたつなみのやむときもなく恋ひわたる

かな

よみ人しらず・古今和歌六帖（二）

【本歌取とされる例歌】

津の国に住み侍けるを、美濃の国に下る事ありて、
梓の山にてよみ侍ける

宮木《みやぎ》引《ひ》く梓《あづさ》の杣《そま》をかきわけて難波《なには》の浦《うら》をとを《(ほ)》ざかりぬる

能因・千載和歌集八（羇旅）

【本歌】

人しれぬおもひするがの国にこそ身を木がらしのもりはありけれ

よみ人しらず・古今和歌六帖（二）

【本歌取とされる例歌】

消《き》えわびぬうつろふ人の秋の色に身をこがらしの杜《〈もり〉》の下露

藤原定家・定家卿百番自歌合

【本歌】

いづみなるしのだのもりのくずのはのちへにわかれてものをこそ思へ

よみ人しらず・古今和歌六帖（二）

【本歌取とされる例歌】

あきの月信田《しのだ》の杜《もり》の千枝《え》よりも繁《しげ》きなげきやくまなかるらん

西行・山家集

ものおもへばちゞに心ぞ摧《くだ》けぬる信田《しのだ》の杜《もり》の千枝《え》ならねども

西行・山家集

題を探りて、これかれ歌よみけるに、信太のもり
の秋風をよめる

日をへつゝをとこそまされ和泉《いづみ》なる信太《しのだ》の森《もり》の千枝《ちえ》の秋風

藤原経衡・新古今和歌集四（秋上）

契恋

逢《あ》ひみてもあかぬ信太《しのだ》の森の露するゑを《(お)》や千枝にちぎりをかまし

正徹・永享五年正徹詠草

【本歌】

いにしへののなかふるみちあらためばあらためられよのなかふるみち

よみ人しらず・古今和歌六帖（二）

【本歌取とされる例歌】

寄都祝

いにしへの野中古道万代《のなかふるみちよろづよ》に栄えむとてぞあらたまりける

橘千蔭・うけらが花

【本歌】

をぐら山ともしの松のいくそたびわれしかのねをなきてへぬらん

よみ人しらず・古今和歌六帖（二）

【本歌取とされる例歌】

照射

よる鹿は葉山のかげにあらはれぬ照射《ともし》の松がねにはなかねど

正徹・永享九年正徹詠草

【本歌】

おほたか

やかたをのましろのたかをひきするゑて君がみゆきにあはせつるかな

よみ人しらず・古今和歌六帖（二）

【本歌取とされる例歌】

堀河院御時、百首歌たてまつりける時、鷹狩の心

をよめる

やかた尾《を》のましろの鷹《たか》をひきすえ《（ゑ）》て宇陀《うだ》の鳥立《とだ》ちを狩《か》りくらしつる

藤原仲実・千載和歌集六（冬）

［注解］「矢形尾の真白の鷹を屋戸に据ゑかき撫で見つつ飼はくし好しも」（大伴家持・万葉集十九・4155）も本歌とされる。

【本歌】

おほはらやせが井の水をてにくみてとりはなくともあそびてゆかん

よみ人しらず・古今和歌六帖（二）

【本歌取とされる例歌】

泉

月やどるせが井の水のすゞしさにあそぶこよひぞ鳥の鳴《な》くまで

兼好・兼好法師集

【本歌】

みくまののうらのはまゆふいくかさねわれより人をおもひますらん

よみ人しらず・古今和歌六帖（三）

【本歌取とされる例歌】

「幾重ね」といひを《（お）》こせたる人のかへりごとに

とへと思ふ心ぞ絶《た》えぬわするゝをかつみ熊野《くまの》の《ゝ》浦《うら》の浜木綿《はまゆふ》

和泉式部・和泉式部集

【本歌】

かりのこをとをづつとをはかさぬとも人のこころをいかがたのまん

【本歌取とされる例歌】

よみ人しらず・古今和歌六帖（四）

かりの子を人のを《（お）》こせたるに

いくつづ《ゝ》ついくつかさねてたのまし《ゝ》かりのこの世の人の心は

和泉式部・和泉式部集

【本歌】

むすぶてのいしまをせばみおくやまのいはかきしみづあかずもあるかな

柿本人麻呂・古今和歌六帖（五）

【本歌取とされる例歌】

滋賀の山越にて、石井のもとにて、物言ひける人の別ける折に、よめる

むすぶ手の滴《しづく》に《ゝ》にごる山の井のあかでも人にわかれぬる哉

紀貫之・古今和歌集八（離別）

【本歌】

みよしののたきのしら玉しらねどもかたりしつげばむかしおもほゆ

よみ人しらず・古今和歌六帖（五）

【本歌取とされる例歌】

を《（お）》とにのみありときゝこしみ吉野《よしの》の《ゝ》滝はけふこそ袖におちけれ

よみ人しらず・新古今和歌集十一（恋一）

【本歌】

よのなかをおもひさだむるほどばかりわが心ちにもまかせたらなん

よみ人しらず・古今和歌六帖（五）

【本歌取とされる例歌】

世中《よのなか》を思ひさだめし朝《あした》より雲とみづとにゆく心かな
熊谷直好・浦のしほ貝

【本歌】
あはれてふことをにしてぬくたまはあはでしのぶるなみだなりけり
よみ人しらず・古今和歌六帖（五）

【本歌取とされる例歌】
あふことや涙《なみだ》の玉《たま》の緒《を》なるらんしばし絶《た》ゆれば落《お》ちてみだるる
平兼盛・詞花和歌集八（恋下）

【本歌】
なほざりにいぶきのやまのさしもぐささしも思はぬことにやはあらぬ
よみ人しらず・古今和歌六帖（六）

【本歌取とされる例歌】
女にはじめてつかはしける
かくとだにえやはいぶきのさしもぐささしも知《し》らじな燃《も》ゆる思《おも》ひを
藤原実方・後拾遺和歌集十一（恋一）

【本歌】
くず
秋風にふきかへさるるくずの葉のうらみてもなほうらめしきかな
平貞文・古今和歌六帖（六）

【本歌取とされる例歌】
ひしなど申たりければ、いひつかはしける
あき風《かぜ》に吹《ふ》き返《かへ》されて葛《くず》の葉のいかにうらみし物とかはしる
藤原正家・金葉和歌集七（恋上）

【本歌】
ちるがうへに又もちるかな桜ばなかくてぞこぞのはるもすぎにし
紀貫之・古今和歌六帖（六）

【本歌取とされる例歌】
落花
ちるがうへに散り行くみれば桜花をしむ身のみや又《また》のこらまし
小沢蘆庵・六帖詠草

【本歌】
ふすからにまつぞわびしき時鳥なくひとこゑにあくるよなれば
清原深養父・古今和歌六帖（六）

【本歌取とされる例歌】
短夜にたびたび覚めてよめる
郭公なく一声にあくるよも老いはいくたびね覚しつらむ
小沢蘆庵・六帖詠草

［注解］「ほととぎすなくひとこゑにあくる夜をまつにはあきのここちこそすれ」（藤原隆信・六百番歌合）、「明けやすき夏の夜なれど郭公まつにいく度ね覚しつらん」（関白家新少将・続千載和歌集三・夏）も本歌とされる。

「好忠集」の収録歌が本歌とされる例歌

【本歌】
そまがはのいかだのとこのうきまくらなつはすずしきふしどな

りけり

曾禰好忠・好忠集

【本歌取とされる例歌】

杣《そま》川の岩ま涼しき暮ごとに筏《いかだ》の床をたれならすらむ

藤原良経・南海漁父北山樵客百番歌合

【本歌】

秋

すずみせし　なつのくれにし……　みみにきき　目に見る事を
しるしおかば　いのちはきえぬとも　ゆく水の　たえぬことの
はを　ながれての秋の　かたみとも見よ

曾禰好忠・好忠集

【本歌取とされる例歌】

釈教

耳に聞き目に見ることの一つだに法の外《ほか》なる物やなからむ

後水尾院・御着到百首

【本歌】

はりまなるしかまにそむるあながちに人をつらしとおもふころ
かな

曾禰好忠・好忠集

【本歌取とされる例歌】

いとせめて恋しき時は播磨《はりま》なるしかまにそむるかちよりぞ来《く》る

よみ人しらず・金葉和歌集（補遺歌）

［注解］「いとせめて恋しき時はむばたまの夜の衣を返してぞ着る」（小野小町・古今和歌集十二・恋二）も本歌とされる。

「拾遺和歌集」の収録歌が本歌とされる例歌

【本歌】

平定文が家歌合に詠み侍ける

春立《はるた》つといふ許《ばかり》にや三《み》吉野の山もかすみて今朝《けさ》は見ゆらん

壬生忠岑・拾遺和歌集一（春）

【本歌取とされる例歌】

春たつ心をよみ侍りける

み吉野《よしの》は山もかすみて白雪《しらゆき》のふりにし里《さと》に春はきにけり

藤原良経・新古今和歌集一（春上）

五日、立春、

春は今日《けふ》立《たつ》とも言《い》はじ武蔵野《の》や霞《かす》む山なき三芳野《みよしの》の里《さと》

尭恵・北国紀行

【本歌】

天暦十年三月廿九日内裏歌合に

鶯の声なかりせば雪消《き》えぬ山里《ざと》いかで春《はる》を知《し》らまし

藤原朝忠・拾遺和歌集一（春）

［注解］「うぐひすの谷よりいづる声なくははるくることを誰かしらまし」（大江千里・古今和歌集一・春上）が本歌とされる。

【本歌取とされる例歌】

百首歌中に鶯の心をよめる
鶯《うぐひす》のなくにつけてや真金《まがね》吹《ふ》く吉備《きび》の山《やま》人はるをしるらむ
藤原顕季・金葉和歌集一（春）

【本歌】
冷泉院御屏風の絵に、梅花ある家に客人来たる所
我《わ》が宿《やど》の梅の立《た》ち枝《え》や見えつらん思ひの外〈ほか〉に君が来《き》ませる
平兼盛・拾遺和歌集一（春）

【本歌取とされる例歌】
正月廿日ころ、雪のふり侍ける朝に、家の梅を折りて俊頼朝臣につかはしける
咲《さ》きそむる梅の立枝《たちえ》にふる雪のかさなるかずをとへとこそおもへ
藤原俊忠・千載和歌集一（春上）

返し
梅が枝《え》に心もゆきのかさなるを知《し》らでや人のとへといふらむ
源俊頼・千載和歌集一（春上）

堀川院御時、百首歌たてまつりける時、梅花うたとてよめる
いまよりは梅《むめ》さくやどはこゝろせよ待《ま》たぬにきます人もありけり
源師頼・千載和歌集一（春上）

【本歌】
明日《あす》からは若菜《わかな》摘《つ》まむと片岡《かたをか》の朝〈あした〉の原は今日《けふ》ぞ焼《や》くめる
柿本人麻呂・拾遺和歌集一（春）

【本歌取とされる例歌】
雪中若菜
若菜つむ衣手ぬれて片《かた》岡のあしたの原に淡雪〈あはゆき〉ぞふる
源実朝・金槐和歌集

【本歌】
大后の宮に宮内といふ人の童なりける時、醍醐の帝の御前に候ひけるほどに、御前なる五葉に鶯の鳴きければ、正月初子の日仕うまつりける
松の上《うへ》に鳴《な》く鶯の声《こゑ》をこそ初《はつ》ねの日とはいふべかりけれ
宮内・拾遺和歌集一（春）

【本歌取とされる例歌】
子《ね》の日《び》しに霞《かすみ》たなびく野辺《のべ》に出〈いで〉てはつ鶯の声《こゑ》をきゝつる
西行・山家集

【本歌】
子日〈ねのひ〉する野辺《のべ》に小《こ》松のなかりせば千世のためしに何《なに》を引《ひ》かまし
壬生忠岑・拾遺和歌集一（春）

【本歌取とされる例歌】
よろづ代《よ》のためしに引《ひ》かん亀《かめ》山の裾野《すその》の原に茂《しげ》る小松を
西行・山家集

【本歌】
入道式部卿の親王の子日し侍ける所に
千《ち》とせまで限《かぎ》れる松も今日《けふ》よりは君に引《ひ》かれて万代や経《へ》む
大中臣能宣・拾遺和歌集一（春）

【本歌取とされる例歌】
寄松祝
まもれなほ君にひかれて住吉《すみよし》の松の千とせの万代《よろづよ》の春
北条氏政・集外歌仙

【本歌】
菅家万葉集の中
浅緑〈あさみどり〉野辺《のべ》の霞は包《つゝ》めどもこぼれてにほふ花桜《ざくら》哉〈かな〉

よみ人しらず・拾遺和歌集一（春）

【本歌取とされる例歌】

春の色は花ともいはじ霞よりこぼれてにほふ鶯の声

藤原良経・南海漁父北山樵客百番歌合

小野宮の太政大臣、月輪寺花見侍ける日よめる

誰《た》がたにか明日《あす》はのこさん山桜《ざくら》こぼれてにほへ今日《けふ》のかたみに

清原元輔・新古今和歌集二（春下）

【本歌】

斎院屏風に、山道行く人ある所

散《ち》り散《ち》らず聞《き》かまほしきをふる里《さと》の花見て帰《〈かへる〉》人も逢《あ》はなん

伊勢・拾遺和歌集一（春）

【本歌取とされる例歌】

故郷花といへる心を

散《ち》り散《ち》らず人もたづねぬふるさとの露《つゆ》けき花に春風ぞふく

慈円・新古今和歌集一（春上）

花歌よみ侍けるに

散《ち》り散《ち》らずおぼつかなきは春霞《がすみ》たなびく山の桜なりけり

祝部成仲・新古今和歌集二（春下）

【本歌】

桜狩《さくらがり》雨は降《ふ》りきぬおなじくは濡《ぬ》るとも花の影に隠《かく》れむ

よみ人しらず・拾遺和歌集一（春）

【本歌取とされる例歌】

雨の降りけるに、花のしたにて車たてて眺めける人に

濡《ぬ》るともと蔭《かげ》を頼《たの》みておもひけん人の跡《あと》ふむ今日《けふ》にも有《〈あり〉》かな

西行・山家集

【本歌】

権中納言義懐家の桜の花惜しむ歌詠み侍けるに

身にかへてあやなく花を惜哉《〈をしむかな〉》生《い》けらばのちの春《はる》もこそあれ

藤原長能・拾遺和歌集一（春）

【本歌取とされる例歌】

また来《こ》むといはぬ別《わか》れの春なれど生《い》けらばのちとなを《〈ほ〉》頼《たの》みつゝ

二条良基・後普光園院殿御百首

【本歌】

亭子院歌合に

桜《さくら》散《ち》る木《こ》の下《した》風は寒《さむ》からで空《そら》に知《し》られぬ雪《ゆき》ぞ降《ふ》りける

紀貫之・拾遺和歌集一（春）

【本歌取とされる例歌】

庭花似波と云事を

風あらみ梢《こずゑ》の花《はな》のながれきて庭《には》になみたつ白川《しらかは》の里《さと》

西行・山家集

【本歌】

天暦御時歌合に

あしひきの山隠《がく》れなる桜花《さくら》散《ち》り残《のこ》れりと風に知《し》らるな

小弐命婦・拾遺和歌集一（春）

【本歌取とされる例歌】

みよしのの山したかげの桜花咲《さ》きてたてりと風にしらすな

源実朝・金槐和歌集

【本歌】

天暦御時歌合に

春深《ふか》み井手《ゐで》の河《かは》浪立《た》ち返《かへ》り見てこそ行《ゆ》かめ山吹の花

源順・拾遺和歌集一（春）

【本歌取とされる例歌】
春ふかみ神無備川に影《かげ》みえてうつろひにけり山吹《やまぶき》の花
藤原長実・金葉和歌集一（春）
［注解］「蝦鳴く神名火川に影見えて今か咲くらむ山吹の花」（厚見王・万葉集八・1435）も本歌とされる。

【本歌】
路頭萩
路のべの小野《をの》の夕霧たちかへり見てこそ行《ゆ》かめ秋萩《あきはぎ》の花
源実朝・金槐和歌集

【本歌】
井手といふ所に、山吹の花のおもしろく咲きたるを見て
山吹の花の盛《さか》りに井手《ゐで》に来《き》てこの里《さと》人になりぬべき哉《かな》
恵慶・拾遺和歌集一（春）

【本歌取とされる例歌】
款冬《やまぶき》の花の盛《さか》りになりぬれば井でのわたりにゆかぬ日ぞなき
源実朝・金槐和歌集

【本歌】
冷泉院の東宮におはしましける時、百首歌奉れと仰せられければ
花の色に染《そ》めし袂《たもと》の惜《を》しければ衣かへうき今日《けふ》にもある哉《かな》
源重之・拾遺和歌集二（夏）

【本歌取とされる例歌】
花《はな》の色にそめしもしらぬ夏衣今日こそ袖の別《わかれ》なりけれ
藤原為家・中院詠草

【本歌】
延喜御時、月次御屏風に
神まつる卯月に咲《さ》ける卯花《うのはな》は白《しろ》くもきねがしらげたる哉《かな》
凡河内躬恒・拾遺和歌集二（夏）

【本歌取とされる例歌】
神まつる卯月《うづき》になれば卯花のうきことの葉の数やまさらむ
源実朝・金槐和歌集

【本歌】
山がつの垣根《かきね》に咲《さ》ける卯花は誰《た》が白妙の衣かけしぞ
よみ人しらず・拾遺和歌集二（夏）

【本歌取とされる例歌】
卯花
我宿の垣《かき》ねにさける卯の花はうきことしげき世にこそ有《あり》けれ
源実朝・金槐和歌集

【本歌】
天暦御時歌合に
髣髴《ほのか》にぞ鳴渡《なきわたる》なる郭公《ほととぎす》み山を出《い》づる今朝《けさ》の初《はつ》声
坂上望城・拾遺和歌集二（夏）

【本歌取とされる例歌】
賀茂にこもりたりけるあか月、郭公のなきければ
ほとゝぎすみ山いづなる初声《はつこゑ》をいづれの宿《やど》のたれかきくらん
弁乳母・新古今和歌集三（夏）

【本歌】
屏風に
昨日までよそに思《おもひ》し菖蒲《あやめ》草今日《けふ》我《わ》が宿《やど》のつまと見る哉《かな》
大中臣能宣・拾遺和歌集二（夏）

【本歌取とされる例歌】

又軒に菖蒲《あやめ》を葺《ふ》きわたす事、都にも変《かは》らざりければ、
我宿《〈わがやど〉》の端《つま》にはあらぬ菖蒲《あやめ》草今夜《〈こよひ〉》仮《かり》寝《ね》に片敷《かたし》きの床
一条兼良・藤河の記

【本歌】
夏《なつ》の夜《よ》は浦島の子《こ》が箱《はこ》なれやはかなくあけてくやしかるらん
中務・拾遺和歌集二（夏）

【本歌取とされる例歌】
郭公きかで明《あ》けぬる夏《なつ》の夜《よ》の浦島《うらしま》の子《こ》はまことなりけり
西行・山家集

【本歌】
女四の内親王の家の屏風に
行末《ゆくすゑ》はまだ遠けれど夏山の木《こ》の下蔭《したかげ》ぞ立《た》ちうかりける
凡河内躬恒・拾遺和歌集二（夏）

【本歌取とされる例歌】
納涼の歌
夏山《やま》の夕《ゆふ》下かぜの涼《すゞ》しさに楢《なら》の木《〈こ〉》かげのたゝまうきかな
西行・山家心中集

【本歌】
右大将定国四十賀に、内より屏風調じて賜ひける
に
大荒木《おほあらき》の森《もり》の下《した》草しげりあひて深くも夏のなりにけるかな
壬生忠岑・拾遺和歌集二（夏）

［注解］「大荒木の森の下草老いぬれば駒もすさめず刈る人もなし」（よみ人しらず・古今和歌集十七・雑上）が本歌とされる。

【本歌取とされる例歌】
左大将に侍ける時、家に百首歌合し侍りけるに、
はゝそをよみ侍りける
はゝそ原《はら》しづくも色やかはるらん森《もり》のした草秋ふけにけり
藤原良経・新古今和歌集五（秋下）

冷泉大納言殿にて歌合に、夏草
おほあら木のもりの下枝《しづえ》もわかぬまで野辺《のべ》の草《くさ》葉のしげるころかな
兼好・兼好法師集

【本歌】
秋の初めに詠み侍ける
夏衣まだひとへなるうたゝ寝《ね》に心して吹《ふ》け秋の初《はつ》風
安法・拾遺和歌集三（秋）

【本歌取とされる例歌】
うたゝねの床の秋風吹《ふ》き初《そ》めてまだ単衣《ひとへ》なる袖ぞ露けき
宗尊親王・文応三百首

【本歌】
河原院にて荒れたる宿に秋来といふ心を人〳〵詠み侍けるに
八重葎茂《やへむぐらしげ》れる宿《やど》のさびしきに人こそ見えね秋は来《き》にけり
恵慶・拾遺和歌集三（秋）

【本歌取とされる例歌】
あひ知りて侍ける人のもとにまかりたりけるに、その人ほかに住みて、いたう荒れたる宿に月のさし入りて侍ければ
やへむぐら茂《しげ》れる宿《やど》は人もなしまばらに月のかげぞすみける
大江匡房・新古今和歌集十六（雑上）

【本歌】
秋立《たち》ていく日《か》もあらねどこの寝《ぬ》ぬる朝《あさ》けの風は袂涼《たもとすず》しも
安貴王・拾遺和歌集三（秋）

【本歌取とされる例歌】
このねぬる夜《よ》のまに秋はきにけらし朝《あさ》けの風の昨日《きのふ》にもにぬ
藤原季通・新古今和歌集四（秋上）

秋
かたしきの衣手すゞしこのねぬる夜のまにかはる秋の初風
藤原為家・中院詠草

【本歌】
延喜御時屏風歌
彦星《ひこぼし》の妻《つま》待《ゝ》つ宵《よひ》の秋風に我さへあやな人ぞ恋《こひ》しき
凡河内躬恒・拾遺和歌集三（秋）

【本歌取とされる例歌】
蟋蟀《きりぎりす》なく夕ぐれの秋《あき》風に我さへあやな物《もの》ぞかなしき
源実朝・金槐和歌集

【本歌】
秋風に夜の更《ふ》けゆけば天《あま》の河河瀬《かはせ》に浪の立《た》ち居《ゐ》こそ待《ま》て
紀貫之・拾遺和歌集三（秋）

【本歌取とされる例歌】
秋風に夜のふけゆけば久堅《ひさかた》の天の河原に月かたぶきぬ
源実朝・金槐和歌集

【本歌】
天《あま》の河遠き渡《わたり》にあらねども君が船出《ふなで》は年にこそ待《ま》て
柿本人麻呂・拾遺和歌集三（秋）

【本歌取とされる例歌】
天《あま》の川《がは》とほきわたりになりにけり交野《かたの》のみのの五月雨《さみだれ》のころ
藤原為家・正風体抄

【本歌】
延喜御時月次御屏風に
相坂《あふさか》の関の清水《し》に影見えて今や引《ひ》くらん望月《もち》の駒《こま》
紀貫之・拾遺和歌集三（秋）

【本歌取とされる例歌】
後冷泉院御時皇后宮歌合に、駒迎の心をよめる
引《ひ》く駒《こま》のかずよりほかに見えつるは関《せき》の清水《しみづ》の影《かげ》にぞありける
藤原隆経・金葉和歌集三（秋）

関白前太政大臣の家にて、八月十五夜のこゝろを
よめる
引《ひ》く駒《こま》にかげをならべて逢坂《あふさか》の関路《せきぢ》よりこそ月はいでけれ
藤原朝隆・詞花和歌集三（秋）

駒迎
いにしへは昨日や越《こ》えしひきつれて今日《けふ》あふさかのもち月の駒《こま》
兼好・兼好法師集

駒迎
逢坂《あふさか》をこゆればやがてひきわくる雲ゐにちかきもち月のこま
萩原宗固・志野乃葉草

【本歌】
秋風の打吹《うちふく》ごとに高砂の尾上の鹿《しか》の鳴《な》かぬ日ぞなき
よみ人しらず・拾遺和歌集三（秋）

【本歌取とされる例歌】
高砂《たかさご》の尾上の鹿の声たてし風《かぜ》よりかはる月の影かな
藤原定家・定家卿百番自歌合

【本歌】

河霧の麓《ふもと》をこめて立《〈たち〉》ぬれば空《そら》にぞ秋の山は見えける

清原深養父・拾遺和歌集三（秋）

【本歌取とされる例歌】

堀河院御時、百首歌たてまつりけるに、霧をよめる

ふもとをば宇治《うぢ》の河霧《ぎり》たちこめて雲井に見ゆる朝日山かな

藤原公実・新古今和歌集五（秋下）

【本歌】

二条右大臣の粟田の山里の障子の絵に、旅人紅葉の下にやどりたる所

今よりは紅葉のもとに宿《やど》りせじおし《（を）》むに旅の日数《かず》へぬべし

恵慶・拾遺和歌集三（秋）

【本歌取とされる例歌】

最勝四天王院の障子に、鈴鹿河かきたるところ

鈴《すゞ》鹿《か》河ふかき木《（こ）》の葉に日かずへて山田の原《はら》の時雨をぞきく

後鳥羽院・新古今和歌集五（秋下）

【本歌】

嵐の山のもとをまかりけるに、紅葉のいたく散り侍ければ

朝《あさ》まだき嵐の山の寒《さむ》ければ紅葉の錦着《き》ぬ人ぞなき

藤原公任・拾遺和歌集三（秋）

【本歌取とされる例歌】

草花の野路の紅葉

紅葉《もみぢ》ちる野原《のはら》を分《わ》けてゆく人は花《はな》ならぬまた錦《にしき》きるべし

西行・山家集

春のうたの中に

ときは木もしばし桜とみえにけりあらしのきする花のぬれ衣《ぎぬ》

木下長嘯子・林葉塁塵集

紅葉の宴しける日、風吹きければ

山風もけふはいとはじもみぢばの錦を人にきせてかへさむ

賀茂季鷹・雲錦翁家集

【本歌】

延喜御時、内侍の督の賀の屏風に

あしひきの山かきくもりしぐるれど紅葉はいとゞ照《て》りまさりけり

紀貫之・拾遺和歌集四（冬）

【本歌取とされる例歌】

紅葉

紅葉《もみぢ》々《ば》は山路《やまぢ》しぐるゝ夕日《ゆふひ》影《かげ》くもるにそへててりまさるらし

近衛尚嗣・後鳥羽院四百年忌御会

【本歌】

散り残りたる紅葉を見侍て

唐錦枝に一《ひと》むら残《のこ》れるは秋の形見《かたみ》をたゝぬなりけり

遍昭・拾遺和歌集四（冬）

【本歌取とされる例歌】

千五百番歌合に

ゆく秋の形見《かたみ》なるべきもみぢ葉《ば》は《ゝ》あすは時雨《しぐれ》とふりやまがはん

藤原兼宗・新古今和歌集五（秋下）

五十首歌たてまつりし時

唐錦《からにしき》秋のかたみやたつた山ちりあへぬ枝《えだ》に嵐ふくなり

宮内卿・新古今和歌集六（冬）

【本歌】

思《〈おもひ〉》かね妹《いも》がり行《ゆ》けば冬の夜の河風寒《さむ》み千鳥《ちどり》鳴《な》くなり

紀貫之・拾遺和歌集四（冬）

【本歌取とされる例歌】

河千鳥

思ひかね冬の夜わたる河かぜに鳴《〈なき〉》てしらする友ちどりかな

藤原為家・中院詠草

【本歌】

水の上《うへ》に思《〈おもひ〉》し物を冬の夜の氷は袖の物にぞ有《〈あり〉》ける

よみ人しらず・拾遺和歌集四（冬）

【本歌取とされる例歌】

守覚法親王、五十首よませ侍けるに

ひとり見る池《いけ》の氷にすむ月のやがて袖《そで》にもうつりぬるかな

藤原俊成・新古今和歌集六（冬）

【本歌】

年経《ふ》れば越《こし》の白《しら》山老《お》いにけり多《おほ》くの冬の雪積《つ》もりつゝ

壬生忠見・拾遺和歌集四（冬）

【本歌取とされる例歌】

白山にとしふる雪やつもるらんよはにかたしく袂《たもと》さゆなり

藤原公任・新古今和歌集六（冬）

【本歌】

山里《ざと》は雪降《ふ》りつみて道もなし今日《けふ》来《こ》む人をあはれとは見む

平兼盛・拾遺和歌集四（冬）

【本歌取とされる例歌】

東山に住み侍し比、雪朝、民部卿家おはしまして、
歌よませられしに、閑中雪

君にさへとはれぬるかなふる雪《ゆき》にけふこむ人とおもふ山路《ぢ》を

頓阿・頓阿法師詠

【本歌】

梅が枝《え》に降《ふ》りつむ雪は一年《ひとゝせ》に二度《ふたゝび》咲《さ》ける花かとぞ見る

藤原公任・拾遺和歌集四（冬）

［注解］「色かはる秋のきくをば一年にふたゝびにほふ花とこそ見れ」（よみ人しらず・古今和歌集五・秋下）が本歌とされる。

【本歌取とされる例歌】

寒草帯雪

白菊《しらぎく》の枯《か》れにし枝《えだ》に雪《ゆき》ふればふたゝびさける花《はな》かとぞ見る

源経信・大納言経信集

【本歌】

延喜御時の屏風に

年の内に積《つ》もれる罪《つみ》はかきくらし降《ふ》る白雪と共《ゝも》に消《き》えなん

紀貫之・拾遺和歌集四（冬）

【本歌取とされる例歌】

仏名のこゝろをよめる

身につもる罪《つみ》やいかなるつみならむ今日《けふ》降《〈ふる〉》雪と共に消《け》ななむ

源実朝・金槐和歌集

【本歌】

はじめて平野祭に男使立てし時、うたふべき歌詠
ませしに

ちはやぶる平野《ひらの》の松の枝繁《しげ》み千世も八千世《やちよ》も色は変《かは》らじ

大中臣能宣・拾遺和歌集五（賀）

【本歌取とされる例歌】

いはひの歌よみはべりし中に

若葉《わかば》さす平野《ひらの》の《ゝ》松《まつ》はさらにまた枝《えだ》に八千代《やちよ》の数《かず》をそふらん

西行・山家心中集

【本歌】

藤氏の産屋にまかりて

二葉《ふたば》よりたのもしき哉《〈かな〉》春日《かすが》山木《こ》高《だか》き松の種《たね》ぞと思《おも》へば

大中臣能宣・拾遺和歌集五（賀）

【本歌取とされる例歌】

寄松祝といふ事を

八幡山《〈やはたやま〉》木《〈こ〉》たかき松の種《たね》しあれば千とせののちも絶《た》えじとぞ思《おも》ふ

源実朝・金槐和歌集

【本歌】

青柳《あをやぎ》の緑の糸をくり返しいくら許《〈ばかり〉》の春《はる》をへぬらん

清原元輔・拾遺和歌集五（賀）

【本歌取とされる例歌】

青柳《あおやぎ》の糸《いと》に玉《たま》ぬく白露《つゆ》のしらずいくよの春かへぬらん

藤原有家・新古今和歌集一（春上）

［注解］「浅緑糸よりかけて白露を珠にもぬける春の柳か」（遍昭・古今和歌集一・春上）も本歌とされる。

【本歌】

春の野の若菜《わかな》な《ゝ》らねど君《きみ》がため年の数《かず》をもつまんとぞ思《〈おもふ〉》

伊勢・拾遺和歌集五（賀）

【本歌取とされる例歌】

述懐百首歌よみ侍けるに、若菜

沢《さは》におふる若菜《わかな》ならねどいたづらに年《とし》をつむにも袖《そで》はぬれけり

藤原俊成・新古今和歌集七（賀）

亭子院の六十御賀屏風に、若菜つめるところをよみ侍ける

若菜《わかな》おふる野《の》べといふ野《の》べを君がため万代《よろづよ》しめてつまんとぞ思《〈おもふ〉》

紀貫之・新古今和歌集七（賀）

【本歌】

承平四年、中宮の賀し侍ける屏風

みそぎして思ふ事をぞ祈《〈いのり〉》つる八《や》百《を》万世《よろづよ》の神のまに〱

藤原伊衡・拾遺和歌集五（賀）

【本歌取とされる例歌】

男山神にぞぬさを手向《〈たむけ〉》つる八百万代も君《きみ》がまに〱

源実朝・金槐和歌集

【本歌】

君《きみ》が世は天《あま》の羽《は》衣まれにきて撫《な》づとも尽《つ》きぬ巌《いはほ》ならなん

よみ人しらず・拾遺和歌集五（賀）

【本歌取とされる例歌】

百首歌めしける時、春歌

山《やま》たかみ岩根《いはね》の桜ちるときは天《あま》の羽衣《はごろも》なづるとぞみる

崇徳院・新古今和歌集二（春下）

美濃《みのゝ》国の歌枕の名所、その所は何処《いづく》とも知《し》らねども、心《こゝろ》に浮《うか》ぶ事どもを筆のつゐ《（い）》でにかき集《あつ》め侍るべし。

稀《まれ》に来《き》て美濃の御《みのゝお》山の松の末《うれ》の嬉《うれ》しさ身《み》にも天《あま》の羽《は》衣

一条兼良・藤河の記

【本歌】

忘《わす》るなよ別《わか》れ路《ぢ》に生《お》ふる葛《くず》の葉《は》の秋風吹《ふ》かば今帰《〈かへり〉》来《こ》む

よみ人しらず・拾遺和歌集六（別）

【本歌取とされる例歌】

故郷《ふるさと》を別路《わかれぢ》に生《お》ふる葛の葉の風は吹《ふ》けどもかへる世《よ》もなし

後鳥羽院・遠島御百首

あか月はうらみてのみやかへるらん別路《ぢ》に生《お》ふる葛《くず》の下《した》風

宗尊親王・文応三百首

【本歌】

物へまかりける人の送り、関山までし侍とて

別《わかれ》ゆく今日《けふ》はまどひぬ相坂《あふさか》は帰来《かへりこ》む日の名《な》にこそ有《あり》けれ

紀貫之・拾遺和歌集六（別）

【本歌取とされる例歌】

餞別

帰《かへり》こん又あふさかとたのめどもわかれは鳥のねぞなかれける

藤原為家・中院詠草

【本歌】

伊勢より上り侍けるに、しのびて物いひ侍ける女のあづまへ下りけるが、相坂にまかりあひて侍けるに遣はしける

行末《ゆくすゑ》の命《いのち》も知らぬ別路《わかれぢ》は今日《けふ》相坂や限《かぎり》なるらん

大中臣能宣・拾遺和歌集六（別）

【本歌取とされる例歌】

行《ゆく》すゑの命《いのち》を知《し》らぬ別《わか》れこそ秋ともちぎるたのみなりけれ

兼好・兼好法師集

【本歌】

実方朝臣陸奥国へ下り侍けるに、下鞍遣はすとて

あづま地《ぢ》の木《こ》のしたくらくなりゆかば宮《みや》こ《こ》の月を恋ひざらめやは

藤原公任・拾遺和歌集六（別）

【本歌取とされる例歌】

あづまぢの秋の空にぞ思ひ出《い》づる都《みやこ》にて見し春夏《はるなつ》の月

藤原為成・玉葉和歌集十四（雑一）

【本歌】

帥伊周筑紫へまかりけるに、河尻はなれ侍けるに、詠み侍ける

思出《おもひい》でもなきふるさとの山なれど隠《かく》れ行《ゆ》くはたあはれ也けり

大江嘉言・拾遺和歌集六（別）

【本歌取とされる例歌】

帰《かへ》る雁《かり》なに急ぐらん思ひ出《い》でもなき故郷《ふるさと》の山としらずや

宗良親王・新葉和歌集一（春上）

【本歌】

さくなむさ

紫の色にはさくなむさしのの草のゆかりと人もこそ見れ

如覚・拾遺和歌集七（物名）

［注解］「紫のひともとゆへ《ゑ》に武蔵野の草はみながらあはれとぞ見る」（よみ人しらず・古今和歌集十七・雑上）が本歌とされる。

【本歌取とされる例歌】

蘭薫風

藤《ふぢ》ばかま紐《ひも》とくころは同じ野の草もゆかりに匂《にほ》ふ秋かぜ

武者小路実陰・芳雲和歌集

【本歌】

きちかう

あだ人のまがきちかうな花植《う》へ《ゑ》そにほひもあへず折《をり》つくしけり

よみ人しらず・拾遺和歌集七（物名）

【本歌取とされる例歌】

堀河院におはしましけるころ、閑院の左大将の家
の桜をお《(を)》らせにつかはすとて
垣《かき》ごしに見るあだ人の家《いへ》ざくら花ちりばかり行《ゆ》きてお《(を)》らばや
円融院・新古今和歌集十六（雑上）

【本歌】
くまのくらといふ山寺に賀縁法師の宿りて侍ける
に、住持し侍ける法師に歌詠めと言ひ侍ければ
よみ人しらず・拾遺和歌集七（物名）
身をすてゝ山に入《(いり)》にし我なればくまのくらはむこともおぼえず

【本歌取とされる例歌】
熊《くま》のすむ苔《こけ》の岩山《いはやま》を《(お)》そろしみむべなりけりな人もかよはぬ
西行・山家心中集

【本歌】
咲《さ》く花に思ひつくみのあぢきなさ身にいたつきの入《い》るも知《し》らずて
大伴黒主・拾遺和歌集七（物名）

【本歌取とされる例歌】
山風の身にいたづきも忘《わす》れてや月と雪とに思《おも》ひつくらん
正徹・永享五年正徹詠草

【本歌】
月を見侍て
世にふるに物思ふとしもなけれども月にいくたびながめしつらん
具平親王・拾遺和歌集八（雑上）

【本歌取とされる例歌】
世にふればしづのをだ巻はてては又月にいくたび衣うつらん
藤原家隆・家隆卿百番自歌合

【本歌】
冷泉院の東宮におはしましける時、月を待つ心の
歌、男どもの詠み侍けるに
有明《ありあけ》の月の光《ひかり》を待《ま》つほどに我《わ》が世のいたくふけにける哉《(かな)》
藤原仲文・拾遺和歌集八（雑上）

【本歌取とされる例歌】
晴《は》れやらぬ身の憂《う》き雲を嘆《なげ》くまに我世《(わが)》の月の影やふけなん
後鳥羽院・遠島御百首

【本歌】
権中納言敦忠が西坂本の山庄の滝の岩に書きつけ
侍ける
音羽河せき入《い》れておとす滝《たき》つ瀬《せ》に人の心の見えもする哉《(かな)》
伊勢・拾遺和歌集八（雑上）

【本歌取とされる例歌】
上東門院、高陽院におはしましけるに、行幸侍り
て、堰き入れたる滝を御覧じて
滝つせに人の心を見ることは昔《むかし》にいまもかはらざりけり
後朱雀院・新古今和歌集十八（雑下）
権中納言通俊、後拾遺撰び侍けるころ、まづ片端
もゆかしくなど申て侍ければ、申合せてこそとて、
まだ清書もせぬ本をつかはして侍けるを見て、返
しつかはすとて
あさからぬ心ぞ見《み》ゆるを《(お)》とは河《がは》せき入《い》れし水のながれならねど
周防内侍・新古今和歌集十八（雑下）
わが宿にせき入れておとすやり水のながれにまくらすべき比《ころ》かな
香川景樹・桂園一枝

【本歌】

野宮に斎宮の庚申し侍けるに、松風入夜琴といふ
題を詠み侍ける

琴《こと》の音《ね》に峰の松風通《かよ》ふらしいづれのお《（を）》より調《しら》べそめけん

徽子女王・拾遺和歌集八（雑上）

【本歌取とされる例歌】

源仲正がむすめ皇后宮に初めて参りたりけるに、琴弾くと聞かせ給て弾かせさせ給ければ、つゝましながら弾き鳴らしけるを聞きて、口遊のやうにて言ひかけける

琴《こと》の音《ね》や松ふく風《かぜ》にかよふらん千代《ちよ》のためしに引《ひ》きつべきかな

皇后宮摂津・金葉和歌集九（雑上）

摂政太政大臣家百首歌に、十楽の心をよみ侍けるに、聖衆来迎楽

むらさきの雲路《ぢ》にさそふ琴《こと》のねに憂《う》き世《よ》をはらふ峰の松風

寂蓮・新古今和歌集二十（釈教）

寄琴花

春はなを《（ほ）》花の香さそへ玉琴のしらべにかよふ峰《みね》の松風《まつかぜ》

正徹・永享五年正徹詠草

吹《ふき》おろす松《まつ》かぜきよくつまごとのしらべにかよふこゑ微《かそか》なり

磯野政武・遊角筈別荘記

ひかでたゞを《（お）》く玉《たま》ごとのを《（お）》のづからひゞくはかぜのしらべなりけり

近藤保好・遊角筈別荘記

こゝろある琴《こと》のしらべに松風《まつかぜ》のしぐれをさへやさそひ来《き》ぬらん

近藤保好・遊角筈別荘記

つまごとのいづれのをともしらぬ身《み》は松《まつ》ふくかぜの手《て》をやからまし

長谷川安卿・遊角筈別荘記

【本歌】

天暦御時、御屏風の絵に、長柄の橋柱のわづかに
残れる形ありけるを

葦間《あしま》より見ゆる長柄《ながら》の橋柱《はしばしら》昔の跡《あと》のしるべなりけり

藤原清正・拾遺和歌集八（雑上）

【本歌取とされる例歌】

長柄の渡り過ぬる程心ちわびしくて、輿のうちに睡りゐて尋ねも見ず過て後なん、かしこぞと申せしかば

橋柱《ばしら》ふりぬる跡も問《と》ふべきを過《（すぎ）》しながらにそれと見《み》ざりき

三条西実隆・再昌草

［注解］「世中にふりぬる物は津の国のながらの橋と我となりけり」（よみ人しらず・古今和歌集十七・雑上）も本歌とされる。

【本歌】

橘の忠幹が人のむすめにしのびて物言ひ侍ける
頃、遠き所にまかり侍とて、この女のもとに言ひ
遣はしける

忘《わす》るなよほどは雲井《ゐ》に成《（なり）》ぬとも空《そら》行《（ゆく）》月の廻《（めぐり）》あふまで

橘忠幹・拾遺和歌集八（雑上）

【本歌取とされる例歌】

千五百番歌合に

めぐり逢《あ》はん限《かぎ》りはいつと知《し》らねども月なへだてそよその浮雲《うき》

藤原良経・新古今和歌集十四（恋四）

いくめぐり空《そら》ゆく月もへだてきぬ契《ちぎり》し中はよその浮《うき》雲
源通光・新古今和歌集十四（恋四）

忘《わす》れじといひしばかりの名残《なごり》とてその夜《よ》の月はめぐり来《き》にけり
藤原有家・新古今和歌集十四（恋四）

［注解］「今こむと言ひし許に長月のありあけの月を待ちいでつる哉」（素性・古今和歌集十四・恋四）も本歌とされる。

百首歌たてまつりし時
いはざりきいま来《こ》んまでの空《そら》の雲月日へだてゝ物思《おも》へとは
藤原良経・新古今和歌集十四（恋四）

［注解］「今こむと言ひし許に長月のありあけの月を待ちいでつる哉」（素性・古今和歌集十四・恋四）も本歌とされる。

忘《わす》るなよ身を浮《うき》雲は隔《へだ》つとも夜なく〳〵なれし袖の月影《かげ》
宗尊親王・文応三百首

月前旅
めぐりあふしらぬ雲ゐの友とては故郷出《いで》し秋の夜《よ》の月
藤原為家・中院詠草

【本歌】

大津の宮のあれて侍けるを見て
さゞなみや近江《あふみ》の宮は名のみして霞たなびき宮木守《もり》なし
柿本人麻呂・拾遺和歌集八（雑上）

【本歌取とされる例歌】

さゞなみや大津の宮の宮木もりしらず見しよの空の月影
藤原家隆・家隆卿百番自歌合

【本歌】

初瀬へまで侍ける道に、佐保山のわたりにやどりて侍けるに、千鳥の鳴くを聞きて
暁の寝覚《ねざ》めの千鳥誰《た》がためか佐保《さほ》の河原《かはら》にをちかへり鳴《な》く
大中臣能宣・拾遺和歌集八（雑上）

【本歌取とされる例歌】

待《ま》たれつる隙《ひま》しらむらむほの〴〵と佐保《さほ》の河原に千鳥鳴なり
式子内親王・式子内親王集

【本歌】

山を詠める
鳴神《なる》の音にのみ聞《き》く巻向《まきもく》の檜原《ひばら》の山を今日《けふ》見つる哉《かな》
柿本人麻呂・拾遺和歌集八（雑上）

【本歌取とされる例歌】

たれか世につれなきたねをまきもくの檜原の山の色もかはらず
藤原家隆・家隆卿百番自歌合

【本歌】

答ふ
松といへど千《ち》とせの秋にあひくれば忍《しの》びに落《お》つる下葉《したば》なりけり
凡河内躬恒・拾遺和歌集九（雑下）

【本歌取とされる例歌】

人の娘なりけるを思ひそめて度々いひわたり侍けれどもつれなく返り事もせざりけるを猶つらき事にいひつかはしける返事に、「よその梢にならひてか」といひおこせ侍けるに遣しける
しらせばや時雨《しぐれ》につらき松《まつ》だにもしのびに落《おつ》る下葉《したば》ありとは
よみ人しらず・若むらさき

【本歌】

内より人の家に侍ける紅葉を掘らせ給けるに、鶯の巣くひて侍ければ、家主の女まづかく奏せさせ侍ける

勅なればいともかしこし鶯の宿《やど》はと問《ゝ》はば《ゝ》いかゞ答《こた》へむ

よみ人しらず・拾遺和歌集九（雑下）

【本歌取とされる例歌】

雪中梅

うぐひすのやどはととへば降る雪にこたへぬ風もにほふ梅が香

内山淳時・遺珠集

【本歌】

なき名のみたつたの山の麓《ふもと》には世にもあらじの風も吹《ふ》かなん

藤原為頼・拾遺和歌集九（雑下）

【本歌取とされる例歌】

名立恋といふ心をよみ侍ける

なき名のみ立田《たつた》の山にたつ雲のゆくゑ〈へ〉も知《し》らぬながめをぞする

藤原俊忠・新古今和歌集十二（恋二）

【本歌】

ます鏡底《かゞみそこ》なる影《かげ》にむかひゐて見る時にこそ知《し》らぬ翁《おきな》にあふ心地すれ

よみ人しらず・拾遺和歌集九（雑下）

【本歌取とされる例歌】

寄鏡恋

忘《わす》るなよしらぬ翁と君みずは又や鏡《かゞみ》のかげにむかはん

正徹・永享五年正徹詠草

【本歌】

我《わ》が駒は早《ゝや》く行《ゆ》かなん朝日子《あさひこ》がやへさす岡《をか》の玉笹《たまざゝ》の上《うへ》に

よみ人しらず・拾遺和歌集十（神楽）

【本歌取とされる例歌】

篠

朝彦《あさひこ》がさすや岡《をか》べの玉ざさのたまさかなれやかかる遊びは

楫取魚彦・楫取魚彦詠藻

【本歌】

岩蔵山

うごきなき岩蔵《いはくら》山に君《きみ》が世《よ》を運《はこ》びをきつ〈お〉ゝ千世《ちよ》をこそ積《つ》め

よみ人しらず・拾遺和歌集十（神楽）

【本歌取とされる例歌】

同御屏風の大蔵山をよめる

動《うご》きなき大蔵《おほくら》山をたてたればをさまれる代《よ》ぞ久《ひさ》しかるべき

藤原資業・後拾遺和歌集七（賀）

【本歌】

天暦御時歌合

恋《こひ》すてふ我《わ》が名はまだき立〈たち〉にけり人知《し》れずこそ思〈おもひ〉そめしか

壬生忠見・拾遺和歌集十一（恋一）

【本歌取とされる例歌】

下燃《したも》えに絶《た》えぬ煙の末よりや恋すてふ名の空に立《た》つらん

宗尊親王・文応三百首

[注解]「知るといへば枕だにせで寝しものを塵ならぬ名のそらにたつ覧」（伊勢・古今和歌集十三・恋三）も本歌とされる。

【本歌】

逢《あ》ふことを松〈まつ〉にて年の経《へ》ぬる哉〈かな〉身は住の江に生《お》ひぬ物ゆへ〈ゑ〉

よみ人しらず・拾遺和歌集十一（恋一）

【本歌取とされる例歌】
いつまでと身さへつれなくあふことを松にてとしのかずそふもうし
日野弘資・万治御点

【本歌】
音に聞《き》く人に心をつくばねのみねど恋《こひ》しき君《ゝみ》にもある哉《〈かな〉》
よみ人しらず・拾遺和歌集十一（恋二）

【本歌取とされる例歌】
恋歌の中に
契りありてかかる思ひやつくばねのみねども人のやがて恋しき
正親町公蔭・風雅和歌集十（恋二）

【本歌】
大井河下《くだ》す筏《いかだ》の水馴棹《みなれさほ》見なれぬ人も恋《こひ》しかりけり
よみ人しらず・拾遺和歌集十一（恋二）

【本歌取とされる例歌】
嵐の山の花を見て
大井《おほゐ》川くだすいかだし早《はや》き瀬にあかでや花の影《かげ》をすぐらん
兼好・兼好法師集

【本歌】
いかにしてしばし忘《わす》れん命《いのち》だにあらば逢《あ》ふよのありもこそすれ
よみ人しらず・拾遺和歌集十一（恋二）

【本歌取とされる例歌】
あすしらぬ命《いのち》をぞ思ふを《（お）》のづからあらば逢《あ》ふよを待《ま》つにつけても
大輔・新古今和歌集十二（恋二）
こひ死《し》なぬ身のおこたりぞ年へぬるあらばあふよの心づよさに
藤原定家・定家卿百番自歌合
なまじい《（ひ）》に生《い》ければうれし露の命あらば逢《あ》ふ世を待《ま》つとなけれど
後鳥羽院・遠島御百首

【本歌】
さか木葉《ば》の春さす枝のあまたあればとがむる神もあらじとぞ思《おも》ふ
よみ人しらず・拾遺和歌集十一（恋二）

【本歌取とされる例歌】
家経朝臣の桂の障子の絵に、神楽したる所をよめる
さかきばや立舞《たちま》ふ袖の追風《おひかぜ》になびかぬ神はあらじとぞ思《おも》ふ
康資王母・金葉和歌集四（冬）

【本歌】
女のもとに遣はしける
人知《ひとし》れぬ涙に袖は朽《〈くち〉》にけり逢《あ》ふよもあらば何《なに》に包《つゝ》まむ
よみ人しらず・拾遺和歌集十一（恋二）

【本歌取とされる例歌】
朽にけり袖や昔《むかし》の袖《そで》ならぬつゝむ涙《なみだ》はもとの身にして
宗尊親王・文応三百首
［注解］「月やあらぬ春や昔の春ならぬわが身ひとつはもとの身にして」（在原業平・古今和歌集十五・恋五）も本歌とされる。

【本歌】
逢《あ》ふ事をいつとも知《し》らで君が言《い》はむ時はの山の松《〈まつ〉》ぞ苦《くる》しき
よみ人しらず・拾遺和歌集十一（恋二）

【本歌取とされる例歌】
恋の心をよめる
暮《く》るゝ間《ま》もさだめなき世《よ》にあふ事をいつとも知《し》らで恋わたるかな

隆源・金葉和歌集八（恋下）

[注解]「夢のごとなどか夜しも君を見む暮るゝ待つ間もさだめなき世を」（壬生忠見・拾遺和歌集十二・恋二）も本歌とされる。

【本歌】

君をのみ思《おもひ》かけごの玉《たま》くしげ明《あ》けたつごとに恋《こ》ひぬ日はなし

よみ人しらず・拾遺和歌集十一（恋一）

【本歌取とされる例歌】

明暮《あけくれ》にこひぬ日《ひ》はなし玉《たま》くしげふたりのおやの有《あり》し其世《そのよ》を

林直秀・霞関集

【本歌】

逢《あ》ひ見ての後《ゝち》の心にくらぶれば昔は物も思《おも》はざりけり

藤原敦忠・拾遺和歌集十二（恋二）

【本歌取とされる例歌】

逢《あ》ひ見《み》てのゝちの心《こゝろ》を先《まづ》しればつれなしとだにえこそ恨《うらみ》ね

藤原定家・定家卿百番自歌合

【本歌】

天暦御時歌合に

夢《ゆめ》のごとなどか夜《よる》しも君を見む暮《く》るゝ待《ま》つ間《ま》もさだめなき世《よ》を

壬生忠見・拾遺和歌集十二（恋二）

【本歌取とされる例歌】

恋の心をよめる

暮《く》るゝ間《ま》もさだめなき世《よ》にあふ事をいつとも知《し》らで恋わたるかな

隆源・金葉和歌集八（恋下）

[注解]「逢ふ事をいつとも知らで君が言はむ時はの山の松ぞ苦しき」（よみ人しらず・拾遺和歌集十一・恋一）も本歌とされる。

おほかたの暮《く》るゝ待《まつ》まもさだめなき玉の緒《を》よは《わ》み恋《こひ》つゝぞふる

藤原家隆・家隆卿百番自歌合

【本歌】

しのぶれば苦《くる》しかりけり篠薄《しのすゝき》秋の盛《さか》りになりやしなまし

勝観・拾遺和歌集十二（恋二）

【本歌取とされる例歌】

百首歌に

花すゝき又露《つゆ》ふかしほに出《い》でゝながめじとおもふ秋のさかりを

式子内親王・新古今和歌集四（秋上）

[注解]「今よりは植へ《ゑ》てだに見じ花すゝきほにいづる秋はわびしかりけり」（平貞文・古今和歌集四・秋上）も本歌とされる。

【本歌】

葦引《あしひき》の山鳥の尾のしだり尾《お》のなが〱し夜をひとりかも寝《ね》む

柿本人麻呂・拾遺和歌集十三（恋三）

【本歌取とされる例歌】

釈阿、和歌所にて九十賀し侍りしおり《を》、屏風に、

山に桜さきたるところを

桜《さくら》さくとを《ほ》山鳥《どり》のしだりお《を》のなが〱し日もあかぬ色かな

後鳥羽院・新古今和歌集二（春下）

百首歌たてまつりし時

ひとりぬる山鳥《どり》のお《を》のしだりお《を》に霜《しも》を《お》きまよふ床《とこ》の月かげ

藤原定家・新古今和歌集五（秋下）

五陰皆空なりと照見して一切の苦厄を度すといふ

心をよめる

よのなかは　はかなきものぞ　あしひきの　やまどりのをの
しだり尾の　ながくし世を　もゝよつぎ　いほよをかけて
よろづよに……

良寛・はちすの露

【本歌】
あしひきの山より出《い》づる月待《ま》つと人には言《い》ひて君をこそ待《ま》て

柿本人麻呂・拾遺和歌集十三（恋三）

【本歌取とされる例歌】

五百歌よませられしに、忍待恋

山のはにしばし待《ま》たれよ夜半《は》の月いでなばいはむことのはもなし

頓阿・頓阿法師詠

【本歌】

月明かき夜、人を待ち侍て

ことならば闇《やみ》にぞあらまし秋の夜《よ》のなぞ月影《かげ》の人頼《だの》めなる

柿本人麻呂・拾遺和歌集十三（恋三）

【本歌取とされる例歌】

五十首歌たてまつりし時、杜間月といふことを

大荒木《おほあらき》のもりの木《〈こ〉》のまをもりかねて人だのめなる秋の夜《よ》の月

藤原俊成女・新古今和歌集四（秋上）

【本歌】
来《こ》ぬ人をまつちの山の郭公《〈ほととぎす〉》同《おな》じ心に音《ね》こそ泣《な》かるれ

よみ人しらず・拾遺和歌集十三（恋三）

【本歌取とされる例歌】

堀河院御時、百首歌たてまつりけるによめる

こぬ人をまちかね山《やま》のよぶこ鳥《どり》おなじこゝろにあはれとぞきく

皇后宮肥後・詞花和歌集一（春）

【本歌】
人言《ごと》は夏野の《ゝ》草のしげくとも君と我としたづさはりなば

柿本人麻呂・拾遺和歌集十三（恋三）

【本歌取とされる例歌】
仮《かり》にだにまだ結《むす》ばねど人ごとの夏野の草としげき比《〈ころ〉》かな

式子内親王・式子内親王集

【本歌】
数《かず》ならぬ身をうぢ河の網代《あじろ》木に多《おほ》くの日をも過《す》ぐしつる哉《〈かな〉》

よみ人しらず・拾遺和歌集十三（恋三）

【本歌取とされる例歌】

摂政左大臣家にて、恋の心をよめる

数《かず》ならぬ身をうぢ川《がは》のはしぐと言《い》はれながらも恋《こ》ひわたるかな

源雅光・金葉和歌集八（恋下）

【本歌】
頼《たの》めつゝ来《こ》ぬ夜あまたに成《〈なり〉》ぬれば待《ま》たじと思ふぞ待《ま》つにまされる

柿本人麻呂・拾遺和歌集十四（恋四）

【本歌取とされる例歌】
いかにせんこぬ夜《よ》あまたの郭公《ほとゝぎす》またじとおもへば村雨《むらさめ》の空《そら》

藤原家隆・新古今和歌集三（夏）

摂政太政大臣家百首歌よみ侍けるに

こぬ人を思《おも》ひ絶《た》えたる庭のおもの蓬《よもぎ》が末《すゑ》ぞまつにまされる

寂蓮・新古今和歌集十四（恋四）

いまはたゞ待《ま》たじと思ふよひくの深《〈ふく〉》るもつらき鐘《かね》のを《〈お〉》と哉《〈かな〉》

藤原家隆・家隆卿百番自歌合

【本歌】
港《みなと》入《い》りの葦分《わ》け小舟《を》さはり多《おほ》み我《わ》が思ふ人に逢《あ》はぬ頃《ころ》哉《〈かな〉》

柿本人麻呂・拾遺和歌集十四（恋四）

【本歌取とされる例歌】

芦間わくる湊の小舟とにかくに障《さはり》やすさをこりず待哉《まつかな》

永福門院・永福門院百番自御歌合

来不留恋

さはるともせめてはいはでみなと舟蘆《あし》のよのまに漕《こ》ぎかへるらん

頓阿・頓阿法師詠

建武二年内裏千首に、恋雑物

くちのこる蘆《あし》まの小舟《を》いつまでかさはるにかこつ契なりけん

頓阿・頓阿法師詠

弥陀本願の心を

さりともとわたす御法《みのり》をたのむかな蘆《あし》わけ小舟《を》さはりある身《み》に

頓阿・頓阿法師詠

湊風吹《ふき》つくしてし冬枯に蘆わけ小舟さはらでや行《ゆく》

三条西実隆・内裏着到百首

【本歌】

中〳〵《なかなか》に言《い》ひも放《はな》たで信濃《しなの》なる木曾路《きそぢ》の橋《はし》のかけたるやなぞ

女のもとに遣はしける

源頼光・拾遺和歌集十四（恋四）

【本歌取とされる例歌】

はしによす

信濃なるきそ路の橋も何ならずあやふき中にかくるおもひは

小沢蘆庵・六帖詠草

【本歌】

いその神布留《ふる》の社《やしろ》の木綿襷《ゆふだすき》かけてのみやは恋《こ》ひむと思《おもひ》し

よみ人しらず・拾遺和歌集十四（恋四）

［注解］「唐衣なれば身にこそまつはれめ掛けてのみやは恋ひむと思し」（景式王・古今和歌集・十五・恋五）が本歌とされる。

【本歌取とされる例歌】

懐旧

さてもなを《ほ》布留《ふる》の社のみしめ縄あはれ昔をかけてこひつゝ

藤原為家・中院詠草

【本歌】

涙河落《お》つる水上《みなかみ》はやければ塞《せ》きぞかねつる袖《そで》の柵《しがらみ》

紀貫之・拾遺和歌集十四（恋四）

【本歌取とされる例歌】

忍逢恋

思ひあまり心の中《うち》のしがらみを袖にかけてもせく涙かな

後柏原天皇・内裏着到百首

【本歌】

難波《なには》人葦《あし》火たく屋《や》はすゝたれど己《をの》がつまこそとこめづらなれ

柿本人麻呂・拾遺和歌集十四（恋四）

【本歌取とされる例歌】

入道前関白家百首歌に、旅の心を

難波人《なにはびと》あし火たく屋に宿かりてすゞろに袖のしほたるゝかな

藤原俊成・新古今和歌集十（羇旅）

【本歌】

八百日《やほか》行《ゆ》く浜《はま》の真砂《まさご》と我《わ》が恋《こひ》といづれまされり沖《おき》つ島守《しまもり》

よみ人しらず・拾遺和歌集十四（恋四）

【本歌取とされる例歌】

百首歌よみ侍けるに

やを《（ほ）》かゆく浜《はま》のまさごを君が代《よ》のかずにとらなん沖《おき》つ島守《もり》
藤原実定・新古今和歌集七（賀）

【本歌】
富士の山の形を造らせ給て、藤壺の御方へ遣はす
世の人の及ばぬ物は富士《ふじ》の嶺《ね》の雲居《くもゐ》に高《たか》き思ひなりけり
村上天皇・拾遺和歌集十四（恋四）

【本歌取とされる例歌】
富士《ふじ》のねの煙《けぶり》もなを《（ほ）》ぞ立《た》ちのぼる上《うへ》なきものは思《おも》ひなりけり
藤原家隆・新古今和歌集十二（恋二）

【本歌】
葦根《あしね》はふうきは上《うへ》こそつれなけれ下《した》はえならず思《〈おもふ〉》心を
よみ人しらず・拾遺和歌集十四（恋四）

【本歌取とされる例歌】
法性寺入道前関白太政大臣家歌合に
つれもなき人の心のうきにはふ蘆《あし》のしたねのねをこそは泣《な》け
源師俊・新古今和歌集十一（恋一）

【本歌】
たらちねの親《おや》のいさめしうたゝ寝《ね》は物思《〈おもふ〉》時のわざにぞ有《〈あり〉》ける
よみ人しらず・拾遺和歌集十四（恋四）

【本歌取とされる例歌】
たらちねのいさめし物をつれぐ〵とながむるをだに問《と》ふ人もなし
和泉式部・新古今和歌集十八（雑下）

【本歌】
手《た》枕の隙間《すきま》の風も寒《さむ》かりき身はならはしの物にぞ有《〈あり〉》ける
よみ人しらず・拾遺和歌集十四（恋四）

【本歌取とされる例歌】
和歌所にて歌合侍しに、あひてあはぬ恋の心を
里《さと》は荒《あ》れぬむなしき床《とこ》のあたりまで身はならはしの秋風ぞ吹《〈ふく〉》
寂蓮・新続古今和歌集十四（恋四）
手枕《たまくら》の野べの草葉《くさば》の霜枯《しもがれ》に身は習《なら》はしの風の寒けさ
兼好・新古今和歌集六（冬）

【本歌】
恋しきを慰《なぐさ》めかねて菅原《すがはら》や伏見に来《き》ても寝《ね》られざりけり
源重之・拾遺和歌集十五（恋五）

【本歌取とされる例歌】
すが原やふしみに結《〈むすぶ〉》さゝ枕ひと夜の露もしぼりかねつる
藤原良経・南海漁父北山樵客百番歌合

【本歌】
心をばつらき物ぞと言《い》ひ置きて変《かは》らじと思《〈おもふ〉》顔《かほ》ぞ恋《こひ》しき
よみ人しらず・拾遺和歌集十五（恋五）

【本歌取とされる例歌】
心《こゝろ》をばつらきものとて別《わか》れにし世《よ》ゝのおもかげ何したふらん
藤原定家・定家卿百番自歌合

【本歌】
さもこそは逢《あ》ひ見むことのかたからめ忘《わす》れずとだに言《い》ふ人のなき
伊勢・拾遺和歌集十五（恋五）

【本歌取とされる例歌】
逢《あ》ふことはさもこそ人目《ひとめ》かたからめ心《こゝろ》ばかりはとけて見《み》えなむ
道命・後拾遺和歌集十一（恋一）

【本歌】
潮満《しほみ》てば入《〈いり〉》ぬる磯《いそ》の草なれや見らく少《すく》なく恋《こ》ふらくの多《おほ》き
大伴坂上郎女・拾遺和歌集十五（恋五）

【本歌取とされる例歌】
しらなみの入江《いりえ》にまがふ初草のはつかに見えし人ぞ恋しき
藤原家隆・家隆卿百番自歌合
[注解]「春日野の雪間をわけて生ひいでくる草のはつかに見えしきみはも」（壬生忠岑・古今和歌集十一・恋一）も本歌とされる。

【本歌】
岩根踏《いはねふ》み重《かさ》なる山はなけれども逢《あ》はぬ日数《かず》を恋《こ》ひやわたらん
大伴坂上郎女・拾遺和歌集十五（恋五）

【本歌取とされる例歌】
和歌所歌合に、羇旅花といふことを
岩根《いはね》ふみかさなる山をわけすてて花もいくへの跡《あと》の白《しら》雲
藤原雅経・新古今和歌集一（春上）

【本歌】
数《かず》ならぬ身は心だになから南《なん》思《おもひ》知《し》らずは怨《うらみ》ざるべく
よみ人しらず・拾遺和歌集十五（恋五）

【本歌取とされる例歌】
数《かず》ならぬ心のとがになしはてじ知《し》らせてこそは身をも恨《うら》みめ
西行・新古今和歌集十二（恋二）

【本歌】
同じ御時、梅花のもとに御椅子立てさせ給て、花宴せさせ給に、殿上の男ども歌つかうまつりけるに
折《をり》て見るかひもある哉《かな》梅花《むめのはな》今日《けふ》九重《こゝのへ》のにほひまさりて
源寛信・拾遺和歌集十六（雑春）

【本歌取とされる例歌】
一条院御時、奈良の八重桜を人のたてまつりて侍けるを、そのおり《を》御前に侍ければ、その花をたまひて、歌よめとおほせられければよめる
いにしへの奈良《なら》のみやこの八重《やへ》ざくらけふ九重《こゝのへ》ににほひぬるかな
伊勢大輔・詞花和歌集一（春）

【本歌】
北白河の山庄に花のおもしろく咲きて侍けるを見に、人〳〵まうで来たりければ
春来《き》てぞ人も訪《と》ひける山里《ざと》は花こそ宿《やど》の主《あるじ》なりけれ
藤原公任・拾遺和歌集十六（雑春）

【本歌取とされる例歌】
散りぬればとふ人もなし故郷《ふるさと》は花をむかしのあるじなりけり
源実朝・金槐和歌集
[注解]「ひとはいさ心もしらずふるさとは花ぞ昔の香ににほひける」（紀貫之・古今和歌集一・春上）も本歌とされる。
あらし吹《ふく》月の主《あるじ》は我ひとり花こそ宿《やど》と人も尋《たづ》ぬれ
藤原定家・定家卿百番自歌合
梅
梅の花色香ばかりを主《あるじ》にて宿《やど》はさだかにとふ人もなし
藤原為家・中院詠草

【本歌】
延喜御時、南殿に散り積みて侍ける花を見て
殿守《とのもり》の伴《とも》の御奴《みやつこ》心あらばこの春許《ばかり》朝《あさ》ぎよめすな
源公忠・拾遺和歌集十六（雑春）

【本歌取とされる例歌】

朝餉の庭《には》も草《くさ》生《お》い《(ひ)》茂《しげ》りつゝ、塵《ちり》も積《つも》りて茂《しげ》りあひたる浅茅《あさぢ》もそこともわかれず、「植《う》ゑし垣根《かきね》」もうちおぼえで、
主殿《とのもり》のともの宮つこ掃《はら》ひこし庭《には》は浅茅《あさぢ》に荒《あ》れはてにけり
源通親・高倉院弁遐記

主殿《とのもり》の心ある花のもゝしきに朝清《あさきよ》めする庭の春風《はる》
宗尊親王・文応三百首

【本歌】
谷の戸を閉《と》ぢやはてつる鶯の待《ま》つに音せで春《はる》も過《す》ぎぬる
藤原道長・拾遺和歌集十六（雑春）

【本歌取とされる例歌】
千五百番百首の中、春
あけやらぬ谷《たに》の戸過《す》ぐる春風《はるかぜ》にまづさそはるゝ鶯《うぐひす》の声《こゑ》
藤原俊成女・俊成卿女家集

【本歌】
あしひきの山郭公《〈ほとゝぎす〉》里馴《さとな》れてたそかれ時に名《な》のりすらしも
大中臣輔親・拾遺和歌集十六（雑春）

【本歌取とされる例歌】
夕暮のほとゝぎす
里馴《さとな》るゝたそかれどきのほとゝぎす聞《き》かずがほにてまたなのらせん
西行・山家心中集

聞郭公
たちかへり山郭公なのれどもたそかれ時は猶やとはまし
藤原為家・中院詠草

【本歌】
房の前栽見に、女どもまうで来たりければ
こゝにしも何にほふらん女郎花《をみなへし》人の物言《い》ひさがにくき世《よ》に
遍昭・拾遺和歌集十七（雑秋）

【本歌取とされる例歌】
顕恋
憂《う》しや世の人の物いひさがなさよまだき我が名ももれむとすらむ
後水尾院・御着到百首

【本歌】
秋の野の花の色〳〵取《と》り総《す》べて我《わ》が衣手に移《うつ》してし哉《〈がな〉》
よみ人しらず・拾遺和歌集十七（雑秋）

【本歌取とされる例歌】
秋の野をわけゆく露《つゆ》にうつりつゝわが衣手は花の香《か》ぞする
凡河内躬恒・新古今和歌集四（秋上）

【本歌】
近隣なる所に方違へにわたりて、宿れりと聞きてあるほどに、事にふれて見聞くに、歌詠むべき人也、と聞きて、これが歌詠まんさまいかでよく見む、と思へども、いとも心にしあらねば、深くも思はず、進みても言はぬほどに、かれも又心見むと思ければ、萩の葉の紅葉たるに付けて、歌をなむを《(お)》こせたる
秋萩《はぎ》の下葉《したば》につけて目《め》に近《ちか》くよそなる人の心をぞ見る
よみ人しらず・拾遺和歌集十七（雑秋）

【本歌取とされる例歌】
色かはる萩《はぎ》の下《した》葉を見てもまづ人の心の秋ぞしらるゝ
相模・新古今和歌集十五（恋五）

［注解］参考歌「風吹ばなびく浅茅はわれなれや人の心の秋を知らする」（徽子女王・

後拾遺和歌集十六・雑二）

【本歌】

賀屏風、人の家に、松のもとより泉出でたり

松の根《ね》に出《い》づる泉の水なれば同《おな》じき物を絶《た》えじとぞ思《〈おもふ〉》

紀貫之・拾遺和歌集十八（雑賀）

【本歌取とされる例歌】

かくながら千代《ちよ》や澄《す》まま《ゝ》し松《まつ》が根《ね》に出《い》づる泉の水の流《なが》れは

二条良基・後普光園院殿御百首

【本歌】

延喜十七年八月、宣旨によりて詠み侍ける

来《こ》ぬ人を下《した》に待《ま》ちつゝ久方の月をあはれと言《い》はぬ夜《よ》ぞなき

紀貫之・拾遺和歌集十八（雑賀）

【本歌取とされる例歌】

寄月恋

とへかしな忍ぶとするも月夜《つきよ》よし夜《よ》よしと告げて下《した》に待つ身を

細川幽斎・衆妙集

［注解］「月夜よし夜よしと人に告げやらば来てふににたり待たずしもあらず」（よみ人しらず・古今和歌集十四・恋四）も本歌とされる。

【本歌】

いかでかは尋《たづ》ね来《き》つらん蓬生《〈よもぎ〉ふ》の人も通《かよ》はぬ我《わ》が宿《やど》の道《みち》

よみ人しらず・拾遺和歌集十八（雑賀）

【本歌取とされる例歌】

初秋の心をよめる

八重葎《やへむぐら》さしこもりにし蓬生《よもぎふ》にいかでか秋《あき》のわけてきつらむ

藤原俊成・千載和歌集四（秋上）

【本歌】

少女子《をとめご》が袖ふる山の瑞垣《みづがき》の久《ひさ》しき世《よ》ゝより思《〈おもひ〉》そめてき

柿本人麻呂・拾遺和歌集十九（雑恋）

【本歌取とされる例歌】

お《〈を〉》とめ子が袖ふる山のたまかづらみだれてなびく秋の白《しら》露

藤原家隆・家隆卿百番自歌合

花の歌の中に

乙女子《をとめご》がかざしの桜咲きにけり袖《そで》ふる山にかかる白雲《しらくも》

藤原為氏・正風体抄

【本歌】

こゆる木《〈ぎ〉》のいそぎて来《き》つるかひもなくまたこそ立《た》てれ沖《おき》つ白浪《しらなみ》

よみ人しらず・拾遺和歌集十九（雑恋）

【本歌取とされる例歌】

前太政大臣家に侍りける女を、中将忠家朝臣少将顕国とともに語らひ侍けるに、忠家朝臣に会ひにけり。その後程もなく忘られにけりと聞きて女のがりつかはしける

小余綾《こゆるぎ》のいそぎてあひしかひもなく波《なみ》より来《こ》ずと聞《き》くはまことか

源顕国・金葉和歌集九（雑上）

［注解］「おひたつを待つとたのめしかひもなく波越すべしと聞くはまことか」（藤原朝光・後拾遺和歌集十六・雑二）も本歌とする。

【本歌】

男持ちたる女をせちに懸想し侍て、ある男の遣はしける

有《〈あり〉》とても幾世《いく》かは経《ふ》る唐国《からくに》の虎臥《とらふ》す野辺《のべ》に身をも投《な》げてん

よみ人しらず・拾遺和歌集十九（雑恋）

【本歌取とされる例歌】

もろこしの虎《とら》ふす野辺に吹く風のめにみぬ所おそろしの世や

香川景樹・桂園一枝

【本歌】

山科《しな》の木幡《こはた》の里に馬はあれど徒歩《かち》よりぞ来《く》る君を思へば

柿本人麻呂・拾遺和歌集十九（雑恋）

【本歌取とされる例歌】

かるかや

我《わ》が駒《こま》をしばしとかるか山城《しろ》の木幡《こはた》の里《さと》にありと答《こた（へ）》えよ

源俊頼・千載和歌集十八（雑下）

前太政大臣家にて、木幡里恋といふことを

かちよりぞ木幡《こはた》の里《さと》もかよひこしなどか恋路《ぢ》のくるしかるらん

頓阿・頓阿法師詠

馬《うま》はありといかで越《こゆ》べき山《やま》しなや木《こ》はたの里《さと》の雪《ゆき》のあけぼの

よみ人しらず・若むらさき

【本歌】

物へまかりける道に、浜づらに貝の侍けるを見て

我《わ》が背子《せこ》を恋《こ》ふるも苦《くる》し暇《いとま》あらば拾《ひろ》ひて行《ゆ》かむ恋忘貝《〈こひわすれ〉がひ》

大伴坂上郎女・拾遺和歌集十九（雑恋）

【本歌取とされる例歌】

讃岐へまかりける人につかはしける

松山の松《まつ》の浦風《うらかぜ》吹《ふ》きよせば拾《ひろ》ひてしのべ恋《こひ》わすれ貝《がひ》

藤原定頼・後拾遺和歌集八（別）

【本歌】

中宮隠れ給ひての年の秋、御前の前栽に露の置きたるを、風の吹きなびかしけるを、御覧じて

秋風になびく草葉の露《つゆ》よりも消《き》えにし人を何《なに》にたとへん

村上天皇・拾遺和歌集二十（哀傷）

【本歌取とされる例歌】

小式部内侍、露置たる萩おりたる唐衣をきて侍けるを、身まかりてのち、上東門院よりたづねさせ給けるに、たてまつるとて

置くとみて露もありけりはかなくも消《き》えにし人を何《なに》にたとへん

和泉式部・和泉式部集

【本歌】

昔見侍し人〳〵多く亡くなりたることを嘆くを見侍て

世中《〈よのなか〉》にあらましかばと思人《〈おもふ〉》なきが多《おほ》くも成《〈なり〉》にける哉《〈かな〉》

藤原為頼・拾遺和歌集二十（哀傷）

【本歌取とされる例歌】

今日までも流石《さすが》にいかで過《〈すぎ〉》ぬらんあらましかばと人をいひつゝ

式子内親王・式子内親王集

われもいつぞあらましかばと見し人をしのぶとすればいとゞ添《そ》ひゆく

慈円・新古今和歌集八（哀傷）

見し人もなきが数添《かずそ》ふ世の中にあらましかばの秋の夕暮《ゆふぐ》れ

藤原俊成女・俊成卿女家集

【本歌】

常ならぬ世は憂《う》き身こそ悲《かな》しけれその数《かず》にだに入《い》らじと思《おも》へば

藤原公任・拾遺和歌集二十（哀傷）

【本歌取とされる例歌】

世の中はかなくて右大将通房かくれ侍ぬと聞きて

数《かず》ならぬ身のうきことは世《よ》の中《なか》になきうちにだに入《い》らぬなりけり

小弁・後拾遺和歌集十五（雑一）

草《くさ》の葉《は》におかぬばかりの露《つゆ》の身はいつその数《かず》にいらむとす覧《らん》

藤原定頼・後拾遺和歌集十七（雑三）

［注解］「露をなどあだなる物と思けむわが身も草にを《お》かぬ許を」（藤原惟幹・古今和歌集十六・哀傷）も本歌とされる。

【本歌】

生み奉りたりける親王の亡くなりての又の年、郭公を聞きて

しでの山越《こ》えて来《き》つらん郭公《ほとゝぎす》恋《こひ》しき人の上語《うへかた》らなん

伊勢・拾遺和歌集二十（哀傷）

【本歌取とされる例歌】

四月一日時鳥《ほとゝぎす》の声《こゑ》を聞《き》きても、常《つね》よりもなつかしきやうにおぼゆ。明《あ》け行《ゆく》雲のほかに、一声《こゑ》過ぎぬるもなごり惜《を》しくて、

なつかしやいざ言《こと》とはん時鳥《ほとゝぎす》しでの山路《ぢ》を君や越《こ》へ《え》しと

源通親・高倉院弁退記

郭公《ほとゝぎす》そののち越《こ》えん山路《やまぢ》にもかたらふ声《こゑ》はかはらざらなん

西行・山家集

四月廿三日、あけはなるゝ程、あめすこしふりたるに、東のかた、そらにほとゝぎすの初音なきわたる、めづらしくもあはれにもきくにも、

あけがたに初音《はつね》きゝつる時鳥《ほとゝぎす》しでの山路《ぢ》のことをとはばや

建礼門院右京大夫・建礼門院右京大夫集

【本歌】

世中《よのなか》を何《なに》にたとへむ朝《あさ》ぼらけ漕《こ》ぎ行《ゆ》く舟の跡《あと》の白《しら》浪

満誓・拾遺和歌集二十（哀傷）

【本歌取とされる例歌】

世の中を何にたとへむといふ古言を上に置きてあまたよみ侍りけるに

世《よ》の中《なか》を何《なに》にたとへむ秋《あき》の田をほのかに照《て》らすよひのいなづま

源順・後拾遺和歌集十七（雑三）

五十首歌たてまつりし中に、湖上花を

花さそふ比《ひ》良《ら》の山風ふきにけりこぎゆく舟《ふね》の跡《あと》みゆるまで

宮内卿・新古今和歌集二（春下）

和歌所歌合に、湖上月明といふことを

よもすがら浦こぐ舟はあともなし月ぞのこれる志賀《しが》の唐崎《からさき》

丹後・新古今和歌集十六（雑上）

名所橋

朽《く》ちぬ名を思ふもはかなにか世に長柄《ながら》の橋の跡の白《しら》波

三条西実隆・再昌草

【本歌】

山寺の入相《あひ》の鐘《かね》の声《こゑ》ごとに今日《けふ》も暮《く》れぬと聞《き》くぞ悲《かな》しき

よみ人しらず・拾遺和歌集二十（哀傷）

【本歌取とされる例歌】

暁無常を

つきはてんその入相《いりあひ》のほどなさをこの暁《あかつき》におもひしりぬる

西行・山家心中集

山里にまかりてよみ侍ける

山里《やまざと》の春の夕暮《ゆふぐれ》きてみればいりあひの鐘《かね》に花ぞちりける

能因・新古今和歌集二（春下）

此日已過　命即衰滅

けふ過《す》ぎぬいのちもしかとおどろかす入相《あひ》の鐘《かね》の声ぞかなしき

寂然・新古今和歌集二十（釈教）

ながめこし花《はな》より雪のひとと《ゝ》せもけふにはつ瀬《せ》のいりあひの鐘《かね》

頓阿・頓阿法師詠

【本歌】

左大将済時、白河にて、説経せさせ侍けるに

今日《けふ》よりは露の命《いのち》も惜《お》しからず蓮《〈はちす〉》の上《うへ》の玉《たま》と契《ちぎ》れば

藤原実方・拾遺和歌集二十（哀傷）

【本歌取とされる例歌】

蓮露

風ゆらぐ蓮《はちす》の上の玉きはる命《いのち》をあだにむすぶ露かな

正徹・永享五年正徹詠草

「源氏物語」の収録歌が本歌とされる例歌

【本歌】

月は入がたの、空清《きよ》う澄《す》みわたれるに、風いと涼《すゞ》しく吹て、草むらの虫の声《こゑ》〳〵、もよほし顔《がほ》なるも、いと、たち離《はな》れにくき草のもとなり。

鈴虫《すゞむし》のこゑのかぎりを尽《つ》くしてもながき夜あかずふるなみだかな

えも乗《の》りやらず。

紫式部・源氏物語（桐壺）

【本歌取とされる例歌】

秋の歌のなかに

秋《あき》の露《つゆ》やたもとにいたく結《むす》ぶらんながき夜《よ》あかず宿《やど》る月かな

後鳥羽院・新古今和歌集四（秋上）

守覚法親王五十首歌中に

むしの音《ね》もながき夜《よ》あかぬふるさとになを《（ほ）》思《おも》ひそふ松風ぞふく

藤原家隆・新古今和歌集五（秋下）

【本歌】

「いとも、かしこきは、おきどころも侍らず。かゝるおほせ事《ごと》につけても、かきくらすみだり心地《ごゝち》になむ。

あらき風ふせぎしかげの枯《か》れしより小萩《こはぎ》がうへぞしづ心なき」

などやうに、乱《みだ》りがはしきを、「心をさめざりける程」と、御覧《らん》じゆ

るすべし。

紫式部・源氏物語（桐壺）

【本歌取とされる例歌】

われこそはあらき風をもふせぎしに独《ひと》りや苔《こけ》の露はらはまし

宗良親王・新葉和歌集十九（哀傷）

【本歌】

「なき人のすみか、たづね出《い》でたりけむ、しるしの釵《かむざし》ならましかば」と、
おもほすも、いと、かひなし。

たづね行まぼろしもがな伝《つて》にても魂《たま》のありかをそことしるべく

紫式部・源氏物語（桐壺）

【本歌取とされる例歌】

崇徳院の御会のとき六月ついたち更恋郭公といふ
こゝろをよませ給し時

たづねみむまぼろしもがな郭公《ほとゝぎす》ゆくゑ《へ》もしらぬみな月のそら

藤原俊成・長秋詠藻

尋在所恋

世の外《ほか》の玉のありかもおもふにはそことしるべの中にやはあらぬ

後柏原天皇・内裏着到百首

これ返しせよと仰せごとありけるに

惜《を》しからぬ身を幻《まぼろし》となすならば涙の玉《たま》の行くへ尋《たづ》ねん

細川幽斎・衆妙集

【本歌】

「さて、その文《ふみ》の言《こと》葉は」
と問《と》ひ給へば、
「いさや、異《こと》なることもなかりきや。

山がつの垣《かき》ほ荒《あ》るともをり〳〵にあはれはかけよ撫子《なでしこ》の露

紫式部・源氏物語（帚木）

【本歌取とされる例歌】

ほのかにも哀《あはれ》はかけよ思草下葉にまがふ露も漏《も》らさじ

式子内親王・式子内親王集

五月雨

五月雨に蓬《よもぎ》が下《した》葉水《みづ》越《こ》えて垣《かき》ほ荒《あ》れ行《ゆく》なでしこの花

藤原俊成女・俊成卿女家集

［注解］「いまも見てなか〳〵袖をくたすかな垣ほ荒れにし大和撫子」（紫式部・源氏物語・葵）、「さみだれに沼の岩垣みづこえて真菰かるべきかたもしられず」（源師頼・金葉和歌集二・夏）も本歌とされる。

【本歌】

大和撫子《やまとなでしこ》をばさし置《お》きて、まづ、「塵《ちり》をだに」など、親《おや》の心《こゝろ》を取《と》る。

うちはらふ袖も露《つゆ》けきとこなつにあらし吹《ふ》きそふ秋も来《き》にけり

と、はかなげに言《い》ひなして、まめ〳〵しく恨《うら》みたる様《さま》も見《み》えず。

紫式部・源氏物語（帚木）

【本歌取とされる例歌】

千五百番歌合に

とふ人もあらしふきそふ秋はきて木《こ》の葉にうづむ宿《やど》の道芝《みちしば》

藤原俊成女・新古今和歌集五（秋下）

【本歌】

「帚木《はゝきゞ》の心を知《し》らで園原《そのはら》の道《みち》にあやなくまどひぬるかな
聞《きこ》えんかたこそなけれ」
との給へり。

紫式部・源氏物語（帚木）

【本歌取とされる例歌】

女も、さすがに、まどろまれざりけり。
数ならぬふせ屋《や》に生《お》ふる名《な》のうさにあるにもあらず消《き》ゆる帚木《はゝきゞ》
と聞《きこ》えたり。
紫式部・源氏物語（帚木）

［注解］「園原やふせ屋におふる帚木のありとは見えてあはぬ君かな」（坂上是則・新古今和歌集十一・恋一）も本歌とされる。

【本歌】

女も、さすがに、まどろまれざりけり。
数ならぬふせ屋《や》に生《お》ふる名《な》のうさにあるにもあらず消《き》ゆる帚木《はゝきゞ》
と聞《きこ》えたり。
紫式部・源氏物語（帚木）

【本歌取とされる例歌】

箒木《はゝきゞ》のかげいかならむさらでだにあるにもあらぬ短夜の月
冷泉為広・文亀三年三十六番歌合

【本歌】

御硯《すゞり》、急《いそ》ぎ召《め》して、さしはへたる御文《ふみ》にはあらで、たゞ、手習《てならひ》のやうに書《か》きすさび給《たま》ふ。
空蟬《うつせみ》の身をかへてける木《（こ）》の下《もと》に猶人がらのなつかしきかな
と書《か》き給へるを、ふところに引《ひ》き入《い》れて持《も》たり。
紫式部・源氏物語（空蟬）

【本歌取とされる例歌】

うつせみの身をかへてともたのまれぬむなしき中に恋や死《し》なまし
頓阿・頓阿法師詠

【本歌】

つれなき人も、さこそしづむれど、浅《あさ》はかにもあらぬ御気色《けしき》を、「ありしながらの我身ならば」と、取《と》りかへす物ならねど、忍《しの》びがたければ、この御畳紙《たゝうがみ》の片《かた》つ方《かた》に、
空蟬《うつせみ》の羽《は》におく露《つゆ》の木《こ》がくれてしのび〳〵に濡《ぬ》るゝ袖かな
紫式部・源氏物語（空蟬）

【本歌取とされる例歌】

家に歌合し侍けるに、夏恋の心を
うつせみのなく音《ね》やよそにもりの露《つゆ》ほしあへぬ袖を人の問《と》ふまで
藤原良経・新古今和歌集十一（恋一）

夏《なつ》衣薄《うす》くや人のなりぬらむ空蟬《うつせみ》の音《ね》に濡るゝ袖《そで》かな
藤原俊成女・俊成卿女家集

［注解］「蟬のこゑ聞けばかなしな夏衣うすくや人のならむと思へば」（紀友則・古今和歌集十四・恋四）も本歌とされる。

逢《あ》ふことも今《いま》はむなしき空蟬の羽に置く露の消《き》えやはてなん
宗尊親王・文応三百首

杜蟬
うつ蟬の羽《は》にを《（お）》く露もまちあへずしのびにかよふもりの秋風《あきかぜ》
心敬・寛正百首

【本歌】

心あてにそれかとぞ見《み》る白《しら》露のひかりそへたる夕顔《ゆふがほ》の花
そこはかとなく、書《か》きまぎらはしたるも、あてはかに、ゆゑづきたれば、いと、思ひのほかに、をかしうおぼえ給ふ。
紫式部・源氏物語（夕顔）

【本歌取とされる例歌】

瞿麦露滋といふことを
白露《しらつゆ》の玉《たま》もてゆへるませのうちに光《ひかり》さへそふ常《とこ》夏の花

高倉院・新古今和歌集三（夏）

【本歌】

御畳紙《たゝうがみ》に、いたう、あらぬさまに、書《か》きかへ給《たま》ひて、

寄《よ》りてこそそれかとも見めたそがれにほの〴〵見《み》つる花の夕顔《ゆふがほ》

ありつる御随身《みずゐじん》して、遣《つか》はす。

紫式部・源氏物語（夕顔）

【本歌取とされる例歌】

夕顔をよめる

白露のなさけを《（お）》きけることの葉やほの〴〵見えし夕顔《ゆふがほ》の花

藤原頼実・新古今和歌集三（夏）

夕顔

たそがれにほの見し花はしら〴〵と有明《〈ありあけ〉》の月の影に残れる

上田秋成・藤簍冊子

【本歌】

空《そら》の、うち曇《くも》りて、風ひやゝかなるに、いと、いたく、うちながめ給ひて、

見《み》し人のけぶりを雲と眺《なが》むれば夕の空もむつましきかな

と、ひとりごち給へど、え、さしいらへも聞《きこ》えず、「かやうにて、おはせましかば」と思ふにも、胸《むね》ふたがりておぼゆ。

紫式部・源氏物語（夕顔）

【本歌取とされる例歌】

守覚法親王、五十首歌よませ侍ける時

夕暮《ゆふぐれ》はいづれの雲のなごりとてはなたち花に風のふくらん

藤原定家・新古今和歌集三（夏）

［注解］「さみだれの空なつかしく匂ふかな花たち花に風や吹くらん」（相模・後拾遺和歌集三・夏）も本歌とされる。

【本歌】

又、かの人の気色《けしき》もゆかしければ、小君《こぎみ》して、

「死《し》にかへり思ふ心は、知《し》り給《たま》へりや」と、いひつかはす。

ほのかにも軒端《のきば》の荻を結《むす》ばずば露のかごとをなにゝかけまし

高《たか》やかなる荻《をぎ》につけて、

「忍《しの》びて」

と、の給へれど、「取《と》りあやまちて、少将もみつけて、『われなりけり』と思ひ合《あ》はせば、さりとも、『罪許《つみゆる》してん』」と思ふ御心《こゝろ》おごりぞ、あいなかりける。

紫式部・源氏物語（夕顔）

【本歌取とされる例歌】

たづねても袖にかくべきかたぞなきふかき蓬《よもぎ》の露のかことを

源通光・新古今和歌集十四（恋四）

［注解］「尋ても我こそとはめ道もなく深き蓬のもとの心を」（紫式部・源氏物語・蓬生）も本歌とされる。

【本歌】

「山水に、心とまり侍りぬれど、内裏《うち》より、おぼつかながらせ給へるも、かしこければなむ。今、この花のをり過《す》ぐさず、参《まゐ》り来《こ》む。

宮人に行《ゆ》きて語《かた》らむ山《やま》ざくら風《かぜ》よりさきに来《き》ても見《み》るべく」

と、の給ふ御もてなし、声《こわ》づかひさへ、目《め》もあやなるに、

紫式部・源氏物語（若紫）

【本歌取とされる例歌】

家の八重桜をお《（を）》らせて、惟明親王のもとにつかはしける

八重《やへ》にほふ軒端《のきば》の桜《さくら》うつろひぬ風よりさきに訪《と》ふ人もがな
式子内親王・新古今和歌集二（春下）

【本歌】

くらぶの山に、やどりも取《と》らまほしげなれど、あやにくなる短夜《みじか》にて、あさましう、中〳〵なり。

見てもまた逢《あ》ふ夜まれなる夢のうちにやがてまぎるゝわが身ともがな

と、むせかへり給ふさまも、さすがにいみじければ、

世がたりに人やつたへんたぐひなくうき身をさめぬ夢になしても

おぼし乱《みだ》れたるさまも、いと、ことわりにかたじけなし。

紫式部・源氏物語（若紫）

【本歌取とされる例歌】

見し夢にやがてまぎれぬわが身こそとはるゝけふもまづ悲《かな》しけれ
藤原良経・新古今和歌集八（哀傷）

[注解]「見てもまた……」が本歌とされる。

忍逢恋
かひなしや逢《あ》ふ夜は夢とまぎるとも憂《う》き世がたりの現成《うゝつ〈なり〉》せば
貞常親王・宝徳二年十一月仙洞歌合

[注解]「見てもまた……」、「世がたりに……」の二首がともに本歌とされる。

落花
咲けば散る夜《よ》のまの花の夢のうちにやがてまぎれぬ峰《みね》のしら雲
正徹・正徹物語

[注解]「見てもまた……」が本歌とされる。

【本歌】

あしわかの浦《うら》にみるめはかたくともこは立《た》ちながらかへる波かは

めざましからむ」と、のたまへば、

「げにこそ、いと、かしこけれ」とて、

「**寄《よ》る波《なみ》のこゝろも知《し》らでわかの浦《うら》に玉藻《たまも》なびかんほどぞ浮《う》きたる**

わりなきこと」

と、きこゆるさまの、なれたるに、すこし罪《つみ》ゆるされ給ふ。

紫式部・源氏物語（若紫）

【本歌取とされる例歌】

寄夢恋
涙さへ人の袂《たもと》に入《い》ると見し玉とどまらぬ夢ぞうきたる
正徹・正徹物語

【本歌】

「**朧月夜《おぼろ》に似《に》る物ぞなき**」

と、うち誦《ず》して、こなたざまに来《く》るものか。いと嬉《うれ》しくて、ふと袖をとらへ給《たま》ふ。女、「おそろし」と思へる気色《けしき》にて、

「あな、むくつけ。こは誰《た》そ」と、のたまへど、

「何《なに》か、うとましき」とて、

深《ふか》き夜のあはれを知《し》るも入《い》る月のおぼろげならぬ契とぞ思《おも》ふ

とて、やをら、いだきおろして、戸は押《お》し立《た》てつ。

紫式部・源氏物語（花宴）

【本歌取とされる例歌】

なを《〈ほ〉》たどる面影《〈おもかげ〉》ながら忘《わす》れじなおぼろ月夜の深《ふか》き契《〈ちぎり〉》は
飛鳥井雅親・宝徳二年十一月仙洞歌合

【本歌】

「猶、名《な》のりし給《たま》へ。いかでか、きこゆべき。「かうて止《や》みなむ」とは、
さりとも、おぼされじ」と、のたまへば、
うき身世にやがて消《き》えなば尋《たづ》ねても草の原《はら》をば問《と》はじとや思《おも》ふ
といふさま、艶《えん》に、なまめきたり。
紫式部・源氏物語（花宴）

【本歌取とされる例歌】

朝霜
草《くさ》の原《はら》誰《たれ》に問ふともこのころや朝霜《あさしも》置きてかるとこたへん
正徹・正徹物語

［注解］「尋ぬべき草の原さへ霜枯れて誰に問はまし道芝の露」（狭衣物語・二）、「霜がれはそこともみえぬ草の原たれにとはまし秋のなごりを」（藤原俊成女・新古今和歌集六・冬）も本歌とされる。

【本歌】

「ことわりや。聞《きこ》え違《たが》へたる文字《もじ》かな」とて、
「いづれぞと露の宿《やど》りをわかむまに小笹《こざゝ》が原に風もこそ吹《ふ》け
わづらはしく思《おぼ》す事ならずば、何《なに》かつゝまむ。
紫式部・源氏物語（花宴）

【本歌取とされる例歌】

袖の上は露のやどりと成《〈なり〉》にけり所《ところ》もわかず秋立《た》ちしより
式子内親王・式子内親王集

【本歌】

「草の原をば」といひしさまのみ、心にかゝり給《たま》へば、
世に知《し》らぬ心地《ち》こそすれ有明《あけ》の月のゆくへを空にまがへて
と、かきつけ給《たま》ひて、おき給《たま》へり。
紫式部・源氏物語（花宴）

【本歌取とされる例歌】

有明の空《そら》にまかせて郭公《ほとゝぎす》月の行衛もあかぬ忍《しの》び音
藤原俊成女・俊成卿女家集

【本歌】

いらへはせで、唯《たゞ》、時《とき》〳〵、うち嘆《なげ》くけはひするかたによりかゝりて、
几帳《きちやう》ごしに、手をとらへて、
「あづさ弓いるさの山にまよふかなほのみし月の影や見《み》ゆると
何故《なにゆゑ》とか」
おしあてに、のたまふを、え、しのばぬなるべし。
紫式部・源氏物語（花宴）

【本歌取とされる例歌】

春ふかく尋《たづ》ねいるさの山のはにほの見し雲の色ぞのこれる
藤原公経・新古今和歌集二（春下）

【本歌】

宮は、吹《ふ》く風につけてだに、木《こ》の葉より、けに脆《もろ》き御涙《なみだ》は、まして、
とりあへ給《たま》はず。
いまも見《み》てなか〳〵袖をくたすかな垣《かき》ほ荒《あ》れにし大和撫子《やまとなでしこ》
紫式部・源氏物語（葵）

［注解］「あな恋し今も見てしか山がつの垣ほに咲ける山となでしこ」（よみ人しらず・古今和歌集十四・恋四）が本歌とされる。

【本歌取とされる例歌】

五月雨
五月雨に蓬《よもぎ》が下《した》葉水越《みづこ》えて垣《かき》ほ荒《あ》れ行《〈ゆく〉》なでしこの花
藤原俊成女・俊成卿女家集

［注解］「山がつの垣ほ荒るともをり〳〵にあはれはかけよ撫子の露」（紫式部・

源氏物語・帚木)、「さみだれに沼の岩垣みづこえて真菰かるべきかたもしられず」
(源師頼・金葉和歌集二・夏)も本歌とされる。

【本歌】

浅茅生《あさぢふ》の露のやどりに君をおきて四方《よも》の嵐《あらし》ぞしづ心なき

など、細《こま》やかなるに、女ぎみも、うち泣き給ひぬ。

紫式部・源氏物語(賢木)

【本歌取とされる例歌】

五十首歌たてまつりし時

かげとめし露《つゆ》のやどりを思い《〈おもひ〉》でて霜にあととふ浅茅生《あさぢふ》の月

藤原雅経・新古今和歌集六(冬)

【本歌】

例《れい》の、月の入《い》りはつる程《ほど》、よそへられてあはれなり。女君の濃《こ》き御衣《ぞ》にうつりて、げに、「ぬるゝがほ」なれば、

月かげのやどれる袖はせばくともとめても見ばやあかぬひかりを

「いみじ」と、おぼいたるが、心ぐるしければ、かつは慰《なぐさ》め聞《きこ》え給ふ。

紫式部・源氏物語(須磨)

【本歌取とされる例歌】

十首歌合に寄月恋といふことを詠ませ給うける

夜《よ》もすがら恋ひなく袖《そで》に月はあれどみし面影《おもかげ》は通ひしも来《こ》ず

伏見院・玉葉和歌集十(恋二)

【本歌】

うきめかる伊勢をの海士《あま》を思《おも》ひやれもしほたるてふ須磨《すま》の浦《うら》にて

よろづに、思ひ給へらるゝ世《よ》の有様《ありさま》を。いかになりはつべきにか」とのみ、おほかり。

伊勢島《しま》やしほひの潟《かた》にあさりてもいふかひなきはわが身なりけり

紫式部・源氏物語(須磨)

【本歌取とされる例歌】

たづね見《み》るつらき心の奥《おく》の海《うみ》よしほひの潟《かた》のいふかひもなし

藤原定家・新古今和歌集十四(恋四)

【本歌】

琴《きん》を、すこし掻《か》き鳴《な》らし給へるが、われながら、いと、すごう聞《きこ》ゆれば、ひきさし給ひて、

恋わびてなく音《ね》にまがふ浦浪《うら》はおもふかたより風や吹《ふ》くらむ

と謡《うた》ひ給《たま》へるに、人〴〵おどろきて、めでたうおぼゆるに、しのばれで、あいなう起きゐつゝ、鼻《はな》を忍《しの》びやかに、かみわたす。

紫式部・源氏物語(須磨)

【本歌取とされる例歌】

和歌所にておのこ《〈を〉》ども、旅歌つかまつりしに

袖にふけさぞな旅寝《ね》の夢も見じ思ふ方《〈かた〉》よりかよふ浦《うら》風

藤原定家・新古今和歌集十(羇旅)

寄風恋

ひたすらにうらやましくも秋風の思ふかたまで吹きかよふらむ

田安宗武・悠然院様御詠草

【本歌】

「夜更《ふ》け侍りぬ」

ときこゆれど、なほいり給はず。

みる程《ほど》ぞしばしなぐさむめぐりあはむ月の宮こははるかなれども

紫式部・源氏物語(須磨)

【本歌取とされる例歌】

見るほどぞしばし慰《なぐ》さむ歎《なげ》きつゝ寝ぬ夜の空《そら》の有明《あり》の月《つき》

藤原俊成女・俊成卿女家集

［注解］「嘆き侘び寝ぬ夜の空に似たるかな心づくしの有明の月」（狭衣物語・四）
も本歌とされる。

【本歌】

煙《けぶり》のいと近《ちか》く、時々たちくるを、「これや、海士《あま》の塩焼《しほや》くならむ」と、思《おぼ》しわたるは、おはしますうしろの山に、柴《しば》といふ物、ふすぶるなりけり。めづらかにて、

山がつのいほりにたけるしば〳〵もこととひこなん恋《こ》ふる里人《さと》

紫式部・源氏物語（須磨）

【本歌取とされる例歌】

山賤《〈やまがつ〉》の朝《あさ》けのこやにたく柴のしばしと見《み》れば暮《く》るゝ空かな

藤原定家・定家卿百番自歌合

【本歌】

「あさましく、をやみなき頃の気色《けしき》に、いとゞ、空さへ閉《と》づる心地《ち》して、ながめやる方《かた》なくなむ。

うら風やいかに吹らむ思《おも》ひやる袖うち濡《ぬ》らし浪まなき頃《ころ》」

あはれに、悲《かな》しき事ども、書《か》き集《あつ》め給へり。

紫式部・源氏物語（明石）

【本歌取とされる例歌】

旅泊波

浦風もしづかなる夜をいかに寝《ね》てひとり袖こす波の枕ぞ

後柏原天皇・内裏着到百首

【本歌】

「ひとり寝《ね》は君も知りぬやつれ〴〵と思《おも》ひあかしの浦さびしさを

まして、年月、おもひ給へわたるいぶせさを、おしはからせ給へ」

と、きこゆるけはひ、うちわなゝきたれど、さすがに故《ゆゑ》なからず。

紫式部・源氏物語（明石）

【本歌取とされる例歌】

千五百番歌合に

つく〴〵と思《おも》ひあかしの浦《うら》千鳥《ちどり》浪《なみ》のまくらになく〳〵ぞ聞《き》く

藤原公経・新古今和歌集十四（恋四）

【本歌】

御返し、

年へつる苦屋《とまや》も荒《あ》れてうき波《なみ》のかへるかたにや身をたぐへまし

と、うち思《おも》ひけるまゝなるを、見給ふに、しのび給へど、ほろ〳〵とこぼれぬ。

紫式部・源氏物語（明石）

【本歌取とされる例歌】

待賢門院の堀河の局、世を遁れて仁和寺にすまるときゝて、たづねまかりたれば、住み荒らしたるさまにて、人の影もせざりしかば、あたりの人に「かく」とまうしを《（お）》きたりしをきゝて、いひを《（お）》くられ侍し

しほなれし苫屋《とまや》もあれてうき浪によるかたもなきあまと知《し》らずや

西行・山家心中集

【本歌】

「さる召《めし》もや」と、例《れい》にならひて、ふところに設《まう》けたる、柄《つか》みじかき筆《ふで》など、御車とゞむる所にて、たてまつれる、「をかし」と思《おぼ》して、畳紙《たゝうがみ》に、

みをつくし恋《こ》ふるしるしにこゝまでもめぐり逢《あ》ひけるえには深《ふか》しな

とて、給へれば、かしこの心知《し》れる下人《しも》して、やりけり。

紫式部・源氏物語（澪標）

【本歌取とされる例歌】

寄源氏名恋

うらみてもなを（ほ）たのむかな身をつくし深《ふか》き江《え》にある印《しるし》と思へば

藤原俊成・長秋詠藻

【本歌】

惟光《これ》も、「更《さら》に、えわけさせ給ふまじき、蓬《よもぎ》の露けさになむ侍る。露すこし払《はら》はせてなむ、入《い》らせ給ふべき」ときこゆれば、

尋ても我こそとはめ道もなく深《ふか》き蓬《よもぎ》のもとの心を

と、ひとりごち給ひて、なほ下《お》り給へば、御さきの露を、馬《むま》の鞭《むち》して払《はら》ひつゝ、いれたてまつる。

紫式部・源氏物語（蓬生）

【本歌取とされる例歌】

たづねても袖にかくべきかたぞなきふかき蓬《よもぎ》の露のかことを

源通光・新古今和歌集十四（恋四）

［注解］「ほのかにも軒端の荻を結ばずば露のかごとをなにゝかけまし」（紫式部・源氏物語・夕顔）も本歌とされる。

【本歌】

わざとはなくて、言《い》ひけつさま、「みやびかに、よし」と聞《き》き給ふ。

「いさら井《ゐ》は早《はや》くのことも忘《わす》れじをもとのあるじや面《おも》がはりせる

あはれ」

と、うちながめて立《た》ち給ふ姿《すがた》・にほひ、「世に知《し》らず」とのみ思ひ聞《きこ》ゆ。

紫式部・源氏物語（松風）

【本歌取とされる例歌】

むすぶ手にはやくの夏ぞ忘らるる来《こ》ん秋風にいさら井《ゐ》の水

足利義澄・文亀三年三十六番歌合

【本歌】

いたう馴《な》れて、きこゆれば、いと匂《にほ》ひやかに、ほゝゑみて、

ゆきてみてあすもさね来《こ》ん中〳〵にをちかた人は心おくとも

なにごとゝも聞《き》きわかで、ざれあり給ふ人を、うへは、「うつくし」と、見《み》給へば、をちかた人のめざましきも、こよなく思《おぼ》し許《ゆる》されにたり。

紫式部・源氏物語（薄雲）

【本歌取とされる例歌】

あかなくにあすもさねこむにほ鳥のかづしか小田のさなへみがてり

賀茂真淵・賀茂翁家集

【本歌】

うしろ手《で》も、いとゞ、「いかゞ御覧じけむ」と、ねたく。されど、

見しをりの露わすられぬ朝顔《がほ》の花のさかりは過やしぬらん

年頃のつもりも、「あはれ」とばかりは、「さりとも、思《おぼ》し知《し》るらんや」となむ、かつは」などきこえ給へり。

紫式部・源氏物語（朝顔）

【本歌取とされる例歌】

いはねども露わすられずしののめの籬《まがき》に咲きし朝がほのはな

香川景樹・桂園一枝

【本歌】

おどろきて、いみじく口惜《くちを》しく、胸《むね》の、置《お》きどころなく騒《さわ》げば、おさへて、涙も流《なが》れいでにけり。今も、いみじく濡《ぬ》らし添《そ》へ給ふ。女君、「いかなる事《こと》にか」とおぼす。うちも身《み》じろがで、臥たまへり。

とけて寝《ね》ぬ寝覚《ねざめ》さびしき冬の夜にむすぼゝれつる夢のみじかさ

紫式部・源氏物語（朝顔）

【本歌取とされる例歌】

百首歌たてまつりし時

かたしきの袖の氷もむすぼほ《ゝ》れとけて寝《ね》ぬ夜《よ》の夢ぞみじかき

藤原良経・新古今和歌集六（冬）

【本歌】

おほかたに荻《をぎ》の葉《は》過《す》ぐる風《かぜ》の音《おと》も憂《う》き身ひとつにしむ心ちして

と、ひとりごちけり。

紫式部・源氏物語（野分）

【本歌取とされる例歌】

荻の葉に結《むす》びや置きし風の音も身にしむ秋の露の契りを

藤原俊成女・俊成卿女家集

【本歌】

兵部卿の宮は、

「いふかひなき世《よ》は、きこえんかたなきを、

あさ日さす光《ひかり》を見《み》ても玉笹《ざゝ》の葉わけの霜をけたずもあらなん

おぼしだに知《し》らば、なぐさむ方《かた》もありぬべくなむ」

とて、いとかじけたる下折《したを》れの、霜《しも》もおとさずもて参《まゐ》れる、

紫式部・源氏物語（藤袴）

【本歌取とされる例歌】

冬の初めの歌とてよめる

冬きては一夜ふた夜《よ》をたまざゝの葉《は》わけの霜《しも》のところせきかな

藤原定家・千載和歌集六（冬）

【本歌】

うち解《と》けたりつる御手習《ならひ》を、硯《すゞり》の下《した》に、さし入《い》れ給へれど、見つけ給ひて、ひきかへし見給ふ。手《て》などの、いと、わざとも上手と見《み》えで、らう〳〵しく美《うつく》しげに、書《か》き給へり。

身にちかく秋や来《き》ぬらん見《み》るまゝに青葉《あをば》の山も移《うつ》ろひにけり

紫式部・源氏物語（若菜）

【本歌取とされる例歌】

思ふこと侍ける秋の夕暮、独りながめてよみ侍ける

身にちかくきにけるものを色かはる秋をばよそに思《おも》ひしかども

源顕房・新古今和歌集十五（恋五）

【本歌】

あけぐれの空に憂《〈うき〉》身は消《き》えなゝん夢なりけりと見《み》てもやむべく

と、はかなげにの給ふ声《こゑ》の、若《わか》く、をかしげなるを、聞《き》きさすやうにて、出《い》でぬる、たましひは、ま事に、身を離《はな》れて、とまりぬる心ちす。

紫式部・源氏物語（若菜）

【本歌取とされる例歌】

千五百番歌合

身にそへるその面影《おもかげ》もきえなな《ゝ》ん夢なりけりと忘《わす》るばかりに

藤原良経・新古今和歌集十二（恋二）

【本歌】

「いまなむ」とだに、匂《にほ》はし給はざりけるつらさを、浅《あさ》からずきこえ給《たま》ふ。

「あまの世をよそに聞《き》かめや須磨《すま》の浦に藻塩《もしほ》たれしも誰《たれ》ならなくに

紫式部・源氏物語（若菜）

【本歌取とされる例歌】

藻塩《もしほ》くむ袖の月かげを《（お）》のづからよそに明《あ》かさぬ須磨《すま》の浦《うら》人

藤原定家・新古今和歌集十六（雑上）

【本歌】

山里のあはれを添《そ》ふる夕霧《ぎり》に立《（たち）》出《い》でん空もなき心ちして

と、きこえ給へば、

山がつの籬をこめて立《た》つ霧も心そらなる人はとゞめず

ほのかに、聞《きこ》ゆる御けはひに、なぐさめつゝ、まことに、帰《かへ》るさ忘《わす》れはてぬ。

紫式部・源氏物語（夕霧）

【本歌取とされる例歌】

山里《ざと》に霧《きり》のまがきのへだてずはをちかた人の袖もみてまし

曾禰好忠・新古今和歌集五（秋下）

［注解］「明けぬるか川瀬の霧の絶え間より遠方人の袖の見ゆるは」（源経信母・後拾遺和歌集四・秋上）も本歌とされる。

【本歌】

「阿弥陀仏《あびた》〈ふう〉、〳〵」

と、ひき給ふ数珠《ずゞ》のかずに紛《まぎ》らはしてぞ、涙の玉をば、もち消《け》ち給ひける。

いにしへの秋の夕の恋《こひ》しきに今《いま》はと見えしあけぐれの夢

ぞ、名残《なごり》さへ憂《う》かりける。

紫式部・源氏物語（御法）

【本歌取とされる例歌】

霧の歌とてよめる

夕霧《ゆふぎり》や秋《あき》のあはれをこめつらむわけいるそでに露のをき《(お)》そふ

宗円・千載和歌集五（秋下）

限りと聞きていそぎまかで侍しおり《(を)》、昔の北向きのあけぼのの事どもたゞ今のやうにあはれに候しおり《(を)》

消《〈きえ〉》はつる夕《ゆふべ》も悲《かな》し明《あ》け暮《〈ぐれ〉》の夢にまよひし春《はる》の故郷《ふるさと》

藤原俊成女・俊成卿女家集

【本歌】

阿闍梨《あざり》、この御使《つかひ》を先《さき》にたてゝ、かの宮にまゐりぬ。なのめなる際《きは》の、さるべき人の使《つかひ》だに、稀《まれ》なる山陰《かげ》に、いと、めづらしく、待《ま》ち喜《よろこ》び給ひて、所につけたるさかなゝどして、さる方《かた》に、もてはやし給ふ。御返し、

跡絶《あとた》えて心すむとはなけれども世をうぢ山に宿《やど》をこそかれ

紫式部・源氏物語（橋姫）

［注解］「わが庵は宮この辰巳しかぞ住む世をうぢ山と人はいふなり」（喜撰・古今和歌集十八・雑下）が本歌とされる。

【本歌取とされる例歌】

跡絶《た》えて幾重《いくへ》も霞《かす》め深《ふか》く我世《〈わが〉よ》を宇治山の奥《おく》の麓《ふもと》に

式子内親王・式子内親王集

【本歌】

かゝる歩《あり》きなども、をさ〳〵ならひ給はぬ心地《ち》に、心細《ぼそ》く、をかしくおぼされけり。

山おろしに堪《た》へぬ木《こ》の葉《は》の露よりもあやなくもろき我涙《〈わが〉》かな

「山賤《がつ》のおどろくも、うるさし」とて、随身《ずゐじん》の音《おと》もせさせ給はず、柴《しば》の籬《まがき》をわけつゝ、

紫式部・源氏物語（橋姫）

【本歌取とされる例歌】

述懐百首歌よみける時、紅葉を

嵐ふく峰《みね》のもみぢの日にそへてもろくなりゆくわが涙哉《〈かな〉》

藤原俊成・新古今和歌集十八（雑下）

【本歌】

御返《かへ》り、紙《かみ》の香《か》など、おぼろげならむは、恥《は》づかしげなるを、「疾《と》き
をこそは、か丶るをりは」とて、
「さしかへる宇治《うぢ》の河長《をさ》朝夕のしづくや袖を朽《く》たし果《は》つらむ
身さへ、浮《う》きて」と、いと、をかしげに書《か》きたまへり。
紫式部・源氏物語（橋姫）

【本歌取とされる例歌】
船中月
さしかへる雫も袖の影なれば月になれたる宇治の川長《かはをさ》
藤原為家・中院詠草

【本歌】
「つれぐの紛《まぎ》らはしにも、世《よ》の憂《う》き慰《なぐさ》めにも、心とゞめて、もてあそび給ひしものを」など、心にあまり給へば、
見る人もあらしに迷《まよ》ふ山里《ざと》にむかし思《おぼ》ゆる花の香ぞする
紫式部・源氏物語（早蕨）

【本歌取とされる例歌】
春
知人《しるひと》もあらしにまよふ梅《むめ》の花《はな》色をも香《か》をも散《ち》るにまかせて
藤原俊成女・俊成卿女家集

［注解］「きみならで誰にか見せむ梅花色をも香をもしる人ぞしる」（紀友則・古今和歌集一・春上）も本歌とされる。


【本歌】

「それも、いと、罪深《つみふか》かなることにこそ。かの岸に到《いた》る事はあれど、さしもあるまじうて、深《ふか》き底《そこ》に沈《しづ》み過《す》ぐさむも、あいなし。すべて、空《むな》しく、思ひ取《と》るべき世《よ》になむ」など、のたまふ。

「身を投《な》げむ涙の川にしづみても恋しき瀬々《せゞ》に忘《わす》れしもせじ
いかならむ世に、すこしも、おもひ慰《なぐさ》む事ありなん」

と、はてもなき心地《ち》し給ふ。

紫式部・源氏物語（早蕨）

【本歌取とされる例歌】
中院入道右大臣中将に侍ける時歌合し侍けるに、
恋の歌とてよめる
恋《こ》ひわたる涙《なみだ》の川《かは》に身を投《な》げむこの世《よ》ならでも逢《あ》ふ瀬《せ》ありやと
藤原宗兼・千載和歌集十二（恋二）

［注解］参考歌「流れても逢瀬ありやと身を投げて虫明の瀬戸に待ち心みむ」（狭衣物語・二）

【本歌】
「嶺の雪みぎはの氷踏《ふ》み分《わ》けて君にぞまどふ道《みち》はまどはず
木幡《こはた》の里に、馬《むま》はあれど」
など、怪《あや》しき硯《すずり》、召《め》し出《い》でゝ、手《て》、習《なら》ひ給ふ。
紫式部・源氏物語（浮舟）

【本歌取とされる例歌】
百首歌たてまつりし時
朝《あさ》ごとにみぎはの氷《こほり》ふみわけて君につかふる道《みち》ぞかしこき
源通親・新古今和歌集十六（雑上）

【本歌】

かしこには、御使《つかひ》の、例《れい》より繁《しげ》きにつけても、物思《おも》ふこと、さまぐなり。たゞ、かくぞ、のたまへる。

「浪越《こ》ゆる頃《ころ》とも知《し》らず末《すゑ》の松まつらんとのみ思《おも》ひけるかな
人に、わらはせ給ふな」

とあるを、「いと怪《あや》し」と、おもふに、胸《むね》も塞《ふた》がりぬ。

紫式部・源氏物語（浮舟）

[注解]「きみをおきてあだし心をわが持たば末の松山浪もこえなん」（よみ人しらず・古今和歌集二十・東歌）が本歌とされる。

【本歌取とされる例歌】

千五百番歌合に

ふるさとにたのめし人も末《すゑ》の松まつらむ袖に浪やこすらむ

藤原家隆・新古今和歌集十（羇旅）

[注解]「きみをおきてあだし心をわが持たば末の松山浪もこえなん」（よみ人しらず・古今和歌集二十・東歌）も本歌とされる。

【本歌】

「猶、あさましく、物《もの》はかなかりける」と、我《われ》ながら、口惜《くちを》しければ、手習《てならひ》に、

身を投《な》げし涙の川の早《はや》き瀬《せ》をしがらみかけて誰《たれ》かとゞめし

思ひの外《ほか》に心憂《う》ければ、行《ゆ》くすゑも、後《うしろ》めたく、うとましきまで、思ひやらる。

紫式部・源氏物語（手習）

【本歌取とされる例歌】

堰《せ》きかぬる涙《なみだ》の川の早《はや》き瀬《せ》は逢《あ》ふよりほかのしがらみぞなき

源頼政・千載和歌集十二（恋二）

[注解]「せきもあへず涙の河の瀬を早みかゝらむ物と思やはせし」（よみ人しらず・後撰和歌集十四・恋六）も本歌とされる。

百首歌たてまつりし時

涙河《なみだがは》たぎつ心のはやき瀬《せ》をしがらみかけて堰《せ》く袖ぞなき

讃岐・新古今和歌集十二（恋二）

【本歌】

はかなくて世にふる河の憂《う》き瀬《せ》には尋《〈たづね〉》も行《ゆ》かじ二本《もと》の杉

と、手習《てならひ》にまじりたるを、尼《あま》君、見つけて、

紫式部・源氏物語（手習）

[注解]「初瀬河　ふる河の辺に　二本ある杉　年をへて　又もあひ見む　二本ある杉」（よみ人しらず・古今和歌集十九・雑体）が本歌とされる。

【本歌取とされる例歌】

経年恋

ふたもとの過ぎし契りを頼みつつ流れても世に古川の水

橘千蔭・うけらが花

[注解]「初瀬河　ふる河の辺に　二本ある杉　年をへて　又もあひ見む　二本ある杉」（よみ人しらず・古今和歌集十九・雑体）も本歌とされる。

【本歌】

「なき物に身をも人をも思ひつゝ捨《す》てゝし世をぞ更《さら》に捨《す》てつる

今《いま》は、かくて、限《かぎ》りつるぞかし」

と、書《か》きても、猶、身づから、「いと、あはれ」と、み給ふ。

限《かぎ》りぞと思ひなりしに世中を返々《〈かへすぐ〉》も背《そむ》きぬるかな

同《おな》じ筋《すぢ》のことを、とかく、書《か》きすさび居《ゐ》給へるに、中将の御ふみあり。

紫式部・源氏物語（手習）

【本歌取とされる例歌】

世の常《つね》に染《そ》めても浅し藤衣《ふぢごろも》かへすぐ〵も世を背《そむ》く身に

藤原俊成女・俊成卿女家集

「和漢朗詠集」の収録歌が本歌とされる例歌

【本歌】

色香《いろか》をば思《おも》ひもいれず梅《むめ》の花《はな》つねならぬ世《よ》によそへてぞ見《み》る

花山院・和漢朗詠集（紅梅）

【本歌取とされる例歌】

城南より入道式部卿宮、梅枝を給とて結びつけられし

常《つね》ならぬ世のことはり（わ）に折る梅の花の色香は君見はやさん

三条西実隆・再昌草

【本歌】

夏《なつ》の夜《よ》をねぬにあけぬといひおきし人《ひと》はものをや思《おも》はざりけむ

よみ人しらず・和漢朗詠集（夏夜）

【本歌取とされる例歌】

仁和寺の御子のもとにて、郭公の歌五首よみ侍ける時よめる

郭公まつはひさしき夏の夜を寝《ね》ぬに明《あ》けぬとたれかいひけむ

藤原公通・千載和歌集三（夏）

【本歌】

よそにのみ見《み》てややみなむ葛城《かづらき》のたかまの山《やま》の峰《みね》の白雲《しらくも》

よみ人しらず・和漢朗詠集（雲）

【本歌取とされる例歌】

崇徳院に百首歌たてまつりける時、花の歌とてよめる

葛城《かづらき》や高間《たかま》の山のさくら花雲井のよそに見てやすぎなん

藤原顕輔・千載和歌集一（春上）

和歌所にて歌つかうまつりしに、春の歌とてよめる

葛城《かづらき》や高間《たかま》の桜さきにけり立田《たつた》のおくにかゝる白雲

寂蓮・新古今和歌集一（春上）

［注解］「桜花さきにけらしもあしひきの山の峡よりみゆる白雲」（紀貫之・古今和歌集一・春上）も本歌とされる。

天高暮山遠

空《そら》たかくくれ行雲《ゆくくも》の色見《いろみ》えてよそめに遠《とほ》き葛城《かづらき》の山《やま》

呪願・霞関集

【本歌】

末《すゑ》の露《つゆ》もとのしづくや世《よ》の中《なか》のおくれさきだつためしなる覧（らん）

遍昭・和漢朗詠集（無常）

【本歌取とされる例歌】

桜の散り侍しにならびて、また咲きける花を見て

散《ち》るとみればまた咲《さ》く花《はな》のにほひにもを（お）くれ先立《さきだ》つためし有（あり）けり

西行・山家心中集

風早《はや》みお（を）ぎの葉ごとにを（お）く露のを（お）くれ先立《さきだ》つほどのはかなさ

具平親王・新古今和歌集十八（雑下）

快楽不退楽

春秋にかぎらぬ花にを（お）く露《つゆ》はを（お）くれさきだつうらみやはある

寂蓮・新古今和歌集二十（釈教）
早ク別《わかれ》ヲ惜《をし》マン人ハ、再会ヲ一仏《いちぶつ》ノ国ニ約《やく》シ、恩ヲ恋《こひ》ン人ハ、追福《ついふく》ヲ九品《くほん》ノ道ニ訪《とぶら》フベシ。
今更《いまさら》ニナニ歎《なげく》ラム末ノ露本ヨリ消《きえ》ン身トハシラズヤ
海道記

末《すゑ》は雲本《もと》には雪と散《ち》る花《はな》の遅れ先立《さきだ》つ春の山風
宗尊親王・文応三百首

落葉
染め染めず終《つひ》に嵐の末の露本《もと》の雫《しづく》の散る木の葉かな
後水尾院・御着到百首

「和泉式部集」の収録歌が本歌とされる例歌

【本歌】
雪の降る日
身にしみて物のかなしき雪げにもとどこほらぬは涙なりけり
和泉式部・和泉式部集

【本歌取とされる例歌】
身の憂《う》さを思《おも》ひしとけば冬《ふゆ》の夜《よ》もとゞこほらぬは涙《なみだ》なりけり
よみ人しらず・金葉和歌集九（雑上）

【本歌】
これを聞きて、僧都の母、いかがととひたりければ
つくづくとおつる涙にしづむともきけとてかねのおとづれしかな
和泉式部・和泉式部集

【本歌取とされる例歌】
つく〳〵ともの思《〈おもふ〉》にうちそへてをりあはれなる鐘《かね》のを《（お）》とかな
西行・山家心中集

【本歌】
男のほかにある夜、人に物いふさまにみゆれば
ねぬる夜の夢さわがしくみえつるはあふに命をかへやしつらん
和泉式部・和泉式部集

【本歌取とされる例歌】
男のなかりける夜、こと人を局に入れたりけるに、もとの男詣で来合ひたりければ、騒ぎてかたはらの局の壁の崩れより潜り逃しやりて、またの日その逃したる局の主のがり、昨夜の壁こそうれしかりしか、など言ひつかはしたりければよめる
寝《ね》ぬる夜の壁騒《かべさは》がしく見えしかど我《わ》がちがふればことなかりけり
よみ人しらず・金葉和歌集九（雑上）

「後拾遺和歌集」の収録歌が本歌とされる例歌

【本歌】

立春日よみ侍りける

逢坂《あふさか》の関《せき》をや春《はる》も越《こ》えつらん音羽《おとは》の山の今日はかすめる

橘俊綱・後拾遺和歌集一（春上）

【本歌取とされる例歌】

わきて今日《けふ》逢坂山《あふさかやま》の霞《かす》めるはたち遅れたる春や越ゆらむ

西行・宮河歌合

十一日、内より去七日十首題を給て詠進し侍し、

立春風

吹《ふく》風のの《ゝ》どかにわたる音羽山春越《こ》えくらし関のこなたに

三条西実隆・再昌草

【本歌】

春霞《はるがすみ》立《た》つやおそきと山川《がは》の岩間《いはま》をくゝる音《おと》きこゆなり

和泉式部・後拾遺和歌集一（春上）

【本歌取とされる例歌】

山里を春立つ、といふ事を

春《はる》知《し》れと谷《たに》の細水《ほそみづ》もりぞくる岩間《いはま》の氷隙《こほりひま》たへ《え》にけり

西行・山家心中集

【本歌】

三島江《みしまえ》につのぐみわたる蘆《あし》の根《ね》のひとよのほどに春《はる》めきにけり

曾禰好忠・後拾遺和歌集一（春上）

【本歌取とされる例歌】

詩を作らせて歌にあはせ侍しに、水郷春望といふことを

三島江《みしまえ》や霜《しも》も《ゝ》まだひぬ蘆《あし》の葉につのぐむほどの春風ぞ吹《ふく》

源通光・新古今和歌集一（春上）

【本歌】

正月許に津の国に侍りける頃、人のもとに言ひつかはしける

心《こゝろ》あらむ人に見《み》せばや津《つ》の国《くに》の難波《なには》わたりの春《はる》のけしきを

能因・後拾遺和歌集一（春上）

【本歌取とされる例歌】

津《つ》の国《くに》の難波《なには》の春は夢なれや蘆《あし》のかれ葉に風わたる也《なり》

西行・新古今和歌集六（冬）

春ごろ、大乗院より人につかはしける

見せばやな志賀《しが》の唐崎《からさき》ふもとなる長等《ながら》の山の春のけしきを

慈円・新古今和歌集十六（雑上）

【本歌】

御冷泉院御時、后宮の歌合に残雪をよめる

花《はな》な《ゝ》らで折《を》らまほしきは難波江《なにはえ》の蘆《あし》の若葉《わかば》に降《ふ》れる白雪《しらゆき》

藤原範永・後拾遺和歌集一（春上）

【本歌取とされる例歌】

夕月夜《ゆふづくよ》しほみちくらし難波江《なにはえ》の蘆《あし》の若《わか》葉にこゆる白浪《しらなみ》

藤原秀能・新古今和歌集一（春上）

【本歌】

山里に住み侍りけるころ、梅の花をよめる

わが宿《やど》の垣根《かきね》の梅《むめ》の移《うつ》り香《が》にひとり寝《ね》もせぬ心地こそすれ

よみ人しらず・後拾遺和歌集一（春上）

【本歌取とされる例歌】

旅の泊の梅を

ひとり寝《ぬ》る草のまくらのうつり香《が》は垣根《かきね》の梅《むめ》のにほひなりけり

西行・山家心中集

【本歌】

薄墨《うすずみ》にかく玉梓《たまづさ》と見《み》ゆるかな霞《かす》める空《そら》に帰《かへ》るかりがね

津守国基・後拾遺和歌集一（春上）

【本歌取とされる例歌】

帰雁をよめる

声《こゑ》せずはいかで知《し》らまし春霞《がすみ》へだつる空《そら》に帰《かへ》るかりがね

藤原成通・金葉和歌集一（春）

【本歌】

あさみどり乱《みだ》れてなびく青柳《あをやぎ》の色《いろ》にぞ春《はる》の風《かぜ》も見《み》えける

藤原元真・後拾遺和歌集一（春上）

【本歌取とされる例歌】

百首歌よみ侍ける時、春歌とてよめる

春風の霞《かすみ》ふきとく絶《た》えまよりみだれてなびく青柳《あをやぎ》の糸《いと》

殷富門院・新古今和歌集一（春上）

【本歌】

世《よ》の中《なか》をなにかなげかまし山桜《ざくら》花見《み》るほどの心《こころ》なりせば

紫式部・後拾遺和歌集一（春上）

【本歌取とされる例歌】

花

老いぬれど花みるほどの心こそむかしの春にかはらざりけれ

伴蒿蹊・閑田詠草

【本歌】

年《とし》を経《へ》て花《はな》に心をくだくかな惜《を》しむにとまる春《はる》はなけれど

藤原定頼・後拾遺和歌集二（春下）

【本歌取とされる例歌】

年《とし》をへて待つも惜《を》しむも山桜《やまざくら》花に心を尽すなりけり

西行・宮河歌合

【本歌】

正子内親王の、絵合し侍ける、かねの冊子に書き侍ける

見《み》わたせば波《なみ》のしがらみかけてけり卯《う》の花咲《さ》ける玉川《たまがは》の里《さと》

相模・後拾遺和歌集三（夏）

【本歌取とされる例歌】

卯《う》の花《はな》のさかぬ垣根《かきね》はなけれども名《な》にながれたる玉川《たまがは》の里《さと》

藤原忠通・金葉和歌集二（夏）

薄暮卯花

卯花《うのはな》のひかりばかりになりにけりかきねくれゆく玉川のさと

香川景樹・桂園一枝拾遺

【本歌】

禖子内親王賀茂の斎院と聞えける〔時、女房にて侍ける〕を、年経て、後三条院の御時、斎院に侍りける人のもとに、昔を思ひいでて祭のかへさの日、神館につかはしける

聞《き》かばやなそのかみ山のほとゝぎすありし昔《むかし》のおなじ声《こゑ》かと

美作・後拾遺和歌集三（夏）

【本歌取とされる例歌】
郭公
時鳥《〈ほととぎす〉》を《（お）》のがふる声たちかへりその神山に今なのるらし
藤原為家・中院詠草

【本歌】
永承五年六月五日祐子内親王家の歌合によめる
聞《き》き《ゝ》つとも聞《き》かずともなくほとゝぎす心まどはす小夜《さよ》のひと声《こゑ》
伊勢大輔・後拾遺和歌集三（夏）

【本歌取とされる例歌】
聞郭公
ほとゝぎす聞《き》き《ゝ》しとやいはんうたゝねの夢のまがひの夜半《よは》の一声《こゑ》
細川幽斎・玄旨百首
ほとゝぎすまだいづくにもききつとはきかぬ初音をきくもうれしき
烏丸資慶・万治御点

【本歌】
寝《ね》ぬ夜《よ》こそ数《かず》つもりぬれほとゝぎす聞《き》くほどもなきひと声《こゑ》により
小弁・後拾遺和歌集三（夏）

【本歌取とされる例歌】
修理大夫顕季歌合し侍けるに、郭公をよめる
ふた声と聞《き》かでやや《ゝ》まむほとゝぎす待《ま》つに寝《ね》ぬ夜の数《かず》はつもりて
藤原道経・千載和歌集三（夏）
［注解］「二声と聞とはなしに郭公夜深く目をもさましつる哉」（伊勢・後撰和歌集四・夏）も本歌とされる。

【本歌】
祐子内親王家に歌合し侍けるに、歌合など果ててのち、人々同じ題をよみ侍りけるに
有明《ありあけ》の月だにあれやほとゝぎすたゞひと声《こゑ》のゆくかたも見《み》ん
藤原頼通・後拾遺和歌集三（夏）

【本歌取とされる例歌】
暁聞郭公といへる心をよみ侍ける
郭公なきつるかたをながむればたゞ有明《ありあけ》の月ぞのこれる
藤原実定・千載和歌集三（夏）

【本歌】
夜《よ》もすがら待《ま》ちつるものをほとゝぎすまただ《ゝ》に鳴《な》かで過《す》ぎぬなるかな
赤染衛門・後拾遺和歌集三（夏）

【本歌取とされる例歌】
郭公語少
宵の間にほのかたらひし郭公《ほとゝぎす》まただになかであけぬ此夜《このよ》は
小沢蘆庵・六帖詠草
［注解］参考歌「近江より朝たちくればうねの野に鶴ぞ鳴くなる明けぬこのよは」（よみ人しらず・古今和歌集二十・大歌所御歌）

【本歌】
相模守にてのぼり侍りけるに、老曾の森のもとにてほとゝぎすを聞きてよめる
東路《あづまぢ》のおもひいでにせんほとゝぎす老曾《おいそ》の森《もり》の夜半《よは》の一《〈ひと〉》こゑ
大江公資・後拾遺和歌集三（夏）

【本歌取とされる例歌】
百首歌たてまつりし時、夏歌の中に

郭公《ほとゝぎす》な《（ほ）》を一声はおもひいでよ老曾《おいそ》の森《もり》のよはのむかしを

藤原範光・新古今和歌集三（夏）

我《われ》こそは老蘇《そ》の杜の時鳥《ほとゝぎす》を《（お）》のが盛《さか》りの声な惜しみそ

一条兼良・藤河の記

【本歌】

宇治前大政大臣家にて卅講の後、歌合し侍りける
に五月雨をよめる

さみだれは美豆《みづ》の御牧《みまき》の真菰草《まこもぐさ》刈《か》りほすひまもあらじとぞ思《〈おもふ〉》

相模・後拾遺和歌集三（夏）

【本歌取とされる例歌】

さみだれに沼《ぬま》の岩垣《いはがき》みづこえて真菰《まこも》かるべきかたもしられず

源師頼・金葉和歌集二（夏）

【本歌】

永承六年五月五日殿上根合によめる

筑摩江《つくまえ》の底《そこ》の深《ふか》さをよそながら引《ひ》けるあやめの根《ね》にて知《し》るかな

良暹・後拾遺和歌集三（夏）

【本歌取とされる例歌】

さる事ありて、人のもの申遣はしたりける返事に、
五日

折《をり》にあひて人にわが身やひかれまし筑摩《つくま》の沼《ぬま》の菖蒲《あやめ》なりせば

西行・山家集

【本歌】

花橘をよめる

さみだれの空《そら》なつかしく匂《にほ》ふかな花たち花に風や吹《ふ》くらん

相模・後拾遺和歌集三（夏）

【本歌取とされる例歌】

守覚法親王、五十首歌よませ侍ける時

夕暮《ゆふぐれ》はいづれの雲のなごりとてはなたち花に風のふくらん

藤原定家・新古今和歌集三（夏）

［注解］「見し人のけぶりを雲と眺むれば夕の空もむつましきかな」（紫式部・源氏物語・夕顔）も本歌とされる。

【本歌】

夏刈《なつかり》の玉江《たまえ》の蘆《あし》を踏《ふ》みしだき群《む》れゐる鳥《とり》のたつ空《そら》ぞなき

源重之・後拾遺和歌集三（夏）

【本歌取とされる例歌】

守覚法親王家に、五十首歌よませ侍ける、旅歌

夏《なつ》かりの蘆《あし》のかり寝《ね》もあはれなり玉江《たまえ》の月のあけがたの空

藤原俊成・新古今和歌集十（羇旅）

【本歌】

何《なに》をかは明《あ》くるしるしと思《〈おもふ〉》べき昼《ひる》にかはらぬ夏夜《〈なつのよ〉》の月《つき》

源資通・後拾遺和歌集三（夏）

【本歌取とされる例歌】

有明の月のころにしなりぬれば秋《あき》は夜《よる》なき心ちこそすれ

西行・山家集

【本歌】

泉、夜に入りて寒しといふ心をよみ侍りける

さ夜《よ》ふかき泉《いづみ》の水の音《おと》きけばむすばぬ袖《そで》も涼《すゞ》しかりけり

源師賢・後拾遺和歌集三（夏）

【本歌取とされる例歌】

岩《いは》たゝく谷《たに》のした水音わけて掬《むす》ばぬ袖《そで》ぞまだき涼《すゞ》しき

藤原俊成女・俊成卿女家集

［注解］「岩たゝく谷の水のみを《お》とづれて夏に知られぬみ山べの里」（藤原教長・千載和歌集三・夏）も本歌とされる。

【本歌】

七月七日よめる

織女《たなばた》はあさひく糸《いと》の乱《みだ》れつゝとくとやけふの暮《くれ》を待《ま》つらん

小左近・後拾遺和歌集四（秋上）

【本歌取とされる例歌】

世々ふとも絶《た》えん物かは七夕《たなばた》にあさひく糸《いと》のながき契《ちぎ》りは

建礼門院右京大夫・建礼門院右京大夫集

【本歌】

七月七日、梶の葉に書き付け侍りける

天《あま》の川《がは》とわたる舟《ふね》のかぢの葉《は》に思《おも》ふことをも書《か》き付《つ》くるかな

上総乳母・後拾遺和歌集四（秋上）

［注解］「わが上に露ぞを《お》くなる天の河門わたる舟の櫂のしづくか」（よみ人しらず・古今和歌集十七・雑上）が本歌とされる。

【本歌取とされる例歌】

たなばたのとわたる舟のかぢの葉にいく秋かきつ露の玉づさ

藤原俊成・新古今和歌集四（秋上）

七夕扇

梶《かぢ》の葉にあらぬ扇《あふぎ》もおもふこと書きてや星の手向《たむけ》にはせむ

武者小路実陰・芳雲和歌集

【本歌】

河原院にてよみ侍りける

すだきけん昔《むかし》の人もなき宿《やど》にたゞ影《かげ》するは秋夜《あきのよ》の月

恵慶・後拾遺和歌集四（秋上）

【本歌取とされる例歌】

遍昭寺月を見て

すだきけん昔《むかし》の人はかげ絶《た》えて宿《やど》もるものはありあけの月

平忠盛・新古今和歌集十六（雑上）

【本歌】

広沢の月を見てよめる

すむ人もなき山里《やまざと》の秋《あき》の夜《よ》は月の光《ひかり》もさびしかりけり

藤原範永・後拾遺和歌集四（秋上）

【本歌取とされる例歌】

いづくとてあはれならずはなけれども荒《あ》れたるやどぞ月はさびしき

西行・山家心中集

【本歌】

なけやなけ蓬《よもぎ》が杣《そま》のきりぐゝす過《す》ぎゆく秋はげにぞかなしき

曾禰好忠・後拾遺和歌集四（秋上）

【本歌取とされる例歌】

秋歌とて

秋《あき》ふけぬなけや霜夜《しもよ》のきりぐゝすやゝかげ寒《さむ》しよもぎふの月

後鳥羽院・新古今和歌集五（秋下）

頼《たの》みこし人の心《こゝろ》は秋更《ふけ》て蓬が杣《そま》にうづら鳴《な》くなり

後鳥羽院・遠島御百首

［注解］参考歌「夕されば野辺の秋風身にしみてうづらなくなり深草の里」（藤原俊成・千載和歌集四・秋上）

【本歌】

祐子内親王家歌合によみ侍りける

秋霧《あきゞり》の晴《は》れせぬ峰《みね》にたつ鹿《しか》は声許《こゑ〈ばかり〉》こそ人にしらるれ

大弐三位・後拾遺和歌集四（秋上）

【本歌取とされる例歌】

はれやらぬみ山《やま》の霧《きり》のたえ〴〵にほのかに鹿《しか》の声《こゑ》きこゆなり

西行・山家集

【本歌】

小倉《をぐら》山たちども見《み》えぬ夕霧《ゆふぐれ》に妻《つま》ま《ゝ》どはせる鹿《しか》ぞ鳴《な》くなる

江侍従・後拾遺和歌集四（秋上）

【本歌取とされる例歌】

夕暮に鹿を聞く、といふ事を

篠原《しのはら》や霧《きり》にまがひて鳴《な》く鹿《しか》のこえ《(ゑ)》かすかなる秋の夕ぐれ

西行・山家心中集

【本歌】

朝顔をよめる

ありとてもたのむべきかは世《よ》の中《なか》を知《し》らする物は朝顔《あさがほ》の花

和泉式部・後拾遺和歌集四（秋上）

【本歌取とされる例歌】

うつゝとも夢ともしらぬ世にしあれば有《〈あり〉》とてありと頼《〈たのむ〉》べき身か

源実朝・金槐和歌集

［注解］「世の中は夢かうつゝかうつゝとも夢とも知らずありてなければ」（よみ人しらず・古今和歌集十八・雑下）も本歌とされる。

【本歌】

山里の霧をよめる

明《あ》けぬるか川瀬《ゝはせ》の霧《きり》の絶《た》え間《ま》より遠方人の袖《そで》の見《み》ゆるは

源経信母・後拾遺和歌集四（秋上）

【本歌取とされる例歌】

河霧といふことを

あけぼのや河瀬《せ》のなみの高瀬《たかせ》舟くだすか人の袖の秋霧《ぎり》

源通光・新古今和歌集五（秋下）

山里《ざと》に霧《きり》のまがきのへだてずはをちかた人の袖もみてまし

曾禰好忠・新古今和歌集五（秋下）

［注解］「山がつの籬をこめて立つ霧も心そらなる人はとゞめず」（紫式部・源氏物語・夕霧）も本歌とされる。

【本歌】

橘義清家歌合し侍りけるに、庭に秋花を尽すといふ心をよめる

わが宿《やど》に千種《ちぐさ》の花《はな》を植《う》ゑつれば鹿《しか》のねのみや野辺《のべ》にのこらん

源頼家・後拾遺和歌集四（秋上）

【本歌取とされる例歌】

家に百首歌よませ侍ける時、草花の歌とてよみ侍ける

さま〴〵の花をばやどにうつしうゑつ鹿《しか》のねさそへ野辺の秋風

藤原兼実・千載和歌集四（秋上）

【本歌】

さびしさに宿《やど》を立《た》ち出《い》でて《ゝ》ながむればいづくも同《おな》じ秋《あき》の夕暮《ゆふぐれ》

良暹・後拾遺和歌集四（秋上）

【本歌取とされる例歌】

秋歌中に

吹きわたす風にあはれをひとしめていづくもすごき秋の夕暮《ぐれ》

【本歌】

御冷泉院御時、后の宮の御方にて、人〱、翫庭菊〔題に〕てよみ侍りける

朝《あさ》まだき八《や》重《へ》咲《さ》く菊《きく》の九重《こゝのへ》に見《み》ゆるは霜《しも》のおけばなりけり

藤原長房・後拾遺和歌集五（秋下）

【本歌取とされる例歌】

鳥羽院御時、内裏より菊をめしけるに、たてまつるとて結びつけ侍ける

九重《こゝのへ》にうつろひぬとも菊《きく》の花もとのまがきを思《おも》ひわするな

有仁室・新古今和歌集五（秋下）

【本歌】

天暦御時御屏風に、菊を翫ぶ家ある所をよめる

うすくこく色《いろ》ぞ見《み》えける菊《きく》の花《はな》露《つゆ》や心をわきて置《お》くらん

清原元輔・後拾遺和歌集五（秋下）

【本歌取とされる例歌】

関白家に歌よませられしに、菊

うすくこくうつろふ菊《きく》の籬《まがき》かなこれも千草《ちぐさ》の花とみるまで

頓阿・頓阿法師詠

【本歌】

相模、公資に忘られて後、かれが家にまかれりけるに、うつろひたる菊の侍りければよめる

植《う》ゑおきし人の心は白菊《しらぎく》の花《はな》よりさきにうつろひにけり

藤原経衡・後拾遺和歌集五（秋下）

【本歌取とされる例歌】

堀河院御時、蔵人にて侍けるに、贈皇后宮の御かたに侍ける女をしのびてかたらひ侍けるを、こと人にものいふとききて、白菊の花にさしてつかはしける

霜《しも》を《(お)》かぬ人のこゝろはうつろひて面《おも》がはりせぬ白菊《しらぎく》の花《はな》

源家時・詞花和歌集七（恋上）

西行・山家集

【本歌】

永承四年内裏歌合によめる

あらし吹《ふ》くみ室《むろ》の山の紅葉《もみぢ》ばは竜田《たつた》の川《かは》の錦《にしき》なりけり

能因・後拾遺和歌集五（秋下）

［注解］「たつた河もみぢ葉ながる神なびの三室の山に時雨ふるらし」（よみ人しらず・古今和歌集五・秋下）が本歌とされる。

【本歌取とされる例歌】

百首歌たてまつりし時

立田《たつた》山あらしや峰によは《(わ)》るらんわたらぬ水も錦《にしき》たえけり

宮内卿・新古今和歌集五（秋下）

［注解］「竜田河紅葉乱て流めり渡らば錦中やたえなむ」（よみ人しらず・古今和歌集五・秋下）も本歌とされる。

みむろ山紅葉《〈もみぢ〉》散《〈ちる〉》らし神無月《〈かみなづき〉》立田《〈たつた〉》の川ににしき織《お》りかく

源実朝・金槐和歌集

［注解］「竜田河錦を《(お)》りかく神無月しぐれの雨をたてぬきにして」（よみ人しらず・古今和歌集六・冬）も本歌とされる。

【本歌】

師賢朝臣、梅津の山庄にて、田家秋風といふ心を

よめる

宿近《やどちか》き山田《だ》の引《ひ》板《た》に手《て》もかけで吹《ふ》く秋風にまかせてぞ見《み》る

源頼家・後拾遺和歌集五（秋下）

【本歌取とされる例歌】

庵《いほ》に漏《も》る月のかげこそさびしけれ山田《やまだ》は引《ひ》板《た》のを《（お）》とばかりして

西行・山家心中集

【本歌】

落葉如雨といふ心をよめる

木《こ》の葉《は》散《ち》る宿《やど》は聞《き》き《ゝ》分《わ》くかたぞなき時雨《しぐれ》する夜《よ》も時雨《しぐれ》せぬ夜《よ》も

源頼実・後拾遺和歌集六（冬）

【本歌取とされる例歌】

暁の散る葉

時雨《〈しぐれ〉》かと寝覚《ねざ》めの床《とこ》にきこゆるは嵐《あらし》に絶《た》えぬ木《こ》の葉なりけり

西行・山家心中集

ひとりのみおつるにわかん音もなし風の力《ちから》の夜半《〈よは〉》の紅葉《もみぢ》ば

三条西実隆・内裏着到百首

時雨

ふる音《おと》を木葉《このは》にたどるさ夜時雨《よしぐれ》もりくる袖《そで》にきゝやさだめむ

中院通純・後鳥羽院四百年忌御会

【本歌】

十月許、山里に夜とまりてよめる

神無月ねざめに聞《き》けば山里《ざと》のあらしの声《こゑ》は木《こ》の葉《は》なりけり

能因・後拾遺和歌集六（冬）

【本歌取とされる例歌】

神無月木々の木《こ》の葉はちりはてて《ゝ》庭にぞ風のを《（お）》とはきこゆる

覚忠・新古今和歌集六（冬）

【本歌】

さびしさに煙《けぶり》をだにもたゝじとて柴折《しばを》りくぶる冬《ふゆ》の山里《ざと》

和泉式部・後拾遺和歌集六（冬）

【本歌取とされる例歌】

やまごとに淋《さび》しからじとはげむべし煙《けぶり》こめたりをの《ゝ》山里《やまざと》

西行・山家集

朝夕に柴お《（を）》りくぶるけぶりさへ猶《〈なほ〉》ぞさびしき冬の山里

慈円・南海漁父北山樵客百番歌合

【本歌】

障子に、雪の朝、鷹狩したる所をよみ侍ける

とやがへるしらふの鷹《たか》の木居《こゐ》をなみ雪《ゆき》げの空《そら》にあはせつるかな

藤原長家・後拾遺和歌集六（冬）

【本歌取とされる例歌】

家に歌よみけるに冬眺望を

ふる雪のしらふの鷹を手にすゑてむさしのゝ原に出《いで》にける哉《かな》

賀茂真淵・賀茂翁家集拾遺

【本歌】

埋火をよめる

埋火《うづみび》のあたりは春《ゝる》の心地して散《ち》りくる雪《ゆき》を花とこそ見《み》れ

素意・後拾遺和歌集六（冬）

【本歌取とされる例歌】

炉火

うづみ火のあたりは春とおもふ夜の明《あ》くるひさしき閨《ねや》のうちかな

兼好・兼好法師集

【本歌】

さ夜《よ》ふくるまゝに汀《みぎは》や氷《こほ》るらん遠《とほ》ざかりゆく志賀《しが》の浦波《うらなみ》

快覚・後拾遺和歌集六（冬）

【本歌取とされる例歌】

風《かぜ》さへ《(え)》て寄《よ》すればやがてこほりつゝかへる波《なみ》なき志賀《しが》の唐崎《からさき》

西行・山家心中集

摂政太政大臣家歌合に、湖上冬月

志賀《しが》の浦《うら》やとを《(ほ)》ざかりゆく浪間よりこほりていづる有あけの月

藤原家隆・新古今和歌集六（冬）

［注解］参考歌「遠ざかるを《(お)》とはせねども月きよみこほりと見ゆる志賀の浦波」（藤原重家・千載和歌集四・秋上）

【本歌】

岩間《いはま》には氷《こほり》のくさび打《う》ちてけり玉《たま》ゐし水《みづ》も今《いま》はもりこず

曾禰好忠・後拾遺和歌集六（冬）

【本歌取とされる例歌】

てる月の岩間《いはま》の水《みづ》に宿《やど》らずは玉《たま》ゐる数《かず》をいかでしらまし

源経信・金葉和歌集三（秋）

【本歌】

三条院、親王の宮と申しける時、帯刀陣の歌合によめる

君《きみ》が代《よ》は千代《ちよ》にひとたびゐる塵《ちり》の白雲《しらくも》かゝる山となるまで

大江嘉言・後拾遺和歌集七（賀）

【本歌取とされる例歌】

祝の心をよめる

いつとなく風吹《かぜふ》く空《そら》に立《た》つちりの数《かず》もしられぬ君が御代《みよ》かな

皇后宮肥後・金葉和歌集五（賀）

【本歌】

承暦二年内裏歌合によみ侍りける

君《きみ》が代《よ》は尽《つ》きじとぞ思《おも》ふ神《かみ》風や御裳濯川《みもすそがは》の澄《す》まむかぎりは

源経信・後拾遺和歌集七（賀）

【本歌取とされる例歌】

いはゐ《(ひ)》の心をよみ侍ける

君が代はあまのかご山出《やまい》づる日の照《て》らんかぎりはつきじとぞ思ふ

藤原伊通・千載和歌集十（賀）

たちかへる世《よ》と思はばや神風《かみかぜ》やみもすそ河《がは》の末《すゑ》の白浪《しらなみ》

慈円・玉葉和歌集二十（神祇）

【本歌】

俊綱朝臣、丹波守にて侍ける時、かの国の臨時の祭の使にて、藤の花をかざして侍けるを見て

千年《ちとせ》へん君《きみ》がかざせる藤《ふぢ》の花《はな》松にかゝれる心地こそすれ

良暹・後拾遺和歌集七（賀）

【本歌取とされる例歌】

向《むか》への岸《きし》に色深《ふか》き藤《ふぢ》、松《まつ》の緑《みどり》に咲《さ》きかゝりたるを御覧《らん》じて、「あれ取《と》りにつかはせ」と仰《おほ》せられしかば、庁《ちやう》官康貞端《やすさだはし》舟にて通りしを、召《め》しとゞめてつかはす。丘《をか》の上に登《のぼ》りて、松《まつ》の枝《えだ》にかけて持《も》てまゐ《(ゐ)》る。「心ばせあり」と仰《おほ》せられて、「そのよしの歌《うた》つかふまつれ」と仰《おほ》せありしかば、

千歳《ちとせ》へむ君がかざしの藤浪《ふぢなみ》は松《まつ》の枝《えだ》にもかゝるなりけり

源通親・高倉院厳島御幸記

【本歌】

陸奥国にまかり下りけるに、白河の関にてよみ侍りける

都《みやこ》をば霞《かすみ》とともに立《た》ちしかど秋風ぞ吹《ふ》く白河《しらかは》の関《せき》

【本歌取とされる例歌】

能因・後拾遺和歌集九（羇旅）

みちのくにの方へ修行してまかりしに、白河の関にとまりて、ところがらにや、つねよりも月をも《（お）》しろくて、能因が「秋風ぞ吹」と申けんをり、いつなりけむと、あはれに思ひいでられて、関屋の柱にかきつけはべりし

しらかはのせきやを月のもるかげは人のこゝろをとむるなりけり

西行・山家心中集

羇中送日

都《みやこ》いでし日数かさねてあづまなる霞《かすみ》の関《せき》も秋風ぞふく

慶運・慶運百首

【本歌】

女いみじく泣きて、返り事によみ侍りける

先《さき》に立《た》つ涙《なみだ》を道《みち》のしるべにて我《われ》こそ行《ゆ》きて言《い》はまほしけれ

よみ人しらず・後拾遺和歌集十（哀傷）

【本歌取とされる例歌】

百首歌よみ侍ける時、恋の心をよみ侍ける

先《さき》に立《た》つ涙とならば人しれず恋路《こひぢ》にまどふ道《みち》しるべせよ

藤原実定・千載和歌集十一（恋一）

【本歌】

女にはじめてつかはしける

かくとだにえやはいぶきのさしもぐさゝしも知《し》らじな燃《も》ゆる思《おも》ひを

藤原実方・後拾遺和歌集十一（恋一）

【本歌取とされる例歌】

けふもまたかくや伊吹《いぶき》のさしも草《ぐさ》さらばわれのみ燃《も》えやわたらん

和泉式部・新古今和歌集十一（恋一）

摂政太政大臣家百首歌合に

逢《あ》ふことはいつと伊吹《いぶき》の峰《みね》におふるさしも絶《た》えせぬ思《〈おもひ〉》なりけり

藤原家房・新古今和歌集十二（恋二）

【本歌】

ひとりしてながむる宿《やど》のつまにおふるしのぶとだにも知《し》らせてしがな

藤原通頼・後拾遺和歌集十一（恋一）

【本歌取とされる例歌】

権中納言俊忠家歌合に、恋の歌とてよめる

水隠《みごも》りにいはで古屋《ふるや》の忍草《しのぶ》しのぶとだにもしらせてし哉《〈がな〉》

藤原基俊・千載和歌集十一（恋一）

［注解］参考歌「ひとりのみながめふるやのつまなれば人を忍の草ぞ生ひける」（貞登・千載和歌集十五・恋五）

【本歌】

八月許女のもとに、すゝきの穂に挿してつかはしける

しのすゝきしのびもあへぬ心にてけふはほに出《い》づる秋《あき》と知《し》らなん

大中臣輔親・後拾遺和歌集十一（恋一）

【本歌取とされる例歌】

身をかくす宿《やど》のかきほのしのすゝきしのばず穂《ほ》にもいでにけるかな

兼好・兼好法師集

【本歌】

入道一品宮に侍ける陸奥がもとにつかはしける
奥山《おくやま》の真木《まき》の葉《は》しのぎ降《ふ》る雪《ゆき》のいつとくべしと見《み》えぬ君《きみ》かな
源頼綱・後拾遺和歌集十一（恋一）
[注解] 参考歌「奥山の菅の根しのぎふる雪のけぬとかいはむ恋のしげきに」（よみ人しらず・古今和歌集十一・恋一）

【本歌取とされる例歌】
月
すみのぼるほどをば待《ま》たじ奥《おく》山の槙《まき》の葉しのぎいづる月影
慶運・慶運百首

【本歌】
宇治前太政大臣の家の卅講の後の歌合に
逢《あ》ふまでとせめていのちのをしければ恋《こひ》こそ人の祈《いの》りなりけれ
藤原頼宗・後拾遺和歌集十一（恋一）

【本歌取とされる例歌】
恋の歌の中に
あふまでの恋ぞ命になりにける年月《としつき》ながきものおもへとて
藤原為家・正風体抄

【本歌】
恋《こひ》してふことを知《し》らでややみなましつれなき人のなき世《よ》なりせば
永源・後拾遺和歌集十一（恋二）

【本歌取とされる例歌】
身の憂《う》さを思ひ知《し》らでややみなまし逢《あ》ひ見《み》ぬ先《さき》のつらさなりせば
静賢・千載和歌集十四（恋四）
[注解] 参考歌「身の憂さを思ひ知らでややみなましそむくならひのなき世なりせば」（西行・新古今和歌集十八・雑下）

【本歌】
長久二年弘徽殿女御家の歌合し侍りけるによめる
恋死《こひし》なむいのちはことの数《かず》ならでつれなき人のはてぞゆかしき
永成・後拾遺和歌集十一（恋一）

【本歌取とされる例歌】
恋《こひ》ひ死《し》なむ命《いのち》をたれに譲《ゆづ》りを《（お）》きてつれなき人のはてを見《み》せまし
俊恵・千載和歌集十二（恋二）

【本歌】
実範朝臣の女のもとに通ひそめての朝につかはしける
いにしへの人《ひと》さへけさはつらきかな明《あ》くればなどか帰《かへ》りそめけん
源頼綱・後拾遺和歌集十二（恋二）

【本歌取とされる例歌】
あだになど咲きはじめけんいにしへの春さへつらき山桜《やまざくら》かな
藤原為家・正風体抄

【本歌】
中関白少将に侍りける時、はらからなる人に物言ひわたり侍けり、頼めてまうで来ざりけるつとめて、女に代りてよめる
やすらはで寝《ね》なましものをさ夜《よ》ふけてかたぶくまでの月を見《み》しかな
赤染衛門・後拾遺和歌集十二（恋二）

【本歌取とされる例歌】
雨後冬月といへる心を
いまはとてねなまし物をしぐれつる空《そら》とも見えずすめる月かな
良暹・新古今和歌集六（冬）

恋歌とて
月ぞうきかたぶく影《かげ》をながめずは待つ夜《よ》の更《ふ》くる空も知られじ
冷泉為相女・玉葉和歌集十（恋二）

【本歌】
津《つ》の国《くに》のこやとも人をいふべきにひまこそなけれ蘆《あし》の八重《やへ》葺《ぶ》き
和泉式部・後拾遺和歌集十二（恋二）

【本歌取とされる例歌】
忍恨恋
山賤《がつ》の蘆《あし》ふく軒《のき》のくずかづら恨《うら》むるほどのひまだにもなし
頓阿・頓阿法師詠

【本歌】
輔親物言ひ侍りける女のもとに、よべは雨の降りしかばはゞかりてなんといへりける返り事に、とくやみにしものをとて、女のつかはしける
忘《わす》らるゝ身《み》を知《し》る雨《あめ》は降《ふ》らねども袖許《そで〈ばかり〉》こそかは《（わ）》かざりけれ
よみ人しらず・後拾遺和歌集十二（恋二）

【本歌取とされる例歌】
わすらるゝ身を知《し》る袖の村《むら》雨につれなく山の月はいでけり
後鳥羽院・新古今和歌集十四（恋四）

【本歌】
語らひ侍ける女のこと人に物言ふと聞きてつかはしける
浦風《うらかぜ》になびきにけりな里《さと》の海人《あま》のたく藻《も》のけぶり心よは《（わ）》さは
藤原実方・後拾遺和歌集十二（恋二）
[注解] 参考歌「須磨のあまの塩やくけぶり風をいたみ思はぬ方にたなびきにけり」（よみ人しらず・古今和歌集十四・恋四）

【本歌取とされる例歌】
下燃《したも》えの海人《あま》のたく藻《も》の夕煙《ゆふけぶり》するゑこそ知《し》らね心弱さを
宗尊親王・文応三百首
[注解]「夏なれば宿にふすぶる蚊遣火のいつまでわが身したもえをせむ」（よみ人しらず・古今和歌集十一・恋一）も本歌とされる。

【本歌】
清少納言、人には知らせで絶えぬ中にて侍りけるに、久しうおとづれ侍らざりければ、よそ〳〵にて物など言ひ侍けり、女さし寄りて、忘れにけりなど言ひ侍ければよめる
忘《わす》れずよまた忘《わす》れずよ瓦屋《かはらや》のしたた《ゝ》くけぶり下《した》むせびつゝ
藤原実方・後拾遺和歌集十二（恋二）

【本歌取とされる例歌】
むせぶとも知《し》らじな心かはらやにわれのみ消《け》たぬ下《した》の煙《けぶり》は
藤原定家・新古今和歌集十四（恋四）

【本歌】
男かれ〴〵になり侍ける頃よめる
風《かぜ》の音《おと》の身《み》にしむばかりきこゆるはわが身《み》に秋やちかくなるらん
よみ人しらず・後拾遺和歌集十二（恋二）

【本歌取とされる例歌】
心にはいつも秋《あき》なる寝覚《ねざ》めかな身にしむ風のいく夜《よ》ともなく
よみ人しらず・新古今和歌集十四（恋四）
[注解]「秋ならでをく《（お）》白露は寝覚めするわが手枕のしづくなりけり」（よみ人しらず・古今和歌集十五・恋五）も本歌とされる。

【本歌】

かれ〴〵になる男の、おぼつかなくなどいひたる
によめる

有馬山《ありまやま》猪名《ゐな》の笹原《さゝはら》風吹《ふ》けばいでそよ人を忘《わす》れやはする

大弐三位・後拾遺和歌集十二（恋二）

【本歌取とされる例歌】

有馬松千代身まかりける時

ありま山《やま》いなのさゝはらをく(お)露《つゆ》の風《かぜ》にとまらぬ人《ひと》ぞ恋《こひ》しき

よみ人しらず・若むらさき

【本歌】

成資朝臣大和守にて侍りける時、物言ひわたり侍
けり、絶えて年へにけるのち宮にまいり(ゐ)て侍りけ
る車に入れさせて侍りける

あふことをいまはかぎりと三輪《みわ》の山杉《やますぎ》のすぎにしかたぞ恋しき

陸奥・後拾遺和歌集十三（恋三）

【本歌取とされる例歌】

別《わか》れにし人はまたもや三輪《みわ》の山すぎにしかたを今になさばや

祝部成仲・新古今和歌集九（離別）

[注解]「いま人の心をみわの山にてぞ過ぎにしかたは思ひ知らるゝ」（甲斐・金葉和歌集八・恋下）も本歌とされる。

【本歌】

涙《なみだ》やはまたも逢《あ》ふべきつまならん泣《な》くよりほかのなぐさめぞなき

藤原道雅・後拾遺和歌集十三（恋三）

【本歌取とされる例歌】

権中納言俊忠中将に侍ける時、歌合し侍けるに、
恋の歌とてよめる

恋《こ》ひわびてあはれとばかりうち歎《なげ》くことよりほかのなぐさめぞなき

藤原兼子・千載和歌集十四（恋四）

【本歌】

黒髪《くろかみ》のみだれも知《し》らずうちふせばまづかきやりし人ぞこひしき

和泉式部・後拾遺和歌集十三（恋三）

【本歌取とされる例歌】

かきやりしその黒髪《くろかみ》のすぢごとにうちふすほどは面影《おもかげ》ぞたつ

藤原定家・新古今和歌集十五（恋五）

【本歌】

心地例ならず侍りける頃、人のもとにつかはしけ
る

あらざ覧〈らん〉この世《よ》のほかの思《おも》ひ出《で》にいまひとたびの逢《あ》ふこともがな

和泉式部・後拾遺和歌集十三（恋三）

【本歌取とされる例歌】

せめておもふ今一度〈ひとたび〉のあふことは渡《わた》らん河や契〈ちぎり〉なるべき

藤原定家・定家卿百番自歌合

【本歌】

心変りて侍りける女に、人に代りて

契《ちぎ》りきなかたみに袖《そで》をしぼりつゝ末《すゑ》の松《まつ》山波《なみ》こさじとは

清原元輔・後拾遺和歌集十四（恋四）

[注解]「きみをおきてあだし心をわが持たば末の松山浪もこえなん」（よみ人しらず・古今和歌集二十・東歌）が本歌とされる。

【本歌取とされる例歌】
朽〈くち〉にけり変《かは》る契《ちぎ》りの末《すゑ》の松待《まつま》つに波越《なみこ》す袖の手枕《たまくら》
藤原俊成女・俊成卿女家集

【本歌】
わが心《こゝろ》かはらむものか瓦屋《はらや》のしたたくけぶりわきかへりつゝ
藤原長能・後拾遺和歌集十四（恋四）

【本歌取とされる例歌】
むせぶともしらじな心《こゝろ》かはら屋《や》に我のみ消《け》たぬ下の煙《けぶり》は
藤原定家・定家卿百番自歌合

【本歌】
かるもかき臥《ふ》す猪《ゐ》の床《とこ》のいを安《やす》みさこそ寝《ね》ざらめかゝらずもがな
和泉式部・後拾遺和歌集十四（恋四）

【本歌取とされる例歌】
奥《おく》山の臥《ふ》す猪《ゐ》の床や荒《あ》れぬらんかるもも絶《た》えぬ雪のしるしに
後鳥羽院・遠島御百首

【本歌】
松島《まつしま》や雄島《をじま》の磯《いそ》にあさりせし海人《あま》の袖《そで》こそかくはぬれしか
源重之・後拾遺和歌集十四（恋四）

【本歌取とされる例歌】
八月十五夜和歌所歌合に、海辺秋月といふことを
心ある雄島《をじま》の海人《あま》のたもとかな月やどれとはぬれぬものから
宮内卿・新古今和歌集四（秋上）

土御門内大臣家にて、海辺歳暮といへる心をよめる
ゆく年《とし》を雄島《をじま》のあまのぬれ衣かさねて袖に浪《なみ》やかくらん
藤原有家・新古今和歌集六（冬）

たちかへり又もきて見ん松島や雄島《をじま》のとまや浪にあらすな
藤原俊成・新古今和歌集十（羇旅）

松が根《ね》の雄島《をじま》が磯《いそ》のさ夜《よ》まくらいたくなぬれそ海人《あま》の袖かは
式子内親王・新古今和歌集十（羇旅）

【本歌】
かぎりぞと思《おも》ふにつきぬ涙《なみだ》かなおさふる袖《そで》も朽《く》ちぬ許〈ばかり〉に
盛少将・後拾遺和歌集十四（恋四）

【本歌取とされる例歌】
今《いま》はたゞを〈お〉さふる袖《そで》も朽《く》ちはてて心《こゝろ》のまゝにを〈お〉つる涙か
藤原季通・千載和歌集十五（恋五）

【本歌】
連夜に月を見るといふ心をよみ侍ける
しきたへの枕《まくら》のちりやつもるらん月のさかりはいこそ寝《ね》られね
源頼家・後拾遺和歌集十五（雑一）

【本歌取とされる例歌】
あくがれてねぬ夜《よ》の塵《ちり》のつもるまで月にはらはぬ床《とこ》のさむしろ
藤原俊成女・新古今和歌集四（秋上）

【本歌】
その夜返しはなくて、二三日ばかりありて、雨の降りける日、親王のもとにつかはしける
雨《あめ》ふればねやの板間《いたま》もふきつらんもりくる月はうれしかりしを
藤原定頼・後拾遺和歌集十五（雑一）

【本歌取とされる例歌】
時雨
夜《よ》な〳〵の月もるだにも袖ぬれし閨《ねや》の板間《いたま》にふる時雨《しぐれ》哉〈かな〉
慶運・慶運百首

【本歌】

熊野へまい《（ゐ）》るとて、人の許に言ひつかはしける

忘《わす》るなよ忘《わす》ると聞《き》かばみ熊野《くまの》の浦《うら》のはまゆふうらみかさねん

道命・後拾遺和歌集十五（雑一）

[注解] 参考歌「み熊野の浦の浜木綿百重なる心は思へどたゞに逢はぬかも」（柿本人麻呂・拾遺和歌集十一・恋一）

【本歌取とされる例歌】

ちゝおとゞの御もとに、くまのへまい《（ゐ）》るときゝしを、かへりてもしばしを《（お）》となければ、

忘《わす》るとはきくともいかゞ三熊野《みくまの》の浦のはまゆふうらみかさねん

とおもふも、いと人わろし。

建礼門院右京大夫・建礼門院右京大夫集

【本歌】

人の娘の幼く侍りけるを、おとなびてなど契りけるを、ことざまに思ひなるべしと聞きて、そのわたりの人の扇に書きつけ侍りける

おひたつを待《ま》つとたのめしかひもなく波越《なみこ》すべしと聞《き》くはまことか

藤原朝光・後拾遺和歌集十六（雑二）

【本歌取とされる例歌】

前太政大臣家に侍りける女を、中将忠家朝臣少将顕国とともに語らひ侍けるに、忠家朝臣に会ひにけり。その後程もなく忘られにけりと聞きて女のがりつかはしける

小余綾《こゆるぎ》のいそぎてあひしかひもなく波《なみ》より来《こ》ずと聞《き》くはまことか

源顕国・金葉和歌集九（雑上）

[注解]「こゆる木のいそぎて来つるかひもなくまたこそ立てれ沖つ白浪」（よみ人しらず・拾遺和歌集十九・雑恋）も本歌とされる。

【本歌】

小一条院かれぐになりたまひける頃よめる

こゝろえつ海人《あま》のたく縄《なは》うちはへてくるをくるしと思《おも》ふなるべし

土御門御匣殿・後拾遺和歌集十六（雑二）

[注解] 参考歌「いせの海の海人の釣縄うちはへて苦しとのみや思ひわたらむ」（よみ人しらず・古今和歌集十一・恋一）

【本歌取とされる例歌】

藻塩焼《もしほや》く海士《〈あま〉》のたくなわ《（は）》うち延《は》へてくるしとだにもいふ方《かた》ぞなき

後鳥羽院・遠島御百首

昼《ひる》、きぶねの浦《うら》といふ方《かた》に出《い》でて見《み》れば、浦《うら》の松風、波《なみ》に通《かよ》ひて、入海《うみ》心すごく、神さびていと尊し。浜《はま》に海人《あま》どもの、貝拾《かひろ》ひ、また沖釣《づり》するもあり。栲縄《たくなは》・網《あみ》などいふ、干《ほ》し置きたるを見《み》れば、干《ほ》すひまもありけるをと、

打延《うちは》へて苦《くる》しき物と思《おも》ひしに海人《あま》の栲縄《たくなは》干《ほ》すひまもあり

藤原経子・中務内侍日記

【本歌】

同じ院高松の女御に住み移りたまひて、たえぐになり給ての頃、松風の心すごく吹き侍りけるを聞きて

松風《かぜ》は色《いろ》やみどりに吹《ふ》きつらんもの思《おも》ふ人の身にぞしみける

堀河女御・後拾遺和歌集十七（雑三）

【本歌取とされる例歌】

いかゞふく身にしむ色のかはるかなたのむる暮《くれ》の松風の声

高倉・新古今和歌集十三（恋三）

契り置く夕もつらし松風《まつかぜ》の色や緑《みどり》に思ひそめけむ

藤原俊成女・俊成卿女家集

【本歌】

五月五日服なりける人のもとにつかはしける

けふまでもあやめも知《し》らぬたもとにはひきたがへたる根《ね》をやかくらん

小弁・後拾遺和歌集十七（雑三）

【本歌取とされる例歌】

少将に侍ける時、大納言忠家かくれ侍にけるのち五月五日、中納言国信中将に侍ける時、消息して侍けるついでにつかはしける

墨染《すみぞめ》の袂《たもと》にかゝるねを見《み》ればあやめも知《し》らぬ涙なりけり

藤原俊忠・千載和歌集九（哀傷）

【本歌】

世中常なく侍りける頃よめる

ものをのみ思《おも》ひしほどにはかなくて浅茅《あさぢ》が末《すゑ》に世《よ》はなりにけり

和泉式部・後拾遺和歌集十七（雑三）

［注解］「秋されば置く白露にわが門の浅茅が末葉色づきにけり」（作者不詳・万葉集十・2186）が本歌とされる。

【本歌取とされる例歌】

経房卿家歌合に、久恋を

あと絶えて浅茅《あさぢ》が末《すゑ》になりにけりたのめし宿《やど》の庭《には》の白《しら》露

讃岐・新古今和歌集十四（恋四）

【本歌】

世の中を何にたとへむといふ古言を上に置きてあまたよみ侍りけるに

世《よ》の中《なか》を何《なに》にたとへむ秋《あき》の田《た》をほのかに照《て》らすよひのいなづま

源順・後拾遺和歌集十七（雑三）

【本歌取とされる例歌】

稲妻を

宵《よひ》の間《ま》のむら雲《くも》つたひ影《かげ》見えて山の端《は》めぐる秋の稲妻《いなづま》

伏見院・玉葉和歌集四（秋上）

【本歌】

長楽寺に住み侍りける頃、人の、何事かといひて侍りければつかはしける

思《おも》ひやれ問《と》ふ人もなき山里《ざと》のかけひの水《みづ》のこゝろぼそさを

上東門院中将・後拾遺和歌集十七（雑三）

【本歌取とされる例歌】

お《（を）》とこの絶《た》え〴〵になりけるころ、いかゞと問ひたる人の返事によめる

思《おも》ひやれ懸樋《かけひ》の水《みづ》のたえ〴〵になりゆくほどのこゝろぼそさを

高階章行女・詞花和歌集八（恋下）

【本歌】

則光朝臣の供に陸奥国に下りて、武隈の松をよみ侍りける

武隈《たけくま》の松《まつ》は二木《ふたき》をみやこ人いかゞ問《と》はばみきとこたへむ

橘季通・後拾遺和歌集十八（雑四）

【本歌取とされる例歌】

康永の比、題を探りて歌よませられしに、名所松

なにごとをみきとかいはむかずならで我身いそぢにたけくまの松

頓阿・頓阿法師詠

【本歌】

上のをのこども、松澗底に老いたりといふ心をつかうまつりけるに

よろづ代《よ》の秋《あき》をも知《し》らですぎきたる葉《は》がへぬ谷《たに》の岩根松《いはねまつ》かな

白河天皇・後拾遺和歌集十八（雑四）

【本歌取とされる例歌】

祝

軒の松の葉かへぬ陰を契りにてかぞへあぐべき宿の万代《よろづよ》

日野資枝・日野資枝百首

【本歌】

大学寺の滝殿を見てよみ侍ける

あせにけるいまだにかゝり滝《たき》つ瀬《せ》のはやくぞ人は見《み》るべかりける

赤染衛門・後拾遺和歌集十八（雑四）

【本歌取とされる例歌】

大覚寺の滝殿の石ども、閑院に移されて、跡なくなりたりと聞きて、見にまかりたりしに、赤染が「今だにかゝり」とよみけん折、思ひいでられて

いまだにもかゝりといひし滝《たき》つ瀬《せ》のそのをりまではむかしなりけん

西行・山家心中集

【本歌】

沖《おき》つ風《かぜ》吹《ふ》きにけらしな住吉《すみよし》の松のしづ枝《え》をあらふ白波《しらなみ》

源経信・後拾遺和歌集十八（雑四）

[注解]「住の江の松を秋風吹からにこゑうちそふる沖つしらなみ」（よみ人しらず・古今和歌集七・賀）が本歌とされる。

【本歌取とされる例歌】

松の下枝あらひけん浪、いにしへに変はらずこそはとおぼえて

いにしへの松《まつ》の下枝《しづえ》をあらひけむ浪《なみ》を心にかけてこそ見れ

西行・山家心中集

俊恵、天王寺に籠りて、人々具して住吉にまゐりて歌詠みけるに具して

住吉《すみよし》の松が根《ね》あらふ波《なみ》のおとをこずゑに懸《か》くる沖《おき》つ潮風《しほかぜ》

西行・山家集

船

おきつかぜ吹《ふき》にけらしなむさしの海《み》みともせきまでいづ手舟《てぶね》よる

賀茂真淵・賀茂翁家集拾遺

【本歌】

熊野にまい《(ゐ)》りてあす出でなんとし侍りけるに、人く、しばしば候ひなむや、神も許したまはじなどいひ侍りけるほどに、音無川のほとりに頭白き烏の侍りければよめる

山がらすかしらも白《しろ》くなりにけりわがかへるべきときや来《き》ぬらん

増基・後拾遺和歌集十八（雑四）

【本歌取とされる例歌】

女を語らひ侍けるを、いかにもあるまじき事也、思絶えねといひ侍ければよめる

つらしとてさてはよも我山烏《やまがらす》かしらは白《しろ》くなる世なりとも

安性・千載和歌集十八（雑下）

からす

おもふことかくてや終《つひ》にやまがらす我《わが》かしらのみしろくなれゝば

小沢蘆庵・六帖詠草

【本歌】

山庄にまかりて日暮れにければ

日《ひ》も暮《く》れぬ人も帰《かへ》りぬ山里《ざと》は峰《みね》のあらしの音《おと》ばかりして

源頼実・後拾遺和歌集十九（雑五）

【本歌取とされる例歌】

深山落葉といへる心を

日暮《く》るればあふ人もなしまさき散《ち》る峰の嵐《あらし》のを（お）とばかりして

源俊頼・新古今和歌集六（冬）

［注解］「深山にはあられ降るらし外山なるまさきの葛色づきけり」（古今和歌集二十・神遊びの歌）も本歌とされる。

【本歌】

伏見といふ所に四条の宮の女房あまた遊びて、日暮れぬさきに帰らむとしければ

みやこ人暮《く》るれば帰《かへ》るいまよりは伏見《ふしみ》の里《さと》の名《な》をもたのまじ

橘俊綱・後拾遺和歌集十九（雑五）

【本歌取とされる例歌】

寄郷恋といへる心を

逢《あ》ふことをさりともとのみ思《おも》ふかな伏見《ふしみ》の里《さと》の名《な》を頼《たの》みつゝ

藤原家通・千載和歌集十二（恋二）

【本歌】

小倉の家に住み侍りける頃、雨の降りける日、蓑借る人の侍りければ、山吹の枝を折りて取らせて侍けり、心もえでまかりすぎて又の日、山吹の心えざりしよしいひにおこせて侍ける返りにいひつかはしける

なゝへやへ花《はな》は咲《さ》けども山吹《ぶき》のみのひとつだになきぞあやしき

兼明親王・後拾遺和歌集十九（雑五）

【本歌取とされる例歌】

六波羅《はら》の池《いけ》のみぎはに山吹《ぶき》の咲《さ》けるを見《み》て、山の井の水もことは（わ）りにおぼえて、

山吹《ぶき》の八重〳〵までに花咲《はなさ》きてあだに散《ち》りぬることぞはかなき

源通親・高倉院弁遐記

【本歌】

男に忘られて侍ける頃、貴布禰にまい（ゐ）りて、御手洗川《みたらしがは》に蛍の飛び侍けるを見てよめる

もの思《おも》へば沢《さは》のほたるもわが身《み》よりあくがれ出《い》づるたまかとぞ見《み》る

和泉式部・後拾遺和歌集二十（雑六）

【本歌取とされる例歌】

沢蛍

とぶほたるおのが思ひの影ならで夏こそなけれ暮るる沢みづ

武者小路実陰・芳雲和歌集

［注解］「水の面におのが思ひをかつみつつ影はなれぬやほたるなるらん」（藻壁門院少将・新千載和歌集三・夏）も本歌とされる。

【本歌】

奥山《おくやま》にたぎりておつる滝《たき》つ瀬《せ》のたまちる許《(ばかり)》ものな思《おも》ひそ

この歌は貴舟の明神の御返しなり、男の声にて和泉式部が耳に聞えけるとなんいひ伝へたる

貴舟の明神・後拾遺和歌集二十（雑六）

【本歌取とされる例歌】

同社の後番の歌合の時、月歌とてよめる

藤原俊成・千載和歌集二十（神祇）

貴舟《きふね》河玉《たま》ちる瀬《せ》ゞの岩波に氷をくだく秋《あき》の夜の月

家に百首歌合し侍けるに、祈恋といへる心を

藤原良経・新古今和歌集十二（恋二）

いく夜われ浪にしほれてきぶね河袖《がはそで》に玉ちる物おもふらん

【本歌】

太皇太后宮東三条に渡りたまひたりける頃、その御堂に宇治前太政大臣の扇の侍けるに書き付けける

つもるらん塵《ちり》をもいかではらはまし法《のり》にあふぎの風のうれしさ

伊勢大輔・後拾遺和歌集二十（雑六）

【本歌取とされる例歌】

心ざすことありて、あふへぎを仏にまゐらせけるに、院より給はりけるに、女房うけ給はりて、つゝみ紙に書きつけられける

西行・山家集

ありがたき法《のり》にあふぎの風《かぜ》ならば心の塵《ちり》を払《はら》へとぞ思ふ

「狭衣物語」の収録歌が本歌とされる例歌

【本歌】

「物思《ものおも》ひの花」のみ咲《さ》きまさりて、汀《みぎは》がくれの冬草《くさ》は、いづれとなくあるにもあらぬに『尾花《おばな》がもとの思ひ草』は、なを《(ほ)》、よすが」と、思《おぼ》さるゝを、むげに霜枯《が》れ果《は》てぬる、いと心細《ぼそ》う思《おぼ》し佗《わ》びて、

尋《たづ》ぬべき草の原《はら》さへ霜枯《しもが》れて誰《たれ》に問《と》はまし道芝《みちしば》の露《つゆ》

あさましう、誰《たれ》とだに知《し》らずなりにしかば、なを《(ほ)》、「思《おも》ふにも言《い》ふにもあまる」心地《ち》し給へる。

狭衣物語（二）

【本歌取とされる例歌】

藤原俊成女・新古今和歌集六（冬）

霜がれはそこともみえぬ草の原《はら》たれにとはまし秋のなごりを

藤原家隆・家隆卿百番自歌合

草の原かれにし人はを《(お)》ともせであらぬ外山の松の雪お《(を)》れ

朝霜

正徹・正徹物語

草《くさ》の原誰《はらたれ》に問ふともこのころや朝霜《あさしも》置きてかるとこたへん

［注解］「うき身世にやがて消えなば尋ねても草の原をば問はじとや思ふ」（紫式部・源氏物語・花宴）、「霜がれはそこともみえぬ草の原たれにとはまし秋のなごりを」（藤原俊成女・新古今和歌集六・冬）も本歌とされる。

【本歌】
道季《みちすゑ》が思ひ寄《よ》りし事《こと》の後は、「底《そこ》の水屑《みくづ》」までも尋《たづ》ねまほしき御心絶《た》えず。
思《おも》ひやる心ぞいとゞ迷《まよ》はるゝ海《うみ》山とだに知《し》らぬ別《わか》れに
思《おも》ひ出《い》づるは、中〳〵こよなうめざましかりける「道芝《みちしば》の露《つゆ》」の名《な》残《ごり》なりけりかし。
狭衣物語（二）

【本歌取とされる例歌】
たづぬべきうみ山《やま》とだにたのまねばげに恋ぢこそ別《わかれ》なりけれ
藤原良経・南海漁父北山樵客百番歌合

【本歌】

細《こま》やかなる端《はし》つ方《かた》に、「この頃《ごろ》は、きかせ給《たま》ふ事《こと》も侍らんものを。などか、
折《を》れ返《かへ》り起《お》き臥《ふ》し侘《わ》ぶる下荻《した》の末越《すゑこ》す風を人の問《と》へかし」

などやうにて、「この御返、つゆも、みせ給《たま》はずは、「苦《くる》し」と、思《おぼ》さずとも、又は、対面《たいめん》せじ。

狭衣物語（三）

【本歌取とされる例歌】
秋　又物語りにて候へば
秋来ぬと末越《すゑこ》す風に下《した》荻の露消《きえ》かへり結《むす》ぼほれつゝ
藤原俊成女・俊成卿女家集

【本歌】

余《あま》りうちしきる夜《よる》の独寝は、いとゞ目《め》も合《あ》はず思《おも》ひ続《つゞ》けられ給ふ事多《おほ》かる中にも、阿私仙《あしせん》の待遠に思《おもひ》おこすらんぞ、なを（ほ）、いと本意《ほい》なき心地《ち》して、枕《まくら》も浮《う》きぬべき。

この比は苔《こけ》のさむしろ片敷《かたし》きて巌《いはほ》の枕《まくら》ふしよからまし
など、やすげなくぞ思《おぼ》しやられける。

狭衣物語（四）

【本歌取とされる例歌】
苔むしろ岩根《ね》の枕なれ行《ゆき》て心をあらふ山水のこゑ
式子内親王・式子内親王集

【本歌】

「玉の緒《を》の姫《ひめ》君」のやうなる、屍《かばね》の中にても、かの御有様《ありさま》に、少《すこ》しも思《おぼ》えたる玉の光《ひかり》に通《かよ》はば、「袖に包《つゝ》みて」も、見まほしう思《おぼ》し願《ねが》ひつるに、かう音《おとぎ》聞きも物むつかしかるまじきわたりに、少《すこ》しのなぐさめ所のありけるも、「たゞ、あながちなる心の中《うち》を、あはれと見《み》給て、かゝる形代《かたしろ》を神の作《つく》り出《い》で給へるにや」と、思《おぼ》し寄《よ》るにも、涙ぞこぼるゝ。

嘆《なげ》き侘《わ》び寝《ね》ぬ夜の空に似《に》たるかな心づくしの有明《あり》の月
と、聞《きこ》え給《たま》へど、いらへ聞《きこ》え給はねば、口《くち》惜しかりけり。

狭衣物語（四）

【本歌取とされる例歌】
見るほどぞしばし慰《なぐ》さむ歎《なげ》きつゝ寝ぬ夜の空《そら》の有明《あり》の月《つき》
藤原俊成女・俊成卿女家集
[注解]「みる程ぞしばしなぐさむめぐりあはむ月の宮こははるかなれども」（紫式部・源氏物語・須磨）も本歌とされる。

【本歌】
消《き》えはてて煙《けぶり》は空にかすむとも雲のけしきを我《われ》と知《し》らじな
などあるを、御覧《らん》じ果《は》つるまゝに、さくりもよゝとかや、乱《みだ》りがはしき涙《なみだ》の気色《けしき》を、中将が近《ちか》うて聞《き》くらん事《こと》も、余《あま》り心弱《よは》きやうなれば、思《おぼ》しつゝめど、泣《な》くより外《ほか》のことなし。

霞《かす》めよな思《おも》ひ消《き》えなむ煙《けぶり》にも立《た》ちを《(お)》くれてはくゆらざらまし

狭衣物語（四）

【本歌取とされる例歌】

五十首歌たてまつりしに、寄雲恋

したもえに思《おも》ひきえなん煙《けぶり》だに跡《あと》なき雲のはてぞかなしき

藤原俊成女・新古今和歌集十二（恋二）

［注解］「消えはてて…」、「霞めよな…」の二首がともに本歌とされる。

「金葉和歌集」の収録歌が本歌とされる例歌

【本歌】

いつしかとあけゆく空《そら》の霞《かす》めるは天《あま》の戸《と》よりや春は立《た》つらん

藤原顕仲・金葉和歌集一（春）

【本歌取とされる例歌】

霞知春といふことを

いつしかと昨日《きのふ》の空にかはれるは霞ややがて春を知るらん

足利義教・新続古今和歌集一（春上）

【本歌】

落花満庭といへることをよめる

けさ見ればよはの嵐《あらし》に散《ち》りはてゝ庭《には》こそ花《はな》のさかりなりけれ

藤原実能・金葉和歌集一（春）

【本歌取とされる例歌】

ひととせ忍びて大内の花見にまかりて侍しに、庭にちりて侍し花を硯のふたにいれて、摂政のもとにつかはし侍し

今日《けふ》だにも庭をさかりとうつる花きえずはありとも雪かともみよ

後鳥羽院・新古今和歌集二（春下）

［注解］「けふ来ずはあすは雪とぞふりなまし消ずは有とも花とみましや」（在原業平・古今和歌集一・春上）も本歌とされる。

【本歌】
晩見躑躅といへることをよめる
入日《いりひ》さす夕《ゆふ》くれなゐの色《いろ》はえて山下《した》てらすいはつゝじかな
摂政家参河・金葉和歌集一（春）

【本歌取とされる例歌】
春雨《はるさめ》のふるともたれか岩《いは》つゝじ花《はな》の夕日《ゆふひ》をわくる山路《やまぢ》は
京極高久・大崎のつつじ

夕躑躅
暮《くる》る日《ひ》のなごりを照《てら》す岩《いは》つゝじ帰《かへ》るさを（お）そき春《はる》の山陰《やまかげ》
京極高久・大崎のつつじ

谷躑躅
いはつゝじ山《やま》の尾上《をのへ》はくるゝ日《ひ》を残《のこ》すかぜさへふかきたに陰《かげ》
酒井忠以・大崎のつつじ

躑躅花
みよしのは青葉にかはる岩陰に山下照〈てら〉しつゝじ花さく
上田秋成・藤簍冊子

【本歌】
卯花連牆といへることをよめる
いづれをかわきてとはまし山里《やまざと》の垣根《かきね》つゞきにさける卯《う》の花《はな》
大江匡房・金葉和歌集二（夏）

【本歌取とされる例歌】
月雪の色にぞまがふ卯の花のかきねつゞきのたそかれの宿
永福門院・永福門院百番御自歌合

【本歌】
卯《う》の花《はな》のさかぬ垣根《かきね》はなけれども名《な》にながれたる玉川《たまがは》の里《さと》
藤原忠通・金葉和歌集二（夏）

【本歌取とされる例歌】
卯の花の雪もてはやす玉河の名にふりがたき里をしぞ思〈おもふ〉
三条西実隆・内裏着到百首

【本歌】
承暦二年内裏歌合に、人にかはりてよめる
時鳥《ほとゝぎす》あかですぎぬる声《こゑ》によりあとなき空《そら》をながめつるかな
藤原孝善・金葉和歌集二（夏）

【本歌取とされる例歌】
ほとゝぎす聞《き》ゝもわかれぬ一声《こゑ》によもの空《そら》をもながめつるかな
藤原公光・千載和歌集三（夏）

【本歌】
五月雨をよめる
さみだれに沼《ぬま》の岩垣《いはがき》みづこえて真菰《まこも》かるべきかたもしられず
源師頼・金葉和歌集二（夏）

［注解］「さみだれは美豆の御牧の真菰草刈りほすひまもあらじとぞ思」（相模・後拾遺和歌集三・夏）が本歌とされる。

【本歌取とされる例歌】
五月雨
五月雨に蓬《よもぎ》が下《した》葉水越《みづこ》えて垣《かき》ほ荒《あ》れ行〈ゆく〉なでしこの花
藤原俊成女・俊成卿女家集

［注解］「山がつの垣ほ荒るともをり〳〵にあはれはかけよ撫子の露」（紫式部・源氏物語・帚木）、「いまも見てなか〳〵袖をくたすかな垣ほ荒れにし大和撫子」（紫式部・源氏物語・葵）も本歌とされる。

【本歌】

俊忠卿家歌合に、五月雨をよめる

五月雨《さみだれ》にみづまさるらし沢田《さはだ》川まきの継橋《つぎはし》うきぬばかりに

藤原顕仲・金葉和歌集二（夏）

【本歌取とされる例歌】

菖蒲

五月雨に水まさるらむあやめ草かれ葉《は》かくれてかる人もなし

源実朝・金槐和歌集

【本歌】

水風晩涼といへることをよめる

風《かぜ》ふけば蓮《はす》のうき葉に玉《たま》こえてすゞしくなりぬ蜩《ひぐらし》の声《こゑ》

源俊頼・金葉和歌集二（夏）

【本歌取とされる例歌】

雨の後の夏の月

夕だちのはるれば月ぞ宿《やど》りける玉揺《たまゆ》りすふ（う）る蓮《はす》の浮葉《うきは》に

西行・山家心中集

今よりは涼しくなりぬ日ぐらしのなく山かげに秋《あき》のゆふ風

源実朝・金槐和歌集

【本歌】

師賢朝臣の梅津に人々まかりて、田家秋風といへることをよめる

夕《ゆふ》されば門田《かどた》の稲《いな》葉を（お）とづれてあしのまろ屋に秋風ぞふく

源経信・金葉和歌集三（秋）

【本歌取とされる例歌】

田家夕雁

雁《かり》のゐる門田の稲葉《いなば》うちそよぎたそがれ時に秋風ぞふく

源実朝・金槐和歌集

【本歌】

翫明月といへることをよめる

偽《いつはり》になりぞしぬべき月影をこの見るばかり人にかたらば

藤原伊房・金葉和歌集三（秋）

【本歌取とされる例歌】

まこととも誰《たれ》か思《おも》はんひとり見てのちに今宵《こよひ》の月をかたらば

西行・山家集

【本歌】

てる月の岩間《いはま》の水《みづ》に宿《やど》らずは玉《たま》ゐる数《かず》をいかでしらまし

源経信・金葉和歌集三（秋）

［注解］「岩間には氷のくさび打ちてけり玉ゐし水も今はもりこず」（曾禰好忠・後拾遺和歌集六・冬）が本歌とされる。

【本歌取とされる例歌】

夕《ゆふ》されば玉《たま》ゐるかずも見《み》えねども関《せき》の小川《をがは》のを（お）とぞすゞしき

藤原道経・千載和歌集三（夏）

【本歌】

暁聞鹿といへることをよめる

思《おも》ふこと有明《ありあけ》がたの月影《かげ》にあはれをそふるさを鹿《しか》の声《こゑ》

皇后宮右衛門佐・金葉和歌集三（秋）

【本歌取とされる例歌】

月をのみあはれと思ふをさ夜ふけて深山（みやま）がくれに鹿ぞ鳴（なく）なる

源実朝・金槐和歌集

【本歌】

鳥羽殿前栽合に、菊をよめる

千年《ちとせ》まで君《きみ》がつむべき菊《きく》なれば露《つゆ》もあだには置かじとぞ思《おも》ふ

藤原顕季・金葉和歌集三（秋）

【本歌取とされる例歌】

菊久盛

何の上にあだにか見《み》つる秋の露つもるも幾夜《いくよ》にほふ白菊

後柏原天皇・内裏着到百首

【本歌】

太皇太后宮扇合に人にかはりて、紅葉の心をよめる

音羽山もみぢ散るらし逢坂《あふさか》の関《せき》のをがはににしきを《（お）》りかく

源俊頼・金葉和歌集三（秋）

【本歌取とされる例歌】

音羽山《〈おとはやま〉》やまおろしふくあふ坂の関の小川はこほりしにけり

源実朝・金槐和歌集

【本歌】

従二位藤原親子家造紙合に、時雨をよめる

しぐれつゝかつ散《ち》る山《やま》のもみぢ葉をいかに吹《ふ》く夜《よ》の嵐《あらし》なるらん

藤原顕季・金葉和歌集四（冬）

【本歌取とされる例歌】

和歌所にて、をのこども歌よみ侍りしに、ゆふべの鹿といふことを

下紅葉《したもみぢ》かつちる山の夕時雨《ゆふしぐれ》ぬれてやひとり鹿のなくらん

藤原家隆・新古今和歌集五（秋下）

【本歌】

関路千鳥といへることをよめる

淡路島《あはぢしま》かよふちどりのなくこゑにいく夜《よ》ねざめぬ須磨《すま》の関守《せきもり》

源兼昌・金葉和歌集四（冬）

【本歌取とされる例歌】

夕暮の千鳥

淡路島《あはぢしま》瀬戸《せと》の潮干《しほひ》の夕ぐれに須磨《すま》より通《かよ》ふ千鳥《ちどり》なくなり

西行・山家心中集

左大将の十首の題のうち　暁天千鳥

すまの関有明《せきありあけ》の空《そら》に鳴《な》く千どりかたぶく月はなれもかなしや

藤原俊成・長秋詠藻

月すみて更《ふ》くる千鳥《ちどり》の声《こゑ》すなり心くだくや須磨《すま》の関守《せきもり》

西行・宮河歌合

【本歌】

雪中鷹狩をよめる

ぬれ〳〵もなを《（ほ）》狩《か》り行《ゆ》かんはし鷹《たか》のうはゞの雪《ゆき》をうち払《はら》ひつゝ

源道済・金葉和歌集四（冬）

【本歌取とされる例歌】

はし鷹《たか》の夕狩《ゆふか》り衣《ごろも》ぬれ〳〵も裾野《すその》の雪に立《た》ちは帰《かへ》らじ

二条良基・後普光園院殿御百首

【本歌】

百首歌中に、雪をよめる

都《みやこ》だに雪ふりぬれば信楽《しがらき》の槙《まき》の杣《そま》山あとたえぬらん

隆源・金葉和歌集四（冬）

【本歌取とされる例歌】

深山《〈みやま〉》には白雪ふれりしがらきのまきの杣《そま》人道たどるらし

源実朝・金槐和歌集

【本歌】

顕季卿家にて、恋歌人〳〵よみけるによめる

逢《あ》ふと見て現《うつゝ》のかひはなけれどもはかなき夢《ゆめ》ぞ命《いのち》なりける

藤原顕輔・金葉和歌集七（恋上）

【本歌取とされる例歌】

あとと《ゝ》めて覚《さ》めにしよりもはかなきはうつゝの夢《ゆめ》の名残《なごり》なりけり

藤原俊成女・俊成卿女家集

【本歌】

皇后宮にて人〳〵恋歌つかうまつりけるに、被返

文恋といへることをよめる

恋《こ》ふれども人の心《こゝろ》のとけぬには結《むす》ばれながら返《かへ》る玉梓《たまづさ》

美濃・金葉和歌集七（恋上）

【本歌取とされる例歌】

なさけなく花にも手をやふれざらん引《〈ひき〉》だにとかでかへす玉章

三条西実隆・内裏着到百首

【本歌】

俊忠卿家にて恋歌十首人々よみけるに、頓来不留

といへることをよめる

おもひ草《ぐさ》葉末《ずゑ》にむすぶ白露《しらつゆ》のたま〳〵来《き》ては手《て》にもかゝらず

源俊頼・金葉和歌集七（恋上）

【本歌取とされる例歌】

いかにせむしぐるゝ野べの思《おも》ひ草下葉に結《むす》ぶ露の乱《みだ》れを

藤原俊成女・俊成卿女家集

【本歌】

はじめたる恋の心をよめる

かすめては思《おも》ふ心《こゝろ》を知《し》るやとて春《はる》の空《そら》にもまかせつるかな

良暹・金葉和歌集八（恋下）

【本歌取とされる例歌】

恋

恨《うら》めしや思《おも》ふ心《こゝろ》をかすめてもおぼろにうつす春の月《つき》かげ

藤原俊成女・俊成卿女家集

【本歌】

恨めしき人あるにつけても、昔を思ひ出づること

ありてよめる

いま人の心《こゝろ》をみわの山《やま》にてぞ過《す》ぎにしかたは思《おも》ひ知《し》らるゝ

甲斐・金葉和歌集八（恋下）

【本歌取とされる例歌】

別《わか》れにし人はまたもや三輪《みわ》の山すぎにしかたを今になさばや

祝部成仲・新古今和歌集九（離別）

［注解］「あふことをいまはかぎりと三輪の山杉のすぎにしかたぞ恋しき」（陸奥・後拾遺和歌集十三・恋三）も本歌とされる。

【本歌】

音に聞《き》く高師《たかし》の浦《うら》のあだ波《なみ》はかけじや袖のぬれもこそすれ

一宮紀伊・金葉和歌集八（恋下）

【本歌取とされる例歌】

高師の浜の松原のしたに輿をたてて

袖の上《うへ》に松吹《〈ふく〉》風やあだ波の高師《たかし》の浜《はま》の名をも立《た》つらん

三条西実隆・再昌草

【本歌】

大峰にて思ひがけず桜の花を見てよめる

もろともにあはれと思《おも》へ山ざくら花《はな》よりほかに知《し》る人もなし

行尊・金葉和歌集九（雑上）

【本歌取とされる例歌】

千五百番歌合に、春歌

いくとせの春に心をつくしきぬあはれと思《おも》へみ吉野《よしの》の《ゝ》花

藤原俊成・新古今和歌集二（春下）

【本歌】

大峰の生の岩屋にてよめる

草《くさ》の庵《いほ》なにつゆけしとおもひけん漏《も》らぬ岩屋《いはや》も袖はぬれけり

行尊・金葉和歌集九（雑上）

【本歌取とされる例歌】

大峰の笙石屋にて、「もらぬいはやも」とよまれけんをり、思ひいでられて

つゆもらぬいはやも袖はぬれけりと聞《き》かずはいかにあやしからまし

西行・山家心中集

【本歌】

和泉式部保昌に具して丹後に侍りけるころ都に歌合侍けるに、小式部内侍歌よみにとられて侍けるを、定頼卿局のかたに詣で来て、歌はいかゞせさせ給、丹後へ人はつかはしてけんや、使詣で来ずや、いかに心もとなくおぼすらん、などたはぶれて立ちけるを引きとゞめてよめる

大江山《おほえやま》いくのの《ゝ》道《みち》もとを《（ほ）》ければふみもまだみず天《あま》の橋立《はしだて》

小式部内侍・金葉和歌集九（雑上）

【本歌取とされる例歌】

平治元年大嘗会主基方、辰日参入音声、生野をよめる

大江《おほえ》山こえて生野《いくの》の《ゝ》末《すゑ》とを《（ほ）》み道《みち》ある世にもあひにけるかな

藤原範兼・新古今和歌集七（賀）

【本歌】

百首歌中に山家をよめる

蜩《ひぐらし》の声《こゑ》ばかりする柴《しば》の戸《と》は入日《いりひ》のさすにまかせてぞ見る

藤原顕季・金葉和歌集九（雑上）

【本歌取とされる例歌】

千五百番歌合に

夕《ゆふ》づく日《ひ》さすやいほりの柴《しば》の戸《と》にさびしくもあるかひぐらしの声《こゑ》

藤原忠良・新古今和歌集三（夏）

【本歌】

家を人に放ちて立つとて柱に書き付け侍ける

住《す》みわびて我《われ》さへ軒《のき》の忍《しの》ぶ草《ぐさ》しのぶかた〴〵しげき宿《やど》かな

周防内侍・金葉和歌集九（雑上）

【本歌取とされる例歌】

住《〈すみ〉》なれし宿《やど》も軒端《のきば》の忍《しの》ぶ草《ぐさ》なを《（ほ）》思ひ置く露ぞこぼるゝ

藤原俊成女・俊成卿女家集

【本歌】

範国朝臣に具して伊予国にまかりたりけるに、正月より三四月までいかにも雨の降らざりければ、苗代もえせで騒ぎければ、よろづに祈りけれど叶はで堪えがたかりければ、守、能因を歌よみて一宮に参らせて祈れ、と申ければ参りてよめる

天《あま》の川苗代水《がはなはしろみづ》にせきくだせあま下《くだ》ります神《かみ》ならば神《かみ》

能因・金葉和歌集十（雑下）

【本歌取とされる例歌】

小倉を住み捨てて、高野の麓あまのと申山に住まれけり。同じ院の帥の局、都の外の住所訪ひ申さ

では、いかがとて、分けおはしたりける、ありがたくなん。帰るさに粉河へまゐられけるに、御山より出であひたりけるを、導せよとありければ、具し申て粉河へまゐりたりけり。かゝるついでは、今はあるまじき事なり。吹上見んといふこと、具せられたりける人々申いでて、吹上へおはしけり。道より大雨風ふきて、興なくなりにけり。さりとては吹上に行きつきたりけれども、見所なきやうにて、社に輿かき据ゑて、おもふにも似ざりけり。能因が「苗代水に堰きくだせ」と詠みて、言ひ伝へられたるものをと思ひて、社に書きつけける

天降《あまくだ》る名《な》を吹上《ふきあげ》の神ならば雲はれ退《の》きてひかりあらはせ

西行・山家集

苗代《なはしろ》に堰《せ》きくだされし天《あま》の川とむるも神《かみ》のこゝろなるべし

西行・山家集

【本歌】

屏風絵に、天王寺西門に、法師の舟に乗りて西ざまに漕ぎ離れ行く形かきたる所をよめる

阿弥陀仏《あみだぶ》ととなふる声《こゑ》をかぢにてや苦《くる》しき海《うみ》をこぎ離《はな》るらん

源俊頼・金葉和歌集十（雑下）

【本歌取とされる例歌】

踏《ふ》み知《し》らぬ山道、そことも知《し》らずたどられつゝ、たゞ念仏の声《こゑ》どもの絶《た》えぐ〳〵聞《きこ》ゆるをしるべにて、尋《たづ》ねまい《（ゐ）》りて、

阿弥陀《あみだ》仏と唱《とな》ふる声《こゑ》をしるべにてそこはかとなく尋《たづ》ね来《き》にけり

源通親・高倉院弁遐記

【本歌】

関路千鳥といへる事をよめる

風はやみとしまが崎《さき》を漕《こ》ぎ行《ゆ》けば夕なみ千鳥立《〈たち〉》ゐ鳴《な》くなり

源顕仲・金葉和歌集（補遺歌）

［注解］参考歌「淡海の海夕波千鳥汝が鳴けば情もしのに古思ほゆ」（柿本人麻呂・万葉集三・266）

【本歌取とされる例歌】

文治六年女御入内屏風に

風さゆるとしまが磯《いそ》のむら千鳥《ちどり》たちゐは浪の心なりけり

藤原季経・新古今和歌集六（冬）

「堀河百首」の収録歌が本歌とされる例歌

【本歌】

つくづくと詠めてぞふる春雨のをやまぬ空の軒の玉水

肥後・堀河百首（春雨）

【本歌取とされる例歌】

閑中春雨といふことを

つくぐ〳〵と春のながめのさびしきはしのぶにつたふ軒《のき》の玉水

行慶・新古今和歌集一（春上）

【本歌】

口なしの色に開《さ》けばや山吹のえもいひしらぬ匂ひなるらん

河内・堀河百首（款冬）

【本歌取とされる例歌】

雪のうたの中に

くちなしの色なる雲をしるべにてえもいひしらぬ花ぞちりくる

木下長嘯子・林葉塁塵集

[注解]「くちなしの色にたなびくうき雲をゆきげの空とたれかみざらん」（源俊頼・散木奇歌集）も本歌とされる。

【本歌】

あふほどもなくてわかるる七夕は心のうちぞ空にしらるる

永縁・堀河百首（七夕）

【本歌取とされる例歌】

待《ま》ちつけて嬉《うれ》しかるらんたなばたの心のうちぞ空に知《し》らるゝ

西行・山家集

【本歌】

妻こふと鳥籠の山なるさを鹿の独ねを鳴く声ぞかなしき

源国信・堀河百首（鹿）

【本歌取とされる例歌】

鹿をよめる

つま恋《こ》ふる鹿《しか》ぞ鳴《な》くなるひとり寝《ね》のとこの山風《やまかぜ》身にやしむらん

三宮大進・金葉和歌集三（秋）

[注解]「つまこふる鹿ぞ鳴くなる女郎花を《お》のが住む野の花としらずや」（凡河内躬恒・古今和歌集四・秋上）も本歌とされる。

【本歌】

すはの海の氷の上のかよひぢは神のわたりてとくるなりけり

藤原顕仲・堀河百首（凍）

【本歌取とされる例歌】

寄湖恋

心をぞ氷《こほり》とくだく諏訪《すは》のうみのまだとけそめぬ中のかよひぢ

兼好・兼好法師集

【本歌】

大原やをのすみがま雪ふれどたえぬ煙ぞしるべなりける

藤原仲実・堀河百首（炭竈）

【本歌取とされる例歌】

炭竈

大原《はら》や小野の炭竈《すみがま》いとまなみもえつゝとはに立煙《たつ》哉《かな》

慶運・慶運百首

【本歌】

としをへて生ひそふ竹の枝しげみ茂くぞ千世のかげはみえける

源師頼・堀河百首（竹）

【本歌取とされる例歌】

竹契遐年

露霜《つゆじも》を重ねし年《とし》の緒もながし千尋《ひろ》の竹の世々《よよ》の行末《ゆくすゑ》

正徹・永享五年正徹詠草

【本歌】

あしがらの山のたうげにけふきてぞふじのたかねのほどはしらるる

河内・堀河百首（山）

【本歌取とされる例歌】

霧

足柄《あしがら》の山たちかくす霧のうへにひとりはれたる富士《ふじ》の柴《しば》山

慶運・慶運百首

「散木奇歌集」の収録歌が本歌とされる例歌

【本歌】

百首歌中に蕨をよめる

春くれどをる人もなきさわらびはいつかほどろとならんとすらん

源俊頼・散木奇歌集

【本歌取とされる例歌】

早蕨

なを《〈ほ〉》ざりに焼《や》きすてし野《の》のさわらびは折《を》る人なくてほどろとやなる

西行・山家心中集

【本歌】

人人あまたまうできて五首歌よみけるに恋の心を

しるしあれよたけのまろねをかぞふればもも夜はふしぬしぢのはしがき

源俊頼・散木奇歌集

【本歌取とされる例歌】

思《おも》ひきや榻《しぢ》の端書《はしが》き〱《〈かき〉》つめて百夜《もゝよ》も同《おな》じまろ寝《ね》せむとは

藤原俊成・千載和歌集十二（恋二）

【本歌】

雲

くちなしの色にたなびくうき雲をゆきげの空とたれかみざらん

源俊頼・散木奇歌集

【本歌取とされる例歌】

雪のうたの中に

くちなしの色なる雲をしるべにてえもいひしらぬ花ぞちりくる

木下長嘯子・林葉塁塵集

［注解］「口なしの色に開けばや山吹のえもいひしらぬ匂ひなるらん」（河内・堀河百首・款冬）も本歌とされる。

【本歌】

伊勢に侍りける比、みやこのかたよりしりたる人のもとより扇にそへておくりて侍りける

おともせでこゆるにしるしすずか山ふりすててけるわが身なりとは

源俊頼・散木奇歌集

【本歌取とされる例歌】

伊勢にまかりける時よめる

鈴鹿《すゞか》山うき世《よ》をよそにふり捨《す》て《ゝ》いかになりゆくわが身なるらん

西行・新古今和歌集十七（雑中）

「詞花和歌集」の収録歌が本歌とされる例歌

【本歌】
梅の花をよめる
梅の花《はな》にほひを道《みち》のしるべにてあるじもしらぬ宿《やど》にきにけり
藤原公行・詞花和歌集一（春）

【本歌取とされる例歌】
民部卿家三十首に、里梅
玉ぼこの道《みち》行人《（ゆきびと）》もあくがれて里《さと》のかきねに に《ゝ》ほふ梅《むめ》が枝《え》
頓阿・頓阿法師詠

【本歌】
京極前太政大臣家に歌合し侍けるによめる
くれなゐの薄《うす》花ざくらにほはずはみな白《しら》雲とみてや過《す》ぎまし
康資王母・詞花和歌集一（春）

【本歌取とされる例歌】
花十首歌よみ侍けるに
ふもとまでおの《（を）》への桜ちりこずはたなびく雲と見《み》てやすぎまし
藤原顕輔・新古今和歌集二（春下）

【本歌】
一条院御時、奈良の八重桜を人のたてまつりて侍けるを、そのおり《（を）》御前に侍ければ、その花をたまひて、歌よめとおほせられければよめる
いにしへの奈良《なら》のみやこの八重《やへ》ざくらけふ九重《こゝのへ》に《ゝ》ほひぬるかな
伊勢大輔・詞花和歌集一（春）

［注解］「折て見るかひもある哉梅花今日九重のにほひまさりて」（源寛信・拾遺和歌集十六・雑春）が本歌とされる。

【本歌取とされる例歌】
さて三輪の社に詣《まう》でんとすれば、やゝ行《（ゆき）》て、昨日《きのふ》別《ワカ》れし地蔵の堂ある岐《ちまた》より、北の道に折《を》れゆくほど、奈良《ナラ》の方《かた》を思ひて、眺《なが》め遣《や》りたる其方《そなた》の里の梢に、桜の一木混《ま》じりて咲《さ》けりけるを見て、
思ひやる空は霞の八重桜《ざくら》奈良《なら》の都《みやこ》も今や咲《（さく）》らん
本居宣長・菅笠日記

【本歌】
太皇大后宮賀茂の斎ときこえ給ける時、人々まい《（ゐ）》りて鞠つかうまつりけるに、硯の箱の蓋に雪をいれて出されて侍ける敷紙にかきつけて侍ける
さくら花《ばな》ちりしく庭《には》をはらはねば消《き》えせぬ雪となりにけるかな
摂津・詞花和歌集一（春）

【本歌取とされる例歌】
あだにちる木《（こ）》ずゑのはなをながむれば庭《には》にはきへ《（え）》ぬ雪ぞつもれる
西行・山家心中集

【本歌】
ほとゝぎすあかつきかけて鳴《な》くこゑを待《ま》たぬ寝覚《ねざめ》の人やきくらむ
藤原伊家・詞花和歌集二（夏）

【本歌取とされる例歌】
寝《ね》覚めするわれをばとはでほととぎす待たぬいづくの夢になく

らん

藤原為相・為相百首

【本歌】

さみだれの日をふるまゝに鈴鹿《すゞか》河八十瀬《やそせ》の波《なみ》ぞこゑまさるなる

源盛子・詞花和歌集二（夏）

【本歌取とされる例歌】

五月雨

すゞか川《がは》八十瀬《やそせ》に落《おち》てゆく水《みづ》のながれもはやし五月雨《さみだれ》の比《ころ》

蜂須賀光隆・若むらさき

【本歌】

右大臣の家の歌合によめる

さみだれに難波《なには》堀江《ほりえ》のみをつくしみえぬや水《みづ》のまさるなるらん

源忠季・詞花和歌集二（夏）

【本歌取とされる例歌】

おもひたつなには堀江のみをつくししるしなくてはあはじとぞ
思ふ

木下幸文・類題亮々遺稿

【本歌】

津の国にすみ侍けるころ、大江の為基任はてての
ぼり侍にければ、いひつかはしける

君《きみ》すまばとはましものを津のくにの生田《いくた》の森《もり》の秋《あき》のはつかぜ

清因・詞花和歌集三（秋）

【本歌取とされる例歌】

百首歌よみ侍りける中に

昨日《きのふ》だにとはんとおもひし津《つ》の国《くに》の生《いく》田の森《もり》に秋はきにけり

藤原家隆・新古今和歌集四（秋上）

【本歌】

ありしにもあらずなりゆく世《よ》の中にかはらぬものは秋の夜《よ》の月

明快・詞花和歌集三（秋）

【本歌取とされる例歌】

何事もかはりのみ行《（ゆく）》世の中にを《（お）》なじかげにてすめる月かな

西行・山家心中集

身は老いぬ松も木だかく成りにけりかはらぬ物は秋のよの月

香川景樹・桂園一枝

【本歌】

秋《あき》ふくはいかなる色《いろ》の風《かぜ》なれば身にしむばかりあはれなるらん

和泉式部・詞花和歌集三（秋）

【本歌取とされる例歌】

身《み》にしみてあはれしらする風よりも月にぞ秋の色はありける

西行・御裳濯河歌合

【本歌】

霧をよめる

夕霧《ゆふぎり》にこずゑもみえずはつせ山いりあひの鐘《かね》のを《（お）》とばかりして

源兼昌・詞花和歌集三（秋）

【本歌取とされる例歌】

霧隔山寺

霧の海そこともわかず海士小《あまを》船泊瀬《はつせ》の鐘の音ばかりして

三条西実隆・再昌草

【本歌】

秋《あき》はなを《（ほ）》木《こ》の下《した》かげもくらかりき月は冬《ふゆ》こそみるべかりけれ

よみ人しらず・詞花和歌集四（冬）

【本歌取とされる例歌】

冬月

花紅葉散《ち》るあとと《ゝ》を《（ほ）》き木の間より月は冬こそさかりなりけれ

細川幽斎・玄旨百首

【本歌】

新院位におはしましし時、雪中眺望といふことを

よませ給けるによみ侍ける

くれなゐにみえしこずゑも雪ふれば白木綿《しらゆふ》かくる神無備《なび》の森《もり》

藤原忠通・詞花和歌集四（冬）

【本歌取とされる例歌】

花歌の中に

見わたせば白木綿《しらゆふ》掛けて咲きにけり神岡山《かみをかやま》の初桜花《はつさくらばな》

宗尊親王・玉葉和歌集二（春下）

【本歌】

いかでかは思《おも》ひありともしらすべき室《むろ》の八島《やしま》のけぶりならでは

藤原実方・詞花和歌集七（恋上）

【本歌取とされる例歌】

よそふべき室《〈むろ〉》の八島も遠ければ思ひの煙《〈けぶり〉》いかにまがへむ

後鳥羽院・遠島御百首

［注解］「いかにせむ室の八島に宿もがな恋のけぶりを空にまがへん」（藤原俊成・千載和歌集十一・恋一）も本歌とされる。

【本歌】

堀河院御時、百首歌たてまつりけるによめる

思《おも》ひかねけふたてそむる錦木《にしきゞ》の千束《ちつか》もまたであふよしもがな

大江匡房・詞花和歌集七（恋上）

【本歌取とされる例歌】

自門帰恋

立《た》て初《そ》めてかへる心は錦木《にしきぎ》の千束《ちづか》まつべき心地《ち》こそせね

西行・山家集

【本歌】

冷泉院春宮と申ける時、百首歌たてまつりけるに

よめる

風《かぜ》をいたみ岩《いは》うつ波《なみ》のを《（お）》のれのみくだけてものをおもふころかな

源重之・詞花和歌集七（恋上）

【本歌取とされる例歌】

よし野川いはと柏《かしは》のを《（お）》のれのみつれなき色も浪《なみ》はかけつゝ

藤原家隆・家隆卿百番自歌合

［注解］「吉野川石と柏と常磐なすわれは通はむ万代までに」（作者不詳・万葉集七・1134）も本歌とされる。

【本歌】

御垣守《みかきもり》衛士《ゑじ》のたく火《ひ》の夜《よる》はもへ《（え）》昼《ひる》はきえつゝものをこそおもへ

大中臣能宣・詞花和歌集七（恋上）

【本歌取とされる例歌】

くるゝ夜は衛士《（ゑじ）》のたく火をそれと見よ室《むろ》の八島《やしま》も都ならねば

藤原定家・定家卿百番自歌合

【本歌】

冬のころ、暮れに逢はむといひたる女に、暮らし

かねていひつかはしける

ほどもなくく《ゝ》るゝと思《おも》ひし冬の日のこゝろもとなきおり《（を）》もありけり

道命・詞花和歌集七（恋上）

【本歌取とされる例歌】

かすみつつくるるとおもひし春の日は朧《おぼろ》月夜に成りにけるかな

香川景樹・桂園一枝

【本歌】

頼めたるおとこ《（を）》を今や〳〵と待ちけるに、前なる
竹の葉にあられの降りかゝりけるを聞きてよめる

竹《たけ》の葉にあられふるなりさら〳〵にひとりは寝《ぬ》べき心ちこそせね

和泉式部・詞花和歌集八（恋下）

【本歌取とされる例歌】

けさも猶《なほ》まがきの竹に霰《あられ》ふりさらさら春の心地こそせね

香川景樹・桂園一枝

【本歌】

心変りたるおとこ《（を）》にいひつかはしける

忘《わす》らるゝ身はことは《（わ）》りとしりながら思《おも》ひあへぬはなみだなりけり

清少納言・詞花和歌集八（恋下）

【本歌取とされる例歌】

身の憂《う》さの思ひしらるゝことは《（わ）》りにを《（お）》さへられぬはなみだなりけり

西行・山家心中集

【本歌】

おなじ御時、百首歌たてまつりけるによめる

なみたてる松《まつ》のしづ枝《え》をくもでにてかすみわたれる天《あま》の橋立《はしだて》

源俊頼・詞花和歌集九（雑上）

【本歌取とされる例歌】

さみだれに水まさるべし打《う》ち橋《はし》や蜘蛛手《くもで》にかゝる浪の白糸《いと》

西行・山家心中集

【本歌】

修行し歩かせ給けるに、桜花のさきたりける下に
休ませ給てよませ給ける

木《こ》のもとをすみかとすればを《（お）》のづから花《はな》みる人となりぬべきかな

花山院・詞花和歌集九（雑上）

【本歌取とされる例歌】

那智に籠りて滝に入堂し侍けるに、このうへに一二の滝おはします。それへまゐるなりと申常住の僧の侍けるに具してまゐりけり。花や咲きぬらんとたづねまほしかりけるをりふしにて、たよりある心地してわけまゐりたり。二の滝のもとへまゐりつきたる。如意輪の滝となん申ときゝてをがみければ、まことに少し打傾きたる様に流れ下りて、たふとく覚えけり。花山院の御庵室の跡の侍ける前に、年旧りたりける桜の木の侍けるをみて、「住処とすれば」と詠ませ給けんこと思ひ出でられて

木《こ》のもとに住《す》みける跡《あと》を見《み》つる哉《〈かな〉》那智《なち》の高嶺《たかね》の花を尋《〈たづね〉》て

西行・山家集

修行し侍けるころ、春の暮によみける

木《こ》のもとのすみかも今《いま》はあれぬべし春しくれなばたれか訪《と》ひこん

行尊・新古今和歌集二（春下）

【本歌】

思《おも》ひいでもなくてやわが身やみなましをばすて山《やま》の月みざりせば

済慶・詞花和歌集九（雑上）

［注解］「わが心なぐさめかねつ更科やをばすて山にてる月を見て」（よみ人しらず・

古今和歌集十七・雑上）が本歌とされる。

【本歌取とされる例歌】

深仙にて月を

ふかき山のみねにすみける月みずはおもひでもなきわが身なら
まし

西行・山家心中集

【本歌】

入相の鐘のこゑを聞きてよめる

夕暮《ゆふぐれ》はものぞかなしき鐘《かね》のを（お）とをあすもきくべき身とし知《し》らねば

和泉式部・詞花和歌集十（雑下）

【本歌取とされる例歌】

待《ま》たれつる入相《あひ》の鐘《かね》のを（お）とすなりあすもやあらば聞《き》かんとすらん

西行・新古今和歌集十八（雑下）

【本歌】

大原に住みはじめけるころ、俊綱朝臣のもとへいひつかはしける

大原《おほはら》やまだすみがまもならはねばわが宿《やど》のみぞけぶりたえたる

良暹・詞花和歌集十（雑下）

【本歌取とされる例歌】

大原に良暹が住みける所に人々罷りて、述懐歌詠みて妻戸に書付ける

おほはらやまだ炭竃《すみがま》もならはずと言《い》ひけん人を今あらせばや

西行・山家集

俊恵法師身まかりてのち、年ごろつかはしける薪など、弟子どものもとにつかはすとて

煙《けぶり》たえて焼《や》く人もなき炭竃《すみがま》のあとのなげきをたれか樵《こ》るらん

賀茂重保・新古今和歌集十七（雑中）

【本歌】

むすめの冊子書かせける奥に書きつけける

このもとにかきあつめつる言《こと》の葉をはゝその森《もり》のかたみとはみよ

源義国妻・詞花和歌集十（雑下）

［注解］参考歌「はゝそ山峰の嵐の風をいたみふる言の葉をかきぞあつむる」（紀貫之・後撰和歌集十八・雑四）

【本歌取とされる例歌】

前大納言為定もとへ千首歌よみてつかはし侍りし時、贈従三位為子の事など思ひいでて申しつかはし侍りし

ちりはてし柞《ははそ》のもりのなごりともしらるばかりの言《こと》の葉《は》もがな

宗良親王・新葉和歌集十七（雑中）

「千載和歌集」の収録歌が本歌とされる例歌

【本歌】
百首歌たてまつりける時、初春の心をよめる
雪ふかき岩《いは》のかけみちあとたゆる吉野《よし》の里《さと》も春はきにけり
待賢門院堀河・千載和歌集一（春上）

【本歌取とされる例歌】
雪分《わ》けし岩《いは》の桟道《かけみち》跡《あと》絶《た》えて霞《かすみ》にたどる春《はる》の山《やま》人
藤原俊成女・俊成卿女家集

【本歌】
堀川院御時、百首歌たてまつりけるうち若菜の歌とてよめる
春日《かすが》野の雪を若菜《わかな》につみそえ（へ）てけふさへ袖《そで》のしほれ（を）ぬるかな
源俊頼・千載和歌集一（春上）

【本歌取とされる例歌】
若菜
もえそむる若菜《わかな》少なき春日野《かすがの》の雪つみまぜて帰る里人《さとびと》
藤原為相・為相百首

【本歌】
堀川院御時、百首歌たてまつりける時、春雨の心をよめる
よもの山に木《こ》の芽《め》はるさめふりぬればかぞいろはとや花のたのまん
大江匡房・千載和歌集一（春上）
［注解］「養ひ得ては自ら花の父母たり　洗ひ来つては寧ろ薬の君臣を弁へんや」（紀長谷雄・和漢朗詠集・雨）を本説とする。

【本歌取とされる例歌】
春雨
こちかぜのけぬるき空に雲あひて木（こ）の芽春雨（はるさめ）今ぞ降（ふり）くる
上田秋成・藤簍冊子

【本歌】
堀川院御時、百首歌のうち帰雁のうたとてよめる
春くればたのむの雁《かり》もいまはとてかへる雲路《くもぢ》に思《おも》ひたつかな
源俊頼・千載和歌集一（春上）

【本歌取とされる例歌】
摂政太政大臣家百首歌合に
いまはとてたのむの雁《かり》もうちわびぬおぼろ月夜《よ》のあけぼのの空
寂蓮・新古今和歌集一（春上）

【本歌】
崇徳院に百首歌たてまつりける時、花の歌とてよめる
葛城《かづらき》や高間《たかま》の山のさくら花雲井のよそに見てやすぎなん
藤原顕輔・千載和歌集一（春上）

【本歌取とされる例歌】
葛城や高間《ま》の山のほとゝぎす雲ゐのよそに鳴（なき）わたるなり
源実朝・金槐和歌集

【本歌】

故郷花といへる心をよみ侍ける

さゞ浪や志賀《しが》のみやこはあれにしをむかしながらの山ざくらかな

よみ人しらず・千載和歌集一（春上）

［注解］「玉欅　畝火の山の……　淡海の国の　楽浪の　大津の宮に　天の下……」（柿本人麻呂・万葉集一・29）と、その反歌「ささなみの志賀の辛崎幸くあれど大宮人の船待ちかねつ」（柿本人麻呂・万葉集一・30）、「ささなみの志賀の大わだ淀むとも昔の人にまたも逢はめやも」（柿本人麻呂・万葉集一・31）が本歌とされる。

【本歌取とされる例歌】

故郷雪

あれにける志賀の故郷冬くれば所もわかぬ雪の花園

藤原為家・中院詠草

［注解］「しらゆきのところも分かずふりしけば巌にもさく花とこそ見れ」（紀秋岑・古今和歌集六・冬）も本歌とされる。

【本歌】

山家落花といへる心をよめる

花のみなちりてのゝちぞ山ざとのはらはぬ庭《には》は見るべかりける

源俊実・千載和歌集二（春下）

［注解］参考歌「掃く人もなきふるさとの庭の面は花ちりてこそみるべかりけれ」（源俊頼・詞花和歌集一・春）

【本歌取とされる例歌】

山家首夏

山ざとのはらはぬ庭は夏ながらこけぢにまじる花も有りけり

村田春海・琴後集

【本歌】

百首歌めしける時、暮の春の心をよませたまうける

花は根に鳥はふるすに返《（かへる）》なり春のとまりを知《し》る人ぞなき

崇徳院・千載和歌集二（春下）

［注解］「花は根に帰らむことを悔ゆれども悔ゆるに益なし　鳥は谷に入らむことを期すれども定めて期を延ぶらむ」（清原滋藤・和漢朗詠集・閏三月）を本説とする。

【本歌取とされる例歌】

五十首歌たてまつりし時

くれてゆく春のみなとはしらねども霞《かすみ》におつる宇治《うぢ》の柴舟《しばぶね》

寂蓮・新古今和歌集二（春下）

［注解］「年ごとにもみぢ葉ながすたつた河みなとや秋のとまりなる覧」（紀貫之・古今和歌集五・秋下）も本歌とされる。

【本歌】

暁聞郭公といへる心をよみ侍ける

郭公なきつるかたをながむればたゞ有明《ありあけ》の月ぞのこれる

藤原実定・千載和歌集三（夏）

［注解］「有明の月だにあれやほとゝぎすたゞひと声のゆくかたも見ん」（藤原頼通・後拾遺和歌集三・夏）が本歌とされる。

【本歌取とされる例歌】

旬十首に、暁郭公

ほのかなるたゞ一声《こゑ》もほとゝぎす猶《〈なほ〉》おもひでの有明《ありあけ》の空《そら》

頓阿・頓阿法師詠

【本歌】

堀川院御時、后の宮にて、閏五月郭公といへる心をよめる

五月やみ二村山《ふたむらやま》のほとゝぎす峰《みね》つゞきなくこゑを聞《き》く哉《〈かな〉》

藤原俊忠・千載和歌集三（夏）

【本歌取とされる例歌】

郭公《ほととぎす》谷のまにまに訪れてあはれなりつる峰続《みねつづ》きかな

西行・宮河歌合

【本歌】

ともしする火串《ほくし》を妻《つま》と思へばやあひみて鹿《しか》の身をば代《か》ふらん

賀茂重保・千載和歌集三（夏）

【本歌取とされる例歌】

棹鹿《〈さをしか〉》の思ひもかなし峰におふる松夜かさねて照射《ともし》する比《〈ころ〉》

三条西実隆・内裏着到百首

【本歌】

刑部卿頼輔歌合し侍けるに、納涼の心をよみ侍ける

岩《いは》たゝく谷《たに》の水のみを《〈お〉》とづれて夏に知《し》られぬみ山《やま》べの里《さと》

藤原教長・千載和歌集三（夏）

【本歌取とされる例歌】

岩《いは》たゝく谷《たに》のした水音わけて掬《むす》ばぬ袖《そで》ぞまだき涼《すゞ》しき

藤原俊成女・俊成卿女家集

［注解］「さ夜ふかき泉の水の音きけばむすばぬ袖も涼しかりけり」（源師賢・後拾遺和歌集三・夏）も本歌とされる。

【本歌】

郁芳門院前栽合に、荻をよめる

ものごとに秋《あき》のけしきはしるけれどまづ身にしむはをぎのうは風

源行宗・千載和歌集四（秋上）

【本歌取とされる例歌】

たが世より身にしむ色と成ぬらん秋のゆふべの荻の上《うは》風

宗尊親王・文応三百首

【本歌】

人もがな見《み》せも聞《き》かせも萩《はぎ》の花さく夕《ゆふ》かげのひぐらしの声

和泉式部・千載和歌集四（秋上）

【本歌取とされる例歌】

あはれげに見せも聞《き》かせも花ざかり人待《ま》つ宿《やど》の鶯《うぐひす》の声《こゑ》

宗尊親王・文応三百首

【本歌】

おほかたの露にはなにのなるならんたもとにを《〈お〉》くは涙《なみだ》なりけり

西行・千載和歌集四（秋上）

【本歌取とされる例歌】

もの思《おも》はでたゞおほかたの露《つゆ》にだにぬるればぬるゝ秋の袂《たもと》を

藤原有家・新古今和歌集十四（恋四）

【本歌】

堀川院御時、百首歌たてまつりける時よめる

こがらしの雲ふきはらふたかねよりさえても月のすみのぼるかな

源俊頼・千載和歌集四（秋上）

【本歌取とされる例歌】

月

秋風《あきかぜ》の雲吹《〈ふき〉》はらふ高砂のおの《〈を〉》への松を出る月かげ

藤原為家・中院詠草

【本歌】

塩竈《しほがま》の浦ふく風に霧《きり》はれて八十島《やそしま》かけてすめる月かげ

藤原清輔・千載和歌集四（秋上）

【本歌取とされる例歌】

海辺立春

源実朝・金槐和歌集

塩がまのうらの松風霞《かすむ》なりやそしまかけて春や立《たつ》らむ

源実朝・金槐和歌集

塩がまの浦ふく風に秋たけてまがきが島に月かたぶきぬ

【本歌】

身のうさの秋《あき》はわするゝ物ならばなみだくもらで月は見《み》てまし

藤原頼輔・千載和歌集四（秋上）

【本歌取とされる例歌】

千首歌たてまつりし時、夜月を

花山院師兼・新葉和歌集五（秋下）

世の中のうけくに秋の月を見て涙くもらぬよはぞすくなき

［注解］「世中の憂けくに飽きぬ奥山のこの葉にふれる雪やけなまし」（よみ人しらず・古今和歌集十八・雑下）、「いつまでか涙くもらで月は見し秋まちえても秋ぞこひしき」（慈円・新古今和歌集四・秋上）も本歌とされる。

【本歌】

はるかなるもろこしまでもゆく物は秋のねざめの心《こゝろ》なりけり

大弐三位・千載和歌集五（秋下）

【本歌取とされる例歌】

入道前関白太政大臣、右大臣に侍ける時、百首歌よませ侍けるに、立春の心を

藤原俊成・新古今和歌集一（春上）

けふといへばもろこしまでもゆく春を都《みやこ》にのみと思《おも》ひけるかな

船

奥山良和・若むらさき

はるかなるもろこしとても隔《へだて》なし波《なみ》の小船《をぶね》のかぜのちからに

【本歌】

堀川院御時、百首歌たてまつりける時よめる

藤原仲実・千載和歌集五（秋下）

山ざとはさびしかりけりこがらしのふく夕《ゆふ》ぐれのひぐらしの声

【本歌取とされる例歌】

西行・山家心中集

松風《まつかぜ》のを《お》とあはれなるやまざとにさびしさそふる日ぐらしのこゑ

［注解］「ひぐらしのなく山ざとの夕暮は風よりほかに訪ふ人もなし」（よみ人しらず・古今和歌集四・秋上）も本歌とされる。

【本歌】

保延の比を《ほ》ひ、身を恨むる百首歌よみ侍りけるに、虫の歌とてよみ侍ける

藤原俊成・千載和歌集五（秋下）

さりともと思ふ心《こゝろ》も虫《むし》のねもよは《わ》りはてぬる秋のくれ哉《かな》

【本歌取とされる例歌】

源実朝・金槐和歌集

さりともと思ふ物から日をへては次第《しだい》々々《〱》に弱《よは》るかなしき

【本歌】

月前擣衣といへる心を

さ夜ふけてきぬたのを《(お)》とぞたゆむなる月を見つゝや衣《ころも》うつらむ

覚性・千載和歌集五（秋下）

【本歌取とされる例歌】

手《て》をたゆみしばしや月《つき》にながむらんうちたへ《(え)》てまたうつころも哉《かな》

田付円方・若むらさき

【本歌】

崇徳院に百首歌たてまつりける時、秋の歌とてよめる

ことゞにかなしかりけりむべしこそ秋《あき》の心をうれへといひけれ

藤原季通・千載和歌集五（秋下）

［注解］「物の色は自ら客の意を傷ましむるに堪へたり　宜なり愁の字をもて秋の心に作れること」（小野篁・和漢朗詠集・秋興）を本説とする。

【本歌取とされる例歌】

時《とき》わかずうきにうれへはそふものを秋の心とたれかさだめし

鷹司今出川院近衛・玉葉和歌集十四（雑一）

【本歌】

秋といへば岩田《いはた》の小野《をの》のはゝそ原《はら》しぐれもまたずもみぢしにけり

覚盛・千載和歌集五（秋下）

［注解］参考歌「山科の石田の小野の柞原見つつか君が山道越ゆらむ」（藤原宇合・万葉集九・1730）

【本歌取とされる例歌】

けふのみと石田《いはた》の小野《をの》に秋くれて柞《はゝそ》いろづき降《ふ》るしぐれ哉《(かな)》

兼好・兼好法師集

初冬

柞《はゝそ》散《(ちる)》石田《いはた》の小野のあさ嵐《あらし》に山路しぐれて冬は来にけり

慶運・慶運百首

【本歌】

落葉心をよめる

竜田《たつた》山ふもとのさとはとを《(ほ)》けれどあらしのつてにもみぢをぞ見《み》る

祝部成仲・千載和歌集五（秋下）

【本歌取とされる例歌】

遠村鶏

よこ雲《ぐも》の立田《たつた》の山《やま》は明《あけ》はてて麓《(こ)ふもと》の里《さと》にのこる鳥《とり》の音《ね》

京極高門・霞関集

【本歌】

百首歌めしける時、九月尽心をよませたまうける

もみぢ葉《ば》のちりゆくかたをたづぬれば秋《あき》も嵐の声のみぞする

崇徳院・千載和歌集五（秋下）

【本歌取とされる例歌】

うつりゆく雲に嵐の声《こゑ》すなりちるかまさ木のかづらきの山

藤原雅経・新古今和歌集六（冬）

［注解］「日暮るればあふ人もなしまさき散る峰の嵐のを《(お)》とばかりして」（源俊頼・新古今和歌集六・冬）も本歌とされる。

【本歌】

法性寺入道前太政大臣、内大臣に侍りける時、関路月といへる心を

播磨路《はりまぢ》や須磨《すま》の関屋《せきや》の板《いた》びさし月もれとてやまばらなるらむ

源師俊・千載和歌集八（羇旅）

【本歌取とされる例歌】
逢坂《〈あふさか〉》の関の関屋の板びさしまばらなればや花のもるらむ
源実朝・金槐和歌集

【本歌】
浦《うら》づたふ磯《いそ》の苫屋《とまや》の梶枕《かぢまくら》聞《き》き《ゝ》もならはぬ波《なみ》の音《おと》かな
藤原俊成・千載和歌集八（羇旅）

【本歌取とされる例歌】
旅泊浪
かぢ枕《まくら》うきねの夢《ゆめ》はかけてだに思《おも》ひもよらぬ浪《なみ》の音《おと》かな
林重澄・霞関集

【本歌】
関路暁月といへる心をよめる
いつもかく有明《ありあけ》の月のあけがたはものやかなしき須磨《すま》の関守《せきもり》
兼覚・千載和歌集八（羇旅）

【本歌取とされる例歌】
さぞな憂《う》き須磨《すま》の関守名《な》のみしてとゞめぬ月の有明の空
宗尊親王・文応三百首

【本歌】
つれなくぞ夢《ゆめ》にも見《み》ゆるさ夜衣《よごろも》うらみむとては返《かへ》しやはせし
藤原伊綱・千載和歌集十一（恋一）
［注解］参考歌「いとせめて恋しき時はむばたまの夜の衣を返してぞ着る」（小野小町・古今和歌集十二・恋二）

【本歌取とされる例歌】
小夜衣《さよごろも》かへしてねむとおもふこそまづ我《わが》恋のうらみなりけれ
千種有功・千々廼舎集

【本歌】
忍恋
いかにせむ室《むろ》の八島《やしま》に宿《やど》もがな恋《こひ》のけぶりを空《そら》にまがへん
藤原俊成・千載和歌集十一（恋一）

【本歌取とされる例歌】
よそふべき室の八島も遠ければ思ひの煙《〈けぶり〉》いかにまがへむ
後鳥羽院・遠島御百首
［注解］「いかでかは思ひありともしらすべき室の八島のけぶりならでは」（藤原実方・詞花和歌集七・恋上）も本歌とされる。

【本歌】
堀川院御時百首歌たてまつりける時、恋の心をよみ侍ける
思《おも》ひあまり人に問《と》はば《ゝ》や水無瀬川《みなせがは》むすばぬ水に袖《そで》はぬるやと
藤原公実・千載和歌集十二（恋二）

【本歌取とされる例歌】
恋
知《し》らざりき掬《むす》ばぬ水にかげ見ても袖《そで》に雫《しづく》のかゝるものとは
藤原俊成女・俊成卿女家集

【本歌】
権中納言俊忠家に恋の十首歌よみ侍ける時、祈れども逢はざる恋といへる心をよめる
憂《う》かりける人を初瀬《はつせ》の山を《(お)》ろしよはげしかれとは祈《いの》らぬものを
源俊頼・千載和歌集十二（恋二）

【本歌取とされる例歌】
とめこじな花に初瀬の山おろし春もはげしきならひ也《〈なり〉》せば

祈恋

いのりても逢《あ》ふよあらしのはげしくははつせの山のかひやなからむ

上田秋成・藤簍冊子

【本歌】

夜もすがらもの思《おも》ふころは明《あ》けやらぬ閨《ねや》のひまさへつれなかりけり

俊恵・千載和歌集十二（恋二）

内山淳時・遺珠集

【本歌取とされる例歌】

屋上時雨

冬の夜の閨《ねや》の板間は明《〈あけ〉》やらで幾度《〈いくたび〉》となく降しぐれかな

頓阿・頓阿法師詠

【本歌】

摂政右大臣の時の家歌合に、旅宿に逢ふ恋といへる心をよめる

難波《なには》江の蘆《あし》のかりねの一夜ゆへ《（ゑ）》身をつくしてや恋《こ》ひわたるべき

皇嘉門院別当・千載和歌集十三（恋三）

【本歌取とされる例歌】

申さがりてなにはにつく。むかしのずさの今はこゝにすむがまちつけてかたみに悦ぶ。契れるやどりにてこしかたの事こたびの事などかたらふことおほくて、夜更ぬればあすとくことてかへしつ。

今はねなんとてぬるにねられねば

なには江のあしの一よとおもへども旅はふしうき物にぞ有《あり》ける

小沢蘆庵・六帖詠草

【本歌】

恋《こひ》をのみ飾磨《しかま》の市《いち》に立《た》つ民《たみ》の絶《た》えぬ思《おも》ひに身をや替《か（へ）》えてむ

藤原俊成・千載和歌集十四（恋四）

【本歌取とされる例歌】

名所市

世にふるはあはれしかまの市にたつ民も日毎《ひごと》の身をぞ休めぬ

武者小路実陰・芳雲和歌集

【本歌】

今《いま》はたゞを《（お）》さふる袖《そで》も朽《く》ちはてゝ心のまゝにを《（お）》つる涙か

藤原季通・千載和歌集十五（恋五）

［注解］「かぎりぞと思ふにつきぬ涙かなおさふる袖も朽ちぬ許に」（盛少将・後拾遺和歌集十四・恋四）が本歌とされる。

【本歌取とされる例歌】

いかにして今《いま》は涙を押さへまし朽《く》ち残《のこ》りたる袖のせばきに

二条良基・後普光園院殿御百首

【本歌】

しかばかり契《ちぎ》りし中も変《かは》りけるこの世《よ》に人を頼《たの》みけるかな

藤原定家・千載和歌集十五（恋五）

【本歌取とされる例歌】

つらくなりゆく人に

いまさらにかはる契《ちぎ》りと思《おも》ふまではかなく人を頼《たの》みけるかな

兼好・兼好法師集

【本歌】

嵯峨大覚寺にまかりて、これかれ歌よみ侍けるによみ侍ける

滝《たき》の音《おと》は絶《た》えて久《ひさ》しく成《〈なり〉》ぬれど名《な》こそ流《なが》れてなを《〈ほ〉》聞《きこ》えけれ

藤原公任・千載和歌集十六（雑上）

【本歌取とされる例歌】

水音は絶《〈たえ〉》し名こその滝殿に夕べすゞしき風も吹《〈ふき〉》けり

上田秋成・藤簍冊子

【本歌】

述懐の歌とてよめる

数《かず》ならで年経《としへ》ぬる身は今さらに世《よ》を憂《う》しとだに思《おも》はざりけり

俊恵・千載和歌集十七（雑中）

【本歌取とされる例歌】

弾正親王家三首に

憂《う》き身とはなに歎《なげ》くらんかずならでふるこそやすきこの世なりけれ

頓阿・頓阿法師詠

【本歌】

いつとても身の憂《う》き事は変《かは》らねどむかしはを《〈お〉》いを歎《なげ》きやはせし

道因・千載和歌集十七（雑中）

【本歌取とされる例歌】

月歌の中に

月をなほ身のうきことの慰めと見し夜《よ》の秋も昔なりけり

藤原為顕・玉葉和歌集十四（雑一）

【本歌】

御岳にまうで侍ける精進の程、金泥法華経書きたてまつりて、かの御山に納めたてまつらんとてまい《〈ゐ〉》り侍ける時、思心や侍けん、物に書き付けてを《〈お〉》きて侍ける

夢《ゆめ》覚《さ》めむそのあか月を待《ま》つほどの闇《やみ》をも照《て》らせ法《のり》のともし火

藤原敦家・千載和歌集十九（釈教）

【本歌取とされる例歌】

雲の上にその暁を待《〈まつ〉》程や笠置の峰《みね》に有明の月

一条兼良・藤河の記

【本歌】

摂政前右大臣の家に百首歌よませ侍ける時、法文歌の中に般若経の心をよめる

呉竹《くれたけ》のむなしと説《ゝ》ける言《こと》の葉《は》は《ゝ》三世《みよ》の仏《ほとけ》の母《はゝ》とこそ聞《き》け

藤原隆信・千載和歌集十九（釈教）

【本歌取とされる例歌】

仏名

契《〈ちぎり〉》きや三世の仏《ほとけ》の母そはらそのこのもとの春にあへとは

正徹・永享五年正徹詠草

「山家集」の収録歌が本歌とされる例歌

【本歌】

春立《はるた》つとおもひもあへぬ朝出《あさい》でにいつしか霞《かす》む音羽《おとは》山哉《〈かな〉》

西行・山家集

【本歌取とされる例歌】

春とだに思ひもあへぬけさの朝け山の霞ははや立《〈たち〉》に鳬《〈けり〉》

永福門院・永福門院百番御自歌合

【本歌】

霞中帰雁

何《なに》となくおぼつかなきは天《あま》の原霞《はらかすみ》にきえて帰《かへ》るかりがね

西行・山家集

【本歌取とされる例歌】

海辺春望

難波潟《がた》漕《こ》ぎ出《〈いづ〉》る舟の眼《め》もはるに霞にきえてかへる雁金《〈かりがね〉》

源実朝・金槐和歌集

【本歌】

おもひやる心や花《はな》にゆかざらん霞《かすみ》こめたるみ吉野《よしの》の山《やま》

西行・山家集

【本歌取とされる例歌】

思ひやる心や花にそひて立つ泊瀬《はつせ》の霞《かすみ》みよし野の雲

冷泉為村・樵夫問答

【本歌】

ねがはくは花のしたにて春死《し》なんそのきさらぎの望月《もちづき》の頃《ころ》

西行・山家集

【本歌取とされる例歌】

西行上人の影供に春月言志と云事を

後の世のねがひもさぞなみちぬらむ花にかくれし望月《もちづき》の影

香川景樹・桂園一枝

【本歌】

ふる木の桜の、ところ〴〵咲きたるを見て

わきて見《み》ん老木《おい》は花もあはれなり今《いま》いくたびか春にあふべき

西行・山家集

【本歌取とされる例歌】

老木《〈おいき〉》にも咲《〈さけ〉》ばさきける花の色に身をなぐさむる程もはかなし

三条西実隆・内裏着到百首

【本歌】

雨中郭公

五月雨《さみだれ》の晴間《はれま》も見えぬ雲路《ぢ》より山ほとゝぎす鳴《な》きてすぐなり

西行・山家集

【本歌取とされる例歌】

世を捨《〈すて〉》て思ふことなき暁《〈あかつき〉》に山ほとゝぎす鳴《〈なき〉》て過《〈すぐ〉》なり

上田秋成・藤簍冊子

【本歌】

数《かぞ》へねど今宵《こよひ》の月のけしきにて秋のなかばを空にしるかな

西行・山家集

【本歌取とされる例歌】

八月十五夜の心を

久堅《〈ひさかた〉》の月のひかりし清《きよ》ければ秋のなかばを空に知《し》るかな

源実朝・金槐和歌集

[注解]「大空の月のひかりし清ければ影見し水ぞまづこほりける」（よみ人しらず・古今和歌集六・冬）も本歌とされる。

【本歌】

身にしみて哀《あはれ》しらする風よりも月にぞ秋の色《いろ》はありける

西行・山家集

【本歌取とされる例歌】

去年八月十五夜

花の枝に露《つゆ》の宿《やど》かす宮《みや》木野の月にぞ秋の色《いろ》は見えける

藤原俊成女・俊成卿女家集

【本歌】
待たれつる入相《いりあひ》の鐘《かね》のおとす也《〈なり〉》明日《あす》もやあらば聞《き》かんとすらん
西行・山家集

【本歌取とされる例歌】
古寺鐘
ながらへていつまできかん世《よ》にふるもけふかあすかの入相《いりあひ》の鐘《かね》
関尚之・霞関集

【本歌】
はら〱と落《お》つる涙《なみだ》ぞあはれなるたまらず物《もの》の悲《かな》しかるべし
西行・山家集

【本歌取とされる例歌】
古人のよめる詞を題にてよみける秋の歌の中に
はら〱とおつる涙にたりけり朝風わたるかしは木のつゆ
小沢蘆庵・六帖詠草

【本歌】
吉野《よしの》山やがて出《い》でじと思《おも》ふ身を花散《はなち》りばなと人やまつらん
西行・山家集

【本歌取とされる例歌】
うちきらしみ雪降《ふる》なりよしの山入《いり》にし人やいかにすむらん
賀茂真淵・賀茂翁家集拾遺

［注解］「うち霧らし雪は降りつつしかすがに吾家の園に鶯鳴くも」（大伴家持・万葉集八・1441）、「みよしのの山の白雪ふみわけて入にし人のを《お》とづれもせぬ」（壬生忠岑・古今和歌集六・冬）も本歌とされる。

【本歌】
逢友恋昔と云事も
今《いま》よりは昔語《むかしがた》りはこゝろせん怪《あや》しきまでに袖しをれけり
西行・山家集

【本歌取とされる例歌】
月明き夜、定家朝臣にあひて侍けるに、歌の道に心ざし深きことはいつばかりの事にかと尋ね侍ければ、若く侍し時、西行に久しくあひ伴ひて聞きならひ侍しよし申て、そのかみ申し事など語り侍て、帰りて朝につかはしける
あやしくぞ帰《かへ》さは月のくもりにし昔語《むかしがた》りに夜《よ》やふけにけん
行遍・新古今和歌集十六（雑上）

【本歌】
山ふかみ真木《まき》の葉分《はわ》くる月影《かげ》は烈《はげ》しき物の凄《すご》き成《〈なり〉》けり
西行・山家集

【本歌取とされる例歌】
山深《ふか》みたれ又かゝる住居《すまゐ》して槙《まき》の葉分《わ》くる月を見《み》るらん
慈円・千載和歌集十六（雑上）

「六百番歌合」の収録歌が本歌とされる例歌

【本歌】
ほととぎすなくひとこゑにあくる夜をまつにはあきのここちこ

そすれ
藤原隆信・六百番歌合

【本歌取とされる例歌】
短夜にたびたび覚めてよめる
郭公なく一声にあくるよも老いはいくたびね覚しつらむ
小沢蘆庵・六帖詠草
[注解]「ふすからにまつぞわびしき時鳥なくひとこゑにあくるよなれば」(清原深養父・古今和歌六帖・六)、「明けやすき夏の夜なれど郭公まつにいく度ね覚しつらん」(関白家新少将・続千載和歌集三・夏)も本歌とされる。

【本歌】
そめかふるまがきの菊のむらさきは冬にうつろふ色にぞ有りける
藤原経家・六百番歌合

【本歌取とされる例歌】
籬菊
うつろふを花のうへにも色そふと籬の菊《きく》や霜を待《まつ》らん
細川幽斎・玄旨百首

【本歌】
やすらひにいでにし人のかよひぢをふるきのはらといまはみるかな
女房・六百番歌合

【本歌取とされる例歌】
やすらひに出《い》でにしまゝの天《あま》の戸をおしあけ方《がた》の月にまかせて
藤原俊成女・俊成卿女家集
[注解]「天の戸をおしあけがたの月見ればうき人しもぞ恋しかりける」(よみ人しらず・新古今和歌集十四・恋四)も本歌とされる。

「千五百番歌合」の収録歌が本歌とされる例歌

【本歌】
むめがえの花のねぐらはあれはててさくらにうつる鶯のこゑ
三宮・千五百番歌合

【本歌取とされる例歌】
花間鶯といふこころを
たつた山さくらにうつる鶯《うぐひす》のいまぬふかさは雲のきぬがさ
下河辺長流・晩花集

【本歌】
やまざくらいまかさくらむかげろふのもゆるはるべにふれるしら雪
左大臣・千五百番歌合

【本歌取とされる例歌】
残雪
かげろふのもゆる春日《はるび》に残りけりきえぬばかりの峰の白雪
香川景樹・桂園一枝

【本歌】
松にふく風こそあらね霧のうちにかすみし春の月のおもかげ
後鳥羽院・千五百番歌合(判歌)

【本歌取とされる例歌】

うすぐもりかすみし春の面影も月にたちそふ霧の朧夜《おぼろよ》
冷泉為村・樵夫問答

【本歌】
あめふればのきのたま水つぶつぶといはばやものを心ゆくまで
よみ人しらず・千五百番歌合

【本歌取とされる例歌】
思《おも》ひあれば袖に蛍《ほたる》をつゝみてもいはばや物を問《と》ふ人はなし
寂蓮・新古今和歌集十一（恋一）

［注解］「つゝめども隠れぬ物は夏虫の身よりあまれる思ひなりけり」（よみ人しらず・後撰和歌集四・夏）も本歌とされる。

「新古今和歌集」の収録歌が本歌とされる例歌

【本説】
春のはじめの歌
ほのぐと春《はる》こそ空《そら》にきにけらし天《あま》の香具《かぐ》山かすみたなびく
後鳥羽院・新古今和歌集一（春上）

［注解］「ひさかたの天の香具山このゆふべ霞たなびく春立つらしも」（作者不詳・万葉集十・1812）が本歌とされる。

【本歌取とされる例歌】
霧たちて秋こそ空にきにけらし吹上《ふきあげ》の浜の浦の塩風
海辺秋来
源実朝・金槐和歌集

［注解］参考歌「うちよする浪の声にてしるきかな吹上の浜の秋の初風」（祝部成仲・新古今和歌集十七・雑中）

【本歌】
百首歌たてまつりし時、春の歌
山ふかみ春ともしらぬ松の戸《と》にたえぐかゝる雪の玉水《たまみづ》
式子内親王・新古今和歌集一（春上）

【本歌取とされる例歌】

岡の辺《べ》の木のまに見《み》ゆる柴の戸に絶《た》え〴〵かゝる蔦の秋《あき》風

後鳥羽院・遠島御百首

侍従中納言殿にて、人〳〵題をさぐりて歌よみ侍しに、木の残の雪

山ふかみ梢《こずゑ》に雪やのこるらむ日かげにおつる真木《まき》のした露

兼好・兼好法師集

残雪

山ふかみ苔のしづくの声《こゑ》ぞそふこずゑの雪や春になるらん

心敬・寛正百首

【本歌】

五十首歌たてまつりし時

かきくらしなを《(ほ)》ふる里《さと》の雪《ゆき》のうちに跡《あと》こそ見えね春はきにけり

宮内卿・新古今和歌集一（春上）

［注解］参考歌「雪ふかき岩のかけみちあとたゆる吉野の里も春はきにけり」（待賢門院堀河・千載和歌集一・春上）

【本歌取とされる例歌】

春のはじめ

かきくらし猶《なほ》ふる雪の寒ければ春ともしらぬ谷《たに》の鶯

源実朝・金槐和歌集

【本歌】

あすからは若菜《わかな》つまむとしめし野《の》に昨日《きのふ》もけふも雪はふりつゝ

山部赤人・新古今和歌集一（春上）

【本歌取とされる例歌】

春はまづ若菜つまむと占《し》めおきし野辺とも見えず雪のふれれば

源実朝・金槐和歌集

［注解］「わが背子に見せむと思ひし梅の花それとも見えず雪の降れれば」（山部赤人・万葉集八・1426）も本歌とされる。

雪中若菜

あすはなを《(ほ)》つもりもぞする白《しら》雪の降るにつけてや若菜摘《わかなつ》ましし

頓阿・頓阿法師詠

【本歌】

崇徳院に百首歌たてまつりける時、春の歌

若菜《わかな》つむ袖《そで》とぞ見ゆる春日野《かすがの》のとぶひの野べの雪のむらぎえ

藤原教長・新古今和歌集一（春上）

［注解］「かすが野のわかなつみにや白たへの袖ふりはへて人の行らん」（紀貫之・古今和歌集一・春上）が本歌とされる。

【本歌取とされる例歌】

春雪

打ちはらひ若な摘む野の袖もあれやいつしかけふの雪の村消え

武者小路実陰・芳雲和歌集

【本歌】

家百首歌合に、余寒の心を

空《そら》はなを《(ほ)》かすみもやらず風さえて雪げにくもる春の夜《よ》の月

藤原良経・新古今和歌集一（春上）

【本歌取とされる例歌】

空は猶《なほ》雪げながらの朝ぐもりくもると見るも霞なりけり

藤原為兼・金玉歌合

【本歌】

春歌とて

ふりつみし高嶺《たかね》のみ雪《ゆき》とけにけり清滝《きよたき》河の水の白浪《しらなみ》

西行・新古今和歌集一（春上）

【本歌取とされる例歌】

春日望山

かひがねの高根のみ雪かつ消えて下《した》つむら山霞《かすみ》たな引く

村田春海・琴後集

【本歌】

梅《むめ》が枝《え》になきてうつろふ鶯《うぐひす》の羽根《はね》しろたへにあは雪《ゆき》ぞふる

よみ人しらず・新古今和歌集一（春上）

【本歌取とされる例歌】

海辺鶴

難波がた塩ひにたてる蘆たづの羽《はね》しろたへに雪ぞふりつゝ

源実朝・金槐和歌集

【本歌】

岩《いは》そゝくたるみのうへの早蕨《さわらび》のもえいづる春になりにけるかな

志貴皇子・新古今和歌集一（春上）

【本歌取とされる例歌】

早蕨

さわらびのもえ出〈いづ〉る春に成〈なり〉ぬれば野辺の霞もたなびきにけり

源実朝・金槐和歌集

【本歌】

崇徳院に百首歌たてまつりける時

あさ霞《がすみ》ふかく見ゆるやけぶりたつ室《むろ》の八島《やしま》のわたりなるらん

藤原清輔・新古今和歌集一（春上）

［注解］参考歌「けぶりかと室の八島を見し程にやがても空のかすみぬるかな」（源俊頼・千載和歌集一・春上）

【本歌取とされる例歌】

ながむればさびしくもあるか煙立室〈けぶりたつむろ〉の八島の雪の下もえ

源実朝・金槐和歌集

【本歌】

守覚法親王、五十首歌よませ侍けるに

春の夜《よ》の夢のうき橋《はし》とだえして峰《みね》にわかるゝ横雲《よこ》の空《そら》

藤原定家・新古今和歌集一（春上）

［注解］「風ふけば峰にわかるゝ白雲の絶えてつれなき君が心か」（壬生忠岑・古今和歌集十二・恋二）が本歌とされる。

【本歌取とされる例歌】

思《おも》ひ寝の夢《ゆめ》の浮橋《うきはし》と絶〈だえ〉して覚《さ》むる枕《まくら》に消《き》ゆる面影《おもかげ》

藤原俊成女・俊成卿女家集

待空恋

あはでしもいかにわかるゝ道ならん待〈まつ〉夜《よ》にあくる峰の横雲

後柏原天皇・内裏着到百首

【本歌】

梅花遠薫といへる心をよみ侍ける

心あらばとはましものを梅《むめ》が香にたが里よりかにほひ来《き》つらん

源俊頼・新古今和歌集一（春上）

【本歌取とされる例歌】

たが里《さと》にとめて行《ゆ》かまし匂《にほ》ひくるしるべばかりの梅《むめ》の下《した》風

二条良基・後普光園院殿御百首

【本歌】

文集嘉陵春夜詩、不明不暗朧々月といへることを、
よみ侍りける
てりもせずくもりもはてぬ春《はる》の夜《よ》のおぼろ月夜《よ》にしく物ぞなき
大江千里・新古今和歌集一（春上）

【本歌取とされる例歌】
守覚法親王家五十首歌に
おほぞらは梅《むめ》のにほひに霞《かす》みつゝくもりもはてぬ春の夜《よ》の月
藤原定家・新古今和歌集一（春上）

月前花
てりもせぬおぼろ月夜のをぐら山されどもあかず花かげにして
香川景樹・桂園一枝拾遺

【本歌】
摂政太政大臣家百首歌合に
いまはとてたのむの雁《かり》もうちわびぬおぼろ月夜《よ》のあけぼのの《ゝ》空《そら》
寂蓮・新古今和歌集一（春上）

［注解］「春くればたのむの雁もいまはとてかへる雲路に思ひたつかな」（源俊頼・千載和歌集一・春上）が本歌とされる。

【本歌取とされる例歌】
帰雁
帰《かへ》る雁《かり》しばしやすらへ山の端《は》の雲《くも》だにまよふあけぼのの《ゝ》空
兼好・兼好法師集

【本歌】
刑部卿頼輔、歌合し侍けるに、よみてつかはしける
きく人ぞ涙《なみだ》はおつる帰《かへ》る雁《かり》なきてゆくなるあけぼのの《ゝ》空《そら》
藤原俊成・新古今和歌集一（春上）

［注解］「なきわたる雁の涙やおちつらむ物思宿のはぎのうへのつゆ」（よみ人しらず・古今和歌集四・秋上）が本歌とされる。

【本歌取とされる例歌】
帰雁
思《おも》はずよ都はなれて北にゆく雁《かり》のなく音《〈ね〉》にともなはんとは
細川幽斎・玄旨百首

【本歌】
守覚法親王の五十首歌に
霜《しも》まよふ空《そら》にしほれしかりがねの帰《かへ》るつばさに春雨ぞふる
藤原定家・新古今和歌集一（春上）

【本歌取とされる例歌】
屏風の絵に花散る所にかりのとぶを
かりがねのかへるつばさにかをるなり花をうらむる春の山風
源実朝・金槐和歌集

【本歌】
延喜御時屏風に
春雨《さめ》のふりそめしより青柳《あをやぎ》の糸《いと》のみどりぞ色まさりける
凡河内躬恒・新古今和歌集一（春上）

【本歌取とされる例歌】
青柳《あをやぎ》の糸《いと》の緑《みどり》を染《〈そめ〉》かけていまひとしほと春雨ぞ降《ふ》る
二条良基・後普光園院殿御百首

民部卿家にて、雨中柳
今よりはみどり色そふ青柳《あをやぎ》の糸《いと》よりかけて春雨ぞ降《ふ》る
頓阿・頓阿法師詠

【本歌】

青柳《あをやぎ》の糸《いと》に玉《たま》ぬく白露《つゆ》のしらずいくよの春かへぬらん

藤原有家・新古今和歌集一（春上）

［注解］「浅緑糸よりかけて白露を珠にもぬける春の柳か」（遍昭・古今和歌集一・春上）、「青柳の緑の糸をくり返しいくら許の春をへぬらん」（清原元輔・拾遺和歌集五・賀）が本歌とされる。

【本歌取とされる例歌】

青柳の糸もてぬける白露の玉こきちらす春のやま風

源実朝・金槐和歌集

【本歌】

吉野《よしの》山さくらが枝《えだ》に雪《ゆき》ちりて花を《（お）》そげなる年《とし》にもあるかな

西行・新古今和歌集一（春上）

【本歌取とされる例歌】

春月

みよしのゝ花遅げなる年だにも河せ朧《（おぼろ）》に月はかすめる

上田秋成・藤簍冊子

【本歌】

摂政太政大臣家百首歌合に、野遊の心を

思《おも》ふどちそことも知《し》らずゆきくれぬ花の宿《やど》かせ野べの鶯

藤原家隆・新古今和歌集一（春上）

［注解］「おもふどち春の山辺に打群れてそこともいはぬ旅寝してしか」（素性・古今和歌集二・春下）が本歌とされる。

【本歌取とされる例歌】

山路夕花

みち遠みけふ越《こ》え暮《く》れぬ山桜花のやどりをわれにかさなむ

源実朝・金槐和歌集

【本歌】

花歌とてよみ侍ける

吉野《よしの》山こぞのしほ《（を）》りの道《みち》かへてまだ見ぬかたの花をたづねん

西行・新古今和歌集一（春上）

【本歌取とされる例歌】

春ごとに花の所とたづねてもみぬおくのこるみよしのゝ山

藤原為兼・金玉歌合

立ちかへりをしきのふのかげとはばまだみぬかたの花やちるらむ

伴蒿蹊・閑田詠草

【本歌】

和歌所にて歌つかうまつりしに、春の歌とてよめる

葛城《かづらき》や高間《たかま》の桜さきにけり立田《たつた》のおくにかゝる白雲

寂蓮・新古今和歌集一（春上）

［注解］「桜花さきにけらしもあしひきの山の峡よりみゆる白雲」（紀貫之・古今和歌集一・春上）、「よそにのみ見てややみなむ葛城のたかまの山の峰の白雲」（和漢朗詠集・雲）が本歌とされる。

【本歌取とされる例歌】

名所桜

音にきくよしのの桜咲にけり山のふもとにかゝるしら雲

源実朝・金槐和歌集

遠山桜

かづらきや高間《ま》の桜ながむれば夕《ゆふ》ゐる雲に春雨ぞふる

源実朝・金槐和歌集

【本歌】

千五百番歌合に

いその神布留野《ふるのゝ》の桜《さくら》たれうへ《ゑ》て春はわすれぬ形見《かたみ》なるらん

源通具・新古今和歌集一（春上）

［注解］「いその神ふるの山べの桜花うへ《ゑ》けむ時を知る人ぞなき」（遍昭・後撰和歌集二・春中）が本歌とされる。

【本歌取とされる例歌】

故郷《ふるさと》の池の藤なみたれ植《うゑ》てむかしわすれぬかたみなるらむ

源実朝・金槐和歌集

【本歌】

釈阿、和歌所にて九十賀し侍りしおり《を》、屏風に、山に桜さきたるところを

桜《さくら》さくとを《ほ》山鳥《どり》のしだりお《を》のながゝし日もあかぬ色かな

後鳥羽院・新古今和歌集二（春下）

［注解］「葦引の山鳥の尾のしだり尾のながゝし夜をひとりかも寝む」（柿本人麻呂・拾遺和歌集十三・恋三）が本歌とされる。

【本歌取とされる例歌】

弓あそびせしに芳野山のかたをつくり山人の花見たる所をよめる

みよしのの山の山守花を見てながゝし日をあかずも有《ある》かな

源実朝・金槐和歌集

【本歌】

もゝしきの大宮人はいとまあれや桜《さくら》かざして今日《けふ》もくらしつ

山部赤人・新古今和歌集二（春下）

【本歌取とされる例歌】

散《ちり》もせじ衣にすれるさゝ竹《たけ》の大宮人のかざす桜《さくら》は

藤原定家・定家卿百番自歌合

千首歌めされし次でに、花挿頭といふ事をよませ給うける

をさまらぬ世の人ごとのしげければ桜かざしてくらす日もなし

長慶天皇・新葉和歌集十六（雑上）

【本歌】

春雨はいたくなふりそ桜花まだ見ぬ人にちらまくもおし《を》

山部赤人・新古今和歌集二（春下）

【本歌取とされる例歌】

梅花厭雨

我宿《わがやど》の梅花《むめのはな》さけり春雨はいたくな降《ふ》りそ散《ち》らまくも惜《を》し

源実朝・金槐和歌集

庭萩

秋風はいたくな吹《ふき》そ我宿のもとあらの小萩ちらまくも惜《を》し

源実朝・金槐和歌集

【本歌】

摂政太政大臣家に五首歌よみ侍けるに

またや見ん交野《かたのゝ》のみ野の桜がり花の雪ちる春のあけぼの

藤原俊成・新古今和歌集二（春下）

【本歌取とされる例歌】

春曙月

またや見む影さだかなる月をさへひとつ雲間の春の曙《あけぼの》

武者小路実陰・芳雲和歌集

【本歌】

山里にまかりてよみ侍ける

山里《やまざと》の春の夕暮《ゆふぐれ》きてみればいりあひの鐘《かね》に花ぞちりける

能因・新古今和歌集二（春下）

［注解］「山寺の入相の鐘の声ごとに今日も暮れぬと聞くぞ悲しき」（よみ人しらず・拾遺和歌集二十・哀傷）が本歌とされる。

【本歌取とされる例歌】

花《はな》ならで入相《いりあひ》のかねに散《ちり》にけりこの山《やま》ざとのまつのはつゆき

よみ人しらず・若むらさき

【本歌】

桜《さくら》ちる春の山べはうかりけり世《よ》をのがれにと来《こ》しかひもなく

恵慶・新古今和歌集二（春下）

【本歌取とされる例歌】

木《こ》の葉ちる秋の山べはうかりけり堪《た》へでや鹿のひとり鳴《なく》らむ

源実朝・金槐和歌集

［注解］参考歌「下紅葉かつちる山の夕時雨ぬれてやひとり鹿のなくらん」（藤原家隆・新古今和歌集五・秋下）

【本歌】

かりがねの帰《かへ》る羽《は》風やさそふらん過《す》ぎゆく峰の花ものこらぬ

よみ人しらず・新古今和歌集二（春下）

【本歌取とされる例歌】

峰こえし羽風やさそふ雁金に夕ゐる雲もうきて立也《たつ》

三条西実隆・内裏着到百首

【本歌】

百首歌たてまつりし、春歌

山たかみ峰のあらしにちる花の月にあまぎるあけがたの空《そら》

讃岐・新古今和歌集二（春下）

【本歌取とされる例歌】

恋歌の中に

春ふかみ峰のあらしに散る花の定《さだ》めなき世に恋つまぞする

源実朝・金槐和歌集

【本歌】

最勝四天王院の障子に、吉野山かきたる所

み吉野の《よしのゝ》高嶺《たかね》の桜ちりにけりあらしも白《しろ》き春のあけぼの

後鳥羽院・新古今和歌集二（春下）

【本歌取とされる例歌】

山花を

盛りなる嶺《みね》の桜の一《ひと》つ色に霞《かすみ》も白き花の夕《ゆふ》ばえ

飛鳥井雅孝・玉葉和歌集二（春下）

【本歌】

家の八重桜をお《を》らせて、惟明親王のもとにつかはしける

八重《やへ》にほふ軒端《のきば》の桜《さくら》うつろひぬ風よりさきに訪《と》ふ人もがな

式子内親王・新古今和歌集二（春下）

【本歌取とされる例歌】

さゝ波や志賀《しが》の都の花盛《ざかり》風よりさきに訪《と》はましものを

源実朝・金槐和歌集

［注解］「葦引の山のもみぢ葉散りにけり嵐の先に見てまし物を」（よみ人しらず・後撰和歌集七・秋下）も本歌とされる。

【本歌】

五十首歌たてまつりし時

さくら花夢かうつゝか白雲のたえてつねなき峰《みね》の春風

藤原家隆・新古今和歌集二（春下）

［注解］「風ふけば峰にわかるゝ白雲の絶えてつれなき君が心か」（壬生忠岑・古今和歌集十二・恋二）、「世の中は夢かうつゝかうつゝとも夢とも知らずありてなければ」（よみ人しらず・古今和歌集十八・雑下）が本歌とされる。

【本歌取とされる例歌】

さくら花さくと見《み》しまに散《〈ちり〉》にけり夢かうつゝか春の山風

源実朝・金槐和歌集

［注解］「うつせみの世にも似たるか花ざくらさくと見しまにかつちりにけり」（よみ人しらず・古今和歌集二・春下）も本歌とされる。

【本歌】

はかなさをほかにもいはじ桜花さきては散《ち》りぬあはれ世《よ》の中

藤原実定・新古今和歌集二（春下）

【本歌取とされる例歌】

空蟬《〈うつせみ〉》の世は夢なれや桜花咲《〈さき〉》ては散りぬあはれいつまで

源実朝・金槐和歌集

【本歌】

残春の心を

吉野《よしの》山花《はな》のふるさと跡《あと》たえてむなしき枝《えだ》に春風ぞふく

藤原良経・新古今和歌集二（春下）

［注解］参考歌「山人のむかしの跡を来て見れば空しき床をはらふ谷風」（藤原清輔・千載和歌集十六・雑上）

【本歌取とされる例歌】

残春

吉野《よしの》山所《やまところ》せきまで見し人のちりぢりになる花のふるさと

津守国豊・集外歌仙

【本歌】

延喜十三年、亭子院歌合歌

あしびきの山ぶきの花ちりにけり井手《で》のかはづは今《いま》やなくらん

藤原興風・新古今和歌集二（春下）

［注解］「蛙なく井手の山ぶきちりにけり花のさかりに逢はましものを」（よみ人しらず・古今和歌集二・春下）が本歌とされる。

【本歌取とされる例歌】

水底款冬といふ事を人々あまたつかうまつらせし次に

声たかみかはづなくなり井での川岸の款冬《〈やまぶき〉》いまはちるらむ

源実朝・金槐和歌集

此《〈この〉》ごろよ井手のわたりもかくやらん山吹咲《〈さき〉》てかはづ鳴也《〈なくなり〉》

永福門院・永福門院百番御自歌合

【本歌】

花ちりし庭の木《こ》の葉もしげりあひて天《あま》てる月のかげぞまれなる

曾禰好忠・新古今和歌集三（夏）

【本歌取とされる例歌】

夏月

待ちいでし端山《はやま》の木《こ》の間《ま》しげりあひてかげ遠くなる月の庭かな

藤原為相・為相百首

［注解］参考歌「秋風のひゞきは峰にさよ更て影遠くなる入がたの月」（永福門院・

永福門院百番御自歌合）

【本歌】

夏草《なつくさ》はしげりにけりなたまぼこの道行《みちゆ》き人も結《むす》ぶばかりに

藤原元真・新古今和歌集三（夏）

【本歌取とされる例歌】

寒草

玉ぼこの道ゆき人も袖ふれぬ草葉を冬はむすぶ霜哉《〈かな〉》

心敬・寛正百首

【本歌】

をの《(お)》が妻《つま》こひつゝなくや五月《さ》やみ神南備《なび》山のやま郭公

よみ人しらず・新古今和歌集三（夏）

【本歌取とされる例歌】

さ月やみ神なび山の時鳥《〈ほととぎす〉》つまこひすらし鳴音《〈なくね〉》かなしも

源実朝・金槐和歌集

［注解］「旅寝してつまこひすらし郭公神なび山に小夜ふけて鳴く」（よみ人しらず・後撰和歌集四・夏）も本歌とされる。

【本歌】

聞《き》きてしもなを《(ほ)》ぞねられぬ郭公《ほとゝぎす》まちし夜《よ》ごろの心ならひに

源有仁・新古今和歌集三（夏）

【本歌取とされる例歌】

五月廿日ごろ、御子左の中納言どのの庚申に、郭公声旧　山田早苗　閑中五月雨　深夜夏月　風前夏草　蛍火秋近

聞《き》きてしも猶《〈なほ〉》こそあかねほとゝぎす鳴《な》くやさ月の日かずふる声

兼好・兼好法師集

【本歌】

入道前関白、右大臣に侍ける時、百首歌よませ侍ける郭公の歌

昔《むかし》おもふ草《くさ》のいほりの夜《よる》の雨になみだなそへそ山郭公

藤原俊成・新古今和歌集三（夏）

［注解］「蘭省の花の時の錦帳の下　廬山の雨の夜の草菴の中」（白居易・和漢朗詠集・山家）を本説とし、「五月雨に物思をれば郭公夜ふかくなきていづち行くらむ」（紀友則・古今和歌集三・夏）が本歌とされる。

【本歌取とされる例歌】

聞《き》きなれぬ草の庵《いほり》の雨のを《(お)》とにむかしをいかでおもひいづらむ

兼好・兼好法師集

【本歌】

きかでたゞ寝《ね》なましものを郭公中《〈なかなか〉》〳〵なりやよはの一声

相模・新古今和歌集三（夏）

【本歌取とされる例歌】

夏歌

郭公《〈ほととぎす〉》待《〈まつ〉》とばかりのみじか夜《よ》にねなまし月の影ぞ明行《〈あけゆく〉》

藤原為家・中院詠草

【本歌】

千五百番歌合に

有明《ありあけ》のつれなくみえし月はいでぬ山郭公《ほとゝぎす》まつ夜《よ》ながらに

藤原良経・新古今和歌集三（夏）

［注解］「晨明のつれなく見えし別より暁許うき物はなし」（壬生忠岑・古今和歌集十三・恋三）が本歌とされる。

【本歌取とされる例歌】

暁郭公

時鳥《ほととぎす》有明の月を待出《まちいで》て思《おも》ひ知《し》らなん人の心を

三条西実隆・再昌草

【本歌】

後徳大寺左大臣家に十首歌よみ侍けるに、よみてつかはしける

わが心いかにせよとて郭公《ほとゝぎす》雲まの月のかげになくらん

藤原俊成・新古今和歌集三（夏）

【本歌取とされる例歌】

款冬に風のふくをみて

我こゝろいかにせよとか山吹のうつろふ花のあらし立《た》つらむ

源実朝・金槐和歌集

【本歌】

五首歌人〳〵によませ侍ける時、夏歌とてよみ侍ける

うちしめりあやめぞかほ《を》る郭公《ほとゝぎす》なくや五月《さ》の雨の夕暮《ゆふぐれ》

藤原良経・新古今和歌集三（夏）

［注解］「ほとゝぎす鳴くやさ月のあやめ草あやめも知らぬ恋もする哉」（よみ人しらず・古今和歌集十一・恋二）が本歌とされる。

【本歌取とされる例歌】

あやめ

さみだれの空《そら》だきものは宿ごとにしめりてかほるあやめなりけり

小沢蘆庵・六帖詠草

【本歌】

たれかまたはなたちばなに思《おも》ひ出《い》でんわれも昔《むかし》の人となりなば

藤原俊成・新古今和歌集三（夏）

［注解］参考歌「さみだれの空なつかしく匂ふかな花たち花に風や吹くらん」（相模・後拾遺和歌集二・夏）

【本歌取とされる例歌】

対橘問昔

匂へ猶《なほ》花橘の我身さへ代々《よよ》の数とて忍ぶ昔《むかし》を

後柏原天皇・内裏着到百首

【本歌】

たちばなのにほふあたりのうたゝねは夢も昔《むかし》の袖の香《か》ぞする

藤原俊成女・新古今和歌集三（夏）

［注解］「さつきまつ花たちばなの香をかげば昔の人の袖の香ぞする」（よみ人しらず・古今和歌集三・夏）が本歌とされる。

【本歌取とされる例歌】

盧橘薫夜衣

うたゝねの夜の衣にかをるなりものおもふ宿の軒の立花《たちばな》

源実朝・金槐和歌集

【本歌】

なく蟬《せみ》の声《こゑ》もすゞしき夕暮《ゆふぐれ》に秋をかけたるもりの下露

讃岐・新古今和歌集三（夏）

【本歌取とされる例歌】

杜蟬

蟬《せみ》の声《こゑ》さながらまがふ時雨《しぐれ》かな立《たち》よる袖に杜《もり》の夕露

細川幽斎・玄旨百首

【本歌】

刑部卿頼輔歌合し侍けるに、納涼をよめる

ひさぎ生《お》ふるかた山かげにしのびつゝふきけるものを秋の夕風《ゆふかぜ》

俊恵・新古今和歌集三（夏）

【本歌取とされる例歌】

うちなびき春さりくればひさぎ生《お》ふるかた山かげに鶯ぞなく

源実朝・金槐和歌集

［注解］「うちなびく春さり来れば小竹の末に尾羽うち触れて鶯鳴くも」（作者不詳・万葉集十・1830）も本歌とされる。

【本歌】

夕暮《ゆふぐれ》はお《(を)》ぎふく風のを《(お)》とまさるいまはたいかに寝覚《ねざ》めせられん

具平親王・新古今和歌集四（秋上）

【本歌取とされる例歌】

同《おな》じ筵《むしろ》に題を探《さぐ》りて、暁更荻風といふことを、

いかでたゞ夕のものと聞つらんうきは寝覚《ねざ》めの荻の葉風《かぜ》を

賀茂真淵・岡部日記

【本歌】

百首歌に

うたゝねの朝《あさ》けの袖《そで》にかはるなりならす扇《あふぎ》の秋のはつ風

式子内親王・新古今和歌集四（秋上）

［注解］参考歌「おほかたの秋くるからに身に近く慣らす扇の風ぞ涼しき」（藤原為頼・後拾遺和歌集四・秋上）

【本歌取とされる例歌】

このねぬる朝けの風にかほるなり軒ばの梅の春のはつ花

源実朝・金槐和歌集

【本歌】

七夕歌とてよみ侍りける

たなばたのあまの羽《は》衣うちかさねぬる夜《よ》すゞしき秋風ぞふく

藤原高遠・新古今和歌集四（秋上）

【本歌取とされる例歌】

夕されば秋風涼したなばたのあまの羽衣《はごろも》たちやかふらむ

源実朝・金槐和歌集

【本歌】

百首歌のなかに

ながむれば衣手すゞしひさかたのあまの河原《かはら》の秋の夕暮《ゆふぐれ》

式子内親王・新古今和歌集四（秋上）

【本歌取とされる例歌】

春月

ながむれば衣手かすむ久かたの月の宮古《(みやこ)》の春の夜のそら

源実朝・金槐和歌集

［注解］「ながめつゝ思ふもさびしひさかたの月の都のあけがたの空」（藤原家隆・新古今和歌集四・秋上）も本歌とされる。

秋風

ながむれば衣手さむし夕月夜《づくよ》佐保《さほ》の川原のあきの初風

源実朝・金槐和歌集

久かたの天の河原をうちながめいつかと待《(まち)》し秋も来にけり

源実朝・金槐和歌集

［注解］「秋風の吹にし日より久方の天の河原にたゝぬ日はなし」（よみ人しらず・古今和歌集四・秋上）も本歌とされる。

社頭夏月

ながむれば吹《〈ふく〉》風涼し三輪の山杉の木《〈こ〉》ずゑを出《〈いづ〉》る月かげ

源実朝・金槐和歌集

［注解］「心こそゆくゑ《〈へ〉》も知らねみわの山すぎの木ずゑの夕暮の空」（慈円・新古今和歌集十四・恋四）も本歌とされる。

【本歌】

秋萩《はぎ》をおら《〈を〉》ではすぎじつき草の花ずり衣露《つゆ》にぬるとも

永縁・新古今和歌集四（秋上）

［注解］「月草に衣は摺らん朝つゆにぬれてののちはうつろひぬとも」（よみ人しらず・古今和歌集四・秋上）が本歌とされる。

【本歌取とされる例歌】

女郎花

余所《〈よそ〉》にみて折ら《〈を〉》では過《〈すぎ〉》じ女郎花《〈をみなへし〉》なをむつましみ露にぬるとも

源実朝・金槐和歌集

［注解］「秋の野に宿りはすべしをみなへし名をむつましみ旅ならなくに」（藤原敏行・古今和歌集四・秋上）も本歌とされる。

【本歌】

崇徳院に百首歌たてまつりける時

うす霧《ぎり》のまがきの花の朝《あさ》じめり秋はゆふべとたれかいひけん

藤原清輔・新古今和歌集四（秋上）

【本歌取とされる例歌】

山里にて月を見て詠める

露深《つゆふか》きまがきの花は薄霧《うすぎ》りて岡辺《をかべ》の杉に月ぞかたぶく

永福門院内侍・風雅和歌集七（秋下）

【本歌】

をき《〈お〉》て見んと思《おも》ひしほどにかれにけり露《つゆ》よりけなるあさがほの花

曾禰好忠・新古今和歌集四（秋上）

【本歌取とされる例歌】

三月すゑつかた勝長寿院にまうでたりしに、ある僧山かげにかくれをるを見て花はと問ひしかば、散りぬとなむこたへ侍しを聞て

行《〈ゆき〉》て見むと思《〈おもひ〉》しほどにちりにけりあやなの花や風たゝぬまに

源実朝・金槐和歌集

【本歌】

さを鹿《しか》のいる野《の》のすゝきはつお《〈を〉》花いつしかいもが手枕《たまくら》にせん

柿本人麻呂・新古今和歌集四（秋上）

【本歌取とされる例歌】

月次会に、薄出穂

はるばると分けて入《い》る野の袖《そで》の上にぬれぬ浪《なみ》こす花すすきかな

細川幽斎・衆妙集

【本歌】

さびしさはその色としもなかりけり真《ま》木たつ山の秋の夕暮《ゆふぐれ》

寂蓮・新古今和歌集四（秋上）

【本歌取とされる例歌】

其《〈その〉》いろとさゝぬ夕《〈ゆふべ〉》の悲しきはおば《〈を〉》なが風に薄雲の空

永福門院・永福門院百番御自歌合

その色とわかぬあはれもふか草《くさ》や竹のは山《やま》の秋の夕《ゆふ》ぐれ

貞成親王・新続古今和歌集四（秋上）

【本歌】

こゝろなき身にも哀《〈あはれ〉》はしられけりしぎたつ沢《さは》の秋の夕暮《ゆふぐれ》

西行・新古今和歌集四（秋上）

【本歌取とされる例歌】

たへてのみながむるまゝに心《こゝろ》なきわが身しらるゝ秋のゆふぐれ

兼好・兼好法師集

【本歌取とされる例歌】

こころなき人は心やなからましあきの夕《ゆふべ》のなからましかば

香川景樹・桂園一枝

【本歌】

秋の歌とてよみ侍ける

思《おも》ふことさしてそれとはなきものを秋のゆふべを心にぞとふ

宮内卿・新古今和歌集四（秋上）

【本歌取とされる例歌】

秋夕

そのことゝさしてはものも思はねど涙いとなき秋の夕ぐれ

細川幽斎・玄旨百首

【本歌】

暁のつゆは涙《なみだ》もとゞまらでうらむる風の声ぞのこれる

相模・新古今和歌集四（秋上）

［注解］「風は昨夜より声いよいよ怨む　露は明朝に及んで涙禁ぜず」（大江朝綱・和漢朗詠集・七夕）を本説とする。

【本歌取とされる例歌】

たまゆらの露も涙もとゞまらずなき人こふる宿の秋風《かぜ》

藤原定家・定家卿百番自歌合

【本歌】

五十首歌たてまつりし時、杜間月といふことを

大荒木《おほあらき》のもりの木《〈こ〉》のまをもりかねて人だのめなる秋の夜《よ》の月

藤原俊成女・新古今和歌集四（秋上）

［注解］「ことならば闇にぞあらまし秋の夜のなぞ月影の人頼めなる」（柿本人麻呂・拾遺和歌集十三・恋三）が本歌とされる。

【本歌取とされる例歌】

冬月

木のまもるかげも夜《よ》をへて大荒木《おほあらき》のもりの落《おち》葉に月ぞうつろふ

頓阿・頓阿法師詠

【本歌】

百首歌たてまつりし時、月歌

いつまでか涙《なみだ》くもらで月は見し秋まちえても秋ぞこひしき

慈円・新古今和歌集四（秋上）

【本歌取とされる例歌】

世の中のうけくに秋の月を見て涙くもらぬよはぞすくなき

花山院師兼・新葉和歌集五（秋下）

［注解］「世中の憂けくに飽きぬ奥山のこの葉にふれる雪やけなまし」（よみ人しらず・古今和歌集十八・雑下）、「身のうさの秋はわするゝ物ならばなみだくもらで月は見てまし」（藤原頼輔・千載和歌集四・秋上）も本歌とされる。

【本歌】

こよひたれすゞふく風を身にしめて吉野《よしの》の岳《たけ》の月をみるらん

源頼政・新古今和歌集四（秋上）

【本歌取とされる例歌】

夕さればすゞ吹《〈ふく〉》嵐身にしみて吉野《よしの》の岳《たけ》にみ雪ふるらし

源実朝・金槐和歌集

［注解］「夕されば衣手さむしみ吉野のよしのの山にみ雪ふるらし」（よみ人しらず・古今和歌集六・冬）も本歌とされる。

【本歌】

ながめつゝ思《おも》ふもさびしひさかたの月の都《みやこ》のあけがたの空《そら》

藤原家隆・新古今和歌集四（秋上）

【本歌取とされる例歌】

ながむれば衣手かすむ久かたの月の宮古《〈みやこ〉》の春の夜の空

源実朝・金槐和歌集

［注解］「ながむれば衣手すゞしひさかたのあまの河原の秋の夕暮」（式子内親王・新古今和歌集四・秋上）も本歌とされる。

きさらぎの廿日あまりのほどにや有けむ、北向の縁にたち出て夕ぐれの空をながめひとりをるに、雁の鳴を聞て読る

ながめつゝ思《おも》ふもかなしかへる雁行《〈ゆく〉》らむかたの夕《ゆふ》ぐれのそら

源実朝・金槐和歌集

【本歌】

五十首歌たてまつりし時、月前草花

ふるさとのもとあらの小萩《こはぎ》さきしより夜《〈よ〉》な〳〵庭の月ぞうつろふ

藤原良経・新古今和歌集四（秋上）

［注解］「宮木野のもとあらの小萩つゆをおもみ風をまつごと君をこそまて」（よみ人しらず・古今和歌集十四・恋四）が本歌とされる。

【本歌取とされる例歌】

古郷萩

古郷のもとあらの小萩いたづらに見る人なしみさきか散るらむ

源実朝・金槐和歌集

［注解］「高円の野辺の秋萩いたづらに咲きか散るらむ見る人無しに」（笠金村・万葉集二・231）も本歌とされる。

【本歌】

山月といふことをよみ侍ける

あしびきの山路《ぢ》のこけの露《つゆ》の上《うへ》にねざめ夜ぶかき月をみるかな

藤原秀能・新古今和歌集四（秋上）

【本歌取とされる例歌】

旅宿月

独《〈ひとり〉》ふす草の枕の露の上にしらぬ野原の月をみるかな

源実朝・金槐和歌集

【本歌】

五十首歌たてまつりし時

雲はみなはらひはてたる秋風を松にのこして月をみるかな

藤原良経・新古今和歌集四（秋上）

【本歌取とされる例歌】

弾正親王家五首歌合に、暮山月

月はは《ゝ》や木のまに見えて白雲《しら》の夕《ゆふ》ゐる峰《みね》をはらふ松風《かぜ》

頓阿・頓阿法師詠

【本歌】

五十首歌たてまつりし時、野径月

行《ゆ》く末《すゑ》はそらもひとつの武蔵野《むさし》に草《くさ》のはらよりいづる月かげ

藤原良経・新古今和歌集四（秋上）

【本歌取とされる例歌】

武蔵《むさし》野や草の原越《はらこ》す秋風《かぜ》の雲に露《つゆ》散《〈ちる〉》行末の空《そら》

藤原俊成女・俊成卿女家集

【本歌】

秋の歌のなかに

秋《あき》の露《つゆ》やたもとにいたく結《むす》ぶらんながき夜《よ》あかず宿《やど》る月かな

後鳥羽院・新古今和歌集四（秋上）

［注解］「鈴虫のこゑのかぎりを尽くしてもながき夜あかずふるなみだかな」（紫式部・源氏物語・桐壺）が本歌とされる。

【本歌取とされる例歌】

月

長《なが》き夜《よ》の露《つゆ》のたもとにやどしつるむかしおぼゆる月《つき》の影《かげ》かな

阿野実顕・後鳥羽院四百年忌御会

【本歌】

経房卿家歌合に、暁月の心をよめる

おほかたに秋のねざめの露《つゆ》けくはまたたが袖に有明《ありあけ》の月

讃岐・新古今和歌集四（秋上）

【本歌取とされる例歌】

おほかたの秋の寝覚《ねざ》めの長《なが》き夜も君をぞいのる身を思《おも》ふとて

藤原家隆・新古今和歌集十八（雑下）

【本歌】

いまよりは秋風さむくなりぬべしいかでかひとり長《なが》き夜《よ》をねん

大伴家持・新古今和歌集五（秋下）

【本歌取とされる例歌】

秋風はやゝはだ寒成《〈さむくなり〉》にけり独《〈ひとり〉》やねなむながきこの夜を

源実朝・金槐和歌集

【本歌】

さを鹿《しか》のつまどふ山の岡《をか》べなるわさ田はからじ霜《しも》はをく《〈お〉》とも

柿本人麻呂・新古今和歌集五（秋下）

【本歌取とされる例歌】

思《おも》ひあへず秋ないそぎそ小男鹿《〈さをしか〉》のつまどふ山の小田の初霜

藤原定家・定家卿百番自歌合

【本歌】

五十首歌たてまつりし時

むらさめの露《つゆ》もまだひぬ真木《まき》の葉に霧《きり》たちのぼる秋の夕暮《ぐれ》

寂蓮・新古今和歌集五（秋下）

【本歌取とされる例歌】

五月雨《〈さみだれ〉》の露もまだひぬ奥山のまきの葉がくれ鳴《〈なく〉》郭公

源実朝・金槐和歌集

【本歌】

秋風に山とびこゆるかりがねのいやとを《〈ほ〉》ざかり雲隠《がく》れつゝ

柿本人麻呂・新古今和歌集五（秋下）

【本歌取とされる例歌】

秋風に山とびこゆる初雁の翅《〈つばさ〉》にわくる峰《みね》のしら雲

源実朝・金槐和歌集

［注解］「横雲の風にわかるゝしのゝめに山とびこゆる初雁の声」（西行・新古今和歌集五・秋下）、「秋風の袖にふきまく峰の雲をつばさにかけて雁もなくなり」（藤原家隆・新古今和歌集五・秋下）も本歌とされる。

【本歌】

横《よこ》雲の風にわかるゝしのゝめに山とびこゆる初雁《はつかり》の声

西行・新古今和歌集五（秋下）

［注解］参考歌「奥山の峰とびこゆる初雁のはつかにだにも見でややみなん」（凡河内躬恒・新古今和歌集十一・恋一）

【本歌取とされる例歌】

秋風に山とびこゆる初雁の翅《つばさ》にわくる峰《みね》のしら雲

源実朝・金槐和歌集

［注解］「秋風に山とびこゆるかりがねのいやとを《ほ》ざかり雲隠れつゝ」（柿本人麻呂・新古今和歌集五・秋下）、「秋風の袖にふきまく峰の雲をつばさにかけて雁もなくなり」（藤原家隆・新古今和歌集五・秋下）も本歌とされる。

【本歌】

詩に合はせし歌の中に、山路秋行

秋風の袖にふきまく峰の雲をつばさにかけて雁もなくなり

藤原家隆・新古今和歌集五（秋下）

【本歌取とされる例歌】

秋風に山とびこゆる初雁の翅《つばさ》にわくる峰《みね》のしら雲

源実朝・金槐和歌集

［注解］「秋風に山とびこゆるかりがねのいやとを《ほ》ざかり雲隠れつゝ」（柿本人麻呂・新古今和歌集五・秋下）、「横雲の風にわかるゝしのゝめに山とびこゆる初雁の声」（西行・新古今和歌集五・秋下）も本歌とされる。

【本歌】

時わかぬ浪《なみ》さへ色にいづみ河《がは》はゝそのもりに嵐ふくらし

藤原定家・新古今和歌集五（秋下）

［注解］「草も木も色かはれどもわたつ海の浪の花にぞ秋なかりける」（文屋康秀・古今和歌集五・秋下）が本歌とされる。

【本歌取とされる例歌】

みかの原山風吹《ふけ》ばいづみ川紅葉《もみぢ》ぞ色にわきて流《なが》るゝ

綾小路有俊・宝徳二年十一月仙洞歌合

［注解］「みかの原わきてながるゝ泉河いつみきとてか恋しかるらん」（藤原兼輔・新古今和歌集十一・恋一）も本歌とされる。

【本歌】

百首歌たてまつりし秋歌

桐《きり》の葉も踏《ふ》みわけがたくなりにけりかならず人を待《ま》つとなけれど

式子内親王・新古今和歌集五（秋下）

［注解］「わが宿は道もなきまで荒れにけりつれなき人を待つとせしまに」（遍昭・古今和歌集十五・恋五）が本歌とされ、「秋の庭は掃はず藤杖に携はりて　閑かに梧桐の黄葉を踏んで行く」（白居易・和漢朗詠集・落葉）を本説とする。

【本歌取とされる例歌】

待郭公

郭公《ほととぎす》必《かなら》ず待《ま》つとなけれども夜《よ》な〳〵目《め》をもさましつるかな

源実朝・金槐和歌集

［注解］「二声と聞とはなしに郭公夜深く目をもさましつる哉」（伊勢・後撰和歌集四・夏）も本歌とする。

【本歌】

飛鳥《あすか》河もみぢ葉《ば》ながるかづらきの山の秋風ふきぞしくらし

柿本人麻呂・新古今和歌集五（秋下）

【本歌取とされる例歌】

よしの川もみぢ葉ながる滝の上のみふねの山に嵐ふくらし

源実朝・金槐和歌集

【本歌】

深山落葉といへる心を

日暮《く》るればあふ人もなしまさき散《ち》る峰の嵐《あらし》のを《（お）》とばかりして

源俊頼・新古今和歌集六（冬）

［注解］「深山にはあられ降るらし外山なるまさきの葛色づきにけり」（よみ人しらず・古今和歌集二十・神遊びの歌）、「日も暮れぬ人も帰りぬ山里は峰のあらしの音ばかりして」（源頼実・後拾遺和歌集十九・雑五）が本歌とされる。

【本歌取とされる例歌】

うつりゆく雲に嵐の声《こゑ》すなりちるかまさ木のかづらきの山

藤原雅経・新古今和歌集六（冬）

［注解］「もみぢ葉のちりゆくかたをたづぬれば秋も嵐の声のみぞする」（崇徳院・千載和歌集五・秋下）も本歌とされる。

【本歌】

寛平御時后の宮の歌合に

神無月しぐれふるらし佐保《さほ》山のまさきのかづら色まさりゆく

よみ人しらず・新古今和歌集六（冬）

［注解］「深山にはあられ降るらし外山なるまさきの葛色づきにけり」（よみ人しらず・古今和歌集二十・神遊びの歌）が本歌とされる。

【本歌取とされる例歌】

神無月時雨ふるらしおく山は外《〈と〉》山のもみぢいまさかりなり

源実朝・金槐和歌集

【本歌】

十月ばかり、常磐の杜をすぐとて

時雨《しぐれ》の雨そめかねてけり山城《しろ》のときはのもりの真木《まき》の下葉は

能因・新古今和歌集六（冬）

［注解］「時雨の雨間無くし降れば真木の葉もあらそひかねて色づきにけり」（作者不詳・万葉集十・2196）が本歌とされる。

【本歌取とされる例歌】

北野宮歌合に、忍恋の心を

わが恋《こひ》はまきのした葉にもる時雨《しぐれ》ぬるとも袖の色《いろ》にいでめや

後鳥羽院・新古今和歌集十一（恋一）

【本歌】

百首歌たてまつりし時

真《ま》木《き》の屋《や》に時雨のを《（お）》とのかはるかな紅葉《もみぢ》や深《ふか》くちりつもるらん

藤原実房・新古今和歌集六（冬）

【本歌取とされる例歌】

槙の屋に時雨は過《〈すぎ〉》て行《〈ゆく〉》物を降《ふ》りも止《や》まぬや木葉《〈このは〉》成《〈なる〉》らん

式子内親王・式子内親王集

【本歌】

ほの〴〵とありあけの月の月かげに紅葉《もみぢ》ふきおろす山おろしの風

源信明・新古今和歌集六（冬）

［注解］参考歌「恋しくは見てもしのばむもみぢばを吹なちらしそ山おろしの風」（よみ人しらず・古今和歌集五・秋下）

【本歌取とされる例歌】

月前紅葉

木《こ》の間《ま》洩《も》る有明《あけ》の月のさやけきに紅葉を添《そ》へて眺《なが》めつる哉

西行・山家集

元弘元年八月、にはかに比叡山に行幸なりぬとて、かの山にのぼりけるに、湖上の有明ことにおもしろく侍りければ

思ふことなくてぞ見ましほのぼのと有明の月の志賀《しが》の浦波《うらなみ》

花山院師賢・新葉和歌集十六（雑上）

【本歌】

冬枯《がれ》のもりの朽《くち》葉の霜のうへにおちたる月のかげのさむけさ

藤原清輔・新古今和歌集六（冬）

［注解］「木の間よりもりくる月の影みれば心づくしの秋はきにけり」（よみ人しらず・古今和歌集四・秋上）が本歌とされる。

【本歌取とされる例歌】

冬くれば庭の蓬《よもぎ》も下晴《したは》れて枯葉の上《うへ》に月ぞさえ行《ゆく》

後鳥羽院・遠島御百首

【本歌】

橋上霜といへることをよみ侍ける

かたしきの袖をや霜にかさぬらん月によがるゝ宇治《うぢ》の橋姫《はしひめ》

幸清・新古今和歌集六（冬）

［注解］「さむしろに衣かたしき今宵もや我を松覧宇治の橋姫」（よみ人しらず・古今和歌集十四・恋四）が本歌とされる。

【本歌取とされる例歌】

冬歌

片敷《かたしき》の袖こそ霜にむすびけれ待夜《まつよ》ふけぬる宇治《うぢ》の橋姫

源実朝・金槐和歌集

【本歌】

百首歌たてまつりし時

さゝの葉はみ山もさやにうちそよぎこほれる霜を吹《ふく》嵐かな

藤原良経・新古今和歌集六（冬）

［注解］「小竹の葉はみ山もさやに乱るともわれは妹思ふ別れ来ぬれば」（柿本人麻呂・万葉集二・133）が本歌とされる。

【本歌取とされる例歌】

あしの葉《は》は沢《さは》べもさやにおく霜の寒き夜《よ》な〳〵氷《こほり》しにけり

源実朝・金槐和歌集

【本歌】

崇徳院御時、百首歌たてまつりけるに

君こずはひとりやねなんさゝの葉のみ山もそよにさやぐ霜夜《よ》を

藤原清輔・新古今和歌集六（冬）

［注解］「小竹の葉はみ山もさやに乱るともわれは妹思ふ別れ来ぬれば」（柿本人麻呂・万葉集二・133）、「さかしらに夏は人まね笹の葉のさやぐ霜夜をわがひとり寝る」（よみ人しらず・古今和歌集十九・雑体）が本歌とされる。

【本歌取とされる例歌】

関白家三百番歌合に、寄鳥恋といふ事をよみてつかはしける

嘆きつつ独《ひと》りやさねんあしべ行《ゆ》くかもの羽《は》がひも霜さゆる夜《よ》に

耕雲・新葉和歌集十一（恋一）

［注解］「葦辺行く鴨の羽がひに霜降りて寒き夕べは大和し思ほゆ」（志貴皇子・万葉集一・64）も本歌とされる。

【本歌】

霜がれはそこともみえぬ草の原《はら》たれにとはまし秋のなごりを

藤原俊成女・新古今和歌集六（冬）

［注解］「尋ぬべき草の原さへ霜枯れて誰に問はまし道芝の露」（狭衣物語・二）が本歌とされる。

【本歌取とされる例歌】

朝霜

草《くさ》の原誰《はらたれ》に問ふともこのころや朝霜《あさしも》置きてかるとこたへん

正徹・正徹物語

［注解］「うき身世にやがて消えなば尋ねても草の原をば問はじとや思ふ」（紫式部・源氏物語・花宴）、「尋ぬべき草の原さへ霜枯れて誰に問はまし道芝の露」（狭衣物語・二）も本歌とされる。

【本歌】

かさゝぎのわたせる橋《はし》にをく《お》霜《しも》の白《しろ》きを見れば夜《よ》ぞふけにける

大伴家持・新古今和歌集六（冬）

【本歌取とされる例歌】

摂政太政大臣、大将に侍りける時、百首歌よませ侍りけるに

かさゝぎの雲のかけはし秋くれて夜半《よは》には霜やさえわたるらん

寂蓮・新古今和歌集五（秋下）

月影似霜といふ事を

月影のしろきを見ればかさゝぎのわたせる橋《はし》に霜や置《おき》けむ

源実朝・金槐和歌集

月清み有曙《ありあけ》の霜の荻の葉《は》に白《しろ》きをみればあらしなりけり

藤原家隆・家隆卿百番自歌合

かさゝぎのわたすやいづこ夕霜の雲ゐに白《しろ》き峰の梯《かけはし》

藤原家隆・家隆卿百番自歌合

【本歌】

冬歌とてよみ侍ける

昔《むかし》おもふさよの寝覚《ねざ》めの床《とこ》さえて涙もこほる袖の上かな

守覚法親王・新古今和歌集六（冬）

【本歌取とされる例歌】

むかし思ふ秋のね覚《ざめ》の床の上にほのかにかよふみねの松風

源実朝・金槐和歌集

【本歌】

百首歌たてまつりし時

かたしきの袖の氷もむすぼほれとけて寝《ね》ぬ夜《よ》の夢ぞみじかき

藤原良経・新古今和歌集六（冬）

［注解］「とけて寝ぬ寝覚さびしき冬の夜にむすぼゝれつる夢のみじかさ」（紫式部・源氏物語・朝顔）が本歌とされる。

【本歌取とされる例歌】

かたしきの袖も氷《こほり》ぬ冬の夜《よ》の雨ふりすさむあかつきのそら

源実朝・金槐和歌集

【本歌】

摂政太政大臣家歌合に、湖上冬月

志賀《しが》の浦《うら》やとを《ほ》ざかりゆく浪間よりこほりていづる有あけの月

藤原家隆・新古今和歌集六（冬）

［注解］「さ夜ふくるまゝに汀や氷るらん遠ざかりゆく志賀の浦波」（快覚・後拾遺和歌集六・冬）が本歌とされる。

【本歌取とされる例歌】

深夜千鳥

よひのまも遠ざかり行〈ゆく〉にほの海のこほれる浪にちどり鳴〈なく〉なり

藤原為家・中院詠草

【本歌】

うばたまの夜《よ》のふけゆけばひさぎおふる清《きよ》き河原《かはら》に千鳥《ちどり》なく也

山部赤人・新古今和歌集六（冬）

【本歌取とされる例歌】

寒夜千鳥

風寒み夜《よ》の深行〈ふけゆ〉けば妹《いも》が島かたみの浦に千鳥なくなり

源実朝・金槐和歌集

【本歌】

堀河院に百首歌たてまつりけるに

水鳥の鴨《かも》のうき寝《ね》のうきながら浪のまくらにいく夜《よ》ねぬらん

河内・新古今和歌集六（冬）

【本歌取とされる例歌】

水鳥

水鳥の鴨《かも》のうきねのうきながら玉藻《も》の床〈とこ〉に幾夜〈いくよ〉へぬらむ

源実朝・金槐和歌集

【本歌】

守覚法親王、五十首歌よませ侍けるに

雪ふれば峰《みね》のまさかきうづもれて月にみがける天《あま》の香具《かぐ》山

藤原俊成・新古今和歌集六（冬）

【本歌取とされる例歌】

七日、つねの年のことにて、連歌の奉行のもとにまかりたりし次に続歌よみし中に、早春山霞

香久山〈かぐやま〉のみねのまさかき霞《かす》むらししらゆふかくる春の衣手《ころもで》

正徹・永享九年正徹詠草

【本歌】

庭の雪にわが跡《あと》つけていでつるを訪《と》はれにけりと人やみるらん

慈円・新古今和歌集六（冬）

【本歌取とされる例歌】

ふる雪《ゆき》にさとをばかれずあとつけば待《ま》つらむ人の数《かず》にもらすな

二条為定・兼好法師集

あとつけていまこそとはめうき身をも待《ま》つらむ宿《やど》の庭《には》のしら雪

兼好・兼好法師集

【本歌】

老《お》いの浪《なみ》こえける身こそあはれなれことしも今は末《すゑ》の松山

寂蓮・新古今和歌集六（冬）

［注解］「きみをおきてあだし心をわが持たば末の松山浪もこえなん」（よみ人しらず・古今和歌集二十・東歌）が本歌とされる。

【本歌取とされる例歌】

名残ある年も我身も思ふには独〈ひとり〉の袖を波もこゆらん

冷泉政為・内裏着到百首

【本歌】

みつきもの許されて国富めるを御覧じて

たかき屋《や》にのぼりて見れば煙《けぶり》たつ民《たみ》の竈《かまど》はにぎはひにけり

仁徳天皇・新古今和歌集七（賀）

【本歌取とされる例歌】

朝霞

世は春の民の朝けの煙より霞も四方の空に満つらし

後水尾院・御着到百首

【本歌】

延喜御時屏風歌

年《とし》ごとにおい《ひ》そふ竹のよゝをへてかはらぬ色《いろ》をたれとかはみん

紀貫之・新古今和歌集七（賀）

【本歌取とされる例歌】

建武元年、中殿にて竹有佳色といふ事を講ぜられけるに

ももしきやおひそふ竹の数ごとに変《かは》らぬ千代《ちよ》の色ぞ見えける

足利尊氏・風雅和歌集二十（賀）

【本歌】

文治六年女御入内屏風に

山人のお《を》る袖にほふ菊《きく》の露《つゆ》うちはらふにも千代《ちよ》はへぬべし

藤原俊成・新古今和歌集七（賀）

［注解］「ぬれて干す山路のきくのつゆのまに早晩ちとせを我は経にけむ」（素性・古今和歌集五・秋下）が本歌とされる。

【本歌取とされる例歌】

こゝにしも霜は経《へ》にけり仙人《やまびと》の住《すめ》るをさぞと白菊の花《はな》

冷泉政為・内裏着到百首

廿五日、同、心静延寿

色も香もなき物にして仙人《やまびと》の心を知《し》らば千世《ちよ》も経《へ》ぬべし

三条西実隆・再昌草

【本歌】

山風はふけどふかねど白浪のよする岩根《いはね》はひさしかりけり

伊勢・新古今和歌集七（賀）

【本歌取とされる例歌】

春風はふけど吹《ふ》かねど梅花さけるあたりはしるくぞありける

源実朝・金槐和歌集

［注解］「梅花にほふ春べはくらふ山やみに越ゆれど著くぞありける」（紀貫之・古今和歌集一・春上）も本歌とされる。

【本歌】

天喜四年皇后宮の歌合に、祝の心をよみ侍ける

住《すみ》の江におい《ひ》そふ松のえだごとに君《きみ》が千年《ちとせ》の数《かず》ぞこもれる

源隆国・新古今和歌集七（賀）

【本歌取とされる例歌】

住の江に生《お》ふてふ松の枝しげみ葉ごとに千世の数ぞこもれる

源実朝・金槐和歌集

【本歌】

定家朝臣母、身まかりてのち、秋ごろ墓所ちかき堂にとまりてよみ侍ける

まれにくる夜《よ》はもかなしき松風をたえずや苔《こけ》の下《した》にきくらん

藤原俊成・新古今和歌集八（哀傷）

【本歌取とされる例歌】

屏風の絵に山家に松かけるところに旅人あまたあるをよめる

まれにきて聞《きく》だにかなし山がつの苔の庵《いほり》の庭のまつ風

源実朝・金槐和歌集

【本歌】

後朱雀院かくれ給ひて、源三位がもとにつかはしける

あはれ君《きみ》いかなる野辺の煙《けぶり》にてむなしき空《そら》の雲と成《〈なり〉》けん

弁乳母・新古今和歌集八（哀傷）

【本歌取とされる例歌】

喜之が手向には雲をよめり

なき人の雲にやなるとながむればそれもむなしき空に消《きえ》つゝ

小沢蘆庵・六帖詠草

【本歌】

わすれなん世にも越路《こしぢ》の帰山《かへる》いつはた人にあはむとすらん

伊勢・新古今和歌集九（離別）

【本歌取とされる例歌】

かへる山いつはた秋とおもひこし雲ゐの雁《かり》もいまや逢《〈あひ〉》みむ

藤原家隆・家隆卿百番自歌合

【本歌】

御子の宮と申ける時、大宰大弐実政、学士にて侍ける、甲斐守にて下り侍けるに、餞賜はすとて

思《〈おもひ〉》いでばおなじ空《そら》とは月をみよほどは雲井にめぐりあふまで

後三条院・新古今和歌集九（離別）

［注解］「忘るなよほどは雲ゐになりぬとも空ゆく月のめぐり逢ふまで」（伊勢物語・十二）が本歌とされる。

【本歌取とされる例歌】

待《ま》てしばし同じ空行《そらゆ》く秋《あき》の月まためぐり逢《あ》ふ昔ならぬに

藤原俊成女・俊成卿女家集

【本歌】

東の方にまかりけるに、浅間のたけに煙のたつを見てよめる

信濃《しなの》なる浅間《あさま》のたけに立《〈たつ〉》けぶりをちこち人《〈びと〉》の見《み》やはとがめぬ

在原業平・新古今和歌集十（羇旅）

【本歌取とされる例歌】

いたづらにたつや浅間《あさま》の夕《ゆふ》けぶり里《さと》と《ゝ》ひかぬるをちこちの山

藤原雅経・新古今和歌集十（羇旅）

【本歌】

駿河国宇津の山にあへる人につけて、京につかはしける

駿河《するが》なる宇津《うつ》の山辺のうつゝにも夢にも人にあはぬなりけり

在原業平・新古今和歌集十（羇旅）

【本歌取とされる例歌】

旅寝《ね》する夢路はゆるせ宇津《うつ》の山関とはきかず守《も》る人もなし

藤原家隆・新古今和歌集十（羇旅）

都人に夢にもゆかむ便《〈たより〉》あらば宇津《うつ》の山風吹《〈ふき〉》もつたへよ

源実朝・金槐和歌集

【本歌】

神風の伊勢《いせ》のはまお《〈を〉》ぎお《〈を〉》りふせて旅寝《たびね》やすらんあらき浜《はま》べに

よみ人しらず・新古今和歌集十（羇旅）

【本歌取とされる例歌】

海浜重夜といへる心をよみ侍し

いく夜《よ》かは月を哀《〈あはれ〉》とながめきて浪《なみ》にお《〈を〉》りしく伊勢《いせ》のはまお《〈を〉》ぎ

越前・新古今和歌集十（羇旅）

【本歌】

旅歌とてよみ侍ける

旅寝《たびね》して暁がたの鹿の音《ね》にいな葉を《〈お〉》しなみ秋風ぞふく

源経信・新古今和歌集十（羇旅）

【本歌取とされる例歌】

さびしさにくさのいほりをでゝみればいなばおしなみあきかぜ
ぞふく

良寛・布留散東

【本歌】

旅の歌とてよめる

もろともにいでし空《そら》こそわすられね宮《みや》この山のありあけの月

藤原良経・新古今和歌集十（羇旅）

［注解］参考歌「みやこにてながめし月のもろともに旅の空にもいでにけるかな」（道命・詞花和歌集十・雑下）

【本歌取とされる例歌】

旅

友と見る月の有明に成《なる》まゝに出し都やとを《ほ》ざかる覧《らむ》

藤原為家・中院詠草

【本歌】

摂政太政大臣家歌合に、羇中晩嵐といふことをよめる

いづくにかこよひは宿《やど》をかり衣ひもゆふぐれの峰《みね》のあらしに

藤原定家・新古今和歌集十（羇旅）

【本歌取とされる例歌】

一夜《ひとよ》をば忍ぶの鷹の狩《かり》衣日も夕こりの山さむくとも

三条西実隆・内裏着到百首

【本歌】

旅の歌とてよめる

旅《たび》人の袖ふきかへす秋風に夕《ゆふ》日《ひ》さびしき山のかけはし

藤原定家・新古今和歌集十（羇旅）

【本歌取とされる例歌】

橋

旅人のさきだつ袖はかつ消《き》えて夕日もわたる峰《みね》のかけ橋《はし》

正徹・永享五年正徹詠草

【本歌】

摂政太政大臣の家の歌合に、秋旅といふ事を

わすれなむまつとなつげそ中〳〵《なかなか》にいなばの山の峰《みね》の秋風《あきかぜ》

藤原定家・新古今和歌集十（羇旅）

［注解］「立わかれいなばの山の峰に生ふる松としきかば今かへりこむ」（在原行平・古今和歌集八・離別）が本歌とされる。

【本歌取とされる例歌】

早苗《さなへ》取る麓の小田にいそぐ也そよぐ因幡《いなば》の峰《みね》の秋風《かぜ》

一条兼良・藤河の記

［注解］「昨日こそ早苗とりしかいつのまに稲葉そよぎて秋風のふく」（よみ人しらず・古今和歌集四・秋上）も本歌とされる。

【本歌】

堀河院御時百首歌奉りけるに、旅歌

さすらふる我身にしあれば象潟《きさかた》やあまのとま屋にあまたた《ゝ》び寝《ね》ぬ

藤原顕仲・新古今和歌集十（羇旅）

【本歌取とされる例歌】

羇旅

さすらふる旅《たび》にしあれば宿ごとの主の心とりぞわづらふ

細川幽斎・玄旨百首

【本歌】

よそにのみ見てややみなん葛城《かづらき》やたかまの山の峰《みね》の白雲

よみ人しらず・新古今和歌集十一（恋一）

【本歌取とされる例歌】

白《しら》雲はよそにも見えずかづらきや高間《たかま》の月にあらし吹《（ふく）》らし

藤原家隆・家隆卿百番自歌合

かづらきや高間《たかま》の山にさすしめのよそにのみやは恋《（こひ）》んとおもひし

藤原家隆・家隆卿百番自歌合

花

よそにのみ峰《みね》の白雲《しらくも》定《さだ》めかね桜《さくら》吹《ふ》き添《そ》ふ葛《かづら》木の山

藤原俊成女・俊成卿女家集

葛城山の花

かづらきや花のさかりをよそに見て心そらなるみねの白雲《しらくも》

兼好・兼好法師集

葛城の山をこゆとて

葛城《かづらき》の山路《ぢ》をこえてけふみれば都《みやこ》ぞよその雲居《ゐ》なりける

頓阿・頓阿法師詠

【本歌】

みかの原《はら》わきてながるゝ泉河《いづみがは》いつみきとてか恋《こひ》しかるらん

藤原兼輔・新古今和歌集十一（恋一）

【本歌取とされる例歌】

みかの原山風吹《（ふけ）》ばいづみ川紅葉《もみぢ》ぞ色にわきて流《なが》るゝ

綾小路有俊・宝徳二年十一月仙洞歌合

［注解］「時わかぬ浪さへ色にいづみ河はゝそのもりに嵐ふくらし」（藤原定家・新古今和歌集五・秋下）も本歌とされる。

袖《そで》かけて夕《ゆふ》なみ涼し泉川《いづみがは》秋の心やわきて流るる

冷泉為和・文亀三年三十六番歌合

【本歌】

平定文家歌合に

園原《そのはら》やふせ屋《や》におふる帚木《はゝきゞ》のありとは見えてあはぬ君《きみ》かな

坂上是則・新古今和歌集十一（恋一）

【本歌取とされる例歌】

「帚木《はゝきゞ》の心を知《し》らで園原《そのはら》の道《みち》にあやなくまどひぬるかな
聞《きこ》えんかたこそなけれ」

との給へり。女も、さすがに、まどろまれざりけり。

数ならぬふせ屋《や》に生《お》ふる名《な》のうさにあるにもあらず消《き》ゆる帚木《はゝきゞ》

と聞《きこ》えたり。

紫式部・源氏物語（帚木）

［注解］文中の光源氏の歌「帚木の心を知らで園原の道にあやなくまどひぬるかな」も本歌とされる。

寄木恋

おもふかひありともみえぬはき木のよそのふせやに生ひかはるらむ

武者小路実陰・芳雲和歌集

【本歌】

煙《けぶり》たつ思《おも》ひならねど人しれずわびては富士《ふじ》のねをのみぞなく

清原深養父・新古今和歌集十一（恋一）

【本歌取とされる例歌】

五月雨

煙《けぶり》たつたかねならねどさみだれにみやこのふじも雲はれぬ比《ころ》

烏丸資慶・万治御点

【本歌】
筑波《つくば》山は山しげゝれど思《おも》ひ入《い》るにはさはらざりけり
源重之・新古今和歌集十一（恋一）

［注解］「筑波山　葉山繁山　繁きをぞ　や　誰が子も通ふな　下に通へ　我が夫は下に」（古代歌謡・風俗歌）が本歌とされる。

【本歌取とされる例歌】
筑波山端山繁山《つくばやまはやましげやま》しげけれど降《ふ》りしく雪《ゆき》はさはらざりけり
曾禰好忠・好忠集

【本歌】
奥《おく》山の峰《みね》とびこゆる初雁《はつかり》のはつかにだにも見でややみなん
凡河内躬恒・新古今和歌集十一（恋一）

【本歌取とされる例歌】
雲がくれ鳴〈なき〉て行〈ゆく〉なる初雁のはつかに見ても人は恋しき
源実朝・金槐和歌集

【本歌】
百首歌の中に忍恋を
玉《たま》の緒《を》よ絶《た》えなばたえねながらへばしのぶることのよは（わ）りもぞする
式子内親王・新古今和歌集十一（恋一）

［注解］「玉の緒の絶えてみじかき命もて年月ながき恋もするかな」（紀貫之・後撰和歌集十・恋二）が本歌とされる。

【本歌取とされる例歌】
知《し》らざりき我《わ》が玉《たま》の緒《を》はながらへてあひ見《み》し中の絶《た》えん物とは
宗尊親王・文応三百首

【本歌】
あるかひもなぎさに寄《よ》する白浪のまなくもの思《おも》ふわが身なりけり
源景明・新古今和歌集十一（恋一）

【本歌取とされる例歌】
逢〈あふ〉ことはなぎさによするしき浪の頻〈しきり〉にぬるゝ袖を見せばや
永福門院・永福門院百番御自歌合

【本歌】
由良《ゆら》の門《と》をわたる舟《ふな》人かぢをたえゆくゑ（へ）もしらぬ恋の道《みち》かも
曾禰好忠・新古今和歌集十一（恋一）

【本歌取とされる例歌】
百首歌たてまつりし時
かぢをたえ由良《ゆら》のみなとによる舟のたよりもしらぬ沖《おき》つ潮《しほ》風
藤原良経・新古今和歌集十一（恋一）

霞隔行舟
由良《ゆら》の門《と》やを（お）とにはありて行〈ゆく〉舟のかぢをたえぬと霞《かす》む春かな
正徹・永享五年正徹詠草

【本歌】
みるめ刈《か》るかたやいづくぞさほ（を）さしてわれに教《をし》へよ海人《あま》の釣《つり》舟
在原業平・新古今和歌集十一（恋一）

【本歌取とされる例歌】
逢《あ》ふまでのみるめ刈《か》るべきかたぞなきまだ浪《なみ》なれぬ磯《いそ》のあま人
相模・新古今和歌集十一（恋一）

【本歌】
うちはへてくるしきものは人目《め》のみしのぶの浦の海人《あま》の栲縄《たくなは》
讃岐・新古今和歌集十二（恋二）

【本歌取とされる例歌】

うちはへて秋は来にけり紀《き》の国や由良《ゆら》のみ崎《さき》の蜑《あま》のうけ縄《なは》

源実朝・金槐和歌集

【本歌】

水無瀬恋十五首歌合に、春恋の心を

面影《おもかげ》のかすめる月ぞやどりける春やむかしの袖の涙《なみだ》に

藤原俊成女・新古今和歌集十二（恋二）

［注解］「月やあらぬ春や昔の春ならぬわが身ひとつはもとの身にして」（在原業平・古今和歌集十五・恋五）が本歌とされる。

【本歌取とされる例歌】

春恋

夕《ゆふ》まぐれそれかと見えしおも影《かげ》のかすむぞかた見有明《みありあけ》の月

正徹・正徹物語

［注解］「おも影のそれかと見えし春秋もきえて忘るる雪の明ぼの」（藤原定家・拾遺愚草）も本歌とされる。

【本歌】

年《とし》もへぬいのる契《ちぎり》ははつせ山お《を》のへの鐘《かね》のよその夕暮《ぐれ》

藤原定家・新古今和歌集十二（恋二）

【本歌取とされる例歌】

年《とし》も経《へ》ぬさてや初瀬《はつせ》の山かぜにわかれしまゝのみねの白雲《しらくも》

兼好・兼好法師集

【本歌】

忍びたる人とふたりふして

夢とても人にかたるな知《し》るといへば手枕《たまくら》ならぬ枕だにせず

伊勢・新古今和歌集十三（恋三）

【本歌取とされる例歌】

枕《まくら》だに知《し》らねばいはじ見しまゝに君かたるなよ春の夜《よ》の夢

和泉式部・新古今和歌集十三（恋三）

【本歌】

後朝の恋の心を

またもこん秋をたのむの雁《かり》だにもなきてぞ帰《かへ》る春のあけぼの

藤原良経・新古今和歌集十三（恋三）

【本歌取とされる例歌】

又もこむ秋こそいとゞたのまるれとまるとしなき春のかりがね

兼好・兼好法師集

【本歌】

女の許に、ものをだにいはむとまかれりけるに、むなしく帰りて、朝に

消《き》えかへりあるかなきかのわが身かなうらみてかへる道芝《みちしば》の露《つゆ》

藤原朝光・新古今和歌集十三（恋三）

【本歌取とされる例歌】

消《き》えかへりあるかなきかに物ぞ思ふうつろふ秋の花の上の霜

源実朝・金槐和歌集

わかれこし身は消えぬべきそでにけさつれなくのこる道しばの露

日野弘資・万治御点

【本歌】

三条関白女御、入内の朝につかはしける

あさぼらけおきつる霜《しも》の消《き》えかへり暮待《くれま》つほどの袖を見《み》せばや

花山院・新古今和歌集十三（恋三）

【本歌取とされる例歌】

消《き》え返《かへ》り暮《くれ》待《ま》つ袖ぞしをれぬるおきつる人は露ならねども

西行・山家集

【本歌】

待つ恋といへる心を

君待《ま》つとねやへもいらぬ真木《まき》の戸《と》にいたくな更《ふ》けそ山のはの月

式子内親王・新古今和歌集十三（恋三）

［注解］「きみこずは寝屋へもいらじ濃紫わが元結に霜はを《お》くとも」（よみ人しらず・古今和歌集十四・恋四）が本歌とされる。

【本歌取とされる例歌】

七月十四日の夜勝長寿院の廊に侍りて月さし入たりしによめる

ながめやる軒のしのぶの露のまにいたくな更《ふ》けそ秋の夜の月

源実朝・金槐和歌集

【本歌】

身を知《し》れば人のとがとは思《おも》はぬに恨《うら》みがほにもぬるゝ袖かな

西行・新古今和歌集十三（恋三）

【本歌取とされる例歌】

身をしればうらむることもなけれども恋しき外《ほか》に袖もぬれけり

藤原為兼・金玉歌合

【本歌】

天《あま》の戸《と》をおしあけがたの月見《み》ればうき人しもぞ恋《こひ》しかりける

よみ人しらず・新古今和歌集十四（恋四）

【本歌取とされる例歌】

春日社歌合に、暁月の心を

天《あま》の戸《と》をおしあけがたの雲間より神代《よ》の月のかげぞのこれる

藤原良経・新古今和歌集十六（雑上）

池にすむをし明《あけ》がたの空の月袖の氷《こほり》になく〳〵ぞみる

藤原家隆・家隆卿百番自歌合

［注解］「池にすむ名ををしどりの水を浅みかくるとすれどあらはれにけり」（よみ人しらず・古今和歌集十三・恋三）も本歌とされる。

やすらひに出《い》でにしまゝの天《あま》の戸をおしあけ方《がた》の月にまかせて

藤原俊成女・俊成卿女家集

［注解］「やすらひにいでにし人のかよひぢをふるきのはらといまはみるかな」（女房・六百番歌合）も本歌とされる。

【本歌】

ほの見えし月を恋《こひ》しとかへるさの雲路《ぢ》の浪にぬれてこしかな

よみ人しらず・新古今和歌集十四（恋四）

【本歌取とされる例歌】

ながめても恨《うらみ》ぬ袖はいかならむ雲路《ぢ》の浪《なみ》にあくる月かげ

藤原家隆・家隆卿百番自歌合

【本歌】

千五百番歌合に

めぐり逢《あ》はん限《かぎ》りはいつと知《し》らねども月なへだてそよその浮雲《うき》

藤原良経・新古今和歌集十四（恋四）

［注解］「忘るなよほどは雲井に成ぬとも空行月の廻あふまで」（橘忠幹・拾遺和歌集八・雑上）が本歌とされる。

【本歌取とされる例歌】

人ぞうきたのめぬ月はめぐり来《き》てむかし忘《わす》れぬ蓬生《よもぎふ》の宿《やど》

藤原秀能・新古今和歌集十四（恋四）

【本歌】

いま来《こ》んと契《ちぎり》しことは夢ながら見し夜《よ》にゝたる有あけの月

源通具・新古今和歌集十四（恋四）

［注解］「今こむと言ひし許に長月のありあけの月を待ちいでつる哉」（素性・古今和歌集十四・恋四）が本歌とされる。

【本歌取とされる例歌】

そのまゝに松の嵐もかはらぬを忘《わす》れやしぬる更《ふ》けし夜《よ》の月

宗円・新古今和歌集十四（恋四）

【本歌】

恨《うら》みわび待《ま》たじいまはの身なれども思《おも》ひなれにし夕暮《ぐれ》の空

寂蓮・新古今和歌集十四（恋四）

【本歌取とされる例歌】

おもひ馴《なれ》し我《わが》心こそ哀《あはれ》なれ頼まぬものを夕暮の空

永福門院・永福門院百番御自歌合

負恋

つれなくばまたじ今はの心にもまけて恋しき夕ぐれの空

小沢蘆庵・六帖詠草

【本歌】

摂政太政大臣家百首歌合に、尋恋

心こそゆくゑ《へ》も知《し》らねみわの山すぎの木ずゑ《こ》の夕暮《ぐれ》の空

慈円・新古今和歌集十四（恋四）

［注解］「わが庵は三輪の山もと恋しくは訪ひきませ杉たてるかど」（よみ人しらず・古今和歌集十八・雑下）、「わが恋はゆくゑ《へ》もしらずはてもなし逢ふを限と思許ぞ」（凡河内躬恒・古今和歌集十二・恋二）、「ゆふぐれは雲のはたてに物ぞ思あまつ空なる人を恋ふとて」（よみ人しらず・古今和歌集十一・恋一）が本歌とされる。

【本歌取とされる例歌】

ながむれば吹《ふく》風涼し三輪の山杉の木ずゑを出《いづ》る月かげ

源実朝・金槐和歌集

［注解］「ながむれば衣手すゞしひさかたのあまの河原の秋の夕暮」（式子内親王・新古今和歌集四・秋上）も本歌とされる。

【本歌】

千五百番歌合に

つく〴〵と思《おも》ひあかしの浦《うら》千鳥《ちどり》浪《なみ》のまくらになく〳〵ぞ聞《き》く

藤原公経・新古今和歌集十四（恋四）

［注解］「ひとり寝は君も知りぬやつれ〴〵と思ひあかしの浦さびしさを」（紫式部・源氏物語・明石）が本歌とされる。

【本歌取とされる例歌】

すまのうらや浪《なみ》のまくらの友ちどりこれぞまたなきあはれとはきく

日野弘資・万治御点

【本歌】

野辺の露《つゆ》は色《いろ》もなくてやこぼれつる袖《そで》よりすぐるおぎ《を》の上《うは》風

慈円・新古今和歌集十五（恋五）

【本歌取とされる例歌】

梅香薫衣

梅が香《か》は我衣手《わがころもで》にほひきぬ花より過《す》ぐる春の初風

源実朝・金槐和歌集

【本歌】
山城《しろ》の井手《で》の玉水手《て》にくみて頼《たの》みしかひもなき世《よ》なりけり
よみ人しらず・新古今和歌集十五（恋五）

【本歌取とされる例歌】
玉《たま》水を手《て》にむすびてもこゝろみんぬるくは石《いし》の中も頼《たの》まじ
よみ人しらず・新古今和歌集十五（恋五）

［注解］参考歌「いにしへの野中の清水ぬるけれど本の心をしる人ぞくむ」（よみ人しらず・古今和歌集十七・雑上）

【本歌】
葛城《かづらき》や久米《くめ》路《ぢ》にわたす岩橋《いはゞし》の絶《た》えにし中となりやはてなん
大中臣能宣・新古今和歌集十五（恋五）

【本歌取とされる例歌】
葛城《かづらき》や久米《くめ》の岩橋《はし》神かけて契《〈ちぎり〉》し中のいつ絶《た》えにけん
宗尊親王・文応三百首

【本歌】
思《おも》ひ出《い》づや美濃《みの》の《ゝ》を山のひとつ松契《〈ちぎり〉》しことはいつも忘《わす》れず
伊勢・新古今和歌集十五（恋五）

【本歌取とされる例歌】
一もとの松は曇《くも》りもなかりけりみのの《ゝ》を山の秋の夜《よ》の月
宗尊親王・文応三百首

おもひをのぶ
かずならぬみのの《ゝ》を山のひとつ松ひとりさめてもかひやなからん
兼好・兼好法師集

【本歌】
柳を

道《みち》のべの朽《く》ち木の柳春くればあはれ昔《むかし》としのばれぞする
菅原道真・新古今和歌集十六（雑上）

【本歌取とされる例歌】
いにしへの朽木《〈くちき〉》の桜春ごとにあはれ昔《むかし》と思ふかひなし
源実朝・金槐和歌集

【本歌】
世をのがれてのち百首歌よみ侍けるに、花歌とて
今《いま》はわれ吉野《よしの》の《ゝ》山の花をこそ宿《やど》の物とも見るべかりけれ
藤原俊成・新古今和歌集十六（雑上）

［注解］「み吉野の山のあなたに宿も哉世のうき時のかくれがにせむ」（よみ人しらず・古今和歌集十八・雑下）が本歌とされる。

【本歌取とされる例歌】
屏風によしの山かきたる所
みよし野《の》の山にこもりし山人や花をばやどの物に見るらむ
源実朝・金槐和歌集

【本歌】
業平朝臣の装束つかはして侍けるに
秋や来《く》る露《つゆ》やまがふと思《おも》ふまであるは涙《なみだ》のふるにぞ有《〈あり〉》ける
紀有常・新古今和歌集十六（雑上）

【本歌取とされる例歌】
思《おも》ひあれば露《つゆ》は袂《たもと》にまがふとも秋のはじめをたれに問《と》はまし
大納言・新古今和歌集十六（雑上）

【本歌】
能宣朝臣、大和国待乳の山近く住みける女のもとに夜ふけてまかりて、あはざりけるを恨み侍けれ

ば

たのめこし人をまつちの山風《かぜ》にさ夜《よ》ふけしかば月も入《〈いり〉》にき

よみ人しらず・新古今和歌集十六（雑上）

【本歌取とされる例歌】

恋の歌とて

たのめずは人を待乳《まつち》の山なりとねなまし物をいざよひの月

後鳥羽院・新古今和歌集十三（恋三）

【本歌】

百首歌たてまつりしに

ながめてもむそぢの秋は過《す》ぎにけり思《おも》へばかなし山のはの月

藤原隆信・新古今和歌集十六（雑上）

【本歌取とされる例歌】

月

つかへこし秋はむそぢのとを《（ほ）》けれど雲ゐの月ぞみる心地する

藤原為家・中院詠草

【本歌】

かもめゐる藤江《ふぢえ》の浦《うら》の沖《おき》つ洲《す》に夜舟《よぶね》いざよふ月のさやけさ

源顕仲・新古今和歌集十六（雑上）

【本歌取とされる例歌】

白といふことを

かもめゐる沖《おき》のしらすに降《ふ》る雪の晴行《〈はれゆく〉》空の月のさやけさ

源実朝・金槐和歌集

【本歌】

元輔が昔住み侍ける家のかたはらに、清少納言住みけるころ、雪のいみじく降りて隔ての垣も倒れて侍ければ、申つかはしける

跡《あと》もなく雪ふるさとは荒《あ》れにけりいづれ昔《むかし》の垣根《かきね》なるらん

赤染衛門・新古今和歌集十六（雑上）

【本歌取とされる例歌】

見し人も積《つも》る跡《あと》なき面影《おもかげ》は雪ふる郷《さと》の昔《むかし》なりけり

藤原俊成女・俊成卿女家集

【本歌】

和歌所歌合に、関路秋風といふことを

人すまぬふわ《（は）》の関屋《せきや》の板《いた》びさし荒《あ》れにしのちはたゞ秋の風

藤原良経・新古今和歌集十七（雑中）

【本歌取とされる例歌】

不破の関屋を見《み》侍るに、なにとなく昔《むかし》おぼえて、物哀《あは》れなり。中御門摂政の「荒《あ》れにし後はたゞ秋の風」と詠《よ》み給し事など思ひ合《あ》はせられて、

荒《あ》れ果《は》つる不破《ふは》の関屋《せきや》の板庇《いたびさし》久しくも名をとゞめけるかな

一条兼良・藤河の記

板びさし雪にはあらぬ色も見《み》ず今も降《〈ふり〉》つゝ不破の関屋《や》は

冷泉政為・内裏着到百首

【本歌】

百首歌たてまつりしに

滝のを《（お）》と松の嵐《あらし》もなれぬればうち寝《ぬ》るほどの夢は見《み》せけり

藤原家隆・新古今和歌集十七（雑中）

【本歌取とされる例歌】

雑

ぬる夢も松のあらしを枕にて草の庵はむすぶともなし

藤原為家・中院詠草

【本歌】

ことしげき世《よ》をのがれにしみ山べに嵐《あらし》の風も心して吹《ふ》け

寂然・新古今和歌集十七（雑中）

【本歌取とされる例歌】

山家思秋

ことしげき世をのがれにし山里にいかで尋《〈たづね〉》て秋の来《き》つらむ

源実朝・金槐和歌集

【本歌】

少将高光、横河にまかりて頭下し侍にけるに、法服つかはすとて

奥《おく》山の苔《こけ》の衣にくらべ見よいづれか露《つゆ》のを《(お)》きまさるとも

藤原師氏・新古今和歌集十七（雑中）

【本歌取とされる例歌】

法眼定忍にあひて侍しとき大峰の物語などをしいへるを聞てのちによめる

おく山の苔の衣におく露はなみだの雨のしづくなりけり

源実朝・金槐和歌集

露

夜《よ》なく〳〵の涙しなくは苔衣秋を《(お)》く露の程はみてまし

藤原為家・中院詠草

【本歌】

歎くこと侍けるころ

佐《さ》保河《ほがは》のながれ久《ひさ》しき身なれどもうき瀬《せ》にあひて沈《しづ》みぬる哉

藤原忠実・新古今和歌集十七（雑中）

【本歌取とされる例歌】

水隠《みがく》れぬ名《な》のみ流《なが》れて佐保川《さほがは》の瀬《せ》に立《た》つこともなき身なりけり

二条良基・後普光園院殿御百首

【本歌】

五十首歌たてまつりし時

かげ宿《やど》す露《つゆ》のみしげくなりはてゝ草にやつるゝふるさとの月

藤原雅経・新古今和歌集十七（雑中）

［注解］「君しのぶ草にやつるゝふるさとは松虫の音ぞかなしかりける」（よみ人しらず・古今和歌集四・秋上）が本歌とされる。

【本歌取とされる例歌】

いとゞしく露けき里は荒《あ》れぬれど草にやつるゝ月の影《かげ》かな

二条良基・後普光園院殿御百首

【本歌】

三井寺焼けてのち、住み侍ける房を思ひやりてよめる

住《す》みなれしわがふる里《さと》はこのごろや浅茅《あさぢ》が原《はら》にうづら鳴《な》くらん

行尊・新古今和歌集十七（雑中）

【本歌取とされる例歌】

契むなしくなれるこゝろを

契《〈ちぎり〉》けむこれやむかしの宿ならむあさぢが原にうづら鳴《〈なく〉》なり

源実朝・金槐和歌集

【本歌】

守覚法親王五十首歌よませ侍けるに、閑居の心を

わくらばにとはれし人も昔《むかし》にてそれより庭の跡《あと》は絶《た》えにき

藤原定家・新古今和歌集十七（雑中）

［注解］「菅原や伏見の里のあれしより通ひし人の跡も絶えにき」（よみ人しらず・後撰和歌集十四・恋六）が本歌とされる。

【本歌取とされる例歌】
故郷萩露を
里《さと》は荒れてとはれし袖《そで》の色もなし秋の野《の》らなる萩《はぎ》の夕露《ゆふつゆ》
明魏・新続古今和歌集四（秋上）
［注解］「里はあれて人はふりにし宿なれや庭も籬も秋の野良なる」（遍昭・古今和歌集四・秋上）も本歌とされる。

【本歌】
朝倉《あさくら》や木《き》の丸殿《まろどの》にわがをれば名《な》のりをしつゝ行《ゆ》くはたが子《こ》ぞ
天智天皇・新古今和歌集十七（雑中）

【本歌取とされる例歌】
これやこのきのまろどのと思へども名のらで行《ゆ》けば知る人もなし
よみ人しらず・新葉和歌集十七（雑中）

【本歌】
鵲
彦星《ひこぼし》のゆきあひを待《ま》つかさゝぎの門渡《とわた》る橋《はし》を我にかさなん
菅原道真・新古今和歌集十八（雑下）

【本歌取とされる例歌】
彦星のゆきあひを待《ま》つ久方の天の河原にあき風ぞふく
源実朝・金槐和歌集

【本歌】
白浪のよするなぎさに世《よ》をつくす海人《あま》の子《こ》なれば宿《やど》もさだめず
よみ人しらず・新古今和歌集十八（雑下）

【本歌取とされる例歌】
湯坂より浦に出《い》でて日暮かゝるに、猶とまるべき所遠し。伊豆《いづ》の大島《しま》まで見渡《わた》さるゝ海面《づら》を、いづことか言《い》ふと問《と》へば、知《し》りたる人もなし。海人《あま》の家のみぞある。
蜑《あま》の住《す》むその里の名も白《しら》浪の寄《よ》する渚《なぎさ》に宿や借《か》らまし
阿仏・十六夜日記

【本歌】
うたゝねはお《（を）》ぎ吹《ふ》く風におどろけど長《なが》き夢路《ぢ》ぞさむる時なき
崇徳院・新古今和歌集十八（雑下）

【本歌取とされる例歌】
荻に吹《〈ふく〉》風もはかなし夜の夢驚《おどろ》かさでも覚《さ》めざらめやは
冷泉政為・内裏着到百首

【本歌】
世《よ》の中はとてもかくてもおなじこと宮《みや》も藁屋《わらや》もはてしなければ
蟬丸・新古今和歌集十八（雑下）

【本歌取とされる例歌】
山のはに思《おも》ひも入《い》らじ世《よ》の中《なか》はとてもかくてもありあけの月
藤原盛方・新古今和歌集十六（雑上）

【本歌】
夜や寒《さむ》き衣やうすきかたそぎのゆきあひのまより霜やを《（お）》くらん
よみ人しらず・新古今和歌集十九（神祇）

【本歌取とされる例歌】
崇徳院に百首歌たてまつりける時
わが恋《こひ》は千木《ちぎ》の片《かた》そぎかたくのみゆきあはで年《とし》のつもりぬるかな
藤原公能・新古今和歌集十二（恋二）
契《〈ちぎり〉》を《〈お〉》きし千木のかたそぎむなしくは行合《〈ゆきあひ〉》のまの霜と消《き》え南《〈なん〉》
藤原家隆・家隆卿百番自歌合
社頭松風
吹《〈ふく〉》風《かぜ》も昔《むかし》に似たるのどけさやなを《（ほ）》かたそぎの行《〈ゆき〉》あひの松《まつ》

【本歌】

正徹・永享五年正徹詠草

加賀の守にて侍ける時、白山に詣でたりけるを思ひ出でて、日吉の客人の宮にてよみ侍ける

年《とし》ふともこしの白山わすれずはかしらの雪を哀《あはれ》とも見よ

藤原顕輔・新古今和歌集十九（神祇）

【本歌取とされる例歌】

社頭雪

年つもる越《こし》の白《しら》山しらずとも頭《かしら》の雪をあはれとは見よ

源実朝・金槐和歌集

【本歌】

比叡山中堂建立の時

阿耨多羅《あのくたら》三藐三菩提《さんみやくさんぼだい》の仏《ほとけ》たちわがたつ杣《そま》に冥加《みやうが》あらせたまへ

最澄・新古今和歌集二十（釈教）

【本歌取とされる例歌】

阿耨多羅我《わが》たつ杣《そま》を始《はじめ》にて比枝の山彦よばぬ日もなし

上田秋成・藤簍冊子

【本歌】

天王寺の亀井の水を御覧じて

にごりなき亀《かめ》井の水をむすびあげて心の塵《ちり》をすゝぎつる哉《かな》

上東門院・新古今和歌集二十（釈教）

【本歌取とされる例歌】

山水の流《ながれ》を見ても住《すむ》人のこゝろの塵をすゝげとぞ思ふ

永福門院・永福門院百番御自歌合

【本歌】

述懐歌の中に

ねがはくはしばし闇路《やみぢ》にやすらひてかゝげやせまし法の灯火《ともし》

慈円・新古今和歌集二十（釈教）

【本歌取とされる例歌】

百首御歌の中に

世を照らす光をいかでかかげまし消《け》なば消ぬべき法《のり》のともし火《び》

花園院・風雅和歌集十八（釈教）

「金槐和歌集」の収録歌が本歌とされる例歌

【本歌】

旅宿月

独《ひとり》ふす草の枕の露の上にしらぬ野原の月をみるかな

源実朝・金槐和歌集

[注解]「あしびきの山路のこけの露の上にねざめ夜ぶかき月をみるかな」（藤原秀能・新古今和歌集四・秋上）が本歌とされる。

【本歌取とされる例歌】

旅歌とて

あけやらぬ草の枕《まくら》の露の上に月を残して出《い》づる旅人

楊梅俊兼・玉葉和歌集八（旅）

【本歌】

箱根の山をうち出て見れば波のよる小島あり。供

のものに此うらの名はしるやとたづねしかば伊豆
のうみとなむ申すと答侍しをきゝて
箱根路をわが越《こ》えくれば伊豆の海や沖《おき》の小島に波のよるみゆ
源実朝・金槐和歌集

【本歌取とされる例歌】
伊豆の海を漕〈こぎ〉つゝくれば浪高み沖の小島よ見えかくれする
上田秋成・藤簍冊子

磯
百《もも》くまのあらきはこね路《ぢ》越《こえ》来ればこよろぎのいそに浪のよる見ゆ
賀茂真淵・賀茂翁家集拾遺

「拾遺愚草」の収録歌が本歌とされる例歌

【本歌】
わすれぬやさはわすれけり我が心ゆめになせとぞいひて別れし
藤原定家・拾遺愚草

【本歌取とされる例歌】
会不逢恋
夢なれや夢《ゆめ》になせともいはざりしその兼言〈かねごと〉のむなしうつゝは
正徹・永享九年正徹詠草

［注解］参考歌「あひ見しは昔語りのうつゝにてそのかねことを夢になせとや」（源通親・新古今和歌集十四・恋四）

【本歌】
秋はきぬ月は木のまにもり初めておき所なき袖の露かな
藤原定家・拾遺愚草

【本歌取とされる例歌】
秋かぜの一葉の木のまもりそめてまだきみにしむ夕月の空
冷泉為村・樵夫問答

【本歌】
ながむれば松より西に成りにけり影はるかなる明がたの月
藤原定家・拾遺愚草

【本歌取とされる例歌】
葉分けふく秋の夜あらしやや寒く松より西の月ぞ更けぬる
冷泉為村・樵夫問答

【本歌】
月ゆゑにあまりもつくす心かなおもへばつらし秋のよの空
藤原定家・拾遺愚草

【本歌取とされる例歌】
月ゆゑにつくす心はいとはれずかげまちをしむ夜な夜なの秋
冷泉為村・樵夫問答

【本歌】
しかりとて月の心もまだしらずおもへばうとき秋のね覚を
藤原定家・拾遺愚草

【本歌取とされる例歌】
しかりとてみすてむものか秋ごとの月につもらむ老《おい》はなげかじ
冷泉為村・樵夫問答

【本歌】

難波江

おしてるや難波ほり江にしく玉のよるの光は蛍なりけり　**藤原定家・拾遺愚草**

【本歌取とされる例歌】

小車《をぐるま》の行方《ゆくかた》照《てら》せうば玉の夜の光も蛍にぞ見《み》る　三条西実隆・内裏着到百首

【本歌】

建仁元年三月尽日歌合、霞隔遠樹

みつしほにかくれぬ磯の松のはもみらくすくなく霞む春かな　**藤原定家・拾遺愚草**

【本歌取とされる例歌】

海上晩霞

みるがうちに満《み》ちくるならし夕塩の干潟の松も霞あひつゝ　後柏原天皇・内裏着到百首

【本歌】

湖上月明

さざ波やちりもくもらずみがかれて鏡の山をいづる月かげ　**藤原定家・拾遺愚草**

【本歌取とされる例歌】

さざ波にみがかれてこそ出でくらめ東のやまの月のさやけさ　千種有功・千々廼舎集

【本歌】

深山暁月

鳥の音もきこえぬ山の山人はかたぶく月を明けぬとやしる　**藤原定家・拾遺愚草**

【本歌取とされる例歌】

無動寺にて、夏の夜あくるまで月を見て

とりのねの聞《き》こゑ《え》ぬ山のかひもなしさてもあけゆくみじか夜《よ》の月　兼好・兼好法師集

【本歌】

おも影のそれかと見えし春秋もきえて忘るる雪の明ぼの　**藤原定家・拾遺愚草**

【本歌取とされる例歌】

春恋

夕《ゆふ》まぐれそれかと見えしおも影《かげ》のかすむぞかた見有明《みありあけ》の月　正徹・正徹物語

［注解］「面影のかすめる月ぞやどりける春やむかしの袖の涙に」（藤原俊成女・新古今和歌集十二・恋二）も本歌とされる。

「新勅撰和歌集」の収録歌が本歌とされる例歌

【本歌】

千五百番歌合に

ももしきや大宮人のたまかづらかけてぞなびくあをやぎのいと　**讃岐・新勅撰和歌集一（春上）**

【本歌取とされる例歌】

春歌

春の日の光もながし玉かづらかけてほすてふ青柳の糸　藤原為家・中院詠草

【本歌】
露しぐれそめはててけりをぐら山けふやちしほの峰のもみぢ葉
藤原範宗・新勅撰和歌集五（秋下）

【本歌取とされる例歌】
落葉混雨
染めはてしぐれも色にふり出《い》でておつるもみぢのまじる山風
内山淳時・遺珠集

【本歌】
羇中暁といへる心をよみ侍りける
たび衣たつあかつきのとりのねにつゆよりさきもそではぬれけり
西園寺公経・新勅撰和歌集八（羇旅）

【本歌取とされる例歌】
わかれを
たび衣《ごろも》たつ暁《あかつき》の露《つゆ》なみだ乱《みだ》れて鳥《とり》の音《ね》ぞ鳴《なか》れける
宮部義正・霞関集

【本歌】
寛喜三年、伊勢勅使たてられ侍りける当日まで、
雨はれがたく侍りけるに、宣旨うけたまはりて、
本宮にこもりて祈請し侍りけるに、よみ侍りける
あまつ風あめのやへくもふきはらへはやあきらけき日のみかげ見む
卜部兼直・新勅撰和歌集九（神祇）

【本歌取とされる例歌】
日の御影《みかげ》すゞしくもあるか五月雨の雨の八重雲風に消〈きえ〉つゝ
三条西実隆・内裏着到百首

［注解］参考歌「を〈お〉のづからすゞしくもあるか夏衣日も夕暮の雨のなごりに」（藤原清輔・新古今和歌集三・夏）

【本歌】
かたいともてぬきたるたまのををよわみみだれやしなむ人のしるべく
よみ人しらず・新勅撰和歌集十二（恋二）

【本歌取とされる例歌】
柳
あさみどり柳の糸のかたいともてぬきたる玉の春の朝露
藤原為家・中院詠草

【本歌】
あふさかの名をばたのみてこしかどもへだつるせきのつらくもあるかな
よみ人しらず・新勅撰和歌集十二（恋二）

【本歌取とされる例歌】
寄関恋
わが為はへだつる関と成〈なり〉にけりなど逢坂《あふさか》の名を頼みけん
細川幽斎・玄旨百首

【本歌】
相坂の山はゆききのみちなれどゆるさぬせきはそのかひもなし
祝部成茂・新勅撰和歌集十二（恋二）

【本歌取とされる例歌】
関
あふ坂のゆるさぬ関にたゝずみて時雨をよそに過〈すぐ〉しつる哉
上田秋成・藤簍冊子

【本歌】

ゆききえてうらめづらしきはつくさのはつかにのべもはるめきにけり

式子内親王・新勅撰和歌集十六（雑一）

【本歌取とされる例歌】

風さゆる山の陰野《かげの》のゝ初《はつ》草のはつかにこぞの雪ぞ残《のこ》れる

宗尊親王・文応三百首

「続後撰和歌集」の収録歌が本歌とされる例歌

【本歌】

道助法親王家の五十首の歌の中に、初春

たちそむる霞の衣うすけれどはるきて見ゆるよものやまのは

西園寺公経・続後撰和歌集一（春上）

【本歌取とされる例歌】

たちそむる春の霞《かすみ》の薄衣《うすころも》なを（ほ）袖さへ（え）て淡雪《あはゆき》ぞ降《ふ》る

宗尊親王・文応三百首

【本歌】

建保五年四月庚申に、春夜といへる心を

あまのはら霞ふきとくはる風に月のかつらも花のかぞする

源通光・続後撰和歌集二（春中）

【本歌取とされる例歌】

残雪

かひがねや霞《かすみ》吹きとく春風に残れる雪ぞさやにみえける

橘千蔭・うけらが花

【本歌】

名所歌あまたよませ給うける中に、春

宮木もりなしとやかぜもさそふらんさけばかつちる志賀のはなその

土御門院・続後撰和歌集三（春下）

【本歌取とされる例歌】

古郷花

今も猶有明《なほありあけ》の月の宮木守《みやぎもり》のこりはてたる志賀《しが》の花園

木下長嘯子・林葉塁塵集

【本歌】

むばたまの夜風をさむみふる里にひとりある人の衣うつらし

雅成親王・続後撰和歌集七（秋下）

【本歌取とされる例歌】

いかばかり夜寒《さむ》なるらん故郷にひとりある人の袖の秋風《あきかぜ》

宗尊親王・文応三百首

【本歌】

夏恋

よるはもえひるはをりはへなきくらしほたるもせみも身をばはなれず

源家長・続後撰和歌集十四（恋四）

【本歌取とされる例歌】

夏恋

よるはもえ昼はねにのみなくとしれ蛍も蟬《せみ》もひとつうき身に

萩原宗固・志野乃葉草

【本歌】

山寺のあかつきがたのかねのおとにながきねぶりをさましてしかな

藤原良経・続後撰和歌集十七（雑中）

【本歌取とされる例歌】

おどろかす鐘《かね》の音さへ聞《き》ゝなれてながきねぶりのさむる夜《よ》もなし

兼好・兼好法師集

「続古今和歌集」の収録歌が本歌とされる例歌

【本歌】

早苗を

けさだにもよをこめてとれせりかはやたけだのさなへふしたちにけり

よみ人しらず・続古今和歌集三（夏）

【本歌取とされる例歌】

塞《せ》きわくる水も緑の芹《せり》河や竹田に霞む春の苗代

冷泉政為・内裏着到百首

【本歌】

秋歌中に

ふきよれば身にもしみける秋かぜをいろなきものとおもひけるかな

紀友則・続古今和歌集四（秋上）

【本歌取とされる例歌】

初秋風

いかでかく色なきもののふけばまづ身にしみそむる秋の朝風

内山淳時・遺珠集

吹《ふく》風の身にしむ色に出《いで》にけり草木も秋や悲しかるらむ

香川景樹・桂園一枝

【本歌】

したをぎのほにこそあらねつゆばかりもらしぞそむる秋のはつかぜ

藤原有家・続古今和歌集十一（恋二）

【本歌取とされる例歌】

下荻《したをぎ》もかつ穂《ほ》に出《い》づる夕露《ゆふつゆ》に宿《やど》かりそむる秋の三日月《みかづき》

藤原長清・玉葉和歌集十四（雑一）

【本歌】

冬のうたに

ふじのねはゆきのうちにもあらはれてうづもれぬなにたつけぶりかな

中宮権大納言・続古今和歌集十七（雑上）

【本歌取とされる例歌】

野夕立

富士《ふじ》の嶺《ね》は晴れ行《ゆ》く空にあらはれてすそ野にくだる夕立《ゆふだち》の雲

惟宗光吉・風雅和歌集十五（雑上）

【本歌】

関路鶏といふことを

せきのともあけがたちかくなりにけりいまなくとりはそらねな

らじな
心円・続古今和歌集十八（雑中）

【本歌取とされる例歌】
関路鶴
関の戸も明《あけ》がたちかくなりぬらむふもとの田鶴《たづ》の諸声《もろごゑ》に啼《な》く
田安宗武・悠然院様御詠草

「続拾遺和歌集」の収録歌が本歌とされる例歌

【本歌】
百首歌たてまつりし時
風かよふおなじよそめの花の色に雲もうつろふみよしのの山
藤原為世・続拾遺和歌集二（春下）

【本歌取とされる例歌】
よしの山花にたなびくしら雲もおなじよそめに匂《にほ》ふ春風
飛鳥井雅直・万治御点

【本歌】
弘長元年百首歌たてまつりける時、神祇
榊葉のかはらぬ色にとしふりて神代ひさしきあまのかぐ山
藤原為家・続拾遺和歌集二十（神祇）

【本歌取とされる例歌】
名所山
榊葉《さかきば》のすゐばの風も乙女子《をとめご》が袖《そで》よりふくやあまのかぐ山
武者小路実陰・芳雲和歌集

「新後撰和歌集」の収録歌が本歌とされる例歌

【本歌】
道助法親王の家の五十首歌の中に、雪中鶯
まださかぬ軒ばの梅に鶯のこづたひちらす春のあは雪
藤原信実・新後撰和歌集一（春上）

【本歌取とされる例歌】
春御歌の中に
まだ咲かぬ梅の梢《こずゑ》にうぐひすののどけき声は今ぞ聞ゆる
花園院・玉葉和歌集一（春上）

【本歌】
院に三十首歌たてまつりし時、樹陰納涼
すずしさを外にもとはず山しろのうたのひむろのま木の下風
西園寺実兼・新後撰和歌集三（夏）

【本歌取とされる例歌】
氷室
山城《しろ》のうたの氷室のあせしより吹《ふ》けどもぬるき真木のした風
正徹・永享五年正徹詠草

【本歌】
後京極摂政家の六百番歌合に
秋ごとにたえぬほしあひのさ夜ふけて光ならぶる庭のともし火
藤原定家・新後撰和歌集四（秋上）

【本歌取とされる例歌】
百首歌の中に
ふけぬなり星合《ほしあひ》の空に月は入《い》りて秋風《あきかぜ》動く庭のともし火《び》
光厳院・風雅和歌集五（秋上）

【本歌】
山階入道左大臣家の十首歌に、杜紅葉
行く雲のうき田のもりのむら時雨過ぎぬとみればもみぢしてけり
源兼氏・新後撰和歌集五（秋下）

【本歌取とされる例歌】
秋時雨
吹《ふき》さそふ風になびきてゆく雲のうきたの森や今しぐるらん
小沢蘆庵・六帖詠草

【本歌】
千五百番歌合に
松島やをじまのいそによる波の月のこほりに千鳥なくなり
藤原俊成女・新後撰和歌集六（冬）

【本歌取とされる例歌】
音にのみききてややまむまつ島のをじまの磯《いそ》によするしら波
熊谷直好・浦のしほ貝

［注解］「音にのみ聞きてはやまじ浅くともいざ汲みみてん山の井の水」（よみ人知らず・後撰和歌集十六・雑二）も本歌とされる。

【本歌】
とりのねをふもとの里にききすてて夜ぶかくこゆるさやの中山
よみ人しらず・新後撰和歌集八（羇旅）

【本歌取とされる例歌】
この里《さと》の鳥《とり》のなくねを聞《きき》すてて（こ）おなじ旅寝《たびね》の人《ひと》やいづらん
原安適・若むらさき

【本歌】
熊野にまゐらせ給うける時、よませ給うける
山のはにしぐるる雲をさきだてて旅の空にも冬は来にけり
白河院・新後撰和歌集八（羇旅）

【本歌取とされる例歌】
初冬
山里は時雨《しぐれ》の雲をさきだてゝみぞれの空に冬はきにけり
細川幽斎・玄旨百首

【本歌】
不信是経、則為大失
たのまれぬ心ぞ見ゆるきても又むなしき空にかへる雁がね
藤原光俊・新後撰和歌集九（釈教）

【本歌取とされる例歌】
ゆくかたをながめん空《そら》の名残《なごり》だにむなしき雲《くも》にかへるかりがね
常照院・若むらさき

【本歌】
契りおきし心この葉にあらねども秋風ふけば色かはりけり
頼舜・新後撰和歌集十五（恋五）

【本歌取とされる例歌】
わすれじの心木のはも色かはる人の秋風吹きそふもうし

後西天皇・万治御点

【本歌】

おもひいでもなきいにしへを忍ぶこそうきをわするる心なるらめ

藤原基良女・新後撰和歌集十九（雑下）

【本歌取とされる例歌】

述懐の心を

夜《よ》な〳〵《よな》の夢《ゆめ》にならでは身《み》のうへのうきをわするゝおもひ出《で》もなし

山田教重・若むらさき

「夫木和歌抄」の収録歌が本歌とされる例歌

【本歌】

嘉元元年百首、花

花は猶枝にこもりて山桜またぬわかばの色ぞ先だつ

冷泉為相・夫木和歌抄四（春四）

【本歌取とされる例歌】

あめの後《のち》またぬわか葉の色みえてしをるる花のうつろふはをし

冷泉為村・樵夫問答

【本歌】

御集

萌出づる草葉の露やをしからん焼野にかへる夕雲雀かな

慈円・夫木和歌抄五（春五）

【本歌取とされる例歌】

今はとてつばさやすむる夕雲雀床《とこ》は草葉の露やいかなる

三条西実隆・内裏着到百首

【本歌】

北野社百首御歌

みよしののおほ川のべの藤の花春くれかかる色ぞのこれる

後鳥羽院・夫木和歌抄六（春六）

【本歌取とされる例歌】

散《ちり》はてし花の波かは名残猶《なほ》おほ河野辺《べ》の春の藤が枝

三条西実隆・内裏着到百首

【本歌】

家集、寄百合花恋

人しれずしたはふくずのまくりでにいざとりつかんひめゆりのはな

源仲正・夫木和歌抄八（夏二）

【本歌取とされる例歌】

かたぶきてたてるを見れば人しれず物をや思ふ姫ゆりの花

香川景樹・桂園一枝

【本歌】

天喜元年八月頼家朝臣家越中国名所合、三島

声たてぬよひしなければみしまのにふすさをしかの数をしりぬる

よみ人しらず・夫木和歌抄十二（秋三）

【本歌取とされる例歌】

寒山月

声たてぬ峰のを鹿《しか》の跡みゆる霜に更け行く冬のよの月

橘千蔭・うけらが花

【本歌】

家集、雁をききて

さ夜ふけてうらにからろのおとすなりあまのとわたるかりにやあるらん

よみ人しらず・夫木和歌抄十二（秋三）

【本歌取とされる例歌】

湊月

あこがれてよはにや出《いで》しみなと舟からろの音の月にきこゆる

小沢蘆庵・六帖詠草

【本歌】

家集、月歌中

こさふかばくもりもぞする道のくのえぞには見せじ秋のよの月

西行・夫木和歌抄十三（秋四）

【本歌取とされる例歌】

この題はあまたよまるべしとてつぎ〳〵おもひづるまゝ、かいつけたる中に

こさふかばふかせてをみよ陸奥《〈みちのく〉》のえぞもこよひの月はかくさじ

小沢蘆庵・六帖詠草

【本歌】

をのへのはら

家集、あかつき

あかつきはをのへのはらに風さえてしもにこたふるかねきこゆなり

六条院宣旨・夫木和歌抄二二（雑四）

【本歌取とされる例歌】

冬のよの長き限りをあかつきの霜にこたふる鐘の音かな

香川景樹・桂園一枝

「玉葉和歌集」の収録歌が本歌とされる例歌

【本歌】

百首歌の中に

雪の内も春はしりけりふる郷のみかきがはらのうぐひすの声

藤原為氏・玉葉和歌集一（春上）

【本歌取とされる例歌】

故郷鶯

風さえてなを《(ほ)》白《しら》雪はふるさとの御垣《みかき》が原《はら》に鶯《うぐひす》ぞなく

頓阿・頓阿法師詠

【本歌】

夕立の雲間《くもま》の日かげ晴れそめて山のこなたを渡る白鷺《しらさぎ》

藤原定家・玉葉和歌集三（夏）

【本歌取とされる例歌】

百首御歌の中に

夕立《ゆふだち》の雲飛《と》び分《わ》くる白鷺《しらさぎ》のつばさにかけて晴るる日のかげ

花園院・風雅和歌集四（夏）

【本歌】

うの花の露に光をさしそへて月にみがける玉川のさと

【本歌取とされる例歌】

題を探りて歌よませられしに、卯花　**藤原為教・玉葉和歌集三（夏）**

さらでだに月かとまがふ卯《う》の花を露《つゆ》もてみがく玉川《がは》の里《さと》

頓阿・頓阿法師詠

【本歌】

きの海や浪よりかよふ浦風に遠山はれていづる月かげ

道珍・玉葉和歌集五（秋下）

【本歌取とされる例歌】

寒山月

なを《（ほ）》寒《さむ》し嵐もきかず雪も見ぬとを《（ほ）》山はれていづる月影《かげ》

正徹・永享五年正徹詠草

【本歌】

上東門院太皇太后宮と申しける時、八月ばかりおまへに前栽うゑさせ給て人人に歌よまさせ給けるとき、秋月さやかなりといふことをよみ侍りける

あまつ風雲ふきはらひつねよりもさやけさまさる秋の夜の月

藤原長家・玉葉和歌集五（秋下）

【本歌取とされる例歌】

秋風《あきかぜ》の雲《くも》ふきはらひ池水《いけみづ》にうかべる月《つき》の影《かげ》のさやけさ

畠山牛庵・水戸徳川家九月十三夜会

【本歌】

水無瀬殿にて秋歌よみ侍りけるに

ゆふづくひむかひのをかのうす紅葉まださびしき秋の色かな

藤原定家・玉葉和歌集五（秋下）

【本歌取とされる例歌】

秋望といふ事を

夕日《ゆふひ》うつるそともの森の薄紅葉《うすもみぢ》さびしき色に秋ぞ暮れ行く

光明院・風雅和歌集七（秋下）

【本歌】

百番歌合に

神無月あらしにまじる村雨に色こきたれてちる木のはかな

順徳院・玉葉和歌集六（冬）

【本歌取とされる例歌】

もろくなる桐のかれ葉は庭に落《〈おち〉》て嵐にまじる村雨の音

永福門院・永福門院百番御自歌合

【本歌】

寒草を

虫のねのよわりはてぬる庭の面に荻のかれ葉のおとぞ残れる

殷富門院大輔・玉葉和歌集六（冬）

【本歌取とされる例歌】

このたびのわかれにしりぬむしの音《ね》のよわりはてたる我心をば

木下幸文・類題亮々遺稿

【本歌】

野径霜をよみ侍りける

草のうへは猶冬がれの色見えて道のみしろき野べの朝霜

平宗宣・玉葉和歌集六（冬）

【本歌取とされる例歌】

百首歌奉りし時

冬枯《ふゆが》れのしばふの色の一《ひと》とほり道踏《ふ》み分《わ》くる野辺《のべ》の朝霜《あさしも》

柳原資明・風雅和歌集八（冬）

【本歌】

五十番歌合に冬雲といふことを

山あらしの杉《すぎ》の葉はらふ曙《あけぼの》にむらむらなびく雪の白雲《しらくも》

伏見院・玉葉和歌集六（冬）

【本歌取とされる例歌】

窓竹

鶯《うぐひす》の来鳴《きな》くみぎりの夕日影《ゆふひかげ》むらむらなびく窓の呉竹《くれたけ》

細川幽斎・衆妙集

【本歌】

恨恋の心を

とはずなる月日の数にしたがひてうらみもつもる物にぞ有りける

前参議家親・玉葉和歌集十三（恋五）

【本歌取とされる例歌】

とはずなる月日へにけりわすれじと我のみ人にたのめおくとも

日野弘資・万治御点

【本歌】

うれふること侍りし比

物思ひにけなばけぬべき露の身をあらくな吹きそ秋のこがらし

京極為兼・玉葉和歌集十四（雑一）

【本歌取とされる例歌】

古人のこと葉を題にてよめる中に

吹《ふく》風もまたでけぬべき露の身を千年《ちとせ》のごとく思ひなれぬる

小沢蘆庵・六帖詠草

【本歌】

雑歌の中に

さとびたる犬の声《こゑ》にぞ知られける竹より奥の人の家《いへ》ゐは

藤原定家・玉葉和歌集十六（雑三）

【本歌取とされる例歌】

跡《あと》もなきしづが家《いへ》ゐの竹の垣《かき》犬の声《こゑ》のみ奥深くして

花園院・風雅和歌集十六（雑中）

「続千載和歌集」の収録歌が本歌とされる例歌

【本歌】

おなじ心を

明けやすき夏の夜なれど郭公まつにいく度ね覚しつらん

関白家新少将・続千載和歌集三（夏）

【本歌取とされる例歌】

短夜にたびたび覚めてよめる

郭公なく一声にあくるよも老いはいくたびね覚しつらむ

小沢蘆庵・六帖詠草

［注解］「ふすからにまつぞわびしき時鳥なくひとこゑにあくるよなれば」（清原深養父・古今和歌六帖・六）、「ほととぎすなくひとこゑにあくる夜をまつにはあきのここちこそすれ」（藤原隆信・六百番歌合）も本歌とされる。

【本歌】

夏歌の中に

人ごとにきききつとかたる時鳥などわがために猶またるらん

北畠師重・続千載和歌集三（夏）

【本歌取とされる例歌】

関郭公

ほととぎす聞きつとかたるあふ坂を鳴きて別れの関路とやゆく

武者小路実陰・芳雲和歌集

［注解］「たがためもつれなかりけりほととぎすききつとかたる人しなければ」（三善為連・風雅和歌集十五・雑上）も本歌とされる。

【本歌】

海辺擣衣を

秋さむくなるをのうらの海士人は波かけごろもうたぬ夜もなし

大江貞重・続千載和歌集五（秋下）

【本歌取とされる例歌】

浦擣衣

秋ふかくなるをの浦の海士人《あまびと》はしほたれ衣《ごろも》今やうつらん

猪苗代兼載・集外歌仙

【本歌】

うちよする波も氷りてみなとえのあしのはさむくむすぶあさ霜

藤原重綱・続千載和歌集六（冬）

【本歌取とされる例歌】

江寒蘆

湊江《みなとえ》の氷《こほり》にたてるあしの葉に夕霜《ゆふしも》さやぎ浦風《うらかぜ》ぞ吹く

よみ人しらず・風雅和歌集十五（雑上）

【本歌】

夢をだにみつとはいはじなにはなるあしのしのやの夜はの秋かぜ

藤原為氏・続千載和歌集八（羈旅）

【本歌取とされる例歌】

夏暁

夢をだに見《み》つとはいはじみじか夜は難波の鐘の暁の声《こゑ》

三条西実隆・再昌草

【本歌】

旅の心を

くれずとて里のつづきは打過ぎぬこれよりするに宿やなからん

鷹司基忠・続千載和歌集八（羈旅）

【本歌取とされる例歌】

旅行

程《ほど》もなく里《さと》のつゞきは行過《ゆきすぎ》てしらぬ山路《やまぢ》にかゝるさびしさ

林直秀・霞関集

【本歌】

家百首歌中に、旅

古郷にかよふ夢路もありなましあらしの音を松にきかずは

藤原良経・続千載和歌集八（羈旅）

【本歌取とされる例歌】

旅衣打ち寝《ぬ》るままに故郷《ふるさと》に通ふ夢路は足も休めず

後水尾院・御着到百首

【本歌】

くちはてん後こそあらめ袖にせく涙よしばし人にしらるな

平重村・続千載和歌集十一（恋二）

【本歌取とされる例歌】

叢蛍

朽ちはてむ後こそあらめ草の上の蛍や何の燃えて行くらむ

後水尾院・御着到百首

【本歌】

山ふかみ人の行来やたえぬらん苔に跡なき岩のかけ道

平宣時・続千載和歌集十七（雑中）

【本歌取とされる例歌】

山深《やまふか》く稀《まれ》にもたれかかよふらん苔《こけ》に跡《あと》ある谷《たに》の岩橋《いははし》

敬蓮・霞関集

「続後拾遺和歌集」の収録歌が本歌とされる例歌

【本歌】

盧橘を

たちばなのにほひをさそふ夕風に忍ぶむかしぞ遠ざかり行く

平維貞・続後拾遺和歌集三（夏）

【本歌取とされる例歌】

盧橘風

五月雨《さみだれ》の空なつかしく立花《たちばな》の匂ひをさそふ軒の夕かぜ

田安宗武・悠然院様御詠草

【本歌】

けふいくか日数もふりぬつの国のながらのはしの五月雨の比

よみ人しらず・続後拾遺和歌集十五（雑上）

【本歌取とされる例歌】

けふいくかあさきせしらぬ山川も岩波さわぐ五月雨のころ

日野弘資・万治御点

「拾玉集」の収録歌が本歌とされる例歌

【本歌】

霰

しながどりゐなのささ原わけ行けばはらひもあへずふるあられかな

慈円・拾玉集

【本歌取とされる例歌】

野霰

夕《ゆふ》されば霰《あられ》みだれてとふ宿も猪名野《いなの》ゝ小篠《をざゝ》山かぜぞふく

心敬・寛正百首

【本歌】

述懐

世の中に草のいほりはおほかれど露のうき身ぞおき所なき

慈円・拾玉集

【本歌取とされる例歌】

世中おもひあくがるゝころ、山里に稲刈るを見て

よの中の秋田刈《か》るまでなりぬれば露もわが身もを《（お）》きどころなし

兼好・兼好法師集

【本歌】

末はれぬみづまさ雲にもる月をむなしく雨のよはやおもはん

慈円・拾玉集

【本歌取とされる例歌】

雲のむら〳〵なる中をもる月のをり〳〵さやけかりければ

大空の水まさ雲をもる月は淵にしづめる玉かとぞみる

小沢蘆庵・六帖詠草

「風雅和歌集」の収録歌が本歌とされる例歌

【本歌】

後京極摂政、左大臣に侍りける時、家に歌合し侍りけるとき、暁霞といふ事を

はつせ山かたぶく月もほのぼのと霞にもるるかねのおとかな

藤原定家・風雅和歌集一（春上）

【本歌取とされる例歌】

百首歌奉りし時

こもりえのはつせの檜原《ひばら》吹き分けて嵐《あらし》にもるる入相《いりあひ》の鐘

二条為定・風雅和歌集十六（雑中）

【本歌】

桜ちる山した水をせきわけて花にながるる小田のなはしろ

儀子内親王・風雅和歌集三（春下）

【本歌取とされる例歌】

苗代水に花の散うかべる処

水にすむ蛙《かはづ》も花に声すなり桜ながるる小田《をだ》の苗代

賀茂季鷹・雲錦翁家集

【本歌】

霰を

空さむみ雪げもよほす山かぜの雲のゆききにあられちるなり

冷泉為相女・風雅和歌集八（冬）

【本歌取とされる例歌】

冬さむみ雪げもよほす風みえて煙もそらにまきのすみがま

白川雅喬・万治御点

【本歌】

不惜名恋

なき名とも人にはいはじそれをだにつらきが中の思出にして

平宗宣・風雅和歌集十（恋一）

【本歌取とされる例歌】

なき名《な》ともよしや嘆《なげ》かじ君《きみ》により立《た》つを憂《う》き身の思出《（おもひで）》にして

二条良基・後普光園院殿御百首

【本歌】

たがためもつれなかりけりほととぎすききつとかたる人しなければ

三善為連・風雅和歌集十五（雑上）

【本歌取とされる例歌】

関郭公

ほととぎす聞きつとかたるあふ坂を鳴きて別れの関路とやゆく

武者小路実陰・芳雲和歌集

［注解］「人ごとにききつとかたる時鳥などわがために猶またるらん」（北畠師重・続千載和歌集三・夏）も本歌とする。

「新千載和歌集」の収録歌が本歌とされる例歌

【本歌】

水の面におのが思ひをかつみつつ影はなれぬやほたるなるらん

藻壁門院少将・新千載和歌集三（夏）

【本歌取とされる例歌】

沢蛍

とぶほたるおのが思ひの影ならで夏こそなけれ暮るる沢みづ

武者小路実陰・芳雲和歌集

［注解］「もの思へば沢のほたるもわが身よりあくがれ出づるたまかとぞ見る」（和泉式部・後拾遺和歌集二十・雑六）も本歌とする。

【本歌】

時鳥待つもかぎりの在明に忍びもはてぬ初音なくなり

惟宗時俊・新千載和歌集十六（雑上）

【本歌取とされる例歌】

待子規

待ちよわる心ならねば初声をしのびもはてじやまほととぎす

内山淳時・遺珠集

【本歌】

夏の歌の中に

いまも猶光なき身のくやしきはむかしあつめぬ蛍なりけり

小倉実教・新千載和歌集十六（雑上）

【本歌取とされる例歌】

光なき身をおもへとや窓ちかくいさめがほにもとぶほたるかな

飛鳥井雅直・万治御点

「新拾遺和歌集」の収録歌が本歌とされる例歌

【本歌】

水茎のをかのみなとの波の上に数かきすててかへる雁がね

素暹・新拾遺和歌集一（春上）

【本歌取とされる例歌】

帰雁作字

浦《うら》なみにわかれてかへるうらみをやかずかきすつる雁《かり》の玉章《たまづさ》

野宮定基・田村家深川別業和歌

【本歌】

偽と何かかこたんおもはねばとはぬぞ人のまことなりける

昌義・新拾遺和歌集十三（恋三）

【本歌取とされる例歌】

うしとだになにかかこたむうけひかぬ神のつらさを人におもへば

後西天皇・万治御点

【本歌】

うらめしき人のおとせざりければ

そのかみはいかにしりてか恨みけんうきこそながき命なりけれ

和泉式部・新拾遺和歌集十五（恋五）

【本歌取とされる例歌】

人をのみなぞ恨《うら》みけむうきを猶こふる心もつれなかりけり

藤原俊成・長秋詠藻

【本歌】

跡たるる神世をとへば大ひえやをひえの杉にかかるしら雲

成運・新拾遺和歌集十六（神祇）

【本歌取とされる例歌】

松が崎にて

しぐれの雨はやくも降《ふり》て大比枝《おほひえ》や小《を》ひえにかゝる雲と見にしまに

上田秋成・藤簍冊子

「新後拾遺和歌集」の収録歌が本歌とされる例歌

【本歌】

延文百首歌たてまつりける時

みよしのの滝つかはうちにちる花やおちても消えぬみなわなるらん

二条良基・新後拾遺和歌集二（春下）

【本歌取とされる例歌】

三月尽

よしの河滝つ河内《かはうち》のみなわより春の日かずもけふぞきえゆく

木下長嘯子・林葉塁塵集

【本歌】

行く秋の末葉のあさぢ露ばかり猶かげとむるありあけの月

伏見院・新後拾遺和歌集五（秋下）

【本歌取とされる例歌】

ゆく秋の末葉にうつる月はをし冬まつしもの浅茅生《あさぢふ》の影

冷泉為村・樵夫問答

【本歌】

山桜思ふあまりによにふれば花こそ人のいのちなりけれ

慈円・新後拾遺和歌集七（雑春）

【本歌取とされる例歌】

長等山《ながらやま》ただながらへてみむと思ふ花こそ人のいのちなりけれ

千種有功・千々廼舎集

【本歌】

ひをならぬ波もかへりてあじろ木にこよひは氷るうぢの河かぜ

近衛道嗣・新後拾遺和歌集八（雑秋）

【本歌取とされる例歌】

打《うち》かけし波さへ氷るあじろ木を守《もり》あかすらん宇治の里人

上田秋成・藤簍冊子

【本歌】

百首歌たてまつりし時

しばし猶又ねの夢ぞさめやらぬうつつともなきけさの別に

侍従為敦・新後拾遺和歌集十三（恋三）

【本歌取とされる例歌】

今しばし又《また》ねに見つぐ夢もがな思ふにあかぬけさの別れを

中院通茂・万治御点

「新続古今和歌集」の収録歌が本歌とされる例歌

【本歌】

前大納言経房家歌合に、初郭公

あくがれし人の心も時鳥里なれそむる夜半の一こゑ

寂蓮・新続古今和歌集三（夏）

【本歌取とされる例歌】

初郭公

いづかたに里なれそめてほとゝぎすしのぶともなき初音なくらむ

中院通茂・万治御点

【本歌】

延文百首歌に

時わかぬ松のけぶりにたちそひて猶はれがたき峰の秋霧

九条経教・新続古今和歌集五（秋下）

【本歌取とされる例歌】

いたくかすめる日松のむらだちたるをみて

時わかぬ松の煙もかげろふのもゆる春日ぞ立《たち》まさりける

小沢蘆庵・六帖詠草

【本歌】

をはただのいただのはしとこぼるるはわたらぬ中の涙なりけり

源兼氏・新続古今和歌集十二（恋二）

【本歌取とされる例歌】

寄橋恋

ふりにける世々《よよ》の板田《いたゞ》の橋《はし》よりもこぼるゝものは涙《なみだ》成けり

心敬・寛正百首

【本歌】

いかなれば色にいでてもあはれとは人にしられぬ涙なるらむ

北畠具行・新続古今和歌集十四（恋四）

【本歌取とされる例歌】

いかなれば世に名はもれてわがおもふ人にしられぬそでの涙ぞ

後西天皇・万治御点

本説取編

古今和歌集・漢詩

【本説】「やまと歌《うた》は、人《ひと》の心《こころ》を種《たね》として、万《よろず》の言《こと》の葉《は》とぞ成《な》れりける。」

古今和歌集（仮名序）

【本説取例歌】
ことの葉《は》の尽きぬ種《たね》もや君が代のためしを契る敷島《しきしま》の道

道永親王・文亀三年三十六番歌合

世《よ》の中《なか》にたねは残《のこ》るも色《いろ》はなし君《きみ》が言葉《ことば》の花《はな》につくして

水無瀬氏成・後鳥羽院四百年忌御会

慶長五年七月二十七日、丹後国籠城せし時、古今集証明の状、式部卿智仁親王へ奉るとて

古《いにしへ》も今もかはらぬ世の中に心のたねを残す言《こと》の葉《は》

細川幽斎・衆妙集

【本説】「目《め》に見《み》えぬ鬼神《おに》をも哀《あは》れと思《おも》はせ、」

古今和歌集（仮名序）

【本説取例歌】
神《かみ》も人《ひと》も和《やは》らぐ国の姿にはいづれの道か敷島の道

飛鳥井雅俊・文亀三年三十六番歌合

如是力

鬼神《おにがみ》も哀《あはれ》とおもふ言《こと》の葉《は》の道《みち》の力《ちから》はたぐひあらじな

加藤高幹・霞関集

【本説】「大津皇子《おほつのみこ》の、初《はじ》めて詩賦《しふ》を作《つく》りしより、詞人才子《しじんさいし》、風《ふう》を慕《した》ひ塵《ぢん》を継《つ》ぐ。」

古今和歌集（真名序）

【本説取例歌】
家《いへ》の風《かぜ》吹き伝へ来て道々《みちみち》の塵《ちり》をつぎける御代《みよ》のかしこさ

邦高親王・文亀三年三十六番歌合

【本説】「恵《めぐみ》は筑波山《つくはやま》の陰《かげ》に茂《しげ》し。」

古今和歌集（真名序）

【本説取例歌】
つくばねははるかにみるもしるかればは山《やま》しげ山《やま》かげふかくして

松井幸隆・諏訪浄光寺八景詩歌

【本説】「既《すで》に絶《た》えにし風《ふう》を継《つ》がむと思《おも》ひ、久《ひさ》しく廃《すた》れにし道《みち》を興《おこ》さむと欲《おもほ》す。」

古今和歌集（真名序）

【本説取例歌】
時しればたえたるをつぎすたれたる道おこす世にあふがうれしさ

飛鳥井雅康・文亀三年三十六番歌合

【本説】「柳《やなぎ》気力《きりよく》なくして条《えだ》先《ま》づ動《うご》く　池《いけ》に波《なみ》の文《もん》ありて氷《こほり》尽《ことごと》く開《ひら》けたり」

白居易・和漢朗詠集（立春）

【本説取例歌】

池岸柳をよめる

風《かぜ》ふけば波《なみ》のあやを《(お)》る池水《いけみづ》に糸《いと》ひきそふる岸《きし》の青柳《あをやぎ》

源雅兼・金葉和歌集一（春）

【本説】

「梅花《ばいくわ》を《を》折つて頭《かうべ》に挿《さしはさ》めば　二月《じぐゑつ》の雪衣《ゆきころも》に落《お》つ」

尊敬・和漢朗詠集（子日）

【本説取例歌】

崇徳院に百首歌たてまつりける時、よみ侍ける

梅の花をりてかざしにさしつれば衣《ころも》にを《(お)》つる雪かとぞみる

藤原公能・千載和歌集一（春上）

二月雪落衣といふことをよみ侍ける

梅《むめ》ちらす風もこえてや吹《ふ》きつらんかほ《(を)》れる雪の袖《そで》にみだるゝ

康資王母・新古今和歌集一（春上）

【本説】

「花《はな》は根《ね》に帰《かへ》らむことを悔《く》ゆれども悔《く》ゆるに益《えき》なし　鳥《とり》は谷《たに》に入《い》らむことを期《ご》すれども定《さだ》めて期《ご》を延《の》ぶらむ」

清原滋藤・和漢朗詠集（閏三月）

【本説取例歌】

百首歌めしける時、暮の春の心をよませたまうける

花は根に鳥はふるすに返《〈かへる〉》なり春のとまりを知《し》る人ぞなき

崇徳院・千載和歌集二（春下）

【本説】

「養《やしな》ひ得《え》ては自《おのづか》ら花《はな》の父母《ぶも》たり」

紀長谷雄・和漢朗詠集（雨）

【本説取例歌】

堀川院御時、百首たてまつりける時、春雨の心をよめる

よもの山に木《こ》の芽《め》はるさめふりぬればかぞいろはとや花のたのまん

大江匡房・千載和歌集一（春上）

【本説】

「色有《いろあ》つては分《わか》ちやすし残雪《ざんせつ》の底《もと》　情無《こころな》うしては弁《わきま》へがたし夕陽《せきやう》の中《うち》」

兼明親王・和漢朗詠集（紅梅）

【本説取例歌】

お《(を)》られけりくれなゐにほふ梅《むめ》の花《はな》けさしろたへに雪はふれれど

藤原頼通・新古今和歌集一（春上）

【本説】

「これを花《はな》と謂《い》はんとすれば　また蜀人文《しよくひともん》を濯《すす》く錦粲爛《にしきさんらん》たり」

源順・和漢朗詠集（花）

【本説取例歌】

野萩似錦、といふことを

けふぞ知《し》るその江《え》に洗《あら》ふ唐錦萩咲《からにしきはぎさ》く野辺《のべ》に有《〈あり〉》けるものを

西行・山家心中集

【本説】

「風《かぜ》の竹《たけ》に生《な》る夜窓《よまど》の間《あひだ》に臥《ふ》せり　月《つき》の松《まつ》を照《てら》す時台《ときうてな》の上《うへ》に行《あり》く」

白居易・和漢朗詠集（夏夜）

【本説取例歌】

松にふく深山《〈みやま〉》の嵐いかならん竹うちそよぐ窓のゆふ暮

藤原良経・南海漁父北山樵客百番歌合

窓《まど》ちかき竹の葉すさぶ風のを《(お)》とにいとゞみじかきうたゝねの夢
式子内親王・新古今和歌集三（夏）

鳥羽にて竹風夜涼といへることを、人々つかうまつりし時
窓《まど》ちかきいさゝむら竹《たけ》風ふけば秋におどろく夏の夜《よ》の夢
藤原公継・新古今和歌集三（夏）

夏の夜《よ》の月の霜より秋の色にうつろひそむる森の下風《したかぜ》
冷泉為孝・文亀三年三十六番歌合

【本説】
「池冷《いけひや》やかにして水《みづ》に三伏《さんぷく》の夏《なつ》なし　松高《まつたか》うして風《かぜ》に一声《いっせい》の秋《あき》あり」
源英明・和漢朗詠集（納涼）

【本説取例歌】
最勝四天王院の障子に、高砂かきたるところ
ふく風の色こそ見えね高砂《たかさご》のおのへ《(を)》の松に秋はきにけり
藤原秀能・新古今和歌集四（秋上）

秋きぬと松ふく風もしらせけりかならずおぎ《(を)》の上《うは》葉ならねど
権大夫・新古今和歌集四（秋上）

【本説】
「嫋々《でうでう》たる秋《あき》の風《かぜ》に　山蟬鳴《さんせんな》いて宮樹紅《きうしうくれなゐ》なり」
白居易・和漢朗詠集（蟬）

【本説取例歌】
百首たてまつりし時
秋ちかきけしきの森《もり》になく蟬《せみ》の涙の露《つゆ》や下葉《〈したば〉》そむらん
藤原良経・新古今和歌集三（夏）

【本説】
「風《かぜ》は昨夜《さくや》より声《こゑ》いよいよ怨《うら》む　露《つゆ》は明朝《みやうてう》に及《およ》んで涙禁《なみだきん》ぜず」
大江朝綱・和漢朗詠集（七夕）

【本説取例歌】
暁のつゆは涙《なみだ》もとゞまらでうらむる風の声ぞのこれる
相模・新古今和歌集四（秋上）

【本説】
「物《もの》の色《いろ》は自《おのづか》ら客《かく》の意《こころ》を傷《いた》ましむるに堪《た》へたり　宜《うべ》なり愁《うれひ》の字《じ》をもて秋《あき》の心《こころ》に作《つく》れること」
小野篁・和漢朗詠集（秋興）

【本説取例歌】
崇徳院に百首歌たてまつりける時、秋の歌とてよめる
こと〴〵にかなしかりけりむべしこそ秋《あき》の心をうれへといひけれ
藤原季通・千載和歌集五（秋下）

時《とき》わかずうきにうれへはそふものを秋の心とたれかさだめし
鷹司今出川院近衛・玉葉和歌集十四（雑一）

【本説】
「秋《あき》の夜長《よなが》し　夜長《よなが》くして眠《ねむ》ることなければ天《てん》も明《あ》けず　耿々《かうかう》たる残《のこ》んの灯《ともしび》の壁《かべ》に背《そむ》けたる影《かげ》　蕭々《せうせう》たる暗《くら》き雨《あめ》の窓《まど》を打《う》つ声《こゑ》」
白居易・和漢朗詠集（秋夜）

【本説取例歌】
題を探りて人々に歌詠ませさせ給うけるに、雨中灯といふ事を
秋の夜は窓うつ雨にあけやらで雲ゐの雁《かり》のこゑぞ過《〈すぎ〉》ぬる
藤原家隆・家隆卿百番自歌合

雨の音《おと》の聞ゆる窓はさ夜《よ》ふけて濡《ぬ》れぬにしめる灯《ともしび》の影

伏見院・玉葉和歌集十五（雑二）

【本説】

「天山《てんざん》には弁《わきま》へず何《いづ》れの年《とし》の雪《ゆき》ぞ　合浦《がふほ》には迷《まど》ひぬべし旧日《きうじつ》の珠《たま》」

三統理平・和漢朗詠集（月）

【本説取例歌】

法性寺入道前関白太政大臣家に、月歌あまたよみ侍けるに

月みれば思《おも》ひぞあへぬ山たかみいづれの年《とし》の雪にかあるらん

藤原重家・新古今和歌集四（秋上）

【本説】

「これ花《はな》の中《なか》に偏《ひとへ》に菊《きく》を愛《あい》するのみにあらず　この花開《はなひら》けて後更《のちさら》に花《はな》の無《な》ければなり」

元稹・和漢朗詠集（菊）

［注解］参考〈菊の、まだよくも移ろひはてゞ、わざとつくろひ立てさせ給ひたるは、中〳〵遅きに、いかなる一本にかあらむ、いと見所ありて、移ろひたるを、取りわきて折らせ給ひて、「花の中に、ひとへに」と、誦じ給ひて、……〉（紫式部・源氏物語・宿木）

【本説取例歌】

雪の歌とてよめる

しもがれのまがきのうちの雪見《み》れば菊《きく》よりのちの花《はな》もありけり

藤原資隆・千載和歌集六（冬）

いまよりは又さく花《はな》もなきものをいたくなを《（お）》きそ菊《きく》のうへの露《つゆ》

藤原定頼・新古今和歌集五（秋下）

【本説】

「夢断《ゆめた》えては燕姫《えんき》が暁《あかつき》の枕《まくら》に薫《くん》ず」

橘直幹・和漢朗詠集（蘭）

【本説取例歌】

風かよふねざめの袖の花の香《か》にかほ《（を）》る枕《まくら》の春の夜《よ》の夢

藤原俊成女・新古今和歌集二（春下）

［注解］参考歌「をりしもあれはなたち花のかをる哉むかしを見つるゆめの枕に」（藤原公衡・千載和歌集三・夏）

【本説】

「秋《あき》の庭《には》は掃《はら》はず藤杖《とうぢやう》に携《たづさ》はりて　閑《しづ》かに梧桐《ごとう》の黄葉《くわうえふ》を踏《ふ》んで行《あり》く」

白居易・和漢朗詠集（落葉）

【本説取例歌】

百首歌たてまつりし秋歌

桐《きり》の葉も踏《ふ》みわけがたくなりにけりかならず人を待《ま》つとなけれど

式子内親王・新古今和歌集五（秋下）

［注解］「わが宿は道もなきまで荒れにけりつれなき人を待つとせしまに」（遍昭・古今和歌集十五・恋五）が本歌とされる。

【本説】

「八月九月正《はつぐわつくぐわつまさ》に長《なが》き夜《よ》　千声万声了《せんせいばんせいや》む時《とき》なし」

白居易・和漢朗詠集（擣衣）

［注解］参考〈耳かしがましかりし、砧の音をおぼし出づるさへ、恋しくて、「まさに長き夜」と、うち誦じて、臥し給へり。〉（紫式部・源氏物語・夕顔）

【本説取例歌】

元弘三年九月十三夜、三首歌講ぜられし時、月前

擣衣といふ事を

聞きわびぬ八月九月《はづきながつき》ながき夜《よ》の月の夜寒《よさむ》に衣《ころも》うつ声《こゑ》

後醍醐天皇・新葉和歌集五（秋下）

【本説】

「山遠《やまとほ》くしては雲行客《くもかうかく》の跡《あと》を埋《うづ》む　松寒《まつさむ》くしては風旅人《かぜりよじん》の夢《ゆめ》を破《やぶ》る」

和漢朗詠集（雲）

【本説取例歌】

立田山《たつたやま》よはにあらしの松ふけば雲にはうとき峰《みね》の月かげ

源通光・新古今和歌集四（秋上）

［注解］「風ふけば沖つしら浪たつた山夜半にや君がひとり越ゆらむ」（よみ人しらず・古今和歌集十八・雑下）が本歌とされる。

【本説】

「第一第二《だいいつだいに》の絃《くゑん》は索々《さくさく》たり　秋《あき》の風松《かぜまつ》を払《はら》つて疎韻《そゐん》落《お》つ」

白居易・和漢朗詠集（管絃）

【本説取例歌】

崇徳院に百首歌たてまつりける時、秋歌とてよめる

秋の夜は松《まつ》をはらはぬ風だにもかなしきことの音《ね》をたてずやは

藤原季通・千載和歌集五（秋下）

【本説】

「遺愛寺《ゐあいじ》の鐘《かね》は枕《まくら》を攲《そばた》てて聴《き》く」

白居易・和漢朗詠集（山家）

【本説取例歌】

暁の心をよめる

あか月とつげの枕をそばたてて聞《き》くもかなしき鐘のを《(お)》と哉《〈かな〉》

藤原俊成・新古今和歌集十八（雑下）

【本説】

「蘭省《らんせい》の花《はな》の時《とき》の錦帳《きんちやう》の下《もと》　廬山《ろさん》の雨《あめ》の夜《よ》の草菴《さうあん》の中《うち》」

白居易・和漢朗詠集（山家）

【本説取例歌】

さみだれに思ひこそやれいにしへの草の庵《いほり》の夜半のさびしさ

輔仁親王・千載和歌集三（夏）

入道前関白、右大臣に侍ける時、百首歌よませ侍ける郭公の歌

昔《むかし》おもふ草《くさ》のいほりの夜《よる》の雨になみだなそへそ山郭公

藤原俊成・新古今和歌集三（夏）

［注解］「五月雨に物思をれば郭公夜ふかくなきていづち行くらむ」（紀友則・古今和歌集三・夏）が本歌とされる。

【本説】

「家《いへ》を守《まぼ》る一犬《いつけん》は人《ひと》を迎《むか》へて吠《ほ》ゆ」

都良香・和漢朗詠集（田家）

【本説取例歌】

雑歌の中に

さとびたる犬の声《こゑ》にぞ知られける竹より奥の人の家《いへ》ゐは

藤原定家・玉葉和歌集十六（雑三）

【本説】

「願《ねが》はくは今生世俗《こんじやうせぞく》の文字《もんじ》の業《ごふ》　狂言綺語《くゐやうげんきぎよ》の誤《あやま》りをもつて翻《かへ》して当来世々《たうらいせせ》讃仏乗《さんぶつじよう》の因《いん》　転法輪《てんぼふりん》の縁《えん》とせむ」

白居易・和漢朗詠集（仏事）

【本説取例歌】

思ひかへすさとりや今日《けふ》はなからまし花に染めおく色なかりせば

西行・御裳濯河歌合

［注解］参考歌「この春ぞ思ひはかへすさくら花空しき色に染めし心を」（寂然・千載和歌集十七・雑中）

【本説】

「年々歳々《ねんねんせいせい》花《はな》あひ似《に》たり　歳々年々《せいせいねんねん》人同《ひとおな》じからず」

宋之問・和漢朗詠集（無常）

【本説取例歌】

桜花の散るをみてよめる

ちる花《はな》にまたもやあはむおぼつかなその春《はる》までと知《し》らぬ身なれば

藤原実方・詞花和歌集十（雑下）

年々見花

見る友はとしぐ〱かはる花下《はなのした》になれぬとおもふみはふりにけり

小沢蘆庵・六帖詠草

随筆・日記・物語

【本説】

「春はあけぼの。やうやうしろくなり行く、山ぎはすこしあかりて、むらさきだちたる雲のほそくたなびきたる。」

清少納言・枕草子（一）

【本説取例歌】

春曙を

白《しら》み行《ゆ》く霞《かすみ》の上の横雲《よこぐも》に有明《ありあけ》細き山の端《は》の空

藤原道良女・風雅和歌集十五（雑上）

【本説】

〈もしうみべにてよまましかば、「なみたちさへていれずもあらなん。」ともよみてましや。〉

紀貫之・土佐日記（一月八日）

【本説取例歌】

月向白波沈

かくるべき月をしとやたちさへていれじとすまふ沖つしらなみ

小沢蘆庵・六帖詠草

【本説】

式部卿宮が桂の皇女に仕える童に蛍を捕らえよと命じたところ、汗衫の袖に蛍を入れ、「つゝめどもかくれぬものは夏虫《なつむし》の身よりあまれるおもひなりけり」と詠んで献じた話。

大和物語（四十）

【本説取例歌】

思《おも》ひあれば袖に蛍《ほたる》をつゝみてもいはばや物を問ふ人はなし

寂蓮・新古今和歌集十一（恋一）

これも又いかなるえにかちぎりけむつゝむ蛍の袖にうきぬる

藤原家隆・家隆卿百番自歌合

前太政大臣家三首に

飛《〈とぶ〉》蛍《ほたる》もえてかくれぬ思《おも》ひとはしらでやさのみねを忍《しの》ぶらん

頓阿・頓阿法師詠

さらばその影だにみえよ思ひあまり只《ただ》夏虫のこの頃《ごろ》の身を

武者小路実陰・芳雲和歌集

【本説】

男が正殿の西に住む女に思いを寄せていたが、その女が行方不明になり逢えなくなってしまった。その翌年、梅の花が咲いたのを見た男が「月やあらぬ春《はる》や昔の春ならぬわが身ひとつはもとの身にして」と詠んで泣きながら帰ったという話。

伊勢物語（四）

【本説取例歌】

水無瀬恋十五首歌合に、春恋の心を

面影《おもかげ》のかすめる月ぞやどりける春やむかしの袖の涙《なみだ》に

藤原俊成女・新古今和歌集十二（恋二）

春月

面影は春やむかしの空ながらわが身ひとつにかすむ月かな

心敬・寛正百首

【本説】

「それをすみだ河といふ。その河のほとりにむれゐて思《おも》ひやれば、限《かぎ》りなくとを《(ほ)》くも来《き》にけるかなとわびあへるに……」

伊勢物語（九）

【本説取例歌】

露あさき野山はしらじかぎりなくとほくきにける旅の衣は

日野弘資・万治御点

【本説】

〈むかし、宮の内にて、ある御達《ごたち》の局《つぼね》の前《まへ》を渡《わた》りけるに、何《なに》のあたにか思けん、「よしや草葉《くさ》よ、ならんさが見む」といふ〉

伊勢物語（三一）

【本説取例歌】

かるかやにわが身はなりてよしさらばみだれぬ草のならむさがみむ

下河辺長流・晩花集

【本説】

惟高《これたか》の親王《みこ》が右馬頭《かみ》（在原業平）と交野《かたの》の渚《なぎさ》の院で桜狩りをしている場面。

伊勢物語（八二）

【本説取例歌】

森花

花に来て暮《くら》らす渚《なぎさ》の桜狩いざかりしかむ杜《もり》の下草

武者小路実陰・芳雲和歌集

【本説】

秋にはお会いしましょうといわれて心待ちにしていた男が約束を反故にされ、女を呪う話。

伊勢物語（九六）

【本説取例歌】

たゞたのめ時雨も露もを《(お)》く霜もあはでの杜《〈もり〉》の秋の夕暮れ

藤原家隆・家隆卿百番自歌合

【本説】

帝が早世した桐壺の更衣の容姿を「なつかしう、らうたげなりしを、思《おぼ》し出《い》づるに、花・鳥の、色にも音《ね》にも、よそふべき方《かた》ぞなき」と追憶した場面。

紫式部・源氏物語（桐壺）

【本説取例歌】

春曙

花鳥の色にも音《（ね）》にもとばかりに世はうちかすむ春のあけぼの

心敬・寛正百首

【本説】

供人が光源氏に「紀《き》の守《かみ》にて、親《した》しくつかうまつる人の、中河のわたりなる家なん、この頃水《みづ》せき入《い》れて、涼《すゞ》しき陰《かげ》に侍る」と言った場面。

紫式部・源氏物語（帚木）

【本説取例歌】

夕《ゆふ》すずみいづくに夏をやり水《みづ》のあたりは秋の心なるらん

近衛政家・文亀三年三十六番歌合

水むすぶ契りもあれやここに来て涼しさあかぬ中川のやど

綾小路俊量・文亀三年三十六番歌合

【本説】

「月は有明《あり》にて、光《ひかり》をさまれる物から、影さやかに見えて、中〳〵をかしき曙《あけぼの》なり。」

紫式部・源氏物語（帚木）

【本説取例歌】

朝霜

霜なれや光をさまる有明《ありあけ》のことわり過ぎてさやかなる影

後水尾院・御着到百首

九月十三夜人々よりて歌読みける時

お《（を）》さまれる有明《ありあけ》までの影《かげ》はあれどこよひは月《つき》の名《な》のかぎりにて

戸田茂睡・若むらさき

【本説】

「御まへに、いと人ずくなにて、うちやすみわたれるに、ひとり目《め》をさまして、枕《まくら》をそばだてゝ、四方《よも》の嵐《あらし》を聞《き》き給ふに、波《なみ》、たゞこゝもとに立《た》ちくる心地《ち》して、涙《なみだ》おつともおぼえぬに、枕《まくら》うくばかりになりにけり。」

紫式部・源氏物語（須磨）

【本説取例歌】

ながむるに涙おつとも覚えぬをよぶかき月のそでにやどれる

伴蒿蹊・閑田詠草

海辺霞

すま明石霞《あかしかすみ》こめけり沖つ波たゞこゝもとに音ばかりして

賀茂季鷹・雲錦翁家集

【本説】

光源氏に娘への期待を一人語りする明石入道の言葉「命の限は、せばき衣にも、はぐゝみ侍りなむ。かくながら、み捨《す》て侍りなば、浪の中にもまじり亡《う》せねとなむ、掟《おき》て侍る」

紫式部・源氏物語（明石）

【本説取例歌】

寄海恋

うき身をも海《うみ》にいれとやいさむらん枕《まくら》のしたのおきつ白浪《しらなみ》

心敬・寛正百首

【本説】

初瀬詣の途中で夕顔の忘れ形見の玉鬘と再会したことを光源氏に報告する右近の言葉「はかなく消《き》え給ひにし、夕顔《ゆふがほ》の露のゆかりをなむ、見《み》給へつけたりし」

紫式部・源氏物語（玉鬘）

【本説取例歌】

源氏物語に寄する恋といへる心をよめる

見せばやな露のゆかりの玉《たま》かづら心にかけて忍《しの》ぶけしきを

よみ人しらず・千載和歌集十四（恋四）

［注解］参考歌「ゆきかへる八十氏人の玉かづらかけてぞたのむ葵てふ名を」（よみ人しらず・後撰和歌集四・夏）

【本説】

強風のために女房たちが御格子を下ろしてしまったが、御前の庭に植えた秋の花のことが気がかりな秋好中宮が「うしろめたく、いみじ」という場面。

紫式部・源氏物語（野分）

【本説取例歌】

春夜の心を

風にさぞ散るらん花の面影《おもかげ》の見ぬ色惜《を》しき春の夜《よ》の闇《やみ》

藤原道長女・玉葉和歌集二（春下）

【本説】

「八重《やへ》山吹《ぶき》の咲《さ》きみだれたるさかりに、露のかゝれる夕映《ゆふばえ》ぞ、ふと、思ひいでらるゝ。」

紫式部・源氏物語（野分）

【本説取例歌】

雨中春庭といふことを

咲き出《い》づるやへ山吹《やまぶき》の色ぬれて桜なみよる春雨《はるさめ》の庭

藤原為子・玉葉和歌集二（春下）

【本説】

飛鳥井姫が狭衣の愛を信じきれずに入水するとき、扇に書き付けた歌「早《はや》き瀬《せ》の底《そこ》の水屑《みくづ》となりにきと扇《あふぎ》の風よ吹《ふ》きも伝《つた》へよ」

狭衣物語（一）

【本説取例歌】

海路

思ひいづる今夜〈こよひ〉ぞなきかからどまり遠《とを》き扇《あふぎ》の風も身にしむ

心敬・寛正百首

【本説】

村上帝のとき、清涼殿前の梅の木が枯れたので、ある家の紅梅を掘り上げて献上させようとしたところ、その枝に「ちよくなればいともかしこし、うぐひすの、やどとゝはゞ、いかゞこたへん」という歌が結びつけてあったので、不思議に思って探らせたところ、紀貫之女の家だったという故事。

大鏡六（昔物語）

【本説取例歌】

堀川院御時、肥後がいゑ〈へ〉によき山吹ありと聞こしめして、召したりければ、たてまつるとて結びつけて侍りける

九重に八重《やへ》山吹《ぶき》をうつしては井手《で》のかはづの心をぞくむ

肥後・千載和歌集二（春下）

史書

【本説】

刀我野《とがの》に住む牡鹿が淡路島の野島に住む側妻の牝鹿に会うた

め、本妻の牝鹿の制止を振り切って海を渡ったところ、夢の予兆どおりに射殺されてしまい、それ以来、刀我野を夢野《ゆめの》と呼ぶようになったという伝説。

風土記・摂津国逸文（夢野）

【本説取例歌】

暁の鹿を

夜《よ》を残《のこ》す寝覚《ねざめ》にきくぞあはれなる夢野《ゆめの》の鹿《しか》もかくや鳴《な》きけん

西行・山家心中集

しかりとてあはせし夢か野にひとり妬《〈ねた〉》きをおのと恨む斗《〈ばかり〉》ぞ

上田秋成・藤簍冊子

【本説】

皇極天皇が百済への援軍を徴発したとき、精鋭の兵士を二万人も得たため、この村を二万《にま》の郷と名づけたという伝説。

風土記・備中国逸文（邇磨郷）

【本説取例歌】

後冷泉院御時大嘗会主基方、備中国二万郷をよめる

みつぎ物運《ものはこ》ぶよを《(ほ)》ろを数《かぞ》ふれば二万《にま》の郷《さと》人かずそひにけり

藤原家経・金葉和歌集五（賀）

【本説】

「天地《あめつち》初めて発《ひら》けし時、高天《たかま》の原に成れる神の名は、天之御《あめのみ》中主神《なかぬしの》。」

古事記（上）冒頭

【本説取例歌】

正月ついたちの日、古事記をとりて

春にあけて先看《まづみ》る書《ふみ》も天地《あめつち》の始《はじめ》の時と読《よみ》いづるかな

橘曙覧・春明艸

【本説】

伊邪那美命と伊邪那岐命が天の御柱を巡って会話をし、国土や神を生んだとする神話。

古事記（上）

【本説取例歌】

神祇

あふげなを《(ほ)》女神《(めがみ)》男神の二はしらめぐりしよりの言《こと》の葉ぞこれ

正徹・永享九年正徹詠草

そのかみの女神男神《めがみをがみ》の道あらば恋に御禊《みそぎ》を神や請《う》けまし

正徹・正徹物語

【本説】

天津日子番能邇邇芸命《〈あまつひこほのににぎのみこと〉》が高天原から日向《〈ひむか〉》の高千穂の久士布流《くじふる》多気《たけ》に天降りしたという神話（天孫降臨）。

古事記（上）

【本説取例歌】

春のはじめの歌

皇神《すめがみ》の天降《あも》りましける日向《ひうが》なる高千穂《たかちほ》の岳《たけ》や先霞《まづかす》むらむ

楫取魚彦・楫取魚彦詠藻

［注解］参考歌「ひさかたの　天の戸開き　高千穂の　岳に天降りし　皇祖の神の御代より……」（大伴家持・万葉集二十・4465）

【本説】

少彦名命《すくなびこなのみこと》が大国主神に協力して国造りをしたあと、淡島に行って粟茎《〈あはがら〉》に登ったら、弾かれて常世郷に渡ったとされる神話。

日本書紀・神代上（八）

【本説取例歌】

わらはあそびに、竹の葉もてつくれる舟に、桜の花をつみてながしたるを見て、たはぶれに人々とゝもに

すくな神つくれる舟に木《こ》の花の咲《さく》や姫こそのりていづらめ

賀茂真淵・賀茂翁家集

【本説】

天照大神《あまてらすおほみかみ》が天児屋命《あまのこやねのみこと》と太玉命《ふとたまのみこと》に「惟爾《これいまし》二《ふたはしら》の神、亦同《とも》に殿《おほとの》の内《うち》に侍《さぶら》ひて、善《よ》く防護《ほそきまもること》を為《な》せ」と勅を下したという神話。

日本書紀・神代下（九）

【本説取例歌】

よく防ぎよく守《まも》るこそ君が世を助けし道のはじめなりけれ

一条冬良・文亀三年三十六番歌合

【本説】

常世の国から帰ってきた田道間守《たぢまもり》が「今天皇《いますめらみこと》既《すで》に崩《かむあが》りましぬ。復命《かへりことまう》すこと得ず。臣《やつかれ》生《い》けりと雖《いふと》も、亦何《またなに》の益《しるし》かあらむ」と言って、垂仁天皇が祀られた菅原伏見陵の前で泣いて死んだという伝承。

日本書紀（垂仁紀）

【本説取例歌】

いざこゝにわが世《よ》は経《へ》なむ菅原《すがはら》や伏見《ふしみ》の里《さと》の荒《あ》れまくもおし（を）

よみ人しらず・古今和歌集十八（雑下）

【本説】

仁徳天皇四年春、天皇が高台に登り、炊事の煙が上がっていないのを見て、「今より以後《のち》、三年《みとせ》に至《いた》るまでに、悉《ことごとく》に課役《えつき》を除《や》めて、百姓《おほみたから》の苦《たしなみ》を息《いこ》へよ」と命じ、七年夏に煙が多く上がっているのを見て、皇后に「朕《われ》、既に富《と》めり。更《さら》に愁無《うれへな》し」と述べたという故事。

日本書紀（仁徳紀）

【本説取例歌】

みつきもの許されて国富めるを御覧じて

たかき屋《や》にのぼりて見れば煙《けぶり》たつ民《たみ》の竈《かまど》はにぎはひにけり

仁徳天皇・新古今和歌集七（賀）

朝霞

世は春の民の朝けの煙より霞も四方の空に満つらし

後水尾院・御着到百首

寄民祝

みてもしれ民《たみ》の竈《かまど》の煙《けぶり》までゆたかなる世《よ》になびく心《こころ》を

京極高門・霞関集

【本説】

高麗から烏の羽に墨で書いた上表文が献じられたが、誰も読むことができなかった。そこで王辰爾《おうじんに》が羽に湯気を当て、上等な白絹に押し写して解読したという烏羽《からすば》の故事。

日本書紀（敏達紀）

【本説取例歌】

百首歌中に、恋の心をよめる

わが恋は烏羽《からすば》にかく言《こと》の葉《は》のうつさぬほどは知《し》る人もなし

藤原顕季・金葉和歌集七（恋上）

夜に入りて雁を聞く

烏羽《からすば》に書《か》くたまづさの心ちして雁《かり》なきわたる夕闇《ゆふやみ》の空《そら》

西行・山家心中集

伝承・伝説

【本説】

三途の川についての伝承。

[注解] 三途の川は亡者が冥土へ行く途中に初七日に渡るとされる川で、「三瀬川《みつせ》・渡り川」ともいう。緩急の異なる瀬が三つあり、生前の所業によって渡る瀬が異なるという。また、川のほとりには奪衣婆《だつえば》と懸衣翁《けんえおう》がいて、亡者の衣を剥ぎ取って衣領樹《えりようじゆ》に掛けるが、生前の行為によって枝の垂れ方が異なるという。

【本説取例歌】

地獄の形描きたるを見て

みつせ河渡《〈わたる〉》水竿《みさを》もなかりけり何《なに》に《ゝ》衣を脱《ぬ》ぎてかくらん

菅原道雅女・拾遺和歌集九（雑下）

【本説】

月には五百丈もある巨大な桂が生えているという中国古来の伝説。

【本説取例歌】

黄葉《もみち》する時になるらし月人の楓《かつら》の枝の色づく見れば

作者不詳・万葉集十（2202）

久方の月の桂も秋は猶《〈なほ〉》もみぢすればや照《て》りまさるらむ

壬生忠岑・古今和歌集四（秋上）

桂宮

秋くれど月の桂《かつら》の実《み》やはなるひかりを花とちらす許《〈ばかり〉》を

源忠・古今和歌集十（物名）

延喜御時、歌めしけるに、たてまつりける

春霞たなびきにけり久方の月の桂も花やさくらん

紀貫之・後撰和歌集一（春上）

月を見て

空遠《そらとを》み秋やよくらん久方の月の桂の色も変《かは》らぬ

紀淑光・後撰和歌集六（秋中）

秋になれば雲《くも》ゐの影のさかゆるは月のかつらに枝やさすらん

西行・御裳濯河歌合

賀茂社後番歌合に、月歌とてよめる

なにとなくながむる袖《そで》のかは《（わ）》かぬは月の桂《かつら》の露や置《お》くらむ

藤原親盛・千載和歌集十六（雑上）

夏月

照りそはむ紅葉は知らず秋風も月の桂《かつら》は待たぬ涼しさ

後水尾院・御着到百首

【本説】

丹後国風土記逸文などに見られる浦島伝説。

【本説取例歌】

元長の親王の住み侍ける時、手まさぐりに、何入れて侍ける箱にかありけん、下帯して結ひて、又来む時にあけむとて、物のかみにさし置きて、出で侍にける後、常明の親王に取り隠されて、月日久しく侍て、ありし家に帰りて、この箱を元長の親王に送るとて

あけてだに何にかは見む水《みづ》の江《え》の浦島《うらしま》の子《こ》を思《〈おもひ〉》やりつゝ

中務・後撰和歌集十五（雑一）

夏《なつ》の夜《よ》は浦島の子《こ》が箱《はこ》なれやはかなくあけてくやしかるらん

中務・拾遺和歌集二（夏）

郭公きかで明《あ》けぬる夏《なつ》の夜《よ》の浦島《うらしま》の子《こ》はまことなりけり

西行・山家集

【本説】

日本霊異記や今昔物語に見られる久米の岩橋の伝説。

［注解］役行者《えんのぎょうじゃ》が葛城山と吉野の金峰山《きんぶせん》との間に架橋するよう一言主神《ひとことぬしのかみ》に命じたが、神は醜い容貌を恥じて夜間だけしか働かなかったために行者の怒りを買い、橋は途中で途絶えてしまったという。

【本説取例歌】

かれにける男の思出でてまで来て、物など言ひて
帰りて

葛木《〈かづらき〉》や久米路《くめぢ》に渡《わた》す岩橋《いははし》の中〳〵にても帰《〈かへり〉》ぬる哉《〈かな〉》

よみ人しらず・後撰和歌集十三（恋五）

返し

中絶《た》えて来《く》る人もなき葛城《かづらき》の久米路《くめぢ》の橋《はし》は今も危《あやう》し

よみ人しらず・後撰和歌集十三（恋五）

葛木《〈かづらき〉》や我やは久米《くめ》の橋作《はしづく》り明《あ》けゆくほどは物をこそ思《おも》へ

よみ人しらず・拾遺和歌集十二（恋二）

大納言朝光下臈に侍りける時、女のもとに忍びて
まかりて、あか月に帰らじと言ひければ

岩橋《いはゞし》の夜《よる》の契《〈ちぎり〉》も絶《た》えぬべし明《あ》くるわびしき葛木《〈かづらき〉》の神

左近・拾遺和歌集十八（雑賀）

中絶《なかた》ゆる葛城山《かづらきやま》の岩橋《いはゝし》はふみみ《ゝ》ることもかたくぞありける

相模・後拾遺和歌集十三（恋三）

堀川院御時百首歌たてまつりける時、橋の歌とて
よみ侍ける

葛城《かづらき》や渡《わた》しもはてぬものゆへ《〈ゑ〉》に久米《くめ》の岩橋苔《いはゝしこけ》を《〈お〉》いにけり

源師頼・千載和歌集十六（雑上）

橋の本

葛木《かづら》や高間《たかま》の山の山風《やまかぜ》に花こそ渡《わた》れくめの岩橋《いはゝし》

藤原俊成女・俊成卿女家集

葛城《かづらき》や久米《くめ》の岩橋《はし》神かけて契《〈ちぎり〉》し中のいつ絶《た》えにけん

宗尊親王・文応三百首

十首歌よませられしに、祈神恋

名にしおはば《ゝ》たゞ一ことをいふまでのしるべともなれ葛城《かづらき》の神

頓阿・頓阿法師詠

落花

葛城《かづらき》や夜半の嵐にちる花もあくるわびしき山の桜《さくら》戸

正徹・永享九年正徹詠草

故事・成句・諺

【本説】

「函谷関《かんこくかん》の鶏鳴《けいめい》」の故事。

史記（孟嘗君伝）

［注解］函谷関は中国の戦国時代に秦が備えた関所。秦を逃げ出した孟嘗君《もうしょうくん》は夜中に函谷関に着いたが、関は一番鶏が鳴くまで開かない定めだった。孟嘗君は追っ手が来るのを心配していた。そこで鶏の鳴きまねが上手な者が鳴いてみせると、近くにいた鶏がいっせいに鳴き出し、関門が開いて孟嘗君は無事に脱出することができたという。

【本説取例歌】

相坂〈あふさか〉の木綿《ゆふ》つけ鳥《どり》もわがごとく人やこひしき音《ね》のみなく覧〈らむ〉

よみ人しらず・古今和歌集十一（恋一）

大納言行成物語《ものがた》りなどし侍けるに、内《うち》の御物忌に籠《こも》ればとて、急《いそ》ぎ帰《かへ》りてつとめて、鳥《とり》の声《こゑ》に催《もよほ》されてといひおこせて侍ければ、夜深《よふかゝ》かりける鳥《とり》の声《こゑ》は函谷関のことにやといひにつかはしたりけるを、立《た》ち帰《かへ》り、これは逢坂《あふさか》の関《せき》に侍《はべ》りとあれば、よみ侍りける

夜《よ》をこめて鳥《とり》のそらねにはかるともよに逢坂《あふさか》の関《せき》はゆるさじ

清少納言・後拾遺和歌集十六（雑二）

【本説】

「蛍雪《けいせつ》の功」の故事のうち、孫康《そんこう》が貧しくて油を買えず、冬には窓の雪明りで書を読んだという故事。

晋書（車胤伝）

【本説取例歌】

積雪

散り初めて積もるを思へおこたらぬ学びなりせば窓の白雪

後水尾院・御着到百首

【本説】

「漱石枕流《そうせきちんりゅう》」の故事。

晋書（孫楚伝）

［注解］「石に枕し、流れに漱《くちすす》ぐ」というべきところを、「石に漱ぎ、流れに枕す」と言い誤ったことを指摘された晋の孫楚《そんそ》が、「石に漱ぐというのは歯をみがくためであり、流れに枕するというのは耳を洗うためだ」と頑固に言い張ったという。

【本説取例歌】

ながれをぞ枕《まくら》にすずむ楸《ひさぎ》おふる清き河原《かはら》の陰《かげ》に暮して

飛鳥井雅康・文亀三年三十六番歌合

わが宿にせき入れておとすやり水のながれにまくらすべき比《ころ》かな

香川景樹・桂園一枝

【本説】

中国の神話や伝説に登場する仙女・西王母《せいおうぼ》の故事。

［注解］西王母は崑崙山《こんろんさん》の瑤池《ようち》に住み、その園には三千年に一度だけ実のなる蟠桃《ばんとう》の木があるとされる。

【本説取例歌】

三月三日、桃の花を御覧じて

三千代《みちよ》へてなりけるものをなどてかはもゝとしもはた名付《なづ》けそめけん

花山院・後拾遺和歌集二（春下）

天暦御時御屏風に、桃の花ある所をよめる

あかざらば千代《ちよ》までかざせ桃《もゝ》の花花《はな》も変《かは》らじ春《はる》もたえねば

清原元輔・後拾遺和歌集二（春下）

【本説】

「鹿を指して馬となす」の故事

史記（秦始皇本紀）

[注解] 秦の宰相だった趙高《ちょうこう》は、乱を起こして皇帝になろうと考え、臣下の者が自分についてくるかどうか確かめようとした。そこで、二世皇帝に鹿を献上し、これは馬だと強引に押し通したところ、臣下のある者は押し黙り、ある者は趙高に追従して馬だといった。鹿だと直言した者は罰せられたため、趙高に反抗する者は一人もいなくなったという。

【本説取例歌】

能宣に車のかもを乞ひに遣はして侍けるに、侍らずと言ひて侍ければ

鹿《か》をさして馬《むま》といふ人ありければかもをもをしと思《（おもふ）》なるべし

藤原仲文・拾遺和歌集九（雑下）

返し

なしといへばお《（を）》しむかもとや思《（おもふらん）》覧鹿《しか》や馬《むま》とぞいふべかりける

大中臣能宣・拾遺和歌集九（雑下）

【本説】

「胡蝶の夢」の故事。

荘子（斉物論）

[注解] 周の荘周（荘子）が夢で胡蝶になって遊び、自分が荘周であることを忘れた。目が覚めてからも、自分と胡蝶との区別がつかなくなったという。

【本説取例歌】

堀河御時、百首歌中によめる

百年《もゝとせ》は花《はな》にやどりてすぐしてきこの世《よ》は蝶《てふ》の夢《ゆめ》にざりける

大江匡房・詞花和歌集十（雑下）

籬菊

見し春もまがきの蝶《てふ》の夢にしていつしか菊にうつる花かな

後水尾院・御着到百首

寄枕雑といふことを

おもへ人世《ひとよ》はたゞ花《はな》の春秋《はるあき》にあそぶこてふの夢《ゆめ》の枕《まくら》を

成島信遍・霞関集

まどろみもあへずめ覚て蝶のとぶをみて

をしみかねまどろむ夢のたましひや花の跡とふこてふとはなる

小沢蘆庵・六帖詠草

ゐひふしてわれともしらぬ手枕《たまくら》に夢のこてふとちる桜かな

香川景樹・桂園一枝

【本説】

「斧の柄朽つ」の故事。

述異記

[注解] 晋の王質という樵が山へ行くと、石室の中で四人の仙童（一説に仙人）が囲碁を打っているところに出会ったので見ていると、一局が終わらないうちに持っていた斧の柄が朽ちてしまい、村に帰ると数十年の歳月が流れていて、知人はみな故人になっていたという。仙童たちは琴を弾きながら歌っていたとする説もある。

【本説取例歌】

筑紫に侍ける時に、まかり通ひつゝ、碁打ちける人のもとに、京に帰りまうで来て、遣はしける

ふる里《さと》は見しごともあらず斧の柄のくちし所ぞ恋《こひ》しかりける

紀友則・古今和歌集十八（雑下）

内に参りて、久しう音せざりける男に

も〻しきは斧の柄くたす山なれや入《〈いり〉》にし人のを《〈お〉》とづれもせぬ

よみ人しらず・後撰和歌集十一（恋三）

院の殿上にて、宮の御方より碁盤出ださせたまひ
ける、碁石笥の蓋に

斧の柄の朽《く》ちむも知《し》らず君が世の尽《つ》きむ限《かぎ》りはうちこ〻ろみよ

清子・後撰和歌集二十（慶賀・哀傷）

なげ木《〈き〉》こる人入《い》る山の斧の柄のほと〻しくもなりにける哉《〈かな〉》

よみ人しらず・拾遺和歌集十四（恋四）

為雅朝臣、善門寺にて経供養し侍て、又の日これ
かれもろともに帰り侍けるついでに、小野にまか
りて侍けるに、花のおもしろかりければ

たき木こる事は昨日に尽《つ》きにしをいざお《〈を〉》の《ゝ》の柄《え》はこ〻に朽《くた》さん

藤原道綱母・拾遺和歌集二十（哀傷）

山花留人といへることをよめる

斧《をの》の《ゝ》柄《え》は木《こ》のもとにてや朽《く》ちなまし春《はる》をかぎらぬ桜《さくら》なりせば

大中臣公長・金葉和歌集一（春）

俊頼朝臣伊勢の国にまかる事ありていでたちける
時、人〲餞し侍ける時よめる

伊勢《いせ》の海《うみ》のをのの《ゝ》ふるえにくちはてで《ゞ》都《みやこ》のかたへ帰《かへ》れとぞ思《おも》ふ

源師頼・金葉和歌集六（別）

後白河院かくれさせ給てのち、百首歌に

お《〈を〉》のの《ゝ》柄《え》の朽《く》ちし昔《むかし》はとを《〈ほ〉》ければどありしにもあらぬ世《よ》をも経《ふ》る哉

式子内親王・新古今和歌集十七（雑中）

寄樵夫恋

くやしくも入《いり》けんこひの山《やま》ふかみをのの《〈こ〉》えならぬ身《み》をくたすらむ

清地以立・倭謌五十人一首

【本説】

「雁の使い・雁書《がんしょ》」の故事。　漢書（蘇武伝）

［注解］漢の蘇武は使者として匈奴《きょうど》に赴いたが長いこと囚われの身となった。そこで「天子が射止めた雁の足に蘇武の手紙が結ばれていた」と使者に言わせて蘇武を帰国させる交渉をしたという。

【本説取例歌】

遠江守桜井王の天皇に奉れる歌一首

九月のその初雁《はつかり》の使にも思ふ心は聞え来《こ》ぬかも

桜井王・万葉集八（1614）

雁の声を聞きて、越へまかりにける人を思て、よ
める

春くればかりかへるなり白雲の道行《〈みちゆき〉》ぶりに事やつてまし

凡河内躬恒・古今和歌集一（春上）

初雁を、よめる

待《ま》つ人にあらぬものからはつかりの今朝《けさ》なく声《こゑ》のめづらしき哉

在原元方・古今和歌集四（秋上）

是貞親王家歌合の歌

秋風にはつかりが音《ね》ぞきこゆなる誰《た》が玉章《たまづさ》をかけて来《き》つらむ

紀友則・古今和歌集四（秋上）

越の方に思ふ人侍ける時に

秋の夜《よ》に雁かも鳴《な》きて渡《わた》るなりわが思ふ人の事づてやせし

紀貫之・後撰和歌集七（秋下）

朝綱朝臣の、女に文などつかはしけるを、異女に
言ひつきて久しうなりて、秋とぶらひて侍ければ

いづ方に事づてやりてかりがねのあふことまれに今はなるらん
よみ人しらず・後撰和歌集十三（恋五）

法師になりてのち、左京大夫顕輔が家にて、帰る雁をよめる
帰《かへ》る雁西《かりにし》へゆきせばたまづさにおもふことをばかきつけてまし
蓮寂・詞花和歌集十（雑下）

帰る雁の歌よみ侍しに
たまづさの端書《はしがき》かともみゆるかなとびを《(お)》くれつゝかへるかりがね
西行・山家心中集

玉づさの跡だになしとながめつるゆふべの空にかり鳴わたる
慈円・南海漁父北山樵客百番歌合

擣衣をよみ侍ける
ふるさとに衣うつとはゆく雁《かり》や旅《たび》の空《そら》にもなきてつぐらん
源経信・新古今和歌集五（秋下）

弁更衣久しくまい《(ゐ)》らざりけるに、賜はせける
雲居《ゐ》なる雁だになきて来《く》る秋になどかは人のを《(お)》とづれもせぬ
醍醐天皇・新古今和歌集十五（恋五）

初雁《はつかり》のはつかに聞き《きゝ》しことつても雲路《ぢ》に絶《た》えてわぶる比《〈ころ〉》かな
源高明・新古今和歌集十五（恋五）

東野州に古今集伝受聞書幷切紙等残所なく、此度今《このたびいま》は折《おり》に、素純口伝附属ありし事なるべし。同《おな》じ比《〈ころ〉》、素純の方《かた》より、初雁を聞《き》きて宗祇の事を思《おも》ひ出《い》でてなど言《い》ひ送られし、
ながらへてありし越路の空ならばつてとや君も初雁《はつかり》の声《こゑ》
宗長・宗祇終焉記

雁がねの聞ゆるたびに見やれども玉章《たまづさ》かけて来たれるはなし
橘曙覧・襁褓艸

【本説】
「山呼《さんこ》」の故事。　**漢書（武帝紀）**
［注解］漢の武帝が崇山《すうざん》に登ったとき、どこからともなく万歳を三唱する声が聞こえたという。

【本説取例歌】
声高《たか》く三笠《みかさ》の山ぞよばふなるあめの下《した》こそ楽《たの》しかるらし
仲算・拾遺和歌集五（賀）

万代《よろづよ》を山田《やまだ》の原のあや杉《すぎ》に風しきたてて声《こゑ》よばふなり
西行・宮河歌合

【本説】

天智天皇（雄略説も）が鷹狩りをしたとき、逃げた鷹の行方を野守（禁猟の野の番人）に尋ねたところ、野守は顔も上げずに鷹がいる木を指さした。不思議に思って問い質すと、野守は、自分は身分が低いので、いつも地に伏して水鏡で物を見ているのですと答えたとされる故事。　**俊頼髄脳など**

【本説取例歌】
月の前の野花、といふ事を
花《はな》のいろをかげにうつせば秋《あき》の夜《よ》の月ぞ野守《のもり》の鏡《かゞみ》なりける
西行・山家心中集

【本説】

「君《きみ》なる者《もの》は舟《ふね》なり。庶人《しょじん》なる者《もの》は水《みず》なり。水《みず》は則《すなわ》ち舟《ふね》を載《の》せ、水《みず》は則《すなわ》ち舟《ふね》を覆《くつがえ》す」　**荀子（王制）**

［注解］ 水は舟を浮かべるが、ときには波立って舟をひっくり返すこともある。君主が安泰であるかどうかは人民の動向によるの意。

【本説取例歌】

物としてはかりがたしな弱き水に重き舟しも浮ぶと思へば

京極為兼・風雅和歌集十六（雑中）

【本説】

「木に縁《よ》って魚《うお》を求む」　孟子（梁恵王）

［注解］ 木に登って魚をとる意から、方法や手段をまちがえると目的は達せられないというたとえ。

【本説取例歌】

五月雨

梢《こずゑ》にも魚求むべくそなれ松波にしづめる五月雨の頃《ころ》

後水尾院・御着到百首

【本説】

「君子《くんし》の徳《とく》は風《かぜ》、小人《しょうじん》の徳《とく》は草《くさ》。草之《くさこれ》に風《かぜ》を上《くは》ふれば必《かなら》ず偃《ふ》す。」　論語（顔淵）

［注解］ 君子の徳は風のようで、人民は風になびく草のように君子に感化されるの意。

【本説取例歌】

道を知り人を知る世のをさまりて君になびかぬ草《くさ》も木《き》もなし

勧修寺政顕・文亀三年三十六番歌合

【本説】

「子曰《しい》はく、苗《なへ》にして秀《ひい》でざる者《もの》あるかな。秀《ひい》でて実《みの》らざる者《もの》あるかな。」　論語（子罕）

［注解］ 穀物の苗には当然花が咲くが、咲かないものもある。花が咲けば当然実がなるが、ならないものもあるの意。「苗にして秀でざる者」は、すぐれた天分がありながら学ぶことができない者、「秀でて実らざる者」は、学んでも人格を完成できない者のたとえ。

【本説取例歌】

粽

のち蒔《ま》きのを《（お）》くれて生《お》ふる苗《なへ》なれどあだにはならぬたのみとぞ聞《き》く

大江千里・古今和歌集十（物名）

【本説】

「子曰《しい》はく、歳寒《としさむ》うして然《しか》る後松柏《のちしょうはく》の彫《しぼ》むに後《おく》るるを知《し》る。」　論語（子罕）

［注解］ 寒くなると松と柏は他の草木のようにしおれないことがわかるの意。世の中が乱れたとき、はじめて君子の節操がわかることのたとえ。

【本説取例歌】

松虫

秋さむき霜ののちにや松むしの名にあらはれて音《ね》をばなくらん

兼好・兼好法師集

【本説】

諺**「子を持って知る親の恩」**

【本説取例歌】

子を思ふおや《おや》の心は人の子のおやと成《な》りてぞ思ひ知りてき

賀茂季鷹・雲錦翁家集

【付録】狂　歌〈本歌取編〉

「万葉集」の収録歌が本歌とされる例歌

【本歌】

沙弥満誓の歌一首

世間《よのなか》を何に譬《たと》へむ朝びらき漕ぎ去《い》にし船の跡なきがごと

満誓・万葉集三（351）

【本歌取とされる例歌】

さく花を何にたとへん飛鳥山きのふの雲はけふ雪とふる

逸咀英・徳和歌後万載集一（春）

［注解］「世中はなにか常なるあすか河きのふの淵ぞけふは瀬になる」（よみ人しらず・古今和歌集十八・雑下）も本歌とされる。「きのふの雲〜」：昨日は桜が満開で花の雲、今日は桜が散って花吹雪との趣向。

【本歌】

霍公鳥を詠む一首

鶯《うぐひす》の　生卵《かひご》の中《なか》に　霍公鳥《ほととぎす》　独り生れて　己《な》が父に　似ては鳴かず……

作者不詳・万葉集九（1755）

【本歌取とされる例歌】

ある人の籠のうちにかひおけるほとゝきすのやよひのはしめよりなくをきゝて

ほとゝきす春をかけてか鶯のかひこのうちにかハれてそなく

朱楽菅江・万載狂歌集二（春下）

［注解］「春をかけてか」：時鳥の鳴声の「てっぺんかけたか」を掛ける。本歌をうけて、鶯を早鳴きさせるために籠ごと入れておく飼籠（かひこ）に、時鳥が鶯の巣に卵（かひこ）を生む習性がある意を掛ける。

【本歌】

遠江《とほつあふみ》引佐《いなさ》細江《ほそえ》の澪標《みをつくし》吾《あれ》を頼《たの》めてあさましものを

作者不詳・万葉集十四（3429）

【本歌取とされる例歌】

名所博奕

かつ事は遠《とを》つあふみのまけ博奕《ばくち》もとでもいなさ細江なるべし

智恵内子・徳和歌後万載集十（雑上）

［注解］本歌の名所「近江の引佐細江（浜名湖の辺）」を詠み込んで、少ない元手（手持ちの資金）で博打をすると勝つことはまれであると詠む。

【本歌】

佞人を誘る歌一首

奈良山の児手柏《このてがしは》の両面《ふたおもて》にかにもかくにも佞人《ねぢけひと》の徒《とも》

消奈行文・万葉集十六（3836）

【本歌取とされる例歌】

有人わが子の手跡を自慢して人にみせければよめる

奈良坂《ならざか》や子《こ》の手《て》をほむる二親《おや》はとにもかくにもうつけ人かな

新撰狂歌集（雑）

［注解］『醒睡笑』では細川幽斎の作とする。

【本歌】

二年春正月三日、侍従竪子王臣等を召して、内裏の東屋の垣下に侍はしめ、即ち玉箒を賜ひて肆宴きこしめしき。時に内相藤原朝臣勅を奉りて、宣はく、諸王卿等、堪ふるまにま、意に任せて、歌を作り并せて詩を賦せよとのりたまへり。仍りて、詔旨に応へ、各々心緒を陳べて歌を作り詩を賦しき

始春《はつはる》の初子《はつね》の今日の玉箒《たまばはき》手に執《と》るからにゆらく玉の緒

大伴家持・万葉集二十（4493）

【本歌取とされる例歌】

酒百薬長

百薬の長どうけたる薬酒《〈くすりざけ〉》のんでゆら〳〵ゆらく玉の緒

唐衣橘洲・万載狂歌集十四（雑上）

［注解］諺「酒は百薬の長」に拠り、薬草入りの薬酒を飲むと、ゆらゆらと酔って気力が「玉の緒」（「魂の緒」の意で、命の異称。この歌では気力や生命力が活性化すること）になると詠む。「本説取」諺の項参照。

「古今和歌集」の収録歌が本歌とされる例歌

【本歌】

そも〳〵、歌《うた》の様《さま》、六《む》つなり。唐《から》の詩《うた》にも、かくぞ有《あ》るべき。その六種《むくさ》の一《ひと》つには、そへ歌《うた》。大鷦鷯《おほさゝき》の帝《みかど》を、そへ奉《たてまつ》れる歌《うた》。

難波津《なにはづ》に咲《さ》くやこの花冬籠《はなふゆごも》り
今《いま》は春《はる》べと咲《さ》くやこの花

と、言《い》へるなるべし。

古今和歌集（仮名序）

【本歌取とされる例歌】

ある人のもとに梅の花見にまかりけるかうなきを
手つからやきて酒すゝめけれは

目の前で手つからさくやこのはなに匂ふうなきの梅かかはやき

朱楽菅江・万載狂歌集一（春上）

［注解］「さく」：梅が「咲く」と鰻を「裂く」を掛ける。「このはな」：本歌の「此の花（梅の花の雅称）」と「この鼻」を掛ける。「梅かかはやき」：「梅が香」と「蒲焼き」を掛ける。

【本歌】

旧年に春立ちける日、よめる

年の内に春はきにけりひとゝせを去年《こぞ》とやいはむ今年《ことし》とやいはん

在原元方・古今和歌集一（春上）

【本歌取とされる例歌】

越後のしらが海苔をもらひて

年波もよりくる浜のしらがのり磯菜《いそな》とやいはんおきなとや言はん

朱楽菅江・狂言鶯蛙集十六（雑二）

［注解］本歌の対句的手法を巧みに取り入れ、磯菜、おきな（沖菜・翁）とし、年波・しらが・翁を縁語仕立てに詠む。老いの波で寄せ来るしらがのりは、磯で採れるので磯菜ではあるが、しらがのりという名から沖菜と呼ぼうかの意。

ふるとしに春たちける日、よめる

年の内の春の小袖は一しほの浅黄《あさぎ》とやせんこぞめとやせん

源重秀・古今夷曲集一（春）

［注解］例歌は『古今夷曲集』の巻頭歌であり、『古今和歌集』の巻頭歌である本歌を捩って、貴人を登場させて詠んだもの。「こぞめ」：濃く染めたもの。

【本歌】

春日野《かすがの》はけふはな焼《や》きそわか草のつまもこもれり我もこもれり

よみ人しらず・古今和歌集一（春上）

【本名取り例歌】

春日野はけふもなやきそよめがはぎまだ雪しるの妻にこもれる

斉藤満永・古今夷曲集一（春）

［注解］「雪しるの妻」：雪汁（雪が融けた水）と汁の妻（汁の実）を掛ける。汁の実となるよめがはぎ（嫁菜）が雪解けの中に生えているから、春日野は今日も焼いてはならないと詠む。「よめがはぎ」と「妻」の縁語仕立て。

【本歌】

春日野の飛火《とぶひ》の野守《もり》いでて見よ今幾日《いくか》ありてわかなつみてん

よみ人しらず・古今和歌集一（春上）

【本歌取とされる例歌】

野夕立

男《をとこ》なら出て見よ雷《らい》にいなひかり横にとふ火の野辺の夕立

平秩東作・万載狂歌集三（夏）

［注解］「飛火」：烽火（のろし）。横に飛ぶ火（稲妻）を掛ける。

【本歌】

寛平御時后宮歌合に、よめる

常磐《ときは》なる松のみどりも春くれば今ひとしほの色まさりけり

源宗于・古今和歌集一（春上）

【本歌取とされる例歌】

緑といふ菓子の出ける座にてよめる

常磐なる松のみどりも春くへば今一《ひと》しほの菓子の味はひ

正継・古今夷曲集八（雑上）

【本歌】

遠近《をちこち》のたづきもしらぬ山中におぼつかなくも呼子鳥哉《かな》

よみ人しらず・古今和歌集一（春上）

【本歌取とされる例歌】

山中にてよめる

どちこちのたづきもしらぬ山中におぼつかなくもよぶ茶やのかゝ

斎藤徳元・古今夷曲集六（羇旅）

［注解］「たづきもしらぬ」：手がかりもない意。「山中」：山の中と、東海道の三島と箱根の間の立場（たてば＝休憩所）の地「山中」を掛ける。方角もよく分からない山中で客を呼ぶ茶屋の嬶《かかあ》は生活ができるのかおぼつかないと詠む。

【本歌】

色よりも香《か》こそあはれと思《おも》ほゆれ誰《た》が袖ふれし宿《やど》の梅ぞも

よみ人しらず・古今和歌集一（春上）

【本歌取とされる例歌】

蚤よりも蚊こそうたてくおもほゆれたれか破りし此《この》紙帳ぞも

井上宗恒・古今夷曲集二（夏）

［注解］「うたてく」：つらく。誰が紙帳（紙で製した蚊帳）を破ったのだろう。（暑

い思いをして中に入っているが）破れたところから蚊が入ってくるのはたまらないと詠む。

【本歌】

年をへて花のかゞみとなる水は散《ち》りかゝるをや曇《くも》るといふ覧

伊勢・古今和歌集一（春上）

【本歌取とされる例歌】

年こえて花のかゞみとなる餅は黴《かび》かゝるをや曇るといふらん

梶山保友・古今夷曲集一（春）

［注解］「花のかゞみ」：新年の鏡餅。本歌で花が水に散り落ちる様を曇りに見立てるのと同様に、鏡餅の黴を鏡の曇りに見立てる。

【本歌】

山の桜を見て、よめる

見てのみや人に語《かた》らむさくら花手《て》ごとにお《を》りて家《いへ》づとにせん

素性・古今和歌集一（春上）

【本歌取とされる例歌】

桜草

みてのみや人にかたらん桜草ねごとにほりてわらづとにせん

四方赤良・狂歌才蔵集二（春下）

［注解］「わらづとにせん」：藁で包んで土産にしよう。

【本歌】

弥生に閏月ありける年、よみける

さくら花春くはゝれる年だにも人のこゝろに飽《あ》かれやはせぬ

伊勢・古今和歌集一（春上）

【本歌取とされる例歌】

前関白信尋公へ鰆鮨奉るにそへて申上ける

魚扁《うをへん》に春くはゝれる鮨だにもすきなお口にあかれやはする

言当・古今夷曲集八（雑上）

【本歌】

けふ来《こ》ずはあすは雪とぞふりなまし消《きえ》ずは有《あり》とも花とみましや

在原業平・古今和歌集一（春上）

【本歌取とされる例歌】

牡丹

けふこすハあすハ色香もふりぬへし花の日数もはつ〳〵か草

平秩東作・万載狂歌集三（夏）

［注解］「ふりぬへし」：古びてしまうに違いないの意。「はつ〳〵か草」：はつはつ（端々＝僅か）の意と廿日草（開花期間が二十日といわれたことから牡丹の異称）を掛ける。

【本歌】

春宮帯刀陣にて、桜の花の散るを、よめる

春風は花のあたりをよきてふけ心づからやうつろふとみむ

藤原好風・古今和歌集二（春下）

【本歌取とされる例歌】

春頭巾

はる風にもはや頭巾もいらぬ頃はなのあたりをよきてふくめん

加陪仲塗・万載狂歌集一（春上）

［注解］「よきてふくめん」：風がよけて吹くと覆面を掛ける。春風が吹いて、防寒用の頭巾はいらなくなったのに、通人たちは目隠し頭巾（覆面）を被り遊里に通う。その頭巾からでている鼻のあたりを春風がよけて吹くよと皮肉るか。

【本歌】

花の色はうつりにけりないたづらにわが身世にふるながめせしまに

小野小町・古今和歌集二（春下）

【本歌取とされる例歌】

花見虱うつりにけりな徒〈いたづ〉らに我身よにないふるぎ小袖に

一圃・古今夷曲集八（雑上）

［注解］「よにないふるぎ」：余にない（ほかに替えがない）古着。本歌の「花の色」を「花見虱《はなじらみ》」と茶化して詠む。

ある法師、弟子の朝寝しければ、斎をなん止めて
食はせざればよめる

鼻《はな》の下《した》ははや空《す》きけりないたづらに我目覚《さ》まさで長寝《ながね》せしまに

新撰狂歌集（雑）

［注解］「斎《とき》」：寺院の朝食。「時」を掛ける。「鼻の下」：口をさす。

【本歌】

月の面白かりける夜、あか月方に、よめる

夏の夜はまだよゐ（ひ）ながらあけぬるを雲のいづこに月やどる覧

清原深養父・古今和歌集三（夏）

【本歌取とされる例歌】

夏月

さかつきを月よりさきにかたふけてまた酔なからあくる一樽

山手白人・万載狂歌集三（夏）

［注解］「かたふけて」：月が西に傾く意と盃を傾ける意を掛ける。「酔なからあくる」：酔って飲みながら酒樽を空にする意と、まだ宵のうちにの意を掛ける。

【本歌】

秋立日、よめる

秋《あき》きぬと目《め》にはさやかに見えねども風のを（お）とにぞおどろかれぬる

藤原敏行・古今和歌集四（秋上）

【本歌取とされる例歌】

立秋風

秋きぬと風がしらすや文月のふうじをきりの一葉ちらして

秋風女房・徳和歌後万載集三（秋）

［注解］本歌と同じ立秋の趣向で、文月（旧暦七月）の「文」の縁語構成「しらす・封じを切り・桐の一葉・散らして」を詠み込んで仕立てる。

【本歌】

昨日こそ早苗《さなへ》とりしかいつのまに稲葉《いなば》そよぎて秋風のふく

よみ人しらず・古今和歌集四（秋上）

【本歌取とされる例歌】

きのふこそ煤〈すす〉はとりしかいつのまに葉竹そよぎて門松ぞたつ

酒上不埒・徳和歌後万載集一（春）

［注解］典型的な地口歌。

【本歌】

七日の日の夜、よめる

年ごとに逢《あ》ふとはすれどたなばたの寝《ぬ》るよのかずぞすくなかりける

凡河内躬恒・古今和歌集四（秋上）

【本歌取とされる例歌】

七夕

年に一度おあひなされてぬる数ハいくつときかまほし合《あい》の空

藤本由己・万載狂歌集四（秋上）

［注解］本歌と同様の趣向を、狂歌風に情を込めて詠む。「ぬる」：寝ると濡る（ともに同衾の意）を掛ける。「ほし合」：「きかまほし（聞きたいものだ）」の意と「星合（牽牛と織女の年一回の逢瀬）」を掛ける。

【本歌】

是貞親王家歌合の歌

秋のよの明《あ》くるもしらずなく虫《むし》はわがごとものやかなしかる覧《らむ》

藤原敏行・古今和歌集四（秋上）

【本歌取とされる例歌】

秋の夜の長きにはらのさひしさハたゝくう〳〵と虫のねそする

四方赤良・万載狂歌集四（秋上）

［注解］「くう〳〵」：空腹で腹の虫が鳴く擬声語。「食う食う」と響かせる。

【本歌】

あきの野に人松虫のこゑすなり我かと行《ゆ》きていざ訪《とぶら》はむ

よみ人しらず・古今和歌集四（秋上）

【本歌取とされる例歌】

百首歌の中に、松虫

墓原に人まつ虫の声す也我《われ》かと行《ゆき》てとふこともいや

法橋由己・古今夷曲集三（秋）

［注解］「墓原」の語句から、松虫の声を聞きに草原に行き死んだ男を弔うという、本歌を題材とした謡曲「松虫」の物語をも念頭において詠んだものとされる。巧みな地口歌。

【本歌】

奥山に紅葉ふみわけ鳴鹿《なく》のこゑきく時ぞ秋はかなしき

よみ人しらず・古今和歌集四（秋上）

【本歌取とされる例歌】

百姓《ひやくしやう》の稲こなすとてする臼の音聞時《きく》ぞ秋はかしまし

岡一幸・古今夷曲集三（秋）

［注解］「稲こなす」：稲を脱穀する。

ぬぎちらし着物ふみわけなく孫の声聞時《きく》ぞ婆々は悲しき

頼智・古今夷曲集九（雑下）

質屋聞鹿

露のおくしち草わけてなく鹿ハながす小袖のつまや恋ふらん

朝寐昼起・万載狂歌集四（秋上）

［注解］「露のおくしち草」：露（涙）に濡れる質草とそれを質屋に置くの意を掛ける。「ながす」：期限が来て質流れとなること。「つま」：質流れとなった小袖の「褄」と「妻」を掛ける。

【本歌】

名にめでてお《を》れる許《ばかり》ぞをみなへし我おちにきと人にかたるな

遍昭・古今和歌集四（秋上）

【本歌取とされる例歌】

名にめでてお《を》らぬ斗《ばかり》ぞ鬼莇《あざみ》我おぢにきと人にかたるな

宇野浄治・古今夷曲集二（夏）

［注解］鬼莇の名が怖くて折らないが、私がその名に怖じ気づいていたと人に語

らないでくれと詠む。

女郎花

をミなへし口もさか野にたつた今僧正さんか落《おち》なさんした

四方赤良・万載狂歌集四（秋上）

［注解］四方赤良の傑作とされる。「口もさか野」：口さがない（口うるさく他人に触れ回ること）と嵯峨野（地名と遊女名）を掛ける。「僧正」：本歌の詠み手の遍昭。「落なさんした」：落馬する意と遊女と情を交わした意を掛ける。「なさんした」は遊女言葉で「なさいました」の意。

虱百首歌の中に

吹風に虱こほれてをみなへし落にきとても人にたかるな

元木網・万載狂歌集四（秋上）

［注解］「をみなへし」：女郎花と虱を「皆へし（残らず圧しつぶす）」意を掛ける。「落」：虱が死ぬ意を掛ける。「人にたかるな」：地口で「人に語るな」と「（虱に）人に寄りつくな」の意を掛ける。

【本歌】

ものへまかりけるに、人の家に女郎花植へ《ゑ》たりけるを見て、よめる

をみなへし後《うしろ》めたくも見ゆる哉《かな》あれたるやどにひとりたてれば

兼覧王・古今和歌集四（秋上）

【本歌取とされる例歌】

男色

女郎花なまめきたてる前よりもうしろめたしや藤はかま腰

四方赤良・万載狂歌集十一（恋上）

［注解］「女郎花」：女性・遊女に見立てる。「うしろめたしや」：後ろ暗い意に、背後が気になる意を掛けて男色を暗示させる。「藤はかま腰」：秋の七草のフジバカマの意に、袴を着た腰で男色の相手をする少年「陰間《かげま》」を示す。

【本歌】

是貞親王家歌合の歌

吹《ふく》からに秋の草木のしほるればむ《を》べ山風をあらしといふらむ

文屋康秀・古今和歌集五（秋下）

【本歌取とされる例歌】

妻のいたみに

吹からに山の神さへしなぬれは無常の風を嵐といふらん

平秩東作・万載狂歌集九（哀傷）

［注解］本歌の詩情を受けて、年をへて山の神のように怖い存在となった妻も、歿してしまえばはかなくも悲しいものだと詠む。

【本歌】

寛平御時、菊の花を、よませ給うける

久方の雲のうへにて見る菊は天《あま》つ星《ほし》とぞあやまたれける

藤原敏行・古今和歌集五（秋下）

【本歌取とされる例歌】

菊のうたの中に

袖垣を横にこえたるしら菊ハ夜はひ星とそあやまたれぬる

臍穴主・万載狂歌集五（秋下）

［注解］本歌の「天つ星」を流れ星の異称の「夜はひ星」と茶化し、「夜這（男が夜に女性の寝所に忍び入ること）」の意を掛ける。

【本歌】

白菊の花を、よめる

心あてにお《を》らばやお《を》らむ初霜《はつしも》のを《お》きまどはせる白菊の花

凡河内躬恒・古今和歌集五（秋下）

【本歌取とされる例歌】

籬に菊の苗をうゆるとて

心あてにならはやうへんきくの花秋のこかねの色をたのミて

目黒粟餅・万載狂歌集二（春下）

［注解］「こかねの色」：黄金色に、大判・小判の輝きを掛ける。

【本歌】

冬の歌とて、よめる

山里《ざと》は冬ぞさびしさまさりける人目《め》も草もかれぬとおもへば

源宗于・古今和歌集六（冬）

【本歌取とされる例歌】

寒草

山人ハ冬そひもしさまさりけんあえ物くさもかれぬとおもへは

石田未得・万載狂歌集六（冬）

［注解］「ひもしさ」：腹がすいて食べ物がほしいこと。「あえ物くさ」：あえ物の材料の意と草を掛ける。「かれぬ」：あえ物の材料が無くなる意と草が枯れる意を掛ける。

【本歌】

仁和御時、僧正遍昭に、七十賀賜ひける時の御歌

かくしつゝとにもかくにも永《なが》らへて君が八千世《やちよ》に会《あ》ふよしも哉《がな》

光孝天皇・古今和歌集七（賀）

【本歌取とされる例歌】

たらしつゝといひ角《かく》いひいひなびけ君にちとのま逢《あふ》よしも哉《がな》

橘諸光・古今夷曲集七（恋）

［注解］甘い言葉でだましたりすかしたりして関心を引き寄せて、君に少しの間でも逢いたいものだと詠む。

【本歌】

唐土にて月を見て、よみける

あまの原ふりさけ見れば春日《かすが》なる三笠《みかさ》の山にいでし月かも

安倍仲麿・古今和歌集九（羇旅）

【本歌取とされる例歌】

人の酒を強ゐ《ひ》ける時よめる

あまの酒《さけ》ふりさけみればかすかある三笠《みかさ》も飲《の》まばやがて尽《つ》きなん

新撰狂歌集（雑）

［注解］「三笠も飲まば」：三杯も飲めば。

酒宴半に、めしつかふものの、樽なる酒を「有や、なしや」とふりて見けれぱ、咄と笑ふがうちに、客にてよめる

樽のはらふる酒きけばかすかなる三かさものまば頓《やが》てつきかも

椎名安継・古今夷曲集九（雑下）

［注解］前歌と同様の趣向。

【本歌】

右近の馬場の引折の日、向ひに立てたりける車の下簾より、女の顔の、ほのかに見えければ、よむ

で、遣はしける

見ずもあらず見もせぬ人の恋《こひ》しくはあやなく今日《けふ》やながめ暮《くら》さむ

在原業平・古今和歌集十一（恋一）

【本歌取とされる例歌】

恋の歌とて

みずもあらず見《み》もせぬ人の恋しきは枕草子のとがにぞ有《あり》ける

頭光・狂歌才蔵集十（恋上）

［注解］「枕草子」：春画本の意。「とが」：図画の意と罪の意を掛ける。

【本歌】

思《おもひ》つゝ寝《ぬ》ればや人の見えつらむ夢としりせば覚《さ》めざらましを

小野小町・古今和歌集十二（恋二）

【本歌取とされる例歌】

一日十首歌よみける中に夢見花

思ひつゝぬればや夢にみよし野の花はにしきの夜着《よぎ》であったか

馬場金埒・狂言鶯蛙集三（春下）

［注解］「夢にみよし野」：「夢に見」と「み吉野」を掛ける。本歌にならって、夢に見たいと思っていた吉野山の桜を見たが、それは錦の夜着が与えてくれたものだったのかと詠む。結句落ちが秀逸。

【本歌】

いとせめて恋《こひ》しき時はむばたまの夜の衣を返《かへ》してぞ着《き》る

小野小町・古今和歌集十二（恋二）

【本歌取とされる例歌】

夏夜

脊も腹も蚤にくはれてかゆければよるの衣をかへしてぞ着る

宿屋飯盛・狂歌才蔵集三（夏）

［注解］夜着を裏返しにして寝ると、夢でかならず恋しい人に逢えるという古代の俗信を詠んだ本歌を、蚤にこれ以上食われまいとして夜着を裏返して着る切実さに転じて詠む。

【本歌】

きみ恋《こ》ふる涙のとこに満《み》ちぬればみをつくしとぞ我《われ》はなりける

藤原興風・古今和歌集十二（恋二）

【本歌取とされる例歌】

汲《くみ》かはすさゝのおなかにみちぬれば身をじゆくしとぞ我は酔たる

野間行安・古今夷曲集九（雑下）

［注解］「さゝ」：酒。「身をじゆくし」：熟柿のように酒臭くなる。

【本歌】

命《いのち》やは何《なに》ぞは露《つゆ》のあだものを逢《あ》ふにし換《か》へばおし《を》からなくに

紀友則・古今和歌集十二（恋二）

【本歌取とされる例歌】

逢恋

たきつきてこよひハわれをしめころせあふにかへんといひし命ぞ

未得・万載狂歌集十一（恋上）

［注解］「たきつきて」：抱きついて。

【本歌】

晨明《ありあけ》のつれなく見えし別《わかれ》より暁許《ばかり》うき物はなし

壬生忠岑・古今和歌集十三（恋三）

【本歌取とされる例歌】

別恋

そしてまたおまへいつきなさるの尻あかつきばかりうき物ハなし

平秩東作・万載狂歌集十一（恋上）

[注解]「いつきなさる」：いつおいでになるのですかの意と「猿」を掛ける。「あかつき」：「暁」と猿の赤い尻を掛け、さらに諺の「真っ赤な嘘」を掛ける。きぬぎぬの別れを惜しみたい男の気持ちを遊女の決まり文句が味気ないものにしたと詠む。

【本歌】

東の五条わたりに、人を知りを《(お)》きてまかり通ひけり。忍びなる所なりければ、門よりしも、え入らで、垣の崩れより通ひけるを、度重なりければ、主聞きつけて、かの道に夜ごとに、人を伏せて守らすれば、行きけれど、え逢はでのみ帰りて、よみて、遣りける

人《ひと》しれぬわが通《よ》ひぢの関守《せきもり》はよゐ《(ひ)》〳〵ごとにうちも寝《ね》ななむ

在原業平・古今和歌集十三（恋三）

【本歌取とされる例歌】

夜ことに月のまとゐして

月見むとわかかよひちの酒もりハよひ〳〵ことに内もねかさす

燕斜・万載狂歌集五（秋下）

【本歌】

月夜《よ》よし夜よしと人に告《つ》げやらば来《こ》てふににたり待《ま》たずしもあらず

よみ人しらず・古今和歌集十四（恋四）

【本歌取とされる例歌】

月夜《よ》良《よ》しよもよし原の十三夜かねは九つ拍子木は四つ

宿屋飯盛・狂歌才蔵集五（秋下）

[注解] 吉原の夜見世の営業は四つ（午後十時）までと定められていたが、実際は黙認されて九つ（十二時）に「引け四つ」といわれる拍子木が打たれた。九つと四つを足して十三夜。

【本歌】

いつはりのなき世なりせばいか許《ばかり》人の事の葉《は》うれしからまし

よみ人しらず・古今和歌集十四（恋四）

【本歌取とされる例歌】

いつはりのなき世なりせば本《もと》なれの西瓜の皮に穴はあけまじ

蜀山人・蜀山百首（夏）

[注解] 西瓜に穴が開けられて果汁を吸われる被害が多かったことからの狂歌。「本なれ」：「もとなり」とは植物が根元近くに実を結ぶこと。美味とされた。

【本歌】

紅《くれなゐ》の初《はつ》花ぞめの色ふかく思《おもひ》し心われわすれめや

よみ人しらず・古今和歌集十四（恋四）

【本歌取とされる例歌】

色ふかき思ひのしらべかけそめて鼓《つゞみ》もつ手もしめつゆるめつ

山手白人・徳和歌後万載集九（恋下）

[注解] 本歌の紅花の色に、鼓の革の縁にある穴に通す赤いひもも「調べの緒」を掛けて詠む。「かけそめて」：思いをかけると「調べの緒」をかける。「しめつゆるめつ」：狂言『三人片輪』の「いとし若衆の小つづみは締めつゆるめつ」に拠る。

【本歌】

かたみこそ今はあだなれこれなくは忘《わす》るゝ時もあらまし物を
よみ人しらず・古今和歌集十五（恋五）

【本歌取とされる例歌】
兼て見ぐるしかりし宿に、新しき畳もとめて敷ける折に
畳こそ今はしくなれ是《これ》ならばたが御座《ござ》るともくるしからまじ
光知・古今夷曲集（雑下）

[注解]「御座る」：いらっしゃる意と畳の縁語「莫蓙」を掛ける。

歌あハせの中に
形見こそ今ハあたなれなき親のゆつりおかれし貧乏の神
布留田造・万載狂歌集十五（雑下）

[注解]「あた」：仇。自分に害となるもの。

【本歌】
流《ながれ》ては妹背《いもせ》の山のなかに落《お》つる吉野の河のよしや世中《よのなか》
よみ人しらず・古今和歌集十五（恋五）

【本歌取とされる例歌】
なかめてハかよひくるハの雪の日もよしはら駕籠のよしや世の中
王子詣のきつね・万載狂歌集六（冬）

[注解]「かよいくるハ」：通い来る意と吉原の「廓《くるわ》」を掛ける。

【本歌】
藤原敏行朝臣、身まかりにける時に、よみて、かの家に遣はしける
寝《ね》ても見ゆ寝《ね》でも見てけり大方《おほかた》はうつせみの世ぞ夢《ゆめ》にはありける
紀友則・古今和歌集十六（哀傷）

【本歌取とされる例歌】
辞世
食へばへる眠《ねぶ》ればさむる世中にちとめづらしく死ぬも慰《なぐさ》み
白鯉館卯雲・徳和歌後万載集六（哀傷）

【本歌】
父が喪にて、よめる
藤《ふぢ》衣はつるゝいとはわび人の涙の玉《たま》の緒《を》とぞなりける
壬生忠岑・古今和歌集十六（哀傷）

【本歌取とされる例歌】
父の身まかりにける時
くりかへしくりかへしつゝなげくなり涙のたまの珠数の親粒
竹杖為軽・徳和歌後万載集六（哀傷）

[注解] 数珠の縁語「くりかえし・たま・粒」を詠み込んで、本歌と同様に哀傷歌として仕立てる。

【本歌】
病して弱くなりにける時、よめる
つゐ《ひ》にゆく道《みち》とはかねて聞《き》きしかど昨日《きのふ》今日《けふ》とは思《おも》はざりしを
在原業平・古今和歌集十六（哀傷）

【本歌取とされる例歌】
無常
つゐ《ひ》にゆく道とハかねてなり平のなりひらのとてけふもくらしつ
由縁斎・万載狂歌集九（哀傷）

[注解]「つゐ《ひ》にゆく道」：死出の旅路。「なり平」：「業平」と「なる」の意を掛ける。本歌と同じ諦観を詠む。

【本歌】

今こそあれ我も昔はおとこ《〈を〉》山さかゆく時もありこしものを

よみ人しらず・古今和歌集十七（雑上）

【本歌取とされる例歌】

述懐

今こそ禿《は》げ我も昔しは男好《よ》く月代《さかやき》際《〈ぎは〉》も有《〈あり〉》こし物を

井上宗恒・古今夷曲集九（雑下）

［注解］本歌の趣向を踏まえ、老人が若者に自分の青春の勇姿をやや誇らしげに具体的に述懐する趣向。「今こそ禿げ」で滑稽さを利かす。

【本歌】

我見ても久《ひさ》しくなりぬ住《すみ》の江《え》の岸《きし》の姫《ひめ》松いく世《よ》へぬらん

よみ人しらず・古今和歌集十七（雑上）

【本歌取とされる例歌】

六十になりけるとし松契多寿といふことを

琥珀《〈こはく〉》にもなるへき松のやにおやぢねはり〳〵ていく春やへん

杵庵・万載狂歌集十（賀）

［注解］「やに」：松の脂と「やにおやぢ」（くどい親父）の意を掛ける。「ねはり〳〵て」：松の「根張」と長く生きる意「粘る」を掛けるか。

【本歌】

世《よ》の中《なか》は夢かうつゝかうつゝとも夢とも知《し》らずありてなければ

よみ人しらず・古今和歌集十八（雑下）

【本歌取とされる例歌】

五歳と当歳との子うしなひし人の許に、よみて遣しける

世間《〈よのなか〉》は夢か現《〈うつつ〉》かいつゝ子もうみおとす子もありてなければ

頼智・古今夷曲集（哀傷）

［注解］世の中は確かなようでいて不確かである。二人の愛児がいたことも、今となっては夢のようであるとの親の心境を思いやって詠む。狂歌的でない作品である。

【本歌】

世をすてゝ山に入《〈いる〉》ひと山にても猶うき時はいづちゆくらむ

山の法師のもとへ、遣はしける

凡河内躬恒・古今和歌集十八（雑下）

【本歌取とされる例歌】

世をすてゝ山にいるとも味噌醤油さけの通ひぢなくてかなはじ

蜀山人・蜀山百首（雑）

【本歌】

春の野のしげき草ばの妻恋《つまご》ひにとびたつ雉子《きじ》のほろゝとぞなく

平貞文・古今和歌集十九（雑体）

【本歌取とされる例歌】

春日旅行

はる〴〵と道を雉子《きゞす》の声聞けば我も留守《るす》する妻ぞ恋しき

加保茶元成・狂言鶯蛙集八（羇旅）

［注解］「はる〴〵と」：春を掛ける。「雉」：「来」を掛ける。素直で平明な本歌取。

「後撰和歌集」の収録歌が本歌とされる例歌

【本歌】

八重葎《やへむぐら》しげきやどには夏虫の声より外《ほか》に問人《とふ》もなし

よみ人しらず・後撰和歌集四（夏）

【本歌取とされる例歌】

借銭《しゃくせん》の山にすむ身のしつかさハ二季より外にとふ人もなし

大根太木・万載狂歌集十五（雑下）

［注解］「二季」：盆と歳暮の年に二回の貸し借り勘定の清算期。

【本歌】

秋の田のかりほのいほの苫《とま》を荒《あら》みわが衣手は露《つゆ》に濡《ぬれ》れつゝ

天智天皇・後撰和歌集六（秋中）

【本歌取とされる例歌】

秋の田のかりほの庵の歌かるた手もとにありてしれぬ茸狩

蜀山人・蜀山百首（秋）

［注解］歌かるたで手元にめざす札があるのに、それに気がつかないように、近くにある茸がなかなか見つからない茸狩であると詠む。

【本歌】

白露に風の吹敷《ふきしく》秋の野はつらぬきとめぬ玉ぞ散《ち》りける

文屋朝康・後撰和歌集六（秋中）

【本歌取とされる例歌】

歌合の中に

水はなに風の吹しく秋野ハひげにも露の玉そちりける

平郡実柿・万載狂歌集四（秋上）

［注解］「水はな」：水のように薄い鼻汁。

【本歌】

天《あま》の河しがらみかけてとゞめ南《なん》あかず流《なが》るゝ月やよどむと

よみ人しらず・後撰和歌集六（秋中）

【本歌取とされる例歌】

風を引て咳のいでければ

水はなのちるともよしや吉野《よしの》川しがらみかけてせき止《とゞ》めなん

堂伴白主・徳和歌後万載集十一（雑中）

［注解］「水はな」：薄い鼻水。「しがらみ」：水流を塞き止めるために、川の中に杭を打ち並べ、これに竹や木の枝などを渡したもの。「せき」：堰と咳を掛ける。

【本歌】

釣殿の皇女につかはしける

筑波嶺《つくばね》の峰より落《お》つるみなの河恋ぞ積《つ》もりて淵となりける

陽成院・後撰和歌集十一（恋三）

【本歌取とされる例歌】

積恋

つくはねの空より落る数よりも恋ぞ積りて思ふ小姫子《こひめご》

塚口安明・古今夷曲集七（恋）

［注解］羽根つきに夢中だった少女が、いつのまにか恋に物思う年ごろになった

という感慨を詠む。井原西鶴『世間胸算用』（二の二）に「ひとつ〳〵行年のかなしや。此まへは正月のくるを、はねつく事にうれしかりしに、はや十九になりける。……ふり袖の名残も、ことしばかり」とある。

「伊勢物語」の収録歌が本歌とされる例歌

【本歌】

おとこ《を》の著《き》たりける狩衣《かりぎぬ》の裾《すそ》を切《き》りて、歌《うた》を書《か》きてやる。そのおとこ《を》、しのぶずりの狩衣《かりぎぬ》をなむ著《き》たりける。

かすが野《の》の若紫《わかむらさき》のすり衣しのぶのみだれ限《かぎ》り知《し》られず

となむをいつきていひやりける。

伊勢物語（一）

【本歌取とされる例歌】

「八丈棚にて、紫の絹盗まんとせしをみつけて取かへしつ」と人の語るをきゝて、よめる

盗まんと人めをまぎらかすが野の若紫のすり小袖かな

富田正信・古今夷曲集八（雑上）

［注解］「まぎらかす」：ごまかすの意で、春日野を掛ける。「すり」：摺りと、他人の金品をかすめ取る「掏摸（すり）」を掛ける。

【本歌】

ついでおもしろきことともや思けん。

みちのくの忍もぢずり誰ゆへ《ゑ》にみだれそめにし我ならなくに

といふ歌の心ばへなり。

伊勢物語（一）

【本歌取とされる例歌】

道すがらしどろもじ《ぢ》ずり足もとは乱れ初《そめ》にしわれなら酒に

よみ人しらず・古今夷曲集九（雑下）

［注解］「しどろ……」：しどろもどろの意。「なら酒」：掛米と麹に精白米を用いて醸造した酒。奈良の名産とされた。下句の「なら酒」で狂歌にまとめる。

【本歌】

京には見えぬ鳥《とり》なれば、皆《みな》人見知《し》らず。渡守《わたしもり》に問《と》ひければ、「これなん宮こどり」といふをきゝて、

名にし負《お》はばいざ事とはむ宮こ鳥わが思《おも》ふ人はありやなしやと

とよめりければ、舟こぞりて泣《な》きにけり。

伊勢物語（九）

【本歌取とされる例歌】

納涼

われも又涼しさのまゝ事とハんすみた河原に夏ハありやと

玉簾小亀・万載狂歌集三（夏）

白魚

春は又たれもたづぬる隅田川しら魚に子はありやなしやと

山手白人・徳和歌後万載集一（春）

［注解］人買いに東国に連れ去られた吉田少将の子の梅若丸が隅田川畔で病死したことを母が知る謡曲「隅田川」をふまえる。梅若忌の三月十五日頃が白魚の産卵期でもあり、漁獲期でもあった。

下総のくに小金原を過るとて

名にしおはゞかしてくれかし小金原《こがね》末になすのゝ果《はて》はみえねど

今村寄楽斎・徳和歌後万載集十（雑上）

［注解］「小金原」：地名に小金を掛ける。「なす」：地名の那須と返済する意の「済《な》す」を掛ける。（今のところ）返済する当てはないが小金を貸してくれと詠む。

【本歌】

夜深く出でにければ、女、

夜も明《あ》けばきつにはめなでくたかけのまだきに鳴《な》きてせなをやりつる

といへるに、

伊勢物語（十四）

【本歌取とされる例歌】

わるさ云子をよめる

夜もあけばきつくつめらんわるさ子のまだきに起《おき》てせなにおはるゝ

久清・古今夷曲集九（雑下）

［注解］本歌では夜明け前に鳴いてあの人を帰してしまった鶏にお仕置きしてやろうと詠む。例歌では鶏を悪小僧に置き換え、夜中に寝惚けて起き出してきた子を、夜が明けたらお仕置きをしてやろうと思いつつ、背負って寝かしつける母親の愛情を詠む。

【本歌】

おとこ《を》はこの女をこそ得《え》めと思《おも》ふ。女はこのおとこ《を》をと思《おも》ひつゝ、親《おや》のあはすれども、聞《き》かでなんありける。さて、この隣《となり》のおとこ《を》のもとよりかくなん。

筒《つゝ》井つの井筒《ゐづゝ》にかけしまろがたけ過《す》ぎにけらしな妹《いも》見ざるまに

伊勢物語（二三）

虱百首歌の中に

筒いつゝいつも虱ハあり原やはひにけらしなちと見さるまに

元木網・万載狂歌集十五（雑下）

［注解］「筒井筒」：筒形に丸く掘った井戸の井桁。同音で「何時も」に掛かる。「あり原や」：いつも虱がいる意と、本歌の物語の主人公である在原業平を掛ける。

【本歌】

むかし、色好《いろごの》みなりける女、出《い》でていにければ、

などてかくあふごかたみになりにけん水もらさじと結《むす》びしものを

伊勢物語（二八）

【本歌取とされる例歌】

ある人女の子を人に養子にやりけるに、いつしか下女に使ひなづみ水など汲ませければ、元の親うらみてよめる

などてかく朸担《あふごかたげ》となしぬらん水もたせんとは契《ちぎ》らぬものを

新撰狂歌集（述懐）

［注解］「朸担」：天秤棒で重い荷を担ぐ仕事に従事する者。

【本歌】

むかし、おとこ《を》、妹《いもうと》のいとおかしげなりけるを見をりて、

うら若《わか》み寝《ね》よげに見ゆる若《わか》草をひとの結《むす》ばむことをしぞ思

と聞えけり。

伊勢物語（四九）

【本歌取とされる例歌】

いつのまにか色つきそめしほうつきを人のちきらんことをしそ思ふ

加保茶元成・万載狂歌集十二（恋下）

[注解]「色つきそめし」：ホオズキが赤く色付きはじめた意に、色気がつきはじめた意を掛ける。「ちきらん」にホオズキを千切る意と「契る」（共寝）を掛ける。「ことをしそ思ふ」に、そのことばかり思う意と「惜しい」意を掛ける。

【本歌】

昔、おとこ《を》有（り）けり。恨《うら》むる人を恨《うら》みて、

鳥の子《こ》を十《とを》づゝ十《とを》は重《かさ》ぬとも思《おも》はぬ人をおもふものかは

といへりければ、

伊勢物語（五十）

【本歌取とされる例歌】

とをだんご十づゝ十はくひぬともお《を》さなき口にあかん物かは

藤原政宗・古今夷曲集九（雑下）

[注解]「十づつ十」：百個。小さな団子を百個食べても、成長期の子どもの腹を満たすことはないと詠む。

【本歌】

殿上にさぶらひける在原なりけるおとこ《を》の、まだいとわかゝりけるを、この女あひ知《し》りたりけり。おとこ《を》、女方《がた》ゆるされたりければ、女のある所に来《き》て向《むか》ひ居《を》りければ、女、「いとかたはなり。身もほろびなん。かくなせそ」といひければ、

思ふには忍《しの》ぶることぞ負《ま》けにける逢《あ》ふにしかへばさもあらばあれ

といひて、曹司《ざうし》におり給《たま》へれば、

伊勢物語（六五）

【本歌取とされる例歌】

河豚汁

わが命あふにはよしやかへずとも河豚《ふぐ》にしかへばさもあらばあれ

朱楽菅江・狂歌才蔵集六（冬）

[注解]「命やは何ぞは露のあだものを逢ふにし換へばお《を》しからなくに」（紀友則・古今和歌集十三・恋三）も本歌とされる。自分の命を恋人と逢うことと引き換えにできなくても、河豚と引き換えならばよし。どうにともなれと詠む。

【本歌】

いま狩《かり》する交野《かたの》の渚《なぎさ》の家、その院《ゐん》の桜《さくら》ことにおもしろし。その木のもとにおりゐて、枝を折《を》りてかざしにさして、上中下《かみなかしも》みな歌よみけり。うまの頭《かみ》なりける人のよめる。

世中にたえて桜《さくら》のなかりせば春《はる》の心はのどけからまし

となむよみたりける。

伊勢物語（八二）

【本歌取とされる例歌】

世間《よのなか》にたえてさかもりなかりせば下戸の心は嬉しからまし

斎藤満永・古今夷曲集九（雑下）

[注解]参考歌「世の中にたえて上戸のなかりせば花の盛りもさびしからまし」（貞柳・続家づと）の逆の発想。

世の中にたえて女のなかりせばをとこの心のどけからまし

蜀山人・蜀山百首（恋）

「拾遺和歌集」の収録歌が本歌とされる例歌

【本歌】

平定文が家歌合に詠み侍ける

春《はる》立《た》つといふ許《〈ばかり〉》にや三《〈み〉》吉野の山もかすみて今朝《けさ》は見ゆらん

壬生忠岑・拾遺和歌集一（春）

【本歌取とされる例歌】

春のはじめの歌

春たつといふばかりにや大《〈おほ〉》ぶくの水気《〈ゆげ〉》も霞て今朝はみゆらん

歌慶・古今夷曲集一（春）

［注解］「たつ」：立春と茶を「点《た》つ」意を掛ける。「大ぶく」：大福茶のことで、元旦に若水を沸かした湯に梅干や昆布・黒豆・山椒などを入れて飲む茶。その年の邪気を払うとされる。

【本歌】

延喜御時、月次御屏風に

あらたまの年 立帰《〈たちかへる〉》朝《〈あした〉》より待《ま》たるゝ物は鶯《うぐひす》の声《こゑ》

素性・拾遺和歌集一（春）

【本歌取とされる例歌】

あら玉のとしたちかへるあしたよりまたれぬものはかけとりの声

紀躬鹿・狂歌才蔵集一（春上）

［注解］年が改まって聞きたくないものは掛け取り（集金人）の声と詠む。

【本歌】

子日《〈ねのひ〉》する野辺《のべ》に小《こ》松のなかりせば千世のためしに何《なに》を引《ひ》かまし

壬生忠岑・拾遺和歌集一（春）

【本歌取とされる例歌】

子日

子の日する野辺に小松の大臣ハ今も賢者のためしにそ引

四方赤良・万載狂歌集一（春上）

［注解］「小松の大臣」：平重盛。父清盛の専制を諫め、賢者の誉れが高かった。「ためし」：例。「引」：小松を引く意と（賢者の）譬えに引く意を掛ける。

【本歌】

三条の后の宮の裳着侍ける屏風に、九月九日の所

我《わ》が宿《やど》の菊の白露今日《けふ》ごとに幾《いく》世積《つ》もりて淵となる覧《〈らん〉》

清原元輔・拾遺和歌集三（秋）

【本歌取とされる例歌】

菊

我やどのきくの酒手《〈さかて〉》のけふごとにいく代つもりて借銭《〈しやくせん〉》の淵

横道黒塗師・徳和歌後万載集三（秋）

［注解］仙宮の菊の露が積もり溜まって淵となるという本歌に対して、わが家の酒代が溜まりに溜まって借金の淵となったと詠む。

【本歌】

藤原誠信元服し侍ける夜詠みける

老ぬればおなじ事こそせられけれ君《きみ》は千世《ちよ》ませ〳〵

源順・拾遺和歌集五（賀）

【本歌取とされる例歌】

老ぬれハおなしことこそいハれけれおぢゝいとしやおばゝいとしや

万載狂歌集九（哀傷）

【本歌】

しのぶれど色に出《い》でにけり我《わ》が恋は物や思《おもふ》と人の問《と》ふまで

平兼盛・拾遺和歌集十一（恋一）

【本歌取とされる例歌】

忍恋

わか恋ハ袖やたもとをおしあてゝ忍ふとすれと腹に出にけり

臍穴主・万載狂歌集十一（恋上）

［注解］本歌の「色に出にけり」の「雅」を「腹に出にけり」と「俗」に反転させる。

【本歌】

逢《あ》ひ見ての後の心《こゝち》にくらぶれば昔は物も思《おも》はざりけり

藤原敦忠・拾遺和歌集十二（恋二）

【本歌取とされる例歌】

さる若衆に心をつくし〳〵て、一夜の情の後、秘蔵の刀を所望せられて

あひみての後の心の悔《くや》しさよ離《はな》れがたなの惜《お》しきのみにて

新撰狂歌衆（恋）

［注解］「離れがたな」：離れ難い意から、（刀を）手放し難い意と「刀」を掛ける。

【本歌】

山科《しな》の木幡《こはた》の里に馬はあれど徒歩《かち》よりぞ来《く》る君を思へば

柿本人麻呂・拾遺和歌集十九（雑恋）

【本歌取とされる例歌】

山城の木幡の里に馬はかせど駄賃なき身はかちにてぞゆく

石田未得・古今夷曲集六（羇旅）

［注解］馬の足音で二人の仲が知られないように歩いて来たという本歌に対して、馬に乗る駄賃がないので徒歩で行くという平明な内容。

「後拾遺和歌集」の収録歌が本歌とされる例歌

【本歌】

女にはじめてつかはしける

かくとだにえやはいぶきのさしもぐさゝしも知《し》らじな燃《も》ゆる思《おも》ひを

藤原実方・後拾遺和歌集十一（恋一）

【本歌取とされる例歌】

「医師の灸の点違へし事よ」と恨みいひける人の許にて

そでないとえやはいぶきのさしも草さしもの医者も違《たが》ふ灸穴《きうけつ》

梶山保友・古今夷曲集九（雑下）

［注解］「そでないとえやはいぶき」：（灸点の位置が違っていると）医者にどうしていえようかの意に、艾《もぐさ》の名産地の「伊吹」を掛ける。「さしも草」：艾。「さしもの医者」：さすがの医者でもの意、同音の「さしも」を反復させて利かす。

きくとこそ医者はいぶきのさしも草さしもしらじなあつひ《（い）》思ひを

岡一幸・古今夷曲集九（雑下）

［注解］灸は効くと医者はいうが、さすがの医者もこれほど熱い思いをしていることは知るまいと詠む。「いぶき」：「言う」意と艾《もぐさ》で有名な地名「伊吹」を掛ける。

【本歌】

明《あ》けぬれば暮《く》るゝものとは知《し》りながらなを《（ほ）》うらめしき朝《あさ》ぼらけかな

藤原道信・後拾遺和歌集十二（恋二）

【本歌取とされる例歌】

別恋

あはせものはなれものとはしりながら猶うらいやな今朝のきぬぐ〳〵

田中弘重・古今夷曲集七（恋）

［注解］「あはせものはなれもの」：合わせて作ったものは、いつかは離れるものという譬えから、夫婦（男女）はいつかは離れ離れになるという定めをいう。「うらいやな」：なんとはなしにいやなの意。「きぬぐ〳〵」：共寝した男女の朝の別れ。

【本歌】

小倉《をぐら》の家《いへ》に住《す》み侍《はべ》りける頃《ころ》、雨《あめ》の降《ふ》りける日《ひ》、蓑《みの》借《か》る人の侍《はべ》りければ、山吹《ぶき》の枝《えだ》を折《お》りて取《と》らせて侍けり、心もえでまかりすぎて又の日、山吹《ぶき》の心えざりしよしいひおこせて侍ける返《かへ》りにいひつかはしける

なゝへやへ花《はな》は咲《さ》けども山吹《ぶき》のみのひとつだになきぞあやしき

兼明親王・後拾遺和歌集十九（雑五）

【本歌取とされる例歌】

放屁百首歌の中に款冬

七へ八へへをこき井手の山吹のミのひとつたに出ぬそきよけれ

四方赤良・万載狂歌集二（春下）

［注解］「款冬《かんとう》」：山吹の誤称。「井手」：「出る」意と山吹の名勝で知られる地名の「井手」を掛ける。「ミ」：実と（山吹色の）大便を掛ける。

款冬

山吹のはながみばかり金いれにみの一《ひと》つだに無《な》きぞかなしき

四方赤良・狂歌才蔵集二（春下）

［注解］「山吹のはながみ」：山吹の花と鼻紙を掛ける。「み」：山吹の実と財布の中身（金）を掛ける。

「詞花和歌集」の収録歌が本歌とされる例歌

【本歌】

一条院御時、奈良の八重桜を人のたてまつりて侍けるを、そのおり《（を）》御前に侍ければ、その花をたまひて、歌よめとおほせられければよめる

いにしへの奈良《なら》のみやこの八重《やへ》ざくらけふ九重《こゝのへ》ににゝほひぬるかな

伊勢大輔・詞花和歌集一（春）

【本歌取とされる例歌】

いにしへのならのみやげの菊の酒けふ九日のいはゐ《(ひ)》にそのむ

伊勢村正定・古今夷曲集三（秋）

［注解］「菊の酒」：味醂の一種で薬種とされた。奈良は諸白《もろはく》（酒）と霰酒《あられざけ》の名産地として知られたが、菊酒は肥後・加賀の名産であった。

年のはしめ百人一首によせて人々歌よミける中に

まつひらくいせの太輔《〈たいふ〉》がはつ暦けふ九重も花のお江戸も

唐衣橘洲・万載狂歌集一（春上）

［注解］「いせの太輔」：本歌の作者の伊勢大輔と、伊勢の大夫と呼ばれ、伊勢神宮の暦と御札を配って歩いた下級神職の御師《おし》を掛ける。「九重」：皇居のある京都。「花のお江戸」：実際は江戸が花の都と匂わす。

【本歌】

冷泉院春宮と申しける時、百首歌たてまつりける
によめる

風《かぜ》をいたみ岩《いは》うつ波《なみ》のを《(お)》のれのみくだけてものをおもふころかな

源重之・詞花和歌集七（恋上）

【本歌取とされる例歌】

寄酒恋

胸ハいたみ袖ハいけたとなりにけりまたあふ事も涙もろはく

紀定丸・万載狂歌集十二（恋下）

［注解］「いたみ」：「痛み」に酒所の「伊丹」の地名を掛ける。「いけた」：（涙で）池のようになった意に酒所の「池田」の地名を掛ける。「もろはく」：涙もろくなった意に上等な酒の諸白を掛ける。

「千載和歌集」の収録歌が本歌とされる例歌

【本歌】

暁聞郭公といへる心をよみ侍ける

郭公《〈ほととぎす〉》なきつるかたをながむればたゞ有明《ありあけ》の月ぞのこれる

藤原実定・千載和歌集三（夏）

【本歌取とされる例歌】

歌合の中に

ほとゝきすなきつる方をなかむれハたゝあきれたるつらそのこれる

平郡実柿・万載狂歌集三（夏）

［注解］本歌の「有明の月」を「あきれたるつら」に変え、雅から俗へと転じる趣向。

郭公を

ほとゝぎすなきつるあとにあきれたる後徳大寺《ごとくだいじ》の有明《ありあけ》の顔

四方赤良・万代狂歌集二（夏）

［注解］「後徳大寺」：本歌の作者藤原実定。実定のあきれ顔で、本歌を卑俗化し、滑稽さを際立たせる。「あ」の音を効果的に重ねる。

【本歌】

夕《ゆふ》されば野辺の秋風身にしみてうづらなくなり深《ふか》草のさと

藤原俊成・千載和歌集四（秋上）

［注解］「野とならば鶉となりて鳴きをらんかりにだにやは君は来ざらむ」（伊勢物語・一二三）が本歌とされる。

【本歌取とされる例歌】

ひとつとりふたつとりてはやいてくふ鶉なくなり深草のさと

蜀山人・蜀山百首（秋）

［注解］「鶉なくなり」：「鶉が鳴く」と「鶉が無くなる」を掛ける。

【本歌】

権中納言俊忠家の恋の十首歌よみ侍ける時、祈れども逢はざる恋といへる心をよめる

憂《う》かりける人を初瀬《はつせ》の山をろ《（お）》しよはげしかれとは祈《いの》らぬものを

源俊頼・千載和歌集十二（恋二）

【本歌取とされる例歌】

有人初瀬にまふ《（う）》でてかへるとて、山立にあふ《（う）》て

うかりけり人をはつせの山立《だち》よ剝《は》がしませとは祈《いの》らぬものを

新撰狂歌集（神祇）

［注解］「山立」：山賊。「はつ」：絶望の「果て（に追いやる）」の意と地名の「初瀬」を掛ける。

としのくれに百人一首によそへて人々歌よみけるとき

このくれハいつのとしよりうかりけるふる借銭の山おろしして

唐衣橘洲・万載狂歌集六（冬）

［注解］「いつのとしより」：「いつの年よりも」の意に本歌の作者「俊頼」を掛ける。「うかりける」：苦しい。「山おろし」：山から吹き下ろす激しい風に、山のような古い借金の山を返済する意を掛ける。

初恋

たゞひとめ見しは初瀬《はつせ》の山おろしそれからぞつとひきし恋風《こひかぜ》

智恵内子・狂言鶯蛙集十一（恋一）

［注解］「初瀬」：地名の「初瀬」にはじめての意の「初」を掛ける。上三句は雅の趣向でまとめ、下の二句で俗に落す妙。

【本歌】

思《おも》ひきや榻《しぢ》の端書《はしが》き〳〵《（かき）》つめて百夜《もゝよ》も同《おな》じまろ寝《ね》せむとは

藤原俊成・千載和歌集十二（恋二）

【本歌取とされる例歌】

待不来恋

とぎにして待夜は側に置巨燵ひともこねこの丸寐せよとや

加陪仲塗・徳和歌後万載集八（恋上）

［注解］「とぎにして……置き巨燵」：巨燵を相手にして待つ夜。「ひともこねこの」：待ち人がこない意と子猫を掛ける。「丸寝」：着物を着たままで寝ること。独り寝。

「新古今和歌集」の収録歌が本歌とされる例歌

【本歌】

春たつ心をよみ侍りける

み吉野《よしの》は山もかすみて白雪《しらゆき》のふりにし里《さと》に春はきにけり

藤原良経・新古今和歌集一（春上）

［注解］「春立つといふ許にや三吉野の山もかすみて今朝は見ゆらん」が本歌とされる。

【本歌取とされる例歌】

につこりと山もわらふてけさは又きげんよし野の春は来にけり

山手白人・徳和歌後万載集一（春）

［注解］「山もわらふ」：「春山淡冶にして笑うが如く、夏山蒼翠として滴《したた》るが如し、秋山明浄にして粧うが如く、冬山惨淡として睡《ねむ》るが如し（画品・郭熙四時山）」を踏まえる。「きげんよし野」：機嫌が良いに地名の「吉野」を掛ける。

【本歌】

をのこども詩を作《つく》りて歌にあはせ侍しに、水郷春望といふことを

見わたせば山もとかすむ水無瀬河《みなせがは》ゆふべは秋《あき》となに思《おも》ひけん

後鳥羽院・新古今和歌集一（春上）

【本歌取とされる例歌】

見わたせば大橋かすむ間部河岸《〈まなべがし〉》松たつ船や水のおも梶

蜀山人・蜀山百首（春）

［注解］「松たつ船」：松飾りを付けた船。

【本歌】

文集嘉陵春夜詩、不明不暗朧々月といへることを、よみ侍りける

てりもせずくもりもはてぬ春《はる》の夜《よ》のおぼろ月夜《よ》にしく物ぞなき

大江千里・新古今和歌集一（春上）

【本歌取とされる例歌】

世の中百首歌の中に

春の夜のおほろ月夜と世の中のはくちうたぬにしくものハなし

荒木田守武・万載狂歌集二（春下）

［注解］「はくちうたぬ」：博打打たぬ。「しくもの」：肩を並べるもの。

二日酔

吐《〈はき〉》もせずくはれもやらぬあしたには朧《〈おぼろ〉》豆腐にしくものぞなき

古来稀世・狂歌才蔵集十二（雑上）

［注解］二日酔いには朧豆腐（汲み豆腐）に匹敵する食べ物はないと詠む。

【本歌】

やかずとも草《くさ》はもえなん春日野《かすがの》をたゞ春の日にまかせたらなん

壬生忠見・新古今和歌集一（春上）

【本歌取とされる例歌】

やかずとも草の餅をば春日野の春なぐさみにもたせたらなん

伊勢村重安・古今夷曲集一（春）

【本歌】

花歌とてよみ侍ける

吉野山《よしのやま》こぞのしほ《（を）》りの道《みち》かへてまだ見ぬかたの花をたづねん

西行・新古今和歌集一（春上）

【本歌取とされる例歌】

よしの山去年《〈こぞ〉》の枝折《〈しをり〉》を見ちがへてうろつく程の花ざかり哉

紀定丸・狂歌才蔵集二（春下）

［注解］「枝折」：通った道を戻ることができるように目印に折った枝。「見ちがへて」：枝折を見間違えて道に迷った意と道を変える意を掛ける。

【本歌】

山里にまかりてよみ侍ける

山里《やまざと》の春の夕暮《ゆふぐれ》きてみればいりあひの鐘《かね》に花ぞちりける

能因・新古今和歌集二（春下）

【本歌取とされる例歌】

吉原花

吉原の夜見せをはるの夕くれハ入相の鐘に花やさくらん

四方赤良・万載狂歌集二（春下）

［注解］「夜見せをはるの」：（遊女）が夜見世を張る意に春の夕暮れの意を掛ける。「いりあひの鐘」：入相の鐘。日没（酉の刻。午後六時頃）時分につく鐘。「花やさくらん」：桜が咲く意と桜の花のように美しい遊女が居並ぶあでやかな様子を掛ける。

鐘楼桜

つけば散《ち》るつかねばすまの山寺のさくらにめでゝをそき入相

竹杖為軽・徳和歌後万載集一（春）

［注解］米沢藩主上杉鷹山の詠んだとされる道歌（教訓歌）「なせばなるなさねばならぬ何事もならぬは人のなさぬなりけり」も踏まえる。桜の散るのをいとおしんで、入相の鐘を撞くのを遅らせたと詠む。

花の山色紙《〈しきし〉》短冊《〈たんざく〉》酒さかな入相のかねにしめて何程

頭光・狂歌才蔵集二（春下）

［注解］花見の宴で短冊に画を描いたり詩歌を詠んだりするために使った色紙や、酒・肴などに要した費用は合計するといかほどになったかと詠む。「入相のかね」：「入」に入用の意、「鐘」と「金」を掛ける。本歌の山里の桜の風情のある叙景を賑やかな花見の宴の後の雑然とした光景に変え、出費の多さという現実を示す滑稽さ。

【本歌】

道《みち》のべに清水《しみづ》ながるゝ柳《やなぎ》かげしばしとてこそ立《た》ちとまりつれ

西行・新古今和歌集三（夏）

【本歌取とされる例歌】

道のべの柳ひと枝もちづきの手向にせんと折てきさらぎ

腹唐秋人・徳和歌後万載集一（春）

［注解］「ねがはくは花のしたにて春死なんそのきさらぎの望月の頃」（西行・山家集）も本歌とされる。西行の二首を巧みに本歌取して詠む。「折てきさらぎ」：「折て来」と「きさらぎ（如月）」を掛ける。「手向にせん」：望月に亡くなった西行への手向けの意を込めるか。

【本歌】

山がつの垣《かき》ほにさけるあさがほはしのゝめならで逢《あ》ふよしもなし
紀貫之・新古今和歌集四（秋上）

【本歌取とされる例歌】
かあいらしまた夜ふかきに朝顔のあけなバ咲ん身つくろひして
星野氏かね女・万載狂歌集四（秋上）

［注解］「身つくろひ」：「身繕い＝みじたく」と「見繕い＝みはからう」を掛ける。

【本歌】
西行法師すゝめて百首歌よませ侍りけるに
見わたせば花も紅葉もなかりけり浦のとまやの秋の夕暮《ゆふぐれ》
藤原定家・新古今和歌集四（秋上）

【本歌取とされる例歌】
貧家三夕の歌の中に
見わたせハかねもおあしもなかりけり米櫃《こめびつ》までもあきの夕暮
紀野暮輔・万載狂歌集四（秋上）

［注解］本歌と、「さびしさはその色としもなかりけり真木たつ山の秋の夕暮」（寂蓮・新古今和歌集四・秋上）、「こゝろなき身にも哀はしられけりしぎたつ沢の秋の夕暮」（西行・新古今和歌集四・秋上）を三夕《さんせき》の歌という。「かねもおあしも」：「かね」は金・銀貨など。「おあし」は銭の女房詞で低額貨幣の銅貨。「あきの夕暮」：米櫃までも空っぽの意と秋を掛ける。

百首歌中に秋夕
菓子壺に花も紅葉もなかりけり口淋《さび》しさの秋の夕暮《ぐれ》
鹿都部真顔・狂歌才蔵集四（秋上）

［注解］「花も紅葉もなかりけり」：菓子壺には（期待した）菓子はなにも入っていない意。

【本歌】
崇徳院に百首歌たてまつりけるに
秋風にたなびく雲の絶え間《たま》よりもれいづる月のかげのさやけさ
藤原顕輔・新古今和歌集四（秋上）

【本歌取とされる例歌】
月前碁
月しろに雲のくろ石うちはれて空一めんの盤のさやけさ
峯松風・万載狂歌集五（秋下）

［注解］「月しろ」：月の光を碁の白石に見立てる。「うちはれて」：黒石を打つ意と晴れる意を掛ける。「空一めん」：碁盤全面。碁の縁語「しろ（白石）、くろ石、うち（打ち）、めん（面）、盤」でまとめる。

月
秋風に雲の衣《ころも》を脱ぎすてて丸はだかなる月のさやけさ
山手白人・狂言鶯蛙集六（秋下）

［注解］本歌の風雅な叙景を「丸はだか」の語で庶民の夕涼みの叙景に転じる。「丸はだか」には女性の行水の様も込めるか。

【本歌】
五十首歌たてまつりし時
むらさめの露《つゆ》もまだひぬ真木《まき》の葉に霧《きり》たちのぼる秋の夕暮《ぐれ》
寂蓮・新古今和歌集五（秋下）

【本歌取とされる例歌】
霧
風寒くやぶれ障子をはりかへてきり吹かくる秋の夕暮

虚路里・徳和歌後万載集三（秋）

［注解］「きり吹かくる」：障子紙を貼るために霧吹きかけると転じる。

霧

洗濯のまだ糊《のり》も干《ひ》ぬ単物《ひとへもの》に霧たちのぼる秋の夕暮《ぐれ》

夢中楽輔・狂歌才蔵集四（秋上）

［注解］本歌の霧がたちのぼる自然の叙景歌を、洗い張りの糊が半乾きで蒸気が立ちのぼる生活歌に転じる。

【本歌】

時雨を

やよしぐれ物思《おもふ》袖のなかりせば木《こ》の葉の後《のち》になにをそめまし

慈円・新古今和歌集六（冬）

【本歌取とされる例歌】

やよ時雨猶《なほ》うはぬりをたのむぞやまだ色薄き漆紅葉《うるしもみぢ》に

石田未得・古今夷曲集三（秋）

【本歌】

百首歌たてまつりし時

駒《こま》とめて袖うちはらふかげもなしさののわたりの雪の夕暮《ゆふぐれ》

藤原定家・新古今和歌集六（冬）

［注解］「苦しくも降り来る雨か神の崎狭野の渡りに家もあらなくに」（長意吉麿・万葉集三・265）が本歌とされる。

【本歌取とされる例歌】

袖の上に霜か雪かとうちはらふあとよりしろき冬の夜の月

蜀山人・蜀山百首（冬）

［注解］霜か雪かと思ってなんども袖を打ち払ってみたが、冬の白い月の光だったと別な趣向にたくみに転じた、滑稽ながら独特の美しさがある佳作。

駒とめて袖うちはらふ世話もなし坊主合羽の雪の夕ぐれ

蜀山人・蜀山百首（冬）

［注解］「坊主合羽：」袖のない雨合羽。袖がないので打ち払う必要もないと洒落る。

【本歌】

天王寺に詣で侍けるに、俄に雨ふりければ、江口に宿を借りけるに、貸し侍らざりければ、よみ侍ける

世中をいとふまでこそかたからめかりの宿《やど》りをお《を》しむ君かな

西行・新古今和歌集十（羇旅）

【本歌取とされる例歌】

躑躅

やとかしてくれなゐ里の岩つゝじ火ともし頃の旅ぞ物うき

山手白人・万載狂歌集二（春下）

［注解］一夜の宿りを断られた西行のやるせない思いを代弁して詠む趣向。「くれなゐ」：（宿かして）「くれない」の意と紅（岩つゞじの花の色）を掛ける。

【本歌】

あづまの方にまかりけるに、よみ侍ける

年たけて又こゆべしと思《おもひ》きや命なりけり佐夜《さや》の中山

西行・新古今和歌集十（羇旅）

【本歌取りとされる例歌】

大井川をわたるとて

今こえし小夜の中山それよりも大井川こそ命なりけり
拙堂法師・万載狂歌集八（羇旅）

菊川の菜飯茶店にわきざしを忘れ侍りて、掛川よりとつてかへすとて
一日に二度こゆべしと思ひきや命から〴〵小夜の中山
馬場金埒・狂歌才蔵集七（離別）

［注解］「命からがら」が本歌取としての洒落の利かせどころ。

【本歌】
みかの原《はら》わきてながるゝ泉河《いづみがは》いつみきとてか恋《こひ》しかるらん
藤原兼輔・新古今和歌集十一（恋一）

【本歌取とされる例歌】
鮎の子のわきてながるゝ泉川いづみ酢にての料理床〈ゆか〉しき
井上宗恒・古今夷曲集一（春）

［注解］「わきて」：湧いて出るように鮎の子が群がり泳ぐ様子。「いづみ酢にての料理」：和泉産の酢。鮎の鱠《なます》料理か。「床しき」：料理を床に敷く意と上品であるの意を掛ける。「わき（湧き）・泉川・いづみ（和泉）」と縁語・同音を利かす。

【本歌】
寄風恋
聞《き》くやいかにうはの空《そら》なる風だにも松《まつ》に音《おと》するならひありとは
宮内卿・新古今和歌集十三（恋三）

【本歌取とされる例歌】
恋病服薬
きくやいかにうはの空なる風薬まつよつもりし恋の病に
望月章甫・徳和歌後万載集八（恋上）

［注解］待てどもなかなか訪れる気配のない男をなじる本歌に対して、恋の病を直すためになんとなく飲んだ風邪薬は効き目があるだろうかと洒落る。

【本歌】
東の方へ修行し侍けるに、富士の山をよめる
風になびく富士《ふじ》の煙《けぶり》の空《そら》にきえてゆくゑ（へ）も知《し》らぬわが思哉〈おもひかな〉
西行・新古今和歌集十七（雑中）

【本歌取とされる例歌】
風になびく富士のけぶりは西行の口より出〈いで〉しいきかあやしき
道明・古今夷曲集九（雑下）

［注解］本歌取の歌が詠まれた近世初期には、富士の噴火はなく、したがって噴煙も見えなかったので、本歌の西行が詠んだ富士の煙は怪しい、西行の吐く白い息ではないかと詠む。

【本歌】
世の中はとてもかくてもおなじこと宮《みや》も藁屋《わらや》もはてしなければ
蟬丸・新古今和歌集十八（雑下）

【本歌取とされる例歌】
寛永の比、聖護院道晃法親王、入峰の時よめる
山中はとても籠にはのられじと宮も草鞋《わらぢ》をはきて峰入〈みねいり〉
源重秀・古今夷曲集十（釈教）

［注解］「宮」：本歌の宮は宮殿、例歌は道晃法親王。山中での修業のため、とうてい籠には乗ることはできないと詠む。

【本歌】
なを（ほ）頼《たの》めしめぢが原《はら》のさせも草わが世《よ》の中にあらんかぎりは

新古今和歌集二十（釈教）

【本歌取とされる例歌】

端午の日普栗釣方が四方赤良のわこのもとへはらがけといふもの贈るを見侍りて

み薬《くすり》にこれをしめじがはら掛《がけ》とよもぎの節句《せく》をあつく祝《いは》ふか

宿屋飯盛・徳和歌後万載集二（夏）

［注解］「しめじがはら」：腹掛を締める意に本歌のしめぢが原（下野国の歌枕）を掛ける。「よもぎ」：本歌の「させも草」に同じ。艾《もぐさ》の材料。「あつく」：厚くの意に艾が熱い意を掛ける。

【付録】狂　歌〈本説取編〉

古今和歌集・漢詩

【本説】

「やまと歌《うた》は、人《ひと》の心《こゝろ》を種《たね》として、……　力《ちから》をも入《い》れずして、天地《あめつち》を動《うご》かし」

古今和歌集（仮名序）

【本説取例歌】

ある人によみてつかはしける

歌よみは下手こそよけれ天地《あめつち》の動き出してたまるものかは

宿屋飯盛・狂歌才蔵集十二（雑上）

【本説】

「やまと歌《うた》は、人《ひと》の心《こゝろ》を種《たね》として、……　花に鳴《な》く鶯《うぐひす》、水《みづ》に住《す》む蛙《かはづ》の声《こゑ》を聞《き》けば、生《い》きとし生《い》けるもの、いづれか、歌《うた》を詠《よ》まざりける」

古今和歌集（仮名序）

【本説取例歌】

定家卿の五百年忌に

鶯《うぐひす》も蛙《かはづ》もおなじ歌仲間《なかま》経《きやう》よむもありたゞなくもあり

大屋裏住・万代狂歌集六（哀傷）

［注解］「経よむ」に鶯の鳴声の「ホケキョウ（法華経）」を掛ける。「たゞなく」：蛙をさす。

【本説】

「帰りなん、いざ、田園将《まさ》に蕪《あ》れんとす、胡《なん》ぞ帰らざる」

陶淵明（帰去来辞）

【本説取例歌】

陶淵明

世のうさを柳にやらでませ垣《がき》のきくとひとしくかへんなんいざ

四方赤良・徳和歌後万載集十二（雑下）

［注解］「柳にやらで」：諺の「柳に風」（柳の枝が風に逆らわないように、上手に受け流すのではなくの意。「きく」：「聞く」と陶淵明「採菊東籬下、悠然見南山」の詩句の「菊」を掛ける。「きくとひとしく」は「聞くとすぐに」の意。

帰んなんいざとて入りし里の名はたゞ落栗の音にのみきく

蜀山人・蜀山百首（秋）

［注解］「里の名は……」：陶淵明の故郷は「栗里」という。「音にのみきく」：落栗の音と名高い意を掛ける。

【本説】

「春宵《しゅんしょう》一刻直《あたい》千金、花に清香有り月に陰《かげ》有り、歌管楼台《かかんろうだい》声細細、鞦韆院落《しゅうせんいんらく》夜沈沈《ちんちん》」

蘇軾（春夜）

【本説取例歌】

春宵一刻あたへ千金といふ事を

春の日のくれかねるこそ道理なれ月しろものゝあたへ千金

一之・万載狂歌集二（春下）

［注解］「月しろもの」に「月白」（月の出で空が白む景）と「代物（代金）」の意

を掛ける。

一刻を千金づゝにしめあげて六万両のはるのあけぼの　　蜀山人・蜀山百首（春）

［注解］『和漢三才図会』に「毎刻分テ六十分」とあり、春の曙は千両の六十倍の六万両の価値があると豪快に詠む。

【本説】

「花《はな》の下《もと》に帰《かへ》らむことを忘《わす》るるは美景《びけい》に因《よ》つてなり　樽《そん》の前《まへ》に酔《ゑ》ひを勧《すす》むるはこれ春《はる》の風《かぜ》」　　**白居易・和漢朗詠集（春興）**

【本説取例歌】

花のもとに樽を枕にねたる人を見て

木の本の鼾《〈いびき〉》に花やちらすらん樽を枕の春の夢　　坡柳・万載狂歌集二（春下）

［注解］「風かよふねざめの袖の花の香にかほ《（を）》る枕の春の夜の夢」（藤原俊成女・新古今和歌集二・春下）が本歌とされる。

【本説】

「五嶺《ごれい》蒼々《さうさう》として雲往来《くもわうらい》す　ただ憐《あは》れむ大庾万株《たいゆうばんちう》の梅《むめ》　誰《たれ》か言《い》つし春《はる》の色《いろ》の東《ひんがし》より到《いた》ると　露暖《つゆあたた》かにして南枝《なんし》に花始《はなはじ》めて開《ひら》く」　　**菅原文時・和漢朗詠集（梅）**

【本説取例歌】

南枝よりひらくる梅の春くれバ匂ひ北野と西陣の沙汰　　塵毛あた多・万載狂歌集十五（雑下）

［注解］南、北（来た）、西と利かし、地名の北野、西陣を織り込む。

【本説】

「三五夜中《さんごやちう》の新月《しんぐゑつ》の色《いろ》　二千里《じせんり》の外《ほか》の故人《こじん》の心《こころ》」　　**白居易・和漢朗詠集（十五夜）**

【本説取例歌】

日本橋月

二千里の海山《うみやま》かけて行く月もいでたつ足のにほむばしより　　四方赤良・狂歌若葉集（下）

［注解］東海道、中山道などの道路原標が日本橋にあるところから、名月の中国への二千里の旅も、人間と同様に出発は日本橋からと洒落る。

何千里てりわたるともけふの月ながめ尽さん目のとゞくだけ　　其風・徳和歌後万載集三（秋）

【本説】

「刑鞭蒲朽《けいべんがまく》ちて蛍空《ほたるむな》しく去《さ》んぬ　諫鼓苔深《かんここけふか》うして鳥驚《とりおどろ》かず」　　**小野国風・和漢朗詠集（帝王）**

【本説取例歌】

寄鳥祝

治《おさ》まれる御代《みよ》は諫《いさ》めの鼓《つゞみ》にもこけかうとなく鳥ぞかしこき　　朱楽菅江・狂言鶯蛙集九（賀）

［注解］鳥の鳴声の「こけこう」に「御結構」「苔深う」を掛ける。天下泰平の世なので、為政者を諫める鼓も苔むして、鳥も驚かず「御結構」と鳴くと詠む。

随筆・物語

【本説】

「されば、女の髪すぢをよれる綱には、大象もよくつながれ、女のはける足駄《あしだ》にて作れる笛には、秋の鹿、必《かなら》ず寄《よ》るとぞ言《い》ひつたへ侍る」

兼好・徒然草（九）

【本説取例歌】
寄象恋
つゝめども女の髪につながれて心のたけをみんなはく象
内匠半四良・徳和歌後万載集九（恋下）

［注解］「はく」に「白」と「吐く（告白）」を掛ける。話すつもりはなかったのに、思いを全部告白してしまったと詠む。


【本説】

「鯉の羹食《あつものくひ》たる日は、鬢《びん》そゝけずとなん」

兼好・徒然草（一一八）

【本説取例歌】
川風に鬢《びん》そゝけたる人ばかりあらふてくふは鯉のひやもの
歌舞伎工・徳和歌後万載集十（雑上）

［注解］「鬢そゝけたる」：（川風で）耳際の髪が乱れている。


【本説】

「三河《みかは》の国《くに》、八橋《やつはし》といふ所にいたりぬ。そこを八橋《やつはし》といひけるは、水ゆく河の蜘蛛手《くもで》なれば、橋《はし》を八《や》つわたせるによりてなむ八橋《やつはし》といひける」

伊勢物語（九）

【本説取例歌】
ある人の痒瘡をわづらひてよめる
我《わが》瘡《かさ》の身皮《みかは》におほく出《いで》ければ蜘蛛手《くもで》ひまなきかきつばた哉
新撰狂歌集・上（春）

［注解］本説によって「三河・身皮」「蜘蛛手」、八橋の名勝「かきつばた・掻く」で構成。


【本説】

柏木衛門督が、猫が簾に戯れてできた透き間から女三の宮を垣間見る場面。「几帳《きちやう》のきは、すこし入《い》りたる程に、袿姿《うちきすがた》にて立《た》ち給へる人あり。階《はし》より西《にし》の二の間《ま》の東《ひんがし》のそばなれば、まぎれ所もなく、あらはに見入《い》れらる」

紫式部・源氏物語（若菜）

【本説取例歌】
寄簾恋
すだれごし見かぢる猫に柏木《かしは》のゐもんつくらふ前わたり哉
山手白人・徳和歌後万載集九（恋下）

［注解］「ゐもんつくらふ」：服装や姿勢の乱れを整えること。「衛門督」を掛ける。

【本説】

祇王・祇女の姉妹と母親が念仏するところに仏御前が訪れる場面。「たそかれ時《どき》も過《〈すぎ〉》ぬれば、竹のあみ戸をとぢふさぎ、灯《ともしび》かすかにかきたてて、親子《をやこ》三人念仏してゐたる処《ところ》に、竹のあみ戸をほと〳〵とうちたゝくもの出来《いでき》たり」

平家物語一（祇王）

【本説取例歌】

嵯峨の祇王が庵の尼、留守なる時まかりて

妓王《〈ぎわう〉》妓女とぢたる柴の網戸《あみ》には仏ばかりぞおはしましたる

松永貞徳・古今夷曲集十（釈教）

［注解］「祇王祇女」と「仏（仏御前と母とぢ）」を詠み込む。

【本説】

佐々木高綱と梶原景季が、それぞれ名馬池月《いけづき》、磨墨《するすみ》に乗って木曾義仲を討つ宇治川先陣争いの場面。

平家物語（九）

【本説取例歌】

廏五月雨

五月雨に廏も水のひた〳〵と庭はいけずき空はするすみ

かくれん坊目隠・万載狂歌集三（夏）

［注解］本歌の名馬の名を用いて、五月雨で、庭は「池」のようになり、空は「墨」のように真っ黒だと詠む。

【本説】

源氏方の熊谷直実が須磨の浜で十七歳の平敦盛を泣く泣く斬って首を取った場面。

平家物語（九）

【本説取例歌】

有人武蔵の熊谷の宿にてよめる

焼《〈たき〉》たつる旅籠《はたご》の飯《〈いひ〉》やあつもりを手《て》にかけてくふ熊谷《くまがへ》の宿《しゆく》

新撰狂歌集（覊旅）

［注解］「あつもり」に「あつあつのご飯」と「敦盛」を掛ける。

【本説】

那須与一が屋島の戦で、平家方の小舟に立てた扇の的を射落として名をあげた場面。「与一鏑《かぶら》をと（ッ）てつがひ、よ（ッ）ぴいてひやうどはなつ。……あやまたず扇《あふぎ》のかなめぎは一寸《すん》ばかりをいて」とある。

平家物語（十一）

【本説取例歌】

元暦の始、八島の軍に沖の舟より扇をたてけるをみて、義経、奈須与一に仰せて射落させける時に

扇《〈あふぎ〉》をば海の水屑《みくづ》と那須《なす》の殿《との》弓の上手は世一《よいち》とぞきく

古今夷曲集九（雑下）

［注解］「水屑と那須」：姓の那須と「為す」を掛ける。「世一」：世の中で一番の意と名前の「与一」を掛ける。

故事・成句・諺

【本説】

「鶏鳴狗盗《けいめいくとう》」「函谷関《かんこくかん》の鶏鳴」の故事。

史記（孟嘗君伝）

［注解］中国、戦国時代、秦に捕らえられた斉の王族の孟嘗君が、犬の鳴き真似の上手な家臣に秦王の蔵から狐白裘《こはくきゅう》を盗ませ、王の愛妾に献上して窮地を逃れた。また、秦から逃走するとき函谷関で、家臣に鶏鳴の真似をさせて門を開かせたという。卑劣な手法、もしくはささいな技能でも役に立つというたとえ。

【本説取例歌】

寄西恋

待《まち》わびてさつそく外《はづ》すかけがねはとりの空音《そらね》もいらぬ閨の戸

和歌茂少々読安・徳和歌後万載集九（恋下）

［注解］閨房の戸を開くには鶏鳴の真似をする必要もない。中にはまちわびている恋人がいるのだからと詠む。

【本説】

「韓信の股くぐり」の故事。

史記（淮陰侯伝）

［注解］前漢の武将韓信は、若き日に人の股をくぐらされるという屈辱を受けたが、無用の争いとして堪え、やがては高祖を補佐して天下統一に大功をあげたという。

【本説取例歌】

韓信股をくゞる画に

またぐらをくゞりし人はいたゞきぬ金の冠《かんむり》玉のかんむり

紫笛法師・狂歌才蔵集十三（雑下）

［注解］「またぐら」「金」「玉」を縁語として詠み込む。

【本説】

「人間万事塞翁《さいおう》が馬《うま》」の故事。

淮南子（人間訓）

［注解］国境の塞《とりで》近くに住む老人の飼い馬が胡の国に逃げたが、数ヶ月後、その馬は駿馬を連れて戻ってきた。ところが、老人の子がその馬に乗り、落馬をして足を折ってしまった。その後、胡との戦争で多くの若者が戦死したが、老人の子は足が不自由なため戦わずにすんだ。人生における吉凶禍福は予測し難いものであり、いたずらに喜んだり悲しだりすることはないというたとえ。

【本説取例歌】

行年のひはり毛月毛おひくらし人間万事馬子の境界

嚢庵鬼守・万載狂歌集六（冬）

［注解］「ひはり毛・月毛」：ともに馬の毛色の一。「境界」は境涯に同じ。

【本説】

「推敲《すいこう》」の故事「僧は推す月下の門の句を得、推すを改めて敲《たた》くに為《な》さんと欲し、手を引きて推敲の勢を作し、未だ決せず」に拠る。

唐詩紀事

[注解]「推敲」：詩や文章を作るとき、良い字句や表現にするため何度も考えて練ること。

【本説取例歌】

寒夜月

しん〳〵と寒き月下の門徒寺僧のたゝくは鳥のほねなり

馬屋厩輔・徳和歌後万載集四（冬）

[注解] 僧がたたくのは門ではなく、鳥の骨だと茶化す趣向。江戸時代、冬には鳥の骨を叩き、細かく砕いてつくねにして食べた。

【本説】

「功成《こうな》り名遂《と》げて身退《しりぞ》くは天の道なり」　老子

[注解] 人は名声を得て高い地位についたならば、そこに長くとどまることなく身を引くことが天の道にかなったことである（名声と地位・富は人を傲慢にさせ、ひいては破滅をもたらす）の格言。

【本説取例歌】

同じ点取の奥に

はいかいの功なり名とげ給ひなば我にもてむ《ん》の道を教へよ

高島玄札・古今夷曲集九（雑下）

[注解]「てむ《ん》」：「天」に「点（批点）」を掛ける。「てむ《ん》の道」：天の道に俳諧の道を掛ける。

【本説】

「子曰く、賢なるかな回や、一簞《いったん》の食《し》、一瓢《いっぴょう》の飲《いん》、陋巷《ろうこう》にあり、人は其の憂《うれい》に堪へざらむ、回や其の楽《たのしみ》を改めず、賢なるかな回や」　論語（雍也）

[注解] 回は孔子の弟子の顔回（顔淵）。椀一杯の飯とひさご一杯の飲み物の食の意から、清貧に甘んずる充足した生活のたとえ。

【本説取例歌】

孔子

顔淵に瓢簞《へうたん》をこそ借《か》りつらめ海にうかばんと思ふ孔子は

雄長老・古今夷曲集九（雑下）

[注解] 孔子が弟子の顔淵（顔回）から清貧の象徴である瓢簞を借りて海を渡ろうとするという趣向。

【本説】

「疏食《そし》を飯《くら》い水を飲み、肱《ひじ》を曲《ま》げて之を枕とす、楽しみ亦其《またそ》の中《うち》に在《あ》り」　論語（述而）

[注解] 粗末なものを食べ、水を飲み、ひじを枕とするような貧しい生活でも、道を求める者には、その中にも楽しみが生じてくるということ。

【本説取例歌】

儒者逢雨

肱《ひぢ》をまけてまくつて走る俄雨《にはか》傘さす人も其中にあり

腹可良秋人・万載狂歌集十五（雑下）

[注解] 俄雨にあって、傘はなくても、肱笠という傘があると洒落る。

【本説】

「不義にして富み且《か》つ貴きは、我に於《お》いては浮雲の如し」　**論語（述而）**

［注解］財貨を多く持ち、高い位にあることは、空の雲のようにはかないものだというたとえ。

【本説取例歌】

富貴とハこれを菜漬に米のめし酒もことたる小樽ひと樽
平秩東作・万載狂歌集十四（雑上）

［注解］「菜漬」に「名付ける」意を掛ける。「ことたる」は事が足りるの意。下句に「たる」の音を重ねる。菜漬と米の飯と酒の小樽がひとつもあれば、自分は富貴であると洒落る。

【本説】

「堯《〈ぎょう〉》曰く、男子多ければ則《すなわ》ち懼《おそ》れ多し。……寿《いのちなが》ければ則ち辱《はじ》多し」　**荘子（天地）**

［注解］男子が多いと争いを招くことも多く、長生きをすれば恥をかくことも多いという格言。

【本説取例歌】

長命《〈ながいき〉》をのぞむは恥を松《まつ》が根《ね》の節《ふし》さへともす徳は有けり
加納智元・古今夷曲集九（雑下）

［注解］「松が根の節」：松の根には「松根油」があり松明の材となった。本説を受けて、長命を望むのは恥を待つことであるというが、老松の節が松明の材となるように、徳もあると詠む。

【本説】

「日日《ひび》に新《あら》たにして、又日《またひ》に新《あら》たなり」　**大学（湯盤銘）**

［注解］日ごとに心を新たにして、面目を一新して向上させていくという格言。

【本説取例歌】

槿

朝顔《〈あさがほ〉》はまことに日々にしほるれど又ひゞ〱に新《あら》たにぞ咲く
裏堀蟹子丸・徳和歌後万載集三（秋）

【本説】

諺「明日《あした》は明日の風が吹く」

［注解］明日のことを今から心配しても始まらないというたとえ。

【本説取例歌】

日ぐらしの里にて

今日はけふあすはあすかの山近《ちか》きその日暮《ぐら》しに遊ぶこそよき
日影土龍・徳和歌後万載集十一（雑中）

［注解］「日暮し」：序詞の「日ぐらしの里」を掛ける。

【本説】

諺「石に枕《まくら》し流れに漱《くちすす》ぐ」

［注解］隠棲して自由気ままに生活するたとえ。

【本説取例歌】

石垣町にて

口そゝぐ石垣町や川ばたのながれの君がひざを枕《まくら》に

菫庵退二・狂歌才蔵集十三（雑下）

[注解]「石垣町」：京都の四条大橋から南の町。色茶屋などがある遊興の地として知られた。

【本説】

諺「井の中の蛙《かわず》大海を知らず」　荘子（秋水）

[注解] 自分だけの知識がすべてで正しいと思い、他に広い世界や真実があることを知らないたとえ。

【本説取例歌】

井蛙

身を守るかくれ所《ところ》はこゝこそとちゑを古井に蛙なくなり

平秩東作・徳和歌後万載集一（春）

[注解]「ちゑを古井」：智慧をふるうを掛ける。

【本説】

諺「稼《かせ》ぐに追い付く貧乏無し」

[注解] 真面目に精を出して仕事をしていれば貧乏になることはないというたとえ。

【本説取例歌】

かせぐに追つく貧乏なし

片荷《かたに》づる天びんぼうも追つかずかせいで汗をふくの神には

唐衣橘洲・狂歌若葉集（下）

[注解] 庶民の真面目な働きぶりを本説の諺をもとに平明に詠む。片荷づると肩に釣る、汗を拭くと福の神などの縁語と掛詞でまとめる。

【本説】

諺「壁に耳」「垣に耳有り」

[注解] 秘密の話などが他に漏れやすいこと。

【本説取例歌】

隔壁聞恋

垣のめも思ひて君がことのはをへだてし壁の耳にのみきく

鶴羽重・徳和歌後万載集八（恋上）

[注解] 本説の諺から、人目を気にして愛人と直接話ができないと詠む。

【本説】

諺「果報は寝て待て」

[注解] 幸運は気長に待てばかならずやってくるというたとえ。

【本説取例歌】

ねてまてどくらせどさらに何事もなきこそ人の果報なりけれ

蜀山人・蜀山百首（雑）

【本説】

諺「借りる時の地蔵顔、返す時の閻魔《えんま》顔」

[注解] 借金をするときは穏やかな顔をしているが、返済するときは苦虫をかみつぶしたような顔になることのたとえ。

【本説取例歌】

仏師歳暮

種々さつた仏も年をとり仏師かる地蔵顔なするゑんま顔

平秩東作・万載狂歌集六（冬）

［注解］「さった」：菩薩の意の薩埵と「（種々な事が）去った」の意を掛ける。「とり仏師」：飛鳥時代の仏師の止利仏師と（年を）取る意を掛ける。「かる地蔵〜」：本説の諺をもじって、借り物のような地蔵顔と恐ろしい閻魔顔を対にして、年の暮れに借金を返す人の心境を詠む。

【本説】

諺「光陰《こういん》矢の如し」

［注解］「光」は日、「陰」は月で、月日が過ぎるのは矢のように早いことのたとえ。

【本説取例歌】

光陰のあだ矢にとしはたつか弓月日をとむるせき弦《づる》もがな

竹杖為軽・徳和歌後万載集四（冬）

［注解］弓と矢、弦の縁語で詠む。「たつか弓」：年が経つと「手束弓」を掛ける。「せき弦」：年の関（一年の終り）と、軍陣で用いた弦の一種「関弦」を掛ける。

【本説】

諺「紺屋《こうや》の明後日《あさって》」

［注解］紺屋（染め物屋）の仕事は天気に左右されるところから、約束や期限が当てにならないことのたとえ。

【本説取例歌】

八月十三夜月

染め出来《でき》ぬこんやの月をながむれば秋の最中《もなか》はたしかあさつて

朱楽菅江・万載狂歌集五（秋下）

［注解］諺に掛けて、八月十三夜の月はやや欠けていて、まだ仕上がっていない。「秋の最中（十五夜の月）はたしかあさって」ととぼけた調子で詠む。

【本説】

諺「酒は憂いを掃《はら》う玉箒《たまははき》」

蘇軾・洞庭春色

［注解］酒は心配事などを掃き清めてくれるすばらしい箒のようなものだ。

【本説取例歌】

ある人いたく酒のむをいさめて

げに酒は憂をはらふ箒《はゝき》なれどはいては塵《ちり》にまさる汚《きたな》さ

橘枝・狂歌才蔵集十二（雑上）

［注解］「はいては」：箒で「掃く」と「吐く」を掛ける。

【本説】

諺「三尺下がって師の影を踏まず」

［注解］弟子は師に敬意を評し、礼を失ってはならないという教え。

【本説取例歌】

ふる鰹今はつ鮭《さけ》の一尺に七尺さつて踏《ふ》まんねもなし

唐衣橘洲・狂歌才蔵集四（秋上）

［注解］ふる鰹と比べ、この一尺の初鮭は、七尺下がって影を踏みようがない（値踏みができない）ほど見事であると詠む。

【本説】

諺「鹿を逐《お》う猟師は山を見ず」

虚堂録

［注解］一つのことに夢中になると、全体が見えなくなるというたとえ。

【本説取例歌】

奈良の町を過るとて

鹿を追ふ猟師なければ奈良の町西も東も山をみるかな

問屋酒船・狂歌才蔵集七（離別）

［注解］諺をふまえ、神鹿として保護されている奈良の町では猟師もいないので、鹿ではなく、かえって山を見ると詠む。

【本説】

諺「袖振り合うも多生《たしょう》の縁」

［注解］人と人の関係は前世からの因縁であり、取るに足りない関係であっても大切にしなくてはならないという仏教的なたとえ。

【本説取例歌】

人目しのふ芸子の袖のふりあハせころひあふとハこれをいふへき

丹青洞・万載狂歌集十一（恋上）

［注解］「ころひあふ」：転び合う。男女が密かに情を交わすこと。

【本説】

諺「鳶《とび》に油揚げを攫《さら》われる」

［注解］自分のものになると思っていたものを、突然思わぬ人に横取りされることのたとえ。

【本説取例歌】

鳶の油揚豆腐をさらひ行をみ侍りて

鳶とんで天にいたりし油揚はときにとつての僧のめいわく

富家来富有・徳和歌後万載集十（雑上）

［注解］「とき」は「時」と「斎（僧の食事）」を掛ける。『中庸』の「詩に云ふ、鳶飛んで天にいたり魚淵に躍る、言ふこころは其れ上下あきらか也」も本説としてふまえる。

【本説】

諺「寝耳に水」

［注解］不意の出来事に驚くことのたとえ。

【本説取例歌】

「寝耳に水の入」といふ世話を

藤川をやがて平家の落武者は寝耳《ね》に入《〈いり〉》し水鳥の音

幸田正舎・古今夷曲集九（雑下）

［注解］『平家物語』五「富士川合戦」で、水鳥の羽音を敵軍の夜討と思い込んで退却した故事に諺を取り入れて詠む。

【本説】

諺「山の芋鰻《うなぎ》になる」

［注解］想像を越えた変化や出来事が起こることのたとえ。

【本説取例歌】

ある人にながいもをやくそくし置けるか程へてたよりなけれは

やくそくのぬらりくらりとながいもハもはやうなぎになりぬへ

らなり

白鯉館卯雲・万載狂歌集十四（雑上）

［注解］「ぬらりくらり」：約束がなかなか実行に移されないことの意と、うなぎがつかみにくい様を掛ける。

【本説】

諺「寄らば大樹の陰《かげ》」

［注解］頼る相手を選ぶなら、力のある者を選ぶべきであるとのたとえ。

【本説取例歌】

立よらば大木《おほき》のかげの花見せん咲ちる程に余計ありやと

岩井教二・古今夷曲集一（春）

［注解］「余計」はおこぼれの意。花見をするならば大きな桜の木のかげがよい。散るときに、おこぼれの花びらが多くてみごとだからと詠む。

【本説】

諺「禍《わざわい》は下《しも》から」

［注解］災難は使用人などの不用意な言動から生じるという戒めの言葉。

【本説取例歌】

世中の男《をとこ》 女《をんな》のわざはひもしもから起る物にぞ有ける

石田未得・古今夷曲集七（恋）

［注解］諺の「下」を「下半身」に転じて詠む。

【本説】

諺「破《わ》れ鍋《なべ》に綴《と》じ蓋《ぶた》」

［注解］破鍋には、それに合った修繕をほどこした綴じ蓋がある。似合いの組み合わせがあるというたとえ。

【本説取例歌】

寄鍋恋

よし君がうそをつくまの鍋ならば我《われ》とぢ蓋《ぶた》となりてあはなん

忍岡虚路里・徳和歌後万載集九（恋下）

［注解］「つくま」：氏子の女達が通わせた男の数だけ鍋をかぶって参詣する、近江国の筑摩神社の奇祭を掛ける。その数を偽ると神罰を受けるとされた。かりに君が嘘をつくならば、自分はそれに合わせてちょうど良い綴じ蓋となる、ほどの意。

日本うたことば表現辞典　全15巻

大岡 信　監修

日本うたことば表現辞典刊行会編　B5判／上製・箱入／各巻平均400～450頁

第1巻　日本うたことば表現辞典　植物編（上）
第2巻　日本うたことば表現辞典　植物編（下） 揃定価（本体36,000円＋税）ISBN978-4-946525-03-2
古代から現代の秀歌・秀句1万5000余を歌集・作家の時代順に収録。植物の和名由来、季語、別名、花材などを図説。

第3巻　日本うたことば表現辞典　動物編 定価（本体18,000円＋税）ISBN978-4-946525-06-3
鳥・獣・虫・魚たちが詠まれた「うたことば」を解説。古代から現代の秀歌・秀句1万1000余を歌集・作家の時代順に収録。

第4巻　日本うたことば表現辞典　叙景編 定価（本体18,000円＋税）ISBN978-4-946525-09-4
四季・山河・時候・気象・風物など叙景表現に秘められた叙情・隠喩を解説。古代から現代の秀歌・秀句1万1000余収録。

第5巻　日本うたことば表現辞典　恋愛編 定価（本体18,000円＋税）ISBN978-4-946525-14-8
古代から現代まで、恋やさまざまな愛情の秀歌・秀句5000余を収録した最大規模の恋と愛情の表現辞典。

第6巻　日本うたことば表現辞典　生活編（上）
第7巻　日本うたことば表現辞典　生活編（下） 揃定価（本体36,000円＋税）ISBN978-4-946525-22-3
日本人の生活歌を体系化。古代から現代の秀歌・秀句1万2000余を生活用語別、時代順に集成。1～7巻の総索引を収録。

第8巻　日本うたことば表現辞典　狂歌川柳編（上）
第9巻　日本うたことば表現辞典　狂歌川柳編（下） 揃定価（本体36,000円＋税）ISBN978-4-946525-29-2
民衆の詩歌文学「狂歌・川柳」の作品を解説。「歳時記編・地名編・人名編」の3部構成。収録作品5000余。

第10巻　日本うたことば表現辞典　枕詞編（上）
第11巻　日本うたことば表現辞典　枕詞編（下） 揃定価（本体36,000円＋税）ISBN978-4-946525-83-4
詩歌文学の歌語の原点である枕詞研究の最新成果を統合・解説。枕詞1150余語、古代から現代の例歌5800余首を収録。

第12巻　日本うたことば表現辞典　歌枕編（上）
第13巻　日本うたことば表現辞典　歌枕編（下） 揃定価（本体36,000円＋税）ISBN978-4-946525-92-6
「地図＋絵図＋解説・例歌」で立体的に復元・解説した歌枕辞典の定本。八代集を網羅、古代から現代まで6000余首を収録。

第14巻　日本うたことば表現辞典　掛詞編 定価（本体18,000円＋税）2009年11月刊行予定
日本詩歌文学の修辞の基本「掛詞」の表現手法を例歌で実証的に分類・解説。現代語にも幅広く通用する日本語の妙を解説。

第15巻　日本うたことば表現辞典　本歌本説取編 定価（本体18,000円＋税）
和歌・短歌の表現手法の本歌取、物語や故事・詩などを典拠とした本説取の多彩な修辞の全貌を古代から現代の例歌で解説。

日本うたことば表現辞典⑮ — 本歌本説取編
2009年6月23日　第1刷発行

監修者　大 岡 信
編　集　日本うたことば表現辞典刊行会
編集著作権者・瓜坊　進
発行者　遠 藤 茂
発行所　株式会社 遊子館
107-0062　東京都港区南青山1-4-2 八並ビル
電話 03-3408-2286　FAX 03-3408-2180
印刷製本　シナノ印刷株式会社
装　幀　中村豪志
定　価　外箱表示

ISBN978-4-86361-000-2 C3592

監修者 大岡　信(おおおか まこと)

1931年 静岡県三島市に生まれる
1953年 東京大学文学部卒業
詩人、日本芸術院会員
【詩集】–「記憶と現在」「悲歌と祝禱」「水府」「草府にて」「詩とはなにか」「ぬばたまの夜、天の掃除器せまつてくる」「火の遺言」「オペラ 火の遺言」「光のとりで」「捧げるうた50篇」「鯨の会話体」など
【著書】–「折々のうた」(正・続・第3～第10・総索引・新1～6)「連詩の愉しみ」「現代詩試論」「岡倉天心」「日本詩歌紀行」「うたげと孤心」「詩の日本語」「表現における近代」「万葉集」「窪田空穂論」「詩をよむ鍵」「一九〇〇年前夜後朝譚」「あなたに語る日本文学史」(上・下)「日本の詩歌–その骨組みと素肌」「光の受胎」「ことのは草」「ぐびじん草」「しのび草」「みち草」「しおり草」「おもい草」「ことばが映す人生」「私の万葉集」(全5巻)「拝啓 漱石先生」「日本の古典詩歌(全6巻)」「昭和詩史」「大岡信詩集自選」など多数。
【受賞】–「紀貫之」で読売文学賞、「春 少女に」で無限賞、「折々のうた」で菊池寛賞、「故郷の水へのメッセージ」で現代詩花椿賞、「詩人・菅原道真」で芸術選奨文部大臣賞、「地上楽園の午後」で詩歌文学館賞
恩賜賞・日本芸術院賞(1995年)、ストルーガ詩祭(マケドニア)、金冠賞(1996年)、朝日賞(1996年度)、文化功労者顕彰(1997年)、文化勲章(2003年)

初 句 索 引

本編 本歌初句索引

1） この索引は、本編の本歌の初句索引である。句に付した数字は掲載頁を示す。
2） 表記は歴史的仮名遣いによる平仮名表記を原則とし、五十音順に配列した。
3） 初句を同じくする歌が複数ある場合は、さらに第二句を、第二句が同じ場合は第三句と続けて表記した。

あ

あかざりし 158
あかずして 102
あかつきの
—しぎのはねがき 135
—つゆはなみだも 301
—ねざめのちどり 217
あかつきは 330
あかでこそ 131
あかときと 29
あかときの 48
あきかけて 178
あきかぜに
—こゑをほにあげて 81
—なびくくさばの 227
—はつかりがねぞ 80
—ふきかへさるる 204
—やまとびこゆる かりがねの いやとほさかり 303
—やまとびこゆる かりがねの こゑとほさかる 39
—よのふけゆけば 210
あきかぜの
—うちふくごとに 210
—そでにふきまく 304
—ふきあげにたてる 88
—ふきうらがへす 139
—ふきくるよひは 187
—ふきとふきぬる 139
—ふきにしひより 86
—ふきにしより 76
—ふけばさすがに 186
あききぬと 75
あきぎりの 249
あきくれど
—いろもかはらぬ 100
—つきのかつらの 106
あきごとに 328
あきさむく 333
あきされば 40
あきたちて 33,210
あきつかみ 26
あきといへば
—いはたのをのの 282
—よそにぞききし 139
あきならで 134
あきのたの 187
あきのつき 90
あきのつゆは 33
あきのつゆや 303
あきののに
—ささわけしあさの 121
—やどりはすべし 84
あきののの
—くさのたもとか 85
—はなのいろいろ 225
—をばなにまじり 112
あきのよに 188
あきのよの
—あくるもしらず 79
—つきのひかりし 79
—つゆをばつゆと 87
あきのよは
—つゆこそことに 79
—はるひわするる 178
—ひとをしづめて 187
あきのよも 122
あきはきぬ
—つきはこのまに 322
—もみぢはやどに 90
あきはぎの
—したばいろづく 82
—したばにつけて 225
—はなさきにけり 82
—ふるえにさける 82
あきはぎを
—しがらみふせて 82
—をらではすぎじ 300
あきはなほ 274
あきふくは 274
あきやくる 317
あきをおきて 89
あくがれし 338
あけぐれの 238
あけぬとて 122
あけぬるか 249
あけやすき 332
あごのうらに 48
あさかげに 43
あさかしは 44
あさがすみ 291
あさかやま 49
あさくらや 320
あさぢふの
—つゆのやどりに 235
—をののしのはら しのぶとも 112
—をののしのはら しのぶれど 191
あさなあさな 113
あさはのに 45
あさひかげ 19
あさひさす 238
あさぼらけ 314
あさまだき
—あらしのやまの 211
—やへさくきくの 250
あさみどり
—いとよりかけて 58
—のべのかすみは 206
—みだれてなびく 245
あさもよし 12
あしからじ 167
あしがらの 271
あしたづの 44
あしねはふ 223
あしはらの 50
あしひきの
—このまたちくく 32
—やまかきくもり 211
—やまがくれなる 207
—やまさくらとを 43
—やましたみづの 111
—やまぢのこけの 302
—やまとびこゆる 49
—やまどりのをの 220
—やまのしづくに 13
—やまのもみぢば 188
—やまぶきのはな 296
—やまほととぎす 225

―やまをさかしみ 4
―やまよりいづる つきまつと ひとにはいひて いもまつわれを 45
―やまよりいづる つきまつと ひとにはいひて きみをこそまて 221
あしべゆく 12
あしまより 216
あすかがは 304
あすからは
―わかなつまむと かたをかの 206
―わかなつまむと しめしのに 290
あすかゐに 6
あせにける 260
あだなりと 64
あだびとの 214
あたらよの 183
あづさゆみ
―いるさのやまに 234
―おしてはるさめ 57
―つまひくよとの 20
―はるたちしより 70
あづまぢの
―おもひいでにせん 246
―このしたくらく 214
―さののふなはし 191
―さやのなかやま 118
あづまやの 5
あとたえて 239
あとたるる 337
あともなく 318
あなこひし 129
あのおとせず 47
あのくたら 321
あはぢしま 267
あはれきみ 310
あはれてふ
―ことをあまたに 71
―ことををにして 204
あはれとも 138
あひおもはぬ 21
あひにあひて 134
あひみての 220
あぶくまに 164
あふことの 159
あふことは 109
あふことを
―いつともしらで 219
―いまはかぎりと 256
―まつにてとしの 218
あふさかの
―せきのしみずに 210
―せきをやはるも 244
―なをばたのみて 324
―やまはゆききの 324
―ゆふつけどりも 115
あふさかを 4
あふとみて 267
あふほども 271
あふまでと 254
あふまでの 133
あふみぢの 6
あふみのうみ 16
あべのしま 18
あまくもに 42
あまくもの 43
あまざかる 15
あまつかぜ
―あめのやへくも 324
―くものかよひぢ 143
―くもふきはらひ 331
あまのがは
―あさせしらなみ 76
―きりたちわたる 36
―しらがみかけて 187
―とほきわたりに 210
―とわたるふねの 248
―なはしろみづに 269
―もみぢをはしに 76
あまのかる 138
あまのすむ
―うらこぐふねの 197
―さとのしるべに 132
あまのとを 315
あまのはら
―かすみふきとく 325
―ふりさけみれば 103
あまのよを 238
あみだぶと 270
あめなるや 3
あめふれば
―かさとりやまの 88
―ねやのいたまも 257
―のきのたまみづ 289
あらかじめ 25
あらきかぜ 229
あらざらん 256
あらしふく 250
あらたにおふる 7
あらたまの
―としのみとせを 172
―としのをはりに 97
あられふり 29
あらをだを 139
ありあけの
―つきだにあれや 246
―つきのひかりを 215
―つれなくみえし つきはいでぬ 297
―つれなくみえし わかれより 121
ありとても
―いくよかはふる 227
―たのむべきかは 249
ありにしも 274
ありはてぬ 153
ありまやま 256
あるかひも 313
あわゆきの 34
あをやぎの
―いとうちはへて 167
―いとにたまぬく 293
―みどりのいとを 213

い

いかでかは
―おもひありとも 275
―たづねきつらん 226
いかならん 152
いかなれば 338
いかにして 219
いかにせむ 283
いくよしも 149
いけにすむ 125
いけみづの 193
いざけふは 68
いざここに 155
いざこども 12
いざさくら 66
いさらゐは 237
いしかはの 7
いしまゆく 126
いせしまや 235
いせのあまの 44
いせのうみに 192
いせのうみの
―あまのまでかた 194
―きよきなぎさに 6
いそのかみ
―ふるのかむすぎ 42
―ふるののさくら 294
―ふるのやしろの 222
―ふるのやまべの 182
いたづらに 99
いづくにか
―こよひはやどを 311
―よをばいとはむ 151
―われはやどらむ 16
いつしかと 264
いつとても
―こひしからずは 115

—みのうきことは 285
いつのまに 73
いつはとは 77
いつはりと 336
いつはりに 266
いつまでか 301
いづみなる 202
いつもかく 283
いづれぞと 234
いづれをか 265
いでていなば 174
いでてみる 38
いでひとは 131
いでわれを 113
いとせめて 116
いとどしく 186
いとはやも 80
いなといへど 15
いなみのの 24
いなむしろ 4
いにしへに 27
いにしへの
—あきのゆふべの 239
—しづのをだまき 173
—ならのみやこの 273
—のなかのしみづ 145
—のなかふるみち 202
—ひとさへけさは 254
いのちだに 101
いのちやは 120
いはしろの
—のなかにたてる 14
—はままつがえを 14
いはせやま 191
いはそそく 291
いはたたく 280
いはねふみ 224
いはばしり 24
いはばしる 30
いはまには 252
いはみのうみ 13
いはみのや 13
いへばえに 173
いまいくか 106
いまこむと 128
いまこんと 316
いまぞしる 154
いまはただ 284
いまはとて
—たのむのかりも 292
—わがみしぐれに 136
いまははや 120
いまはわれ 317
いまひとの 268
いまもかも 70
いまもなほ 336
いまもみて 234
いまよりは
—あきかぜさむく 303
—うゑてだにみじ 85
—むかしがたりは 287
—もみぢのもとに 211
いめのみに 29
いもがため 28
いもがてを 39
いもがなは 15
いもににる 51
いりひさす 265
いろかはる 89
いろかをば 242
いろみえて 138
いろもかも 64
いろよりも 59

う・え

うかりける 283
うきことを 81
うきながら 140
うきみよに 234
うぐひすの
—いとによるてふ 184
—かさにぬふてふ 60
—こぞのやどりの 161
—こゑなかりせば 205
—たによりいづる 56
うごきなき 218
うすぎりの 300
うすくこく 250
うすずみに 245
うたたねに 116
うたたねの 299
うたたねは 320
うぢがはは 28
うちかへし 190
うちきらし 32
うちしめり 298
うちつけに 186
うちなびく 37
うちのぼる 31
うちはへて
—くるしきものは 313
—ねをなきくらす 185
うちはらふ 230
うちよする 333
うちわたす
—たけだのはらに 22
—をちかたひとに 160
うちわびて 115
うつせみの
—はにおくつゆの 231
—みをかへてける 231
—よにもにたるか 66
—よはつねなしと 18
うづみびの 251
うづらなく 33
うなはらの 23
うねめの 11
うのはなの
—さかぬかきねは 265
—さけるかきねの 184
—つゆにひかりを 330
うばたまの 308
うめ → むめ
うらうらに 51
うらかぜに 255
うらかぜや 236
うらづたふ 283
うらみわび 316
うれしきを 142
うゑおきし 250
えだよりも 66

お

おいぬとて 147
おいのなみ 308
おいらくの 146
おきつかぜ 260
おきつとり 49
おきつなみ
—たかしのはまの 148
—あれのみまさる 159
おきてみんと 300
おきなさび 179,196
おくやまに
—たぎりておつる 262
—もみぢふみわけ 82
おくやまの
—いはがきもみぢ 89
—こけのころもに 319
—すがのねしのぎ 115
—まきのはしのぎ 254
—みねとびこゆる 313
おくれゐて 36
おしてるや 323
おちたぎつ 149
おとにきく
—たかしのうらの 268
—ひとにこころを 219
—まつがうらしま 198
おとにのみ
—きくのしらつゆ 107
—ききてはやまじ 198
おとはがは 215

おとはやま
―おとにききつつ 108
―もみぢちるらし 267
おともせで 272
おなじえを 86
おのがつま 297
おひたつを 258
おふのうらに 166
おほあらきの
―もりのこのまを 301
―もりのしたくさ おいぬれば 146
―もりのしたくさ しげりあひて 209
おほえやま 269
おほかたに
―あきのねざめの 303
―をぎのはすぐる 238
おほかたの
―あきくるからに 77
―あきのそらだに 188
―つゆにはなにの 280
おほかたは
―つきをもめでじ 145
―わがなもみなと 125
おほきみの 27
おほぞらに 182
おほぞらの 94
おほぬさと 174
おほぬさの 174
おほはらや
―せがゐのみづを 203
―まだすみがまも 277
―をののすみがま 271
おほぶねの 44
おほよどの 176
おほゐがは 219
おもいでも 214
おもかげの
―かすめるつきぞ 314
―それかとみえし 323
おもひあまり 283
おもひあらば 169
おもひいづや 317
おもひいづる 111
おもひいでて 132
おもひいでば 310
おもひいでも
―なきいにしへを 329
―なくてやわがみ 276
おもひかね
―いもがりゆけば 212
―けふたてそむる 275
おもひがは 190
おもひぐさ 268
おもひせく 149
おもひつつ
―ぬればかもとな 49
―ぬればやひとの 115
―へにけるとしを 195
おもひやる
―こころぞいとど 263
―こころやはなに 286
―こしのしらやま 155
おもひやれ 259
おもふこと
―ありあけがたの 266
―さしてそれとは 301
おもふてふ 161
おもふどち
―そこともしらず 293
―はるのやまべに 70
―まとゐせるよは 142
おもふとも 112
おもふには 176
おもへども 124
おもほえず 173
おりつれば 184
おろかなる 117

か

かがみやま 146
かきくらし 290
かきくらす 123
かぎりぞと
―おもひなりしに 241
―おもふにつきぬ 257
かぎりなき 197
かくこひむ 130
かくしつつ
―とにもかくにも 98
―よをやつくさむ 147
かくとだに 253
かくばかり 77
かぐやまは 9
かけまくも 46
かげやどす 319
かささぎの 307
かざはやの 18
かずかずに 130
かすがのに 34
かすがのの
―とぶひののもり 56
―ゆきまをわけて 108
―ゆきをわかなに 278
―わかなつみにや 57
かずならで 285
かずならぬ
―ふせやにおふる 231
―みはこころだに 224
―みをうぢがはの 221
かすみたち 54
かすみたつ 68
かすめては 268
かすめよな 264
かぜかよふ 327
かぜのうへに 157
かぜのおとの 255
かぜはやみ 270
かぜふけば
―おきつしらなみ 158
―とはになみこす 179
―なみうつきしの 125
―はすのうきはに 266
―みねにわかるる 119
かぜまじへ 23
かぜをいたみ 275
かぞへねど 286
かたいともて 324
かたいとを 110
かたしきの
―そでのこほりも 307
―そでをやしもに 306
かたみこそ 133
かちびとの 176
かつきえて 189
かつこえて 101
かづらきや
―くめぢにわたす 317
―くめぢのはしに 193
―たかまのさくら 293
―たかまのやまの 278
かにかくに 43
かはぎりの 211
かはづなく
―かむなびがはに 31
―むつたのかはの 36
―ゐでのやまぶき 70
かはのせに 117
かはのへの 10
かひがねを 166
かふちめの 29
かへるかり 182
かへるやま 101
かまくらの 47
かみつけの 47
かみなづき → かむなづき
かみまつる 208
かむかぜの
―いせのはまをぎ おりふせて たびねやすらむ 19
―いせのはまをぎ おりふせて たびねやすらん 310
かむなづき

—あらしにまじる 331
—しぐるるときぞ 189
—しぐれふりおける 159
—しぐれふるらし 305
—しぐれもいまだ 86
—ねざめにきけば 251
—ふりみふらずみ 188
かむなびの 30
かめのをの 99
かもめゐる 318
からごろも
—なればみにこそ 137
—ひもゆふぐれに 113
からとまり 49
からにしき 211
かりがねの
—かへるはかぜや 295
—きなきしなへに 40
—さむきあさけの 40
—さむくなきしゆ 40
かりくらし 105
かりのくる 150
かりのこを 203
かるもかき 257
かれはてむ 127

き

きえかへり 314
きえはてて 263
きかでただ 297
きかばやな 245
ききつとも 246
ききてしも 297
きくひとぞ 292
きにもあらず 152
きのうみや 331
きのふこそ
—さなへとりしか 76
—としはゝてしか 37
—ふなではせしか 49
きのふといひ 97
きのふまで 208
きみがあたり 172
きみがうゑし 141
きみがため
—はるののにいでて 57
—まつのちとせも 200
—やまだのさはに 37
きみがよに 159
きみがよは
—あまのはごろも 213
—かぎりもあらじ 164
—ちよにひとたび 252
—つきじとぞおもふ 252
きみがよも 9
きみこずは
—ねやへもいらじ 129
—ひとりやねなん 306
きみしのぶ 79
きみすまば 274
きみといへば 126
きみならで 60
きみまさで 141
きみまつと 315
きみやこし 123,176
きみやこむ 127
きみをおきて 164
きみをおもひ 148
きみをのみ
—おもひかけごの 220
—おもひねにねし 120
きりのはも 304

く

くさかえの 20
くさのいほ 269
くさのうへは 331
くさふかき 140
くさふかみ 41
くさもきも 86
くだらのの 31
くちなしの
—いろにさけばや 270
—いろにたなびく 272
くちはてん 333
くもはみな 302
くやくやと 190
くるしくも 16
くれがたき 174
くれずとて 333
くれたけの
—むなしととける 285
—よよのふるごと 159
くれなゐに
—いろをばかへて 181
—みえしこずゑも 275
くれなゐの
—うすはなざくら 273
—はつはなぞめの 131
くろかみの 256

け

けさきなき 73
けさだにも 326
けさみれば 264
けぬがうへに 96
けひのうみの 15
けふいくか 334
けふこずは 64,172
けふのみと 71
けふふりし 34
けふまでも 259
けふよりは
—いまこむとしの 76
—つゆのいのちも 229
—をぎのやけはら 181
けぶりたつ 312

こ

こがらしの 280
こきちらす 149
ここにしも 225
こころあてに
—それかとぞみる 231
—をらばやをらむ 89
こころあらば 291
こころあらむ 244
こころえつ 258
こころから 106
こころこそ 316
こころざし 54
こころなき 301
こころをぞ 127
こころをば 223
こさふかば 330
こぞのはる 30
こづたへば 68
ことごとに 282
ことしげき 319
ことしげし 196
ことしより 62
ことならば 221
ことにいでて 119
ことのねに 216
ことのはも 194
こぬひとを
—したにまちつつ 226
—まつちのやまの 221
—まつゆふぐれの 136
このころの 39
このごろは 263
このさとに 65
このたびは 105
このはちる 251
このまより 76
このもとに 277
このもとを 276
こひこひて 122
こひしきを 223
こひしくは 124
こひしけば 47

こひしてふ 254
こひしとは 178
こひしなば 42
こひしなむ 254
こひすてふ 218
こひすれば 114
こひせじと 112
こひわびて 235
こひわびぬ 175
こひをのみ 284
こふれども 268
こほろぎの 41
こまなめて 69
こまやまに 26
こむといふも 20
こめやとは 136
こもよ 8
こもりくの 18
こゆるぎの 226
こよひたれ 301
こよひの 38
こよろぎの 165
これやこの 197
ころもがへせむや 6
ころもでに 34
こゑたえず 71
こゑたてぬ 329
こゑはして 73

さ

さかきばの
—かはらぬいろに 327
—はるさすえだの 219
さかこえて 48
さかしらに 161
さがのやま 196
さきさかず 182
さきにたつ 253
さくはなに 215
さくはなは 68
さくらいろに 65
さくらがり 207
さくらさく 294
さくらだへ 16
さくらちる
—このしたかぜは 207
—はるのやまべは 295
—やましたみづを 335
さくらばな
—さきにけらしも 64
—ちらばちらなむ 66
—ちりかひくもれ 99
—りしくにはを 273
—はるくははれる 64
—ゆめかうつつか 296
さごろもの 47
ささがはの 52
ささなみの
—くにつみかみの 11
—しがのおほわだ 10
—しがのからさき 10
さざなみや
—あふみのみやは 217
—しがのみやこは 279
—ちりもくもらず 323
ささのくま 163
ささのはは
—みやまもさやに みだるとも 14
—みやまもさやに うちそよぎ 306
さしかへる 240
さすらふる 311
さつきまつ 72
さつきやみ 280
さとはあれて 85
さとはなれ 45
さとびたる 332
さびしさに
—けぶりをだにも 251
—やどをたちいでて 249
さびしさは 300
さひのくま 45
さほがはの 319
さみだれに
—なにはほりえの 274
—ぬまのいはがき 265
—みづまさるらし 266
—ものおもひをれば 74
さみだれの
—そらなつかしく 247
—はれまもみえぬ 286
—ひをふるままに 274
さみだれは 247
さむしろに
—ころもかたしき こよひもや われをまつらむ 127
—ころもかたしき こよひもや こひしきひとに 175
さもこそは 223
さよなかと 35
さよふかき 247
さよふくる 251
さよふけて
—うらにからろの 330
—きぬたのおとぞ 282
さりともと 281
さをしかの
—あさふすをのの 41
—いりののすすき 41
—いるののすすき 300
—つまどふやまの 303
—つまよぶやまの 40
—ふすやくさむら 48

し

しがのうらや 307
しかばかり 284
しかりとて
—そむかれなくに 150
—つきのこころも 322
しきたへの
—まくらうごきて 42
—まくらのしたに 118
—まくらのちりや 257
しぐれつつ
—かつちるやまの 267
—もみづるよりも 139
しぐれのあめ
—そめかねてけり 305
—まなくしふれば まきのはも 40
—まなくしふれば みかさやま 33
したのおびの 103
したひもの 178
したをぎの 326
しづやのこすげ 4
しでのやま 228
しながどり
—ゐなのささはら 334
—ゐなのをくれば 28
しなのなる
—あさまのたけに 169,310
—すがのあらのに 46
しのすすき 253
しののめの
—ほがらほがらと 122
—わかれををしみ 123
しのぶやま 171
しのぶれば
—くるしかりけり 220
—くるしきものを 114
しばしなほ 337
しほがまの
—うらにはあまや 167
—うらふくかぜに 281
しほのまに 192
しほのやま 98
しほみてば 30,223
しもがれは 307
しもとゆふ 162
しものたて 90

しもまよふ 292
しもやたび 4,162
しらくもに 78
しらくもの
—たえずたなびく 151
—たつたのやまの 36
しらたまか 169
しらたまは 25
しらつゆに 187
しらつゆも 87
しらとりの 20
しらなみに 91
しらなみの
—あとなきかたに 107
—はままつがえの 11
—よするなぎさに 320
しらゆきの
—ところもわかず 94
—ふりしくときは 100
しるしあれ 272
しるしなき 68
しるしらぬ 108
しるといへば 125

す

すがはらや
—ふしみのくれに 199
—ふしみのさとの 195
すがるなく 100
すずしさを 327
すすのあまの 50
すずみせし 205
すずむしの 229
すだきけん 248
すはのうみの 271
すまのあまの
—しほやきぎぬの 18
—しほやきころも 135
—しほやくけぶり 130
すみなれし 319
すみのえに 309
すみのえの 99
すみよしの
—きしのひめまつ 147
—とほさとをのの 28
すみわびて 269
すみわびぬ 197
すむひとも 248
するがなる
—うつのやまべの 170,310
—たごのうらなみ 111
すゑのつゆ 242
すゑはれぬ 335

せ・そ

せきのとも 326
せきもあへず 195
せみのこゑ 131
そでぬれて 176
そでひちて 53
そのかみは 337
そのはらや 312
そまがはの 204
そまびとは 166
そめかふる 288
そらさむみ 335
そらはなほ 290

た

たえずゆく
—あすかのかはの
よどみなば 131
—あすかのかはの
よどめらば 29
たえぬると 193
たかきやに 308
たがためも 335
たかまとの 15
たがみそぎ 158
たかやまの
—いはもとたぎち 44
—すがのはしのぎ 35
たぎつせに 118
たきのおと 318
たきのおとは 285
たくひれの 35
たけくまの 259
たけのはに 276
たごのうらゆ 17
たちかはり 26
たちそむる 325
たちとまり 92
たちばなの
—あまのはごろも 299
—したでるにはに 50
—にほひをさそふ 334
—にほふあたりの 298
—もとにみちふむ 25
たちばなは 25
たちわかれ 100
たつたがは
—にしきおりかく 93
—もみぢばながる 90
—もみぢみだれて 89
たつたひめ 91
たつたやま 282
たづぬべき 262
たづねても 237
たづねゆく 230
たなばたは 248
たにかぜに 55
たにがはの 55
たにさむみ 181
たにせばみ 174
たにのとを 225
たのまれぬ 328
たのめこし
—ことのはいまは 132
—ひとをまつちの 318
たのめつつ 221
たびごろも 324
たびねして
—あかつきがたの 310
—つまこひすらし 185
たびびとの 311
たまがはに 47
たまくらの 223
たましまの 22
たますすき 10
たまだれの
—こがめやいづら 144
—をすのたれすを 43
たまつしま 28
たまのをの 191
たまのをよ 313
たまもかる 44
たむけには 106
たよりにも 109
たらちねの
—おやのいさめし 223
—おやのまもりと 101
たらちめは 199
たれかまた 298
たれをかも 148

ち

ちぎりおきし 328
ちぎりきな 256
ちとせへん 252
ちとせまで
—かぎれるまつも 206
—きみがつむべき 266
ちどりなく 21
ちはやぶる
—うぢのはしもり 147
—かみのいがきに 87
—かみやきりけむ 99
—かみよもきかず 91
—かむなびやまの 86
—かものやしろの 110

―ひらののまつの 212
ちよくなれば 218
ちらねども 88
ちりちらず 207
ちりぬとも 62
ちりぬべき 182
ちりをだに 75
ちるがうへに 204
ちるとみて 62
ちるはなの 68

つ・て

つきかげに 119
つきかげの 235
つきかへて 45
つきくさに 85
つきみれば 78
つきやあらぬ 133,169
つきゆゑに 322
つきよには
―こぬひとまたる 136
―それともみえず 60
つきよよし 128
つくづくと
―おつるなみだに 243
―おもひあかしの 316
―よめてぞふる 270
つくばねの
―このもかのもに 166
―このもとごとに 153
―にひぐはまよの 46
―みねよりおつる 193
つくばやま
―はやましげやま しげきをぞ 7
―はやましげやま しげけれど 313
つくまえの 247
つくよみの 21
つつめども
―そでにたまらぬ 117
―かくれぬものは 185
つねならぬ 227
つねもなき 185
つのくにの
―こやともひとを 255
―なにはたたまく 192
―なにはのあしの 119
つばなぬく 32
つまこふと 271
つまこふる 84
つまごもる 39
つもるらん 262
つゆしぐれ 324
つゆをなど 142
つれなくぞ 283
てもふれで 119
てりもせず 292
てるつきの 266
てるつきを 196

と

ときしらぬ 170
ときすぎて 137
ときはいま 31
ときわかず 184
ときわかぬ
―なみさへいろに 304
―まつのけぶりに 338
とけてねぬ 237
としごとに
―おひそふたけの 309
―くもぢまどはぬ 187
―もみぢばながす 93
としのうちに 212
としふとも 321
としふれば
―こしのしらやま 212
―よはひはおいぬ 63
としへつる 236
としもへぬ 314
としをへて
―おひそふたけの 271
―すみこしさとを 154,180
―はなにこころを 245
とどめあへず 146
とのもりの 224
とはずなる 332
とぶとりの
―あすかのかはの 14
―あすかのさとを 13
―こゑもきこえぬ 114
ともしする 280
ともしびの 15
とやがへる 251
とよくにの 45
とりとむる 146
とりのこを 175
とりのねも 323
とりのねを 328

な

ながしとも 122
ながつきの 188
なかなかに 222
ながむれば
―ころもですずし 299
―まつよりにしに 322
ながめつつ 302
ながめても 318
ながれては 140
なきずみの 24
なきなとも 335
なきなのみ 218
なきわたる 83
なぐさむる 195
なくせみの 298
なげきわび 263
なけやなけ 248
なつかりの 247
なつくさは 297
なつごろも 209
なつとあきと 75
なつなれば 112
なつののの 32
なつのゆく 20
なつのよの 74
なつのよは
―うらしまがこが 209
―まだよひながら 75
なつのよを 242
なつびきの 130
なとりがは 124
ななへやへ 261
なにしおはば
―いざことはむ 104,170
―あふさかやまの 192
なにとなく 286
なにはえの 284
なにはづに 53
なにはひと
―あしひたくやの 43
―あしびたくやは 222
なにめでて 83
なにをかは 247
なほききに 198
なほざりに 204
なみこゆる 240
なみだがは
―おつるみなかみ 222
―ながすねざめも 193
―なにみなかみを 113
―まくらながるる 114
―みなぐばかりの 189
なみださへ 189
なみたてる 276
なみだやは 256
なみのうつ 106
なみのまゆ 44
なみまより 179
なよたけの 158
ならのはの 199

なるかみの
—おとにのみきく 217
—おとのみききし 27

に

にごりなき 321
にはつとり 30
にはのゆきに 308
にほどりの 47
にほひつつ 184
ぬししらぬ 84
ぬしやたれ 143
ぬばたまの
—よのふけゆけば 24
—よはふけぬらし 49
ぬれつつぞ 71
ぬれてほす 88
ぬれぬれも 267
ねがはくは
—しばしやみぢに 321
—はなのしたにて 286
ねぬよこそ 246
ねぬるよの
—ゆめさわがしく 243
—ゆめをはかなみ 123
ねのひする 206

の

のとならば
—うづらとなきて 154
—うづらとなりて 180
のべちかく 56
のべのつゆは 316

は

はかなくて
—ゆめにもひとを 117
—よのふるかはの 241
はかなさを 296
はぎのつゆ 83
はこねぢを 322
はだすすき 34
はつせがは 160
はつせやま 335
はつはるの 52
はなしあらば 184
はなちらす 66
はなちりし 296
はなならで 244
はなのいろに 208
はなのいろは
—うつりにけりな 69
—ただひとさかり 106
はなのかを 55
はなのきも 67
はなのみな 279
はなはなほ 329
はなはねに 279
はなよりも 141
はははきぎの 230
はらはらと 287
はりぶくろ 51
はりまぢや 282
はりまなる 205
はるがすみ
—いろのちぐさに 68
—たつやおそきと 244
—たつをみすてて 59
—たてるやいづこ 53
—たなびくやまの 65
はるかぜは 67
はるかなる 281
はるきてぞ 224
はるきぬと 55
はるくれど 272
はるくれば
—かりかへるなり 58
—たのむのかりも 278
はるごとに 62
はるさめに 70
はるさめの
—ふりそめしより 292
—ふるはなみだか 67
はるさめは 294
はるされば 38
はるすぎて 10
はるたつと
—いふばかりにや 205
—おもひもあへぬ 285
—ききつるからに 181
はるたてど 56
はるたてば 54
はるのいろの 67
はるのきる 58
はるのの 161
はるののに
—あさるきぎしの 32
—すみれつみにと 31
はるののの 213
はるのよの
—やみはあやなし 61
—ゆめのうきはし 291
はるひさす 183
はるふかみ 207
はるやこし 198
はるやとき 55
はるるよの 177

ひ

ひかりなき 153
ひぐらしの
—こゑばかりする 269
—なきつるなへに 80
—なくやまざとの 80
ひくれば 305
ひこほしの
—かざしのたまは 35
—つまむかへぶね 33
ひこぼしの
—つままつよひの 210
—ゆきあひをまつ 320
ひさかたの
—あまのかぐやま 37
—つきのかつらも 78
—なかにおひたる 154
—ひかりのどけき 67
ひさぎおふる 299
ひさしくも 136
ひとごころ 201
ひとごとに 332
ひとごとは 221
ひとしれず
—したはふくずの 329
—ものおもふころの 194
ひとしれぬ
—おもひするがの 202
—おもひのみこそ 119
—なみだにそでは 219
—わがかよひぢの 122,169
ひとすまぬ 318
ひととせに 177
ひとのおやの 198
ひとのみも 114
ひとはいさ
—おもひやすらん 172
—こころもしらず 61
ひとはかる 194
ひとふるす 157
ひともがな 280
ひとやりの 101
ひとりして 253
ひとりねは 236
ひとりふす 321
ひとをおもふ 118
ひむかしの 11
ひもくれぬ 261
ひろせがは 30
ひをならぬ 337

ふ

ふかきよの 233
ふかくさの 140
ふきくれば 201
ふきよれば 326
ふくかぜと 69
ふくかぜに 175
ふくかぜの
—たえぬかぎりし 167
—いろのちぐさに 90
ふしておもひ 99
ふじのねに 17
ふじのねの 160
ふじのねは 326
ふすからに 204
ふたこゑと 185
ふたつなき 145
ふたばより 213
ふなぎほふ 52
ふゆがはの 118
ふゆがれの 306
ふゆごもり 95
ふゆされば 266
ふゆながら 95
ふゆのいけに 125
ふりそめて 189
ふりつみし 291
ふるさとに 333
ふるさとの 302
ふるさとは
—みしごともあらず 158
—よしののやまの 94
ふるゆきの 181
ふるゆきは 189

ほ

ほととぎす
—あかつきかけて 273
—あかですぎぬる 265
—とばたのうらに 46
—ながなくさとの 73
—なきつるかたを 279
—なくひとこゑに 287
—なくやさつきの 107
—まつもかぎりの 336
—われとはなしに 74
ほどもなく 275
ほにもいでぬ 92
ほのかにぞ 208
ほのかにも 232
ほのぼのと
—あかしのうらの 104
—ありあけのつきの 305
—はるこそそらに 289
ほのみえし 315
ほりえより 52

ま

まがねふく 163
まきのやに 305
まきもくの 162
まくらとて 177
まくらより
—あとよりこひの 160
—またしるひともなき 125
まけはしら 52
まこもかる
—よどのさはみづ 118
—ほりえにうきて 189
ますかがみ 218
ますがよし 45
まださかぬ 327
またまつく 29
またもこん 314
またやみん 294
またれつる 287
まぢかくて 195
まつかぜは 258
まつしまや
—をじまのいそに あさりせし 257
—をじまのいそに よるなみの 328
まつちやま 16
まつといへど 217
まつにふく 289
まつのうへに 206
まつのねに 226
まつひとも 68
まつらがは 23
まてといはば 132
まてといふに 65
まとかたの 28
まめなれど 162
まれにくる 309

み

みかきもり 275
みかのはら 312
みくまのの
—うらのはまゆふ いくかさね 203
—うらのはまゆふ ももへなす 19
みさぶらひ 164
みしひとの 232
みしまえに 244
みしをりの 237
みずもあらず
—みもせぬひとの こひしくは あやなくけふや ながめくらさん 178
—みもせぬひとの こひしくは あやなくけふや ながめくらさむ 108
みそぎして 213
みたみわれ 24
みちしらば
—たづねもゆかむ 93
—つみにもゆかむ 166
みちのくの
—あさかのぬまの 126
—しのぶもぢずり たれゆゑに みだれそめにし 168
—しのぶもぢずり たれゆゑに みだれむとおもふ 131
みちのくは 164
みちのへの 41
みちのべの 317
みつかはの 35
みづくきの
—をかのみなとの 336
—をかのやかたに 162
みつしほに 323
みづとりの 308
みづのうへに
—おもひしものを 212
—かずかくごとき 42
みづのもに 336
みづひきの 200
みてのみや 63
みてもまた
—あふよまれなる 233
—またもみまくの 134
みなせがは 137
みなづきの
—つちさへさけて 38
—なごしのやまの 201
みなといりの
—あしわけをぶね さはりおほみ わがおもふきみに 44
—あしわけをぶね さはりおほみ わがおもふひとに 221
みなとかぜ 50
みなひとは 141
みなひとを 21
みなぶちの 29
みにかへて 207

みにしみて
—あはれしらする 286
—もののかなしき 243
みにちかく 238
みねのゆき 240
みのうさの 281
みののくに 163
みははやく 199
みやぎのの 129
みやきひく 201
みやきもり 325
みやこいでて 103
みやこだに 267
みやこにて 200
みやこびと
—きてもおらなん 183
—くるればかへる 261
みやこをば 252
みやひとに 232
みやひとの 51
みやまには
—あられふるらし 162
—まつのゆきだに 56
みよしのの
—あをねがたけの 27
—おほかはのへの ふぢなみの 130
—おほかはのべの ふぢのはな 329
—たかねのさくら 295
—たきつかはうちに 337
—たきのしらたま 203
—たのむのかりも 171
—みみがのやまに 10
—やまのあなたに 151
—やまのしらゆき つもるらし 95
—やまのしらゆき ふみわけて 95
—よしののやまの 183
みるひとも
—あらしにまよふ 240
—なくてちりぬる 91
みるほどぞ 235
みるめかる 313
みるめなき 121
みれどあかぬ 11
みわたせば
—なみのしがらみ 245
—やなぎさくらを 63
みわのやま 136
みわやまを
—しかもかくすか くもだにも 9
—しかもかくすか はるがすみ 67
みをしれば 315
みをすてて
—やまにいりにし 215
—ゆきやしにけむ 155
みをつくし 236
みをなげし 241
みをなげむ 240

む

むかしおもふ
—くさのいほりの 297
—さよのねざめの 307
むかしみし 17
むこのうらを 17
むしのねの 331
むしろだの 7
むすびおきし 199
むすぶての
—いしまをせばみ 203
—かげみだれゆく 102
—やみのうつつは 123
—よかぜをさむみ 325
むめがえに
—きゐるうぐひす 54
—なきてうつろふ 37,291
—ふりおけるゆきを 190
—ふりつむゆきは 212
むめがえの 288
むめがかを 62
むめのかの 96
むめのはな
—いめにかたらく 22
—えだにかちると 34
—それともみえず 96
—ちりまがひたる 22
—にほひをみちの 273
—にほふはるべは 60
むらさきの
—いろこきときは 143
—いろにはさくな 214
—ひともとゆゑに 142
むらさめの 303

め・も

めぐりあはん 315
めひがはの 50
もえいづる 329
もがみがは 164
ものおもひに 332
ものおもふ 190
ものおもへば 261
ものごとに 280
もののふの 16
ものをのみ 259
もみぢばの
—ちりてつもれる 79
—ちりゆくかたを 282
—ながれざりせば 92
ももきね 46
ももくさの 85
ももしきの
—おほみやびとは いとまあれや うめをかざして 38
—おほみやびとは いとまあれや さくらかざして 294
ももしきや 323
ももちどり 58
ももとせに 175
ももとせを 201
もろこしも 135
もろともに
—あはれとおもへ 268
—いでしそらこそ 311

や

やかたをの
—ましろのたかを ひきすゑて 202
—ましろのたかを やどにすゑ 51
やすみしし 26
やすらはで 254
やすらひに 288
やたののの 42
やどちかき 251
やどちかく 59
やどりせし 74
やへにほふ 295
やへむぐら
—こころのうちに 184
—しげれるやどの 209
やほかゆく
—はまのまさごと 222
—はまのまなごも 20
やまあらしの 332
やまおろしに 239
やまかぜに 102
やまかぜは 309
やまがつの
—いほりにたける 236
—かきねにさける 208
—かきほあるとも 230
—かきほにはへる 132
—まがきをこめて 239
やまがはに 92
やまがはの 159

やまがらす 260
やまこえて 28
やまざくら
―いまかさくらむ 288
―おもふあまりに 337
―かすみのまより 109
―さきぬるときは 183
やまざとの 295
やまざとは
―あきこそことに 81
―さびしかりけり 281
―ふゆぞさびしさ 93
―もののわびしき 151
―ゆきふりつみて 212
やましなの 227
やましろの
―こまのわたりの 6
―よどのわかごも 135
―ゐでのたまみづ てにくみて 317
―ゐでのたまみづ てにむすび 180
やまたかみ
―しらゆふはなに 36
―ひともすさめぬ 63
―みねのあらしに 295
やまだもる 92
やまでらの
―あかつきがたの 326
―いりあひのかねの 228
やまとには
―なきてかくらむ 13
―むらやまあれど 8
やまどりの 48
やまのはに
―いさよふつきを 27
―しぐるるくもを 328
やまびとの 309
やまふかみ
―はるともしらぬ 289
―ひとのゆききや 334
―まきのはわかる 287
やまぶきの 208

ゆ

ゆききえて 325
ゆきてみて 237
ゆきのいろを 22
ゆきのうちに 54
ゆきのうちも 330
ゆきふかき 278
ゆきふりて 97
ゆきふれば
―きごとにはなぞ 96
―みねのまさかき 308
ゆくあきの 337
ゆくくもの 328
ゆくすゑの 214
ゆくすゑは
―そらもひとつの 302
―まだとほけれど 209
ゆくほたる 174,186
ゆくみづに 114
ゆふぎりに 274
ゆふぐれの 102
ゆふぐれは
―くものはたてに 110
―ものぞかなしき 277
―をぎふくかぜの 299
ゆふけにも 43
ゆふされば
―あきかぜさむし 48
―ころもでさむし たかまつの 41
―ころもでさむし みよしのの 94
―わがみのみこそ 192
―をぐらのやまに 32
ゆふだちの 330
ゆふづくひ 331
ゆふづくよ
―おぼつかなきを 105
―さすやをかべの 111,201
―をぐらのやまに 93
ゆふやみは 195
ゆめさめむ 285
ゆめぢにも 192
ゆめとこそ 140
ゆめとても 314
ゆめのごと 220
ゆめをだに 333
ゆらのとを 313

よ

よがたりに 233
よきひとの 10
よこぐもの 303
よしのがは
―いはとかしはと 27
―いはなみたかく 107
―きしのやまぶき 70
―よしやひとこそ 137
よしのなる 18
よしのやま
―こぞのしをりの 293
―さくらがえだに 293
―はなのふるさと 296
―やがていでじと 287
よそにのみ
―あはれとぞみし 60
―みてややみなむ 242
―みてややみなん 312
よにしらぬ 234
よにふるに 215
よにふれば 152
よのなかに
―あらましかばと 227
―くさのいほりは 334
―たえてさくらの 63
―ふりぬるものは 145
よのなかの
―うきもつらきも 150
―うけくにあきぬ 152
―ひとのこころは 137
よのなかは
―いづれかさして 157
―かくこそありけれ 108
―とてもかくても 320
―なにかつねなる 149
―ゆめかうつつか 150
よのなかを
―おもひさだむる 203
―なになげかまし 245
―なににたとへむ あきのたを 259
―なににたとへむ あさびらき 17
―なににたとへむ あさぼらけ 228
よのひとの 223
よひのまに 162
よひよひに 113
よもすがら
―まちつるものを 246
―ものおもふころは 284
よものやまに 278
よやさむき 320
よりてこそ 232
よるなみの 233
よるはもえ 325
よろづよに 23
よろづよの 260
よをさむみ 81
よをすてて 152

わ

わがいほは
―みやこのたつみ 157
―みわのやまもと 155
わがうへに 142
わがかくせる 39
わがかどに 177

わがかどの 163
わがきみは 97
わがこころ
—いかにせよとて 298
—かはらむものか 257
—なぐさめかねつ 144
わがこひに 118
わがこひは
—みやまがくれの 117
—むなしきそらに 110
—ゆくへもしらず 120
—よむともつきじ 53
わがこひを 112
わがこまは 218
わがころも 39
わがせこが
—くべきよひなり 3
—ころものすそを 75
わがせこに 31
わがせこを 227
わがために 77
わかなつむ 290
わがなはも 21
わかのうらに 23
わがまたぬ 97
わがやどと 193
わがやどに
—すみれのはなの 183
—ちぐさのはなを 249
わがやどの
—いけのふじなみ 71
—いささむらたけ 51
—かきねのむめの 245
—きくのかきねに 117
—はなたちばなの 32
—はなにななきそ 182
—むめさきたりと 25
—むめのたちえや 206
—むめのはつはな 181
—ゆふかげくさの 20
わがやどは
—みちもなきまで 135
—ゆきふりしきて 94
わがやどを 199
わがゆきは 36
わかゆつる 23
わがよをば 177
わかれゆく 214
わきてみん 286
わぎもこに 166
わくらばに
—とはれしひとも 319
—とふひとあらば 153
わすらるる
—みはことわりと 276
—みをしるあめは 255
わするなよ
—ほどはくもゐに 171,216
—わかれぢにおふる 213
—わするときかば 258
わすれぐさ 178
わすれずよ 255
わすれては 154
わすれなむ 311
わすれなん 310
わすれぬや 322
わたつうみの
—おきつしほあひに 148
—かざしにさせる 148
—はまのまさごを 98
わたつみの
—うみにいでたる 48
—かみにたむくる 188
—とよはたくもに 9
—わがみこすなみ 139
わたのはら 103
わびぬれば
—いまはたおなじ 194
—みをうきくさの 150
わびひとの 91
われこそは 38
われならぬ 200
われみても 147
われもおもふ 200
われをおもふ 161
われをのみ 161

を

をぐらやま
—たちどもみえぬ 249
—もしのまつの 202
をちこちの 58
をとめごが 226
をとめらが
—そでふるやまの 19
—はなりのかみを 29
をはただの 338
をはりに 3
をみなへし
—おほかるのべに 84
—さくさはにおふる 21
をりつれば 59
をりてみば 83
をりてみる 224
をれかへり 263

本編 例歌初句索引

1) この索引は、本編の例歌の初句索引である。句に付した数字は掲載頁を示す。
2) 表記は歴史的仮名遣いによる平仮名表記を原則とし、五十音順に配列した。
3) 初句を同じくする歌が複数ある場合は、さらに第二句を、第二句が同じ場合は第三句と続けて表記した。
4) (*) 印は、本説取編に収録した例歌を示す。

あ

あおやぎの　213
あかざらば　*354
あかざりし　123
あかしがた
—かたぶくつきも　104
—ゆくらんふねの　104
あかつきと　*345
あかつきの
—つゆはなみだも　*343
—ゆめをはかなみ　123
あかつきは
—うきときなれば　115
—うらみてのみや　214
あかなくに　237
あきかけて　178
あきかぜと　174
あきかぜに
—くさばいろづく　81
—はつかりがねぞ　*356
—ふきかへされて　204
—ほずゑなみよる　187
—やまとびこゆる　303,304
—よのふけゆけば　210
あきかぜの
—いたりいたらぬ　67
—くもふきはらひ　331
—くもふきはらふ　280
—たちにしひより　157
—ひとはのこのま　322
—ふきしくのべの　139
—よそにふきくる　87
あきかぜは
—いたくなふきそ　294
—たちにけらしな　145
—なみとともにや　165
—ややはださむく　303
あきかへる　93
あききぬと
—するこすかぜに　263
—まつふくかぜも　*343
あきぎりの
—うきておもひは　113
—ふかきみやまに　150
あきくれど　*352
あきくれば　100
あきごとに　144
あきさむき　*358
あきさむし　16
あきしのや　172
あきたちて　33
あきたつと　75
あきちかき　*343
あきになれば　*352
あきのいろを
—きにもくさにも　152
—はらひはててや　79
あきのたに　187
あきのたの
—いなおほせどりも　92,187
—いほりにふける　187
あきのつき
—しのだのもりの　202
—ひかりさやけみ　90
あきのつゆや　229
あきののに　79
あきののの　79
あきののを　225
あきのよに　*356
あきのよの
—くもなきつきを　134
—ほがらほがらと　35
あきのよは
—まつをはらはぬ　*345
—まどうつあめに　*343
あきはきぬ　75
あきはぎの　82
あきはぎを
—しがらみふする　82
—をらではすぎじ　85
あきはただ　200
あきはてて　136
あきははや　91,93
あきふかき
—きくのかきねの　117
—やののかみやま　40
あきふかく
—しぐるるころの　172
—たびゆくひとの　93,105
—なるをのうらの　333
あきふかみ　189
あきふけぬ　248
あきもはや　82
あきをへて
—あはれもつゆも　180
—むかしはとほき　169
あくがれて　257
あけおきし　43
あけがたき　105
あけがたに　228
あけくれに　220
あけてだに　*353
あけぬなり　155
あけぼのや　249
あけやらぬ
—くさのまくらの　321
—たにのとすぐる　225
あけわたる　150
あこがれて　330
あさからぬ　215
あさぐもり　158
あさごとに　240
あさごほり　57
あさぢおふる　129
あさぢふの
—つゆけくもあるか　75
—をののしのはら うちなびき　112
—をののしのはら しのぶれど　112
あさなあさな
—しもおくやまの　41
—たちいでてきけば　56
あさひかげ　19
あさひこが　218
あさぼらけ
—かすみへだてて　17

—とぶひがくれの　172
あさましや　126
あさみどり
—そめてかけたる　58
—のべのかすみを　57
—やなぎのいとの
うちはへて　167
—やなぎのいとの
かたいとも　324
あさもよし　12
あさゆふに　251
あしがもの　44
あしがらの　271
あしのはは　306
あしのやに　178
あしひきの
—くかみのやまに　26
—やまかげなれば　80
—やまだもるをぢに　57
—やまとびこゆる　49
—やまのさかきば　4
—やまのしらゆき　96
—やまぶきのはな　70
—やまほととぎす　82
—やまよりおくに　152
あしべゆく
—かものはがひに　12
—かものはがひの　12
あしまわくる　222
あじろぎに
—いざよふなみの　16
—さくらこきまぜ　16
あすかかぜ　11
あすかがは
—かはるふちせに　149
—かはるふちせも　149
—かはるふちせを　149
—とほきむめがえ　11
あすかゐの　6
あすしらぬ　219
あすはなほ　290
あすをさへ　137
あだなみの　149
あだなりと
—おもひしかども　142
—はなやかへりて　141
あだにちる
—こずゑのはなを　273
—はなよりもなほ　138
あだになど　254
あだにみん　29
あたらよを　19
あぢきなや　139
あづさゆみ
—いそべにたてる　20
—いるさのつきに　28
—やまとのくには　8
—よとのとほとも　20
あづまぢの
—あきのそらにぞ　214
—さののふなはし　191
—さやのなかやま　118
あづまやの　6
あとたえて
—あさぢがすゑに　259
—いくへもかすめ　239
—こころすむとは　157
あとつけて　308
あととめて　268
あともなき　332
あとをだに　108
あのくたら　321
あはじとて　146
あはぢしま　267
あはでしも　291
あはれいかで　60,64
あはれげに　280
あはれしる　183
あはれとて　186
あはれとも
—うしともいまは　138
—みるひとあらば　119
あはれなる　123
あひにあひて　134
あひみての　220
あひみても
—あかぬしのだの　202
—みねにわかるる　119
あふげなほ　*350
あふことの
—まれなるいろや　159
—むなしきそらの　130
あふことは
—いつといぶきの　253
—くもいはるかに　43
—さもこそひとめ　223
—しのぶのころも　159
—とほつのはまの　112
—なぎさによする　313
—ふなびとよわみ　52
あふことも　231
あふことや　204
あふことを
—けふまつがえの　11
—さりともとのみ　261
あふさかの
—せきぢにおふる　192
—せきのせきやの　283
—せきふきこゆる　157
—ゆふつけどりも　*354
—ゆるさぬせきに　324
あふさかは
—ひともとどめぬ　197
—ゆくもかへるも　101,197
あふさかを　210
あふとみて　122
あふひとの　170
あふほども　126
あふまでの
—こひぞいのちに　254
—みるめかるべき　313
あまくだる　270
あまぐもの　144
あまごろも　192
あまさかる　15
あまつかぜ　143
あまとぶや　132
あまのがは
—いくあきかけて　76
—きりたちわたる　33,36
—とほきわたりに　210
—とわたるふねの　142
あまのかる　138
あまのすむ
—さとのけむりは　131
—さとのしるべに　130,132
—そのさとのなも　320
あまのとを　315
あまのはら　17
あまをとめ
—かぢおとたかく　48
—かよふくもぢは　143
あまをぶね　104
あみだぶと　270
あめそそぎ　85
あめなるや　3
あめのおとの　*343
あめのした　143
あめののち　329
あやしくぞ　287
あやしくも　109
あやなくや　178
あらいその　138
あらきなみ　50
あらざらん　72
あらしふく
—きしのやなぎの　4
—つきのあるじは　224
—はなのこずゑは　64
—みねのもみぢの　239
—みむろのやまの　90
あらたまの　97
あらちやま　42
あられねば　160
あられふる　177

ありあけの
—そらにまかせて 234
—つきのころにし 247
—つきはさしでの 98
—つきもおちくる 148
—つきをかたみの 122
—つれなきみねに 121
—つれなくみえし あさぢふに 121
—つれなくみえし つきはいでぬ 121
ありあけを 121
ありがたき 262
ありそうみの 200
ありとても 124
ありまやま 256
あれにける 95,279
あれはつる
—あすかのさとの 11
—ふはのせきやの 318
あれはてし
—これやなにはの 52
—なにはのさとの 195
あれまくや 155
あれわたる 86
あわゆきの 34
あをによし 30,182
あをねやま 27
あをばさへ 185
あをやぎの
—いとにたまぬく 58
—いとのみどりを 292
—いともてぬける 293
—かみよもきかず 91
あをやまの 32

い

いかがすべき 150
いかがふく 259
いかだしも 166
いかでかく 326
いかでただ 298
いかなれば 338
いかなれや 127
いかにして
—いまはなみだを 284
—しがらみかけん 187
いかにせむ
—くずはふまつの 139
—しぐるるのべの 268
—みやまがくれの 117
いかにせん
—くずのうらふく 139
—くめぢのはしの 193
—こぬよあまたの 221
—しのぶのくさも 199
—よにふるながめ 69
いかにねて 113
いかばかり 325
いくちさと 78
いくちとせ 7
いくつづつ 203
いくとせの 269
いくほどか 140
いくめぐり 217
いくよかは 310
いくよへぬ 27
いくよわれ 262
いけにすむ 125,315
いけみづの 193
いこまやま
—あらしにうきて 172
—あらしもあきの 29
いざけふは 181
いざここに *351
いざこども 12
いさりびの 178
いしかはの 7
いしばしる
—たきのみなかみ 110
—はつせのかはの 24
いせのあまの 45
いせのうみに 18
いせのうみの
—あまのまてがた 194
—きよきなぎさは 6
—をののふるえに *356
いそぎつつ 73
いそなつむ 165
いそのかみ
—ふりにしこひの 42
—ふりにしひとを 183
—ふるのかみすぎ 42
—ふるののさくら 182
—ふるのやしろの 137
—ふるのわさだを 190
いたづらに
—あすかのかはの 97
—たつやあさまの 310
—ねてはあかせと 78
—のきばのさくら 69
—ふくとおもひし 12
いたびさし 318
いつかさて 118
いづかたと 155
いづかたに
—ことづてやりて *357
—さとなれそめて 338
—たちかくれつつ 161
いづくとて 248
いづくにか
—きてもかくれむ 161
—やどをもからん 16,28
いづくにて 155
いつしかと
—おきうからでも 117
—きのふのそらに 264
いつとなき 80
いつとなく
—かぜふくそらに 252
—しほやくあまの 180
いづのうみを 322
いつのまに 169
いつはりの 150
いつまでと 219
いつもきく 136
いつよりの 152
いでてみる
—のもりもつむや 57
—むかひのをかの 38
いとせめて
—こひしきころと 116
—こひしきたびの 116
—こひしきときは 116,205
いとどしく
—つゆけきさとは 319
—わすられぬかな 72
いとどまた 116,120
いとはやも
—くれぬるはるか 81
—もみぢしてけり 81,83
いなみのの 24
いにしへの
—あきのそらまで 104
—あまやけぶりと 167
—くちきのさくら 317
—ならのみやこの 224
—のなかのしみづ 145
—のなかふるみち 202
—まつのしづえを 260
いにしへは 210
いにしへも *341
いにしへを 72
いのりても 284
いはざりき 128,217
いはしろの
—まつかぜきけば 14
—まつふくかぜに 14
—むすべるまつに 14
—をのへのかぜに 14
いはたたく 247,280
いはつつじ
—いはでやそむる 172
—やまのをのへは 265

いはねども 237
いはねふみ 224
いはのうへに 18
いはばしの *353
いはばしる 11
いひこふと 31
いへぢこそ 65
いへのかぜ 159,*341
いへゐして 22
いほにもる 251
いまいくか 106
いまこむと 79,128
いまこんと
—いふことのはも 194
—たのめしことを 128
—ちぎりしことは 128
—よひよひごとに 128
いまさらに
—いろにぞいづる 41
—かはるちぎりと 284
—なになげくらむ 243
いましばし 338
いまだにも 260
いまはしも 33
いまはただ
—おさふるそでも 257
—またじとおもふ 221
いまはとて
—あまのとわたる 81
—たのむのかりも 278
—つばさやすむる 329
—つまきこるべき 197
—ねなましものを 254
—やまとびこゆる 83
いまはまた 145
いまはよに 82
いまはわれ 152
いまもなほ 325
いまもまた 137
いまもみて 129
いまやゆめ 154
いまよりは
—すずしくなりぬ 266
—またさくはなも *344
—みどりいろそふ 292
—むめさくやどは 206
いもがてを 39
いよよきよく 17
いりひさす 180
いろかはる
—いまやこのはの 162
—はぎのしたばを 225
いろにいでて
—ひとにかたるな 124
—つゆぞこぼるる 173
いろにふけ 138
いろもかも
—おなじむかしの 64
—なきものにして 309

う・え

うきうらみ 195
うきことは 152
うきまくら 29
うきみとは 285
うきみをば 151
うきみをも
—うみにいれとや *348
—とはれやせまし 155
うきよりは 151
うきよをば 151
うくつらき
—こころのおくの 172
—よそのせきもり 122
うぐひすの
—いでてよりこそ 56
—おのがはかぜも 54
—きなくみぎりの 332
—こゑなかりせば 56
—なくにつけてや 206
—なけどもいまだ 54
—なみだつらら 54
—やどはととへば 218
うぐひすは
—いたくなわびそ 69
—まだこゑせねど 30
うごきなき 218
うしとだに
—いはなみたかき 107,140
—なにかかこたむ 336
うしやよの 225
うすくこく 250
うすぐもり 289
うすごほり 125
うたたねに 116
うたたねの
—とこのあきかぜ 209
—よるのころもに 298
うちいづる 55
うちかけし 337
うぢがはの 28
うちきらし 32,95,287
うちしめり 107
うちたのむ 201
うちつけに
—おもひのこさぬ 186
—ものぞかなしき 186
うちなびき 37,299
うちなびく 32
うちはへて
—あきはきにけり 314
—くるしきものと 258
うちはらひ 290
うちむれて 8
うちもねず 125
うぢやまの 157
うちわたす
—ころもでさむし 21
—たけだがはらの 22
—をちかたびとに 160
—をちかたびとは 160
うつしうう 63
うつせみの
—なくねやよそに 231
—はにおくつゆも 231
—みをかへてとも 231
—よはつねなれよ 19
—よはゆめなれや 296
うつつある 140,191
うつつとも
—ゆめともしらぬ 151,249
—わかでやみにし 176
うつほぎに 194
うづみびの 251
うづらなく
—しづやにおふる 5
—ふりにしさとの 34
うつりゆく
—くもにあらしの 282,305
—こころのはなの 138
—つきひもしらぬ 182
うつろはで 88
うつろはぬ 89
うつろふと 88
うつろふを 288
うねびやま 11
うのはなの
—かきねならねど 184
—さかぬかきねは 245
—さきぬるときは 148
—ひかりばかりに 245
—ゆきもてはやす 265
うのはなも 72
うばそくが 27
うばたまの
—やみのくらきに 44
—よふくるままに 24
—よるのころもを 116
うまはありと 227
うみわたる 197
うめ→むめ
うらかぜの 88
うらかぜも 236
うらかぜや 125

うらなみに 336
うらにたく 130
うらびとの 49
うらみあれや 66
うらみずや 150
うらみても
—さとをばかれぬ 154
—なほたのむかな 237
うらめしや
—おもふこころを 268
—むすぼほれたる 179
うれしさや 127
うれしさを
—けふはなににか 142
—むかしはそでに 142
うゑおきて 184
えだしげみ 50
えだながら 83

お

おいきにも 286
おいぬれど 245
おいのなみ 165
おきつかぜ
—ふきにけらしな すみよしの 99
—ふきにけらしな むさしのみ 260
おきつふね 44
おきつもの 13
おきてゆく 44
おきなさび 196
おくつゆに 83
おくつゆも 140
おくとみて 227
おくやまの
—いはがきもみぢ 89
—こけのころもに 319
—こぞのしらゆき 96,115
—すがのねしのぎ 35
—ふすゐのとこや 257
おくりては 158
おくれゐて 36
おしなべて 153
おちたぎつ 200
おちにきと 83
おとにきく
—よしののさくら 293
—こまのわたりの 7
おとにのみ
—ききてややまむ 198,328
—ありとききこし 203
—きくのはままつ 45
おとはやま
—はなさきぬらし 108
—やまおろしふく 267
おどろかす 326
おなじえの 44
おにがみも *341
おのがつま 32
おほあらきの
—もりのこのまを 221
—もりのしたくさ 146
—もりのしづえも 209
おほえやま 269
おほかたに 77
おほかたの
—あきのねざめの 303
—くるるまつまも 220
—つきもつれなき 121
おほぞらの 335
おほぞらは 292
おぼつかな
—すぎのしるしも 156
—みやこにすまぬ 171
おほともの
—みつのはまかぜ 12
—みつのはままつ 12
おほなつる 15
おほぬさの 174
おほはらや
—おぼろのしみづ 163
—まだすみがまも 277
—をののすみがま 271
おほふそで 182
おほよどの 177
おほゐがは 219
おもかげに 89
おもかげの 133,*347
おもかげは 134,*347
おもはずよ 292
おもはぬを 21
おもひあへず 303
おもひあまり 222
おもひあれば
—そでにほたるを 185,289,*346
—つゆはたもとに 317
おもひいづる
—こよひぞなきか *349
—むかしもとほし 73
おもひいでて 107
おもひいでば 171
おもひいでも 144
おもひかね
—つもればおふる 145
— ながむればまた 111
—ふゆのよわたる 212
おもひがは
—かげみしみづの 94
—みをはやながら 159,190
おもひかへす *346
おもひきや
—しぢのはしがき 272
—てもふれざりし 119
おもひせく 149
おもひたつ 274
おもひつつ
—ぬるよかたらふ 115,123
—ぬるよもあふと 116
—ぬればあやしな 49,116
—へにけるとしの 195
—ゆめにぞみつる 115
おもひなれし 316
おもひねの 291
おもひやる
—こころやはなに 286
—そらはかすみの 273
—たかねのくもの 36
おもひやれ 259
おもふかた 97,170
おもふかひ 312
おもふこと
—かくてやつひに 261
—なくてぞみまし 306
—みわのやしろに 156
おもふどち 70
おもふひと 129
おもふらん 171
おもへきみ 164
おもへひと *355
おもほえず 138

か

かきくらし 290
かきごしに 215
かきとめむ 114
かきやりし 256
かぎりありて 62
かくしつつ 119
かくしても 155
かくとだに
—えやはいぶきの 204
—おもふこころを 191
かくながら 226
かくばかり 78
かぐやまの 308
かぐやまや 96
かくるべき *346
かくれなく 138
かげさゆる 129
かけておもふ 172
かげとめし 235

かげみえぬ 124
かげやどす
—つゆのみしげく 79
—をかべのまつよ 111
かげろふの 288
かささぎの
—くものかけはし 307
—わたすやいづこ 307
かざしをる 156
かしましと 15
かずかずに 173
かすがのに 53
かすがのの
—つゆのことのは 109
—ゆきまにだにも 109
—わかむらさきの 168
かすがのは 57
かすがやま 157
かずならぬ
—こころのとがに 224
—ふせやにおふる 231,312
—みのうきことは 228
—みののをやまの 317
—みはなきものに 199
—みをうぢがはの 221
かすみたつ 51
かすみつつ 276
かすみより 145
かすむよも 77
かぜあらみ 207
かぜかよふ *344
かぜさえて
—なほしらゆきは 330
—よすればやがて 252
かぜさむみ
—いせのはまをぎ 81
—よのふけゆけば 308
かぜさゆる
—としまがいその 270
—やまのかげのの 325
かぜにさぞ *349
かぜのおとに 201
かぜのまの 58
かぜはやみ 242
かぜふかば 119
かぜふけば *342
かぜまぜに 23
かぜやあらぬ 133
かぜゆらぐ 229
かぜをだに 67
かぞふれば 104
かたいとを 110
かたえさす 166
かたからぬ 174
かたしきの
—こけのころもの 33
—ころもですずし 210
—そでこそしもに 306
—そでのこほりぬ 307
—そでもこほりぬ 238
—そでをやしもに 127
かたぶきて 329
かたみこそ
—あだのおほのの 133
—いまはあたなれ 133
かたみとや 102
かたをかの 108
かぢのはに 248
かちびとの 176
かぢまくら 283
かちよりぞ 227
かぢをたえ 313
かづらきの 312
かづらきや
—くめぢにわたす *353
—くめのいははし 317,*353
—たかまのさくら
さきにけり 64,242
—たかまのさくら
ながむれば 294
—たかまのやまに 312
—たかまのやまの
さくらばな 242
—たかまのやまの
ほととぎす 278
—たかまのやまの
やまかぜに *353
—はなのさかりを 312
—よはのあらしに *353
—わたしもはてぬ *353
—われやはくめの *353
かねのおとに 200
かはかみの 10
かはなみに 127
かひがねの 291
かひがねや 325
かひなしや 233
かふれども 51
かへしても 116
かへりけむ 144
かへりこぬ 173
かへりこん
—つきひへだつな 100
—またあふさかと 214
かへりては 59
かへるかり
—しばしやすらへ 292
—なにいそぐらん 214
—にしへゆきせば *357
—はねうちかはす 78
かへるべき 197
かへるやま 310
かまくらの 47
かみがきに 106
かみつけの 47
かみなづき → かむなづき
かみまつに 161
かみまつる 208
かみもひとも *341
かみよいかに 112
かむなづき
—きぎのこのはは 251
—しぐれしひより 189
—しぐれふるらし
おくやまは 305
—しぐれふるらし
さほやまの 163
— みむろのやまの 91
かむなびの 86
かめのをの 99
かもめゐる 318
かやりびの 112
からごろも
—いなばのつゆに 92
—すそのあはずて 43
からすばに *351
からにしき
—あきのかたみや 211
—たたまくをしみ 142
かりがねの
—かえるつばさに 292
—きこゆるたびに 80,*357
—はねうちかはす 58,78
—よりあふことを 171
かりくれし 105
かりごろも
—けふばかりなる 179
—やまやかさなる 115
—われとはすらじ 39
かりなきて 39,40
かりにだに 221
かりのくる 150
かりのゐる 266
かるかやに *347
かれはてむ 127
かをかげば 72
かをさして *355
かをとめて 146
かをるかに 72

き

きえかへり
—あるかなきかに 314
—くれまつそでぞ 315

きえてふる 17
きえなくに 56
きえぬべき 121
きえはつる 239
きえわびぬ 202
ききてしも 297
ききなれぬ 297
ききわびぬ *345
きくのさく 102
きくひとぞ 83
きしかたに 60
きしちかみ 70
きぬぎぬの
―しののめくらき 122
―わかれしなくは 122
きのくにや 28
きのふかも 71
きのふけふ 46
きのふだに 274
きのふまで 120
きのふみし 168
きふねがは 262
きみがよに
―あはずはなにを 110
―ひろはんかずは 103
きみがよは
―あまのかごやま 252
―かぎりもあらじ 164
―すゑのまつやま 165
―ちよともなにか 98
―ひみくまのかはの 98
―まつのうはばに 98
きみがよを 98
きみこずは 14,161
きみこそは 25
きみこふる 111
きみにさへ 212
きみのみや 141
きみはいまは 158
きみまつと 129
きりかをり 27
きりぎりす
―なくなるのべは 77
―なくやしもよの 175
―なくゆふぐれの 210
きりたちて 289
きりのうみ 274
きりのはも 135,*344

く

くかみの 3
くさのはに 142,228
くさのはら
―かれにしひとは 262
―たれにとふとも 234,262,307
くさふかき
―かすみのたにに 140
―なつのわけゆく 20
くさもきも 77
くずのはに 139
くだらのの 31
くちなしの 271,272
くちにけり
―かはるちぎりの 257
―そでやむかしの 134,219
くちぬなを 228
くちねただ 124
くちのこる 222
くちはてむ 333
くまのすむ 215
くもがくれ 313
くものうへに 285
くもまより 111
くもゐとぶ 80
くもゐなる *357
くもをさへ 172
くやしくも *356
くらぶやま 79
くらべても 89
くらゐやま 198
くるるひの 265
くるるまも 219,220
くるるよは 275
くれかかる 165
くれたけの 177
くれてゆく
―あきのみなとに 92
―はるのみなとは 93,279
くれなゐの 131
くれぬとも 56
くれはつる 69
くろきもて 34

け

けさきなく 40
けさみれば 160
けさもなほ 276
けぬがうへに 96
けふいくか
―あさきせしらぬ 334
―ちらぬさかりも 67
けふこずは 172
けふすぎぬ 229
けふぞしる *342
けふだにも 65,264
けふといへば 281
けふのひも 16
けふのみと 282
けふのみの 162
けふはさは 170
けふまでも 227
けふもうし 97
けふもなほ 53,57
けふもまた
―おもひのみこそ 108
―かくやいぶきの 253
―みのしろごろも 181
けぶりたえて 277
けぶりたつ 312

こ

こがれゆく 160
こぎいでぬと 103
こきまずる 63
こけむしろ 263
ここにしも 309
ここのへに
―うつろひぬとも 250
―やへやまぶきを *349
ここのへの 62
こころあてに 89
こころあらば 147
こころあらむ 66
こころありて 73
こころある
―あまのいそやは 198
―ことのしらべに 216
―をじまのあまの 257
こころから
―しばしとつつむ 135
―わがみこすなみ 139
こころこそ 110,120,156
こころざし 54
こころなき 301
こころには 134,255
こころのみ 144
こころゆく 103
こころより 177
こころをぞ 271
こころをば 223
こさふかば 330
こずゑにも *358
こぞよりも 189
こちかぜの 278
ことごとに *343
ことしげき 319
ことしだに 146
ことしより
―きみがよはひを 98
―はなさきそむる 63
こととはば 104,170

こととはむ
—こゆべきやまと 102
—さつきならでも 73
—なにあふつきの 171
こととはん 171
こととへよ 148
ことにいでて 120
ことのねや 216
ことのはに 195
ことのはの
—うつりしあきも 136
—うつろふだにも 137
—つきぬたねもや *341
ことのはも 63
ことわりと 186
ことわりの 79
こぬひとを
—おもひたえたる 221
—まちかねやまの 221
—まつほのうらの 24
このあきぞ 87
このごろは 189
このごろよ 296
このさとの 328
このたびの 331
このねぬる
—あさけのかすみ 33
—あさけのかぜに 298
—よのまにあきは 210
このはちる 295
このほどは
—しるもしらぬも 88,196
—をられぬくもぞ 62
このまもる
—ありあけのつきの 305
—かげもよをへて 301
このまより
—したばのこらず 87
—ひれふるそでを 14,23
のもとに
—すみけるあとを 276
—やどりはすべし 84
このもとの 276
このやまに 105
このゆふべ 25
こひこひて
—あふうれしさを 142
—まれにあふよの 122
こひしくば 48,157
こひしさを
—いもしるらめや 13
—なぐさめがてら 116
こひしなぬ 219
こひしなむ 254
こひしなん 120
こひわたる 240
こひわびて 256
こひをのみ 153
こほりして 118
こほるらし 176
こほろぎの
—なくやあがたの 41
—まちよろこべる 41
こまとめて
—そでうちはらふ 16
—なほみづかはん 163
こまなめて 69
こまやまの 26
こむとふも 20
こもりえの 335
こゆるぎの 226,258
こよひたれ 45
こよひまで 76
こよろぎの 144
これもまた 186,*346
これやこの 320
こゑせずは 245
こゑたかく *357
こゑたかみ 296
こゑたてぬ 329
こゑはして 74
こをおもふ
—おやのこころは *359
—みちはいかなる 198

さ

さえくらす 118
さかきとる 162
さかきばの 327
さかきばや 219
さかしらに 52
さがのやま 196
さかりなる 295
さきいづる *349
さきしより 88
さきそむる 206
さきにけり 70
さきにたつ 253
さきにほふ 183
さきぬれば 66
さくらいろに
—くものころもも 65,68
—そめしたもとを 65
さくらいろの
—そでもひとへに 69
—にはのはるかぜ 65
さくらさく 220
さくらばな
—うつりにけりな 69
—うつろふときは 100
—おもふもつらし 157
—さきてはちらぬ 64
—さきぬるときは 184
—さくとみしまに 66,296
—すぎゆくはるの 67
—ゆめかうつつか 119,151
さけばちる 233
さざなみに 323
さざなみや
—しがのみやこの 188,295
—おほつのみやの 217
—くにつみかみの 11
—しがのみやこは 11
ささのくま 45
ささのはは 14
さざれいしの
—いはほとなるも 98
—いはほのこけの 98
ささわくる 121
さしかへる 240
さしこむる 169
さすらふる 311
さぞなうき 283
さそはれぬ 65
さそひきて 25
さだめなく 7
さつききて 74
さつきやみ
—おぼつかなきに 38
—かむなびやまの 185,297
—みじかきよはの 72
さてもなほ 222
さととほき 163
さとなるる 225
さとはあれて
—つきやあらぬと 133
—とはれしそでの 86,320
—にはもまがきも 86
さとはあれぬ 223
さとびたる *345
さなへとる
—あべのたのもの 48
—ふもとのをだに 76,311
さぬるよの 124
さねかづら 192
さのみなど 150
さはにおふる 213
さはみづに 186
さはるとも 222
さびしさに
—くさのいほりを 311
—たへたるひとの 94
さほがはの 171
さほひめの 184

さまざまの 249
さみだれに
—あさざはぬまの 126
—おもひこそやれ *345
—ぬまのいはがき 247
—みづまさむらむ 266
—みづまさるべし 276
—よもぎがしたば 230,234,265
さみだれの
—そらだきものは 298
—そらなつかしく 334
—つゆもまだひぬ 303
—ひかずへぬれば 5
さみだれは
—くものおりはへ 10
—こころあらなむ 9
—なみうつきしの 125,117
—まやののきばの 6
さむしろや 127
さやけさは 163
さゆるよの 18
さよごろも 283
さよなかと 35
さらしなの 144
さらしなや
—をばすてやまに 144
—をばすてやまの ありあけの 144
—をばすてやまの たかねより 144
さらでだに
—あやしきほどの 115
—うらみんとおもふ 76
—つきかとまがふ 331
—ものおもふことの 77
さらにまた 121
さらばその 186,*347
さりともと
—おもふものから 281
—まちこしものを 173
—まちしつきひぞ 138
—わたすみのりを 222
さわらびの 291
さをしかの
—おのがすむのの 84
—おもひもかなし 280
—しがらみふする 82
—つまどふよひの 41
—ふすやくさむら 48

し

しがのうらや 252
しかりとて
—みすてむものか 322
—あはせしゆめか *350
しきしまの 139
しきたへの 118
しくなみだ 173
しぐれかと 251
しぐれのあめ
—そめかねてけり 40
—はやくもふりて 337
—まなくしふれば 33
しげきのを 141
しげりあふ
—あをばもつらし 107
—このまのつきは 108
しげるなり 199
したぎゆる 108
したもえに
—あまのたくもの 112,255
—おもひきえなん 264
—たえぬけぶりの 125,218
したもみぢ 267
したをぎも 326
しづのをも 25
しなのぢは 46
しなのなる
—きそぢのはしも 222
—すがのあらのを 47
しのはらや 249
しのびあまり 79,191
しのぶやま 172
しのぶれど 45
しひてゆく 132
しほかぜに 19
しほがまの
—うらのまつかぜ 281
—うらふくかぜに 281
しほたるる 46
しほなれし 236
しほのまに 192
しもおかぬ 250
しもがるる 45
しもがれの *344
しもがれは
—そこともみえぬ 262
—をばなふみわけ 82
しもこほり 33
しもさえし 42
しもさえて 24
しもさむき 20
しもさゆる 90
しもなれや *348
しらかはの 253
しらぎくの 212
しらくもと 183
しらくもに 42
しらくもの
—たつたのやまの 97
—たなびくやまの 97
—はるはかさねて 36
しらくもは 312
しらくもを 78
しらざりき
—こしのすがはら 29
—むすばぬみづに 283
—わがたまのをは 313
しらすべき 170
しらせばや
—しぐれにつらき 217
—すがたのいけの 126
しらたまか 169
しらつゆの
—たまもてゆへる 231
—なさけおきける 232
しらつゆは 129
しらとりの 20
しらなみに 78
しらなみの
—いりえにまがふ 109,224
—こゆらんすゑの 165
しらみゆく *346
しらやまに 212
しらゆきの
—ふるさととほく 195
—まだふるさとの 57
しられじと
—くだくはこころ 124
—ひろはばそでに 106
しられじな
—かみのみむろの 110
—こころひとつに 174
しるしなき 69
しるひとも 60,240
しるべせよ 107
しるべなき 148
しるらめや 56
しろたへの 201
しをりせで 152

す

すがはらや
—ふしみにむすぶ 223
—ふしみのさとの 155
すぎてゆく 68
すぎむらと 136,156
すくなかみ *351
すずかがは
—ふかきこのはに 211
—やそせにおちて 274
すずかやま

—うきよをよそに　272
—なきてこゆなる　13
すずしさは
—あきもやくると　143
—あきやかへりて　160
—そこひもしらぬ　30
すだきけん　248
すまあかし　*348
すまのあまの
—こほりしそでの　153
—しほやきごろも　18
—そでにふきこす　192
—まどほのころも　135
すまのうらの　130
すまのうらや
—しほかぜさえて　130
—なみのまくらの　316
すまのせき　267
すみすてし　73
すみぞめの
—そでのこほりに　53
—たもとにかかる　259
すみなはの　43
すみなれし　269
すみのえに　309
すみのえの　100
すみのぼる　254
すみよしの
—きしのひめまつ　147
—まつがねあらふ　260
—まつによそへて　200
すみれぐさ　183
すむつきの　131
すめがみに　5
すめがみの　*350
するがなる
—たごのうらなみ　49
—ふじのしらゆき　111
すゑはくも　243

せ

せきかぬる　196,241
せきとむる　111
せきのとも　327
せきもりの　122
せきわくる　326
せみのこゑ　298
せめておもふ　256
せめてなほ　71
せめてみの　147
せりかはの　196

そ

そでかけて　312
そでこほる　127
そでしげし　57
そでにおく　87
そでにふけ　235
そでのうちに　158
そでのうへに
—ぬるるがほなる　134
—まつふくかぜや　268
そでのうら　85
そでのかの　73
そでのつゆも　69
そでのへは　234
そでひちて　53
そのいろと
—ささぬゆふべの　300
—わかぬあはれも　300
そのかみの　*350
そのことと　301
そのさとと　105
そのままに　316
そふといへば　101
そまがはの　205
そめそめず　243
そめはてし　324
そめもあへず　105
そらたかく　242
そらとをみ　*352
そらはなほ　290
それながら
—むかしにもあらぬ
あきかぜに　173
—むかしにもあらぬ
つきかげに　173
そをだにも　133

た

たえずゆく　29
たえだえに　6
たがかたに　171
たかきやに　*351
たかさごの
—まつもむかしに　148
—をのへのしかの　210
—をのへのまつの　148
たがさとに　291
たがさとの　59
たかしまや　16
たがそでに　59,62
たがたにか　207
たがはるに　109
たかむらに　56
たがよより　280
たきぎこる　*356
たきつせに　215
たくひれの　35
たけそよぐ　152
たごのうらや　111
たそがれに　232
ただたのめ　*347
たちかふる　138
たちかへり
—あすもきてみぬ　127
—またもきてみん　257
—みてこそゆかめ　126
—やまほととぎす　225
—をしききのふの　293
たちかへる　252
たちそむる　325
たちぬるる
—ひとしもあらじ　5
—やまのしづくも　13
たちばなの
—かげふみまよひ　43
—にほふあたりの　72
—もとにみちふみ　26
たちよりて　146
たちよれば　18,36
たちわかれ　100
たつたがは
—みづにもあきや　90
—もみぢばとづる　90
たつたひめ　91
たつたやま
—あらしやみねに　89,250
—さくらにうつる　288
—まがふこのはの　158
—よそのもみぢの　100
—よはにあらしの　158
—よはのあらしの　*345
たづぬべき　263
たづぬらん　56
たづねても
—そでにかくべき　232,237
—いかがまちみん　156
—たれにかとはむ　61,148
たづねみむ　230
たづねみよ　156
たづねみる　235
たてそめて　275
たなばたの
—ころものつまは　76
—とわたるふねの　248
—まちつるほどの　190
たにがはの　55
たねまきし　148

たのまれぬ 116
たのみこし 248
たのむひと 112
たのめおきし
―あさぢがつゆに 178
―そのいひごとや 165
―のちせのやまの 120
たのめおく 195
たのめこし
―ことのはばかり 132
―のべのみちしば 38
たのめずは 318
たびごろも
―うちぬるままに 333
―たつあかつきの 324
―ひもゆふぐれに 113
―みやこのつきの 101
たびねする 170,310
たびびとの 311
たへてのみ 301
たへてやは 169
たまがはに 47
たまくらの 223
たましまや 22,23
たまだれの 21,43
たまづさの
―あとだになしと 80,*357
―はしがきかとも *357
たまにぬきて 32
たまのをよ 191
たまははき 52,126
たまぼこの
―みちはとほくも 45
―みちもやどりも 187
―みちゆきひとの 42
―みちゆきひとも 297
―みちゆきびとも 273
たまみづを 317
たまもかる
―いでのしがらみ 44
―いらこがさきの 11
たまもなす 13
たまゆらの 301
たむけやま 105
たらちねの 223
たれかまた 72
たれかよに 217
たれぞこの 156
たれもこの 153,191
たれゆゑに
―いはぬいろしも 132
―おもふとかしる 18

ち

ちぎらずよ 128
ちぎりありて 219
ちぎりおきし 320
ちぎりおく 259
ちぎりきな 165
ちぎりきや 285
ちぎりけむ 319
ちぎりだに 135
ちぎりのみ 126
ちとせへむ 252
ちとせまで 201
ちとせやま 98
ちどりなく 180
ちはやぶる
―うぢのはしもり 147
―かみよのことも 147
―かむなびやまの 86
ちへまさる 178
ちらばちれ 85
ちりかかる 92
ちりしける 90
ちりそめて *354
ちりちらず
―おぼつかなきは 207
―ひともたづねぬ 207
ちりならぬ 126
ちりぬれば
―とふひともなし 61,224
―にほひばかりを 59
―ほどなくかふる 65
ちりのこる 69
ちりはてし
―はなのなみかは 329
―ははそのもりの 277
ちりはてて 71
ちりもせじ 294
ちりをだに 75
ちるがうへに 204
ちるとみれば 242
ちるはなに *346
ちるはなの 131

つ

つかへこし 318
つきかげの
―うつろふひまも 179
―しろきをみれば 307
―はつあきかぜと 76
つきかげも 151
つきかへて 45
つききよみ 307
つきすみて 267
つきぞうき 255
つきぞなほ 121
つきだにも 144
つきにあかぬ 196,197
つきにこそ 21
つきにのみ 144
つきのもとに 43
つきはてん 228
つきはなほ 77
つきははや 302
つきみても 78,134
つきみばと 128
つきみれば *344
つきもよし 22
つきやどる 203
つきゆきの 265
つきゆみの 21
つきゆゑに 322
つきよよし 25
つきをなほ 285
つきをのみ 266
つくしにも 143
つくづくと
―おもひあかしの 236
―はるのながめの 270
―ものをおもふに 243
つくばねの
―このもとごとに 165
―にひぐはまよの 46
―みどりばかりは 139
つくばねは *341
つくばやま
―このもかのもに 166
―はやましげやま しげけれど
おもひいるには 7
―はやましげやま しげけれど
ふりしくゆきは 313
つくもがみ 175
つちさけて 39
つつめども 117
つねならぬ 242
つのくにの
―なにはのあしの 119
―なにはのはるは 244
つばなぬく 32
つまかくす 39
つまごとの 216
つまこふる 84,271
つもるべき 145
つゆあさき *347
つゆさむみ 100
つゆしぐれ
―したくさかけて 87
―もるやまかげの 71,87

つゆじもと 121
つゆじもの
—ふるきためしを 106
—よさむかさねて 40
つゆじもは 199
つゆじもを 271
つゆながら 31
つゆにだに 164
つゆばかり 117
つゆはらふ 193
つゆふかき
—まがきのはなは 300
—やまぢのきくを 89
つゆもらぬ 269
つゆわけて 129
つゆをぬき 90,188
つらからん 60
つらかりし 111
つらきかな 87
つらしとて 261
つれなくば 316
つれなさの 121,145
つれもなき
—こころのはてを 120
—ねをだにそへて 161
—ひとのこころの 223
—ひとのこころは 185
つれもなく 64

て

てふのとび 95
てりそはむ *352
てりもせぬ 292
てるつきの 252
てをたゆみ 282

と

とかへりの 88
ときいまは 31
ときしあれば 88
ときしもあれ 171
ときしれば *341
ときすぎて 137
ときはぎに 67
ときはぎも 211
ときわかず 282,*343
ときわかぬ
—まつのけぶりも 338
—なみさへいろに 86
とくみのり 107
とけにけり 91
とこはあれぬ 108
としこえし 96
としつきは 156
としつもる
—こしのしらやま 321
—なみだもそでに 149
としどしは 63
としのあけて 184
としのをを 110
としふとも 147
としふれば 61
としへたる 147
としもへぬ 314
としをへて
—おなじこずゑに 61
—すますしるしも 145
—はなのたよりに 64
—まつもをしむも 245
とどまらぬ 71
とのもりの
—こころあるはなの 225
—とものみやつこ 225
とはずなる 332
とふひとも
—あらしふきそふ 230
—はつゆきをこそ 94
とぶほたる
—おのがおもひの 261,336
—おもひのみこそ 108
—まだつげこさぬ 75,186
—もえてかくれぬ 186,*346
とへかしな
—あまのまてかた 194
—しのぶとするも 128,226
—をばながもとの 41
とへとおもふ 203
とまらじな 110
とまるべき 28
とめこじな 283
ともしびの 15
ともとみる 311
ともにこそ 68
とやまなる
—まきのはそよぐ 40
—まさきのかづら 162
とりとむる 146
とりのこを 175
とりのねの 323
とりよろふ 9,24

な

ながきねの 46,113
ながきよの
—つきぬなげきの 120
—つゆのたもとに 303
ながしとぞ 122
なかたえて *353
なかたゆる *353
ながつきの
—そのはつかりの *356
—とをかあまりの 103
なかばたつ 47
ながはまの 164
ながむるに *348
ながむれば
—ころもでかすむ 299,302
—ころもでさむし 299
—さびしくもあるか 291
—ちぢにものおもふ 78
—つきやはありし 134
—ふくかぜすずし 300,316
ながめこし 229
ながめつつ 302
ながめても
—あはれとおもへ 188
—うらみぬそでは 315
—むなしきそらの 111
ながめやる 315
ながめわび 110
ながめわびぬ 151
ながらへて
—ありしこしぢの *357
—いつまできかん 287
—なほきみがよを 98
ながらやま 337
ながれあふ 124
ながれいでん 190
ながれての
—うきなもくるし 190
—すゑをもなにか 149
—なをさへしのぶ 190
ながれやらぬ 127
ながれをぞ *354
なきとめぬ 68
なきながす 140
なきなとも 335
なきなのみ 218
なきぬとて 123
なきひとの 310
なきまさる 83
なきわたる 83
なきわびぬ 74
なくしかの
—こゑきくときの 82
—こゑにめざめて 81
なくちどり 173
なくむしも 187
なげかずよ 124,194
なげきこる *356
なげきつつ 12,306
なげきても 150

なごのうみに 50
なごのうみの 165
なごりある 308
なごりけさ 41
なごりをば 155
なさけなく 268
なしといへば *355
なつかしや 228
なつかりの 247
なつきては 180
なつくさの 127
なつごろも
—うすくやひとの 131,231
—かたへすずしく 75
—すそののはらを 6
なつのひに 53
なつのよに 72
なつのよの
—つきのしもより 343
—まどはくひなに 74
なつのよは *353
なつのよも 61
なつびきの 130
なつふかく 146
なつやとき 55
なつやまの 209
なとりがは
—いかにせむとも 124
—はるのひかずは 124
ななとせの 179
なにかあらぬ 134
なにごとも
—うつりのみゆく 134
—かはりのみゆく 274
—こころにこめて 150
なにごとを 260
なにしおはば
—いざたづねみむ 104
—ただひとことを *353
なにとなく
—ながむるそでの *352
—ものをぞおもふ 110
なにのうへに 267
なにはえの 284
なにはえや 53
なにはがた
—かぜのどかなる 131
—こぎいづるふねの 286
—しほひにたてる 291
—しほみちくらし 23
—なにこのこれる 167
なにはづに 53
なにはびと
—あしびたくやに 222
—いかなるえにか 194
なにはめの 192
なにめでて 84
なのはなに 161
なはしろに 270
なほききの 198
なほさむし 331
なほざりに 272
なほざりの 191
なほたどる 233
なまじひに 219
なみかくる
—そでのみなとの 173
—むこのうらかぜ 17
なみこすと 165
なみこゆる 164
なみだがは
—そのみなかみを 113
—たぎつこころの 241
—ひとめづつみの 124
—みもうきぬべき 193
なみださへ 233
なみだには 150
なみのうつる 165
なみのおとの 22
なみのへを 17
ならのはの 199
ならひこし 135
なれゆくは 135

に

にはつとり 30
にはにおふる 20
にほどりの 47
にほのうみの 55
にほのうみや 86
にほひくる 138
にほひさへ 25
にほひもて 61
にほひをば 62
にほへなほ 298

ぬ

ぬばたまの 11
ぬるともと 207
ぬるゆめも 318
ぬれてほす
—あまのころもの 121,125
—やまぢのきくも 89,141

ね

ねざめする 273
ねぜりつむ 37
ねぬるよの 243
ねのびしに 206
ねやのうへに 166
ねをとめて 150
ねをやなく 185

の

のがれえぬ 99
のきちかき
—おとさへふゆに 159
—はなたちばなに 72
—むめがかながら 176
のきのまつの 260
のちのよの 286
のちまきの *358
のどかなる 63
のべそむる 83,87
のべはいまだ 126
のべみれば 41
のもやまも 123
のわきして 129

は

はかなくて
—くれぬとおもふ 188
—よにふるかはの 160
はかなくも 27
はかなしや
—いとはるるみの 120
—さてもいくよか 114
はぎがちる 48
はぎがはな
—うつろひてゆけば 82
—かげみるよりの 92
—まそでにかけて 51
—みればかなしな 18
はぎのうへに 83
はぎのはな 46
はこややま 99
はしたかの 267
はしばしら 146,216
はしひめの
—かすみのころも 58
—かたしきごろも 127
—まつよながらの 127
はつかぜを 188
はつかなる 109
はつかりの
—とわたるかぜの 109
—なみだのつゆも 83,112
—はつかにききし *357
はつしぐれ 139
はつせやま 65

はなさきし 68
はなさそふ
—かぜをたよりの 107
—ひらのやまかぜ 228
はなさへに 150
はなすすき
—くさのたもとも 85
—またつゆふかし 85,220
はなぞみる 26
はなぞめの 138
はなとりの *348
はなながす 162
はなならで 295
はなならば 63
はなにきて *347
はなのいろに 208
はなのいろの 62
はなのいろを
—かげにうつせば *357
—それかとぞおもふ 19
はなのえに 286
はなのかげ 142
はなのかの 114
はなのきは 67
はないさ 61
はなはちり 174
はなはねに *342
はなみにと 184
はなもかれ 94
はなもみぢ 275
ははきぎの 231
ははそちる 282
ははそはら 209
はまゆふの 19
はらはらと 287
はらふらん 81
はるあきに 242
はるがすみ *352
はるかぜの 245
はるかぜは 60,309
はるかなる
—ひとのこころの 173
—もろこしとても 281
はるきては 54
はるきても 80
はるくれど 63
はるくれば
—かりかへるなり *356
—すぎのしるしも 156
はるごとに 293
はるさめの
—そほふるそらの 67
—つゆのやどりを 70
—ふるともたれか 265
はるさめは 29
はるしれと 244
はるたちて 181
はるとだに 285
はるにあけて *350
はるにいま 159
はるのいろは 207
はるのきる 58
はるのひの
—のどけきそらに 188
—ひかりもながし 323
はるのよの
—やみにしあれば 61
—ゆめのうきはし 119
はるのよは
—つきのかつらも 79
—ふきまふかぜの 96
—みじかきゆめも 113
はるはけふ 205
はるはなほ 216
はるはまづ 31,290
はるばると
—たごのうらなみ 111
— わけているのの 300
はるふかき 181
はるふかく 234
はるふかみ
—かむなびがはに 31,208
—みねのあらしに 295
はるやあらぬ 133
はるやくる 198
はるるよの 178
はれくもり 188
はれやらぬ
—みのうきぐもを 215
—みやまのきりの 39,249
はわけふく 322

ひ

ひかでただ 216
ひかりなき
—たにのうぐひす 153
—みをおもへとや 336
ひくこまに 210
ひくこまの 210
ひぐらしの 136
ひくるれば 163,261
ひこぼしの 320
ひさかたの
—あまのかはらの 39
—あまのかはらを 76,299
—つきぞかはらで 45
—つきのかつらの 79
—つきのかつらも *352
—つきのひかりし 94,286
—なかなるかはの 154
—はてなきそらに 37
ひさしくも 136
ひたすらに 235
ひだたくみ 52
ひとかたに 173
ひとごころ
—あらいそなみに 19
—うすはなぞめの 137
—なににつながん 196
ひとさかり 66
ひとしれず
—おもふこころは 111
—くちはてぬべき 159
—くるしきものは 114
—ものおもふころの 194
ひとしれぬ
—こひをしすまの 153
—たがかよひぢの 122
—わがかよひぢと 169
ひとぞうき 315
ひとたびは 164
ひとづてに 182
ひとづまは 5
ひととせに 71
ひととはば 28
ひとならば 136
ひとのよに 118
ひとはこで 80
ひとはよし 140
ひともとの 317
ひとよねし 170
ひとよをば 311
ひとりぬる
—くさのまくらの 245
—やまどりのをの 220
ひとりねや 41
ひとりのみ 60,251
ひとりふす 302
ひとりみる 212
ひとをなほ 170
ひとをのみ 337
ひにそへて
—うらみはいとど 113
—しげりぞまさる 132
ひのみかげ 324
ひるはゆき 181
ひろせがは 30
ひをへつつ 202

ふ

ふかがはを 9,17
ふかきやまの 277
ふかくさの 154

ふかくさや 154,155
ふかみどり 40
ふきあげの 88
ふきおろす 216
ふきさそふ 328
ふきすぐる 186
ふきわくる 77
ふきわたす 249
ふくかぜに 72
ふくかぜの
—いろこそみえね *343
—たけになるよは 75
—のどかにわたる 244
—みにしむいろに 326
ふくかぜも
—またでけぬべき 332
—むかしににたる 320
ふくるまで 33
ふくるまも 75
ふけぬなり 328
ふけぬるか 98
ふけゆけば 76
ふしておもひ 99
ふじのねの 223
ふじのねは 326
ふしみやま 155
ふしをがむ 106
ふたこゑと 185,246
ふたもとの 159,241
ふちせには 149
ふぢばかま
—きてぬぎかけし 84
—ぬしはたれとも 84
—のはらのつゆを 85
—ひもとくころは 214
ふなでする 104
ふなびとも 167
ふみしだく 126
ふもとまで 273
ふもとをば 211
ふゆがれの
—くさばにもみよ 68
—しばふのいろの 331
—もりのくちばの 77
ふゆきては 238
ふゆきぬと 55
ふゆくさの 97
ふゆくれば 306
ふゆごもる 95
ふゆさむみ 335
ふゆながら 95
ふゆのよの
—ながきかぎりを 330
—ねやのいたまは 284
ふゆはただ 13
ふりさけし 103
ふりそめて 189
ふりにけり
—おきそふつゆも 15
—しぐれはそでに 128,178
ふりにける
—ためしにだにも 145
—よよのいただの 338
ふるおとを 251
ふるさとに
—ころもうつとは *357
—たのめしひとも 165,241
ふるさとの
—いけのふぢなみ 294
—いたいのしみづ 163
—たかまどやまに 34
—ひとむらすすき 141
—みかきがはらの 84
—もとあらのこはぎ いたづらに 15,302
—もとあらのこはぎ さきしより 129
—ゆめやはみえん 113
—よしののやまは 94
ふるさとは
—とほつのはまの 28
—なみぢへだてて 144
—はるのくれこそ 51
—みしごともあらず *355
ふるさとや 11
ふるさとを 214
ふるゆきに
—さとをばかれず 308
—たくものけぶり 141
—のもりがいほも 57
—みちこそなけれ 95
ふるゆきの 251
ふればかく 152

ほ

ほしあひの 76
ほしわびぬ 175
ほしわぶる 200
ほととぎす
—ありあけのつきを 298
—いたりいたらぬ 67
—いつかとまちし 107
—いまだたびなる 73
—おのがさつきの 58
—おのがさつきを 177
—おのがふるこゑ 246
—かならずまつと 185,304
—きかずはなにを 163
—きかであけぬる 209,*353
—ききしとやいはん 246
—ききつとかたる 333,335
—ききもわかれぬ 265
—くもぢにまどふ 182
—くものいづこの 75
—こゑまつほどは 13
—しのぶることを 176
—しものいろそふ 89
—そののちこえん 228
—たにのまにまに 280
—とへかしやどの 73
—なきつるかたを 246
—なくひとこゑに 204,288,332
—なくひとこゑも 74
—なくやさつきの 21,50
—なほうとまれぬ 73
—なほひとこゑは 247
—はなたちばなの かばかりに 72
—はなたちばなの かをとめて 72
—まだいづくにも 246
—まつとせしまに 71
—まつとばかりの 297
—まつはひさしき 242
—みやまいづなる 208
ほどもなく
—さとのつづきは 333
—しぐるるくもの 100
ほのかなる 280
ほのかにも
—あはれはかけよ 230
—みてもこひばや 109,167
ほのぼのと 37
ほりうゑし 30

ま

まがきあれて 141
まがねふく 27
まがふいろは 96
まきのとを 128
まきのやに 305
まくらだに 314
まくらとて 177
まこととも 266
まこもかる 118
まだあはぬ 114
まだきより 201
またこむと 207
まださかぬ
—ふゆきのむめの 35
—むめのこずゑに 327
またもこむ

—あきこそいとど 314
—あきもまどほに 135
またやみむ 294
またれつる
—いりあひのかねの 277
—ひましらむらむ 217
まちいでし 296
まちこふる 12
まちつけて 271
まちよわる 336
まつかぜの
—おとあはれなる 80
—おとのあはれなる 281
まつがねの 257
まつにはふ 162
まつにふく *342
まつのはの 54
まつひとに *356
まつやまと 165
まつやまの 227
まてしばし 310
まどちかき
—いささむらたけ 75,*343
—たけのはすさぶ *343
まとゐして 142
まはぎちる 28
まもれなほ 206
まれにきて
—きくだにかなし 309
—みののおやまの 213
—ひともこずゑの 174

み

みがくれぬ 319
みかのはら 304,312
みくまのの 19
みごもりに 253
みしあきの 90
みじかよの 74
みしはるも *355
みしひとも
—つもるあとなき 318
—なきがかずそふ 227
みしぶつき 34
みしまえや 244
みしめひく 156
みしゆめに 233
みずやいかに 197
みせばやな
—しがのからさき 244
—つゆのゆかりの *348
みそぎして 158
みそぎする 113
みたみわれ 24
みちしらばと 166
みちとほみ 293
みちのくの
—しのぶもぢずり 131
—まがきのしまは 148
みちのべの 208
みちよへて *354
みちをしり *358
みづおとは 285
みづがきや 147
みつぎもの *350
みづくきの
—をかのくずはも 40
—をかべのしもの 162
みづこゆる 80
みつせがは *352
みづどりの 308
みづにすむ 335
みづのうへに 42
みづのうへの 114
みづのおもに 145
みづむすぶ *348
みてもしれ *351
みてもなほ 117
みてもまた 134
みなかみに 48
みなづきの 201
みなとえの 333
みなとかぜ 222
みなのがは 193
みなぶちの 29
みにしみて 201,274
みにぞしむ 109
みにそへる 238
みにちかく 238
みにつもる 212
みぬのやま 46
みねこえし 295
みねにおふる 100
みのうさの
—おもひしらるる 276
—おもひしとけば 243
—おもひしらでや 254
—つきやあらぬと 134
みのゆくへ 144
みはおいぬ 274
みふゆつぎ 37
みみにきき 205
みむろやま 93,250
みやぎのに 129
みやぎのの
—つゆにしをるる 164
—はぎのなにたつ 129
みやきひく 115,166
みやぎひく 202
みやこいでし 253
みやこにて
—やまのはにみし 200
—ゆきまはつかに 108
みやこびと 136
みやこびとに 310
みやこをば
—あまつそらとも 110
—すみうしとてや 101
みやびとは 109
みやまいでて 73
みやまには 267
みやまべの 70
みよしのの
—あをにがみねの 27
—おほかはのへの
ふぢなみの 23
—おほかはのへの
ふるやなぎ 130
—たぎつかはちに 66
—はなおそげなる 293
—まきのしたばの 94
—やましたかげの 207
—やましたかぜは 54
—やましたかぜや 100
—やまにこもりし 317
—やまのあきかぜ 95
—やまのやまもり 294
—やまわけごろも 65
—よしののやまはや 10
みよしのは
—あをばにかはる 265
—やまもかすみて 205
みるがうちに 323
みるともは *346
みるひとも 91
みるほどぞ 235,263
みるめこそ 30
みわたせば
—あめのかぐやま 9,37
—かすむばかりの 63
—さほのかはらに 31
—しほかぜあらし 15
—しらゆふかけて 275
—ほのへきりあふ 16
みわやまを 9
みをかくす 253
みをしれば 315

む

むかしおもふ
—あきのねざめの 307
—くさのいほりの 74,*345
—はなたちばなに 72

むかしみし 133
むかしをば 72
むかはらば 161
むぐらはふ 77
むさしのの
—かすみそめたる 38
—くさのはつかに 109
—はるのけしきも 143
むさしのや 303
むしのねも 229
むしろだを 7
むすびおきし 14
むすびそふる 112
むすぶてに
—かげみだれゆく 49,102
—にごるるこころを 103
—にほひぞうつる 180
—はやくのなつぞ 237
むすぶての 203
むせぶとも 255,257
むばたまの
—やみのうつつの うかひふね 123
—やみのうつつの ほととぎす 123
—よはふけぬらし 35,49
むめがえに
—こころもゆきの 206
—はなふみちらす 22
—ふりつむゆきは 89
—ものうきほどに 190
むめがかに 61
むめがかは
—おのがかきねを 5
—わがころもでに 316
むめちらす *342
むめのはな
—あかぬいろかも 60
—いろかばかりを 224
—いろはそれとも 34,96
—かはことごとに 181
—かをなつかしみ 31
—こひしきことの 62
—さけるさかりを 99
—たがそでふれし 59
—たがゆきずりの 59
—にほひをうつす 133
—にほふあたりの 59,61
—をりてかざしに *342
むらさきの
—いろこきときは 143
—いろにはさくな 143
—くもぢにさそふ 216
—ねはふよこのの 31
—めもはるばると 143
むらしぐれ 189
むらとりも 151

め・も

めぐりあはむ 101
めぐりあはん 216
めぐりあふ 217
めでじただ 157
もえそむる 278
もがみがは
—せぜにせかるる 164
—はやくぞまさる 164
もしほくむ 238
もしほやく 258
ものおもはで 280
ものおもふに 190
ものおもへば
—こころのはるも 106
—ちぢにこころぞ 202
ものぞおもふ 82
ものとして *358
ものをのみ 40
もみちする *352
もみぢする 91
もみぢちる 211
もみぢばに 90
もみぢばの
—あめとふるにも 92
—いろにまかせて 100
もみぢばは 211
もみぢばや 88
もみぢばを
—なにをしみけん 77
—ぬさとたむけて 93
ももくまの 322
ももしきに 38
ももしきの 38
ももしきは *356
ももしきや 309
ももちどり
—こゑのどかにて 58
—さへづるそらは 58
ももとせは *355
ももなかの 51
もらさばや 44
もらすなよ 87
もるをだの 33
もろくなる 331
もろこしの
—あをうなばらや 103
—そらもひとつに 103
—とらふすのべに 227
もろこしも 135
もろともに 66

や

やかたをの 51,203
やしのさき 49
やすらひに
—いでけるかたも 20
—いでにしままの 288,315
やそぢまで 69
やどからん 105
やどかれと 73
やどちかく 59
やどりとる
—そでとやみまし 102
—たれをまつむし 80,102
やなぎちる 36
やなぎより 66
やはたやま
—こたかきまつに 37
—こたかきまつの 213
やはらぐる 137
やへにほふ 233
やへむぐら
—さしこもりにし 226
—しげれるやどは 209
やほかゆく 21,223
やまかぜの
—さくらふきまき 102
—ふきまくそらに 189
—みにいたづきも 215
やまかぜも 211
やまかぜや 92
やまがつの
—あさけのこやに 236
—あさのさごろも 135
—あしふくのきの 255
—かきほにおふる 129
—かきほにさける 129
やまかづら 162
やまかはに 92
やまかはや 90
やまごとに 251
やまざくら
—あだにちりにし 66
—をしむにとまる 65
やまざとに
—きこえくれども 151
—きりのまがきの 239,249
やまざとの
—はらはぬにはは 279
—はるのゆふぐれ 228
やまざとは
—あはれなりやと 153
—いはほのなかと 152
—しぐれのくもを 328

—なつのはじめぞ　94
—ふゆこそことに　82
—よのうきよりは　151
やましろの
—うたのひむろの　327
—こまにはあらで　7
—よどのわかこも　135
やまたかみ　213
やまちかく　56
やまどりの
—をだえのはしに　48
—をろのはつかに　48
やまのなの　87
やまのはに
—おもひもいらじ　320
—しばしまたれよ　221
やまのはを　77
やまびとの
—やまをさかしみ　4
—をるそでにほふ　88
やまひめに　91
やまひめの　123
やまふかく　334
やまふかみ
—こけのしづくの　290
—こずゑにゆきや　290
—たづねてきつる　95
—たれまたかかる　287
やまぶきの
—かげみしみづの　183
—はなのさかりに　208
—やへやへまでに　261
やまみづの
—かかるいはねの　106
—ながれをみても　321
やまゆかば　50
やよひやま　101

ゆ

ゆききえば　37
ゆきてみむと　300
ゆきとまる　157
ゆきのいろを　22
ゆきのうちに　97
ゆきはなほ　12
ゆきふかき　49
ゆきわけし　278
ゆきわびぬ　163
ゆくあきの
—かたみなるべき　211
—すゑばにうつる　337
ゆくかたを　328
ゆくすゑの　214
ゆくすゑは　9
ゆくとしを　257
ゆくみづに　42
ゆふぎりも　78
ゆふぎりや　239
ゆふぐれの　158
ゆふぐれは　232,247
ゆふされば
—あきかぜすずし　299
—あられみだれて　334
—ころもですずし　42
—すずふくあらし　94,301
—たまちるのべの　192
—たまゐるかずも　266
—ゆきかとぞみる　184
ゆふすずみ　*348
ゆふだちの
—くもとびわくる　330
—はるればつきぞ　266
ゆふだちは　166
ゆふづくひ　269
ゆふづくよ　244
ゆふなぎに　44
ゆふひうつる　331
ゆふまぐれ　314,323
ゆふやみに　50
ゆめなれや　322
ゆめにだに
—あひみぬなかを　124
—みばやとすれば　43
ゆめのうちも　67
ゆめをだに　333
ゆらのとや　313

よ

よがらすは　29
よきひとを　10
よくふせぎ　*351
よこぐもの
—かぜにわかるる　39
—たつたのやまは　282
よしあしも　168
よしさらば　144
よしのがは
—いはきりとほし　44
—いはこすなみに　70
—いはとかしはの　27,275
—いはまふきこす　62,107
—きしのやまぶき　70
—たきつかはうちの　337
—もみぢばながる　304
よしのやま
—たえずかすみの　67
—ところせきまで　296
—はなにたなびく　327
—はなやさかりに　95
よしやただ　145
よしやひと　137
よしやふけ　68
よしやふれ　130
よそにだに　117
よそにのみ　312
よそにみて　84,300
よそふべき　275,283
よなよなの
—つきもるだにも　257
—なみだしなくは　319
—ゆめにならでは　329
よにそむく　151
よにふるは　284
よにふれば　215
よのうさを　72
よのつねに　241
よのなかと　131
よのなかに　*341
よのなかの
—あきたかるまで　334
—うけくにあきの　152,281,301
よのなかは
—かくこそありけり　108
—つねにもがもな　164
—はかなきものぞ　221
よのなかを
—おもひさだめし　204
—なににたとへむ　228
よのほかの　230
よははるの　308,*351
よひのまに
—おくなるのべの　196
—ほのかたらひし　246
よひのまの　259
よひのまも　308
よひよひに　169
よもすがら
—うらこぐふねは　228
—こひなくそでに　235
—つゆをばつゆと　87
よものやまに　*342
よよふとも　248
よるしかは　202
よるはもえ　325
よろづよの　206
よろづよを　*357
よをいとふ　162
よをこめて　*354
よをすてて　286
よをてらす　321
よをのこす　*350

わ

わがいそぐ 156
わがいほは 12
わがおもふ 17
わがこころ 298
わがことは 14
わがこども 163
わがこひは
―あふをかぎりの 120
―あまのはらとぶ 118
―ありそのうみの 53
―いまをかぎりと 186
―からすばにかく *351
―しるひともなし 125
―ちぎのかたそぎ 320
―としふるかひも 147
―まきのしたばに 305
―まつのはしごの 201
わがこまを 227
わがそでに 62
わがそでの 149
わがそでよ 146
わがためは 324
わかなおふる 213
わかなつむ
―ころもでぬれて 206
―そでとぞみゆる 57
―わがころもでに 57
わがなみだ
―そらにしるれば 172
―もとめてそでに 114
わかのうらに 23
わかのうらの 98
わかのうらや 148
わかばさす 213
わがやどと 193
わがやどに 215,*354
わがやどの
―かきねにさける 208
―つまにはあらぬ 209
―むめのはつはな 71
―むめのはなさけり 294
―やへのこうばい 71
―よもぎにまじる 193
わがやどは 152
わがよはひ 103
わかれこし 314
わかれにし
―ひとはくべくも 3
―ひとはまたもや 256,268
わがをかの 22
わきかへり 124,126
わきてけふ 244
わぎもこが 19
わくらばに 195
わけきつる 6
わけている 86
わすらるる 255
わすられぬ
―つきみておいと 145
―ままのつぎはし 47
わするとは 258
わするなよ
―しらぬおきなと 218
―みをうきぐもは 217
―やどるたもとは 171
わすれじと 128,217
わすれじな 154
わすれじの 328
わすれずは 170
わすれては 119
わすれなむ
―まつとなつげそ 100
―ものぞとおもひし 130
わたしぶね 104
わたつみの
―かざしのたまや 35
―かみにたむくる 105
わたのはら
―かぎりもいとど 107
―かぜぞたよりと 108
―やそしましろく 103
われからと 138
われこそは
―あらきかぜをも 230
―おいそのもりの 247
―にくくもあらめ 38
われぞまづ 139
われならぬ 7
われのみや 85
われもいつぞ 227
われもまた 116

ゐ・を

ゐちがはの 36
ゐひふして *355
をかのべの 290
をぎにふく 320
をぎのはに 238
をぐらやま
―あきはならひと 93
―にしこそあきと 86
をぐるまの 323
をさまらぬ 294
をさまれる *348
をしからぬ
―つゆのいのちを 120
―みをまぼろしと 230
をしどりの 114
をしみかね *355
をちこちの 170
をとこやま 213
をとめごが
―かざしのさくら 226
―そでふるやまの 226
―たまものすそに 48
をとめらが 29
をののえの
―くちしむかしは 158,*356
―くちむもしらず *356
をののえは *356
をばすては 144
をはつせの
―やまのこのはや 199
―やまのはながら 199
をみなへし
―さかりのいろを 106
―さけるのべにぞ 84
をられけり *342
をりにあひて 247
をりふしも 137,138

付録 狂歌本歌初句索引

1) この索引は、付録〈狂歌〉の本歌の初句索引である。句に付した数字は掲載頁を示す。
2) 表記は歴史的仮名遣いによる平仮名表記を原則とし、五十音順に配列した。
3) 初句を同じくする歌が複数ある場合は、さらに第二句を続けて表記した。

あ行

あきかぜに 385
あききぬと 366
あきのたの 374
あきののに 367
あきのよの 367
あけぬれば 380
あひみての 379
あまのがは 374
あまのはら 369
あらたまの 378
ありあけの 370
いつはりの 371
いとせめて 370
いにしへの 380
いのちやは 370
いまこそあれ 373
いろよりも 364
うかりける 382
うぐひすの 362
うらわかみ 376
おいぬれば 378
おくやまに 367
おもひきや 382
おもひつつ 370
おもふには 377

か行

かくしつつ 369
かくとだに 379
かすがのの
—とぶひののもり 364
—わかむらさきの 375
かすがのは 364
かぜになびく 387
かぜをいたみ 381
かたみこそ 372
きくやいかに 387
きのふこそ 366
きみこふる 370
くれなゐの 371
けふこずは 365
こころあてに 369
こまとめて 386

さ・た行

さくらばな 365
しのぶれど 379
しらつゆに 374
つきよよし 371
つくばねの 374
つつゐつの 376
つひにゆく 372
てりもせず 383
ときはなる 364
としごとに 366
としたけて 386
としのうちに 363
としをへて 365
とほつあふみ 362
とりのこを 377

な行

ながれては 372
なつのよは 366
などてかく 376
ななへやへ 380
なにしおはば 375
なにはづに 363
なにめでて 367
なほたのめ 387
ならやまの 362
ねてもみゆ 372
ねのひする 378

は・ま行

はつはるの 363
はなのいろは 366
はるかぜは 365
はるたつと 378
はるののの 373
ひさかたの 368
ひとしれぬ 371
ふくからに 368
ふぢごろも 372
ほととぎす 381
みかのはら 387
みずもあらず 370
みちのくの 375
みちのべに 384
みてのみや 365
みよしのは 383
みわたせば
—はなももみぢも 385
—やまもとかすむ 383
むらさめの 385

や行

やかずとも 383
やへむぐら 374
やまがつの 385
やまざとの 384
やまざとは 369
やましなの 379
やよしぐれ 386
ゆふされば 381
よしのやま 384
よのなかに 377
よのなかは
—とてもかくても 387
—ゆめかうつつか 373
よのなかを
—いとふまでこそ 386
—なににたとへむ 362
よもあけば 376
よをすてて 373

わ行

わがやどの 378
われみても 373
をちこちの 364
をみなへし 368

付録　狂歌例歌初句索引

1）この索引は、付録〈狂歌〉の例歌の初句索引である。句に付した数字は掲載頁を示す。
2）表記は歴史的仮名遣いによる平仮名表記を原則とし、五十音順に配列した。
3）初句を同じくする歌が複数ある場合は、さらに第二句を続けて表記した。
4）（*）印は、狂歌の本説取編に収録した例歌を示す。

あ行

あきかぜに　385
あききぬと　366
あきのたの　374
あきのよの　367
あさがほは　*396
あはせもの　380
あひみての　379
あふぎをば　*393
あまのさけ　369
あゆのこの　387
あらたまの　378
いちにちに　387
いつこくを　*391
いつのまにか　377
いつはりの　371
いにしへの　381
いまこえし　387
いまこそはげ　373
いろふかき　371
うかりけり　382
うぐひすも　*390
うたよみは　*390
うめ → むめ
うをへんに　365
おいぬれは　379
おさまれる　*391
おもひつつ　370

か行

かあいらし　385
かえりなん　*390
かきのめも　*397
かしつぼに　385
かすがのは　364
かぜさむく　385
かぜになびく　387
かたにづる　*397
かたみこそ　372
かつことは　362
かはかぜに　*392
がんゑんに　*395
きくとこそ　380
きくやいかに　387
きのふこそ　366
きのもとの　*391
ぎわうぎじよ　*393
くちそそぐ　*396
くへばへる　372
くみかはす　370
くりかへし　372
くわういんの　*398
げにさけは　*398
けふこすは　365
けふはけふ　*396
こころあてに　369
このくれは　382
こはくにも　373
こまとめて　386

さ行

さかつきを　366
さくはなを　362
さみだれに　*393
しかをおふ　*399
しやくせんの　374
しゆじゆさつた　*398
しんしんと　*395
すだれごし　*392
せもはらも　370
せんたくの　386
そしてまた　371
そでがきを　368
そでないと　379
そでのへに　386
そめできぬ　*398

た行

たきつきて　370
ただひとめ　382
たたみこそ　372
たちよらば　*400
たらしつつ　369
たるのはら　369
つきしろに　385
つきみむと　371
つきよよし　371
つくはねの　374
つけばちる　384
つついつつ　376
つつめども　*392
つひにゆく　372
つゆのおく　367
とぎにして　382
ときはなる　364
としこえて　365
としなみも　363
としにいちど　367
としのうちの　364
どちこちの　364
とびとんで　*399
とをだんご　377

な行

ながいきを　*396
なかめては　372
などてかく　376
ななへやへ　380
なにしおはば　376
なにめでて　367
ならざかや　362
なんしより　*391
なんぜんり　*391
にせんりの　*391
につこりと　383
ぬぎちらし　367
ぬすまんと　375
ねてまてど　*397
ねのひする　378
のみよりも　364

は行

はいかいの　*395
はかはらに　367
はきもせず　383

はなのしたは 366
はなのやま 384
はなみじらみ 366
はるかぜに 365
はるたつと 378
はるのひの *390
はるのよの 383
はるはまた 375
はるばると 373
ひぢをまけて *395
ひとつとり 382
ひとめしのふ *399
ひやくしやうの 367
ひやくやくの 363
ふうきとは *396
ふくかぜに 368
ふくからに 368
ふぢかはを *399
ふるがつを *398
ほととぎす
—なきつるあとに 381
—なきつるかたを 381
—はるをかけてか 362

ま行

またぐらを *394
まちわびて *394
まつひらく 381
みくすりに 388
みずもあらず 370
みちすがら 375
みちのべの 384
みづはなに 374
みづはなの 374
みてのみや 365
みわたせは 385
みわたせば 383
みをまもる *397
むねはいたみ 381
めのまへで 363

や行

やかずとも 384
やきたつる *393
やくそくの *399
やとかして 386
やましろの 379
やまなかは 387
やまびとは 369
やまぶきの 380
やよしぐれ 386
ゆくとしの *394
よしきみが *400
よしのやま 384
よしはらの 384
よのうさを *390
よのなかに
—たえておんなの 377
—たえてさかもり 377
よのなかの *400
よのなかは 373
よもあけば 376
よをすてて 373

わ行

わがいのち 377
わがかさの *392
わかこひは 379
わがやどの 378
われもまた 375
をとこなら 364
をみなへし
—くちもさかのに 368
—なまめきたてる 368